1781

Michel Tournier

Das Liebesmahl

Novellen einer Nacht

Aus dem Französischen
von Hellmut Waller

Hoffmann und Campe

Die Originalausgabe erschien 1989
unter dem Titel »Le médianoche amoureux – contes et nouvelles«
bei Éditions Gallimard, Paris

Die Geschichte »Pierrot oder Die Geheimnisse der Nacht«
erschien 1990 bereits als Buch für Kinder
in Loewe's Verlag, Bindlach

CIP-Titelaufnahme der Deutschen Bibliothek

Tournier, Michel:
Das Liebesmahl: Novellen einer Nacht / Michel Tournier.
Aus d. Franz. von Hellmut Waller.
– 1. Aufl. – Hamburg: Hoffmann und Campe, 1990
Einheitssacht.: Le médianoche amoureux <dt.>
ISBN 3-455-07721-8

Schutzumschlaggestaltung: Lo Breier, unter Verwendung
einer Zeichnung von Antony Rousso
Satz: Fotosatz Otto Gutfreund, Darmstadt
Druck und Bindung: May & Co., Darmstadt
Printed in Germany

Michel Tournier · Das Liebesmahl
Novellen einer Nacht

Das schweigsame Paar

Er. Yves Oudalle ist mein Name. Geboren zu Yport am 21. März 1930 als Sohn eines Fischers und einer Mutter, die für eine vielköpfige Familie zu sorgen hatte. Mein Vater betrieb Küstenfischerei, mit einem Boot, das er auch allein hätte steuern können, das er aber gemeinsam mit einem Partner benutzte, bis mein älterer Bruder soweit sein würde, ihm zur Seite zu stehen. Daß ich diesen Bruder besaß, hat meinem Leben die Richtung gegeben. Ich beneidete ihn und empfand das bohrende Bedürfnis, ihn zu übertreffen. Den Schlüssel dazu, den hatte ich jedesmal vor Augen, wenn wir mittwochs zum Großmarkt am Neufundlandhafen in Fécamp mußten. Mein Bruder fischte Makrelen, Heringe, Jakobsmuscheln. Ich würde auf Kabeljaufang gehen. Er stach allmorgendlich auf einem Sieben-Meter-Boot in See und kam abends zurück. Ich würde dereinst für vier Monate an Bord eines jener neunzig Meter langen und elf Meter breiten Fischtrawler gehen, die ich im Winter bewunderte, wenn sie im Trockendock für die nächste große Fangfahrt überholt wurden. Mein Bruder betrieb ein Kleingewerbe, ich würde ein großer Unternehmer sein. Ich würde mit fünfzig Mann Besatzung in die kältesten Meere der Welt, zu den Fischbänken Neufundlands und der Arktis fahren. Ich hatte nur einen einzigen, dringlichen Wunsch: die Schule verlassen und fort auf ein Schiff! Das Gesetz verbot, einen Schiffsjungen unter fünfzehn Jahren anzuheuern. Doch ich wußte, unter der Obhut eines Verwandten durfte man auch mitfahren, wenn man jünger war. Ein entfernter Onkel, ein Schiffskapitän, ermöglichte mir auf diese Weise, mit dreizehn meinen ersten Heuervertrag zu unterschreiben.

Ich weiß nicht, wie das Leben von Kindern in der Fabrik, in der Tiefe der Kohlebergwerke oder ganz allein mit Schafherden auf den Ebenen der Beauce gewesen sein mag. Das Leben eines Schiffsjungen in der Hochseefischerei war die Hölle. So wie das Larousse-Lexikon von damals unter dem Stichwort »Prügelknabe« seelenruhig schrieb: »Der Schiffsjunge ist der Prügelknabe der Mannschaft.« Um ihn ausbeuten, mit Füßen treten, schlagen, zur Sodomie mißbrauchen zu dürfen, hatten die Männer zwei Argumente: »Da mußten wir alle einmal durch. Es geht ihm wie jedem anderen«, und: »Das kommt eben von der Arbeit.« Die Arbeit, die bestand darin, den Kabeljau »auszuweiden«, das heißt, das Blut zu entfernen und ihn in einer großen Balge zu waschen, bevor man ihn in den Laderaum warf. Dazu ist es nötig, daß die Hände ununterbrochen im Meerwasser sind, die ganzen sechzehn bis zwanzig Stunden, die das »Tagwerk« in der Fischerei dauert, und man kann sich vorstellen, wie die abscheulichen fahlvioletten, aufgesprungenen, zerklüfteten, von der Salzlake zerfressenen Stümpfe aussahen – Hände, die nichts Menschliches mehr hatten.

Noch heute bin ich gezeichnet von dieser entsetzlichen Lehrzeit.
Aber die Arbeit ist noch gar nichts. Denn der »Dreckfink«, in der Bordhierarchie zuunterst stehend, hat der von Müdigkeit, nervöser Erschöpfung und Alkohol trunkenen Mannschaft zu Diensten zu sein. Normalerweise unterstützt er den Smutje, läuft mit Suppenschüsseln, Kaffeekannen und Eßnäpfen von einer Brücke zur andern oder teilt an die Deckwachen zwanzig brennende Zigaretten aus, die kaum in seinen Mund passen und ihn schier ersticken. Und es ist nicht selten, daß sein kurzer Schlaf von einigen Holzschuhtritten unterbrochen wird, die ihn von seinem Strohsack scheuchen, damit er die Deckmannschaft bedient. Wie hätte ich mich beklagen können? Hatte ich doch wahrlich genug gedrängt hierherzukommen! »Du hast's ja so gewollt, du Nichtsnutz!« Und über alledem steht die eigenartige, allgewaltige Solidarität der Mannschaft, die, ohne irgendwie politisch indoktriniert zu sein, sehr wohl weiß, daß sie insgesamt Opfer eines bestimmten Wirtschafts- und Gesellschaftssystems ist. Das ist bei ausgebeuteten Klassen immer so. Kummer und Elend machen ihre Angehörigen roh und grausam gegeneinander, doch sie wissen alle, daß dieser Kummer und dieses Elend dem ganzen Räderwerk und seinen Herren zuzuschreiben sind. Der Herr der Neufundlandfischer, der *Terre-neuvas*, ist der Reeder. Den Reeder, den sieht der einfache Terre-neuvas nie, der ist ein mythischer Blutsauger, ein getarnter Oger. Allein der Kapitän tritt ihm unter die Augen, nach der Fangfahrt. Er erstattet ihm einen mündlichen Bericht, einen Verschnitt aus Fangzif-

fern und menschlichen Details, bei dem er ihm von vornherein zugesteht, daß eine schwere Verletzung und selbst ein Todesfall an Bord ihn weniger beeindrucken als eine Fangfahrt, die mit Verlust abschließt. Vom Auftreten des Kapitäns vor dem Reeder hierbei hängt es ab, ob die Mannschaft und er selbst wieder angeheuert werden.

Ich bin meinem Reeder nie begegnet, ehe ich nicht selbst Kapitän geworden war. Aber als ich sechzehn war, da machten seine beiden Kinder eine Stippvisite auf der *Frebel*, einem Hecktrawler, der seit acht Tagen ohne großen Erfolg die Steilküsten Grönlands abgegrast hatte. Die Stimmung an Bord stand auf Sturm, und die Ankunft dieses achtzehnjährigen Jungen und dieses zehnjährigen Mädchens, beide aus dem Dunstkreis des Reeders, konnte kaum auf einen schlechteren Zeitpunkt fallen. Nachdem eine Schaluppe sie von einer luxuriösen Privatyacht herübergebracht hatte, bemühte sich der Kapitän gleichwohl, sie als Gäste auf der *Frebel* willkommen zu heißen und sie in die Hochseefischerei einzuführen. Von meinem Frondienst im Übermaß beansprucht, hatte ich kaum die Zeit, den Verlauf der achtundvierzig Stunden zu verfolgen, die sie an Bord verbrachten, doch war ich sehr unfreiwillig Akteur bei einem Vorfall, der für sie wohl die Würze des Erlebten war. Ich war gerade dabei, die hintere Brücke zu fegen, als der Zweite Offizier mit unseren beiden Gästen dazukam. Er war ein geistloser Koloß und setzte seinen ganzen Stolz in einen ungemein gepflegten schwarzen Bart und in die hochfeinen Zigarren, an denen er unablässig sog. Er blieb auf meiner Höhe stehen und wies mit dem Finger just auf seine Zigarre, die ihm ausgegangen war. Durch meinen Besen behindert, zerrte ich das dicke kupferne Petroleumfeuerzeug aus meiner Tasche, das zu meiner Ausrüstung als Schiffsjunge gehörte, und schon spie es eine lange, rußige Flamme aus. Das Pech wollte es, daß, gerade als ich sie der Zigarre näherte, eine harte See mich nach vorn taumeln ließ. Knisternd schoß die Flamme in den schönen, glänzend gebürsteten Bart. Der Zweite machte einen Satz rückwärts und stieß einen Wutschrei aus. In seiner Reichweite stand eine Heringstonne, auf der ein großer Kabeljau lag. Er packte ihn am Schwanz, holte aus und versetzte mir damit eine ungeheure Ohrfeige. Es war das, was man auf den Trawlern eine »Dorschkarbatsche« nennt, eine schleimig-stachelige Peitsche, mit der alle Schiffsjungen damals Bekanntschaft machten. Ich war an Mißhandlungen zu sehr gewöhnt, um mich über diesen Schlag sonderlich aufzuregen. Der junge Reederssohn nahm das offenbar nicht ganz so leicht. »Komm, Nadège«, sagte er und wandte sich mit seiner Schwester zum Gehen. Ich schaute ihnen nach und dachte bei mir, daß ihre Mißbilligung meinen Fall in den Augen des Zweiten nur noch erschweren mußte. Immerhin hatte ich dabei den Namen des Mädchens erfahren.

Sie. Ich heiße Nadège, das stimmt. Mein Vater sagte: »Ich habe diesen Namen für sie ausgesucht, um sie zu zwingen, entzückend zu sein. Sonst macht er sie lächerlich.« Doch habe ich unter diesem Vornamen, eben als etwas Lächerlichem, immer gelitten, denn ich bin ganz das Gegenteil von »entzückend«. Es gibt im Leben eines Mädchens einen richtungweisenden Augenblick, eine entscheidende Erfahrung, nach der nichts mehr ist wie zuvor. Sehen Sie sich die Mädchen an, die sich vor einem Schulausgang drängeln. Mit einem Blick erkennen Sie die Unschuldigen, die diese Erfahrung noch nicht durchgemacht haben. Sie sind schmächtig oder drall, graziös oder linkisch, freudestrahlend oder melancholisch, aber es kümmert sie offenbar überhaupt nicht, sie wissen es nicht einmal. Die anderen, die Erfahrenen, Eingeweihten, sind an dem Spiegel zu erkennen, den sie zuinnerst im Herzen tragen – sie haben sich an einem verwünschten Tag die schicksalhafte und doch so lächerliche Frage gestellt: »Bin ich hübsch?« In diesem Augenblick fiel die ganze Entfremdung weiblichen Daseins ihnen schwer auf die Schultern. Ja, die Frauen müßten kämpfen, daß ihnen ebenso wie den Männern das Recht auf Häßlichkeit zugestanden wird. Es müßte auch Schluß sein mit der schändlichen Konvention, wonach man eine Frau über dreißig nicht nach ihrem Alter fragen darf, ja sogar eine Anspielung darauf vermeiden muß, als ginge es um eine Krankheit, derer man sich zu schämen hat. Sich so zu verhalten bedeutet Zustimmung zu der gängigen Meinung, daß eine Frau, die erwachsen geworden und darum keine frische, begehrenswerte Beute mehr ist, gerade noch dazu taugt, in den Mülleimer geworfen zu werden.

Bin ich hübsch? Ich habe die Frage nicht meinem Spiegel gestellt, sondern meiner Mutter. Ich war elf. Sie blendete mich durch ihre Schönheit, ihre Eleganz, ihre hohe Kunst, sich in der Welt zu bewegen. Wir kamen gerade aus dem Laden des

Optikers, der meiner kleinen Stupsnase eine große Schildpattbrille verpaßt hatte. Die Frage war, wie jeder zugeben wird, nicht mehr zu umgehen. Ich schielte nach allen Schaufenstern in der Straße und versuchte, mein Spiegelbild zu erfassen. Normalerweise hätte ich fragen müssen: Steht mir die Brille? Die »Schicksalsfrage« nutzte gewissermaßen ihre Ähnlichkeit mit dieser harmlosen Frage aus, um sich an deren Stelle zu schleichen: »Bin ich hübsch?« Ich höre die Antwort meiner Mutter noch. Sie hat sich mir für immer in die Haut tätowiert. »Nein, aber du siehst sympathisch und intelligent aus, und das ist viel mehr wert.« Ich war verzweifelt. Denn Sympathie und Intelligenz bedeuteten mir nichts. Es gab nur eine Alternative: hübsch oder unglücklich. Meine Mutter hatte mich mit einem einzigen Wort dazu verdammt, unglücklich zu sein. Und ihre so betörend selbstverständlich hingeworfene Beteuerung – wie hätte ich die glauben können, da doch meine Mutter selbst offenbar alles unternommen hatte, um anderen – und wohl auch sich selbst – zu beweisen, daß sie, obschon aus Fécamp gebürtig und seit Generationen im Caux beheimatet, eine der glänzendsten Frauen der internationalen Reedereiwelt sei.

Sympathisch und intelligent anstatt hübsch und elegant: Ich habe Jahre gebraucht, um mich mit diesem Schicksal abzufinden. Letzten Endes habe ich akzeptiert, daß es, wenngleich nicht »viel mehr wert«, auch nicht unbedingt ein Fluch ist. Zumal beides einander manchmal auszuschließen scheint. Ist es ein Zeichen von Intelligenz? Ich habe ein scharfes Auge für Dummheit und eine unfehlbare Spürnase, sie zu entdecken. Bei Männern, bei

denen ich sie wittere, schwanke ich zwischen sofortiger, radikaler, unwiderruflicher Ablehnung und einer belustigten Nachsicht, einer weichherzig gestimmten Geringschätzung: »Ich bitt' dich inständig: Sei schön und halt' den Mund!« Mehr als einen hab ich durch diese Bitte zur Flucht getrieben.
Da mein intelligentes Aussehen und meine Brille dazu einluden, ergriff ich ein Studium: für das altsprachliche Staatsdiplom an der Universität Rouen. Dort lernte ich Alexis kennen, der sich einer akademischen Laufbahn als Philosophieprofessor verschrieben hatte. Philosophen sind Profis der Intelligenz. Was andere als Amateure pflegen – Geist, subtiles Denken, Scharfsinn, Weitblick, Intuition und Einfühlungsvermögen –, das machen sie zum Beruf. Damit kriegte er mich. Nur wenige Mädchen, bilde ich mir ein, sind durch kommentierte Lektüre von Leibniz, Kant, Hegel und Heidegger verführt worden. Bei mir war es so. Aus der Distanz gesehen, kommt es mir lächerlich vor, doch schäme ich mich dessen nicht. Wir heirateten. Viel zu jung, nach Meinung unserer Familien. Die Wirren des Mai 1968 brachten uns einander näher, dann entzweiten sie uns. Für ein Paar ist es schwierig, solch eine Erfahrung zu überstehen. Unablässig bespöttelte ich Alexis' revolutionären Eifer. Wahr ist, daß er seine Rolle als Philosophieprofessor schon immer in einem sokratischen Sinne als die eines Wachrüttlers, eines Unruhestifters, eines sublimen Störers der Ordnung aufgefaßt hatte. Er begrüßte den Mai 1968 wie einen persönlichen Erfolg. Ich sah die Dinge anders. In Wirklichkeit löste sich bei ihm alles in Worte auf, einen unbezähmbaren Redefluß, der alles hinwegfegte, Hinder-

nisse, Gegenmeinungen und den schlichten gesunden Menschenverstand. Er verwechselte, was es hieß, die Macht zu ergreifen, und was es besagte, das Wort zu ergreifen, und ich versäumte nicht, ihm das vorzuhalten.

All des Lächerlichen überdrüssig, zog ich mich nach Fécamp, in den Kreis der Familie, zurück. Der Menschenschlag, der im Caux heimisch ist, gilt als schweigsam, und eben diese Eigenschaft war es, die ich nach der Wortflut von achtundsechzig zu schätzen wußte. Ich zog ins Grüne, stellte mich auf trockenes Brot um – auf Wasser freilich nicht, denn ich hatte die – im Quartier Latin angenommene – Gewohnheit beibehalten, stundenlang im Café zu sitzen. Die besseren Kreise in Fécamp entrüsteten sich darüber, mich in der Innenstadt und am Hafen durch die Bistros ziehen zu sehen. Dabei begegnete ich Oudalle. Er heuerte eine Mannschaft für ein Schiff an, dessen Kommando ihm die Sécherie* unlängst anvertraut hatte. Er saß an einem Tisch im Hintergrund der Kneipe, und die Arbeitsuchenden mit ihren Papieren setzten sich ihm gegenüber, einer nach dem anderen, wie wenn man zur Beichte geht. Massig, langsam, blaue Augen unter den blonden Brauen, wirkte Oudalle so gesprächig wie ein Eisbär am Nordpol. Ich liebte ihn sogleich. Er hat mich später daran erinnert, daß das nicht unsere erste Begegnung war. Zwanzig Jahre zuvor, im Zuge einer Kreuzfahrt, die wir im Familienkreis mit einer Yacht der Compagnie machten, hatte mein Vater meinen

* Familiärer Ausdruck für den Namen der Compagnie générale de grande pêche (Allgemeine Hochseefischereigesellschaft)

Bruder und mich für zwei Tage auf einen Trawler unserer Flotte geschickt. Das gehörte zu unserer Erziehung. Die trübsinnig-brutale Atmosphäre, die in dieser schwimmenden Strafkolonie herrschte, hatte mich von Anfang an abgestoßen. Ich war dort Zeugin einer Gewaltszene: Der Zweite Offizier hatte einem kleinen Schiffsjungen wütend einen Kabeljau ins Gesicht geschlagen, weil der ihm beim Feuergeben für seine Zigarre beinah das Gesicht verbrannt hatte. Ich hätte in dem Eisbären in der Kneipe sicher nicht den kleinen Schiffsjungen erkannt, doch der hatte damals meinen Vornamen aufgeschnappt, der so selten ist, daß er ihn, zumal mit so einprägsamen Begleitumständen, nicht vergessen hatte.
Ich hatte Gelegenheit, mit ihm über die zwangsläufig feindseligen Gefühle zu sprechen, wie sie die Arbeiter zur See gegenüber ihren Blutsaugern hegen – denn das sind die Reeder für sie. Doch wir, die Kinder des Ogers, waren aufgewachsen in dem Kult um die Männer vom »Großen Fischfang«, jene Islandfischer, die von einer Plejade von Schriftstellern – von Victor Hugo bis Roger Vercel über Pierre Loti und Joseph Conrad – gefeiert worden waren. Er war unsere Familiensaga, dieser Kult, war unsere eigene Welt, großartig und düster mit ihren Helden und Bösewichtern, und vor allem mit der Flottille der Segelschiffe, dann der Dampf- und zuletzt Dieselmotorschiffe, die von der Compagnie im Laufe ihres fast hundertjährigen Bestehens ausgerüstet wurden und deren minutiös genaue Modelle die Vitrinen im Hauptbüro der Sécherie zierten. All das spielte sicher bei meinen Gefühlen für Oudalle mit. Drei Wochen nach

unserer Begegnung ging er auf Fangfahrt, und während der fünf Jahre, die folgten, habe ich mich überschwenglich dem Gefühl hingegeben, auf ihn zu warten, an ihn zu denken, ihm zu schreiben – nicht ohne daß ein anderes Ich in mir hohnlachte über die Rolle, die ich zu spielen beliebte, die Rolle der Fischersfrau, der potentiellen Witwe, die in ihren schwarzen Gewändern über die trostlosen Strände eilt. Warum soll ich es leugnen? Die Literatur lebte in mir – sie lebt immer noch in mir –, und ich dachte nicht ohne tiefe Bewegung an die Gaud aus Pierre Lotis Roman »Die Islandfischer«, die sich in einsamer Liebe verzehrt, während ihr Yann die kalten Meere des Nordens befährt. Eine Stelle des Romans verwirrte mich vor allem durch den Ruch von Fetischismus, der in einem so naiven Buch verwundert: »Sehr oft berührte sie die Kleidungsstücke ihres Yann, seine schönen Hochzeitssachen, faltete sie auseinander, legte sie wieder zusammen wie eine Wahnsinnige – vor allem eines seiner Trikots aus blauer Wolle, das die Form seines Körpers bewahrt hatte; warf man es sacht auf den Tisch, so zeigte es von allein, wie aus Gewohnheit, das Relief seiner Schultern und seiner Brust.«

Er. Mein Onkel sagte, ein Terre-neuvas dürfe nicht heiraten. Natürlich steht dahinter das Los der Ehefrau, die drei Viertel des Jahres verlassen und mit den Kindern allein zu Hause ist. Damit ihnen der Vater nicht fremd wird, erzählt sie ihnen von ihm, sooft sie nur kann. Aber was kann sie ihnen auf die Dauer sagen, wenn sie nicht die Phantasie eines Romanciers besitzt? Sie darf den

Abwesenden ja auch nicht zum Heiligen, zum Helden, zum guten Geist machen. Denn es kommt die Probe, die Heimkunft, die schwierige Wiedereingliederung in eine Umgebung, die gelernt hat, ohne ihn auszukommen. Seine Geschichten von Eismassen, Stürmen und Fischen ermüden die Tischrunde, und er seinerseits ist nicht mehr im Bilde über das tägliche Leben der Nachbarschaft. Wie oft wird der Aufbruch des Vaters zu neuer Fangfahrt von allen ungeduldig erwartet!

Ich kann nicht umhin festzustellen, daß es das Gespräch ist, an dem für den Seemann die Schwierigkeit ehelichen Zusammenlebens deutlich wird. Wer so viel getrennt ist, hat sich nichts mehr zu sagen.

Mein Fall komplizierte sich durch eine soziale oder zumindest berufliche Dimension. Der Seemann, der die Tochter seines Reeders heiratet, ist in den Augen seiner Berufskameraden ein Überläufer, fast ein Verräter. Um so mehr, als er verdächtigt wird, der Lockung des Geldes zu folgen. Die Schiffsbesatzungen für die Hochseefischerei sind selten aus Fécamp. Fécamp, das ist die Stadt, das ist die Domäne der Reeder. Die Seeleute hingegen stammen aus den Städtchen und Dörfern des Caux. Sie gehören denselben benachteiligten Schichten an wie die Landarbeiter. Da ich in Yport (1000 Einwohner) geboren bin, gelte ich fast als Städter. Und so habe ich eine junge Dame aus der Stadt geheiratet. Eine reiche und gebildete obendrein. Zwar geschieden, ja, aber von einem Philosophiedozenten. Es hätte Anlaß bestanden, eingeschüchtert zu sein, wäre ich noch ein grüner Junge gewesen. Doch der Hochseefischerei wegen war ich lange ledig geblieben, und erst als ich an der Schule für Hydrographie und Fischerei in Fécamp mein Kapitänspatent erhalten hatte, dachte ich daran zu heiraten. Wahrscheinlich wollte ich für meine neue Verwandtschaft präsentabel werden und meiner Braut zumindest eine tressenbesetzte Mütze zeigen können. Eine weitere Konzession an die Reichen. Aber die Jahre, die ich in einer reinen Männergesellschaft, wie es eine Schiffsbesatzung ist, zugebracht hatte, waren allesamt keine Vorbereitung auf das Eheleben. Anfangs verfügte ich über ein gewisses Kapital an Mythischem in der Seele Nadèges. Sie war im Schoß dieser Reederdynastie im Kult der Hochseefischerei aufgewachsen. Mit Begeisterung hörte sie mir zu, wenn ich von meinen Fangfahrten erzählte. Dann zerrann das Kapital. Die Begeisterung verwandelte sich in Respekt. Später hatte sie dann nichts mehr für mich übrig als Geduld. Und Geduld hat ihre Grenzen …

Sie. Und doch ist es wahr, daß wir aus demselben Milieu kommen, und das zeigt sich in unserer Beziehung. Erinnere dich. Eines Tages hast du es gewagt, mir eine Liebeserklärung zu machen, die für jede andere Frau ungeheuerlich geklungen hätte. Ich stand nackt vor dir. Deine Hände strichen mir langsam und voller Bewunderung über meinen Körper. Da hast du gesagt …

Er. Du bist schön wie ein Kabeljau!

Sie. Ich war entzückt – denn da war es, das geheime Freimaurertum, dem wir beide angehören, du und ich, und dessen Wahrzeichen dieses Wort ist.

Er. Kabeljau, Bakeljau, Dorsch, Klippfisch, Laberdan, Stockfisch ... Wir haben für diesen Fisch-Fetisch ebensoviel Worte wie der Araber für das Kamel. Und es ist wahr, er ist schön, unser Kabeljau, mit seinen drei Rückenflossen, seinen zwei Afterflossen, in der Zier seines marmorgeäderten, leopardengefleckten Kleides, und vor allem ...

Sie. ... vor allem sein Kinnbärtchen, das seine Sensibilität und seinen Humor verkörpert.

Er. Überhaupt: einem Jäger gesteht man gern zu, seine Frau »mein Reh« oder »meine Wildtaube« zu nennen. Also was soll's ...! Undine, Melusine, die Sirenen – das Wesen aus Frau und Fisch hat seine Legende, seine Reize!
Leider sollte ein Geschehnis unser Freimaurertum und zugleich mein privates Leben völlig verändern. Ich hatte als Zwischenstation Saint-Pierre-et-Miquelon angelaufen, als ich am 23. März 1973 ein Telegramm bekam, das kurz und bündig besagte: »Abtakelung Schiff Ende Fahrt. Besatzung Nachricht nicht mitteilen. Unterschrift: Kabeljau.«
Obschon dieses jähe Ende von Fécamp als Hauptstadt des Kabeljaus mir nicht unerwartet kam, war es für mich ein furchtbarer Schlag. Aber wie konnte ich es den alten Fécamper Reederfamilien verübeln, wenn sie nach einem ruinösen Kampf gegen den Strom der Zeit nun die Waffen streckten? In dem Augenblick, da die von intensiver Ausbeu-

tung erschöpften Fischbänke schwinden, macht der gesalzene Stockfisch, von Armen für Arme produziert, dem gefrorenen oder tiefgefrorenen Schellfisch Platz. Die Mehrzahl der Trawler wandert auf den Schrott. Und ich stelle meinen Seesack ab und sehe mich mit dreiundvierzig Jahren arbeitslos auf der Straße. Da stehe ich nun, ganz und gar Landratte und Vollzeitehemann. Welch umstürzende Veränderung!
Du hast darauf mit einem Entschluß reagiert, von dem ich erst mit der Zeit begriffen habe, was er dich kostete und daß du ihn für mich gefaßt hast, um mich zu retten, unsere Zweisamkeit zu retten. Sechs Monate nach meiner endgültigen Rückkunft schlossest du unsere schöne Wohnung mit dem Blick hoch über den Hafen von Fécamp hinter uns zu, und wir ließen uns in Le-Grouin-du-Sud in der Nähe von Avranches nieder, in einem Sommerhaus der Familie, das du hattest herrichten lassen, um es ganzjährig bewohnbar zu machen. Dieser Umzug vom einen Ende der Normandie ans andere hatte einen klar umrissenen Sinn: mich dem Milieu von Fécamp zu entziehen, wo die Krise und der Verfall meines Berufs eine abscheuliche Atmosphäre geschaffen hatten, und vor allem, mir in neuer Form das Meer wiederzugeben, das der jähe Abbruch meines Berufslebens mir geraubt hatte.
In neuer Form, ja, und das ist noch zu wenig gesagt! Denn das Wort Strand, bei dem man etwas Sanftes, Sandiges und ein Völkchen von Sommergästen vor sich sieht, ist der Landschaft des Caux fremd. Hohe Steilwände aus Kreide, gegen die Wetter und Wogen unaufhörlich anrennen und

ihnen Felsfetzen entreißen; Ufer, bedeckt von Kieseln, in denen mit einem Donner scharrenden Getöses die Brandung wühlt – das ist unsere Küste. Ich gestehe, ohne mich zu schämen, daß ich nicht schwimmen kann, ich, der ich, alles in allem, Jahre auf See verbracht habe. Baden, sich in der Sonne aalen und andere sommerliche Vergnügungen oder etwa der ganze Klimbim der sogenannten Unterwasserfischerei mit ihren Atemmasken, Schwimmflossen, Tauchanzügen, Harpunengewehren und Sauerstoffflaschen – das ist etwas für Pariser, für reiche Müßiggänger, die ankommen und ein paar Tage mit dem Ozean spielen wollen. Wir sind dazu nicht imstande, wir spielen nicht mit dem Ozean.

In Grouin habe ich das Gegenteil der See entdeckt, die Kehrseite des Ozeans: die Ebbe und ihre Gebrauchsanweisung, das Fischen zu Fuß. Ein Fischen für Einheimische, von dem die Sommergäste nichts wissen, ein Fischen, das man in stark geschnürten alten Leinenschuhen mit Hanfsohle betreibt, mit den Kleidern und der Kopfbedeckung eines Clochards, und das eine tiefe Vertrautheit mit dem Watt erfordert, jener doppeldeutigen, umstrittenen, magischen Zone, die durch die regelmäßigen Schwankungen des Meeresspiegels abwechselnd von den Fluten bedeckt und wieder freigelegt wird.

Der Fischer zu Fuß lebt im Rhythmus der Gezeiten. Für ihn ist es wichtiger, wann Ebbe und Flut eintreten als wann die Sonne auf- und untergeht. Er gehorcht der großen, geheimnisvollen astronomischen Uhr, deren Ziffern sich Sonnwenden, Tagundnachtgleichen, Springtiden; Syzigien nen-

nen. Auf seinem Nachttisch liegt das »Amtliche Gezeitenjahrbuch«; es gibt ihm schon Monate im voraus den Tag an, an dem er ein Picknick auf dem Strand vorsehen, frühmorgens um drei Uhr aufstehen oder auch auf das Fischen verzichten muß, weil es die Zeit des Stauwassers ist.
Nachdem mein schöner, moderner Trawler mit seinen 1485 Tonnen zum Ausschlachten geschickt worden ist, verkleide ich mich jetzt als Vagabund und gehe auf Fangfahrt: mit Eimer, Salzbüchse, Spaten, Schnappsack, Harpune, Korb, einem Netz für Garnelen und, nicht zu vergessen, mit einer Flasche für das Meerwasser, in dem sie gekocht werden – aber vor allem mit Vorfreude im Herzen, der Vorfreude auf ein stundenlanges Umherschlendern in Tangfeldern, in Schlammkuhlen, Pfützen, Felsen, Lagunen und Dünen. Am Abend kippe ich dann Seeigel und Taschenkrebse, Tintenfische und Schwimmkrabben, Schwertmuscheln und Schüsselschnecken und, falls die Meeresgötter uns hold sind, einen Hummer mit dicken blauen Scheren und gefährlich schnellendem Schwanz auf den Küchentisch.

Sie. Anfangs meinte ich, dich auf deinen Gängen begleiten zu müssen, und du hast dich deinerseits redlich bemüht, mich teilhaben zu lassen an deinen Freuden als Fischer zu Fuß. Aber wir mußten eben dann doch einsehen, daß es ein Vergnügen für Einzelgänger war, eine egoistische Freude, die man zerstört, wenn man sie teilen will. Was du dir Mühe gabst: damit ich zu der von dem gräßlichen »Amtlichen Gezeitenjahrbuch« bestimmten Stunde marschbereit war; damit ich lernte, wie man die

Schwertmuschel (*solen ensis* erklärtest du mit der Pedanterie des Autodidakten) mit Hilfe eines starren, in einen Bleikegel auslaufenden Stahldrahts aus dem schützenden Sand zieht; damit ich mich endlich entschlösse, mit der bloßen Hand unter die Tangmähne eines Felsens zu greifen und dort den kräftigen, eiskalten Leib eines Tintenfischs oder Seeaals zu packen – damit ... damit ... damit ... – ich weiß nicht mehr, was noch alles, so wenig Spuren hinterließen all die Ratschläge und Mahnungen, die du unablässig auf mein Haupt herabregnen ließest – ja, diese ganze, vergebliche Lehrzeit hat uns insgesamt mehr getrennt als vereint. Und dann kam es gar noch zu jener außergewöhnlichen Begegnung mit Patricio Lagos, dessen Schöpfungen für uns Symbolwert gewannen.

ER. Es war ein klarer Septembermorgen nach einer Springtide, wie sie um die Tagundnachtgleiche auftreten. Sie hatte der Bucht ein verwüstetes, verstörtes, beinah ergreifendes Aussehen verliehen. Wir schritten über einen Strand, dessen zahllose spiegelnde Wasserflächen von Plattfischen erschauerten und der mit Muscheln ungewöhnlicher Art übersät war, mit Kinkhörnern, Venusmuscheln, Seeohren, Großen Gienmuscheln. Aber wir hatten wenig Lust, sie zu sammeln, und schauten vor allem hinüber zur Südküste, die von einem milchigen Nebel verschleiert war. Ja, Geheimnisvolles, beinah Dramatisches lag in der Luft, und ich war kaum überrascht, als du mir, etwa hundert Meter entfernt, von Sand bedeckt, zwei offenbar engumschlungene menschliche Körper zeigtest.

Wir liefen sofort zu dem hin, was wir für die Leichen von Ertrunkenen hielten. Es waren keine sandbedeckten Toten. Es waren zwei aus Sand modellierte Statuen von seltsamer, schmerzhaft durchdringender Schönheit. Die beiden Körper lagen in eine leichte Mulde geschmiegt, umgürtet mit einem Fetzen grauen, schlammverschmutzten Gewebes, das sie noch wirklicher erscheinen ließ. Adam und Eva kamen einem in den Sinn, wie sie dalagen, ehe Gott kam und ihnen Leben in ihre lehmigen Nüstern blies. Man dachte auch an jene Einwohner von Pompeji, deren vom Aschenregen des Vesuv versteinerte Körper noch immer zu sehen sind. Oder an die Menschen von Hiroshima, die durch die Atomexplosion zu Glas gerannen. Die sandhellen Gesichter der beiden, flitterglänzend von winzigen, glimmerähnlichen Muschelteilchen, waren einander zugekehrt und doch getrennt durch eine unüberwindbare Distanz. Nur an Händen und Füßen berührten sie sich.

Wir blieben eine Weile vor den Ruhenden stehen, wie am Rand eines frisch ausgehobenen Grabes. Da tauchte aus irgendeinem nicht einsehbaren Loch ein wunderlicher Teufel auf, in zerfranste Bluejeans gekleidet, Füße und Oberkörper nackt. Er begann einen graziösen Tanz mit weitschwingenden Bewegungen der Arme; es war, als wollten sie uns grüßen, sich dann niederbeugen zu den beiden Ruhenden, wie um sie aufzunehmen und sie zum Himmel emporzutragen. Der vom Niedrigwasser preisgegebene Strand, das fahle Licht, dieses Menschenpaar aus Sand, dieser tanzende Irre – all das umgab uns mit einer schwermütig-unwirklichen Traumlandschaft. Und plötzlich, wie von Ekstase erfaßt, stockte der Tanzende. Dann verneigte er sich, kniete sich nieder, warf sich zu Boden vor uns, oder vielmehr – wir begriffen es gleich – vor einer Erscheinung, die hinter uns aufgetaucht war. Wir drehten uns um. Rechts ragte der Fels von Tombelaine aus dem Nebel. Aber hoch über allem, wie eine Luftspiegelung in der Sahara über den Wolken schwebend, erstrahlte der Mont-Saint-Michel mit all seinen vergoldeten Ziegeln, all den farbglühenden Fenstern seiner klösterlichen Pyramide.

Die Zeit stand still. Etwas mußte geschehen, sie wieder in Gang zu setzen. Es war eine leichte Berührung, die mich an den Füßen kitzelte. Eine schaumgezierte Zunge leckt an meinen Zehen. Horcht man aufmerksam hin, so vernimmt man das zahllos-unendliche Wispern der See, die verstohlen herankriecht. Binnen kaum einer Stunde ist dann die ungeheure, nackt dem Wind und der Sonne ausgesetzte Fläche den barmherzigen trübgrauen Tiefen wiedergeschenkt.

»Aber dann sind sie dahin!« riefst du erschrokken.

Der Tänzer verneigte sich, Bejahung ausdrückend, und lächelte betrübt. Dann sprang er auf und stellte mimisch die Rückkunft der Flut dar, als wollte er sie mit seinem Tanz begleiten, ermutigen, ja anstacheln. Nicht anders verfahren auch afrikanische Zauberer, wenn sie Regen erzeugen oder Dämonen verjagen. Und die See gehorchte, umfloß zunächst die Ränder der Mulde, in der das Paar lag, fand dann die Lücke, schob ein harmloses Fingerchen Wasser hindurch, dann zwei, dann drei. Die ineinanderliegenden Hände waren als erste betroffen; sie zerfielen und hinterließen ins Leere ragende Stümpfe mit abgehauenen Handgelenken. Mit Grauen betrachteten wir die sprunghaft-unerbittliche Auflösung dieser beiden, die wir auch weiterhin als menschlich, als uns nah, vielleicht als warnende Boten empfanden. Eine stärkere Welle schlug herein, traf den Kopf der Frau und riß die Hälfte des Gesichts mit, dann zerfiel die rechte Schulter des Mannes, und wir fanden die beiden in ihrer Verstümmelung noch ergreifender.

Ein paar Minuten später waren wir gezwungen, den Rückzug anzutreten und das Sandbecken zu verlassen, in dem schäumende Strudel kreisten. Der Tänzer begleitete uns, und es zeigte sich, daß er weder verrückt noch stumm war. Er hieß Patricio Lagos und kam aus Chile, genauer gesagt von der Insel Chiloé vor der chilenischen Südküste, wo er geboren ist. Sie ist von Indianern bewohnt, die sich auf die Nutzung der Wälder verlegt haben. Er hatte in Santiago Tanz und zugleich Bildhauerei studiert, dann war er zu den Antipoden ausgewandert. Das Problem der Zeit ließ ihn nicht los. Der Tanz, eine Kunst des Augenblicks, von Natur aus vergänglich, hinterläßt keine Spur und leidet darunter, in nichts Beständigem Wurzeln schlagen zu können. Das Metier des Bildhauers, die Kunst für die Ewigkeit, sucht nach dem unzerstörbaren Material und trotzt der Zeit. Doch indem sie das tut, stößt sie letztlich auf den Tod, denn Marmor besitzt unverkennbar eine innere Bestimmung zu Tod und Grab. An den Küsten des Ärmelkanals und des Atlantiks hatte Lagos das Phänomen der Gezeiten entdeckt, das von astronomischen Gesetzen beherrscht wird. Der Wechsel der Gezeiten aber gibt

dem Spiel des Strandtänzers den Rhythmus und regt gleichzeitig dazu an, eine vergängliche Bildhauerkunst zu betreiben.
»Mein Sandskulpturen leben«, versicherte er, »der Beweis dafür ist, daß sie sterben. Sie sind der Gegensatz zur Kunst der Friedhofsstatuen, die ewig, weil ohne Leben ist.«
Darum modellierte er fieberhaft Menschenpaare aus dem nassen, eben erst vom Ebbestrom freigelegten Sand, und was ihn dazu inspirierte, war dasselbe wie bei seinem Tanz. Es kam entscheidend darauf an, daß das Werk zu Beginn des Stauwassers fertig war, denn der Gezeitenwechsel sollte ein Zeitraum der Ruhe und Meditation sein. Der große Moment aber, das war die Wiederkehr der Flut mit der furchtbaren Zeremonie der Zerstörung des Geschaffenen. Eine Zerstörung, gelenkt von einem himmelsgesetzlichen Schicksal, eine langsame, minutiöse, unerbittliche Zerstörung, die mit einem düster-lyrischen Tanz umkränzt werden mußte. »Ich feiere die ergreifende Hinfälligkeit des Lebens«, sagte er. Da hast du ihm eine Frage gestellt, die für uns ausschlaggebend war, die er jedoch, finde ich, in dunkel-geheimnisvoller Weise beantwortet hat.

Sie. Ja, ich habe die Frage nach der Stille aufgeworfen. Weil nach unseren Sitten und Gebräuchen der Tanz von Musik begleitet und sozusagen nur verkörperte Musik, zum Körper gewordene Musik ist. Der Tanz um die beiden ruhenden Gestalten, den Lagos schweigend tanzte, hatte darum etwas Paradoxes, Ungewöhnliches an sich. Das Wort Stille verwarf er ganz und gar. »Stille?« sagte er.

»Aber es gibt doch gar keine Stille! Die Natur verabscheut Stille ebenso, wie sie Horror vor dem leeren Raum hat. Horchen Sie einmal bei Niedrigwasser auf das Meeresufer: Es plappert aus Tausenden von feuchten, zum Himmel hin leicht geöffneten Lippen. Es ist redselig, *volubile*. Als ich Französisch lernte, verliebte ich mich in dieses anmutige, mehrdeutige Wort. Es bezeichnet auch die Trichterwinde: ihr dünner, zarter Stengel schlingt sich um kräftigere Pflanzen, denen er begegnet, und erstickt sie am Ende unter dem fiebrigen Überschwang seiner weißen, getüpfelten Trompeten. Auch die Flut ist etwas Umschlingendes. Sie umklammert mit ihren flüssigen Fangarmen die Brust und die Schenkel meiner zwei schlammgeborenen Liebenden. Und zerstört sie. Der Kuß des Todes. Aber *volubile* ist die Flut auch durch das kindliche Geplapper, das sie flüsternd von sich gibt, wenn sie sich über den Modder ergießt. Sie schiebt ihre salzigen Zungen mit feuchtem Klagelaut in den Sand vor. Sie möchte sprechen. Sie sucht nach Worten. Sie ist ein Säugling, der plappernd in der Wiege liegt.«
Und Lagos blieb zurück. Als wir den Badestrand erreichten, verließ er uns mit einer kleinen Geste des Abschieds und einem traurigen Lächeln.

Er. Er ist ein bißchen verrückt, dein Bildhauer und Tänzer, aber das eine stimmt: Als wir die Normandie von Osten nach Westen durchquerten, als wir von den Kieseln von Fécamp zu den Sandflächen am Mont-Saint-Michel wanderten, wechselten wir hinüber in ein anderes Rauschen des Ozeans. Der Seegang an den Küsten des Caux zerschlägt mit heiserem Lärm Milliarden von Kieseln. Hier wispert die steigende Flut, indes sie im Möwenschritt vorrückt.

Sie. Diese unechte Stille ist dir nicht gut bekommen. In Fécamp, da liebte ich einen schweigsamen Mann. Es war Abscheu in dir gegenüber dem ganzen konventionellen Geschwätz, mit dem sich menschliche Beziehungen umgeben. Guten Tag, guten Abend, wie geht es Ihnen, sehr gut, und Ihnen, was für ein Hundewetter ... Du erschlugst diesen ganzen Wortschwall mit einem bleischweren Blick. Hier bist du wortkarg geworden. Es ist Groll in deinem Stillschweigen, ein Murren in deinen Selbstgesprächen.

Er. Vorsicht! Ich habe gegen »Was für ein Hundewetter!« nie etwas gehabt. Ich glaube nicht, daß es sinnlos ist, von Regen und schönem Wetter zu sprechen. Das ist ein großes Thema auf See. Ich finde in Wetterberichten lyrische Poesie. Aber gerade das ist es. Die Worte, die man äußert, müssen sich einstimmen auf Himmel und Meer. Worte aus Fécamp passen nicht in die Atmosphäre von Avranches. Hier spüre ich etwas wie einen sanften, verfänglichen Ruf, ein Verlangen, dem ich nicht Genüge tun kann.

Sie. Hier sind wir getrennt durch einen riesigen Strand von Stille, zu der jeder Tag seine Ebbe beiträgt. Die große Logorrhöe vom Mai 68 ließ mich von einer lakonischen Klugheit träumen, von gewichtigen, spärlichen, aber sinnschweren Worten. Wir dämmern in einer lastenden Wortlosigkeit dahin, die genauso leer ist wie damals der studentische Wortschwall.

Er. Ich wüßte gern, was du willst. Jetzt wirfst du mir dauernd mein Stillschweigen vor. Du schreckst vor keiner Ausfälligkeit zurück, so verletzend sie sein mag.

Sie. Damit du aus dir herausgehst. Ich suche die Krisis, die Explosion, den Ehekrach. Was ist ein Ehekrach? Es ist der Triumph der Frau. Dann hat die Frau dem Mann so lange zugesetzt, bis es ihr gelungen ist, ihn seinem Schweigen zu entreißen. Dann schreit, wettert, schimpft er, und die Frau läßt sich von dem verbalen Wolkenbruch lustvoll überfluten.

Er. Du entsinnst dich doch dessen, was man vom Grafen Carhaix-Plouguer erzählt? In Gesellschaft wirken seine Frau und er vollkommen einig. Sie wechseln so viel Worte wie nötig, um nicht aufzufallen. Darüber hinaus freilich kein einziges Wort. Denn das ist nur eine Fassade. Der Graf hatte erfahren, seine Frau habe ihn betrogen, und er hatte ein letztes Mal das Wort an sie gerichtet, um ihr seinen Entschluß mitzuteilen, er werde unter vier Augen nie wieder mit ihr sprechen. Das Erstaunliche ist, daß er es geschafft hat, mit ihr trotz dieser Sprachlosigkeit drei Kinder zu zeugen.

Sie. Ich habe dich nie betrogen. Und doch muß ich dir zu Bewußtsein bringen, daß es dir unterläuft, mir nicht einmal jenes Minimum an Worten zu gönnen, das nötig ist, um nicht aufzufallen. Sonntag, gehen wir ja üblicherweise zum Essen in ein Restaurant an der Küste. Und da schäme ich mich manchmal unserer Sprachlosigkeit so, daß ich lautlos die Lippen bewege, um die anderen Gäste glauben zu machen, ich spräche mit dir.

Er. Eines Morgens, als wir miteinander frühstückten ...

Sie. Ich erinnere mich. Du warst in deine Zeitung vertieft. Du warst hinter der ausgebreiteten Zeitung verschwunden wie hinter einem Wandschirm. Kann man flegelhafter sein?

Er. Du drücktest auf den Wiedergabeknopf eines kleinen Tonbandgeräts, das du auf den Tisch gestellt hattest. Dann hörte man ein Pfeifen, Röcheln, Gurgeln, Schnaufen und Knarzen, ein Konzert, durchweg schön rhythmisch komponiert mit erneutem Beginn und Reprise der ganzen Skala. Ich fragte dich: »Was ist das?« Du gabst mir zur Antwort: »Das bist du, wenn du schläfst. Das ist alles, was du mir zu sagen hast. Darum nehme ich es auf.« – »Was? Ich schnarche?« – »Und ob du schnarchst! Aber du weißt es nicht. Jetzt hörst du dich. Das ist doch ein Fortschritt, nicht?«

Sie. Ich habe nicht alles gesagt. Durch dich, durch dein nächtliches Schnarchen getrieben, habe ich mich informiert. In mir schlummert eben immer noch eine alte Studentin. Ich fand eine Wissenschaft, die Rhonchologie, und eine Definition des nächtlichen Schnarchens. Hier ist sie: »Atmungsgeräusch, erzeugt durch das Vibrieren des Gaumensegels bei Lufteintritt unter der verbundenen und gleichzeitigen Einwirkung der Luft, die aus der Nase kommt, und derjenigen, die durch den Mund einströmt.« So ist das. Ich füge an, daß dieses Schwingen des Gaumensegels ganz ähnlich aussieht, wie wenn auf einem Boot das Segel killt. Wie du siehst, hat es immer mit dem Segel zu tun.

Er. Ich bin empfänglich für diesen Ausflug ins Nautische, aber du weißt ja, daß ich nie gesegelt bin.

Sie. Unter den Heilungsmethoden, wie sie die Rhonchologie vorschlägt, ist die radikalste die Tracheotomie, das heißt das Anlegen einer künstlichen Öffnung in der Luftröhre, damit sich die Atmung abseits des normalen Weges durch die Nase vollzieht. Aber es gibt auch die Uvulo-Palato-Pharyngoplasie – für Eingeweihte UPPP –, die darin besteht, einen Teil des Gaumensegels – einschließlich des Zäpfchens – zu resezieren und dessen Spitzen derart zu kappen, daß seine Vibrationsmöglichkeiten eingeschränkt werden.

Er. Man sollte den jungen Männern sagen, auf was sie sich einlassen, wenn sie heiraten.

Sie. Und umgekehrt genauso! Wie könnte ein junges Mädchen auch nur ahnen, daß der charmante Prinz, den sie liebt, nächtlicherweile den Lärm einer Dampflokomotive erzeugt? Wie auch immer: Im Verlauf der Nachtstunden an der Seite eines schweren Schnarchers bastelt sie sich eine ziemlich bittere Philosophie.

Er. Und was sagt sie, diese rhonchologische Philosophie?

Sie. Daß eine Paarbeziehung sich langsam im Laufe der Jahre aufbaut, und daß die Worte zwischen den beiden mit der Zeit eine wachsende Bedeutung annehmen. Anfangs reichen Gebärden aus. Dann gewinnt der Dialog an Umfang. Er muß auch an Tiefe gewinnen. Paare sterben daran, daß sie sich nichts mehr zu sagen haben. Meine Beziehungen zu einem Mann sind an dem Abend zu Ende, an dem ich nach einem anderswo verbrachten Tag keine Lust mehr habe, ihm zu erzählen, was ich getan habe, und auch nicht aus seinem Mund zu hören, wie er seinerseits diese Stunden ohne mich verbracht hat.

Er. Es ist wahr, ich bin nie gesprächig gewesen. Aber es passiert dir oft, daß du mich bei einer von meinen Geschichten unterbrichst, weil sie dich nicht interessiert.

Sie. Weil du sie schon hundertmal erzählt hast.

Er. Dazu hast du mir eines Tages einen diabolischen Vorschlag gemacht, und ich frage mich noch immer, ob er ernstgemeint war. Du hast mir vorgeschlagen, meine Geschichten zu numerieren. Dann hätte ich mich von da an, anstatt eine Geschichte von A bis Z mit allen Raffinessen eines guten Erzählers zum besten zu geben, darauf beschränkt, deren Nummer zu nennen, und du hättest sofort begriffen. Ich hätte »siebenundzwanzig« gesagt, und du hättest in deinem Gedächtnis die Geschichte vom Hund meiner Großmutter gefunden, der aus Versehen auf meinen Trawler geraten und als militärischer Star zurückgekehrt war. Bei »einundsiebzig« hätten wir miteinander schweigend der Treue jener beiden Seemöwen gedacht, die ich auf dem einen Schiff gerettet und großgezogen hatte und die mich wiederfanden, obwohl ich inzwischen auf einem anderen Schiff fuhr. »Vierzehn«, und die Odyssee meines Großvaters bei seinem einzigen Besuch in Paris wäre vor unserem geistigen Auge erstanden. Aber wirf mir dann nicht mehr mein Stillschweigen vor!

Sie. Deine Geschichten, die kenne ich alle und erzähle sie sogar besser als du. Ein guter Erzähler muß immer neu gestalten können.

Er. Nicht unbedingt. Wiederholung gehört zum Spiel. Es gibt ein Ritual des Erzählens, das beispielsweise die Kinder hochhalten. Ohne daß ihnen um Neues zu tun ist, verlangen sie, daß man dieselbe Geschichte mit immer denselben Worten erzählt. Bei jeder Veränderung mucken sie unwillig auf. In gleicher Weise gibt es auch ein Ritual des täglichen Lebens, der Wochen, der Jahreszeiten, der Festtage und der Jahre. Ein glückliches Leben läßt sich in diese Formen gießen, ohne sich dadurch beengt zu fühlen.

Sie. Meine Idee, deine Geschichten zu numerieren – du hast unrecht, wenn du meinst, sie habe nur darauf abgezielt, dich mundtot zu machen. Ich hätte sie ebensogut benutzen können, um dich zum

Reden zu bringen. Ich hätte einfach »dreiundzwanzig« gesagt, und sofort hättest du mir erzählt, wie du vom 2. bis 13. September 1944 im belagerten Le Havre gelebt hast. Aber ehrlicherweise frage ich mich: Hätte ich denn Lust gehabt, dieselbe Geschichte unendlich oft mit denselben Worten erzählt zu hören? Hätte ich das kindliche Vorstellungsvermögen gehabt, das man dazu braucht?

Er. Nein, im Gegenteil – davon bin ich überzeugt. Du lügst oder belügst dich. Und es gibt den anderen Standpunkt, den meinen. Ich kenne eine ganz furchtbare Idee, die so recht dazu geschaffen ist, den Dialog zwischen zwei Menschen abzuwürgen: die Idee vom *unberührten Ohr.* Wendet ein Mann sich einer anderen Frau zu, dann um bei der »Neuen« ein unberührtes Ohr für seine Geschichten zu finden. Don Juan war nichts als ein unverbesserlicher Angeber. Eine Frau interessierte ihn nur während der – leider kurzen, immer kürzeren – Zeit, in der sie seinen Angebereien Glauben schenkte. Schon beim Schatten eines Zweifels, den er in ihrem Blick fand, kam Eiseskälte über sein Herz und sein Geschlecht. Dann machte er sich davon, auf die Suche nach der köstlichen, herzwarmen Leichtgläubigkeit, die einzig seinem Geschwafel das wahre Gewicht geben konnte. All das beweist die große Bedeutung der Worte im Leben eines Paares. Übrigens, wenn einer von ihnen mit einer dritten Person schläft, dann sagt man, er »betrüge« den anderen – was seine Untreue im Bereich des Sprachlichen ansiedelt. Ein Mann und eine Frau, die sich gegenseitig nicht anlügen und sich jede Untreue sofort gestehen würden, könnten einander nicht betrügen.

SIE. Mag sein. Aber das wäre ein Dialog von Zynikern, und die Wunden, die sie einander im Namen der Klarheit beibrächten, würden sie recht bald entzweien.

ER. Also muß man lügen?

SIE. Ja und nein. Zwischen dem Dunkel der Lüge und dem Zynismus der Klarheit ist Raum für eine ganze Skala von Zwischentönen, bei denen die Wahrheit gewußt, aber verschwiegen oder absichtlich nicht zur Kenntnis genommen wird. In Gesellschaft verbietet es die Höflichkeit, bestimmte Wahrheiten klar und hart auszusprechen. Weshalb sollte es unter Paaren nicht auch eine Höflichkeit geben? Du betrügst mich, ich betrüge dich, aber wir wollen es nicht wissen. Gute, intime Vertraulichkeit gibt es allein, wo Halbdunkel herrscht. »Ziehst du ein bißchen den Schirm übers Licht...?« sagte der bezaubernde Paul Géraldy.

ER. Unter Paaren vielleicht, aber sicher nicht unter Frauen. Da macht sich ganz lässig der ärgste Zynismus breit. Mesdames, ihr seid untereinander erschreckende Gevatterinnen! Ich wartete einmal beim Friseur im Salon für »Messieurs«, den nur eine halbhohe Wand vom Damensalon trennte. Ich war sprachlos, wie sehr Friseusen, Maniküren, Schamponiermädchen und Kundinnen zu Komplizen wurden – Komplizen in einem allgemeinen Geplapper, in dem die intimsten körperlichen und ehelichen Geheimnisse ohne die geringsten Hemmungen ausgebreitet wurden.

SIE. Und Männer unter sich – genieren die sich vielleicht?

ER. Mehr als du glaubst. Jedenfalls mehr als Frauen. Die männliche Eitelkeit, im allgemeinen so lächerlich, nötigt sie insoweit, eine gewisse Scham zu bewahren. Zum Beispiel reden wir nicht gern von unseren Krankheiten.

SIE. Es ist nun mal so, daß sich die »intimen Geheimnisse«, wie du so hübsch sagst, bei den Männern auf wenige Dinge beschränken. Bei ihnen endet alles mit Zahlen. Soundsovielmal oder soundsoviel Zentimeter. Die Geheimnisse der Frauen sind da ungleich subtiler und dunkler! Und unser Komplizentum ist das der Unterdrückten, also weltweit dasselbe, denn überall unterliegt die Frau dem Willen des Mannes. Ein Mann wird niemals wissen, wie tief das Gefühl dieser Gemeinsamkeit zwei Frauen verbinden kann, wenn sie einander im übrigen vollkommen fremd sind. Ich denke zurück an eine Marokkoreise. Ich war die einzige Frau in unserer kleinen Gruppe. Wie es im Süden oft geschieht, kommt ein kleiner Junge auf uns zu und lädt uns spontan ein, bei ihm zu Hause den Tee einzunehmen. Der Vater empfängt uns im Kreis seiner Söhne, drei oder vier, ich weiß es nicht mehr. Der jüngste konnte wohl eben laufen. Die Tür, die vermutlich zu den Schlafräumen ging, war mit einer Decke verhängt. Zuweilen bewegte sie sich insgeheim, und man gewahrte ein schwarzes Auge, einen Blick, der sich hereinstahl. Mutter, Töchter, Großmutter, Schwiegermutter, Schwägerin, sämtlich in die Innenräume verbannt, warteten, horchten, lauerten. Ich mußte an die Proteste der Frauen denken, in deren Häusern man einen Hahn für fließendes Wasser installiert hatte. Das war für sie das Ende des täglichen Ganges zum Dorfbrunnen und des langen, köstlichen Schwatzens mit anderen Frauen, zu dem er Anlaß gab. Als wir aufbrachen, begegnete ich einem jungen Mädchen, das gerade heimkam. Es lächelte mir zu, mir allein, weil ich die einzige Frau war, und in diesem Blick lag eine Welt warmherziger Brüderlichkeit. Ich sage Brüderlichkeit, aber ich müßte eigentlich »Schwesterlichkeit« sagen, wenn es das Wort gäbe.

Er. Vielleicht ist das etwas zu Seltenes, um einen Namen zu verdienen.

Sie. Es liegt vor allem daran, daß die Sprache von Männern geprägt wird. In einem wunderlichen Roman mit dem Titel »Die Insel der großen Mutter oder Das Wunder von Île des Dames« stellt Gerhart Hauptmann eine Robinsonade eigener Art dar. Er malt sich aus, daß nach dem Schiffbruch eines Passagierdampfers ausschließlich mit Frauen besetzte Rettungsboote auf einer öden Insel stranden. Daraus entsteht eine Frauenrepublik mit ungefähr hundert Bürgerinnen.

Er. Das ist eine Hölle!

Sie. Ganz und gar nicht, im Gegenteil! Es ist die große Schwesterlichkeit. Hauptmann verficht die Idee, daß die Männer schuld sind, wenn Frauen sich zanken. Es sind die Männer, die unter den Schwestern soviel Zwietracht säen. Sogar unter den frommen Klosterschwestern, bei denen ihr gemeinsamer Beichtvater Verwirrung stiftet.

Er. Ist das ein Wunder?

Sie. Nein, das Wunder ist, daß eines Tages, nach Jahren einer glücklichen, schwesterlichen Inselgemeinschaft, eine der Frauen sich unerklärlicherweise schwanger fühlt.

Er. Der Heilige Geist vermutlich.

Sie. Alles könnte wieder ins Lot kommen, wenn sie mit einem Mädchen niederkäme. Aber des Schicksals Bosheit will, daß sie einen Sohn bekommt. Das Ende der Dameninsel hat geschlagen. Das Virus des Männlichen wirkt und tut sein Zerstörungswerk.

Er. Da wir beide, du und ich, das Pech haben, verschiedenen Geschlechts zu sein, und da wir uns nichts mehr zu sagen haben, bleibt uns im Grunde nur, uns zu trennen. Laß es uns wenigstens glanzvoll tun! Versammeln wir all unsere Freunde zu einem nächtlichen Mahl!

Sie. Zu einem *Medianoche*, wie das auf spanisch heißt.

Er. Nehmen wir dafür die kürzeste Nacht des Jahres, damit unsere letzten Gäste erst gehen, wenn über der Bucht die Sonne aufgeht. Ich kümmere mich um das Menü. Auf den Tisch kommen nur Dinge, die mein Fischen zu Fuß erbringt.

Sie. Wir reden mit ihnen, sie reden mit uns, es wird ein großes Palaver über Liebe und Zweisamkeit sein. Ein Medianoche um die Liebe und die See. Und wenn dann ein jeder das Seine gesagt hat, klopfst du mit dem Messer an dein Glas und verkündest ihnen feierlich die traurige Nachricht: »Oudalle und Nadège trennen sich, weil sie sich nicht mehr verstehen. Sie gehen gar so weit, böse Worte zu wechseln. Danach umgibt sie ein ungutes Schweigen ...« Und wenn der letzte Gast fort ist, hängen wir an die Haustür ein Schild: »zu verkaufen«, und gehen in verschiedene Richtungen auseinander.

So geschah es. Einladungen für den Abend des Sommersonnwendtages ergingen an alle Freunde von Nadège und Oudalle. Nadège ließ in den drei Hotels von Avranches alle Zimmer reservieren. Oudalle, flankiert von zwei Kumpanen, rüstete sich zu einem Fischzug zu Fuß von denkwürdigem Ausmaß.
Es war noch Tag, als die ersten Eingeladenen erschienen. Es waren die, die den weitesten Weg gehabt hatten, denn sie kamen geradewegs aus Arles. Dann, gleich danach, klingelten die allernächsten Nachbarn an der Tür. Eine halbe Stunde verging noch, bis die folgenden herzuströmten. Gäste folgten auf Gäste, die ganze Nacht hindurch, in einem

ständigen Ballett von Wagen – wie Nadège und Oudalle es gewollt hatten, denn sie hatten kein regelrechtes Essen rund um einen Tisch vorgesehen, sondern eine fortlaufende Bewirtung, an der jeder teilhatte, wann immer er gerade kam. Es gab zunächst Taschenkrebse im Kräutersud, eine Miesmuschelbouillon mit gerösteten Brotscheiben und Räucheraale. Dann Einsiedlerkrebse, mit Whisky flambiert, und rauchgetrocknete violette Seeigel. Traditionsgemäß wurde zu Mitternacht der zwölfte Glockenschlag abgewartet, um das königliche Gericht aufzutragen: Hummer Pompadour im Seewalzenrand. Mit fortschreitender Nacht gab es Oktopus mit Paprika, Paellas von Tintenfischen und ein Lippfischfricassé. Beim ersten Morgendämmern wurden Seeohren in Weißwein, Seeanemonenbeignets und Jakobsmuscheln in Champagner gereicht. Es war demnach wirklich ein Medianoche des Meeres, ganz ohne Gemüse, ohne Obst und ohne Süßspeise.

Ein Gruppe von Tischgenossen hatte sich auf der hohen Terrasse zusammengefunden, deren Pfähle bis nach vorn auf den Strand reichten. Weder Nadège noch Oudalle hätte sagen können, wer die Idee gehabt hatte, die erste Geschichte zu erzählen. Sie verlor sich in der Nacht, und nicht anders wohl auch die zweite und dritte. Aber erstaunt über das, was bei ihnen vor sich ging, sorgten sie dafür, daß die folgenden Erzählungen aufgenommen und festgehalten wurden. Es waren neunzehn, und was erzählt wurde, waren teils Märchen, eingeleitet mit dem magisch-traditionellen »Es war einmal«, teils Novellen, in der ersten Person erzählte Ausschnitte aus dem Leben und darum oft blutig und schmutzig. Nadège und Oudalle hörten zu, staunend über die imaginären Gebäude, die da in ihrem eigenen Haus emporwuchsen und die mit dem letzten gesprochenen Wort versanken, um anderen ebenso flüchtigen Gebilden Platz zu machen. Sie mußten an Lagos' Sandstatuen denken. Sie verfolgten die langsame Wirkung, die dieses Nacheinander erdachten Geschehens in ihnen erzeugte. Es war ihnen, als trügen die Novellen – streng realistisch, pessimistisch, zersetzend – dazu bei, sie zu entzweien und ihre Bindung als Paar zu zerstören, während die Märchen – würzig, warmherzig, menschenfreundlich – sich im Gegenteil mühten, sie einander wieder näherzubringen. Und obschon die Novellen zunächst durch ihre lastende, schwermütige Wahrheit überlegen gewesen waren, hatten die Märchen mit fortschreitender Nacht immer mehr an Schönheit und Kraft gewonnen und am Ende ein Strahlen erreicht, dessen Zauber unwiderstehlich war. Ange Crevet, das haßerfüllte, gedemütigte Kind, Ernest, der Wilderer, der Selbstmörder Theobald und Blandines widerlicher Vater, Lucie, die Frau ohne Schatten, und etliche andere – diese graue, nüchterne Masse hatte in den ersten Stunden eine Atmosphäre mürrischen Abscheus um sich verbreitet. Bald aber waren Angus und König Faust, Pierrot mit seiner Colombine, Adam beim Tanz und Eva in ihren Düften, der chinesische Maler und sein griechischer Rivale zum funkelnden Festzug einer neuen Hochzeit geworden, einer jungen und ewigen. Und vor allem das letzte Märchen, das Märchen vom zweifachen Gastmahl, hatte, wie es scheint, den Alltag der Ehe gerettet, indem es seine jeden Tag, jede Nacht wiederholten

Gebärden zur Höhe einer glühenden, innigen Zeremonie erhob.
Die Mittsommersonne umglutete die Silhouette des Mont-Saint-Michel, als der letzte Gast aufstand und Abschied nahm – nachdem er, für seine Gastgeber allein, wohl das schönste Märchen erzählt hatte, das jemals erfunden worden ist. Die steigende Ebbe rann unter die schütteren Bohlen der Terrasse. Die Muscheln, von der Flut umschmeichelt, lockerten ihre Schalen und ließen das Schlückchen Wasser ausströmen, das sie über die Stunden der Dürre zurückgehalten hatten. Die tausend und abertausend dürstenden Münder des Watts füllten sich flüsternd mit salzigen Säften. Der Strand stammelte und suchte nach einer Sprache, ganz so, wie es Lagos begriffen hatte.
»Du bist nicht aufgestanden und hast mit dem Messer ans Glas geklopft und unseren Freunden die traurige Nachricht von unserer Trennung verkündet«, sagte Nadège.
»Nein, denn die Unausweichlichkeit unserer Trennung erscheint mir nicht mehr so einleuchtend, seitdem mir all diese Geschichten im Kopf herumgehen«, erwiderte Oudalle.
»Was uns wirklich fehlte, war ein Haus aus Worten, um gemeinsam darin zu leben. Früher bot die Religion den Ehegatten ein Gebäude, und das war – in Gestalt der Kirche – real und irreal zugleich, war von Heiligen bevölkert, mit Legenden ausgemalt, von Chorälen ertönend, ein Gebäude, das sie voreinander und vor äußeren Angriffen schützte. Dieses Gebäude fehlte uns. Unsere Freunde haben uns alle Materialien geliefert. Die Literatur als Allheilmittel für Paare in höchster Not . . .«

»Wir hatten uns wie zwei Karpfen in den Schlamm unseres Alltags gewühlt«, schloß Oudalle, seinen ichthyologischen Metaphern noch immer getreu. »Von nun an werden wir wie zwei Forellen sein, die erschauernd Seite an Seite in den Wassern eines Gebirgsbaches schwimmen.«

»Dein Medianoche aus dem Meer war köstlich«, sagte nun wieder Nadège. »Ich ernenne dich zum Oberküchenmeister meines Hauses. Du wirst der Hohepriester meiner Küchen sein, der beim Bereiten, Austeilen und Verzehren der Speisen die Riten bewahrt – die Riten, die dem Mahl seine geistige Dimension verleihen.«

Der Ausflug in die Kindheit

Ich hatte Ende der Woche ein Polomatch in Rio de Janeiro zu bestreiten. Ich sollte dort meine Frau wiedertreffen, sie war schon vier Tage zuvor mit meinen drei besten Pferden dorthin gereist. Die Pferde brauchten diese Zeit, um Müdigkeit und Nervosität des zehnstündigen Fluges zu überwinden. Meine Frau würde sich ein Vergnügen daraus machen, mit ihnen ein paar Runden zu reiten, damit sie sich entspannen konnten. Als Reiter war ich es mir natürlich schuldig gewesen, eine Reiterin zu heiraten. Mangels einer solchen Gemeinsamkeit waren meine zwei früheren Ehen in die Brüche gegangen.

Ich war also Strohwitwer, und vielleicht hat dieser ungewohnte Zustand (ich bin ein im tiefsten Wesen unwandelbar der Ehe zugeneigter Mensch, ein *homo conjugalis*) dazu beigetragen, daß ich eine Pilgerfahrt in meine früheste Jugend unternahm. An jenem Abend hätte ich in Roissy das Flugzeug nehmen müssen, das mich, mit einer Zwischenlandung in Madrid, hätte nach Rio bringen sollen. Ich schickte das Hauspersonal in Urlaub, schloß dann eigenhändig unsere Stadtwohnung ab und wartete mit meinem Gepäck auf das Taxi, das mich zum Flughafen bringen sollte. In meinen Gedanken hatte ich Paris bereits verlassen und war schon in Rio bei meiner Frau, bei den Freunden vom »Club hippique«, bei denen wir wohnen sollten, vor allem aber bei meinen lieben Gäulen, die sich von den Aufregungen der Flugreise schon wieder erholt haben würden.

Meine Träume zerstoben jäh, als sie auf die Wirklichkeit stießen, in concreto auf ein Schild, das quer über den Eincheckschalter für meinen Flug gehängt war: der besagte Flug sei gestrichen. Grund: Streik des Bodenpersonals auf dem Flughafen Madrid. Ich war fassungslos. So etwas hätte es unter Franco nicht gegeben! Wenn ich die Abfahrtszeiten der folgenden Flüge und den Zeitunterschied gegenüber Rio in Betracht zog, ging mein Polomatch in die Binsen, und ich hatte meinen geliebten Gäulen unnötigerweise eine Atlantiküberquerung zugemutet. Meine Frau würde sich damit schon abfinden: sie fliegt leidenschaftlich gern, und ein Aufenthalt in Brasilien mitten im brasilianischen Frühling hat ja weiß Gott nichts Tragisches an sich.

Mich dagegen hatte dieses Mißgeschick sonderbar vom realen Dasein abgeschnitten. Die Wohnung verschlossen, das Personal in alle Winde verstreut, meine Pferde und meine Frau davongeflogen. Nur ich, unsinnigerweise in Paris festgehalten, das ich innerlich schon verlassen gehabt hatte, schwebte in einem seltsam-unheimlichen, luftleeren Raum. Mir war, als habe mein Leben gewissermaßen seinen Halt eingebüßt, einem lockeren Zahn ähnlich, der nur durch die Macht der Gewohnheit noch an seinem Platz im Zahnbett sitzt. Schon der geringste Druck der Zunge legt seine Wurzeln und

das blutig nässende, weiche Loch im Zahnfleisch bloß.
Ich nahm ein Taxi und ließ mich, durch die übergroße Freiheit ganz verunsichert, an der gewohnten Stelle auf meinem Bürgersteig absetzen. In der einen Hand den Koffer, in der anderen mein Bordcase, stieß ich mit dem Knie das Gittertor auf und folgte dem Gartenweg zum Haus. Die feuchte Novembernacht war hereingebrochen, doch das trübselige Licht der Straßenlaternen erhellte den Boden in allen Einzelheiten. Ich schob mit dem Schuh ein Häufchen welkes Laub zur Seite und entdeckte ein dünnes Büschel Pilze. »Das richtige Wetter für Schwindlinge«, dachte ich. Die Räume im Haus sind sinister. Ich bin doch verreist, bei Gott, was tu' ich denn hier? Der Kühlschrank hat nichts zu bieten. Der Fernseher bleibt dunkel. Eine Zeitlang drehe ich Runden durch Zimmer, die verlassen und viel zu gut aufgeräumt sind, um mich in ihnen nicht als Eindringling zu fühlen. Ich denke daran, in das kleine Restaurant in der Rue Le Sueur zu gehen, wo man bis Mitternacht bedient wird, und ein bißchen was zu essen, dann graut mir schon wieder bei dieser Vorstellung. Schließlich ziehe ich mich aus und gehe zu Bett.
»Das richtige Wetter für Herbstschwindlinge.« Ja, denn obzwar der Schwindling vorwiegend ein Frühjahrspilz ist, gibt es eine Abart, die im Herbst wächst und die gedrungener und dunkler, aber nicht weniger schmackhaft ist. Ich sehe die dünnen Pilzchen von vorhin wieder vor mir. Ich denke an meine Kindheit. Während des Krieges war ich acht, neun, zehn, elf, zwölf. Wir wohnten im Pfarrhaus eines burgundischen Dorfes. Schlecht

und recht, aber wir konnten uns in den elenden Zeiten damals ja kaum beklagen. Ich klapperte mit dem Fahrrad das Land ab, um bei den Bauern Lebensmittel aufzutreiben. Ich habe nicht im entferntesten vergessen, wie fürchterlich schwer ein Anhänger sein kann, der am Sattelholm befestigt ist, und auch nicht, wie hart die Korkbänder waren, die sehr bald die Gummireifen samt Schläuchen ersetzen mußten. Ich ging in die Gemeindeschule, und da meine Kleidung und mein Akzent meine Herkunft als Städter verrieten, wurde ich scheel angesehen. Mein einziger echter Freund war Ernest, ein »schlechtes Element«, ein unverbesserlicher Faulpelz, aber ein genialer Wilderer. Ha! Das war ein Kerl! Wenn's darum ging, Schlingen für Karnickel zu legen, Fallen für Amseln zu stellen oder mit der Hand die Forellen in der Ouche zu fangen, da hatte er nicht seinesgleichen! Wie viele Male konnte ich dank seiner den Speisezettel der Familie kräftig aufbessern! Dafür gab meine Mutter ihm unsere abgelegten Kleider und Schuhe. Alles paßte ihm großartig; er trug sie endlos lange, unsere alten Klamotten, und es war, als ob sie bei ihm kraft einer besonderen Gnade ewig hielten.
Pilze, die waren seine Spezialität. Er hätte noch unterm Tisch des Schullehrers welche gefunden, und köstliche obendrein! Ohne jedes theoretische Wissen davon traf er die Entscheidung zwischen giftig und eßbar aus dem Instinkt heraus mit unfehlbarer Sicherheit. Freilich mit einer kleinen Einschränkung: ihm eine Pilzernte in einem Taschentuch oder einem Korb vorlegen, um seine Ansicht darüber zu hören – das durfte man nicht. Da schüttelte

er den Kopf, lehnte ab, sich zu äußern, gestand, daß er das nicht wisse. Einen Pilz erkennen, das konnte man nur auf dem Boden, wo er gewachsen war und bevor ihn jemand berührt hatte. So war Ernest.

Die Schwindlinge... Ich erinnere mich eines manchmal überschwemmten Feldes unterhalb der Fontaine Fermée – einer der beiden Quellen der Ouche–, das man, ich kann nicht sagen, warum, die »Ganserkuhle« nannte. Ich möchte jeden Eid schwören, daß eben jetzt, in dieser Stunde, die Pilze im spärlichen Graswuchs dieser unfruchtbaren Erde ihre »Hexenringe« bilden.

Vergebens suche ich den Schlaf, und ohne wirklich einzuschlafen, dämmere ich in einer Art Wachtraum dahin. Er führt mich wieder in jene Jahre der Kindheit zurück, die im Grunde ja ziemlich kurz sind, die aber die Grundfesten jeden Daseins bilden. Die Ganserkuhle und ihre Schwindlinge, Ernest und seine Taschen voller Eidechsen, Insekten, Vogelnester, Eier, Messer, Angelzeug oder Wildereiutensilien. Fünfunddreißig Jahre ist es her, daß ich all das hinter mir gelassen habe, und doch ist es noch immer so lebendig und so nah. Steckt nicht ein gut Teil Undank darin, daß ich nichts mehr wissen wollte von diesem Land und diesen Leuten, die meine Kindheit gehegt und gepflegt haben in jenen finsteren Jahren?

Ich stehe auf. Es ist klar, ich habe kein Bedürfnis zu schlafen. Ich ziehe mich wieder an, und bevor ich noch wage, es in Worte zu fassen, weiß ich im Innersten schon, welchem Plan ich gehorche. In der Tiefgarage wartet, ein schlummerndes, fügsames Ungeheuer, der Bentley. Ein Befehl genügt, und schon springt er aus seinem Loch. Ich gebe den Befehl. Die elektrische Tür schwenkt langsam nach außen. Sachte schnurrt der Motor. Die Avenue Foch liegt in fahler Klarheit da. Ich fahre in Richtung Stadtringautobahn. Als ich in die Autoroute du Sud einbiege, ist es zwei Uhr dreißig nachts.

Wie ich an der Ausfahrt Pouilly-en-Auxois bin, überkommt mich ein Zögern. Ich hatte mir anfänglich vorgenommen, bis Beaune zügig durchzufahren und dann über die N 470 in Richtung Montigny wieder heraufzuzockeln. Aber die Hinweisschilder vor der Ausfahrt Pouilly trugen nacheinander Namen von Dörfern, die mir so freundlich im Ohr klangen, daß ich ihrem Ruf nicht widerstehen konnte. Commarin, das Dorf des burgundischen Schriftstellers und Eisenbahners Henri Vincenot, Pont-de-Pany, wo meine Großmutter mütterlicherseits ihre Kindheit verlebt hat und wo sie begraben liegt. Chazilly, wohin wir, meine Brüder und ich, in einem künstlichen kleinen See zum Baden gingen. Ich verließ also die Autobahn, und sogleich sprangen mir wiederum Erinnerungen in die Augen. Darunter waren sogar Erinnerungen aus zweiter Hand, damit meine ich solche, die meine Eltern oder Großeltern betrafen und die ich im Familienkreis hundertmal hatte aufwärmen hören. So gedachte ich, als ich auf die Gefällstrecke hinunter nach Sainte-Sabine kam, des großen Gänsemassakers, das mein Großvater im Jahre 1926 am Steuer seines Citroën B 12 angerichtet hatte. Als er vor seiner Apotheke in Bligny-sur-Ouche hielt, wunderte sich meine Großmutter über all die weißen Federn, die den Wagen bedeckten. »Morgen gibt es in Sainte-Sabine ein Gänseessen«, sagte mein Großvater in biblischer Einfachheit. Erstes Morgenlicht bleichte den östlichen Horizont, als ich in langsamem Tempo an eben dieser Apotheke vorbeifuhr. Wieviel Erinnerungen! Wieviel Tote!

Zwei Kilometer sind es von Bligny nach Montigny. Als ich in das Dorf einfuhr, schlief noch alles. Ich war erleichtert. Es wäre mir zuwider gewesen, nach so vielen Jahren Abwesenheit nun am Steuer meines auffallenden Wagens großkotzig daherzukommen. Im Nu war ich an der Ganserkuhle bei der Fontaine Fermée. Ich traute meinen Augen nicht: ein Wald! Wo einst sanftwellige nasse Wiesen gewesen waren, stand jetzt ein Gehölz von reihenweise gepflanzten Erlen. Der Gedanke, diese Niederung durch Anpflanzen von Bäumen zu sanieren, war eigentlich ganz vernünftig. Aber daß da Erlen standen, und vor allem, wie groß sie schon waren, ließ mich jählings die Last der Jahre spüren. Ja, nicht einmal fünfunddreißig Jahre braucht es, bis aus einer Pflanzung von Ballenheistern ein richtiger Wald gewachsen ist! Auf einmal kam ich mir alt vor, fühlte mich schon jenseits jener Mitte des Lebensweges, von der Dante spricht. Und zudem war ich enttäuscht. Wo waren meine Schwindlinge? War ich mitten in der Nacht aufgestanden und diese ganze Strecke gefahren, um dann mit leeren Händen heimzukommen? Noch einmal ging ich meine Erinnerungen durch. Und sah vor mir ein Wäldchen in den Almen von Bessey-en-Chaume auf dem Scheitelpunkt der Balance, ein Wäldchen mit freiem, dabei jedoch von einer vorspringenden Lärchengruppe geschütztem Gelände. Denn der Schwindling ist ein Pilz, der Licht

und Luft braucht, aber auch den Schutz einer Hecke, einer Mauer oder eines Waldwinkels.
Also wieder los mit meinem schönen Vehikel, Richtung Beaune, auf die Steige, die man »Balance« nennt. Nach fünf Kilometern biegt man in ein Nebensträßchen Richtung Crépey ein, und kurz vor Bessey ... war alles da! Ich stieg aus und fand sofort die fast alpine Atmosphäre dieser burgundischen Höhen (der Col de Bessey-en-Chaume ist der höchste Punkt der Autoroute du Sud) mit ihren Matten und ihren Tannenhorsten wieder. Meine vorspringende Lärchengruppe hatte sich nicht vom Fleck gerührt. Und auch die Nelkenschwindlinge *(marasmius oreades)*, eine ganze Kolonie Nelkenschwindlinge, waren getreulich zur Stelle. Ich holte die Plastiktasche heraus, die ich in den Kofferraum geworfen hatte, und machte mich mit dem Eifer meiner wiedergefundenen zwölf Jahre an die Arbeit. Kam es daher, daß ich jetzt größer war? Es schien mir, als wären die Pilze, die ich ehedem hier gesammelt hatte, schöner gewesen als die heutigen. Goldene Nebel des Vergangenen, ihr verherrlicht die kleinsten Dinge!
Meine schwere, volle Tasche vertrieb mich aus meinen Träumen. Was nun? Zurück auf die Autobahn, zurück nach Paris? Eine sinistre Aussicht. Aber was sonst, wer sonst? Ernest natürlich! Sicher saß er ebenso wie die Lärchengruppe noch am gleichen Fleck, mein genialer Wildschütz! Es war sechs Uhr, und die rosenfingrige Eos erhob sich hinter dem fernen Kirchturm von Crépey. Die rechte Zeit für diesen Wilden.
Der Bentley schnurrte wie ein dicker Kater, als es die Balance wieder hinunterging.

An dem kleinen Gasthof, den einst das Ehepaar Guéret innehatte, biege ich nach links ab und fahre auf der Brücke über die Ouche. Ernests elterliches Haus hat mit seiner schiefen Treppe und seinem wie ein alter Hosenboden geflickten Dach zwar einen Schuß Baufälligkeit abbekommen, empfängt mich aber als vertrauten Freund. Ich klopfe an die Tür. Eine Stimme, die ich sofort erkenne, fragt: »Wer ist's?« Ich nenne meinen Namen. Die Tür geht auf. »Also du bist's?« Zwar hat er sich sehr verändert, und wäre ich diesem struppigen Faun auf der Straße begegnet, so weiß ich nicht sicher, ob ich sogleich meinen früheren Kameraden erkannt hätte. Aber bei einigem Nachdenken scheint die Verwandlung des dürren Rotschopfs mit dem stechenden Blick, wie ich ihn gekannt habe, in diesen schnauzbärtigen Fuchs mit den grünen, von Ironie schlitzschmalen Augen – scheint diese Metamorphose in der Logik zu liegen, wonach das Kind der Vater des Mannes ist. »Ich bin der Pilze wegen gekommen«, sage ich und halte ihm meine Tasche hin, als genügte diese Erklärung, um zu begründen, weshalb ich ihm nach fünfunddreißig Jahren Stillschweigen mit einemmal ins Haus falle. »Pilze?« sagt er und wirft einen Blick in meine Tasche. »Ah, das sieht dir ähnlich!« Und sein ganzes, scharfgeschnittenes Gesicht spiegelt unverhohlene Belustigung wider, nur gezügelt von der Nachsicht, die mein Fall verlangt. »Platz, Briffaut!« Ein Hund von schwer bestimmbarer Rasse, in der jedoch der Spaniel vorherrscht, schnuppert mir hingerissen an Beinen und Hosenschlitz. »Na schön, ich wollte gerade frühstücken«, sagte Ernest. »Wir machen ein Omelett mit Pilzen, wenn du gern möchtest.« Ich möchte gern – um so mehr, als ich am Tag zuvor nicht zu Abend gegessen habe. Er bietet mir einen Stuhl an und beginnt, neben einem Abfallkübel sitzend, die Pilze zu putzen. Ich schaue mich im Zimmer um. Es ist ein ganzer rustikal-forstlicher Trödelladen – Kaninchenfelle, die auf Gestellen trocknen, Fischernetze, Käfige, Kescher, Reusen, Krebsteller, eine Axt, die auf einem Haufen Holzscheite liegt, und ich merke auch, daß die drei Gewehre an einem Kleiderrechen an der Wand gerade über dem großen aufgedeckten Bett hängen, immer in Reichweite für den, der darinliegt. Gewohnheit der Vorväter oder eingewurzeltes Mißtrauen?

»Lebst du ganz allein?«

»Mein einziger Herr nach dem Herrgott! Du weißt, daß ich mich mit dem Vater nicht allzugut verstand. Ich war fort. Als er starb, kam ich wieder und blieb bei der Mutter. Auch sie starb dann, ich weiß nicht mehr, vor einigen Jahren. Wollte nicht in die Klinik. Hatte recht damit. Seitdem niemand mehr. Allein mit Briffaut. Nicht wahr, Briffaut?«

Der Hund stimmte schweifwedelnd zu.

»Also bist du die ganze Nacht gefahren, um hier Schwindlinge zu sammeln?«

Dieser der Wahrheit entsprechende Widersinn rief sogleich nach einem zweiten, den Ernest ohne weiteren Einwand hinnahm.

»Meine Frau ist mit meinen Pferden in Rio de Janeiro, da hatte ich frei.«

Frei ... Die wahre Freiheit, hatte ich die nicht erst vor mir? Meine Schwindlinge an diesem Allerheiligentag – hatten sie mich nicht erst gezwungen, diese Freiheit zu entdecken? Ernest hatte sein Debüt neben mir auf der Schulbank der hiesigen Gemeindeschule gegeben. Dann hatten wir uns getrennt, und unsere unterschiedlich verlaufenden Wege hatten mich in eine Stadtwohnung in der Avenue Foch, ihn mit seinem Hundebastard wieder an den Ausgangspunkt geführt, in diese alte Kate voller Leben und voller Gerüche. Ich hatte mit allen Kräften darum gekämpft, zu Vermögen zu kommen, und hatte das erreicht. Ich war zweimal geschieden, und meine dritte Frau und mich verband nur noch unsere gemeinsame Vorliebe für Pferde. Ich war mehrmals rund um die Erde gereist, von Ost nach West und von West nach Ost. Was mich an Ernest beeindruckte, war der völlige Mangel an Neugier mir gegenüber. Was ich mit dieser ganzen Zeit angefangen hatte, interessierte ihn schlichtweg nicht. Er hatte sich nicht um einen Meter von der Stelle bewegt. Er lebte noch heute, wie er als Kind und als Jugendlicher gelebt hatte. Die Eintönigkeit seines Lebens im wiederkehrenden Rhythmus der Jahreszeiten, in denen sich ein Tag über den anderen, ein Jahr über das andere legte, mußte die fünfunddreißig Jahre, während derer ich seinem Gesichtskreis entschwunden war – Jahre, die für mich übervoll waren von glücklichen und unglücklichen Erlebnissen –, beinah zu einem Nichts zusammenschrumpfen lassen. Und am Ende hatte nur ich Fragen an ihn. Das Überraschende war, daß er sich mitteilsam, fast beredt zeigte, dieser große Einzelgänger, doch bemerkte ich recht schnell, daß es zwar ganz so aussah, als wende er sich an mich, daß er aber immer wieder Blicke mit Briffaut wechselte, der ganz offenbar sein einziger wirklicher Gesprächspartner war. Robinson Crusoe auf einer einsamen Insel. An ihn mußte ich denken, als ich Ernest mit seiner Weste aus Schaffell und seinem rötlichen Bart vor mir sah. Und ich war der Kommandant des ersten englischen Schiffes, das nach Jahr und Tag an dieser Insel anlegte, und wollte den Mann mit seinen Ziegen in ein Gespräch verwickeln. In Wahrheit suchte ich mir vorzustellen, wie mein Leben wohl ausgesehen hätte, wenn ich so wie Ernest in diesem Land meiner Kindheit geblieben wäre.

Gesichter durchwogten mein Gedächtnis. Annette Mazurier beispielsweise. Sie war die Madonna meiner Kinderzeit. In der Dorfschule und, was man so hörte, sogar im ganzen Bezirk gab es keine bessere Schülerin. Sie hatte mit zwölf die Verläßlichkeit einer Erwachsenen. Ihr engelhaft reines Gesichtchen hätte als übermäßig ernst gelten können, wäre nicht etwas Zerbrechliches darin gewesen, das es davor bewahrte. Was war aus ihr geworden? Hebamme, Friedensrichterin, Äbtissin in einem Kloster?

»Annette? Ach so, die Mazurier? Ach, bei der kann man schon sagen, daß sie Pech gehabt hat, ja! Allerdings hat sie's auch ein bißchen gesucht. Sie war siebzehn, nicht älter, da hat sie sich von einem Taugenichts ködern lassen, der aus Dijon kam. Ein früherer Para, ein Fallschirmjäger, der sich in Indochina ausgezeichnet hatte. Hat er jedenfalls gesagt. Mit seinen nicht arg sauberen Heldentaten nahm er das Maul sehr voll. Alle Leute haben die Annette gewarnt. Er hat's übrigens gar nicht verhohlen: ›Ich bin ein Strolch.‹ Das stand ihm, wie's so schön heißt, auf der Stirn geschrieben. Man brauchte ihn bloß anzuschauen. Annette war die einzige, die's nicht sah. Sie hat nie etwas auf ihn kommen lassen. Sogar als er ihr gestand, daß er in Dijon bereits Frau und Kinder hatte. Also kurzum, sie haben geheiratet. Sie hat als erstes einen Sohn gekriegt, den Pierrot, wie wir ihn heißen. Sie erwartete gerade den zweiten, als der schöne Para aus Indochina sich dünnemachte. Mit dem Wagen, von dem er ihr bloß die Wechsel zum Zahlen daließ. Ein Kind ein Jahr alt, eines unterwegs und die Schulden. Nicht gerechnet all die Leute, die ihr immer dasselbe Lied herunterbeteten: Wir hatten es dir schon vorher gesagt, du hast ja nicht hören wollen, und so weiter. Sie hat hart gearbeitet, die arme Annette. Wie sie dann die Diplome hatte, ist sie als Lehrerin gegangen. Sie hat sogar einen neuen Ehemann gefunden, einen braven Kerl, verwitwet und viel älter als sie. Wahrscheinlich hat sie gedacht, die Sache mit ihrem Strolch sei aus und vorbei und sie würde nichts mehr von ihm hören. Auf eine Art stimmt das auch. Aber da sind ihre Söhne. Der ältere, der schlägt der Mutter nach. Kein Problem. Aber der andere, das ist ganz der Vater, von Kopf bis Fuß. Der Jeannot, der war noch keine elf, da kam er schon zwischen zwei Gendarmen nach Haus. Seitdem wird's immer schlimmer mit ihm. Bis jetzt hat seine Mutter noch zahlen und seine Dummheiten ausbügeln können. Aber das geht ja nicht immer so weiter . . .«

Annette, die so klug, so besonnen war, daß sie einen Lebensgefährten allenfalls zu langweilen drohte – und dann diese Leidenschaft, dieser Anfall von Irrsinn, wohl physischen Ursprungs, der sie diesem Para aus Indochina vor die Füße wirft! Intelligent, wie sie war, muß sie gewußt haben, daß sie eine fürchterliche Dummheit beging, aber vielleicht hatte sie genug vom Ruf des musterhaften jungen Mädchens, in dem sie gefangen war. Und wie der Para dann mit Zeitzündung Rache nimmt, indem er ihr beim Entschwinden den Keim seines zweiten Ichs hinterläßt, das sie nicht loswerden kann, weil es ihr Sohn ist! Mit dem sich nun das erste Malheur, das sie durchgemacht hat, wiederholt.

Das Feuer bullerte in dem altertümlichen, von zahllosen Rissen zernarbten Herd. Ob ich wohl auch noch so rasch und ohne eine Rußflocke im Zimmer ein loderndes Feuer zustande brächte? Das ist eine Kunst . . . Ernest warf ein Quantum Pilze, das mir ungeheuer vorkam, in eine große Kasserolle. Ich merkte dabei, daß er sie nicht gewaschen hatte, und mir fiel ein Streitgespräch ein, das meine Mutter gerade hier einmal mit einer Matrone aus dem Dorf gehabt hatte, die eigens gekommen war, um bei uns zu Hause ein großes Abendessen zu kochen. Sie hatte heftig gegen die unbegreifliche Manie der Stadtleute aufbegehrt, die immer alles unter fließendem Wasser abspülen wollen. Sie scherte sich keinen Deut um Hygiene und sah nur das eine: Nahrungsmittel, gekocht oder roh, schmecken weniger gut, wenn sie gewässert sind.

»Und Edouard Lecoûtre? Was ist aus Edouard geworden?«

Der war das Muttersöhnchen der Klasse gewesen. Ängstlich, sorgsam, immer geschniegelt und gebügelt. Dabei ein guter Schüler, denn seine Mutter lernte jeden Abend mit ihm. Der Vater war bei einem Verkehrsunfall ums Leben gekommen, und die Witwe Lecoûtre hatte die Leitung ihres kleinen landwirtschaftlichen Betriebes fest in die eigene Hand genommen. Um die fünfzehn Hektar, zwei Pferde, sechs Kühe, ein Hühnerhaus, ein Karnikkelstall, im Tümpel planschend ein paar Gänse – das erforderte immerhin einen Knecht und eine Dienstmagd. Die Witwe hatte nie als zartbesaitet gegolten, aber diese beiden Helfer verschafften ihr sehr rasch den Ruf einer durch nichts zu mildernden Härte und Raffgier. Sie liefen ihr nacheinander weg. Sie stellte neue ein. Und jedesmal war es dasselbe Lied: ein solch habsüchtiges Mannweib stamme aus einer anderen Zeit, einer anderen Zivilisation.

»Und zwischen all dem stand Edouard?«

Die Frage erregte Ernests Heiterkeit.

»Ha, man kann sagen, daß sie ihn ganz schön unter der Fuchtel hatte, seine Schindmähre von Mutter! Erinnerst du dich an die Mädchen der Maréliers, Ginette und Viviane?«

Und ob ich mich erinnerte! Ihre Eltern lebten gemeinsam in vollkommenem Alkoholismus. Die Kinder – deren Zahl ich nie genau gewußt habe – gaben in der Schule episodisch-pittoreske Gastspiele. Mehr als einmal trug das eine oder andere Spuren von so schweren Mißhandlungen, daß der Lehrer meinte, die Gendarmerie verständigen zu müssen. Dann kam es zu stürmischen Auseinandersetzungen mit dem Vater, der wie ein Donnerwetter in der Schule erschien und schwor, seine Kinder würde man hier sobald nicht wiedersehen.

»Und dann«, ergänzte Ernest, »geht doch der Edouard her und verguckt sich in Ginette Marélier! Wie er das seiner Mutter gesagt hat, war sie nah daran, ihn umzubringen. Aber eigentlich ist das bloß eine Redensart, denn sie hat ihn immer gehätschelt, ihren Edouard. Aber ein Mädchen aus dieser Unglücksfamilie! Niemals, niemals, niemals! Bis die Ginette eines Tages schwanger ist, und Edouard überall lauthals herumerzählt, der Schuldige sei er. Der Vater Marélier rückt der Witwe Lecoûtre auf die Bude. Das hätte ich sehen mögen! Den ganzen Nachmittag hat's gedauert. Am Ende sind sie sich einig geworden. Edouard würde Ginette heiraten, aber die durfte ihre Familie nicht wiedersehen. Niemals. Niemanden. Der vollständige, endgültige Bruch. Die Viviane, die hat das erzählt. Sogar bei der Hochzeit war die Familie Marélier ausgesperrt. Ja, wirklich, das war so! Später hat die Viviane dann regelmäßig im Café de la Place Neues von ihrer Schwester zum besten gegeben. Wie die beiden auf dem Trockenen saßen. Wasser, sonst nichts. Zur Not Kaffee oder Milch. Und vor allem, ha!, vor allem nicht einen Sou! Den Schrank immer fest zu und den Schlüssel zweimal umgedreht. Die Einkäufe, die machten sie immer miteinander. Aber die Ginette, die war bloß dabei, um die Pakete zu tragen. Sie war und blieb eine Fremde auf dem Lecoûtre-Hof. ›Eine Dienstmagd, die nicht mal 'nen Lohn kriegt!‹ tönte ihre Schwester im vollbesetzten Café.«

»Aber das Kind war doch auch noch da?«

»Ach ja, aber die Lecoûtre hatte entschieden: ein Kind, nur eines. Strikt verboten, ein zweites zu machen! Aber gerade da hat sich alles geändert.

Denn die Ginette bekam eine Tochter. Die haben sie Alberte genannt, ich bitt' dich, so was! Und sehr rasch hat Ginette begriffen: das kleine Kind, das besaß womöglich die Schlüssel zu ihrem Gefängnis. Weil die furchtbare Witwe Lecoûtre von Anfang an vor ihrer Enkeltochter geschmolzen ist wie der Schnee in der Sonne. Völlig vernarrt war sie in die Kleine. Die Leute, die das sahen, trauten ihren Augen nicht. Nichts war zu schön für Alberte. In Beaune, im Spielzeugladen oder im Kinderbekleidungsgeschäft, da war das Portemonnaie ihrer Großmutter weit offen. Dafür ließ sie ihren Sohn und ihre Schwiegertochter um so kräftiger schuften, aber Ginette lachte sich ins Fäustchen und wartete getrost das Weitere ab.«

»Das Weitere?«

»Ja, denn sobald Alberte anfing, die Augen aufzumachen, hat sie genau erfaßt, wie die Lage war. Und daß ihre Mutter eine arme Sklavin war, die auf ihre Befreiung hoffte. Die ließ nicht auf sich warten! Mit zehn hatte Alberte das schönste Fahrrad im Dorf, mit vierzehn ihre Vespa, mit achtzehn machte sie ihren Führerschein und weihte ihren 2 CV ein. Edouard, der hatte nie einen Wagen haben dürfen! Mit der Zeit verlor die Witwe Lecoûtre so allmählich die Kontrolle über den Hof. Mutter und Tochter brachten es dann so weit, daß sie einstweilen in einem Wandschrank lebte, bis sie nach Bolleyne ins Altersheim ziehen konnte. So ist sie halt nun mal, die Liebe, sei's drum!«

Frohgemut aßen wir ein riesiges Pilzomelett und begossen es mit einem Clos-Vougeot von der besten Sorte. Dieses Burgund meiner Kindheit ist entschieden ein Land, wo sich's leben läßt, selbst

wenn man da, wie anderswo auch, habgierig ist und hart zu den Säufern und zu denen, die einer großen Liebe wegen ein weiches Herz haben.
Mechanisch gab ich immer wieder Namen von mir, wie sie gerade aus der Vergangenheit auftauchten. Erschreckend war die Zahl der Verstorbenen. Der kleine Chambert, der ohne seinen Werkzeugkasten nie einen Schritt getan hatte und dessen einziges Glück es gewesen war, Landmaschinen oder Mofamotoren zu zerlegen: von einer deutschen Mine zerrissen. Er hatte sehen wollen, was darin sei. Die Wühlmaus, ein langes, mageres Mädchen mit störrischem Haar, das man wegen seiner Kurzsichtigkeit so genannt hatte: von einer Bauchfellentzündung hingerafft, die zwei Jahre später durch Antibiotika geheilt worden wäre. Das Ehepaar Guéret – fünfzig Jahre lang Inhaber des winzigen Gasthofs, der wie ein Markstein am Kopf der Brücke steht: schon als ich fortging, waren beide so alt gewesen, daß sie unmöglich mehr am Leben sein konnten. Von Ernest erfuhr ich, daß sie im Abstand von achtundvierzig Stunden gestorben waren, zuerst sie, dann der Alte, vermutlich vor Grauen über die beiden Tage ohne seine Frau. Und es gab auch solche, die wie ich das Dorf verlassen hatten und von denen man keine Nachricht hatte, und umgekehrt gab es ein paar neu Zugezogene.
Von diesen Neuen kannte ich einen, Vladimir, genannt Vava, der seinerzeit Akkordeonspieler bei einer Dijoner Brauerei gewesen war. Er war der Bruder einer Hofbäuerin von hier, Honorine Certain, ein Prachtweib, großherzig wie die Natur und von zahlloser junger Brut umringt. Der Vater Certain glich dem Krieger auf den »Celtique«-Zigaretten,

ein Riese mit langem, blondem Schnauzbart. Eine großartige Familie, die Hochachtung und Freundschaft erweckte. Vava hatte ihr kurze Besuche gemacht, immer mit seinem Instrument mit den schönen Elfenbeintasten, immer mit der befremdeten Miene des Städters, der sich unter all diese Kuhbauern verirrt hat. Ich konnte ihn von der ersten Minute an nicht ausstehen, diesen kleinen rundlichen Monsieur in seinem Stutzjackett mit den grellbunten Krawatten, in seinen zweifarbigen spitzen Schuhen mit den hohen Absätzen. Er hatte den kleinen Marquis gespielt, der über die Gerüche und Geräusche eines ländlichen Hauswesens entsetzt ist, und all diese braven Leute hatten bei seinen Späßen und seinen faulen Vertreterwitzen zutraulich gelacht.
Und das Unglück hatte zugeschlagen. Auf der Straße hatte es einen Schußwechsel zwischen einer deutschen Kolonne und einer Gruppe von Widerständlern gegeben. Tags darauf in der Morgendämmerung umzingelte ein Ukrainerregiment der Wehrmacht das Dorf und zertrümmerte die Häuser. Die Männer wurden in die Kirche gesperrt. Den verheerendsten Schlag dieses verfluchten Tages erlitt die Familie Certain. Der Vater, der Knecht und die beiden Töchter wurden zunächst getrennt, dann in den Wald geführt. Alles glaubte, sie würden dort erschossen. Sie mußten jedoch lediglich neun Widerstandskämpfer begraben, die im Zuge der vorangegangenen Säuberungsaktion getötet worden waren. Aber zurück kamen sie nicht, denn sie wurden zuerst ins Dijoner Gefängnis gebracht, dann nach Buchenwald deportiert.
Als hätte das Leben sich bewogen gefühlt, dem

Ansturm des Todes mit trotzigem Mut zu begegnen, brachte Honorine Certain ein paar Tage später Zwillinge zur Welt. Das war schön, großartig, doch die Situation des Hofes wurde dadurch nur noch verzweifelter. Und da war Vava gekommen, kunstvoller frisiert und pomadisiert denn je, das Akkordeon mit den schönen Elfenbeintasten vor dem Bauch. Und Vava hatte das Stutzjackett ausgezogen, hatte seine spitzen Schuhe, seine grellbunte Krawatte und sogar sein schönes Instrument abgelegt. Er hatte über seinen schwächlichen Städterbizepsen die Ärmel hochgekrempelt und sich an die Frühjahrsarbeiten des Betriebes gemacht, der nach dem Ausfall des Bauern, des Knechts und der beiden ältesten Töchter zugrunde zu gehen drohte.

»Und jetzt?«

»Jetzt? Vava ist immer noch da. Du kannst ihn besuchen. Ein Jahr nach der Befreiung kamen der Vater Certain und seine zwei Töchter aus dem Zwangsarbeitslager zurück. Von dem Knecht hat man nie wieder gehört. Aber Certain war tödlich getroffen. Ein Wrack. Er fing an zu trinken. Fast jeden Tag mußte Vava ihn aus dem Café holen und ihn ins Bett tragen. In den fünfziger Jahren starb er dann. Vava ist nie wieder fortgegangen. Er ist bei seiner Schwester ein richtiger Bauer vom alten Schlag geworden. Seine Neffen und Nichten achten ihn wie ihren Vater. Sogar einen Schnauzbart hat er sich wachsen lassen, um seinem Schwager ähnlich zu sein. Manchmal, am Sonntag, redet alles auf ihn ein, er soll sein Akkordeon zur Hand nehmen. Er versucht sich ein bißchen darauf. Er sagt, er könne es nicht mehr gut mit seinen dicken

Bauernfingern. So ist es halt nun mal, das Leben, sei's drum!«

Eines blieb mir noch: Ich mußte mich nach dem Haus meiner Kindheit erkundigen, nach jenem Pfarrhaus, das mir in den Kriegsjahren Obdach gewährt hatte.

»Das Pfarrhaus? Ach, das ist eine traurige Angelegenheit. Du weißt, daß es, ebenso wie die Kirche, der Gemeinde gehört. Als deine Familie es nach dem Krieg verlassen hatte, wurde es an Leute von hier vermietet. Wollten nie die kleinste Reparatur machen lassen. Klarer Fall, es gehörte ihnen ja nicht. Der Gemeinderat stellte sich ebenfalls stur. Sagte halt, daß die Miete zu niedrig sei, um noch Geld ausgeben zu können. Und so brach eines schönen Tages ein Teil des Daches zusammen. Die Mieter mußten raus. Kriegten sogar noch 'ne Entschädigung von der Gemeinde. Seitdem nichts mehr, niemand mehr. Wird zur Ruine.«

Es verfiel also, aus Lieblosigkeit, dieses fromme, anheimelnde große Haus . . . Abermals gab es mir im Herzen einen Stich wie von Gewissensbissen. Darf man seine zarteste Vergangenheit so vergessen, ohne sich zu versündigen?

»Wenn wir's uns ansähen?«

»Wenn's dir Spaß macht!«

Der Hund, der sofort erfaßt hatte, daß wir fortwollten, stand schon schweifwedelnd vor der Tür. Ernest nahm seine Schirmmütze und eine biegsame Haselrute, die dalag. Hut und Stock, ohne die ehedem die feinen Herren nicht ausgingen, dachte ich beiläufig. Nur die Handschuhe fehlten ihm. Sicherlich hätte er auch die gehabt, wenn es kalt gewesen wäre!

Ein schöner Herbstmorgen empfing uns. Liebkosend strich von Westen her ein lauer, feuchter Hauch über das fuchsrote Vlies der Bäume. Eine Herde Gänse watschelte überlaut schnatternd vorüber. Die letzten Schwalben saßen auf den Stromdrähten wie auf den Notenlinien eines Musikstücks. Halbherzig hetzte Briffaut hinter einem Kater her, bis der in einem Kellerloch verschwand. Wie hier alles ruhig und am rechten Platz zu sein schien! War es möglich, daß sich unter diesen alten, bemoosten Ziegeldächern, hier wie überall, Leidenschaften und Intrigen verbargen?

Schon gingen wir an der Trockenmauer des Pfarrgartens entlang und konnten die Lücken zählen, die den ungehinderten Zutritt ermöglichten. Ein ärmlicher Garten, von Brombeerranken, Brennnesseln und wildem Sauerampfer überwuchert, nicht mehr der Pfarrgarten, wie er im Buche steht, sondern bloß ein Stück unbebautes Gelände. Wie wir hineinschlüpfen, verscheuchen wir ein Gartenschläferpärchen.

»Ziehen wohl bald ins Winterquartier«, bemerkt Ernest.

Ich stelle fest, daß zwei riesige Tannen verschwunden sind, unter denen ich einst im Sommer die heißen Stunden verbrachte, eingelullt vom Knarren des Windes in ihrem übereinandergestuften Geäst. Auch sie hätte ich für ewig, für unzerstörbar gehalten. Nun sind sie zerstört von der Zeit, von den Menschen getötet, meine schönen Riesen . . .

Das Pfarrhaus steht allen Winden offen. Von der Treppe aus sieht man den Himmel, durch einen Riß, der droben im Dach klafft. Die morschen Fußböden geben unter unseren Füßen nach. Die Fenster hängen aus den Rahmen. Gut erhalten ist nur noch das Mauerwerk. Und auch das ... Ich entsinne mich jetzt, daß wir das Wasser draußen im Hof heraufpumpen mußten und daß eine Bretterbude über einer Grube im Garten unsere Toilette war.

Unterdessen arbeitet meine Phantasie. Ich mache Pläne. Hier ein Badezimmer, weiträumig wie ein Salon, mit einer großen Glasfront, die den Blick auf die Berge freigibt. Da ein monumentaler Kamin; darin würde die *affouage* brennen, das Holzdeputat, das jeder Einwohner von der Gemeinde zu beanspruchen hat. Rauschhaft erinnere ich mich an burgundische Winter, so kalt, so trocken, daß die Meteorologen sich zur Erklärung auf einen Korridor beriefen, der die Polarwinde unmittelbar auf die Region zuführe. Vor allem aber reizte mich die Sanierung der Nebengebäude. Ich dachte mir aus, wo die Garage für die Autos, ein Stall für meine Pferde und der Zwinger für eine Meute Hunde plaziert werden mußte. Ich würde auch einen Gemüsegarten, einen Kaninchenstall, ein Taubenhaus und eine Voliere für Fasanen haben. Da die beiden Quellbäche der Ouche sich in dem Garten vereinigten, würde es ein leichtes sein, darin einen Teich auszuheben, um so stets einwandfrei frische Forellen zu haben. Jeden Morgen würde ich meinen Marktgang absolvieren, ohne fortgehen zu müssen: Salate, Eier, Huhn, Kaninchen, Fisch. Ich schätzte überschlägig die Kosten ab, die ich aufzuwenden hätte, um diesen Traum zu verwirklichen. »An Grundstücken fehlt es am wenigsten.« Hatte das nicht La Fontaine geschrieben? Freilich hat er auch »Das Milchmädchen und der Milchtopf« geschrieben . . .

»Glaubst du, daß die Gemeinde es mir verkaufen würde?«

»Das Pfarrhaus? Würde mich wundern. Gibt ja keinen größeren Dickkopf als den Bürgermeister.«

»Wer ist das?«

»Amaury heißt er. Hector Amaury. War früher Maurer. Lebt von nichts. Hat einen Horror vor Veränderung. Aber wir können ja immerhin mal zu ihm gehen.«

Wir gehen hin. Ich begreife sogleich, daß das Paar, das wir bilden, nicht dazu angetan ist, den alten Keiler zu beruhigen. Ernests Ruf dürfte wohl zu wünschen übriglassen. Was mich angeht, hat die Nachricht von meinem Eintreffen mit diesem allzuschönen, in Paris zugelassenen Auto offenbar schon im Dorf die Runde gemacht. Ich kann mich noch so sehr als Kind dieser Gegend vorstellen, an meine Jahre in der Gemeindeschule erinnern – Amaury stellt sich breit in seine Tür, ohne eine Geste, uns einzulassen.

»Wir wären da, um das Pfarrhaus zu mieten«, wagt schließlich Ernest zu sagen.

»Ist nicht zu vermieten«, schneidet Amaury das Weitere ab.

»In Wirklichkeit«, sage ich schüchtern, »mit all den Arbeiten daran, möchte ich lieber als Erwerber auftreten. Denn wissen Sie . . .«

»Es steht nicht zum Verkauf«, blockt Amaury ab.

»Jedenfalls ist das Haus in dem Zustand, in dem es ist, nicht bewohnbar.«

»Eben, ich habe schon einen Blick hineingeworfen.

Ich bin bereit, alle notwendigen Arbeiten auf meine Rechnung durchführen zu lassen.«
Diese Bemerkung erschüttert den früheren Maurer sichtlich. Er deutet eine Rückzugsbewegung an, als würde er uns gleich einladen hereinzukommen. Aber ich habe das Pech, zur Klarstellung anzufügen:
»Man braucht wohl, um alles instand zu setzen, wie ich das möchte, zwischen zwei und drei Millionen ...«
Amaury fährt auf, als er diese Zahlen hört.
»Zwei bis drei Millionen? Sie bilden sich wohl ein, so billig wegzukommen? Aber nichts als das Dach herzurichten würde schon mindestens das Dreifache kosten!«
Höhnisch grinst er über die Unbedarftheit, die er zu entdecken glaubt. Diese Pariser, nein! Geben groß an mit einem massivgoldenen Auto, und nachher hat's nicht einen Sou für die Wohnung! Vierschrötig steht er wieder in der Tür. Keine Rede mehr, daß er mich ins Haus lassen will. Es liegt offensichtlich ein Mißverständnis vor. Indem ich es aufkläre, verderbe ich meine Chancen vollends:
»*Monsieur le maire*, wenn ich sage, zwei bis drei Millionen, spreche ich nicht von Centimes. Ich meine Francs. Neue, schwere Francs!«
»Zweihundert bis dreihundert Millionen?«
Der Mund geht ihm auf vor Verblüffung. Seine Augen werden groß vor Entsetzen.
»Ha ja, was wollen Sie! Um diese Ruine komfortabel zu machen, eine Garage anzubauen, Pferdeställe, eine Wohnung für Personal, was weiß ich noch alles!«

Amaury starrt mich weiter entsetzt an.
»Zweihundert bis dreihundert Millionen? Aber das geht doch nicht, nein? Sie wollen wohl das ganze Dorf auf den Kopf stellen? Sie wollen ... Sie wollen ...«
Er findet keine Worte mehr. Schließlich erklärt er mit scharfer Betonung: »Das Pfarrhaus, ich habe es Ihnen bereits gesagt, das steht weder zu vermieten noch zu verkaufen!«
Er kehrt uns den Rücken und geht ins Haus zurück. Ich schaue Ernest an, der in seinen Schnauzbart hineinlacht. Wir gehen hinüber zu seinem Haus und zu dem Bentley, der brav am Fuß der Treppe steht.
»Du bist zu rasch vorgegangen«, sagt er zu mir. »Du hättest dich hier einquartieren müssen. Hättest Bekanntschaft schließen, um den heißen Brei herumgehen, geduldig deine Bauern vorschieben sollen.«
Geduld! Wahrhaftig eine Tugend, die nicht meine Stärke ist. Im Gegenteil, mir scheint, ich verdanke all meine Erfolge meiner Ungeduld, der Schnelligkeit meines Kalkulierens und des Handelns, das ihm folgt. Schnell vorgehen. In Geschäften wie in der Liebe. Aber lag da nicht auch immer der Grund, wenn ich scheiterte?

Drei Tage später fuhr ich nach Roissy zurück, meine Frau abzuholen und meine Pferde beim Zoll auszulösen.
Als meine Frau ihr Gepäck im Kofferraum des Bentley verstaute, entdeckte sie einen Plastiksack, in dem eine Handvoll Pilze vollends vermoderte.
»Was ist denn das?« fragte sie.

Ich warf das Ganze in einen Abfallkorb am Parkplatz.
»Nichts. Schwindlinge aus Montigny. Du würdest das nicht verstehen.«
Sie hat nicht weitergefragt. Sie hat es immer respektiert, das Geheimnis der frühen Jahre, jener sagenhaften Zeit, als wir einander nicht nur noch nicht kannten, sondern als sie noch nicht einmal geboren war.

Theobald
oder Das perfekte Verbrechen

Wenn zwanzig Jahre verstrichen sind – genügt das, um aus allem heraus zu sein? Ich bemühte mich, es mir einzureden, doch immer wenn ich in meinem Tagebuch las, unter welchen Umständen Professor Theobald Bertet gestorben war, konnte ich mich eines Schuldgefühls kaum erwehren. Alles schien zu beweisen, daß er ermordet worden war und daß seine Ehefrau Therese Bertet und deren Geliebter, ein gewisser Harry Pink, die Tat gemeinsam begangen hatten. Und Therese Bertet weckt in mir die Erinnerung an ein bitteres und zugleich feuriges Abenteuer, und diese Erinnerung ist mir kostbar, denn sie verbindet sich aufs engste mit meiner Jugend.
Ich bereitete mich auf mein philologisches Staatsexamen vor, und um mich finanziell über Wasser zu halten, hatte ich die bescheidene Funktion einer Aufsichtskraft am städtischen Gymnasium in Alençon übernommen. Theobald Bertet hatte zwei Sextanerklassen und hätte eigentlich, von der Höhe seiner Überlegenheit als Grammatikprofessor herab, auf mich überwältigend wirken müssen. Dem war freilich nicht so, denn in Wahrheit konnte kaum jemand weniger überwältigend wirken als er. Einen unscheinbareren Menschen, eine mickrigere

Erscheinung, einen bläßlicheren Typ kann man sich schwerlich vorstellen. Es war ein Glück für ihn, daß er nur die jüngsten Schüler bekam und daß seine Klassen normalerweise zu den harmlosesten gehörten, denn für Jugendliche in den Flegeljahren wäre er ein gefundenes Fressen gewesen. Hatte er mit denen vielleicht am Anfang seines Berufsweges schon leidvoll Bekanntschaft gemacht? Ich erinnere mich an seine Vorbehalte, als wir eines Tages »fachsimpelten« und von den unterschiedlichen Beziehungen sprachen, die zwischen Lehrer und Schülern entstehen können. Vermutlich war das, was ich sagte – und was ich vergessen habe –, etwas optimistisch? Ich weiß es nicht. Aber ich sehe ihn noch, wie er mit schmerzlicher Miene den Kopf schüttelt und ein ums andere Mal sagt: »O nein, wissen Sie, Kinder sind nicht gutherzig, sie sind grausam. Sobald sie sich als die Stärkeren fühlen.« Und obschon Bertet mir Mitleid einflößte, in das sich Abneigung mischte (denn in meinem Alter fühlte ich mich diesen »grausamen« Kindern selber noch nah), war es mir doch ganz unmöglich, ihm geringschätzig zu begegnen, denn er erwies sich, falls man ihm Mut machte, aus sich herauszugehen, als ein erstaunlich gebildeter, feinsinniger Mensch, der seine lateinischen und griechischen Klassiker aus dem Effeff beherrschte und geistvoll über romanische Baukunst und Barockmalerei, atonale Musik und Nouveau Roman reden konnte. Er gab seinem Gesprächspartner dann das peinliche Gefühl, der und seinesgleichen gehörten mitsamt dem Zeitgeist und dem Reich der Gewalt und des Geldes einer groben, anstößigen Sphäre an, während er, Bertet, einsam und entzückt in einem verborgenen Garten wandle, in dem alles Klarheit und verfeinerte Lebenskunst sei.

Dieser Schatten von einem Mann hatte, so unglaublich und paradox es war, eine Frau, die von Schönheit, von Gesundheit, von Lebens- und Liebeslust strotzte. Der Gegensatz zwischen dieser jungen Walküre mit der einem Schiffsbug gleich vorspringenden Brust und der grauen, bläßlichen halben Portion, die sie hinter sich herzerrte, war frappierend. Dergleichen kommt häufiger vor, als man denkt. Der Machtwille mancher Frauen läßt sich nur auf einen reduzierten Mann ein, der schlapp wie ein leerer Handschuh ist.

Ich war jung, naiv und unternehmungslustig. Sonntag morgens konnte man mich auf dem Sportplatz des Gymnasiums trainieren sehen. Den Ausgleich für das entwürdigende Bild von mir, das ich als bloßer »Aufpasser« den Schülern bot, fand ich darin, daß ich die »Großen« im Hundertmeter oder im Hochsprung übertrumpfte. Da alle von der schönen Therese Bertet träumten, beschloß ich, ebensosehr aus echter Begierde wie aus Angebertum, sie zu meiner Geliebten zu machen. Mein Vorhaben gelang mit Leichtigkeit, und ich in meiner Eitelkeit dachte nicht daran, mich darüber zu wundern. Was mich indessen verwunderte, war Thereses seltsame Gepflogenheit, zu all unseren Lustpartien ihren Mann mitzunehmen. »Auf diese Weise«, argumentierte sie, »kann niemand was dagegen sagen.« Gewiß. Aber ich, ein Sklave von Klischees, wie es junge Leute oft sind, ich litt darunter, mich im klassischen Trio der Boulevard-Komödien wiederzufinden: die Frau, der Liebhaber und der gefällige Ehemann. Und doch wäre es mir ein leichtes gewesen, in unseren Beziehungen sonderbare, tiefgründige, unheimliche Züge zu entdecken, die ihnen etwas unverwechselbar Originelles verliehen hätten. Aber ich durchlebte diese Affäre wie blind. Erst aus dem Abstand und aus dem Nachdenken heraus ging mir auf, wie vielschichtig sie war.

Für meinen Seelenzustand also war sie nicht der höchste Traum. Physisch sprühten wir Funken. Das hätte ein voller Ausgleich sein können, wäre nicht ein dritter Faktor hinzugekommen, der das Ganze belastete. Meine neuen Freunde kamen mich teuer, sehr teuer zu stehen, wenn man meine Geldmittel als kleine Aufsichtskraft in Betracht zieht. Es schien selbstverständlich, daß sie bei all unseren Ausflügen meine Gäste waren. Therese hatte Bertets schüchterne Versuche, unsere Zeche zu zahlen, kurzerhand vom Tisch gewischt. Überdies hatte sie sich unter dem Vorwand, Wechsel seien der reine Betrug, bei mir das Geld zum Kauf eines Wagens geliehen. Ich hatte dafür mein Sparbuch auflösen müssen, aber nachdem ich ohnehin, wie man so sagt, »in Saus und Braus« lebte, war ich entschlossen, mein Geld zu verjubeln. Was von meinen Ersparnissen übrig war, konnte dann vollends für eine Griechenlandreise draufgehen, die ich in den Ferien vorhatte.

Unser Liebesglück währte ein Trimester, eine Zeiteinheit, die Lehrern lieb und wert ist. Therese und ich pflegten in meinem kleinen Studentenzimmer von fünf bis sieben unser tägliches Dämmerstündchen. Bis zu dem Tag, an dem sich das Unerklärliche ereignete.

Just zwischen fünf und sieben, als ich mit Glanz

und Gloria meine Walküre ritt, ging plötzlich die Zimmertür auf. Wie, zum Teufel, hatte ich vergessen können, den Schlüssel umzudrehen? Aber hatte ich es denn vergessen? Hatte nicht eine andere Hand sie wieder aufgeschlossen? Im Türrahmen stand die Silhouette Theobalds. Da wir tief im Halbdunkel waren, konnten wir ihn nur im Gegenlicht sehen. Nichts konnte eine traurigere Karikatur abgeben als dieser Mensch, der immer im Profil dazustehen schien, selbst wenn man ihn frontal vor sich hatte – mit seinen schlackernden Armen, mit der rechten Schulter, die höher als die andere war, mit seinem übergroßen, wie unterm eigenen Gewicht nach links geneigten Kopf.

Eine gute Weile blieb er so stehen, wie benommen, eine Zeitspanne, die nicht enden wollte, indes Thereses mächtige Schenkel mich umschlungen und gefangenhielten, so daß ich mich nicht rühren konnte. Dann schloß er langsam wieder die Tür, und wir hörten, wie sein schlurfender Schritt sich entfernte.

Mit einem Satz war Therese bei ihren Kleidern. In zwei Minuten war sie angezogen und fertig zum Gehen. »Er ist ein Selbstmordkandidat«, stammelte sie. »Er wäre imstande, sich umzubringen.« Im Sturmschritt eilte sie davon.

Am Morgen darauf ließ mich Monsieur Julienne, der Schulleiter, in sein Büro rufen, ein Mann, schlank und gepflegt, der sich gern als Kavalier gab. Er behandelte mich mit amüsiert-ungezwungener Freundlichkeit, spielte auf den Frühling an, auf meine Jugend, auf meine Erfolge bei Frauen.

»Nur, sehen Sie«, setzte er hinzu, »Sie sind eben ein bißchen zu weit gegangen. Einer Ihrer Kollegen

beklagt sich über Ihr Verhalten gegenüber seiner Frau, die das Vorbringen ihres Mannes bestätigt hat. Beide haben noch andere Zeugenaussagen beigebracht. Eine Lehranstalt muß jedoch vor Skandalen dieser Art bewahrt werden. Was für ein Beispiel für die Kinder! In einer Stadt wie Alençon ... das Lehrerkollegium ... der Elternbeirat ...«
Kurzum, er sehe sich gezwungen, mich zu bitten, meine Aufsichts- und Verführertalente an einer anderen Anstalt zu betätigen.
Tatsächlich wäre ich mit einem Umzug davongekommen, wäre da nicht der Kaufpreis für das Auto gewesen, den ich vorgestreckt hatte. Von Bertet, demgegenüber ich dermaßen schuldig war, konnte ich es allenfalls in höflicher und maßvoller Form zurückverlangen. Das tat ich in einem sorgsam ausgefeilten Brief, den ich an ihn absandte. Und da ein Unglück selten allein kommt, muß ich wohl – noch ein weiteres Mal! – die Tür meiner Studentenbude nicht verschlossen haben, denn als ich vor dem Auszug meine Klamotten zusammenpackte, fand ich keine Spur mehr von dem Bündel Geldscheine, das unter meiner Wäsche versteckt und für meine Ferien in Griechenland gedacht gewesen war.
Ich war jung, das Abenteuer hatte mir herrliche Erinnerungen beschert, und, mein Gott, man muß eben für alles bezahlen. Das verhinderte freilich nicht, daß ich gegenüber dem Ehepaar Bertet einen mächtigen Groll hegte.
Theobald beantwortete meinen Brief. Der seine bestand aus etlichen mit unleserlicher Schrift beschriebenen Bogen – mehr, als meine Geduld ertragen konnte. Das einzige, was mich interessierte, war, daß dem Brief kein Scheck beilag. Ich überflog

ihn mit grimmigem Blick und warf ihn mit anderen Papieren zuunterst in eine Schublade.
Einige Monate danach begegnete ich einem früheren Kollegen vom Gymnasium in Alençon.
»Die Bertets?« sagte er zu mir. »Du bist also nicht im Bilde? Du entsinnst dich doch unseres eleganten Schulleiters, Monsieur Julienne? Nun, am Ende des dritten Trimesters – eine Zeiteinheit, die Lehrern lieb und wert ist – überraschte Monsieur Bertet seine Frau in dessen Armen. Unglücklicherweise war Bertet in Begleitung des Disziplinarpräfekten. Die Affäre wirbelte einigen Staub auf. Bertet ging zur Akademie und beschwerte sich. Daß der Skandal sich im Rahmen der Schule selbst ereignet hatte, erschwerte natürlich alles. Du weißt ja, in so einer Stadt . . .«
»Wie Alençon«, fiel ich ein, »mit dem Lehrerkollegium und dem Elternbeirat et cetera. Ja, das weiß ich alles.«
»Kurzum, dieser Kümmerling von Bertet wurde mit großem Pomp in ein Gymnasium in einem Vorort von Paris versetzt. Und soll ich dir sagen, wie ich darüber denke?«
»Ich sage dir gleich, was ich selbst davon halte. Ich würde mich wundern, wenn es nicht dasselbe wäre. Diese Therese ist eine verdammte Rennstute, und bei der Gangart, mit der sie ihre Liebschaften und zugleich die Karriere ihres Mannes voranbringt, seh' ich ihn binnen kurzem als Professor an der Sorbonne oder am Collège de France. Ganz zu schweigen von dem Vermögen, das sie dabei unterwegs aufsammelt, denn im Unterschied zu einem Stein setzt ein Weib, das rotiert, eben Moos an . . .«

Das also war vor fünfzehn Jahren. Ich hatte nichts mehr von dem Ehepaar Bertet gehört. Bis ich jetzt auf die blutige Nachricht in meiner Zeitung stieß. Offenbar hatte Bertet nicht die steile Karriere gemacht, die Thereses Glanzleistungen erwarten ließen. Als Direktor eines Pariser Gymnasiums hatte ihn, unmittelbar vor dem Ruhestand, der Tod ereilt. Der Mittäter, der namentlich genannte Harry Pink, war ein junger englischer Volontär, der vorübergehend am selben Gymnasium hospitiert hatte. All das sah für mich heftig nach schon Erlebtem aus, außer daß es einen Toten und zwei Beschuldigte hinter Schloß und Riegel gab. Ich bemerkte jedoch noch einen anderen Unterschied. Die Zeitung brachte die Fotos der drei Hauptpersonen. Bertet hatte sich seit unserem letzten Zusammentreffen kaum verändert. Allerdings hatte er wohl nie jung ausgesehen. Er gehörte zu jenem Typus von Männern, die von Jahr zu Jahr dem alten Mann näherkommen, der sie am Grund ihrer selbst schon mit zwanzig Jahren gewesen sind. Der englische Volontär war mir sympathisch, denn ich identifizierte ihn unausweichlich mit dem naiven jungen Menschen, der ich damals war, als ich es mit diesem komischen Paar zu tun hatte. Doch er hatte weniger Glück gehabt als ich. In welch entsetzliche Bedrängnis hatte ihn seine Liebschaft mit Therese gestürzt! Was Therese anging, erschütterte mich ihr Bild. Die muskulöse Walküre, als die ich sie einst kannte, hatte sich in eine mächtige, üppige Löwin verwandelt. Majestätisch, gelassen und selbstsicher, o ja, doch ihre Wangen und ihr Hals und auch ein Schatten unterm Kinn kündeten von einer Blütezeit, die schon zur Überreife hin überschritten war. Und vor allem hatte ihr Blick sich verändert. Er hatte nicht mehr jene Flamme herausfordernder Lebenslust, die einst ihr ganzer Reiz gewesen war. Jetzt las man darin bestenfalls eine unruhige Erwartung, schlimmstenfalls eine resignierende Müdigkeit. Trotzdem war sie noch immer hinreißend, meine Walküre, und man konnte verstehen, daß ein sehr junger Mensch sich von diesen schwellenden Armen und diesen massigen Schenkeln hatte gefangennehmen lassen.

Die Umstände von Bertets Tod, die zunächst auf einen Unfall hinzudeuten schienen – wie Therese ihn behauptete –, nahmen nach der Tatortaufnahme eine Wendung, die zu Ungereimtheiten in ihren Angaben und zum Schuldvorwurf gegen sie führte. Bertet war in der Badewanne gestorben, an einem von seinem Elektrorasierer ausgehenden elektrischen Schlag. Doch die Ermittlungen ergaben, daß er sich nur mit einem Handrasierapparat rasiert hatte – der vorgefunden wurde –, und daß der Rasierapparat, der seinen Tod verursacht hatte, eine Ausführung »für Damen« war und Therese gehörte. Doch das Gravierendste für Therese und ihren Liebhaber war ein Brief, den Bertet ein paar Tage vor seinem Tod an seine Schwester geschrieben hatte und den diese schleunigst zu den Akten gab. In diesem Brief beschuldigte Bertet seine Frau und den jungen Engländer, sie suchten ihn umzubringen. Therese habe ihn gezwungen, eine Versicherung abzuschließen, die sie im Falles seines Ablebens zu einer Millionärswitwe mache. Er behauptete, nur durch Zufall sei er schon zweimal Unfällen entgangen, die von den beiden eingefädelt worden seien und die sonst tödlich gewesen wären. Kurzum, er wies seine Schwester darauf hin, daß es sich, falls er durch einen Unfall sterbe, um einen Mord handle, dessen Täter Therese und ihr Liebhaber seien.

Noch einmal: Ich nahm diese ganze Affäre nur im Gefolge meiner Erinnerungen und deshalb zur Kenntnis, weil ich mich mit dem jungen Liebhaber Thereses identifizierte. Hätte ein ähnliches Mißgeschick vor fünfzehn Jahren auch mir widerfahren können? Ja, ohne jeden Zweifel. Andererseits gelang es mir nicht, in der Mörderin, die von der ganzen Presse mit düsterem Vergnügen beschrieben wurde, die Therese wiederzufinden, die ich gekannt hatte. Sinnlich bis zum Exzeß, ja, rasend geldgierig, gewiß – vollkommen amoralisch, das war schon weniger sicher. Denn Liebe zum Leben kann es, wie ich meine, nicht geben ohne ein instinktives Zurückschrecken vor gewissen Handlungen, gerade vor Tötungshandlungen. Therese war kein Kostverächter, ihre Lebensgier scherte sich nicht um Takt und guten Geschmack, aber vor Krankheit und Blut scheute sie zurück wie ein Pferd, das irgendwo Schlachthausgeruch wittert. Ich entsann mich jetzt ihres sichtlichen Abscheues, als ich einmal den Fall einer Kollegin erwähnt hatte, die sich schwanger gefühlt und sich einem Abtreiber ausgeliefert hatte. »Ich – niemals!« hatte sie grollend ausgerufen und zugleich beide Hände auf den Leib gepreßt, wie um ihn vor den Mördern in Weiß zu schützen. Und noch ein Ausspruch von ihr fiel mir jetzt wieder ein: Damals, als ihr Mann uns miteinander ertappt und dann die Flucht ergriffen hatte, waren wir ganz durcheinander gewesen. Da hatte sie ihre Sachen zusammengerafft

und gesagt: »Das ist ein Selbstmordkandidat!« Ein Selbstmord? Ist bei einem gewaltsamen Tod neben Unglücksfall und Mord nicht auch Selbstmord eine Möglichkeit, die man ins Auge fassen muß?
Von Tag zu Tag sah ich, wie die Presse den Fall Bertet weiter ausschlachtete, wie Thereses Person immer schwärzer und schwärzer gemalt wurde und einer schweren Bestrafung entgegenging. Unterdessen regte sich in mir eine Erinnerung und suchte, wie mir scheint, der Vergessenheit zu entrinnen, unter der sie verschüttet war. Ein Brief. Der Brief, den Bertet mir kurz nach meiner Abreise aus Alençon geschrieben hatte. Wütend, darin nicht den Scheck vorzufinden, den ich als Rückzahlung des geliehenen Geldes erwartete, hatte ich die mit Zeilen einer kaum lesbaren Schrift bedeckten Blätter nur rasch überflogen. Zum Teufel, dieser geschwätzige Gauner! Ich hatte von ihm doch keine Doktorarbeit haben wollen! Jetzt, als ich mir Gedanken über den Inhalt dieses Briefes machte, schwammen zwei Worte obenauf in meinem Gedächtnis: Selbstmord und Rache. Ja, nur davon war auf diesen Blättern die Rede gewesen. Das übrige ... da war alles dunkel. Aber Selbstmord und Rache – das versprach ein eigentümliches Licht auf Bertets Tod zu werfen.
Was hatte ich mit diesem Brief angefangen? Die Frage war nicht sinnlos, denn ich habe die Manie, alles aufzuheben, und in erster Linie Briefe, selbst die unbedeutendsten. Leider ist diese Neigung, alles aufzubewahren, bei mir nicht mit Ordnungssinn gepaart, und meine Archive häufen sich zu unförmigen Paketen, die ich bei meinen zahlreichen

Wohnungswechseln aufs Geratewohl irgendwo ablege.
Ich machte mich auf die Suche. Je mehr Zeit verging, je mehr meine Chancen schwanden, den Brief wiederzufinden, desto mehr war ich überzeugt, er stelle ein für die Akte Bertet ganz wesentliches Schriftstück dar. Ich durchlebte Tage im Fieber, in Angst und in Wut über mich selbst. Nichts ist im übrigen bedrückender als das Wühlen in alten Papieren, in Briefen von einst, in Mitteilungen, die so überholt sind, daß man sie nicht mehr versteht. Wieviel ist Asche, wieviel vergessen, wieviel Planen vergeblich, wieviel Liebe ist tot! Es war, als holte ich den Leichnam des jungen Mannes, der ich einst war, aus dem Grab, um ihn zu durchsuchen, und war er auch manchmal rührend in seiner Naivität, so muß ich doch zugeben, daß er nicht immer gut roch. Schließlich fand ich mit Triumphgeheul Bertets Brief – im Manuskript eines Romans, den ich begonnen, beiseite gelegt, wieder aufgenommen, dann endgültig vergessen hatte. Beim Lesen dieser Blätter, alle in Bertets mikroskopischer Schrift beschrieben, sagte ich mir, dieses authentische Dokument sei für sich schon ein tausendmal ergreifenderer und tieferer Roman als alles, was ich hätte erfinden können, und das ist vermutlich die Überlegung, die für einen Nicht-Romancier typisch ist. Aber was liegt heute daran?

»Lieber junge Kollege,
allein der Altersunterschied, der uns trennt, entschuldigt diesen Brief. Einem Mann, der so alt wie ich und dabei Thereses Liebhaber wäre, könnte ich nicht schreiben. Sie könnten immerhin, wenn schon

nicht Thereses Sohn, so jedenfalls der meinige sein. Diese Tatsache entwaffnet meine Vorwürfe, zumindest was Sie angeht, denn soweit sie Therese, meiner Mutter, meinem Vater und dem Leben ganz allgemein usw. gelten, ist die Anklageakte wohl unerschöpflich.

Ich bin ein schwacher, zum Pechvogel bestimmter Mensch, Sie werden es unschwer begriffen haben. Ich muß verkehrtherum geboren worden sein und mich gegen die Gewalt empört und gewehrt haben, mit der man mich in die Welt setzte. Ich habe mich nie damit abgefunden, daß ich existiere, und ich erwarte ungeduldig die Rückkehr ins Nichts, das ich nie hätte verlassen sollen. ›Herr, im Nichts war ich unendlich nichtig und ruhig. Ich bin aus diesem Zustand gerissen und in einen seltsamen Karneval geworfen worden.‹ Monsieur Teste sprach aus der amüsierten Distanz des großen Ästheten. Für mich handelte es sich nie um einen seltsamen Karneval, viel eher um eine sinistre Posse. Von meiner leidvollen, gedemütigten Kindheit will ich nicht reden. Der Pausenhof war für mich, schon im Kindergarten, ein Ort der Qualen. Das Groteske ist, daß ich daraus nie habe entkommen können, denn ich bin Lehrer geworden. Freilich nicht aus Berufung, nein, bei den Göttern! Eher aus Anti-Berufung, ich meine, aus Unfähigkeit, etwas anderes zu tun, mich in einen anderen Bereich als den schulischen zu wagen. Bei der für eine Professur notwendigen Staatsprüfung für Philologen scheiterte ich mehrfach, bestand aber, gewissermaßen dienstaltershalber, am Ende doch die Philologenprüfung für Minderbemittelte, nämlich die zum Lehrer für Grammatik. Da ich durch sie auf die unteren Klassen beschränkt war, bewahrte sie mich zumindest vor den Heranwachsenden, unter deren teuflischer Aggressivität ich nur ein einziges Mal, anläßlich einer Vertretung, zu leiden hatte. Ich habe sie noch immer in schaudernder Erinnerung, diese Tertia, die ich nur ein Trimester lang hatte, nach deren Unfug und Radau ich jeden Abend erschöpft, verstört, taumelnd vor Übelkeit daran dachte, daß ich mich tags darauf wieder würde in diese Kloake stürzen müssen. Ich schreibe dies als Richtschnur für Sie, falls Sie Ihren jetzigen Berufsweg fortsetzen sollten: Ich glaube, daß ein Lehrer nur eine Chance hat, von zwanzig oder dreißig Jungen und Mädchen zwischen vierzehn und siebzehn Jahren akzeptiert zu werden und ihnen standzuhalten, nämlich indem er in gewisser Weise an jener Art erotischen Rauschzustandes teilnimmt, der dieses Alter kennzeichnet. Wahrscheinlich kann man auch durch ein gutes Stück demagogischer Anbiederung dahin kommen. Aber es gibt auf diesem so eigenartigen Gebiet auffallende Erfolge, die ein provozierendes Spiel mit den Mädchen und eine erhebliche Dosis homosexuellen Einverständnisses bei den Jungen voraussetzen. Das Wesentliche ist, für die Schüler eine Art erwachsener sexueller Ansprechpartner zu werden, der unersetzlich ist, denn sie finden dergleichen nirgendwo, ganz sicher nicht bei ihren Eltern. Ich bin dazu gänzlich unfähig. Meiner Tertia gegenüber bestand nur gegenseitige, unzweideutige Ablehnung. Zum Glück habe ich nach dem Ende der Ferien meine kleinen Sextaner mit ihrem unschuldigen Wesen wiederbekommen.

Meine Beziehungen zu Therese waren von jeher

das, was sie sein mußten: Sie hatte ein Werkzeug geheiratet. Sie benutzte es, um sich einen Platz an der Sonne zu schaffen. Ihre Eltern waren wie geblendet gewesen, daß sie die Frau eines Beamten wurde, der obendrein noch ein Gelehrter war. Sie teilte diese naive Bewunderung für den Sproß einer sozialen Schicht, die sie als die höhere ansah. So erklärte sich eine Absonderlichkeit, die mich immer gestört hat, mit der ich aber nie fertig werden konnte. Wie Sie feststellen konnten, duze ich sie, was ja ganz natürlich ist. Trotz meiner inständigen Bitten hat sie nie davon abgelassen, zu mir Sie zu sagen. Sie unterstrich damit immer – absichtlich oder unabsichtlich – jene soziale Distanz und zugleich den Altersunterschied zwischen uns. Elf Jahre, das ist nicht so erheblich. Aber ich bin nie wirklich jung gewesen, und bei ihr, da strahlte alles von Jugend: ihr ganzer Körper, ihre Bewegungen, ihr Mund, vor allem ihre Augen. Therese! Wie habe ich sie geliebt! Mit Leidenschaft und Schmerzen. Und wie linkisch, lächerlich und verwundbar war ich vor anderen gegenüber ihrer schrecklichen Sicherheit! Ohne es zu wollen, durch ein Wort, eine Geste, die wie selbstverständlich ihrer Person entsprangen, war ich wundgescheuert, grün und blau gestoßen, blutig geschlagen. Eines Tages hat sie mich tödlich verletzt, ja, obwohl es ein auf später verlegter Tod ist, dessen Zeitpunkt ich nicht vorhersehen kann. Wir waren jung verheiratet, wenigstens soweit sich dieser Ausdruck auf das komische Paar anwenden läßt, das wir waren. Ich weiß nicht mehr, in welchem Zusammenhang ich darauf zu sprechen kam, daß wir ein Kind haben könnten. Sie erstarrte jäh und schaute mich an, als sähe sie mich zum ersten Mal. ›Ein Kind? Von Ihnen?‹ Sie taxierte mich, wog mich, und in ihrem Blick lag eine solche Verachtung, daß ich aufstand und flüchtete, außerstande, noch mehr zu ertragen.

Kind und Leben, die Fortdauer des Lebens, ja, das eigene Weiterleben – das sind Vorstellungen, die benachbart sind. Ein Kind zu bekommen, wäre – wie meine Liebe zu Therese – für mich seelisch ein Halt gewesen, der mich vielleicht vor meiner alten Obsession, dem Selbstmord, bewahrt hätte. Diese rettende Tür war nun wieder brutal zugefallen. Thereses erstes ›Abenteuer‹ stieß mich noch ein wenig tiefer zurück in meine Nacht. Ich wäre wahrscheinlich untergegangen, hätte ich nicht plötzlich eine seltsame, dunkle Tatkraft gespürt, die mich erfüllte und meinem Leben einen neuen Reiz gab. Oh, einen herben, brennenden, aber doch starken Reiz, ganz dazu geschaffen, mich vorwärtszuschleudern, in die Zukunft hinein: Ich hatte die Eifersucht und den Durst nach Rache entdeckt, und diese beiden sind so untrennbar verbunden wie Handeln und Leiden es in einem Herzen sind. Ja, ich wurde betrogen, verhöhnt, verletzt, doch ich würde mich rächen, und dafür galt es zu leben.

Mich rächen – aber wofür und an wem? Meine unheilbare Wunde kam von Thereses Weigerung, von mir ein Kind haben zu wollen. Die Idee des Kindes war der Kern meiner nach Rache gierenden Leidenschaft. Das ist, wie ich zugebe, nicht sehr originell. Wenn traditionelle Gesellschaften den Ehebruch der Frau so drakonisch bestrafen, dann des Kindes wegen, dessen Personenstand er verfälscht. Mein Empfinden ist wohl traditionsbefangen. Ich werde niemals – hören Sie: niemals – akzeptieren, daß Therese ein Kind bekommt, das nicht von mir ist. Ich habe Ihnen verziehen, weil Ihre vorübergende Liaison keinerlei Spuren hinterläßt. Aber sehen Sie, wenn es anders wäre, dann hätten Sie – und mit Ihnen auch Therese – von meiner Verzweiflung das Schlimmste zu befürchten gehabt. Therese weiß das. Sie trifft alle notwendigen Vorkehrungen dagegen. Doch sie besitzt – noch mehr als der Durchschnitt der Frauen – einen inneren Hang zur Mutterschaft, der ununterdrückbar ist. An dem Tag, da sie diesem Ruf folgt, nehme ich mir das Leben. Doch glauben Sie mir, ich sinke nicht allein dahin. Wie ein Stein an ihrem Hals wird mein Leichnam sie mit hinabziehen: Therese, ihren Liebhaber und die abscheuliche Frucht ihres unzüchtigen Treibens.«

Waren diese Zeilen klar genug? Bewiesen sie zur Genüge, daß Bertet Selbstmord begangen und dabei alles getan hatte, damit sein Tod als Mord erschien? Um ganz davon überzeugt zu sein, war noch ein letztes Indiz zu erheben.

Ich trat in Fühlung mit dem Rechtsanwalt des »teuflischen Liebespaares«, wie die Presse die beiden nannte. Ich setzte ihn von Bertets Brief in Kenntnis. Er ließ Therese sofort ärztlich untersuchen, wobei sich tatsächlich herausstellte, daß sie schwanger war. Sie hatte es Bertet gestanden, ohne zu ahnen, daß sie damit auf den roten Knopf drückte, der eine Unglücksserie auslöste. Bertet hatte sich gleichzeitig getötet und gerächt. Er hatte geglaubt, er könne vier Fliegen mit einer Klappe schlagen. Er hatte nur diesen allzu deutlichen

Brief vergessen, den er fünfzehn Jahre zuvor an einen jungen Kollegen geschrieben hatte. Intellektuelle sind so. Ihre maßlose Vorliebe für Wort und Schrift verdirbt ihnen oft die besteingefädelten Projekte.

Das Verfahren gegen Therese wurde eingestellt. Kaum war sie mit Harry Pink wieder auf freiem Fuß, war ihre erste Sorge, mich anzurufen und mir zu danken. Wirklich, die beiden verdankten mir einiges! Doch als sie mich mit der ihr eigenen Unbekümmertheit einlud, zur Feier dieses glücklichen Ausgangs mit ihnen einen Champagner zu trinken, lehnte ich ab. Vielleicht könne ich, wenn sie sich in einem Jahr noch meiner erinnere, bei ihrem Kind Pate stehen? Der Vorschlag, in hinhaltender Absicht gemacht, wurde begeistert aufgenommen. Ich habe kein Wort mehr davon gehört.

Pyrotechnik
oder Das Gedenkfeuer

Mein Verleger hatte mir gesagt: »Verlassen Sie Paris, sonst kommen Sie mit Ihrem Manuskript niemals zu Rande. In Monteux bei Carpentras habe ich ein kleines Traumhaus mit Schwimmbad und Patio. Da kennen Sie niemanden. Haben eine himmlische Ruhe. Sind ein Luxusmönch, wenn ich so sagen darf. Und kommen Sie nicht zurück, ehe *Sie wird kalt genossen* nicht druckreif vorliegt!« Ich hatte ihm nämlich das Thema meines nächsten Krimis geschildert, die düstere Geschichte einer Rache, die sich über ein ganzes Leben hinzieht und dabei zwei Menschen zusammenschweißt, beides Gefangene derselben Ursprungstat, der eine von der drängenden Pflicht zur Rache erfüllt, der andere resignierend in dem Bewußtsein, daß es für ihn kein Entrinnen gibt, und in Erwartung des rächenden Schlages – so wie ein jeder den Tod erwartet, aber schlechthin im klaren darüber, von wem er kommt und weshalb. Mir schien, die Handlung müsse in der Provinz, in einem Ort auf dem Lande spielen, unter den vollkommen Seßhaften, die sich alle schon von jeher kennen, und die alles auslösende Tat wie auch die daraus erwachsene Pflicht zur Rache müßten allgemein bekannt sein. Alle müßten es gewußt, alle darauf gewartet

haben. Und eben dieser Umstand lasse die Rache erst recht zur Notwendigkeit, erst recht zum Verhängnis werden.
Das war das dünne Gewebe der Handlung – wie fadenscheinig es war, hatte ich, so gut es eben ging, vor meinem Verleger vertuscht, um die Herren von Saint-Germain-des-Prés nicht zu enttäuschen und den Vorschuß nicht zu gefährden, auf den ich hoffen durfte – und damit setzte ich mich eines schönen Julimorgens in den Zug nach Avignon. Von dort brachte mich dann ein Bus in einer knappen Stunde nach Monteux unweit von Carpentras. Das Haus hielt alles, was es versprochen hatte. Wie zahlreiche alte provenzalische Häuser besaß es nur ganz wenige Öffnungen nach außen, denn die Einheimischen betrachten seit eh und je Sonne und Wind als Geißeln des Himmels. Dafür hatte es innen einen Hof – den vielgerühmten Patio –, der mit seinem einzigen Jasminstrauch wie ein Kreuzgang en miniature wirkte und zu einsamem, meditativem Umherwandeln einlud. Zweimal am Tag kam Sidonie, eine umfängliche Frau aus dem Ort, die sich um das Haus und um meine Versorgung mit Lebensmitteln kümmerte, vor allem aber die unerläßliche »Mittlerin« zwischen diesem unbekannten Städtchen und mir darstellte, denn schon am ersten Abend wurde deutlich, daß die *splendid isolation*, die mir mein Verleger in Aussicht gestellt hatte, völlig illusorisch sei.
Ich war müde von der Reise und hatte vor, früh schlafen zu gehen. Doch kaum hatte ich mich auf die zum Schlafen günstigste Art in meinen Leintüchern ausgestreckt, als ein fürchterliches Geknalle das Haus erzittern ließ, während es vor den Fen-

stern gleichzeitig taghell wurde. Natürlich war ich mit einem Satz auf der Terrasse. Ich kam gerade recht, um das schönste Feuerwerk mitzuerleben, das ich jemals gesehen habe. Über eine Viertelstunde lang tauchten Flugraketen und Bengalische Feuer, Flammenfontänen und Funkengarben die Nacht in leuchtende Glut. Nachher, wieder im Zimmer, ging ich vergebens mein Notizbuch durch, um herauszufinden, was wohl mit solch verschwenderischem Aufwand gefeiert wurde. Wir hatten den 25. Juli. Inwiefern interessierte die heilige Anna, deren Fest es war, die Einwohner von Monteux dermaßen, daß ihr eine so glanzvolle Huldigung zuteil wurde?
Sidonie verschaffte mir am folgenden Morgen die nötige Erleuchtung. Anfangs freilich machte sie mich ganz kopfscheu, weil sie von dem Feuerwerk, das mich so neugierig gemacht hatte, gar nichts zu wissen schien. Obschon sie im selben Viertel wohnte, hatte sie offenbar nichts bemerkt. Ich war sprachlos. Schließlich begriff ich: Diese Feuereffekte waren in Monteux etwas so Alltägliches, daß die Einwohner nicht mehr darauf achteten. Denn der wichtigste Betrieb am Ort ist die pyrotechnische Fabrik Ruggieri, die zweihundert Meter von mir ein freies Gelände besitzt, wo sie auf Wunsch angereister Kunden ihre Erzeugnisse vorführt. Dieser Feuerzauber ist also etwas für die Fremden. Kein Einheimischer würde sich dazu herablassen, ihm die geringste Beachtung zu schenken.
Kein Einheimischer vielleicht, aber ich als Pariser und als Romancier fand diese Manufaktur höchst interessant und pittoresk, und ich ließ nicht locker,

ehe ich nicht einen Termin bei ihrem Direktor erwirkt hatte. Ich stellte mich als Schriftsteller aus Paris vor, der den Wunsch habe, sich für das Buch, an dem er arbeite, über Pyrotechnik im allgemeinen und über die Firma Ruggieri im besonderen an der Quelle zu informieren. Bei meiner Ankunft am Ort hatte zwar meinem Denken nichts ferner gelegen als das Thema Feuerwerk, doch ein Manuskript gleicht einer im Gelände freiwachsenden Pflanze, die sich mit all ihren Wurzeln von dem ernährt, was ihr der Boden bietet. Dunkel spürte ich, daß die Pyrotechnik in meinem künftigen Krimi herumzugeistern begann.
Monsieur Capolini empfing mich mit der Eilfertigkeit eines Fachmannes, dem es schmeichelt, wenn ein Ignorant von Rang aus Paris kommt, um sich bei ihm kundig zu machen. Übrigens sprach er so gut und so brillant von der Kunst des Feuerwerks, daß er für Augenblicke selbst zum Feuerwerk zu werden schien. Solch völligem Verschmelzen eines Menschen mit seinem Beruf bin ich schon mehr als einmal begegnet: der wie aus Schmalz modellierten Fleischersfrau, dem aus Erde und Mist gekneteten Bauern, dem Bankier, der einem Geldschrank gleicht, dem Reiter mit dem wiehernden Lachen. Die Hände Capolinis wurden fortwährend zu Raketen, zu Funkengarben, Feuerfontänen oder wirbelnden Sonnenrädern. Seine Augen schienen immerzu geblendet von einem märchenhaft aufleuchtenden Zauberreich.
»Eine eigenartige, eine herrliche Kunst«, rief er, »deren Urstoff die Explosion ist! Ja, Monsieur, wir stellen hier Pulvermischungen her, die allesamt detonieren können. Es hat mich immer begeistert,

das Wort ›detonieren‹. Es erinnert an Donner, aber auch an ein ›wie vom Donner gerührtes‹ Staunen. Und dieses Explodieren, das machen wir uns untertan, um es räumlich zu verlagern und zeitlich zu verschieben. Wir stellen ein detonierendes Pulvergemisch her, das, anstatt jetzt und hier loszugehen, erst später und anderswo explodiert. Zum Beispiel am Vorabend des 14. Juli in Paris. Aber das ist noch nicht alles. Die äußerliche Verlagerung der Explosion in Raum und Zeit muß auch eine innere Dimension gewinnen: Die Rakete soll ihre Bahn am Himmel beschreiben, und hierzu muß sich ihr Explodieren über mehrere Sekunden hinziehen. Wissen Sie, Monsieur, die ganze Pyrotechnik läßt sich auf einen Kampf gegen das *hic et nunc* zurückführen. Aufschieben und entfalten – das sind die zwei entscheidenden Anliegen der pyrotechnischen Kunst.«

Er geleitete mich von seinem Büro aus ins Freie und durcheilte mit mir ein seltsames Dorf mit lauter Häuschen aus leichtem Material.

»Die Explosion *hic et nunc*, hier und jetzt«, fuhr er fort, »die wäre das Unglück schlechthin, die Katastrophe. Sollte sie zu meinem Leidwesen je einmal eintreten, so wurde alles getan, um ihre Auswirkungen so eng wie irgend möglich zu begrenzen. Sehen Sie mal diese Werkstätten. Bei der kleinsten Verpuffung flögen sie in Fetzen. Und wie Sie gleich feststellen können, sind die Arbeitsteams auf die einfachste Formel gebracht: Zwei Mann, keinesfalls mehr. Sie haben doch keine Zündhölzer und kein Feuerzeug bei sich?«

»Nein, ich rauche nicht.«

»Entschuldigen Sie, das ist unsere Goldene Regel.

Wie die Regel des Stillschweigens in einem Trappistenkloster.«

Er stieß eine Tür auf, und wir betraten eine der Werkstätten. Darin standen große, mit unterschiedlichem Pulver gefüllte Metalldosen, Bündel von Pappröhren, Töpfe mit Klebstoff, Papierrollen. Und zwei Männer in grauen Kitteln gaben sich, einander gegenübersitzend, der unernstesten Arbeit der Welt hin: Mit Dosiermaßen, die Teelöffeln glichen, schütteten sie in offenbar vorgegebener Reihenfolge geringe Mengen verschiedener Pulver in Pappröhrchen, an denen ein Ende zugequetscht war. Eine Dosis graues Pulver, ein rundes Papierscheibchen, eine Dosis grünes Pulver, ein Papierscheibchen, eine Dosis schwarzes Pulver und so weiter.

Mit der lässigen Eleganz des Dompteurs unter seinen Raubtieren ging Capolini in dem Raum auf und ab. Er öffnete einen zylindrischen Container, schüttete ein weißes Pulver auf seine Finger und verkündete: »Strontiumsalze: purpurrote Flamme.« Ging dann zu einem anderen Behältnis über: »Gußeisenfeilspäne: weißglitzernde Blumen.« Mit dem Finger an hermetisch verschlossene Büchsen tippend, sagte er ferner: »Zink: blaue Flamme. Salpeter: goldene Tränen. Glimmerplättchen: goldglühende Strahlen. Bariumsalze: leuchtendes Grün. Kupferkarbonat: dunkelgrüne Flamme. Kolophonium: orangerote Flamme. Schwefelarsen: brillantes Weiß.« Dann setzte er sich zu mir und spielte mit einer leeren Rakete.

»Wie Sie sehen, ist ihr Sockel zu einer engen Öffnung gepreßt. In diesem unteren Bereich ist das Pulver ein Treibsatz, der Gase unter hohem Druck aus dem erwähnten Loch austreten läßt und so die Steigbewegung der Rakete erzeugt. Oberhalb dieses Treibsatzes wird der Zerleger eingebaut, ein feinkörniges Pulvergemisch, das den Zweck hat, die Effektladung auszutreiben, sobald die Rakete den Gipfel ihrer Flugbahn erreicht hat. Diese Effektladung, schlichtweg auch ›Effekt‹ genannt, ist Sinn und Zweck der Rakete. Sie enthält die Sterne und schimmernden Tränen, die Blumen und Feuerhaare. Aber ich muß Ihnen noch ein Geheimnis verraten. Wenn die Rakete exakt so wäre, wie ich sie Ihnen gerade beschrieben habe, ginge sie nicht auf wie eine Blüte, stiege sie nicht in den Himmel empor, käme sie nicht einmal vom Boden los. Ja, Monsieur, in diesem Ding steckt ein wundersames Geheimnis. Merken Sie sich's gut: Die Rakete besitzt, wie Frauen und Geigen, eine Seele. Eine Seele, ohne die sie ein bloßer Schatten und dem Boden verhaftet bleibt. Was ist die Seele der Rakete? Ich kann sie Ihnen nicht zeigen. Man zeigt eine Seele nicht. Die Seele der Rakete, die ist ganz einfach ein Hohlraum, der mitten in ihr ausgespart ist und der die Form eines Kegelstumpfs hat. Wie wirkt dieser Hohlraum beim Zünden, beim Abbrennen und beim Zerplatzen der Rakete? Niemand weiß es. Es gibt ebenso viele Erklärungen, wie es Feuerwerksphysiker gibt, die sich über das Problem schon den Kopf zerbrochen haben. Aber das Faktum ist da: ohne diesen kegelstumpfförmigen Hohlraum im Innern bleibt die Rakete ein lebloses Etwas.«

Capolini legte die Hülse zurück auf den Tisch und lächelte mir mit ironischer Überlegenheit zu.

»Ich habe Ihnen gesagt«, fuhr er fort, »daß die Explosion, die in unseren Pulvermischungen angelegt ist, zeitlich verzögert und räumlich verlagert werden muß. Hier drängt sich ein Wort auf, das unseren ganzen Beruf beherrscht, das Wort ›Gedenken‹. Feuerwerk ist seinem Wesen nach kommemorativ. Jedes Land hat seinen Nationalfeiertag. Man gedenkt an ihm eines Ereignisses, das als symbolisch und als grundlegend betrachtet wird. Wir haben den Sturm auf die Bastille; an ihn erinnern wir uns jeweils am 14. Juli, dem französischen Nationalfeiertag. Am 21. Juli findet die Tour de la Belgique statt, zum Gedenken an die Thronbesteigung Leopolds I. im Jahr 1831. Am Tag danach feiern die Polen den Jahrestag der Proklamation ihrer Unabhängigkeit durch die Lubliner Regierung im Jahre 1944. Am 1. August erinnert sich die Schweiz der Gründung der Eidgenossenschaft im Jahre 1291. Am 6. September wird die Bundesrepublik Deutschland ein Jahr älter, denn das ist der Tag, da der Bundestag im Jahre 1949 zum erstenmal zusammentrat. Ich könnte Ihnen im ganzen Kalender alle Nationalfeiertage angeben. Was soll's, das ist nun mal unser täglich Brot! Einmalige Feste mit Feuerwerk werden immer seltener. Fürstenhochzeiten werden heute ohne Pauken und Trompeten und mit einer Zurückhaltung gefeiert, die einer Art Scham gleicht. Ach, lieber Monsieur, Festlichkeiten sind auch nicht mehr das, was sie einmal waren! Man hat Angst, zu glänzen, Angst davor, schön, reich, glücklich zu sein. Alles zieht sich eine Kapuze über ...«

Was mich belustigte, während ich ihn seine Nummer abspulen sah, war die völlige Teilnahmslosigkeit der beiden Arbeiter, die, anscheinend taub und blind für unsere Anwesenheit, mit flinken Händen weiterwerkelten. Es sah aus, als spielten sie nur mit ihren Pappröhrchen, ihren Holzstäbchen, ihren Pötten voll verschiedenfarbiger Pulver – eine spaßige Arbeit, im Grund eher ein Zeitvertreib. Und überhaupt – war Feuerwerk nicht geradezu der Inbegriff von unnützem Luxus, von Geld und Gut, das in Rauch aufgeht für ein paar Minuten Vergnügen?

»Und die Sicherheit?« fragte ich im Hinausgehen. »Befürchten Sie keine Unglücksfälle?«

»Unglücksfälle? Niemals! Seit Ruggierigedenken gab es hier keine einzige Explosion zu beklagen. Alle Vorkehrungen dagegen sind getroffen. Es gibt nicht den geringsten Schwachpunkt in unserem Sicherheitssystem. Es müßte schon ... wie soll ich sagen ... böser Wille am Werk sein, eine selbstmörderische Absicht, was weiß ich?«

Ich ging, schmunzelnd und nachdenklich, durch die Straßen des Städtchens. Stimmte es, daß die Chinesen das Pulver erfunden, aber nie daran gedacht hatten, es zu Tötungszwecken zu nutzen? Auf die teuflische Idee der Feuerwaffen zu kommen, blieb uns Kindern des Abendlandes vorbehalten. Und ich sah vor mir wieder das Denkmal des deutschen Benediktinermönchs Berthold Schwarz in Freiburg im Breisgau, der im vierzehnten Jahrhundert das Schießpulver erfunden haben soll. Ein Mönch ... ein deutscher dazu ... mit Namen Schwarz ... Sah all das nicht ein wenig karikaturistisch aus?

Ich müßte lügen, wollte ich behaupten, ich hätte an den darauffolgenden Tagen viel gearbeitet. Meine ganze Aufmerksamkeit gehörte der Boulebahn, die morgens und abends unter den Platanen eine kleine, streitlustige – ein verbales Ritual jedoch im Grund streng beachtende – Gesellschaft um sich vereinte. Ich bemerkte, daß bei diesen Zusammenkünften – ebenso wie bei den Palavern in Afrika – keine Frauen und Kinder zugelassen waren. Ist die Boulepartie womöglich der letzte Rest von einer Art Versammlung der Ältesten, die der Seele des Gemeinwesens Ausdruck verleihen sollte? Die Hitze ermutigte mich übrigens ebensowenig zu einer Fortsetzung dieser soziokulturellen Überlegungen wie zu dem Entschluß, mich ernsthaft an mein Manuskript zu machen. Welch skurrile Idee meines Verlegers, mich mitten im Sommer zum Arbeiten hierherzuschicken! Meine tägliche Siesta dehnte sich mehr und mehr in den Nachmittag hinein aus, und ich sah den Tag kommen, da ich Mühe haben würde, vor der ersten Boulepartie und dem ersten Aperitif aufzustehen. Ein jäher Schlag machte dieser leidigen Entwicklung ein Ende.

Ein ehrwürdiger alter Mann mit dem Kopf eines römischen Imperators zielte auf eine dicht um das *Cochonnet*, das »Schweinchen«, massierte Gruppe von Boulekugeln.

»Gleich gibt's da ein Schlachtfest!« grummelte mein Nachbar und schüttelte gewichtig den Kopf.

Die Kugel flog in graziösem Bogen durch die Luft, auf das *Cochonnet* zu, doch genau in dem Augenblick, als sie an die versammelten anderen Boulekugeln stieß, erschütterte ein Donnerschlag die Luft und ließ Hunderte von Spatzen auffliegen, die

in den Zweigen der Platanen vor sich hin gedöst hatten. Dann wurde drüben, wo die Fabrik Ruggieri lag, der Himmel brandrot. Wieder ein Feuerwerk, doch chaotisch, irrwitzig, ein glühender Wirrwarr, in dem man zwischendurch Feuerkaskaden, Wunderkerzen, Windmühlenflügel, Sonnen, Funkengarben sah, alles vermengt zu einem Höllenschlamassel. *Hic et nunc.* Capolinis Ausdruck kam mir wieder in den Sinn: die Explosion hier und jetzt, weder zeitlich verzögert noch räumlich verlagert, die Katastrophe, die sich eigentlich nie hätte ereignen dürfen.
Schon liefen Leute auf die Fabrik zu. Autos hielten. Aus den Häusern kamen Menschen. Ladeninhaber schlossen ihr Geschäft. Die Einwohnerschaft, die Ruggieris Feuerwerke so gewohnt war, daß sie ein noch so lautes Geknalle nicht einmal mehr wahrnahm, die hatte sofort begriffen, daß es diesmal nicht um eine harmlose Vorführung ging, und da alle Arbeiter aus der Gegend waren, schüttelte panischer Schrecken die Stadt.
Ich folgte den anderen. Gendarmen bemühten sich, die Menge außerhalb des Fabrikgeländes zu halten. Jetzt waren weder Feuer noch Flammen mehr da, sondern nur ein Sturzbach von beißendem Qualm, durch den fahle Reflexe geisterten. Feuerwehrleute eilten hin und her, und um die Tragbahren drängte sich alles derart, daß sie nur mit Mühe und Not abtransportiert werden konnten. Meine Augen suchten Capolini. Würde er wohl bereit sein, mit mir zu sprechen? Würde er nicht denken, ich sei der fremde Unglücksvogel für seine Fabrik gewesen? Am Ende ging ich wieder nach Hause, denn ich hatte das Gefühl,

ich mischte mich da in etwas ein, das mich nichts angehe.
Tags darauf brachte Sidonie die ersten Neuigkeiten mit. Es hatte zwei Tote gegeben, die beiden Arbeiter der Werkstatt, in der sich die Explosion ereignet hatte. Außerdem etwa zehn Verletzte, darunter einen mit schweren Brandwunden. Über die Ursachen der Katastrophe wisse man überhaupt nichts. Wie mir Capolini schon gesagt hatte, konnte so etwas eigentlich gar nicht passieren. Und dennoch war es passiert. Die Fabrik blieb vorerst geschlossen, obwohl sich die Schäden relativ leicht beheben ließen. Ich erfuhr, wer die Todesopfer waren: Gilles Gerbois und Ange Crevet. Gerbois zweiundfünfzig Jahre alt, Vater von drei Kindern. Crevet vierzig Jahre alt, ledig. Beide aus dem Ort. Ihr Foto prangte auf der ersten Seite der Zeitungen neben dem Capolinis, der erneut betont hatte, daß ein solcher Unfall in seiner Fabrik nicht möglich gewesen sei, und daß demnach ... demnach ... Wer seine verworrenen Aussagen las, dem blieb nur, sich forschend in diese beiden Gesichter zu vertiefen, das eine massig, beschränkt, stur, schläfrig, schon etwas Fett ansetzend, das andere scharf, unruhig, hinterhältig. Wußten sie, diese beiden, was vorgegangen war, oder waren sie unversehens, verblüfft, ohne etwas zu begreifen, vom Tod ereilt worden? Vage erinnerte ich mich der Worte Capolinis bei meinem Besuch. Unfall unmöglich ... Nur böser Wille oder eine selbstmörderische Absicht ... Absurd! Wie kann man unter solchen Umständen an ein Verbrechen, einen Selbstmord denken? Ich suchte die Antwort noch immer in den beiden Fotos, die im Zeitungsdruck schlecht her-

auskamen. Von neuem sah ich die zwei Arbeiter vor mir, die während der Worte Capolinis ganz von ihrem läppischen Gewerkel absorbiert gewesen waren. Welch sonderbares Gespann waren sie doch, dieser Gerbois und dieser Crevet! Ich hatte plötzlich Lust, zu der Zeitung zu gehen und dort zu bitten, die Originalfotos sehen zu dürfen.

Am Abend war ich, um meinen Aperitif zu trinken, im Café de la Place. Meine Trinknachbarn an der Theke sprachen alle gleichzeitig, und daß sie vielfach ins Provenzalische fielen, erleichterte es meinen nördlichen Ohren nicht, zu verstehen, was sie sagten. Aber nach der Art und Weise, wie sie »den Gerbois« und »den Crevet« erwähnten, schienen viele die beiden Toten persönlich zu kennen. »Keine Chance, da kann man nur sagen, er hatte einfach keine Chance, der Kerl. Seit damals, seit ihm das passiert ist mit dem Blödsinn, mußte das über kurz oder lang so ausgehen.« Der Mann, der diese Behauptungen von sich gab, schien bei der kleinen Gruppe, die ihm zuhörte, Beifall zu ernten. Aber von wem sprach er? Von Gerbois oder von Crevet? Ich brannte darauf, ihn zu fragen, aber ich wagte es nicht, mich – mit meiner Pariser Visage und meinem »ssspitzen Akzent« – in das Gespräch einzumischen. Wie am Abend zuvor an der Unglücksstelle hätte ich das Gefühl gehabt, eine Taktlosigkeit zu begehen. Und, unzufrieden mit mir und den anderen, verließ ich das Lokal.

Am nächsten Tag fragte ich Sidonie nach den beiden. Ich bekam aus ihr nicht viel Genaues heraus, allenfalls, daß Crevet »nichts Rechtes« gewesen sei; er habe x Berufe gehabt und mutterseelenallein in einem ausgedienten Wohnwagen am Ortsausgang gehaust. Ihre ganze Hochachtung galt dafür Gerbois, einem gestandenen Familienvater, dessen Frau »eine nette Kleine« sei. Mehr war von ihr nicht zu erfahren.

Später, unterwegs auf der Straße, stieß ich auf ein unscheinbares Schaufenster, in dem nebeneinander die Seiten des *Dauphiné libéré* angeschlagen waren. Es war die Lokalredaktion dieser Tageszeitung. Ich ging hinein und stellte mich als Schriftsteller aus Paris vor, der hergekommen sei, um an Ort und Stelle eine provenzalische Chronik zu schreiben. Eigentlich nahezu die Wahrheit. Das Unglück bei Ruggieri interessierte mich, und insbesondere die Persönlichkeit der Opfer. Der Redaktionssekretär holte für mich das dicke Dossier des noch ganz frischen, hochaktuellen Falles. Darin war das Foto des Wohnwagens, in dem Crevet gehaust hatte, doch sei man, wie der Sekretär mir sagte, schon drauf und dran, ihn abzuschleppen. Der Lebenslauf dieses Crevet besagte, er sei das uneheliche Kind einer Demoiselle Crevet gewesen; diese sei gestorben, als er erst etwa zwölf gewesen sei, und erzogen worden – wenn man das sagen kann – sei er dann von der Fürsorge in Avignon, nicht ohne seinen Heimaufenthalt des öfteren durch Ausbüxen und nachfolgende polizeiliche Zwangsrückführung aufzulockern, bis zu dem Tag, da er sich zur Armee gemeldet und in Algerien Dienst getan hatte. Dann hatten Gelegenheitsarbeiten – Olivenpflücken, Schafschur, Lavendelernte, Autowerkstatt, Maurergeschäft, Terrassierungsarbeiten usw. – sich mit Zeiten der Arbeitslosigkeit und kurzen Gefängnisaufenthalten wegen kleiner Vergehen abgewechselt. Ich machte mir in groben Zügen einige Notizen über das Schicksal dieser armseligen Randexistenz. Was Gerbois anbelangt, erhielt ich, neben seiner Adresse, einen ersten Schimmer von Klarheit über das Pech, das ihn ständig verfolgt hatte – denn er war offenbar derjenige, auf den im Café der Gast an der Theke angespielt hatte. Dieser Mann schien wirklich dazu verurteilt, Arbeitsunfällen zum Opfer zu fallen: Im Jahre 1955, auf einer Baustelle für Sozialwohnungen, löst sich beim Hochhieven mit dem Kran ein, Ladung Ziegel und zerschlägt ihm die Schulter. 1958, beim Durchstich für den Straßentunnel von Pernes-les-Fontaines, wird er durch die Explosion einer Sprengladung verwundet. 1963 wird er an der Gefällstrecke bei Gordes von einem überladenen Lastwagen angefahren. Im Jahr darauf, beim Auslichten von Platanen, reißt die Kette einer Motorsäge, schnellt fort und zerreißt ihm das Gesicht. 1967, bei der Erneuerung der Nationalstraße 542, kippt ein Faß mit geschmolzenem Bitumen um und verbrennt ihm die Füße. 1970 bekommt er eine Ladung Kupfersulfatstaub, den man auf den Weinbergen ausbringt, in die Augen. Capolini muß wohl an dem Tag, als er Gerbois einstellte, von dieser Unglückskaskade noch nichts gewußt haben. Ich mußte an die berühmte Frage denken, die der sehr abergläubische Mazarin nie zu stellen versäumte, wenn er erwog, einem ihm empfohlenen Bewerber ein verantwortungsvolles Amt zu geben: *»Est-il heureux?«* – was besagte: »Hat er Glück?«

Ich ließ die Woche vergehen, dann suchte ich die Adresse auf, die mir bei der Zeitung als die seine genannt worden war. Adrienne Gerbois empfing mich, ohne allzu überrascht zu sein, in einem Haus, in dem eine gemütvolle Unordnung herrschte. Seit Gilles gestorben war, lebte sie in einer Atmosphäre von Trauer und Beileidsbekundungen, von der sie leicht berauscht und zugleich erschöpft zu sein schien. Gleich als ich kam, verfiel sie in eine weitschweifige Eloge auf den Verstorbenen, die in der Hauptsache während der Besatzungsjahre und bei der Befreiung spielte. Gilles sei der große Held des »Maquis« an der Sorgue, im August 1944 die treibende Kraft der Befreiung und der Säuberung gewesen. Mehrere Wochen lang habe er über Monteux und Umgebung geherrscht wie ein Kriegsherr. Ha, wie hatte er sie das Zittern gelehrt, die Verräter und *collabos*! Sie, Adrienne, berichte freilich nur vom Hörensagen, denn sie sei 1940 geboren, aber Gilles' Heldentum sei in die Geschichte von Monteux eingegangen. Und hinterher? Hinterher? Wozu sei das alles gut gewesen? Was habe er von seiner Haltung gehabt? »Nichts, nicht einmal eine Medaille!« lamentierte sie.

Ich nannte den Namen Ange Crevet. Da rief sie: »Ange und Gilles? Die besten Kumpels der Welt, die es gibt, Monsieur! Unzertrennlich waren sie sozusagen. Gilles, der war für den kleinen Crevet der große Bruder, ein bißchen der Vater, den er nicht gehabt hatte – Sie wissen wohl, was ich meine. Kaum hatte Gilles irgendwo eine Arbeit, da sah man Ange gleichfalls ankommen. Man konnte gar nicht anders als ihn ebenfalls einstellen. Und daß sie jetzt beim gleichen Unglück umgekommen sind, ist ganz normal, denn sie haben schon immer in einem Team gearbeitet.«

Die zuletzt geäußerten Worte ließen mich sogleich aufhorchen. Sie hatten also schon anderswo als bei Ruggieri gemeinsam gearbeitet?

»Ja, natürlich, Monsieur. Als Maurer auf einer Baustelle für Sozialwohnungen, als Terrassierer im Straßenbau oder bei der Straßeninstandsetzung, beim Auslichten von Bäumen und als Landarbeiter, wenn sie nichts anderes fanden. Was soll's! Wenn man keine Ausbildung hat, muß man halt alles können!«

Adrienne schien mit Absicht die wiederholten Unfälle unerwähnt zu lassen, denen Gilles zum Opfer gefallen war. Ich verkniff es mir, darauf anzuspielen.

Abends schaute ich wegen einer ergänzenden Auskunft nochmals rasch im Büro des *Dauphiné* vorbei. Leider war der Sekretär vollauf damit beschäftigt, für Ende August eine Rückreisewelle anzukündigen, die schwierig zu werden drohe. Für ihn war das Unglück bei Ruggieri erledigt, eingeordnet, im Archiv abgelegt. Ich muß gestehen, ich wußte selbst nicht recht, was ich von ihm erwartete. Was mich nicht losließ, war dieses seltsame Zweigespann, waren diese wiederholten Unfälle und das Geheimnis dieser mörderischen Explosion in der Fabrik.

Während ich mich ein bißchen in dem Büroraum herumdrückte, stieß ich auf die erste Seite der ersten Nummer des *Dauphiné libéré*, die da unter einer Glasplatte ausgestellt war: Der Einzug der Panzer der Ersten Armee in die Stadt, die jubelnde Menge, die letzten deutschen Soldaten, die nun zu Gefangenen der Widerstandsarmee geworden waren. Datum: 11. August 1944. »Sieh mal an«, dachte ich, »der 11. August ist doch auch der Tag des Unglücks bei Ruggieri.« Als der Sekretär mich beim Entziffern des Leitartikels sah, schaltete er sich ein: »Dieser Vincent Bure, dessen Name unter diesen Zeilen steht, ist längst im Ruhestand, ist aber noch sehr gut beisammen, und niemand kennt Monteux und seine Kriegs- und Nachkriegsjahre besser als er. Wenn Sie bei ihm Auskünfte einholen wollen, melde ich Sie an.«

Ich stimmte eilends zu, und nach einem kurzen Telefonanruf war mit Bure vereinbart, ich würde ihn tags darauf am späten Vormittag aufsuchen.

Er bewohnte unweit des Bahnhofs ein größeres Gebäude, das eine Werkstatt oder ein Lagerhaus gewesen sein mußte. Es war trist und häßlich, bot aber Raum, soviel man sich wünschen konnte. Bure glich einem alten Braunbären, jovial und brummig. Was er sagte, war so stark vom Dialekt gefärbt, daß ich ihn zuweilen bitten mußte, seinen Satz zu wiederholen. Offenbar war er ein Dokumentationsnarr.

»Zum Glück«, bemerkte er, während er durch die mit Akten und Zeitungsstapeln überfüllten Räume ging, »zum Glück mangelt es hier nicht an Platz. Aber wissen Sie, das Wesentliche an meinen Archiven ist, daß sie da drin sind!« Und er schlug sich mit der flachen Hand an die Stirn. »Wenn ich einmal sterbe – was für ein Verlust für die hiesige Chronik! Ha, ha, ha!« Und er lachte über den Mordsstreich, den er seinen Mitbürgern in Monteux spiele, wenn er sterbe. »Denn, wissen Sie, ich bin 1918 geboren. Darüber bin ich sehr froh. Allerdings habe ich den Krieg vierzehn bis achtzehn versäumt. Na, wenn schon ... Mein Vater hat ihn mitgemacht und hatte davon gründlich die Schnauze voll. Ich hab' so viel von Verdun und vom Chemin des Dames reden hören, daß ich am Ende geglaubt hab', ich wär' selbst dort gewesen! Ha, zum Beispiel die Volksfront, der spanische Bürgerkrieg, Hitler und Mussolini, der ›komische Krieg‹ von September 39 bis zum Angriff der Deutschen, die Besetzung und die Befreiung – da war ich dabei, ja, und sogar auf vordersten Logenplätzen! Als Journalist, versteht sich! Später, als ich dann die grünen Jungs bei der Zeitung aufkreuzen sah, konnte ich nur mitleidig lachen. Die armen Hunde! Die kamen an, als alles vorbei war. Denn Sie haben's doch auch gemerkt, wie? Es passiert gar nichts mehr. Seit der Befreiung herrscht völlige Flaute. Abgesehen von Indochina und Algerien, die aber Gekräusel sind, Monsieur, bloß fernes Gekräusel an der Oberfläche! Und danach nichts, nichts mehr. Aus Gefälligkeit bekomme ich laufend die Zeitung. Aber wie oft schon hab' ich morgens, wenn ich sie in dreißig Sekunden überflogen hatte, gesagt: ›Arme Hunde! Also wenn ihr ehrlich wäret, hättet ihr sie nicht gedruckt, diese Zeitung! Ihr hättet auf euer Schaufenster einen Zettel geklebt: Seit gestern ist nichts passiert, deshalb heute keine Zeitung!‹ Na, ja, ich bin froh, daß ich da raus bin. Ich vertiefe mich wieder in Ereignisse, die ich erlebt habe. Und zwar echte! Manchmal besucht mich ein Nachbar. Und sagt: ›Na, was gibt's Neues?‹ Ich sag' zu ihm: ›Die Sechste Armee unter von Paulus hat in Stalingrad kapituliert.‹ Er sagt: ›Oh, mein Lieber, wirst du nicht vielleicht ein bißchen plemplem?‹ Beim vorherigen Mal hatte ich nämlich zu ihm gesagt: ›Die Japaner haben gerade in Pearl Harbor die amerikanische Pazifikflotte versenkt.‹ Oder auch: ›Die Italiener haben Mussolinis Leiche in Como an Fleischerhaken aufgehängt.‹ Nein, gelangweilt hat man sich zu meiner Zeit nicht!«

Ich hatte Mühe, seinen Redefluß einzudämmen. Schließlich konnte ich anbringen: »Ja, aber heutzutage kracht's und brennt's auch, und sogar in Monteux! Sehen Sie sich doch die Ruggieri-Katastrophe an!«

Er fuhr auf.

»Ruggieri? Ach nein, das ist gerade das Gegenteil! Seit meiner Kindheit hab' ich drauf gewartet, daß in diesem Kasten so 'ne Geschichte passiert. Ich hab' immer gewußt, daß da was schwelt. Ich hab' mir gesagt: ›Das schwelt und schwelt. Wann mag's wohl knallen?‹ Und am Ende hat's auch geknallt! Aber es hat seine Zeit gebraucht.«

»Gestern war ich bei der Frau und den Kindern von Gilles Gerbois. Kannten Sie ihn?«

»Und ob ich ihn kannte! Den Chef der Résistance an der Sorgue. Ein stolzer Bursche, sag' ich Ihnen!«

Er stand auf, ging hinüber zu einem Stapel von Zeitungen und begann sie auf dem Boden zu verstreuen.

»Da haben wir's, da haben wir's schon! Der Gilles, das ist der da, mit seinen Maquisards, dem die Bevölkerung zujubelt.«

Er schlug vergilbte Zeitungen vor mir auf, mit vielen Fotos und riesigen Überschriften.

»Hier, da treibt er deutsche Gefangene vor sich her. Er war der erste, der die Panzer der Ersten Armee von Lattre de Tassigny begrüßte.«

»Und das? Was ist das?«
Ich deutete mit dem Finger auf ein Foto, auf dem man ein mageres, kahlköpfiges Weib inmitten einer Gruppe heiter gestimmter Männer dahinwanken sah.
»Das? Na, das ist die Crevette, sieh mal an!«
»Die Crevette?«
»Ja, ein armes Mädchen, das mit seinem Buben in einer Kate am Ortsausgang hauste. Sie lebte von Aushilfsarbeiten, aber in Wirklichkeit legte sie sich bloß hin. Sie war die ›Laß-mich-auch-mal-Marie‹ von Monteux. Man kann sagen, daß im Dorf alle Männer bei ihr schon mal drübergerutscht sind. Und wie die deutschen Soldaten da waren, gingen die eben auch hin. Einstweilen, bis die Amerikaner an der Reihe waren. Bloß ... Sie wissen ja, wie das ist: Ohne geschorenes Weib keine rechte Befreiung. Also, und die Crevette, weil die mit Deutschen geschlafen hatte, haben Gilles und seine Burschen sie geholt, haben sie auf dem Marktplatz auf einen Stuhl gebunden und sie kahlgeschoren wie ein Ei. Und alles hat gelacht, schallend gelacht ...«
»Und dann?«
»Ach, na ja, wissen Sie, wär's nach mir gegangen, dann hätt' man's dabei gelassen. Die Befreiung, das war ein Fest, ein großartiges Fest. So einen Tag, den durfte man nicht beschmutzen. Bloß – es hatte im Wald bei den Widerstandskämpfern einen Toten gegeben. Und so haben sie die Crevette halb nackt ausgezogen, haben ihr die Schuhe weggenommen und sie gezwungen, mitzugehen und an der Stelle, wo er gefallen war, ein Blumengebinde niederzulegen. Ach, das war ein trister Aufzug,

das kann ich Ihnen versichern! Diese Jammergestalt von Crevette, kahlköpfig, nichts auf dem Leib als einen dünnen rosa Kunstseidenunterrock, und die Männer rissen Witze, weil man drunter ihre schwarze Möse sah. Sie strauchelte, barfuß auf den Kieseln, ein paarmal fiel sie hin, der Gilles in seinen Stiefeln trieb sie mit Fußtritten wieder hoch, und sie mußte weiter. Mir hat es den Magen umgedreht. Und ich war nicht der einzige, der dachte, es sei leichter, dieses arme Mädchen zu quälen, als im Kampf die Deutschen zu schlagen. Bloß – das können Sie sich denken –, es hat sich halt niemand getraut, den Mund aufzumachen und dagegen anzugehen.«

»Was ist danach aus ihr geworden?«

»Sie kam zurück und verkroch sich in ihrer Bruchbude. Sehen ließ sie sich nicht mehr. Mitleidige Seelen müssen ihr zu essen gebracht haben. Wissen Sie, wir haben hier erst nach der Befreiung am meisten Hunger gelitten. Sie hat ihren Buben zum Betteln und Einkaufen geschickt. Und eines Tages, es mag so zwei Jahre später gewesen sein, hörte man, sie sei gestorben. Sie war nie so ganz gesund, die Crevette. Ihren Buben, den armen Hund, hat man in Avignon ins Waisenhaus gesteckt.«

»Kannten Sie ihn?«

»Nein, kaum. Er hieß Ange, glaube ich.«

»Ange Crevet?«

»Ja, natürlich, er war ja der Sohn der Crevette.«

»Dann war das der, der mit Gilles Gerbois in die Luft geflogen ist?«

»Ah, das kann gut sein. Tatsächlich, den Zusammenhang hatte ich schlicht übersehen. Aber was soll das?«

Was das sollte? Gerbois hatte am 11. August 1944 die Crevette gequält und drangsaliert. Ange war damals zehn. Er wohnte allein mit ihr in einer Kate, und man kann sich die wilde Zuneigung vorstellen, mit der diese zwei armseligen Wesen aneinander gehangen haben müssen. Wahrscheinlich stand der Junge in der vordersten Zuschauerreihe, als Gerbois und seine Leute die Crevette erst kahlschoren, ihr dann die Kleider auszogen und sie ans Grab des Maquisards schleppten. Und dreißig Jahre später, an einem 11. August, kommen beide, Gerbois und Crevet, beim selben Unglücksfall ums Leben. Ein Wort Capolinis kam mir wieder in den Sinn: *Gedenken.* Kommemoration. Das Wort, unter dem die Feuerwerkerei steht. Ich wüßte zwar nicht, daß die Einwohner von Monteux je ihrer Befreiung von 1944 gedacht hätten. Außer einem von ihnen vielleicht. Aber dann – was ist er doch für ein komischer Vogel, dieser kleine Crevet!
Ich mußte vier Tage suchen, bis ich jemanden fand, der mir von ihm erzählte. Es war Adèle Gerbois, Gilles' Schwester, eine alte Jungfer, die Schneiderin war. In einer Gasse, die sich zwischen buckligen Häuschen mit winzigen Gärten den Berg hinaufwand, entdeckte ich schließlich ihre Wohnung. Was sie über die Beziehungen zwischen Gilles und Ange von sich gab, klang völlig anders als das, was Gilles' Witwe Adrienne mir darüber gesagt hatte. Übrigens schien die Schneiderin von ihrer Schwägerin nicht viel zu halten.
»Ein braves Mädchen ohne Falsch, Monsieur, aber beschränkt und beinahe noch Analphabetin.«
Mir fiel sofort auf, daß die Wände des Wohnraums,

in dem sie mich empfing, hinter vollen Bücherregalen verschwanden.

»Mein Bruder hat ein gutes Werk getan, als er sie heiratete. Er tat es der Kinder wegen. Sie hat ihn gehindert, den Erfolg zu haben, den er eigentlich hätte haben müssen.«

Adèle Gerbois steckte voller Hemmungen. Aber als ich aufs Geratewohl den Namen Ange fallen ließ, ging sie sogleich aus sich heraus.

»Ich habe Skrupel, abfällig von einem Toten zu sprechen, Monsieur, aber dieser kleine Crevet war mir immer unheimlich. Unmöglich, zu wissen, was er dachte, immer war er zerquält, einsilbig, dabei unstet und unberechenbar. Ich habe ihn nie lachen sehen. Der reinste Wilde, Monsieur.«

»Hatte er Freunde?«

»Freunde? Nein, das kannte man bei ihm nicht. Außer meinem Bruder. Leider. Wissen Sie, es war, als ob Crevet ihn verfolgte. Er war immer darauf aus, im selben Betrieb angestellt zu werden, in dem auch mein Bruder arbeitete. Wie oft ist es ihm gelungen! Gilles schleppte ihn mit wie einen Klotz am Bein. Einmal habe ich ihn gefragt, ob er sich vor diesem komischen Burschen nicht fürchte. Eigenartigerweise sagte er darauf: ›Mir ist es lieber, ihn bei mir zu haben. Dann weiß ich wenigstens, was er anzettelt.‹ Wie das ausging, haben Sie ja gesehen.«

»Eine Frau?«

»Eine Frau? Die hätte schon ganz verrückt sein müssen, um sich mit dem einzulassen! Nein, Frauen kannte man bei dem nicht. Außer seiner Mutter natürlich. Ach ja! Das muß man anerkennen! Mit ihr trieb er einen wahren Kult. Ich kümmere mich doch zusammen mit dem Mesner um die verwahrlosten Gräber auf dem Friedhof. Deshalb kann ich Ihnen sagen, daß er das Grab seiner Mutter sehr regelmäßig mit Blumen geschmückt hat. Er hatte seinen eigenen Kalender. Ein Datumsfanatiker. Man wußte gar nicht recht, auf was sich das eigentlich bezog. Vielleicht auf den Geburtstag seiner Mutter, ihren Namenstag, vielleicht aufs Datum ihres Todes. Ansonsten mysteriös. Aber zu bestimmten Zeitpunkten konnte man sicher sein, Crevet auf den Friedhof kommen zu sehen.«

Blumen zum Gedenken? Wiederum kam mir Capolinis Schlüsselwort in den Sinn. Plötzlich ging mir ein Licht auf.

»Apropos Datum ... Gilles hatte, glaube ich, einige Arbeitsunfälle. Wissen Sie genau, wann?«

»Sie möchten wissen, an welchem Tag diese Unfälle jeweils stattgefunden haben? Da kann ich Ihnen nichts Genaues sagen. Dazu müßten Sie Adrienne fragen. Die muß das bei ihren Papieren haben.«

Zwei Stunden später war ich wieder bei Gilles' Witwe und hatte, was ich suchte. Sie war offenbar überrascht, als ich kam, stöberte jedoch gleichwohl in etlichen Schachteln voller kunterbunt durcheinandergeworfener Papiere. Sie fischte Anstellungsverträge, Unfallprotokolle, Krankenakten heraus. Gilles' ganzes, an Unglücksfällen so reiches Leben zu rekonstruieren, konnte schwerlich in Frage kommen. Doch erfuhr ich, daß die Kette der Motorsäge sich am 11. August 1964 gelöst und ihm eine Schramme im Gesicht beigebracht hatte. Daß der Lastwagen auf der Gefällstrecke bei Gordes am

11. August 1963 von der Fahrbahn abgekommen und auf ihn losgefahren war. Daß die Ladung Ziegel über seinem Kopf am 11. August 1955 ins Kippen geraten war. Sonst erbrachte unsere Suche für mich nichts. Diese Frau, in ihrer Unbedarftheit unfähig, diese verworrene Geschichte zu entziffern, und völlig ohne Gefühl für die unheimliche, bedrängende, ständige Wiederkehr dieses Datums, entmutigte mich schließlich. In was mischte ich mich da eigentlich ein? Ich war weder Polizist noch mit Gilles Gerbois verwandt. Mich trieb nur die Neugier, eine Neugier, die sich allenfalls durch meinen Schriftstellerberuf entschuldigen ließ.

Eine letzte Schachtel enthielt Briefe und erbrachte Einzelheiten, die Adrienne noch unverständlicher blieben als die anderen. Irgendwie angewidert und mit unleugbar schlechtem Gewissen fingerte ich in diesen Spuren einer unbekannten Vergangenheit herum. Schon legte ich alles wieder zurück an den alten Platz, als mir wegen der kindlichen Schriftzüge der Adresse ein Briefumschlag ins Auge stach. Er enthielt ein Blatt, aus einem Schulheft gerissen, auf das mit schwerfälligen Buchstaben gemalt war:

»WEHN ICH GROSS BIN PRING ICH DICH UM. ANGE. 11. AUGUST 1944.«

»Was ist das?« fragte mich Adrienne.

»Nichts. Eine Kinderei.«

Ich für meinen Teil wußte nun rundum Bescheid über diesen Fall. Da und dort hatte er zwar noch weiße Flecke, Geheimnisse, Auslassungspunkte. Aber mehr wollte ich von ihr gar nicht wissen, dieser Geschichte einer Haßliebe, die als Feuerwerk geendet hatte. Es war an der Zeit, mich endlich an meinen biederen Krimi zu machen, an jene Geschichte von einer lebenslang andauernden Rache im Rahmen eines Provinzstädtchens, wo jeder alles weiß . . .

Blandine
oder Der Besuch des Vaters

»Wir Junggesellen sind anfällig und bedroht zugleich!«
Anselm hatte die Behauptung in entschiedenem Ton von sich gegeben, nachdem er lange geschwiegen und sich die Klagen und Forderungen der anderen unverheirateten Tischgenossen angehört hatte. Dann hatte er sich eine Flasche Apfelwein gegriffen und begonnen, die Gläser zu füllen, wie um sich damit ein ruhiges, aufmerksames Auditorium zu sichern.
»Wir beklagen uns über die Forderungen des Steuerbeamten, der gerade den Junggesellen mit sadistischer Vorliebe auspreßt. Aber auch unser Mangel an Mobilität setzt uns zu. Bei Großbetrieben bildet man sich gern ein, ein Junggeselle, weil er weder Frau noch Kinder nachzuschleppen hat, könne versetzt, könne da oder dort verwendet werden, in der Provinz oder am Ende der Welt. Ein Reisender ohne Gepäck, lasse er sich kostengünstiger anderswohin verlegen als ein Verheirateter. Für die Firma, die ihn beschäftigt, stimmt das vermutlich, doch für ihn ist es ein Desaster. Denn ein Familienvater besitzt ein Minimum an menschlichem Umfeld, das an ihm hängt und das er mitnehmen kann: seine Frau und seine

Kinder – das ist eine Mini-Gesellschaft, die ihm wohl oder übel folgt, wenn er wandern muß. Auch der Junggeselle besitzt ein menschliches Umfeld: seine Eltern, seine Freunde, seine Freundinnen, seine vertrauten Jagdreviere, Gesellschaftsabende, einen Club. Nichts von alledem läßt sich mitnehmen. Verpflanzt leidet er unter völliger, tiefster Einsamkeit. Er braucht Jahre, um das menschliche Humusbeet wieder anzulegen, ohne das er entwurzelt ist und in einem sozialen Mangelzustand lebt.
Ja, wirklich, wir Junggesellen sind anfällig und bedroht«, wiederholte er, »und ich habe erst kürzlich eine recht kuriose Erfahrung damit gemacht.«
Dann schwieg er einen Augenblick, um unsere gesammelte Aufmerksamkeit noch mehr zu fesseln.

Mein Haus liegt im Dorf zugleich in der Nähe der Kirche und der Volksschule. Einer seiner Reize ist das Geläut der Glocken, ein anderer das erquikkende helle Jauchzen und Schreien von drüben, vom Schulhof her. Das Haus ist offen für jeden, der kommt. Ein weiterer Zug des Junggesellenlebens. Es ist die Frau, die bei einem Haus die Türen verschließt. Sie ist die Hüterin des Herdfeuers, eine oft eifersüchtige Hüterin, die manchmal allzusehr dazu neigt, leeren Raum um ihren Mann zu schaffen. Wir kennen das alle: in einem von zwei Fällen ist ein Freund, der heiratet, ein verlorener Freund. Madame will ihn für sich allein, und sie kämpft gegen die vertraute Kameradschaft an, die irgendwelchen vor der Heirat ihres Mannes geknüpften Beziehungen entstammt.
Meine Tür hingegen ist immer offen. Viermal am

Tag gehen Schüler und Schülerinnen grüppchenweise zwitschernd vor den wagenweit offenen Gittertoren des Gartens vorbei. Oft, wenn das Wetter schön ist, wagen sie sich zu mir herein. Ich habe Haselnußbüsche, Apfelbäume, Kirschbäume, einen Mispelstrauch. Schaut man am Fuß der Mauern gut nach, so findet man im Frühjahr wilde Erdbeeren. Und auch mein Metier, das komische Metier des Fotografen, weckt ihre Neugier. Wie kann man denn von so was leben? Ja, wenn ich noch einen Laden hätte, mit Fotoapparaten und Filmen zum Verkaufen, wenn man mich bei Kindtaufen, Hochzeiten, Jägertreffen geschäftig zu Werk gehen sähe! Aber nein, ich bin »Reporter«. Im Grunde weiß man nicht recht, was ich tue. Also, nicht wahr, dieser Beruf, der keiner ist, die offenen Türen, die nicht vorhandene Hausfrau – all das erweckt bei seriösen Leuten Verachtung und bei Kindern Neugier. Eine Expedition wird riskiert. Sie treffen mich an, wir schließen Bekanntschaft. Das Haus ist rasch erforscht, und mit Genugtuung wird vermerkt, daß der Gefrierschrank einen Vorrat von verschiedenerlei Speiseeis enthält. Ich fülle ihn immer wieder auf – zur gleichen Zeit und im gleichen Sinne wie das Futterhäuschen für die Vögel und das Schüsselchen für die Katze.
Festzuhalten bleibt, daß diese Invasionen fast immer eine Sache der Buben sind, obgleich es eine gemischte Schule ist. Die Mädchen sind ängstlicher – oder gehörig vergattert – und wagen sich nicht so gern zu dem Unbekannten hinein. Bemerkenswert ist übrigens, daß die Sitten, zumindest in diesem Punkt, trotz aller sogenannten »permissiven« Reden sehr traditionalistisch geblieben sind.

Ich möchte gern, daß Soziologen einmal in den Großstädten an schulfreien Tagen eine Untersuchung durchführen und zählen, wieviel Jungen und wieviel Mädchen frei auf den Straßen herumziehen. Ich bin überzeugt, sie fänden zehn Jungen auf ein Mädchen.

Ein Freund, dem ich von den Besuchen der Kinder bei mir und von der Tatsache erzählte, daß Mädchen nur selten dabei sind, rief aus: »Zum Glück für dich! Hüte dich vor kleinen Mädchen! Nicht berühren, Pfoten weg! Was immer man in den Kreisen sagen mag, die sich für fortschrittlich halten – bei Jungen kannst du dir alles erlauben. Kleine Mädchen sind Fallstricke für ... die Dummen, Grund für tausend Scherereien, kleine Giftzähne.«

Ich glaubte ihm damals nur halb, kannte ich doch seinen tief verwurzelten Pessimismus und seinen Haß auf Frauen. Wieder an ihn gedacht habe ich dann letzten Sommer, an dem Tag, als ich Blandine kennenlernte.

Ich hatte gerade meine 4 × 5-Zoll-Kamera hervorgeholt, dazu das ganze Zubehör – Stativ, Kassette, Belichtungsmesser, Entfernungsmesser und sogar Elektronenblitz, um bei einer Aufnahme in der vollen Sonne die Schatten aufzuhellen. Es ging darum, ein paar dicke Hummeln zu fotografieren, die mit lautem Gesumm die Blütenköpfchen eines Lavendelbüschels umschwärmten. Ein solches Bilddokument konnte für eine populärwissenschaftliche, höchst aufwendig gemachte (und ziemlich gut zahlende) Zeitschrift interessant sein, erforderte jedoch unendlich viel Geduld, denn selbstverständlich war von meinen beiden Tierchen nicht der geringste Sinn für Kooperation zu erwarten. Kaum hatte ich eine der Hummeln im Sucher und die Schärfe eingestellt, da hielt sie es, bevor ich zu meiner Aufnahme kam, für richtig, die Blüte zu wechseln. Ich war konzentriert, gespannt, einem Wutanfall nahe – als plötzlich ein riesiger Eindringling mir fast zwischen die Beine lief, mein Stativ anrempelte, meine Kassettenbox umwarf. Es war ein großer Hund, der Rasse nach ein Briard, zottelig, schwarz und lustig, der ohne Umstände über meinen Lavendeln das Bein hob, bevor er sich im Kabel meines Blitzgeräts verhedderte. Gleich darauf höre ich Rufe, helle Stimmen, Gelächter, und nun tauchen zwei Mädchen auf. Von der einen habe ich alles vergessen, sie muß grau oder durchsichtig oder sogar unsichtbar gewesen sein, denn ich hatte nur Augen für die andere, so fein und hübsch war sie. Die mit roter Litze abgesteppten schwarzen Lüstrinschürzchen, wie die Schüler sie früher hatten, sind verschwunden, und ich trauere ihnen nach. Nichts bringt die Frische und den Liebreiz eines Kindes besser zur Geltung als dunkle, schmucklose Kleidung. Blandine trug einen hellblauen Bauernkittel, ungemein kurz, den ein blumenverzierter Gürtel über ihren goldbraunen Schenkeln zusammenhielt. Sie brach in fröhliches Lachen aus, als sie ihren Hund zwischen meinem Gerät herumtollen sah, und gleich dachte ich an einen der musizierenden Engel Botticellis. Sie rannte hinter dem Hund her, konnte sich an sein Halsband klammern, aber er war schwerer als sie, warf sie um, und schon wälzte sie sich im Gras. Und ich trank mit den Augen dieses reizende Schauspiel und fragte mich, wie zum Teufel ich

bloß auf die Idee gekommen war, Hummeln zu fotografieren.
Wir lernten einander kennen. Sie wohnte mit ihren Eltern, ihren beiden älteren Brüdern und ihrer kleinen Schwester auf einem kleineren, einsam gelegenen Hof, einen Kilometer vom Dorf. »Aber«, meinte sie, »wir ziehen bald aus.« Ihr Vater sei Angestellter in einer ziemlich weit entfernten Fabrik für Elektromaterial. Er gehe frühmorgens fort, komme erst spät wieder heim. Während der Ferien rührten sie sich nicht vom Fleck, denn sie wohnten ja auf dem Lande.
Ich bat die beiden ins Haus und zeigte ihnen mein Labor und etliche meiner Arbeiten.
»Ihr müßt wiederkommen, dann mache ich Porträts von euch beiden«, versprach ich scheinheilig. »Aber bringt das nächste Mal nicht den Hund mit!«
Den hatten wir nämlich draußen gelassen, und er, außer sich, weil er allein war, vollführte einen Höllenspektakel, um ins Haus zu kommen.
Wie verabschiedeten uns. Lachend liefen sie fort, von dem Briard mit fröhlichen Sprüngen umkreist, und ich blieb zurück, betört und ein bißchen traurig, allein mit meiner 4 × 5-Zoll-Kamera und meinem Lavendel, den die Hummeln inzwischen endgültig verlassen hatten. Was könnte melancholischer sein als ein Fotograf, der nichts mehr zu fotografieren hat, weil er das einzige Bild entkommen ließ, das von nun an in seinen Augen noch zählt?
Blandine kam wieder. Allein, ohne ihre Begleiterin, und ich in meiner Blindheit dachte nicht einmal daran, mich darüber zu wundern. Ich machte

von ihr eine Reihe von Porträts, die ganz unbestreitbar und ohne jeden möglichen Zweifel das Beste sind, was mir in fünfundzwanzig Jahren Fotografie gelungen ist. Einen Augenblick war ich beunruhigt, als ich ihr von den Bildern einen Satz für ihre Eltern anbot und sie das ablehnte: »O nein, das würde die nicht interessieren!« Ich hatte nicht einmal den Mut, sie zu fragen, ob die Eltern über ihre Besuche bei mir Bescheid wüßten.
An einem Regentag kam sie herein und schüttelte ihr Goldhaar, auf dem die Tropfen wie Perlen schimmerten. Dann hängte sie einen Regenmantel auf, fein geädert, durchscheinend und leicht wie ein Libellenflügel, und ging entschlossen hinüber zur Küche. Rasch zündete ich im Kamin ein Feuer an. Sie bereitete Tee mit Toast. *Tea for two.* Es war bezaubernd, idyllisch, ein strahlendes Glück. Unaufhörlich mußte ich an Lewis Carroll denken, diesen fotografierenden Clergyman vor hundert Jahren, der bei sich zu Hause Einladungen ausschließlich für Mädchen unter zwölf Jahren veranstaltet hatte. Er schminkte sie, verkleidete sie, stellte sie in Gruppen oder als lebende Bilder auf und hielt ihre vergängliche, fragile, köstliche Unreife für die Ewigkeit auf der Glasplatte fest. Mir ist, als hätte ich aus seinem eigenen Mund, im Ton unwilliger Scham gemurmelt, jene Antwort an einen Freund gehört, der ihn gefragt hatte, ob all diese kleinen Mädchen ihm am Ende nicht manchmal doch lästig würden: »Seien Sie still! Die sind drei Viertel meines Lebens!« Und da hatte er aus Scheu noch teilweise gelogen, denn auch das vierte Viertel gehörte unzweifelhaft seinen kleinen Freundinnen.

Wie alt mochte Blandine sein? Elf vielleicht, höchstens zwölf. Aber ich wußte instinktiv, daß die Pubertät ihr Blut noch nicht in Fluß gebracht hatte. Ich sah es an hundert Einzelheiten, die nicht trügen, an einer gewissen, von Unbefangenheit nicht weit entfernten Freiheit in ihren Bewegungen, den Narben an ihren runden, kindlichen Knien, und an manchen Gesten, etwa der, beim Warten oder bei Langeweile die Sohle des rechten Fußes quer oben auf den linken Fuß zu stellen – eine Stellung, die Jungen und Mädchen gemeinsam, aber typisch vorpubertär ist.

Oh, lachen Sie nicht! So einfältig bin ich nun doch nicht, daß ich Unreife und Unschuld verwechsle! Blandine war durchtrieben wie nicht gleich eine, und das sollte ich auf ziemlich schmerzliche Weise erfahren. Nein, ich glaube, daß das Kind, weil es vom Gären des Geschlechts und des Herzens noch nicht behindert und mit Blindheit geschlagen ist, manchmal mehr zu List und Tücke fähig ist als ein Heranwachsender, der mit seinen Seelenzuständen zu tun hat. Nicht selten macht die Pubertät aus einem lebhaften, pfiffigen kleinen Mädchen eine lächerlich linkische Unschuldsgans. Vor allem erwies sich Blandine in unglaublichem Maße als Frau. (Ich habe oft Gelegenheit gehabt, diese köstliche Frühreife zu beobachten, und zwar bei so jungen Mädchen, daß man beinahe noch von Säuglingen sprechen konnte. Mit weniger als zwei Jahren wissen manche, daß ein Mann ein Mann ist und von ihrer Seite ein Verhalten erwarten darf, das sich nur mit dem Wort Koketterie bezeichnen läßt. Im Vergleich dazu bleiben die kleinen Jungen ahnungslose Schäfchen – freilich mit Sicherheit nicht gegenüber ihrer Mutter – bis zum Alter der ersten überströmenden Gefühle.) Blandine hatte mit souveräner Natürlichkeit das Haus, den Garten, mich selbst in Besitz genommen, und ich ließ mich treiben – in eine Situation hinein, die für mich etwas Märchenhaftes hatte.

Eines Tages kam sie nicht. Tags darauf auch nicht. Ich wartete die ganze Woche auf sie. Das nagte an mir. Wenigstens hörte ich das Gezwitscher aus den Schulpausen und konnte mir einreden, daß ihre Stimme darunter sei. Das Wochenende war um so düsterer, als wir herrliches Wetter hatten. Am Montag tat ich dann den blödsinnig tölpelhaften Schritt, den ich mir seit acht Tagen unter Aufbietung all meiner Kräfte versagt hatte: Ich wartete bei Schulende auf sie – und setzte mich damit den Kommentaren der ganzen Gemeinde aus.

Sie kam geradewegs auf mich zu und sagte einfach: »Papa möchte Sie besuchen.«

Das war die Drohung, die seit unserer ersten Begegnung über uns geschwebt hatte, die ich hätte abwenden können, indem ich ihr zuvorkam, und die ich wohl auch abgewendet hätte, wenn nicht Blandine all meinen Ansätzen zu einem Besuch in ihrem Elternhaus unerklärlicherweise ausgewichen wäre.

»Jederzeit. Um wieviel Uhr möchte er hiersein?«

»Er kommt um sieben von der Arbeit.«

»Morgen um halb acht.«

»Ich sage es ihm.«

Und sie entfernte sich, sehr aufrecht, sehr gesetzt, ohne eine Spur jener fröhlichen Anmut, die sie

sonst immer um mich verbreitet hatte. Man spürte gut, daß nun der Schatten des Vaters über sie wachte und sie mit einer Atmosphäre peinlich gestrenger Autorität umgab.
Von dieser Minute an wartete ich. Was immer ich tat – ein Auftrag von fünfhundert Farbabzügen erforderte meine ganze Zeit, wenn nicht meine ganze Aufmerksamkeit –, es war nichts als Zeitvertreib und quälende Ungeduld. Ich bin so beschaffen, daß manchmal ein Warten mein ganzes Leben ausfüllt, daß es jede Tätigkeit, jeden ihm fremden Gedanken ausschließt – ein wahrhaft tyrannisches Warten. Dieser edle Vater und Rächer, welche Anklagen konnte er mir ins Gesicht schleudern? Fieberhaft ging ich im Geist nochmals die Erinnerung an alle Besuche Blandines durch, an die Stunden, die wir miteinander verbracht hatten, und bei aller Ehrlichkeit fand ich dabei nichts wirklich Sträfliches. Doch Blandine war in dem köstlich wirren Alter, in dem Zärtlichkeit mit Begierde, freundschaftliches Knuffen mit liebendem Umarmen verschmilzt. Wie schnell ist man dabei, uns Junggesellen als Verführer zu behandeln; dabei sind wir zumeist nur Verführte, sind Wild und nicht Jäger, sind Opfer und nicht Henker!
Es hatte geläutet. Er war es. Hatte ich einen zürnenden Patriarchen erwartet, hochaufgerichtet, majestätisch, so hatte ich mich gründlich getäuscht. Er war ein kleiner Mann mit traurigem, blassem Gesicht unter einer bis zu den Ohren heruntergezogenen Baskenmütze. Ein Proviantbeutel – vermutlich fürs Mittagsbrot – vervollständigte seine Arbeitersilhouette.
Er setzte sich auf den Rand eines Stuhls.

»Blandine hat mir gesagt, Sie wünschten mich zu sprechen«, begann er.
Diese Lüge, mit der das Gespräch eröffnet wurde, steigerte mein Unbehagen, um so mehr, als ich nicht wissen konnte, ob sie von Blandine oder von ihrem Vater kam. Sie konnte aber immerhin als Rettungsring taugen, und so hielt ich mich sogleich daran fest.
»Ja, natürlich, nicht wahr. Sie kommt ziemlich oft zu mir. Und da ist es doch normal, daß ich mich ihren Eltern vorstelle.«
Ich fragte ihn, was ich ihm anbieten dürfe. Er war schließlich mit einem Glas Bier einverstanden. Nein, danke, er rauche nicht. Ein endloses Schweigen trat ein. Es war unglaublich, wie wenig wir uns zu sagen hatten! Ich beobachtete ihn mit ungläubiger Aufmerksamkeit und sagte mir immer wieder, ohne es glauben zu können: »Das ist Blandines Vater. Sie verdankt ihm das Leben. Er sieht sie und umarmt sie jeden Tag.« Wie bizarr ist die Natur manchmal eingerichtet! Er seinerseits schaute sich neugierig um.
»Blandine hat mir viel von Ihrem Haus erzählt«, sagte er.
Mich durchfuhr der etwas schmerzhafte Gedanke, daß, wenn Blandine mir ein wenig zugetan war, das wohl weniger mir als diesem Haus galt, in dem sie herrschte und das ihr offenbar eine Abwechslung gegenüber der elterlichen Behausung sein mußte. Ich stand auf und schlug ihm vor, einen Gang durchs Haus zu machen. Das würde vielleicht dazu beitragen, gegenseitiges Vertrauen zwischen uns herzustellen. Erdgeschoß. Der Wohnraum, in dem wir waren. Büro. Küche. Toilette. Tür zur Keller-

treppe. Im ersten Stock Bad und vier Gastzimmer. Aber der wichtigste Raum war darüber, der ausgebaute Dachboden, mit Riemchen aus Kiefernholz getäfelt. Das war mein Atelier. Für meine Aufnahmen. Und da habe ich auch mein Bett hingestellt, denn es gefällt mir, inmitten meiner Spots, meiner Scheinwerfer, meiner Stative, meiner Apparate zu schlafen. Einst, als Schüler, legte ich mir über Nacht das Buch mit der Lektion, die ich am wenigsten konnte, unters Kopfkissen. Ich glaubte, daß durch den Schlaf der Text, der meinem Kopf ja so nah war, kraft einer Art Telepathie auf ihn übergehe. Aus einem ähnlichen Glauben heraus lege ich mich wohl auch gern im Schatten der Geräte schlafen, denen ich meinen Lebensunterhalt und meine Freiheit verdanke.

»Groß ist das!« bemerkte Blandines Vater.

Groß? Natürlich ist ein Haus auf dem Lande immer geräumiger als ein Haus in der Stadt. Aber, gab ich ihm zu bedenken, ich selbst mit meinen beruflichen Aktivitäten war »groß« genug, um diesen ganzen Raum auszufüllen.

»Tut nichts, das ist groß«, wiederholte er hartnäkkig, dabei den Kopf schüttelnd.

Damit kam er ganz natürlich auf seine eigenen Wohnungssorgen. Durch Blandine wisse ich ja wohl Bescheid. Sie müßten in Bälde ausziehen. Der kleine Bauernhof, den sie seit elf Jahren – ach ja, gerade seit Blandines Geburt! – bewohnt hätten, werde vom Eigentümer beansprucht, der für sie, um sie besser loszuwerden, etwa dreißig Kilometer von hier eine neue Wohnmöglichkeit gefunden habe. Eine der in Serie gebauten Siedlungen, die Häuser, alle gleich, sähen einander an, und dazwischen ein Rasenstück so groß wie ein Bettvorleger.

»Und darum«, schloß er, »bin ich gekommen, um Sie zu fragen, ob Sie mir nicht in dieser Ecke etwas wüßten. Man weiß ja nie, eine Gelegenheit, die sich vielleicht gerade bietet, ein Haus, sogar etwas verfallen, ich würde die Reparatur übernehmen. Ich bin nicht wählerisch.«

Ich, gerührt von diesem Hilferuf, versprach, darüber nachzudenken, und machte zugleich im Geiste die Runde bei den Leuten, die ich kannte, aber es war klar, daß in dieser von Zweitwohnungen überwucherten Gegend der Platz für einfache Leute immer spärlicher bemessen ist. Ich versprach, herumzufragen, aber der Ton meiner Stimme sagte deutlich genug, daß ich kaum daran glaubte.

Er übrigens auch nicht, und das hatte er von mir auch gar nicht erwartet. Denn plötzlich erhellte ein Lächeln sein graues Gesicht, und wie in einer plötzlichen Eingebung wies er mit der Hand zur Treppe.

»Aber Sie hier! Ihnen fehlt's doch nicht an Platz! Wenn Sie doch immer im zweiten Stock auf Ihrem Dachboden sind, warum können Sie uns nicht den ersten Stock vermieten?«

Dieses plötzliche Ansinnen erwischte mich kalt. Es verschlug mir den Atem. Und er beeilte sich, weiter auf mich einzureden, als wäre mein sprachloses Schweigen schon eine beginnende Zustimmung.

»Wissen Sie, wir nehmen gar nicht viel Platz weg, ich, meine Frau, die vier Racker und Pipo.«

»Pipo?«

»Ja, das ist der Hund.«
Ach, der, den hatte ich vergessen, und ich sah gleich wieder das großmächtige, zutrauliche Hundevieh, das meine Kassettenbox umstieß und über meinem Lavendel das Bein hob.
Endlich fing ich mich wieder. Nein, wirklich, das sei unmöglich. Daran dürfe er nicht denken. Ich sei weniger allein, als es den Anschein habe. Ich bekäme Besuch von Freunden. Auch von meinen Angehörigen. In der übrigen Zeit erfordere meine Arbeit Ruhe. Und dieses Haus – das von unten bis oben eine Einheit sei – mache eine Abschottung unmöglich. Sobald jemand in einem der Gastzimmer sei – und wäre er noch so rücksichtsvoll –, so spürte ich das.
Lange redete ich so, behutsam, aber nicht ohne hinter meinen Worten ein endgültiges Nein zu seinem wahnwitzigen Ansinnen durchscheinen zu lassen.
Sein Lächeln erlosch nur langsam, während er in sein Glas hineinschaute, in dem er mechanisch einen Rest Bier rundum schwenkte.
»Das ist schade«, murmelte er, »das ist schade, das ist sehr schade.«
Dann, mit einemmal, schaute er mich an. Der untere Teil seines Gesichts lächelte noch vage, doch seine kleinen grauen Augen fixierten mich mit boshafter Härte.
»Ja, das ist sehr schade. Weil, wenn wir nichts finden, ja, dann müssen wir halt fort, nicht wahr? Und Blandine, tja, die ist dann halt auch fort!«

Afrikanische Abenteuer

Kennen Sie Ceuta? Das ist ein seltsamer kleiner Hafen an der marokkanischen Küste gegenüber dem Felsen von Gibraltar, der europäischen Herkulessäule. Die andere Herkulessäule, die afrikanische, ist der Mont Acho, der sich unweit der Stadt auf einer Art Halbinsel erhebt. Im Westen liegt also der Atlantik, im Norden Spanien, im Osten das Mittelmeer, im Süden Marokko. Die Stadt selber schließlich stellt eine spanische Enklave im marokkanischen Hoheitsgebiet dar, die administrativ zu Cadiz gehört ... Es kann einem schon schwindlig werden bei alledem. Die überwiegend spanische und katholische Bevölkerung ist verständlicherweise stark mit Berber- und Araberelementen durchsetzt.

Ich bewohnte eine wunderschöne Villa, die ein Freund mir überlassen hatte, solange er mit seiner Frau eine Europareise machen mußte. Solche Einladungen weiß ich zu schätzen. Warum wollen die Leute uns immer zu Gefangenen ihrer eigenen Anwesenheit machen? Mögen sie mich einladen, ja – aber dann sollten sie Takt genug haben, zu verschwinden und das Terrain mir allein zu überlassen!

An das Zimmer, das ich bewohnte, schloß sich eine

ostwärts zum Mittelmeer hin gelegene überdachte Terrasse an. Der erste Strahl der aufgehenden Sonne, der über den Kamm der Wellen streifte, zerbarst als goldener Fleck über meinem Kopf. Der erste Hauch des Meeres belud sich mit dem Duft der Zitronenbäume und der Magnolien, denn ein Garten mittleren Ausmaßes trennte das Haus von der Felsenzeile, an die das Meer brandete. Kurzum – wozu noch mehr sagen? Ich denke, Sie haben es erfaßt: Ich weilte im Paradies.

Meine Einsamkeit ging nicht so weit, daß mein Freund mir nicht seinen alten Diener Mustapha dagelassen hätte, einen Muselman mit grauem Haar und einem nachdenklichen, sanften Lächeln. Er kam vor Tagesanbruch, kümmerte sich um Haus und Blumen und ging mittags wieder, wenn er mir das Essen bereitet hatte.

Eines Tages weckte mich vom Garten herauf der Klang von Stimmen, der sich mit dem Plätschern eines Wasserstrahls und dem friedlichen Kratzen eines Rechens auf dem Sand der Gartenwege vermischte. Ich ging ein paar Schritte durch den Garten, bevor ich mich an meinen Frühstückstee setzte. Ein Junge von etwa zwölf Jahren las die wenigen welken Blätter zusammen, die auf dem Sand lagen, dann hielt er inne, um den Wasserschlauch an eine andere Stelle zu legen. Ich wechselte ein paar Worte mit ihm. Später fragte ich Mustapha.

»Das ist Hatem, mein Jüngster«, antwortete er mir lebhaft. »Seitdem er nicht mehr zur Schule geht, weiß ich nicht, was ich mit ihm anfangen soll. Er hilft mir ein bißchen. Die Jugendarbeitslosigkeit ist der wunde Punkt unseres Landes.«

»Er ist sehr schön«, sagte ich leichthin.

Schön, das war er wirklich, blond und blauäugig, wie Berber es in dieser Gegend häufig sind, doch das einzige, was seine vollkommen regelmäßigen Züge ausdrückten, war eine etwas sture Ernsthaftigkeit, die sein kindliches Gesicht verfinsterte, während sie im Gesicht seines Vaters mit Intelligenz und Geist gepaart war.
Ich pflegte nach dem Tee wieder hinauf in mein Zimmer zu gehen, mich nochmals hinzulegen und eine Stunde oder zwei im Bett zu lesen oder zu schreiben. Ein paar himmlische Augenblicke verrannen. Der Wasserstrahl plätscherte weiter, doch den Rechen hörte ich nicht mehr. Etwas kratzte an meiner Tür. Dann wurde sie aufgestoßen. Es war Hatem. Er zögerte. Ich sagte ihm, er solle die Tür zumachen. Es hätte ihm klar sein können, daß ich ihn damit fortjagte. Doch im Gegenteil: Er trat ins Zimmer, schloß die Tür hinter sich und pflanzte sich vor meinem Bett auf. Ein leichtes Lächeln erleuchtete sein melancholisches Gesicht, wie ein Sonnenstrahl zuweilen durch den Regen dringt. Ich schlug die Bettdecke ein bißchen zurück und sagte: »Komm herein!« Seine spärlichen Kleider sanken zu Boden, und er kam und schmiegte sich an mich. Ich nahm es in die Hand, das kleine Gesäß, hart und fest wie zwei Äpfel, das krampfhaft gestraffte Gesäß eines der Jungen mit Grundsätzen, die vor Sodomie einen Abscheu haben.
»Fürchtest du nicht, daß dein Vater heraufkommt?« fragte ich ihn nach einer kleinen Weile.
Er bewegte verneinend den Kopf.
»Er weiß, daß du da bist?«
Zustimmende Kopfbewegung.
»Hat er dich hergeschickt?«

Er bejahte abermals. Ich umarmte ihn und dankte Gott, daß ein so schönes Land überdies von so gütigen und so klugen Menschen bewohnt sei.
Hatems Beteuerung, ich könne hinsichtlich der Gefühle seines Vaters unbesorgt sein, wurde mir übrigens am Morgen danach durch Mustaphas eigene Worte bestätigt.
»Weißt du«, sagte er zu mir, als er mir meine Toastscheiben brachte, »Hatem hat dich sehr gern. Du solltest ihn mitnehmen nach Frankreich. Er wäre dir eine Hilfe. Er versteht sich auf alles, Küche, Haushalt, Garten. Und bei dir würde er lesen und schreiben lernen.«
Die sichtliche Lebensklugheit dieses Vaters machte mir Freude. Er wußte, daß nichts seinem Sohn besser ins Leben hineinhelfen konnte als ein Beschützer aus Europa, mit dem ihn eine intime Beziehung verbände. O wunderbarer Islam, so fernab vom stupiden antisexuellen Fanatismus unserer westlichen Gesellschaft!
Nur – Mustaphas Vorschlag konnte es bei mir gar nicht schlechter treffen, das heißt: auf so bitter ironische Umstände stoßen. Acht Tage zuvor, als ich von Marrakesch zurückkam, hatte ich mich in einer genau entsprechenden Situation befunden und eine Ohrfeige kassiert, von der ich noch immer die Schnauze voll hatte. Das war in Chechaouen passiert, mit einem Bürschchen, das etwas jünger als Hatem war und Abdallah hieß.
Ah, dieser Kerl, der kann sich damit brüsten, mich im wahrsten Sinne des Wortes verzaubert zu haben! In diesem an den Flanken des Djebel ech Chaou klebenden Bergstädtchen hatte ich kaum auf dem Marktplatz gehalten, da war er schon ohne

weiteres zu mir in den Wagen geschlüpft und hatte mir mit lautem Lachen versichert, um die Medina zu besichtigen, Widderfelle zu kaufen und den andalusischen Garten zu finden, könne ich auf einen Führer nicht verzichten. Ob ich ein Zimmer brauche? Ja, hatte ich erwidert, aber in einem Hotel, in dem der Paß nicht verlangt werde, denn ich wolle das Zimmer mit einem marokkanischen Freund teilen. Höchst neugierig und auf einmal ernsthaft hatte er mich gefragt, wo dieser Freund sei. »Neben mir im Wagen«, war meine Antwort. Sein Lachen wollte kein Ende nehmen, und ganz sicher war dieses Lachen der Grund, weshalb ich ihn liebte – einfach wie man die Sonne dafür liebt, daß sie Wärme und Licht über alles verströmt. Abdallah war ebenso braun und fröhlich wie Hatem blond und melancholisch war.
Wir waren beim Baden in den – entsetzlich kalten – Karstquellen von Râs el Ma. Abdallahs Körper, glatt, rund und hart, glich einem der großen Kiesel, auf die sich prasselnd das Wasser ergießt. Dann führte er mich in der Medina in ein Haus, an dem nichts auf eine Herberge hinwies, und wir bekamen ein Zimmer mit zwei unvergeßlich schmutzigen Betten. Doch Abdallahs Schönheit und Freundlichkeit ließen jedes Ding, dem sie nahekamen, zu Gold, zu Alabaster und geschnitztem Elfenbein werden. Mitten in der Nacht erwachte ich von der Übermacht meines Glücks, und ich weckte ihn, um ihm zu sagen, ich nähme ihn mit nach Frankreich, er werde für immer mein Gefährte sein, ich würde ihm mein ganzes Leben schenken. Dann schlief ich wieder ein im Gefühl, etwas ungeheuer Wichtiges endgültig geregelt zu haben.

Am nächsten Morgen, als ich in dem scheußlichen Kabuff die Augen öffnete, war er verschwunden und hatte das Bargeld aus meinen Taschen mitgenommen. Ich hatte ihm mein Leben schenken wollen, ihm waren sechshundertfünfundvierzig Dirham lieber gewesen. Vor einem derart an seinem Vorteil *uninteressierten* Verhalten überkam mich ein Schwindel, der an Übelkeit grenzte.
Hatem und Abdallah, Abdallah und Hatem ... Wie Liebe und Zufall mit mir gespielt und wie sie mir mitgespielt haben in diesem marokkanischen Herbst!

Lucie
oder Die Frau ohne Schatten

Also – ich will sie Lucie nennen. Sie war meine Maîtresse, und ich liebte sie. Ich muß dazu sagen, daß ich zehn war. Nie werde ich ihre bunten Wollkleider oder ihre langen, weiten, schwarzen Zigeunerröcke vergessen, ihre Schals, ihre Muschelhalsketten, ihre Ballerinaslipper (nie habe ich an ihr etwas so Scheußliches wie Schuhe mit hohen Absätzen gesehen!). Ihre sonnengebräunten nackten Beine waren unter dem erhöht stehenden Tisch, in Höhe unserer Gesichter, ineinander verschlungen wie ein kräftiger Zopf aus Fleisch und Blut, makellos und sanft. Nie werde ich vor allem die Feldblumen vergessen, mit denen sie in einer Johannisnacht ihr Haupt bekränzt hatte, um mit uns um das Freudenfeuer zu tanzen. Sie trug das Haar in einer festen Flechte, die sie um den Kopf wand oder über den Rücken hängen ließ. Weil ich ein Album mit slawischen Volksliedern besaß, fand ich, sie sehe russisch oder ukrainisch aus – exotisch auf jeden Fall.

Sie haben mich sicher nicht ganz verstanden, als ich von Maîtresse sprach. Denn merkwürdigerweise bezeichnet das Französische mit demselben Wort – *maîtresse* – einerseits die Geliebte eines verheirateten Mannes, seine zweite Frau also im

Grunde, andererseits aber auch die Lehrerin, die sich der ganz kleinen Schulkinder annimmt. Denn von *professeur*, das muß man wissen, spricht man erst bei den Größeren. Für ein Kind ist die erste Frau natürlich die Mutter. Die Lehrerin, auf die es in der Schule trifft, ist die zweite Frau in seinem Leben, seine Maîtresse, und nicht selten sagt es versehentlich »Mama« zu ihr. Ist das ein sträflicher Irrtum? Man kann daran zweifeln. Früher gab es eine Tradition, wonach die Volksschullehrerin eine reizlose alte Jungfer war, mit Lorgnon und Haarknoten und dürr bis zur Karikatur. Ich bin gern bereit, gegen dieses Bild der Lehrerin auf die Barrikaden zu gehen – aber daß es klug war, damit jeder Verwirrung vorzubeugen, dafür ist vielleicht die Geschichte meiner Lucie ein Beweis.

Ich war also zehn und liebte meine Maîtresse. Um ihre Gunst zu gewinnen, war ich zu allen Winkelzügen bereit. Da ich ein mittelmäßiger Schüler war, weder glänzend noch dusselig, in keiner Weise irgendwie bemerkenswert, war das gar nicht so leicht. Um so weniger, als alle Schüler der Klasse meine Passion teilten. Alles nährte in uns die Überzeugung, privilegiert, herausgehoben, etwas Besonderes zu sein, weil wir Lucie gehorten. Ich versuchte es über Sophie. Sie war eine Klassenkameradin. Zugleich war sie Lucies älteste Tochter. Außer ihr hatte Lucie noch zwei jüngere Söhne, Tibo und Tijoli. Nur – es war, als stünde zwischen der Lehrerin Lucie und der Mutter Lucie eine Mauer, denn Sophie war sichtlich bemüht, nichts von der Verwandtschaftsbeziehung aufscheinen zu lassen, die sie mit ihrer »Maîtresse« verband, und

sie nannte sie, wenn sie mit ihr sprach, wie wir anderen immer »Madame«.
Lange Zeit war es meine fixe Idee, Sophie nach dem Unterricht lange genug zu begleiten, um die Verwandlung Lucies mitzuerleben, nach der sie von ihrer Tochter wieder »Mama« genannt werden konnte. Mir war, als müsse besagte Verwandlung dann auch für mich gelten, und ich überwände so die Schwelle eines gut abgeschirmten Privatlebens, das ich mir paradiesisch vorstellte. Doch obzwar ich zweimal Gelegenheit gehabt hatte, in das ehemalige Schrankenwärterhaus zu kommen, das Lucie und die Ihren bewohnten, obzwar ich dabei flüchtig die trübfarbenen, pflanzenhaft wuchernden Bilder gesehen hatte, die Nicolas, Lucies Mann, malte – vergebens hatte ich darauf gewartet, daß Sophie es ausspräche, das magische Wort, das wahre »Sesam öffne dich« zu dieser Familie. Erst ein Unglücksfall sollte mir die Pforten auftun.
Doch ich muß meine eigene Familie schildern, die den anderen Pol meines Kinderlebens bildete – leider den negativen Pol. Das Geld. Ich meine, daß die Beziehungen eines Mannes zum Geld ebenso tiefgehend und vielschichtig sind wie die Beziehungen, die er zu Gott, zum eigenen Körper, zu seiner Frau, seiner Mutter und so weiter haben mag. Mein Vater verdiente viel Geld. Wahrscheinlich war dieser ständig nachfließende Strom für seine innere Gesundheit ebenso unerläßlich, wie es der Sauerstoff, den er atmete, für die Fortdauer seines Lebens war. Wie macht man ein Vermögen? Die Antwort ist einfach. Man braucht nur von Jugend auf an nichts als an Geld zu denken. Das Wort »denken« ist übrigens ungenau. Nötig ist mehr

und weniger als das. Ohne jemals für sein Leben irgendeine Leitlinie entworfen zu haben, richtet der künftige Milliardär automatisch all seine Gedanken und all sein Tun auf ein einziges Ziel aus: auf Gewinn. Ein Reflex, der zu einem Teil seines Ich geworden und darin so fest eingewurzelt ist, daß er unterbewußt stets gegenwärtig bleibt. Natürlich hat diese grundlegende Orientierung einen Ursprung, den man zuweilen feststellen kann. Bei meinem Vater – und sein Fall ist wohl ziemlich häufig – war es, meine ich, die seelische Wunde, die der Geldmangel bei ihm hinterlassen hatte, nein, schlimmer noch: das demütigende Schauspiel seiner Eltern, die sich um einen leeren Geldbeutel zankten. Das hat ihn – gleich vielen anderen – fürs ganze Leben geprägt. Der Haß auf die entwürdigende Armut, die er einst zu Hause erlebte, hat ihn zu dem gefürchteten Firmenchef gemacht, der er geworden ist.
Ich muß auch die Art dieser Firma näher schildern, denn sie hat in meiner Geschichte eine Rolle gespielt. Angefangen hatte mein Vater als Angestellter in der Wirtschaftsabteilung eines kommerziellen Rundfunksenders. Nachdem er sich emporgearbeitet hatte, war er wirtschaftlicher Direktor eines Konkurrenzsenders geworden, dann hatte er eine Werbeagentur gegründet. Die Tätigkeit in der Werbung ist wohl eine der elegantesten und schnellsten Methoden, ein Vermögen zu machen. Die Massen verführen, indem man das zu verkaufende Produkt einfügt ins Wunschbild eines paradiesischen Lebens, dem in ausgeklügelter Dosierung Glück, Schönheit, Jugend, Erotik, Ferien beigemischt werden... Verführen! Mein Vater

hatte sein Verhalten und seinen Gemütszustand diesem Ziel perfekt angeglichen. »Verführen oder sterben« hätte sein Wahlspruch sein können. Aber ich glaube, er hätte sich nicht so völlig in seinem Beruf verwirklichen können, hätte der Grundzug seines Charakters sich nicht dazu angeboten. Er war ganz der Typus, wie ihn die Charakterologie als den »extrovertierten Anpasser« beschreibt: ein Mensch, der sich nach außen hin gut einfügt und den Zusammenstoß mit anderen scheut. Die verbindliche Außenseite ersetzte ihm die Moral, und wenn die Wirklichkeit diese schöne Kulisse durcheinanderbrachte oder gar zerstörte, blieb ihm nur der Haß. Nicht ohne innersten Schmerz stelle ich mir vor, wie überrascht ein vom Charme dieses anscheinenden Prinzen benebeltes junges Mädchen gewesen sein muß, als sie am Tag nach einer Traumhochzeit die Kehrseite der Kulisse entdeckte. Es war, als rechtfertigte sich mein Vater unter dem Druck des Gewissens, den ihm die von seiner Firma fabrizierten Lügen bereiteten, in seinen Augen durch ein Übermaß an beruflicher Seriosität, aber auch durch eine Kargheit und Strenge im Privatleben, die seine Frau und sein Sohn naturgemäß teilen mußten. Wir – meine Mutter und ich – waren von einem Aufwand umgeben und dabei einer Lebensweise unterworfen, deren Gegensätzlichkeit ans Absurde grenzte. Wir hatten ständig einen Wagen mit Chauffeur zur Verfügung, aber süßes Gebäck zum Nachtisch gab es nur Sonntag mittags. Jede Vergeudung – die von Nahrungsmitteln vor allem – beschwor ein Drama herauf. Jeden Winter fuhren wir zweimal zum Skilaufen nach Gstaad, doch unsere Einkäufe mußten wir unbe-

dingt im benachbarten Supermarkt machen. Auf unserem Besitztum standen »Gesindehäuser«, in denen ein Koch und eine Zimmerfrau wohnten, aber auf dem Toilettentisch meiner Mutter habe ich nie ein Markenparfum gesehen. Lange Zeit glaubte ich, sie teile voll und ganz die Vorliebe ihres Mannes für diese sonderbare Mischung von Prunk und Kargheit, und wäre ich reifer gewesen, so hätte ich daran gedacht, daß seine Familie dem Calvinismus entstammte, jenem Zweig des Protestantismus, der den Puritanismus und die milliardenschweren Asketen des amerikanischen Kapitalismus hervorgebracht hat. Sie unterwarf sich, anscheinend ohne darunter zu leiden, dem Lebensstil ihres Mannes, so sonderbar und beengend er war. Nie gab es Streit, nie eine Träne. Mit zunehmendem Abstand meine ich, daß sie im Zustand völliger Auslöschung ihres Selbst gelebt hat. Zu Hause war das Elternschlafzimmer ein Heiligtum, das ich – wie ich wußte – nicht betreten durfte. Woher wußte ich das? Man muß mir dieses Tabu wohl so früh eingetrichtert haben, daß ich es respektierte wie ein Naturgesetz.
Ja, im Zustand der Selbstauslöschung lebte sie in dieser komischen Familie, die gewiß alles andere als komisch war, denn jede überströmende Herzlichkeit, jede etwas lebhaftere Gefühlsäußerung wäre gleichsam als etwas Ungehöriges aus dem Rahmen gefallen. Und eines Tages mußte meine Mutter diese Erstarrung hinter sich lassen, und sie ging fort ... Ich habe nie recht beurteilen können, inwieweit Kummer, Demütigung und Furcht vor dem Skandal an der Art und Weise, wie mein Vater reagierte, beteiligt waren. Wenn ich andeute, ech-

ter Kummer sei nur sehr wenig dabeigewesen, zeiht man mich des Vorurteils gegen den Vater. Ich hatte durch die Dienstboten von der Abreise meiner Mutter erfahren. Als ich zum Abendessen erschien, standen auf dem Tisch nur noch zwei Gedecke. Mein Vater zog mich an sich, legte mir die Hand auf den Kopf und sprach mit feierlicher Stimme: »Mein Sohn, deine Mutter hat dich verlassen.« Seine Ausdrucksweise überraschte mich, denn ich glaubte begriffen zu haben, daß sie eher ihn als mich verlassen hatte. Aber die Worte: »Meine Frau hat mich verlassen« – diese schlichten Worte hätten sich wohl in seinem Mund nicht bilden können. Das verletzte mich tief. Das Schweigen, in dem diese Mahlzeit verlief, war entsetzlich. Nicht nur, daß mein Vater es nicht verstanden hatte, meine Mutter glücklich zu machen – er zeigte sich genauso unfähig, einen irgendwie gearteten Dialog mit mir herzustellen. An diesem Abend ermaß ich, in welcher Öde des Fühlens ich lebte. Ich nahm den Apfel, den es zum Dessert gab, und flüchtete auf mein Zimmer. Es war das Ende eines herrlichen Sommers. Sanft sank die Nacht herab auf den reglosen Park. Mein Zimmer lag im Erdgeschoß. Mit einem Sprung war ich draußen und schlug, den Apfel in der Hand, den Weg zu Lucies Haus ein.

Ich hatte erwartet, als Kontrast ein Haus voller Lichter, voll Musik und Duft zu finden. Ich war überrascht, als ich es dunkel und still vor mir sah. Ich trat zur Haustür, doch schon bevor ich die Hand hob, um zu klingeln, ging sie von selbst auf. Lucie stand vor mir, im Halbschatten, und ihr Nachthemd bildete darin einen großen hellen

Fleck. Eines fiel mir sogleich ins Auge und schien mir wunderbar bedeutsam: ihr Zopf war aufgelöst, und eine Flut dunklen Haars bedeckte ihre Schultern. Nicht wissend, was ich tun, was ich sagen sollte, streckte ich ihr meinen Apfel entgegen, und sie nahm ihn. »Mama ist fort«, stieß ich hervor. Sie sagte: »Komm!«, und nahm mich mit ins Haus. »Nicolas ist mit den Kindern bei seiner Mutter. Morgen früh kommen sie zurück. Hast du was gegessen?« Ich hatte keinen Hunger. Ich war überwältigt von dem Wunder: Lucie ganz für mich allein! Nicht bloß meine Klasse, auch ihre eigene Familie war verschwunden, um uns hier zu zweit miteinander allein zu lassen. Die Flucht meiner Mutter – war nicht selbst die das notwendige Vorspiel zu diesem großen Glück gewesen?

Und dann kam die Nacht. An die Stunden, die nun folgten, habe ich eine starke, aber vage Erinnerung. Es ist ja so lange her! Und natürlich habe ich geschlafen. Mit zehn ist man nicht zum Wachbleiben geschaffen. Die Nacht. Weshalb hat man noch nie ausgedrückt, was die Nacht alles möglich macht? Sich auf vieles einlassen, sich gehenlassen, Schuld erlassen, geschehen lassen ... Die Nacht ist der Raum, da Verbote und Sanktionen zuhauf ihre Stellung raumen. Sie ist Stille, die mitspielt, ist Berührung, aber auch Verletzung von Normen, von Tabus. Daß Diebstähle und Gewalttaten, daß Glücksspiel, Gefängnisausbrüche und Prostitution die Nacht wählen, hat seinen Grund nicht nur darin, daß Dunkelheit die Überwachung erschwert, sondern darin, daß die Nacht ihrem Wesen nach die Zeit der Anarchie ist. Ich habe sie erlebt, diese Anarchie, in Lucies Armen, von einem Glück erfüllt, wie ich es nie wieder gefunden habe. Ich habe seitdem nie aufgehört, dem Geheimnis dieser großen Erleuchtung nachzusinnen. Ich glaube, ich trank damals gleich an der Quelle die Milch der Zärtlichkeit, die sie mit ihrem Unterricht und mit ihrer Gegenwart unter ihre ganze Klasse auszuteilen verstand. Doch es war vor allem eine nächtige Milch, und Lucie verdankte ihre Ausstrahlung nur dem Dunkel, dem Schatten, den sie in sich zu bewahren wußte.

Ebensowenig wie an spätes Schlafengehen hatte meine Erziehung mich daran gewöhnt, mich morgens im Bett zu räkeln. Als ich die Augen aufschlug, dämmerte es erst. Lucies großer brauner Körper lag quer überm Bett und umgab mich mit einem Archipel von gelöstem Haar, von verlassenen Händen, von kraftvollen Schenkeln und von Brüsten mit großen schwarzbraunen Monden. Der Gegensatz zwischen ihrem Schlafen und meinem Wachsein war mir unbehaglich. Die Gefährtin, die schläft, ignoriert und verläßt auf grausame Weise den Gefährten mit den offenen Augen. Sie flieht in eine unzugängliche Welt und weist ihn hinaus in die harte Klarheit der äußeren Helle. Ich schlüpfte aus dem Bett. Ich wollte das Eheschlafzimmer mit einem letzten Blick auf meine schlafende »Maîtresse« verlassen, da bemerkte ich am Fußende des Bettes auf dem Boden eine Puppe, die zu Boden gefallen sein mußte, als ich aufstand. Ich hob sie auf und legte sie wieder neben Lucie. Es war, wenn ich mich recht erinnere, eine jener Puppen von ehedem, sonderbar zusammengestückelt, denn der Kopf aus Porzellan war hart, rund und wies lebhafte Farben auf, während der Körper aus Stoff bestand und sich mit seiner Wollfüllung und seiner gräulichen Farbe weich und formlos rundete. Ich hatte noch Zeit zu sehen, wie sich ihre Lider auf die blauen Glasaugen senkten, als sie wieder ihren waagrechten Platz neben Lucie eingenommen hatte und Lucies Hand sich traumverloren auf sie legte.

Eine Weile irrte ich in dem verlassenen Haus umher. Die Unordnung war derart, daß ich nicht hätte sagen können, was Küche, Eßzimmer, Wohnraum oder Bibliothek war. Überall waren Bücher, Eßwaren, Spiele, Gartengeräte. Welcher Gegensatz zu der manisch ordentlichen Einteilung meines Elternhauses! Wie gern hätte ich in diesem nestwarmen Trödelladen gelebt! Doch die bedeutsamere Entdeckung war Nicolas' Atelier, eine Art Glaskäfig, genaugenommen eine Veranda, die sich an das Haus anschloß. Weil die Wände ganz mit großen Ölbildern verstellt waren, kam das Licht von oben. Aber darf man so sagen? In Wahrheit strahlte jedes Bild sein eigenes Ich aus, freilich nicht die plattwirkliche Helle, die vom Glasdach her einfiel, vielmehr ein verschwenderisches, vielfältiges Licht, unheimlich und lockend zugleich. Die beherrschende Farbe in Nicolas' Schöpfungen war ein ganz eigenes Grün, nicht das Blattgrün der Pflanzen, sondern ein wasserdunkles, salzkräftiges, genau das, was man *Südseeblau* nennt. Doch gleichzeitig wurde man auch schon aufgeschreckt von rosa Tupfen, die an Schleimhäute, an Eingeweide, an Wunden gemahnten. Nein, es war kein unschuldig-pflanzenhaftes Grün, sondern der Grundton, der Ur-Farbton des Lebendigen, das den Wassern der Meere entstammt und das gleichermaßen Verwesung und Fäulnis wie Keimen und Wachsen ist. Die Mythologie sagt uns, Kronos habe seinem Vater Uranus mit einer Sichel die Hoden abgeschnitten und das Ganze dann von des Himmels Höhe hinuntergeworfen. Aus der Sichel entstand die Insel Malta. Die Hoden trieben lange, den Wellen überlassen und von rosafarbenem, salzigem Schaum umgeben, im Meer umher. Schließlich wurden sie wie eine blutbesudelte Qualle an Land gespült, und ihnen entwuchs eine Frau von unvergleichlicher Schönheit, die den Namen Aphrodite erhielt, die dem Schaum *(aphros)* Entstiegene, die später mit der Venus der Lateiner gleichgesetzt wurde. Und eben dies war es, was Nicolas unermüdlich in seinen Gemälden darstellte: dieses Fleisch und Blut, zuckend, fruchtbar und schwer von Liebreiz, wogend in Strömungen und Strudeln, das Weibliche selbst im Zustand des Werdens und darum in seiner ganzen urtümlichen Kraft. Dunkel begriff ich, daß das im tiefsten Grund auch ein verzehnfachtes Bildnis Lucies war, denn ich kam ja aus ihren Armen und war noch ganz mit dem Dunst ihres Körpers getränkt.

Das Ungestüm, mit dem Nicolas und die drei Kinder ins Haus einfielen, riß mich aus meinen Nachforschungen. Ich hörte, wie sie in Lucies Schlafzimmer stürmten, wie Lucies Lachen sich mit Tibos und Tijolis Jauchzen mischte, und zum ersten Mal kam mir ein unbekannter Name zu Ohren: Olga. Ob sie gut geschlafen habe? Ob sie ihr Frühstück bekommen habe? Ob sie mit ihnen spazieren komme? Ich war neugierig auf diese Olga, von deren Anwesenheit ich nichts bemerkt hatte. Meine eigene Anwesenheit schien niemand zu beachten.

Nicolas überraschte mich schließlich im Atelier. »Du? Was, du bist da?« Meinte er mit »da« im Haus oder im Atelier? »Wie findest du meine Arbeiten?« Ich wäre ganz unfähig gewesen, etwas darüber zu sagen. »Sie stehen alle hier. Ich habe nie auch nur eine verkauft. Sie gehören alle Lucie. Für sie male ich.« Er machte die Runde und wies mit den Armen weit ausholend nach links und nach rechts. Er hatte einen kurzen Collierbart; die Hose und die Jacke, die er trug, waren aus kastanienbraunem Kordsamt. Abgesehen von der fehlenden Künstlerkrawatte, war er ganz der Maler Klecksel von einst. Ich verstand, daß er mich trotz meiner Jugend als Vorzugsgast behandelte, denn wie er mir gesagt hatte, bekam außer seiner Familie niemand seine Arbeiten zu sehen. Ich war der einzige Zeuge von außerhalb. Vor einer großen Komposition blieb er stehen. Meergrüne Wirbel umgaben die kleine Gestalt eines Kindes, besser gesagt, einer Puppe. »Das ist Olga. Das ist Lucies Leben, wie es um Olga kreist.« Ich erkannte die Puppe wieder, mit der zusammen ich in Lucies Bett geschlafen hatte, und wußte nun, wer Olga war. »Das ist ein Teich, der ausläuft«, sagte ich gewissermaßen kommentierend. Wirklich glaubte ich zu sehen, wie ein mit Wasserlinsen, Algen und Froschlaich bedecktes Gewässer wirbelnd um ein Auslaufloch kreiste, über dem sich die Puppe Olga plaziert hatte. Nicolas schien überrascht. »Ah, du meinst, es läuft aus? Aber wenn es sich andersherum dreht, dann füllt es sich doch, oder? Ich habe Olga als eine Quelle des Lebens und der Fülle gesehen. Du liest das Gegenteil heraus. Sieh mal an ...!« Er betrachtete mich mit betroffener, bekümmerter Miene.

»Ich kann mich irren«, sagte ich versöhnlich. »Nein, nein, eben nicht, du kannst dich nicht irren. Jemand, der ein Gemälde anschaut, kann sich nicht irren. Was er sieht, ist etwas untrüglich Wahres. Es ist wie Olga. Ist sie für Lucie eine Bürde, die sie am Halse hat? Manche behaupten das. Ich aber glaube, daß Olga im Gegenteil die glutwarme, farbige Mitte in Lucies Leben ist. Wie soll man die Wahrheit wissen? Lucie weigert sich, darüber auch nur ein Wort zu sagen.«

Ich verstand nicht viel von dieser Rede und war erleichtert, daß die beiden Brüder hereinstürmten und Freudenrufe von sich gaben, als sie mich sahen. Sie zogen mich mit ins Wohnzimmer des Hauses, wo Lucie mit Sophie am Tisch saß, Marmeladebrote und Schalen mit heißer Schokolade vor sich. Nicolas gesellte sich zu uns. Ich nahm zwischen ihnen Platz. Und sogleich und am meisten fiel mir auf, wie ungepflegt, um nicht zu sagen, wie schmutzig der Tisch und die Räumlichkeiten waren. Das Wachstuch war mit Krümeln von Brot und Kuchen übersät, mit Milch- und Marmeladepfützen bedeckt, und Tijolis Hamster spazierte ungeniert darauf herum und steckte seine Schnauze in Trinkschalen und Töpfe. Alles sprach und rief durcheinander, außer Lucie, die nur ein paar einsilbige Äußerungen von sich gab und sich der Puppe Olga widmete, die neben ihr auf dem Tischrand saß. Und doch war Lucie nicht isoliert, im Gegenteil! Man spürte, daß sie die Mitte dieses Hauses war, daß das ganze Haus und die vier anderen Familienmitglieder mitsamt den Katzen, dem Hamster und allem sonstigen – daß all dies etwas von ihr Ausströmendes war. Wir alle waren ihre

Kinder, natürlich auch Nicolas, dieser verkrachte Maler, der nie ein Bild verkauft hatte, weil er nur für sie malte (wer sonst hätte auch Interesse gehabt an diesen übergroßen Flächen, alle feuchtlich, schlierig, schimmlig, zitternd von sumpfschwülem Leben?).

Ich hielt bei der Schokolade und beim Butterkuchen mit, dann bewogen mich die beiden Jungen, ins Freie zu gehen. Ihre Ortskenntnis und meine Unterlegenheit als fremder Besuch wogen die Jahre auf, um die ich ihnen voraus war. Wie schon erwähnt, bewohnte die Familie ein ehemaliges Schrankenwärterhaus. Die Bahnlinie Beaune–Arnay-le-Duc, die sich nahezu rechtwinklig mit der Straße kreuzte, war schon geraume Zeit vor meiner Geburt stillgelegt worden. Schienen und Schwellen waren herausgerissen; die Schwellen lagen unweit des Hauses aufgestapelt. Nachdem Nicolas den Mut gehabt hatte, einige davon zu zersägen – das hundertjährige Holz war von einer Härte, die entmutigen konnte –, heizte man mit ihnen den Kamin im Hause oder den Ofen in der Schule. Im Fall des Schulofens protestierten wir wegen des Kreosotgestanks, der dann das Klassenzimmer erfüllte und ebenso roch wie die Aborte auf dem Pausenhof. Der frühere Bahndamm bildete einen seltsamen kiesigen Erdweg, auf dem Schierling und Sauerampfer gediehen. Mit dem Fahrrad konnte man sich nicht darauf wagen, und sogar zu Fuß darauf zu gehen war beschwerlich. Dennoch träumten wir alle von einer Entdeckungsreise zu einem schreckenumwitterten, geheimnisvollen Ort, von dem die »Großen« Wunderdinge erzählten: nicht einmal zwei Kilometer entfernt sperrte ein Tunnel sein schwarzes Maul auf, bereit, den zu verschlingen, der da eingeweiht zu werden begehrte. Und so hatte das Brüderpaar die unerwartete Verstärkung durch einen Älteren genutzt und beschlossen, noch an diesem Morgen in den Tunnel zu gehen. Triumphierend zeigten sie mir die Kerzen und die Zündhölzer, mit denen sie sich ausgerüstet hatten. Wir mußten ohne Verzug aufbrechen.

Die Erregung gab ihnen Flügel, und auf dem mit Grobsplitt beschotterten Bahndamm, wo sie vorausliefen, hatte ich Mühe, ihnen zu folgen. Ein seltsamer Weg, völlig eben und dennoch holperig, über den ein Jahrhundert lang Lokomotiven dahingedonnert waren, um sich mit einem irren Schrei in den Tunnel zu stürzen. Seiner Schienen und Schwellen beraubt, gewann er das Aussehen eines Kreuzwegs, schmerzlich und nostalgisch, von Signalmasten begleitet, die ihre verstümmelten Scheiben und Arme emporreckten. Als schließlich hinter einer Kurve der Tunneleingang auftauchte, hatte ich das Gefühl, ich näherte mich dem Tor zum Jenseits. Doch zum Zaudern war nicht mehr die Zeit. »Was suchen wir denn da drinnen?« Meine Frage ging in der Begeisterung der zwei Brüder unter. Die Tunnelmündung war nur mäßig gesichert: ein paar Enden Stacheldraht mit einem Brett, auf dem in ungelenken Buchstaben geschrieben stand: »Zutritt verboten. Gefahr.« Doch Tibo und Tijoli waren schon im Tunnel verschwunden.

Nach dem spitzen Schotter des Bahndamms erschien der Boden drinnen sonderbar weich und elastisch. Man schritt auf Waldreisig, das heißt auf Faschinen einher, die als lückenloser Teppich hier ausgelegt waren. Die Luft war unbewegt, kühl, feucht, und überdies war, wenn man innehielt und lauschte, in der Ferne ein Plätschern zu hören. Die Brüder hatten je eine Kerze angezündet und hielten sie beim Gehen hoch über ihren Kopf. Doch das Licht, das davon ausging, war lächerlich schwach, und die wachsende Dunkelheit zwang uns bald stehenzubleiben. Zurückblickend gewahrten wir den Tunneleingang, eine helle, gewölbeförmige Öffnung. »Man müßte bald den Ausgang sehen«, sagte Tibo. »Der Tunnel ist schnurgerade, das weiß ich.« Wir gingen noch ein paar Schritte, aber die nunmehr vollständige Dunkelheit gebot uns erneut Halt. Tibo übergab seinem Bruder die Kerze. »Ich will Holz auflesen und eine Fackel daraus machen.« Das Plätschern des Wassers und die Luftfeuchtigkeit wurden stärker und umgaben uns mit beruhigender Kühle. Ich fühlte mich wundersam fern von meinem Elternhaus, von der Schule, von allen Widrigkeiten, die mich unglücklich machten. So muß es sein, wenn man tot ist, dachte ich. Plötzlich ein Prasseln und ein jäher Lichtschein. Tibo schwang einen Armvoll brennendes Reisig. »Auf geht's!« Wir setzten uns wieder in Bewegung. Die Tunnelsohle fiel nun ganz leicht ab. Die Wölbung über uns glänzte vor Nässe. Etwas Weißes streifte an unseren Köpfen vorbei und entschwand. »Ein Engel«, wollte Tijoli uns glauben machen. Doch wir kamen schon wieder nicht mehr weiter, und zwar diesmal endgültig. Das Gewölbe war eingestürzt und bildete vor uns eine wirre Masse von Felsbrocken und Erde, auf die ein Gießbach herunterprasselte. »Die Quelle muß den Tunnel unterspült haben«, bemerkte Tibo scharfsinnig.

Tijoli kniete sich auf den Boden und tauchte die Hände in das sprudelnde Wasser. Dann, halb zu uns gewandt, bespritzte er uns kräftig. Die Fackel erlosch. Mein Gesicht war triefnaß. Unwillkürlich drehten wir uns um, in Richtung auf unseren Ausgangspunkt, einen winzigen Lichtschimmer, der durch ein Meer von Finsternis drang. »Aber jetzt gehen wir nach Hause«, sagte ich. Und auf einmal befiel mich würgende Angst. Die lichte Öffnung wurde rot, und im gleichen Augenblick rochen wir stechenden Rauch. »Die Faschinen! Wir haben die Faschinen angezündet! Schnell, wir müssen uns retten!« Ich nahm die beiden Brüder bei der Hand und rannte los. Der Boden war ziemlich glitschig, vor allem aber wurde der Rauch immer dichter, je weiter wir kamen. Ich wußte, wir würden einen Feuerteppich überqueren müssen. Alles hing davon ab, wie breit er sein würde. Tibo und ich hatten festes Schuhwerk an, aber Tijoli trug nur Sandaletten an den bloßen Füßen. Wir hatten einander schon aus den Augen verloren, als er mir zurief, er habe Schmerzen. Da nahm ich ihn auf die Arme und lief weiter, nun freilich immer in der Angst, zu stürzen. Der Feuerteppich kam in Sicht. Nach der Nähe des Tunneleingangs zu schließen, konnte er nicht breiter als etwa dreißig Meter sein. Ich stürzte mich hinein, Tibo folgte. In einem Strudel von Rauch brachen wir durch zum Sonnenlicht, wie einst die jungen Hebräer Sidrac, Misac und Abdenago auf Nebukadnezars Ruf heil aus dem Feuerofen traten.

Uns freilich empfing nicht Nebukadnezar, sondern das Trio der Dorfgendarmen: der Rauch, der dem gesperrten Tunnel entquollen war, hatte sie hergelockt. Hinzu kam, daß mein Vater sie alarmiert hatte, als er feststellte, daß ich verschwunden war. Wir waren rußgeschwärzt und tränenverschmiert. Und wir blickten zurück nach dem schwarzen Schlund: er spie Qualmwolken aus, mit violetten Flammen dazwischen. Es war kaum zu glauben, daß wir dieser Hölle heil entronnen waren! In diesem Augenblick geschah etwas Phantastisches, eine Erscheinung, von der mein Leben für immer geprägt ist. Mitten in diesem schwarzgoldenen Glutrachen stand flatternd ein großer weißer Vogel. Es war die Schleiereule, die im Tunnel an uns vorbeigestrichen war. Flügelschlagend stand sie einen Augenblick in der Luft still, wie ein diabolischer Vogel des Heiligen Geistes, dann hatte sie sich freigemacht, flog auf, zog über unsere Köpfe hinweg und verschwand irgendwo im Laub. Wir hatten Zeit, den flachen Federkranz ihres Gesichts und die runden Augen zu sehen, die sie uns zuwandte. So mußte unseretwegen Minervas Vogel, seinem sanften, vertrauten Dunkel entrissen, überstürzt in der Mittagssonne die Flucht ergreifen, anstatt – wie der Philosoph sagt – erst in der Dämmerung seinen Flug zu beginnen.

Was danach kam, ist traurig und läßt sich mit ein paar Worten erzählen. Von der Staatsgewalt eskortiert, kamen wir wieder zu Lucies Haus, und die beiden Brüder verschwanden darin. Ich wurde zu meinem Vater zurückgebracht. Heute ahne ich, wieviel mit meinem Durchbrennen für ihn zusammengebrochen sein mag, nachdem schon meine Mutter ihn verlassen hatte. Er reagierte mit gnadenloser Härte. Ich erfuhr, ich würde noch nachts unter guter Bewachung nach Cahors gebracht und käme dort ins Internat zu den Jesuiten. Erst viel später erfuhr ich, wie er sich an meiner Mutter und an Lucie gerächt hatte. Gegen Lucie hatte er ganz einfach Anzeige wegen Entführung eines Minderjährigen erstattet. Daß sie als Lehrerin gehandelt hatte, erschwerte nach Artikel 333 des Strafgesetzbuchs ihren Fall erheblich. Und von meiner Mutter sollte ich während der sieben darauffolgenden Jahre keinerlei Nachricht mehr erhalten. Den Grund ihres Stillschweigens, den verriet mir mein Vater selbst im Verlauf eines Streits, der uns entzweite, als ich fünfzehn war. Bei der Scheidung war meine Mutter für schuldig erklärt worden. Gleichwohl hatte mein Vater ihr eine Unterhaltsrente zugesichert, von der sie bequem leben – und ihren Geliebten mit unterhalten – konnte, jedoch unter der Bedingung, daß sie jegliche Fühlungnahme mit mir unterlasse. Der geringste Besuch, der kleinste Brief, und der Hahn der monatlichen Zahlungen werde zugedreht. Sie hielt sich peinlich genau an die Bestimmungen dieser Abmachung und begegnete meinen Appellen an sie mit vollkommenem Stillschweigen. Bedenkt man, wie verletzlich ein Heranwachsender ist, so mag man ermessen, welche Verachtung und welchen Haß sowohl meinem Vater als auch meiner Mutter gegenüber eine solche Situation in mir erweckte. Ah, wie sauber hatten die mich verkauft! Wie schön hatten sie sich abgesprochen, um mich unglücklich zu machen! Erst mit dreiundzwanzig habe ich aus alledem herausgefunden – an dem Tag, als ich der Frau begegnete, die dann meine Lebensgefährtin werden sollte.

Zwei Jahre zuvor aber hatte mich die Neugier gepackt, und ich hatte mich nach Lucies Schicksal erkundigt. Bei einem vorübergehenden Aufenthalt auf dem väterlichen Schloß hatte ich einen Spaziergang zu der stillgelegten Bahnstrecke gemacht. In dem Schrankenwärterhaus wohnte eine Familie, die ich nicht kannte. Ein gelber Hund fuhr bellend auf mich los. Ich hatte nicht den Mut, bis zum Tunneleingang zu gehen. Der Briefträger, dem ich begegnete, konnte mir immerhin sagen, nach den Adressen zu schließen, an die er den fünf Familienmitgliedern die Post nachsende, sei Lucies Familie in alle Winde verstreut. Lucies und Nicolas' Adressen teilte er mir mit. Lucie leitete das Mädchengymnasium in Beaune. Nicolas arbeitete in Dijon im Zeichenbüro eines Industriebetriebes. Offenbar lebten sie getrennt.
Ich hatte mich telefonisch im Gymnasium in Beaune angemeldet. Sie empfing mich in ihrem Büro mit der munter-ernsthaften Miene, die sie wohl für die Eltern ihrer Schülerinnen einstudiert haben mußte. Wo war sie, die unbekümmerte, großzügige Seele aus meiner Sexta, der genialische Dreckspatz aus dem Schrankenwärterhaus, der Archipel von Brüsten, Leib und Schenkeln, wo ich mit meinen zehn Jahren eine Nacht lang das Glück kennengelernt hatte? Lucie war perfekt geworden, untadelig, gewandt. Das Haar zurückgekämmt, das Make-up matt, die Augen länglich und hart, ein kleiner runder Kragen aus weißem Batist auf einem korrekten, grauen, elegant geschnittenen Kleid, glich sie einer Luxusnonne. Leidenschaftlich forschend musterte ich sie und versuchte, durch diese lackglänzende Kleiderpuppe hindurch

die warmherzige Frau wiederzufinden, die ich geliebt hatte.
Unausweichlich kam sie auf Vergangenes zu sprechen, einen – wie sie sagte – langen Zeitraum des Irrens und tastenden Suchens. Sie sei von Phantasmen besessen gewesen, die sie ums Haar ins Verderben gestürzt hätten. Zum Glück habe ein wunderbarer Arzt – mehr ein Seelsorger als einer für körperlich Kranke – sie gezwungen, sich über sich selbst klar zu werden. Eine Katharsis, eine Reinigung von allem, was an Trübem, Unreinem in ihr gewesen sei, habe aus ihr eine neue Frau gemacht, die transparent, leistungsfähig, gesund sei. Nach zweijähriger Pause vom Lehrberuf habe sie ihre Schullaufbahn fortgesetzt. Aber auf höherer Ebene. In einer Klasse zu unterrichten, sei für sie nicht mehr in Frage gekommen. »Was ist denn eine Klasse?« fügte sie hinzu. »Ein großes Tier mit dreißig Köpfen und sechzig Beinen. Ein Ungeheuer, das nie stillsitzt, das Unfug treibt, zappelt, flüstert, scharrt, einschläft, träumt. Und dabei ist es heimtückisch, unberechenbar, anfällig für tausend Einflüsse: Jahreszeit, Unwetter, Sommerhitze, Frost. Wer unterrichtet, fühlt sich von diesem Monster umgeben, bald in zähem Gallert festklebend, bald wie in einem Säurebad von allen Seiten angegriffen, oder es zielt aus dem Hintergrund der amorphen Masse ein Blick auf ihn, der nicht auszuhalten ist und ihn hypnotisiert. Lange Zeit war die körperliche Züchtigung der normale physische Kontakt zwischen Lehrer- und Schülerschaft. Ein Kontakt, der gerecht und konsequent, zugleich aber auch bis zum Rand mit sado-masochistischen Affekten befrachtet ist. Er war das unentbehrliche

Sicherheitsventil in einer menschlich-allzumenschlichen Beziehung, die sich nicht in rein verbale Austauschakte auflösen läßt. Dieser Modus ist überholt, und obschon manche Eltern unbedenklich kommen und dem Lehrer zureden, ihre Sprößlinge bei Bedarf zu verprügeln, obschon manche Kinder im vagen Empfinden, daß der Beziehung zu ihrem Lehrer etwas fehlt, mit ihrem Verhalten um die befreiende Tracht Prügel betteln – der Lehrer muß klug genug sein, sich solch verführerischen, aber gefährlichen Wünschen zu verweigern.

Die Wahrheit ist, daß sich das Unterrichtswesen unerbittlich immer mehr zum Unpersönlichen hin entwickelt. Und das ist konsequent. Denn für das Kind, das aus der Familie in die Schule überwechselt, ist das ein totaler Bruch mit dem Vorherigen. Die Schule ist keine große Familie. Die Familie, ein biologisch bedingtes Milieu, gehorcht Strömungen des Affekts, folgt leidenschaftlichen Kräften. Sie ist das Reich der Ungleichheit, der hautnahen Pferchgemeinschaft, des sprunghaften Gefühlsumschwungs. Zuweilen wird versucht, dieser Anarchie Herr zu werden. Die Tischmanieren, die in gewissen Kreisen übliche Anrede mit ›Sie‹, dann das Tabu der Tabus, das Inzestverbot (gegen das doch unter allgemeinem Stillschweigen so oft verstoßen wird) – das alles sind Versuche, ein wenig Dressur in die Familienmenagerie zu bringen. Das Problem spitzt sich besonders zu, wenn die Mutter überdies Lehrerin ist und eines ihrer Kinder in ihrer Klasse wiederfindet. So ist es mir mit meiner Tochter Sophie ergangen, und ich habe getan, was ich konnte, um die Unterscheidung zwischen der ›Mama‹ zu Hause und der ›Madame‹ in der

Schule bei ihr durchzusetzen. Denn die wahre Ordnung ist nur in der Schule zu finden. Die Schule allein nimmt für sich in Anspruch, gerecht zu sein. Vor der Schulordnung sind alle Schüler gleich. Hier zählen allein Leistung und Disziplin. Ein Kind, das im Elternhaus unglücklich ist, sagt: ›Man mag mich nicht.‹ Ein empörter Schüler schreit: ›Das ist ungerecht!‹ Es ist oft dasselbe Kind, und es hat den Unterschied absolut richtig erfaßt.«

Ich hörte mir an, was Lucie – ruhig, sachlich, vollkommen klar – da vortrug. Und ich betrachtete sie: eine Frau aus Glas, vollkommen klar auch sie, kalt und farblos. Oh, er hatte sie gut gewaschen, gespült und ausgewrungen, ihr Guru! Wie war sie nur so weit gekommen? Und wie ging es mit ihr weiter? Die zweite Frage beantwortete sie abschließend. »Das selbstverständliche Endergebnis des modernen Unterrichtswesens ist der Computer«, sagte sie zu mir, »die Roboter-Lehrkraft, die bar jeder Spur eines Affekteinflusses und darum unendlich geduldig und objektiv ist, die alle Eigenarten des vor ihr sitzenden einzigen Schülers berücksichtigt, seine Lücken wie seine Stärken, und die ihm in eigens angepaßtem Rhythmus die Informationen aus dem Programm eintrichtert.« Sie sagte, sie arbeite daran, diesem Ideal näherzukommen ...

Mir schwirrte ein wenig der Kopf, als ich nach dieser Unterredung wieder fortging. Ich wiederholte mir die Frage: Wie ist sie dahin gekommen? Und noch anderes um sie her war geheimnisvoll: Was war mit der Familie geschehen, nachdem ich ins Internat in Cahors gebracht worden war? Weshalb hatte sich Lucie von Nicolas getrennt? Offenbar konnte ich mir nur von Nicolas noch Klarheit erhoffen. Einige Tage später rief ich ihn im *Bureau d'études industrielles* an, wo er als Zeichner arbeitete. Er erwiderte, in nächster Zeit könne er sich nicht mit mir treffen, aber sobald er Luft habe, werde er mich wieder anrufen. Er notierte sich meine Adresse. Zwei Wochen später bekam ich von ihm einen Brief, der tatsächlich all meine Fragen beantwortete. Bei dem »Sie«, das mir Lucie angetan hatte, war mir eiskalt geworden. Bei Nicolas' Brief mit seinem warmherzig familiären Ton fühlte ich mich auf Anhieb zu Hause.

»Mein lieber Ambroise,
nun tauchst Du also wieder auf nach der schrecklichen Geschichte, in die wir damals alle zusammen hineingezogen wurden. Ich entnehme aus unserem kurzen Telefongespräch, daß Du nicht viel von dem weißt, was bei uns geschehen ist, weil Dein Vater es darauf angelegt hat, Dich von Deiner früheren Umgebung fernzuhalten, und Dein Besuch bei Lucie wird Dir keinen Aufschluß gegeben haben, vermute ich. Aber Du weißt, daß Dein Vater gegen sie wegen Entführung eines Minderjährigen Anzeige erstattet hat. Dein naiver Bericht über die Nacht in ihren Armen war in ihrer Akte eine schwerwiegende Belastung. Ja, was glaubst du! Man mußte die Sache doch dramatisieren, und dazu mußte Sex hinein. Und so wurde unsere Lucie denn durch die Akademie in Dijon vom Amt suspendiert und drohte vor die Strafkammer oder ins Gefängnis zu kommen, was weiß ich? Die Kinder, unsere Freunde und ich selber, wir hätten ja

ganz gern über das dumme Zeug bloß gelacht, hätten wir nicht gesehen, daß Lucie in eine Depression verfiel, die uns erschreckte. Nein, sie war nicht die, die alles so leichtnahm! Sie sprach nicht mehr, aß nicht mehr, rührte sich nicht mehr. Sie saß tagelang mit starrem Blick da und hielt Olga an sich gepreßt (Olga, vielleicht weißt Du das noch, war die Puppe, ihr Fetisch). Es war, als sei im Schiffbruch ihres Lebens diese Puppe ihre einzige Rettungsboje. Lange ging das so. Für uns endlos lange. Man mußte sie wohl einem Arzt anvertrauen. Irgend so einem Psy-ich-weiß-nicht-was. Er kam und wollte mit ihr ein Gespräch anknüpfen, was sie ablehnte. Es wurde vereinbart, daß sie zweimal wöchentlich zu ihm käme. Ehe er ging, sagte er: ›Diese Puppe ist der Schlüssel des Problems.‹ Trotz meiner Voreingenommenheit gegen ihn war ich beeindruckt. Das hatte ich schon immer vermutet. Ich übernahm es also, Lucie regelmäßig zu ihm nach Beaune zu bringen. Er behielt sie etwa eine Stunde da, dann brachte ich sie zurück. Zwangsläufig konnte ich dadurch Schritt für Schritt die Wirkungen dieser Psychotherapie verfolgen. Ich sah, wie Lucie allmählich aus ihrer Stummheit herausfand, und das war zunächst eine große Freude. Die Tote kehrte ins Leben zurück. In der Zwischenzeit zog Dein Vater auf Vermittlung der Akademie in Dijon seine Anzeige zurück, und die Staatsanwaltschaft stellte das Verfahren ein. Alles schien wieder ins normale Gleis zu kommen. Da bemerkte ich bei Lucie eine Veränderung, die mich zunächst überrascht, dann hoffnungslos enttäuscht hat. Unnötig, daß ich Dir die neue Lucie schildere, die sich Woche um Woche unter meinen Augen herausbildete. Das Endergebnis hast Du ja selbst gesehen. Eines Tages, auf der Rückfahrt von Beaune, sagte sie zu mir: ›Wir fahren kurz zu Hause vorbei und dann weiter nach Commarin.‹ Ich folgte ihrem Wunsch, ohne nach einem Grund zu fragen. Sie ging ins Haus und kam sofort wieder. Sie trug ein geschlossenes Weidenkörbchen und einen Spaten. Du kannst Dir vorstellen, wie sprachlos ich war. Wir fuhren also hinauf nach Commarin, das, wie Du vielleicht weißt, ihr Heimatort ist. Als der Wagen in die Straße zum Dorf einbog, sagte sie zu mir: ›Links ab zum Friedhof.‹ Wir halten vor dem Torgitter, gehen hinein, und Lucie strebt einem Grab zu. Es steht ein Grabstein darauf, und auf dem Grabstein lese ich zu meiner Verblüffung: ›Lucie M.‹ Der Name meiner Frau, die doch neben mir steht! Und da ist auch, in den Marmor eingelassen, das Foto eines kleinen Mädchens: das konnte Lucie sein, mit acht, neun Jahren. Und sie, Lucie, geht nun mit dem Spaten auf das vergraste Viereck los, das zu Füßen des Grabsteins für nicht vorhandene Blumen ausgespart ist. Sie hebt einen kleinen Graben aus. Dann öffnet sie den Korb und holt Olga heraus. Den Schlüssel des Problems, hat der Psy gesagt. Auch ein weißer Seidenschal ist da. In den hüllt sie die Puppe wie in ein Leichentuch und legt sie in den Graben. Schließlich deckt sie die Erde darüber und glättet sie sorgfältig. Das war's dann. Lucie hat zu Füßen von Lucies Grabmal Lucies heißgeliebte Puppe begraben. Ich weiß nicht mehr, ob ich wache oder träume. Wir fahren schweigend zurück, aber Lucie, die mir wohl für mein taktvolles Entgegenkommen dankbar ist, läßt sich herbei, mir einige Erläuterungen zu geben.

Das verhilft mir dazu, ihr auch darüber hinaus behutsam Fragen zu stellen, und am Ende konnte ich ihre heimliche Lebensgeschichte rekonstruieren, eine Geschichte, von der ich, ihr Mann, überhaupt nichts gewußt hatte.

Sie war die einzige Tochter kleiner Geschäftsleute. Ihre Eltern hatten den Kurzwaren- und Trikotagenladen in Commarin geerbt. Es scheint mir – ich kann nicht sagen, warum –, daß die weichlich-knauserige Atmosphäre dieses Geschäfts recht gut zu dem leisetreterischen, kränklichen, scheinheiligen Benehmen paßte, das diesen Leuten eigen war. Lucie mag neun Jahre alt gewesen sein, als sie zufällig auf dem Dorffriedhof einen Grabstein entdeckte, der ihren Vornamen, ihren Familiennamen und ihr Foto trug. Ein furchtbarer Schlag, doch ihren Eltern sagte sie davon kein Wort. Für sie gab es keinen Zweifel: sie war tot, war begraben und dazu verdammt, auf Erden wie die Wiedergänger im Märchen, das Pseudo-Dasein von Gespenstern fortzuführen. ›Das war nicht immer unangenehm‹, erklärte sie mir. ›Ich fühlte mich leicht, für nichts verantwortlich, dazu befugt, nichts und niemanden völlig ernst zu nehmen.‹ Sie lebte in einer Art todesnaher Trunkenheit und erhielt sie immerzu weiter aufrecht, indem sie regelmäßig zum Friedhof ging und ihr eigenes Grab mit Blumen schmückte.

Zwei oder drei Jahre ging das so, doch eines Tages verschaffte sich die Wirklichkeit brutal Geltung. Auf dem Dachboden stand ein großer alter Reisekoffer, der fest verschlossen war. Lucie gelang es, sich den Schlüssel zu verschaffen, und sie durchforschte den Kofferinhalt. Es war Vergangenes, alles Spuren der Erinnerung an Lucie, an eine andere Lucie: Kleider, Spielzeug, eine Puppe (Olga), ein dickes Fotoalbum. Aus einem Stapel Rezepte und einer Bestattungsgenehmigung, verbunden mit einer Todesanzeige, ging hervor, daß sie mit neun Jahren an einer zerebrospinalen Meningitis gestorben war. Es war klar: ihre Eltern hatten hier alles vergraben, was an diese erste, verstorbene Tochter erinnerte, um nie mehr darauf zurückzukommen, um reinen Tisch zu machen für die andere Lucie, die Ersatz-Lucie, die Lückenbüßerin, die noch im Todesjahr ihrer Schwester auf den Weg gebracht und geboren wurde – für meine, für unsere Lucie.

Jetzt weißt Du, was Olga war, warum Lucie sie in ihr Zimmer hinunter mitnahm und dann nicht mehr aufhörte, sie zu umsorgen, zu hätscheln. Olga war gleichzeitig ihre verstorbene Schwester, die der Tod in ewiger Kindheit gefangenhielt, und ein Duplikat von ihr selbst. Die Zeichen der Zuwendung, die sie ihr überreichlich zuteil werden ließ, bezweckten, jenes Dunkel zu beschwören und zu bezähmen, das sich unter jedem ihrer Schritte auftat. Das Rezept war wunderbar, und es hat zwölf Jahre hindurch das Schrankenwärterhaus mit farbigem, wortreich umranktem Glück erfüllt. Wunderbar, schöpferisch, aber zerbrechlich. Es war wie ein Gerüst, kühn, graziös, zauberisch, aber instabil, um so mehr bedroht, als es an der Grenze stand zwischen einem klaren Bewußtsein und einem dunklen Herzen.

Ich war der erste, der dabei gewann. Ich war ein mittelmäßiger Zeichner gewesen. Lucie hat mich zu dem Maler gemacht, dessen Arbeiten Du gesehen hast. Vielleicht wird die Nachwelt sie eines Tages entdecken, wenn ich längst nicht mehr da bin. In Wahrheit habe ich nichts getan, als die Farben wiedergegeben, die Lucie ausströmte. Irisation. Ich habe es festgehalten, gerade dieses Wort, das ich einmal zufällig hörte. Kommt von einem griechischen Wort, das Regenbogen heißt. Ist die Fähigkeit mancher Körper, die Farben des Regenbogens zu erzeugen. Woher hatte Lucie diese Gabe der Irisation? Ich zögere nicht, zu sagen: von dem Schatten, der in ihr war, von jener anderen Lucie, die verstorben und zu Olga, der Puppe mit den Schlafaugen, geworden war. Aber noch einmal: das Gerüst war zerbrechlich. Ein Wunder, daß es so lange gehalten hat. Auch über ihre Schüler breitete Lucie diese Irisation wie einen zärtlich streichelnden Fächer. Sie spielte es nicht mit, das Schulspiel. Zu sehr Komplizin der Mädchen, zu sehr Mama zu den Kleinen, zu sehr Frau mit den Großen. Das konnte nicht gutgehen. Und da waren auch ihre eigenen Kinder: der kritische Blick Sophies, seit der Pubertät eine kleine Rivalin der Mutter, die mehr und mehr ausartenden Streiche Tibos, den Tijoli in allem kopierte (der Brand im Tunnel war nur ein Fall von Hunderten). Und ich, der verkrachte Maler, der seiner Frau auf der Tasche lag . . . Nein, klag' Dich nicht zu Unrecht an. Dein Ausbüxen und die Härte Deines Vaters haben ein Gebäude zum Einsturz gebracht, das bereits wankte. Der Psy hat ihm den Rest gegeben. Seitdem er zum erstenmal eingriff, habe ich aufgehört zu malen. Was hätte ich danach noch malen sollen? Die Irisation war erloschen. Ich kam auf das Zeichnen aus meiner Jugend, das heißt auf Schwarz-

Weiß, zurück. Heute zeichne ich Motorteile. Kann man sich Sujets vorstellen, die von meinen fiebrigen Salzseen und meinen sumpfschillernden Schleimwirbeln weiter entfernt sind? Aber vielleicht ist das meine Art, Lucie treu zu bleiben, mich an die neue Lucie anzupassen? Auch ich habe mich mit dem Licht ohne Schatten, ohne Farbe abgefunden. So weit ist es mit uns gekommen, und Du bleibst in meinem Augen ein Mensch, der privilegiert ist, denn Du durftest ein Weilchen teilnehmen an unserem langen Hinwandern im heiligen Schatten eines Waldes von Broceliande. Er hat sich hinter uns geschlossen, dieser Wald, und uns allein gelassen in der harten Helle des Tages. Wir müssen kühn eine neue Seite aufschlagen. Wir müssen stark sein, um weiterzuleben.

Nicolas«

Eine neue Seite aufschlagen. Den heiligen Schatten hinter uns lassen, in dem wir gewandert sind. Dagegen sträube ich mich mit all meinen Kräften. Ich habe ihn für immer in mein Herz eingeschlossen, diesen Schatten, und die Taufe, die mir Tijoli in der Tiefe des Tunnels mit seinem nachtdunklen Wasser gespendet hat, hat mich gezeichnet für alle Zeit. Mein Symbol bleibt der weiße Vogel Minervas, der aus feuriger, brausender Wolke auffliegt ins Sonnenlicht.

Stehend schreiben

Der Mitarbeiter der Straffälligenbetreuung für das Zentralgefängnis Cléricourt hatte mich benachrichtigt. »Die haben allesamt große Dummheiten begangen: Terrorismus, Geiselnahme, bewaffnete Raubüberfälle. Aber in ihrer Freizeit, nach der Arbeit in der Schreinerei, haben sie etliche Bücher von Ihnen gelesen und möchten gern mit Ihnen darüber reden.« Und so hatte ich meinen Mut zusammengenommen und mich auf den Weg gemacht, diesem Abstieg zur Hölle entgegen. Es war nicht das erste Mal, daß ich ins Gefängnis ging. Als Schriftsteller, versteht sich, und um mich mit jungen Gefangenen, diesen so besonders aufmerksamen Lesern, zu unterhalten. Mir war von diesen Besuchen ein unerträglich bitterer Nachgeschmack geblieben. Besonders in Erinnerung war mir ein strahlender Junitag. Nach zweistündigem Gespräch mit Menschen meinesgleichen hatte ich mich wieder in meinen Wagen gesetzt und mir gesagt: »Die werden jetzt wieder in ihre Zellen gebracht, und du ißt nachher im Garten mit einer Freundin zu Abend. Warum?«
Meine Papiere wurden einbehalten, dafür erhielt ich eine große runde Marke mit einer Nummer ausgehändigt. Man strich mir mit einer Metallsonde

über die Kleidung. Dann öffneten sich die elektrisch betätigten Tore und schlossen sich hinter mir wieder. Ich durchschritt Schleusen. Kam in Flure, die nach Bohnerwachs rochen. Stieg Treppen hinauf, unter denen Netze gespannt waren. »Um Selbstmordversuche zu verhüten«, erklärte mir der Aufseher.

Sie waren in der Gefängniskapelle versammelt; manche waren wirklich sehr jung. Ja, sie hätten Bücher von mir gelesen. Sie hätten mich auch im Radio gehört. »Wir arbeiten mit Holz«, sagte mir einer von ihnen, »und wir möchten gern wissen, wie ein Buch entsteht.« Ich schilderte meine vorausgehenden Recherchen, meine Reisen, dann die langen Monate am Schreibtisch bei der einsamen Arbeit meines Handwerks (Manuskript heiße ja, mit der Hand geschrieben). »Ein Buch entsteht wie ein Möbelstück: durch geduldiges, paßgerechtes Zusammenfügen von Elementen und Teilen. Das braucht Zeit und verlangt Sorgfalt.«

»Ja, bei einem Tisch, einem Stuhl, da weiß man, wozu sie da sind. Aber ein Schriftsteller – nützt der was?«

Sie mußte wohl kommen, diese Frage! Ich sagte ihnen, der Gesellschaft drohe der Tod durch die Kräfte der Ordnung und des organisierten Daseins, deren Druck auf ihr laste. »Jede Macht, in Politik, Polizei oder Verwaltung, ist konservativ. Fehlt ihr ein Gegengewicht, so erzeugt sie zwangsläufig eine in sich festgefahrene Gesellschaft, die einem Bienenstock, einem Ameisenhaufen, einem Termitenbau gleicht. In ihr ist zwischen den Menschen nichts Menschliches mehr, das heißt nichts überraschend Neues, nichts Schöpferisches. Der

Schriftsteller hat von Natur aus die Funktion, durch seine Bücher Brandherde zu entfachen, von denen aus das Überdenken, das Bestreiten, das Infragestellen der etablierten Ordnung um sich greift. Unermüdlich sendet er sie aus, die Appelle zum Aufruhr, die Rufe zur Unordnung, denn es gibt nichts Menschliches ohne Schöpfertum, aber jegliches Schöpfertum stört. Das ist der Grund, weshalb der Schriftsteller so oft befehdet und verfolgt wird.«

Ich führte François Villon an, der mehr in Haft als in Freiheit gewesen war, Germaine de Staël, die der Macht Napoleons getrotzt und sich geweigert hatte, den einen Satz der Unterwerfung zu schreiben, der ihr die Huld des Tyrannen gebracht hätte, Victor Hugo, der zwanzig Jahre auf seiner kleinen Insel im Exil gelebt hatte. Und Jules Vallès, Solschenizyn und andere mehr ...

»Stehend muß man schreiben, aufrecht, niemals kniend. Das Leben ist eine Arbeit, die man immer stehend tun muß«, sagte ich abschließend.

Einer der Gefangenen wies mit einer Kinnbewegung auf das schmale rote Bändchen in meinem Knopfloch.

»Und das? Das ist wohl kein Kniefall?«

»Die Ehrenlegion? Sie ist, meine ich, die Belohnung für einen ruhigen Bürger, der seine Steuern zahlt und seine Nachbarn nicht belästigt. Doch meine Bücher, die entziehen sich jeder Belohnung, wie auch jedem Gesetz.« Und ich zitierte meinen Zuhörern einen Ausspruch von Eric Satie. Dieser obskure, arme Musiker konnte den hochberühmten Maurice Ravel nicht ausstehen und beschuldigte ihn, er habe ihm seinen Platz an der Sonne gestohlen. »Eines Tages erfuhr er zu seiner Verblüffung, man habe Ravel das Kreuz der Ehrenlegion angeboten, und er habe es zurückgewiesen. ›Er selbst hat die Ehrenlegion abgelehnt‹, sagte Satie, ›doch sein ganzes Werk akzeptiert sie!‹ Das war sehr ungerecht. Ich jedenfalls glaube, daß ein Künstler für sich selbst alle Ehrungen annehmen kann – vorausgesetzt, sein Werk weist sie zurück.«

Wir trennten uns. Sie versprachen, mir zu schreiben. Ich glaubte nicht daran. Doch sie taten mehr. Drei Monate später hielt ein Lieferwagen der Strafanstalt Cléricourt vor meinem Haus. Die Hecktüren wurden geöffnet, und ausgeladen wurde ein schweres, massiv eichenes Stehpult, eines jener hohen Möbel, auf denen einst die Schreiber der Notare, aber auch Balzac, Victor Hugo und Alexandre Dumas schrieben. Es kam ganz frisch aus der Werkstatt und duftete noch nach Hobelspänen und Wachs. Beigefügt war eine kurze Nachricht: »Damit Sie stehend schreiben. Die Gefangenen von Cléricourt.«

Das Phantomauto

Ich war aus der Gascogne gekommen und bei Orléans auf die Autobahn A 10 gefahren. Schon bald entdecke ich einen Rastplatz mit Restaurant und Tankstelle. Das Restaurant befindet sich in einem Brückenbauwerk, das sich über die Autobahn spannt. Ich fahre also zum Fuß dieser Brücke und finde einen Parkplatz in der Nähe einer piekfeinen gelben Baracke; eine junge Frau in ebenso gelbem Kleid und gelbem Kopfputz grillt und serviert darin auf Papptellern Pfefferwürste, die einen aggressiven Geruch verbreiten. Ich steige aus und bin einen Augenblick unschlüssig. Pfefferwurst oder keine Pfefferwurst? Am Ende stößt der Geruch mich ab, und ich gehe die Treppe hinauf zur Brücke. Oben finde ich ein Selbstbedienungsrestaurant, Zeitungen, Toiletten, alles, was man zu seinem Glück braucht. Ich esse, trinke, treibe mich ein Weilchen herum. Dann gehe ich die Treppe wieder hinunter, um weiterzufahren. Die gelbe Baracke ist noch immer da, desgleichen die ebenso gelbe Bedienung mit ihren Pfefferwürsten ... aber keinerlei Wagen. Verschwunden, entflogen mein schönes Auto! Ich bin schockiert, dann kommen mir Zweifel. Hatte ich es wirklich hier abgestellt? Und schon mache ich mich entlang den Reihen geparkter Wagen auf die Suche nach dem meinen. Nichts. Eine Katastrophe. Ich hatte mein Gepäck im Wagen gelassen, meine Papiere, alles, alles ... Was tun? Mein nutzloses Schlüsseletui schüttelnd, gehe ich zu der gelben Baracke zurück, im Gesicht die ganze Widerwärtigkeit menschlichen Daseins. Die junge Frau mit den Pfefferwürsten ruft zu mir herüber:

»Suchen Sie Ihren Wagen?«

»Ja. Haben Sie gesehen, wie er gestohlen wurde?«

»Nein, aber ich weiß, wo er ist.«

»Sie wissen, wo er ist?«

»Ja. Auf der anderen Seite der Autobahn. Sie kommen doch aus der Provinz und fahren in Richtung Paris?«

»Ja.«

»Sie sind auf der Seite Paris–Provinz. Gehen Sie wieder zur Treppe zurück.«

Ich danke ihr, als hätte sie mir das Leben neu geschenkt, und eile auf die Brücke. Auf der anderen Seite, am Fuß der Treppe, finde ich wieder eine gelbe Baracke; eine junge Frau mit gelbem Kleid und gelbem Kopfputz fritiert darin Pfefferwürste. Doch mein Wagen steht da, treu und verschlafen.

Du schaust dich im Spiegel an. Du bist ruhig, alles ist in Ordnung, deine Krawatte, dein Scheitel, dein Lächeln. Aber auf einmal schwindet es, dieses Lächeln. Denn dir ist eine kleine Einzelheit aufgefallen, die seltsam, abnorm, beunruhigend, ungeheuerlich ist: die Armbanduhr, die du links am Handgelenk trägst, ja, sie ist da, die Uhr geht. Nur im Spiegel nicht. Der Mensch, der darin sichtbar

ist, das bist unbestreitbar du – aber er hat keine Armbanduhr!
Mir kommt dabei eine Sage in den Sinn. Vampire sind Leute wie du und ich. Nur wenn du dich mit einem von ihnen vor den Spiegel setzt, dann siehst du zwar dich darin – aber das Spiegelbild des Vampirs fehlt.
Mein Wagen ist ein Vampir-Wagen. Auf der anderen Seite des Spiegels ist die Treppe zu sehen, die Würstchenbude und die junge Frau mit gelbem Kleid und gelbem Kopftuch, wie in der Wirklichkeit. Doch von einem Wagen keine Spur . . .

Das gefährliche Mitleid

Arzt – wie kann man das sein? Wie kann man sich jeden Tag von Berufs wegen in die Nähe von Kranken, Verletzten, Sterbenden begeben, ohne durch die morbide Ausstrahlung, die von ihnen ausgeht, innerlich Schaden zu nehmen? Welcher Impfstoff schützt vor der Ansteckung durch Unglück und Leid?

Vor Jahren – ich wohnte in Deutschland – stellte sich mir diese Frage in Gestalt eines tragischen Schicksals. Multiple Sklerose. Diese beiden seltsam französisch klingenden Worte fielen damals in bezug auf einen Arzt, dessen Spezialgebiet diese erbarmungslose Krankheit war. Eigentlich war der Arzt nur der Ehemann. Besuchen und hören wollten wir seine Frau, denn sie war mit dem befreundeten Pianisten, mit dem ich hinging, ihrerseits befreundet. Auf dem Konservatorium war sie seine Konkurrentin gewesen und hatte ganz ungewöhnliche Begabung bewiesen. Dann hatte sie die Karriere der Klaviervirtuosin aufgegeben, um zu heiraten. So jedenfalls verstand ich es zunächst.

Der Doktor war wesentlich älter als seine Frau. Anzusehen war das mehr seiner gebeugten Haltung als seinem Gesicht – einem Gesicht, das eine

Art Jugendfrische, etwas Kindlich-Fragiles bewahrt hatte, ein verletzliches, ja verletztes Gesicht. Er war damit der Kontrast zu seiner jungen, von Gesundheit, Feuer und Lebensfreude strahlenden Frau. Sie setzte sich ans Klavier und schenkte uns durch die glühende Intensität ihres Vortrags ein unvergeßliches Erlebnis.

»Was für ein wundervolles Paar, welches Glück verbreiten sie dort, wo sie jeweils zu wirken berufen sind!« rief ich aus, als ich später wieder mit meinem Freund allein war. Er lächelte traurig und sagte, ich sei leider im Irrtum. »Glück – vielleicht, aber ein Glück ganz besonderer Art, ein Glück, das eher ein Drama ist.«

Auf die Laufbahn der Pianistin hatte das junge Mädchen blutenden Herzens verzichten müssen, als sie die ersten Seh- und Gleichgewichtsstörungen spürte, mit denen sich die Multiple Sklerose ankündigt. Ihr behandelnder Arzt hatte es nicht ertragen können, dem Schicksal dieser großartigen Künstlerin zuzusehen, die dazu verdammt war, langsam, unerbittlich zu einem Wrack zu verfallen. Verheiratet und Familienvater, hatte er Frau und Kinder verlassen, um sich gänzlich ihr widmen zu können. Außerstande, als Arzt zu helfen, hatte er sie geheiratet und wich keine Stunde mehr von ihrer Seite. Er war, wie er sagte, sogar entschlossen, ihr in den Tod zu folgen.

Arzt – wie kann man das sein? Manche können es eben nicht. Der schützende Firnis, mit dem sich der gute, kaltblütige Praktiker umgibt, um der inneren Auslaugung widerstehen zu können, bekommt Sprünge, wenn der Schlag zu heftig ist. Und das Leid sickert ein. Das gefährliche Mitleid

befällt ihn wie ein heilloses Leiden, eine verheerende Passion.
Passion, Patient, passiv, pathologisch, pathetisch. Fünf Worte, deren gemeinsame sprachliche Wurzel manchmal in der Wirklichkeit grausam zutage tritt.

Der Bettler vor den Sternen

Es war ... Ich weiß nicht mehr, wann. Vor etlichen Jahren. Bei Indien, da irrt man sich immer. Ein Land, das alles zerstört. Die Gesichter, die Körper, die Vögel, die Erinnerungen, den Kalender. Wir beide, Karl und ich, hatten beschlossen, Europa im schwärzesten Dunkel des Winters hinter uns zu lassen und uns nach Osten abzusetzen. Ex oriente lux!

Zwischenlandung in Teheran: Dunkelheit und Nebel. Ankunft in Neu-Delhi: Kälte und Wind. Dann einen Flügelschlag südwärts: Kalkutta. Eine Wärme, die zunächst mild und einladend scheint. Menschliche Körper haben wir noch nicht entdeckt. Für gewöhnlich hat der Inder keinen Körper. Er ist ein Gesicht, bemalt, mit leuchtenden Augen, verzehrt von Spiritualität, ein Gesicht, das dich ansieht, auf einem in das Gewand gehüllten, belanglosen Gestell. Nichts entmutigt die Lust zum physischen Kontakt, zum Streicheln und erst recht zum Austausch von Zärtlichkeiten so sehr wie diese leichtgewichtige Puppengestalt, um die zwar ein Tuch geschlungen, die jedoch ganz ohne Geheimnis ist. Nein, am abgezehrten Körper des Inders ist nichts, das lockt, nichts, das reizt, und er selbst scheint ohne Begierde.

Und dann das feuchtwarme Klima! Wie kann man nach dem Körper eines anderen dürsten, wenn einem schon der eigene bleischwere, nasse, schweißverklebte Körper unerträglich ist? Sicher ist Indien ein Land der Keuschheit . . .
Und doch sind sie da, in Kalkutta, diese menschlichen Körper, überall, bedrängend, stehend, kauernd, zumeist jedoch liegend, nebeneinander, hintereinander, kreuz und quer. Das Drittel der Bevölkerung, das obdachlos ist, schläft nachts dort, wo es tagsüber lebt, an der Stelle, wo es der Arbeit oder dem Betteln nachgeht. Der Taxifahrer schläft in seinem Wagen, der Liftboy in seinem Lift, der Gemüsehändler auf seiner Karre, der Fleischer auf seinem Verkaufsstand. Morgens wäscht sich alles und verrichtet in aller Unschuld seine Notdurft in den Rinnstein. Das Fehlen des Erotischen wird, wie es oft der Fall ist, durch eine übersteigerte Präsenz des Fäkalischen aufgewogen.
Vom ersten Tag an sahen wir uns dem Problem der Bettler gegenüber. Wie ist es möglich, ihnen nichts zu geben? Aber wie kann man ihnen etwas geben, ohne einen Auflauf hervorzurufen? Denn der indische Bettler, sobald er etwas erhält, alarmiert mit lobenswertem, aber katastrophalem Solidaritätssinn seine Schicksalsgenossen. Und schon setzt ein Sturm auf den unglückseligen Spender ein. »Soeben habe ich eine schlechte Tat begangen«, schrieb Anatole France, »ich habe einem Armen ein Almosen gegeben.«
Karl hatte zunächst zu einer Kriegslist gegriffen. Im Flugzeug hatten wir Verpflegungspäckchen bekommen, deren Inhalt einen bescheidenen Imbiß ergab. Von diesen Päckchen fand sich eines in mei-

ner Reisetasche, und so hatten wir die Idee, sie einem der ausgehungerten kleinen Jungen, die wie Gespenster unterwegs vor uns auftauchten, zugute kommen zu lassen. Aber weitab vom Hotel und fest genug verpackt, daß wir rechtzeitig verschwinden konnten. Das Experiment war überzeugend verlaufen. Neugierig hatte sich der Junge hingehockt und sich darangemacht, das mit Klebestreifen umwickelte Päckchen zu öffnen. Er war noch ganz damit beschäftigt, als wir uns aus dem Staub machten.

Von da an brachten wir unsere Tage zum Teil damit zu, kleine Portionen Lebensmittel zu kaufen, sie zu verpacken und sie anschließend bei unseren Spaziergängen aufs Geratewohl irgendwo zu verschenken.

Das System funktionierte drei Tage. Die Katastrophe ereilte uns am vierten. Wir konnten sie schon bei Tagesanbruch von unseren Fenstern aus sehen. Dutzende von Jungen lagen gegenüber dem Hotel in respektvollem Abstand von den Wachleuten auf der Lauer. Das indische Telefon hatte das Seine getan. Wir waren erkannt. Wir mußten einen Hinterausgang benutzen, und zwar mit leeren Händen, was uns eine unermüdlich bittende, bettelnde Eskorte freilich nicht ersparte. Ach, diese fürchterlichen Gesten: die Faust, die fortgesetzt an den offenen Mund schlägt (Essen! Essen!), oder das Hemdchenlüften, um einen skelettdürren Oberkörper sehen zu lassen, oder der Säugling, den uns ein winzig kleines Mädelchen mit ausgestrecktem Arm vor die Nase hält. Was, ja, was soll man mit ihnen machen, den Bettlern von Kalkutta! Und das Gräßlichste ist, daß man sich schließlich an diesen jammervollen Chor gewöhnt und am Ende alles mit unbewegter Stirn hinnimmt: sogar den zornbebenden Fluch eines zerlumpten Propheten, der wütend sieht, daß ihn niemand beachtet, oder den roten Priemsaft, der einem verächtlich vor die Füße gespuckt wird.

Eines Abends wartete im Speisesaal des Hotels eine Überraschung auf uns. Von einem Säulenkapitell zum anderen zogen sich Girlanden aus bunten Laternen, und die Tischdecken waren – in diesen Breiten etwas gänzlich Exotisches – mit kleinen Tannenzweigen geschmückt. Wir fragten den Kellner.

»Christmas, Sir, Weihnachten, meine Herren, Noël...«, erklärte er mit dem Mienenspiel eines begeisterten Provenzalen. Bei Gott, ja! Wir hatten nicht darauf geachtet, daß der Heilige Abend nahte, und tatsächlich, der war heute! Diese Inder zeigten sich gegenüber den Barbaren aus dem Okzident, die wir waren, in höchstem Maße zuvorkommend!

Karl schien dennoch beunruhigt.

»An was denkst du?«

»An die Howrah Bridge.«

Wirklich, sie hatte bei uns einen unvergeßlichen Eindruck hinterlassen, diese gigantische metallene Brücke über den Hooghly. Ein Ameisenhaufen von Menschen bedeckte ihre riesige Fahrbahn, eine dichtgedrängte Masse von Fußgängern, Radfahrern, Fahrradrikschas, Kühen und Pferden, in der einige hundert Last- und Personenautos für immer festzusitzen schienen.

»Ich habe mich erkundigt. Dieser wahnsinnige Verkehr ist zum Teil dem wichtigen Bahnhof zuzu-

schreiben, der ganz in der Nähe am rechten Flußufer liegt.«
»Ich denke vor allem an das, was wir unter der Brücke gesehen haben«, sagte Karl.
Das ging letztlich auf eine recht »pariserische« Regung von mir zurück. Ich habe jahrelang auf der Île Saint-Louis gewohnt. Ich hatte mir angewöhnt, nächtliche Ausflüge auf die Böschungen am Seineufer zu unternehmen, um mit dem Völkchen der Clochards Umgang zu pflegen, das damals unter dem Pont Marie, dem Pont Louis-Philippe und dem Pont de la Tournelle kampierte. Als wir in der Menge auf der Howrah Bridge dahintrieben, hatte ich zu Karl gesagt:
»Und hier drunter? Laß uns mal drunterschauen!«
Es war gar nicht so einfach gewesen, die Gasse zu finden, die sich durch die Slums hinunterschlängelte und Zugang zu den Böschungen am Flußufer bot. Nur das abschüssige Gelände und der feuchte Boden ließen uns erkennen, daß der Fluß nicht weit war. Riesige Ratten nahmen vor uns Reißaus. Zuweilen zertraten wir etwas Weiches, von dem wir Genaues lieber nicht wissen wollten. Wir umgingen unförmige Baracken, niedrige, schwarze Zelte, aufgeständerte Bohlen mit menschlichen Körpern darauf, allesamt von Kopf bis Fuß mit Laken verhüllt wie in einer Leichenhalle. Manchmal hob sich ein traumverstörtes Gesicht und sah uns an, um sogleich wieder zu verschwinden. Ein Arm, dürr wie ein Skelett, reckte eine krallenhafte Hand. Scharfer, gelbroter Rauch reizte uns zum Husten und ließ die Augen tränen. Denn schon sank der Abend herab, und da die Temperatur nun um

einige Grad fiel, drängten sich die Inder in zerlumpten Gruppen um kleine Feuer, in denen Stofffetzen glosteten, Papier, Gemüseabfälle, Kot, Unbeschreibliches.
»Wie viele sind das wohl?« murmelte Karl.
Eine müßige Frage. Eher ein Ausruf. Es war mehr als ein Lager, war eine unterirdische Stadt, wimmelnd unterhalb des Gewimmels auf der Brücke wie ein Ameisenhaufen unter einem Ameisenhaufen. Flußaufwärts, am gleichen Ufer, gewahrten wir die mächtigen Holzstöße von Nimtala Ghât, auf denen die Leichen verbrannt werden. Zum Glück blieben wir unterwegs ziemlich unbemerkt.
»Nur weil wir nichts bei uns haben, das wir ihnen geben könnten«, hatte Karl gesagt.
Durch Erfahrung klug geworden, hatten wir diesen Streifzug mit leeren Taschen unternommen, und es war, als ob diese elende Menschenmenge das wüßte. Zu diesem Punkt entsann ich mich einer denkwürdigen Stelle in Lanzo del Vastos Buch *Le pélérinage aux sources:* Eines Tages läßt er beim Baden seine Kleider am Strand liegen. Wie er zurückkommt, merkt er, daß das Taschentuch, in das er seine schmale Reiserücklage geknotet hatte, verschwunden ist. Ihn schwindelt: Er steht allein und gänzlich mittellos irgendwo im Innern des indischen Kontinents! Dann bricht er in lautes Lachen aus. Er hat plötzlich begriffen, daß er einen jener seltenen Augenblicke erlebt, da Gott uns vor Augen zu führen sucht, daß er unsere einzige Stütze ist. Von da an ist sein Leben für immer verwandelt. Auch die Inder, seine völlige Armut geheimnisvoll erspürend, sind verwandelt:

nicht nur, daß sie ihn nicht mehr anbetteln, ihn nicht mehr auszunehmen und zu bestehlen suchen, im Gegenteil, sie nehmen ihn auf, kleiden ihn, geben ihm zu essen. Fortan besitzt er nie mehr irgend etwas. Und ich hatte Lanza del Vastos Worte notiert, die so etwas wie eine Lehre der Sanftmut und Zuversicht sind: »Der Mensch, der ins Wasser völligen Entsagens fällt, braucht nur noch den Engeln zuzulächeln und sich loszulassen. Dann schwimmt er ...«

Auf dieses Volk also, das unter der riesigen Brücke kampierte, kam Karl plötzlich wieder zu sprechen, als wir im weihnachtlich erleuchteten Saal des Vier-Sterne-Hotels saßen.

»Na und? Auf was für Gedanken bringt sie dich, die große Brücke?«

»Ob wir nicht noch mal hingehen?«

»Heute abend, im Dunkeln?«

»Ja. Wir feiern Weihnachten mit ihnen! Wir kaufen alles mögliche und laden sie ein, mit uns zu schlemmen!«

Das war ganz Karl, der gefährliche, wunderbare Kamerad, der einen mit jähem Wahnwitz vor ein erschreckendes Dilemma stellen konnte: sich entweder in ein großartiges, aber tolles Vorhaben zu stürzen oder sich schamvoll zu verkriechen.

»Wir gehen hin, wenn dir so viel daran liegt«, seufzte ich, »aber laß uns wenigstens vollends zu Abend essen.«

Das war rasch erledigt. Dann gingen wir hinaus. Nichts ist so todesdüster wie diese Körper auf den Gehwegen, alle mit einer weißen Stoffbahn verhüllt, die einem Leichentuch gleicht. Aber in Kalkutta steht das Leben nie still, und so konnten wir einen Korb, den wir vorab kauften, mühelos füllen. Karl schien von fröhlichem Festschmausfieber besessen. Er kaufte haufenweise Datteln, Bananen, Rosinen, Cashewnüsse, Reismehlklößchen, Mangofrüchte, Ananas und sogar einige jener goldgelben, in Fett gebackenen Krapfen, die von flüssigem Honig triefen. Und dazu, wohl aus Trotz, ein Quantum indischer Prieme, einer brennendscharfen Mischung von Tabak, Betelnuß und Ätzkalk, die in ein Betelblatt gewickelt ist. Unterdessen kamen wir zu der großen Brücke über den Hooghly River.

Der Andrang war so stark wie am hellichten Tag, und es war eine vertrackte Arbeit, mit dem Korb, den wir beide an je einem Henkel trugen, dieses bewegte Gedränge zu zerteilen. Doch das Dunkel, hier und da zerrissen von Fackeln und Laternen, die Stille, die diese Menschen mit ihrem mechanischen Schritt, mit ihrem leblosen Gesicht geheimnisvoll umgab, hatten etwas Unwirkliches.

»Tote«, murmelte Karl. »Es ist, als wären es Tote auf dem Weg ins Jenseits.«

»Charon war überlastet und ist in den Ruhestand getreten«, sagte ich. »Und es wurde aus Stein und Stahl eine Brücke über den Styx geschlagen.«

Ein hochgewachsener alter Mann mit wildem Blick querte unseren Weg, ohne uns zu sehen. An der Leine hielt er einen ungeheuren Wachhund mit gelben Augen.

»Rhadamantes mit Zerberus«, sagte Karl. »Es ist wirklich der Weg hinunter ins Totenreich!«

»Weißt du noch, was in der Odyssee steht? Odysseus will den Seher Teiresias befragen, der schon viele Jahre tot ist. Er überquert das Meer und gelangt zu der Höhle, die der gähnende Rachen der Unterwelt ist. An der Schwelle dieses verhängnisvollen Tores gräbt er eine viereckige Grube, wohl eine Elle tief, und gießt als Trankopfer Milch mit Honig, dann süßen Wein, schließlich einen Hauch weißes Mehl hinein. Die Toten zeigen sich noch nicht. Da opfert Odysseus ein weißes Lamm und ein schwarzes Schaf, und deren Blut schießt dampfend in die Grube. Die Toten, blutleer und nach Leben dürstend, stürzen in Scharen zum Eingang der Höhle. Odysseus verwehrt ihnen mit dem Schwert den Zugang zu der Grube. Welch seltsamer Kampf! Das graue, durchscheinende Heer der Verstorbenen belagert dies blutüberströmte Loch, und Odysseus, stehend, allein, wehrt mit der Spitze des Schwertes ihren Ansturm ab! Nur Teiresias darf herantreten und seinen Vampirdurst stillen. Nicht vorhergesehen hat Odysseus freilich, daß auch seine eigene Mutter, Antiklea, erscheint. Er hatte sie in Ithaka noch voller Leben verlassen und findet nun ihren Schatten unter der Unzahl der Abgeschiedenen. Er hatte nicht gewußt, daß sie, auf ihn wartend, vor Kummer gestorben war. Er weint, aber hat die Kraft, auch sie abzuweisen. Einzig Teiresias trinkt dann das Blut.«

Odysseus, dem Ansturm der Schatten trotzend – das waren wir, die wir diese dunkle Menschenmasse teilten, um vorzudringen zum Lager der Toten. Doch würden wir sie nicht mit der Spitze des Schwertes abwehren müssen. Wir seltsamen Weihnachtsmänner aus dem Abendland, in diese asiatischen Gefilde verschlagen, wir würden ihnen

mit vollen Armen alle Zutaten für das Weihnachtsmahl zuwerfen. Aber so weit mußten wir erst einmal kommen.
Nachdem wir am letzten Brückenpfeiler vorbei waren, hatten wir noch den Weg hinunter zur Uferböschung vor uns, und wir verfluchten unsere Unbekümmertheit, denn eine Taschenlampe wäre uns in dem dreckigen Tohuwabohu, in dem wir herumtappten, viel wert gewesen. Die letzte Nummer des *Telegraph*, der englischsprachigen Zeitung Kalkuttas, von der ein Exemplar über unseren Korb gebreitet war, mußte für unsere Beleuchtung herhalten. Seite um Seite verwandelte Karl sie in Fackeln, die, mit ausgestrecktem Arm gehalten, uns ein recht eigentümliches Aussehen gegeben haben müssen. Die Angst weckte in uns Gedankenverbindungen mit vertrauten Dingen, an die wir uns klammerten.
»Rembrandts Nachtwache«, murmelte ich.
»Don Juan und Leporello picknicken auf dem Friedhof mit der Statue des Komturs«, berichtigte Karl.
Doch schon stieß er einen Fluch aus, denn er war ausgerutscht und hingefallen. Ächzend stand er wieder auf.
»Der Picknickvorrat ist immerhin heil geblieben. Aber etwas anderes beunruhigt mich. Seit wir die Brücke verlassen haben, sind wir keiner Menschenseele begegnet. Neulich wimmelte es doch hier nur so, nicht?«
Ich sagte nichts. Auch ich war verblüfft, daß kein Mensch da war. Als wir schließlich auf der Uferböschung anlangten, wurde das allerdings anders. Den sternklaren Himmel mit ihrem Schwarz

scharf durchschneidend, stand über uns die Brükkenfahrbahn. Von der Menschenmasse, die in beiden Richtungen darüber hinströmte, war nichts zu sehen, doch hörte man, ameisenhaft, das Geräusch von ihren Füßen. Nur die riesige Fläche, die sich unter der Brücke und jenseits davon hinzog, lag verlassen da. Das Clochard-Dorf, das wir hier entdeckt hatten, die niedrigen Zelte, die auf den Bohlen liegenden Körper, die Grüppchen von Menschen, die dicht ums rußende Feuer gestanden hatten – all das war verschwunden.

»Mein Gott, wo sind die denn?«

»Na, die sind wohl alle fort zum Weihnachtsschmaus!«

»Da sehen wir ja sauber aus mit unseren Fressalien!«

»Was machen wir nun? Wir werden das Zeug doch nicht ins Hotel mitnehmen!«

»Machen wir's wie sie: halten wir einen Festschmaus!«

Er hatte sich auf einen vom Fluß angelandeten morschen Baumstamm gesetzt und den Korb zwischen die Beine gestellt. Ich setzte mich neben ihn. Er schälte eine Banane.

»Welch herrliche Ironie! Wir kommen mit vollen Händen an und fürchten einen furiosen Ansturm, und dann bleiben wir auf unseren wunderbaren Geschenken sitzen!«

»Das führt weiter, als du denkst. Erinnerst du dich an Charlie Chaplins Film *Goldrausch*? Der kleine Emigrant, der Pechvogel, ist verliebt. Es ist Weihnachtsabend. Er lädt seine Liebste und ihre schönen Freundinnen zu sich zum Souper ein. Er hat sich ruiniert für Leckereien, für kleine Geschenke.

In seiner Baracke hat er eine prächtige, weiß gedeckte Tafel mit Kerzen darauf hergerichtet. Und niemand kommt. Die Nase auf dem Tisch, schläft er ein.«
»Ja, ich entsinne mich. Er träumt. Er träumt, die schönen Damen seien gekommen, und zu ihrem Vergnügen tanzt er dann den berühmten Brötchentanz.«
»Geladene Gäste, die sich sträuben, zu kommen. Der Reiche, dessen Geschenke niemand haben will. Die schreckliche Einsamkeit des Reichen. Die Armen drängen sich um ihren elenden Fraß. Sie halten einander warm. Der Reiche friert und sitzt allein und ohne Appetit an seiner übervollen Tafel.«
»In den Evangelien ist dies das Thema eines Gleichnisses, das von all den Geschichten die sonderbarste und grausamste ist. Ein reicher Mann will seine besten Freunde prächtig bewirten. Er versendet seine Einladungen, er bereitet das feinste und köstlichste Mahl, das es gibt. Am besagten Abend ist alles bereit. Die Tafel glänzt von bestickter Wäsche und von goldenem Geschirr. Nur die Gäste fehlen. Der Gastgeber wartet. Die Stunden verrinnen. Niemand. Da schickt er seine Knechte aus, zu erkunden, was da geschehen ist. Sie kommen einer nach dem anderen mit Entschuldigungen wieder. Einer der Geladenen hat einen Acker gekauft und muß ihn besichtigen, der andere muß fünf Paar Ochsen ausprobieren, der dritte heiratet. Da spricht der Hausherr zornig zu seinen Knechten: ›Gehet auf die Plätze und durch die Straßen der Stadt und bringet die Bettler, die Blinden und Lahmen her.‹ Was die Knechte auch tun. Aber

es ist noch Platz da, und was nun kommt, streift ans Erhaben-Verrückte. Der Herr sagt zu seinen Knechten: ›Bewaffnet euch, geht wieder hin und bringt die Passanten, die ihr auf der Straße trefft, hierher, mit Waffengewalt, wenn es sein muß!‹ Kein einziger Maler hat bis heute die Kühnheit besessen, dieses unglaubliche Festmahl darzustellen: die prächtige Tafel, den Hausherrn, zerfressen von Gram und Groll, dann, wie am Spieß aufgereiht, die Krüppel und Pechvögel, und schließlich die armen, völlig sprachlosen und verschreckten Passanten, die gewaltsam hergeschleppt worden sind. Kein einziger Romancier hat erzählt, wie dieser höchst erstaunliche Abend weiterging!«
Stille trat ein, und wir hörten nur noch das Geräusch der zahllosen Füße über unseren Köpfen. Ich hatte von einem »höchst erstaunlichen Abend« gesprochen und dabei ein Gleichnis aus dem Neuen Testament zitiert. Doch unseren Abend, diesen Weihnachtsabend in Kalkutta – wer würde den glauben wollen?
Es war heiß. Vielleicht haben wir ein bißchen geschlafen. Später erzählte Karl eine Erinnerung aus jüngster Zeit.
»Ich habe dir nichts davon gesagt. Gestern früh, als ich allein ins Hotel zurückkam, war gerade ein Junge dabei, das Zimmer zu machen. Ich störte ihn bei seiner Arbeit, und er störte mich auch. Nach einer kleinen Weile kam er und berührte mit dem Finger mein Hemd. Ich setzte ihm in meinem anglo-indischen Kauderwelsch auseinander, meine Wäsche zum Waschen würde ich ihm später geben. Er schüttelte lächelnd den Kopf. Ich

hatte ihn mißverstanden. Er wollte etwas anderes. Er faßte mein Hemd mit Daumen und Zeigefinger und legte die andere Hand auf seine Brust. Es war klar: er wollte mein Hemd haben. Zum Geschenk, ja! Ich mußte lachen. Das sei wohl enorm teuer, nicht? Entwaffnet gab ich nach. Ich fand mich mit nacktem Oberkörper wieder, und er ging, sich überschwenglich bedankend, mit meinem schweißtriefenden Hemd davon. Ich mußte an Sankt Martin denken. Dieser Kriegsmann wurde heiliggesprochen, weil er mit dem Schwert seinen Mantel entzweischnitt, um ihn mit einem Armen zu teilen. Und ich hatte mein ganzes Hemd hergegeben!«

»Aber du hattest noch ein Dutzend andere in deinem Koffer.«

»Das stimmt«, gab er zu und schnitt dabei eine Ananas an.

Wiederum Stille. Geräusch von Füßen.

»Das Betteln. Ich versuche zu begreifen, welche Beziehung es zwischen zwei Menschen herstellt«, sagte ich. »Unlängst wurde ich von einem jungen Burschen bedrängt, der schön wie ein Gott war. Er sah ganz und gar nicht bedauernswert aus. Lachend wies ich ihn ab. Schließlich lachte auch er, und seine immer vertrauter werdenden Anknüpfungsversuche nahmen die Form eines Spiels an. Da ich weiterging, verirrten wir uns in den botanischen Garten zwischen die Luftwurzeln des berühmten zweihundertjährigen Indischen Feigenbaumes. Er, durch mein sichtlich gutwilliges Mitspielen kühn geworden, schickte sich an, meine Taschen zu durchsuchen. Ich blieb stehen und schaute ihm zu. Ich sagte mir: ›Ein junger

Araber hätte schon zehnmal die Hose ausgezogen!‹ Aber alles in seinem Verhalten entmutigte auch den geringsten sexuellen Annäherungsversuch. Ja, Indiens arme Jugend trägt einen Mantel von Unschuld um sich. Man darf die Unberührbaren nicht wegen ihrer Unreinheit, sondern wegen ihrer Reinheit nicht berühren. Zwischen Betteln und Prostitution herrscht völlige Unvereinbarkeit. Die Prostituierten in den heißen Vierteln von Bombay sind erstklassig gekleidet und frisiert, und sie bewegen sich in den reinsten Theaterkulissen.«

»Sicherlich«, sagte Karl. »Prostitution setzt voraus, daß der Freier die Prostituierte begehrt. Sie ist es ihrem Beruf schuldig, schön, verführerisch, aufreizend zu sein. In gewissem Sinne besteht eine solche Beziehung auch beim Betteln. Aber dabei bist – ohne dir darüber klar zu sein – du derjenige, der in den Augen des Bettlers schön, verführerisch, aufreizend ist. Das Geld oder das Hemd, das du dem Bettler gibst, ist ein Stück von dir oder deiner Welt, das du seiner Begehrlichkeit auslieferst. Der Reiche ist die Hure des Armen.«

Stille sank wieder herab nach dieser schönen Formulierung. Wie lange saßen wir so, völlig erschlagen durch die von feuchter Hitze zähflüssige Atmosphäre? Endlich rappelten wir uns auf. Die schlierig-schillernde Fläche des Flusses verbreitete phosphoreszierendes Licht. Ein letztes Mal noch drehten wir uns um nach der Brücke, deren schwarze Masse auf uns lastete. Am Fuß eines Pfeilers ließen wir unseren Korb zurück, der noch zu drei Vierteln voll war. Und da entdeckten wir ihn, unseren einzigen Bettler an diesem Weihnachten in Kalkutta. Er saß auf der Spitze des Pfeilers. Zwanzig Meter über dem Boden kauernd, ein großer Vogel, federlos und abgezehrt, den Ellbogen in zeitloser Gebärde aufs Knie gestützt, hielt er dem sternfunkelnden Himmel die geöffnete Hand hin.

Ein kleines Kind im Stroh

Zunächst muß man sich eine Trikolore denken, über die leise der Nachtwind streicht und die ein Scheinwerfer in loderndes Feuer taucht. Dann erweitert sich das Bild; vom Kunstlicht hart gemeißelt, erscheint die Fassade des Elyseepalastes. Nur ein einziges Fenster ist hell. Zoom auf das Fenster. Überblendung. Man hat das Gefühl, man schwebe hinein. An einem Kamin, in dem die Flammen tanzen, sitzt in einem Sessel der Staatspräsident. Er lächelt.

»Franzosen, Französinnen«, sagt er, »seit heute morgen haben die Schüler Ferien. Die bevorstehenden Feiertage haben den Sraßen unserer Städte und Dörfer ihren farbigen Lichterglanz verliehen. In ein paar Tagen ist Weihnachten, eine Woche später dann Silvester. Aus diesem Anlaß pflegt der Staatspräsident seinen Landsleuten seine guten Wünsche zu übermitteln. Auch ich möchte das nicht versäumen. Gerade meinen guten Wünschen jedoch kommt in diesem Jahr ein ganz und gar außergewöhnlicher Charakter zu. Ich möchte nämlich mit Ihnen über ein schwerwiegendes, bedeutsames Thema sprechen und Ihnen einen Vorschlag machen, der revolutionär ist. Ja, revolutionär, so seltsam das von seiten eines Staatspräsidenten und

obendrein kurz vor Weihnachten erscheinen mag. Es handelt sich um folgendes.
Wenn von den großen Geißeln die Rede ist, unter denen unsere Gesellschaft zu leiden hat, so werden stets Rauschgift, Gewalt, Nikotin, Alkohol und Verkehrsunfälle genannt. Die Zahlen, die man anführt, sind erschreckend, und gewiß müssen wir mit aller Leidenschaft dafür kämpfen, daß sie zurückgehen. Immerhin aber ist von diesen Schrecknissen, Gott sei Dank, nur eine Minderheit unter uns betroffen.
Doch es gibt ein anderes Schrecknis, eines, das schleichender, tückischer ist und die gesamte Bevölkerung der widerwärtigsten Degeneration entgegenzuführen droht. Es hat nicht einmal einen Namen. Man könnte es Medikomanie, Klinikomanie, Pharmakomanie und was weiß ich wie sonst noch nennen. Doch der Name tut wenig zur Sache. Entscheidend sind die Zahlen, und die liegen unendlich viel höher als alles, was die anderen großen Schrecknisse an Opfern fordern. Man kann Unheil mit unterschiedlichen Maßstäben messen. Ich möchte nur eines sagen: Unsere Krankheitskosten wachsen schneller, viel schneller als die Ressourcen des Landes.
Wohin führt das? Nun, das ist einfach – und es ist grauenhaft! Durch ganz simples Hochrechnen können wir genauestens das Jahr, den Monat, den Tag feststellen, an dem die Kosten der medizinischen Versorgung die gesamten Ressourcen der Nation verschlingen werden. Wie unser Leben dann aussehen wird, kann man sich kaum vorstellen. Es mag genügen, wenn ich sage: Wir ernähren uns dann nur noch von Medikamenten. Wir bewe-

gen uns nur noch im Krankenwagen. Wir tragen als Kleider nur noch Verbandszeug. Ein grotesk-infernalisches Zukunftsgemälde!
Was tun, damit es nicht dahin kommt? Ich habe mich an die höchsten Spitzen der Medizin gewandt. Ich habe Akademien ersucht, sich des Problems anzunehmen und mir ein Gegenmittel zu empfehlen. Nichts. Man müßte das Übel an der Wurzel packen. Aber wo liegt sie, diese Wurzel? Was macht jeden von uns zu einem – mindestens potentiellen – Patienten, der ewig ein wirkliches oder eingebildetes Leiden kuriert?
Da habe ich zu einem letzten Mittel gegriffen, das mir vielleicht helfen konnte. Ich entsann mich des Dorfes, wo ich meine Kindheit verbracht, und des Arztes, der meine Geschwister und mich behandelt hatte. Behandelt ... das ist fast schon zuviel gesagt. Er griff so wenig wie möglich ein, wohl wissend, daß es die Natur ist, die uns heilt, und daß man ihr Wirken nicht stören darf. Ja, dieser Arzt war ein Weiser, und es war mehr der Weise als der Arzt, an den ich mich wandte. Ich schickte ihm das umfangreiche Dossier, das die Abteilungen des Innenministeriums zu der Frage erstellt hatten. Hat er es überhaupt ernsthaft gelesen, dieses Dossier? Man kann es bezweifeln, wenn man sieht, wie rasch und vor allem in welchem Sinne er geantwortet hat.
Seine Antwort habe ich hier. Drei Briefbogen, mit einer Ly-Feder und violetter Tinte von Hand beschrieben. In diesem Brief sagt mir mein alter Landarzt ... Ach, das Beste ist wohl, ich lese Ihnen den Brief vor. Er lautet:

›Monsieur le Président de la République,
mein kleiner François,
ich bin stolz und glücklich, daß Sie sich des schlichten Praktikers erinnern, der Ihnen auf die Welt geholfen und Ihre ersten Jahre fürsorglich begleitet hat. Eigentlich habe ich dabei nur sehr wenig geleistet, denn Sie sind ganz von alleine gekommen und aufgewachsen. Und jetzt wenden Sie sich an mich – der schon so lange nicht mehr praktiziert – mit einer Frage von nationaler Bedeutung, der, wie Sie sagen, die höchsten Spitzen der medizinischen Fakultät sprach- und ratlos gegenüberstehen. Vielleicht aber sind diese Gelehrten eben dadurch, daß sie die Schalthebel des medizinischen Betriebs in Händen halten, besonders fehl am Platze, wenn es darum geht, der ungebremsten Steigerung der Krankheitskosten abzuhelfen? Ganz im Ernst, Monsieur le Président: Falls Sie einen Weg suchten, um die Rüstungskosten zu senken – würden Sie da hingehen und unseren Generalstab fragen? Wenn ich mich getraue, Ihnen zu antworten, dann wohl gerade deshalb, weil ich schon lange nicht mehr Arzt bin und es auch zuvor während meines ganzen Berufswegs nur sehr wenig gewesen bin.
Bei der Frage, die Sie mir stellen, Monsieur le Président, mußte ich an eine Katze denken, die ich früher einmal hatte. Nun, diese Katze war daran, Junge zu werfen, und sie hatte den Einfall, das in einem Dickicht zu tun, das sich, so weit das Auge reicht, jenseits meiner Gartenmauer hinzieht. Als ich sie eines Tages wieder traf, den Bauch flach und das Auge funkelnd vor Heimlichkeiten, hatte ich gleich begriffen, wohin die Eskapaden gingen, die ich sie täglich auf dem Nachbargrundstück unter-

nehmen sah. Trotzdem hütete ich mich, einzugreifen. Wochen und Monate vergingen. Eines Morgens sehe ich durchs Fenster meine Katze auf einem Gartenweg spielen, umgeben von vier drolligen jungen Kätzchen. Sie hatten nach einer Kindheit im Dickicht des Nachbarn wohl zum ersten Mal den Sprung zu mir herüber gewagt. Ich öffne unbesorgt die Tür und gehe auf die kleine Familie zu. Freudig empfängt mich die Katze, doch die Kätzchen stieben in jäher Panik in alle Richtungen davon. Natürlich. Wieso hatte ich daran nicht gedacht? Diese jungen Kätzchen, fern von Menschen geboren und aufgewachsen, waren ja wilde Tiere. Sie ertrugen die Anwesenheit des Menschen nicht, es sei denn, es gelang, sie geduldig zu zähmen.

Sie zu zähmen! Ich habe alles getan, um das zu erreichen. Ich lockte sie mit Tellern voll Brei, die ich, näher und näher am Haus, in den Garten stellte. Eines Tages gelang es mir auf diese Weise, eines der Kätzchen in meine Küche zu bekommen. Und dann schloß ich die Tür. Die Wirkung war katastrophal. Das Kätzchen begann zu schreien, als zöge man ihm das Fell ab. Dabei sprang es auf die Möbel und warf Geschirr und Vasen zu Boden. Schließlich schoß es wie ein Vogel aufs Fenster zu, prallte dagegen und blieb halb betäubt liegen. So bekam ich es zu fassen und konnte ihm die Freiheit wiedergeben.

Es ist mir ein bißchen peinlich, Monsieur le Président, daß ich Sie mit anscheinend so belanglosen Anekdoten aufhalte. Aber kleine Geschichten wie diese sind lebensnah. Sie sind das Leben selbst. Was im Lauf der Zeit im Garten vorgeht, ist ebenso lehrreich wie das, was man im Reagenzglas oder in der Retorte eines Laboratoriums beobachten kann, und wenn Sie sich an mich gewandt haben, dann wohl, um die Ansicht eines erdverbundenen Menschen kennenzulernen, nachdem Sie die In-vitro-Forschung bereits befragt haben.

Die darauffolgenden Wochen bestätigten den Eindruck, den jenes fatale Experiment bei mir hinterlassen hatte: Diese jungen Katzen, in der Natur geboren, waren nicht mehr fürs Haus zu gewinnen. Die Wildheit hatte sie für alle Zeit geprägt. Ich hatte Gelegenheit, darüber mit einem Nachbarn zu sprechen, der Vieh züchtet. Er verhalf mir zu der für mich überraschenden Erkenntnis: Ein Kalb oder ein Fohlen, das im freien Gelände geboren wird, ist sein Leben lang in seinem Wesen schwieriger als ein Tier, das – wenn man so sagen darf – im Halbdunkel eines Stalles das Licht der Welt erblickt hat. Das wissen alle Viehzüchter, und sie hüten sich, Muttertiere im Freien Junge werfen zu lassen.

Wie Sie sehen, kommen wir unserem Thema allmählich näher. Denn was für den Charakter von Tieren gilt, trifft erst recht für die menschliche Seele zu. Ja, der erste Eindruck – Geräusche, Lichter, Gerüche –, der erste Eindruck, der ein Kind trifft, wenn es aus dem Schoß der Mutter kommt, prägt es für alle Zeit. Er erzeugt gleichsam einen Knick im Charakter, der sich unmöglich wieder geradebiegen läßt. Obschon ich ganz und gar kein Historiker bin, habe ich einige Nachforschungen betrieben, um das genaue Umfeld bei der Geburt etlicher Leute festzustellen, die später von sich reden gemacht haben. Napoleon wurde bekanntlich am 15. August unweit der Kathedrale von Ajaccio beim Orgelklang und in den Weihrauchschwaden des Hochamts geboren. Weniger bekannt ist, daß sich bei Stalins Geburt in Gori ein Erdbeben ereignete. In der Nacht zum 20. April 1889, in der Hitler geboren wurde, vernichtete ein schrecklicher Frosteinbruch die ganze Obstbaumblüte in der Gegend um Braunau. Die Alten glaubten, die Geburt eines zu Großem bestimmten Mannes gehe mit Zeichen und Wundern einher. Richtiger muß man Ursache und Wirkung wohl umgekehrt sehen und sagen, ein wundersames Ereignis, das die Geburt eines Kindes begleitet, könne aus dem Kind einen ungewöhnlichen Menschen machen.

Welches ist nun die nahezu weltweit bedeutsame, umwälzende Veränderung, die seit fünfzig Jahren das Bild der Geburtshilfe bestimmt? Ehedem kamen die Kinder im Haus ihrer Eltern zur Welt. Bei Ihnen selber, Monsieur le Président, erinnere ich mich noch an das Zimmer Ihrer Mama, wo Sie Ihren ersten Schrei taten. Und so produzierte man, ohne sich recht darüber klar zu sein, kleine Bauern-, Arbeiter-, Handwerker-, Fischer- oder Milliardärskinder, und die behielten diese Etikettierung, als wäre sie tief in ihr eigenes Ich eintätowiert. War das gut so? Oder war das schlecht? Ich mag das nicht leichthin entscheiden. Ich mißtraue der in meinem Alter ein wenig zu sehr verbreiteten Tendenz, dem Vergangenen den Vorzug zu geben. Seit fünfzig Jahren jedenfalls hat sich das alles gründlich verändert. Die Praxis, Entbindungen in Spezialkliniken durchzuführen, hat sich sehr rasch durchgesetzt. Hygiene und Sicherheit haben durch diese Neuerung gewiß ungeheuer gewonnen. Die Zahl der Geburtszwischenfälle hat sich in

höchst erfreulichem Ausmaß verringert. Nicht Rechnung getragen hat man dafür der Auswirkung dieser neuen Umgebung auf das, was ich die Natalprägung nennen möchte. Die Natalprägung, jawohl! Ein neuer Begriff, den unsere Koryphäen der Geburtshilfe nun in ihre Computer einfüttern müssen! Ich jedenfalls behaupte: Ein Neugeborenes, das auf einem Operationstisch zur Welt kommt, den Geruch von Desinfektionsmitteln einatmet, elektrische Apparate summen hört und vor den lackierten Wänden eines Operationssaals nur Gespenster in weißen Mänteln und mit antiseptischen Gesichtsmasken um sich sieht – ich behaupte, daß dieses Kind kraft einer solchen Natalprägung stets zur – wie soll man's schon nennen! – zur Klinikomanie, zur Medikomanie, zur Pharmakomanie neigen wird.
Monsieur le Président, damit bin ich bei der Antwort, die ich Ihnen auf Ihre Frage geben möchte: Die exponentiell steigenden Ausgaben der Krankenkassen lassen sich allein durch die prägende Wirkung des Klinikmilieus erklären, der die Neugeborenen in den ersten Sekunden, Minuten und Stunden nach ihrer Geburt ausgesetzt werden.
Was ist also zu tun? Geburt, Liebe und Tod, das muß gesagt werden, sind keine Krankheiten. Es sind die drei großen Angelpunkte menschlichen Schicksals. Sie gehören nicht in die Hand von Ärzten. Befreien wir also zunächst die Geburt aus den pharmazeutischen Miasmen, die sie vergiften. Ich schlage folgendes vor: Wenn eine Frau im Begriff ist, Mutter zu werden, soll sie selbst – ebenso frei wie über den Vornamen ihres Kindes – über die natürliche Umgebung, in der sie niederkommen

möchte, und damit zugleich auch über die Natalprägung entscheiden, die ihr Kind erhalten soll. Alles muß bereitstehen, damit ihr eine praktisch unbegrenzte Auswahl geboten werden kann. Es muß so sein, daß in künftigen Jahren Kinder in völliger Sicherheit auf dem Gipfel des Mont Blanc oder zwischen den Felsen der Île de Sein, auf einem Atoll im Pazifik oder in den blonden Sanddünen der Sahara, im Spiegelsaal des Schlosses zu Versailles oder auf der dritten Etage des Eiffelturms geboren werden können. Neue Generationen werden dann in ihrem Sinnen und Trachten eine unerschöpfliche Vielfalt aufweisen, anstatt trübsinnig beim Arzt und beim Apotheker Schlange zu stehen.
Ich verbleibe, Monsieur le Président, mit dem Ausdruck meiner vorzüglichen Hochachtung ... usw.‹«

Der Staatspräsident legte den Brief auf ein Tischchen und blickte lächelnd in die Richtung der Zuschauer vor den Fernsehapparaten.
»Dies also, meine lieben Landsleute, ist die Revolution, die seltsame und zauberhafte Revolution, die ich Ihnen vorzuschlagen habe. Vom nächsten Frühjahr an werden alle Maßnahmen getroffen sein, um die Natalprägung so vielfältig und sogar so extravagant gestalten zu können, wie es die künftigen Mütter nur wünschen mögen. Aber schon heute abend, in dem Augenblick, da ich zu Ihnen spreche, wollen wir darangehen, diese neue Art und Weise der Geburt einzuführen. Ich wende mich deshalb an alle werdenen Mütter, die mir zuhören. Meine Telefonnummer ist 42 92 81 00.

Wenn Sie für die nächsten Tage Ihre Niederkunft erwarten, so rufen Sie mich umgehend an. Sie erreichen mich direkt. Der ersten werdenden Mutter, die mich anruft und ihren Wunsch äußert, wird dieser Wunsch erfüllt werden, es mag sein, was es will. Ich warte.«

Immer noch lächelnd, stützte der Präsident das Kinn auf die verschränkten Hände und schwieg. Fast augenblicklich begann das in Reichweite stehende Telefon zu läuten. Fünfzehn Millionen Fernsehzuschauer konnten den seltsamen Dialog live mitverfolgen:

»Hallo?« flötete eine Stimme.

»Ja, hier ist der Staatspräsident.«

»Guten Abend, Monsieur le Président.«

»Guten Abend, Madame.«

»Mademoiselle«, berichtigte die Flötenstimme.

»Mademoiselle. Mademoiselle ... wie noch, wenn ich bitten darf?«

»Marie.«

»Guten Abend, Mademoiselle Marie. Sie erwarten also die Geburt eines Kindes. Wissen Sie, an welchem Tag?«

»Am 25. Dezember, wurde mir gesagt, Monsieur le Président.«

»Sehr schön, sehr schön. Und welche natürliche Umgebung erträumen Sie sich für die Geburt?«

»Einen Stall, Monsieur le Président. Einen Stall, in dem viel Stroh ist. Und auch ein Ochs und ein Esel.«

Der Präsident, trotz seiner berühmten Selbstbeherrschung, konnte nicht verhindern, daß seine Augen vor Erstaunen groß und rund wurden.

»Ein Stall, Stroh, ein Ochs und ein Esel ...«, wiederholte er mechanisch. »Gut, gut, all das sollen Sie haben. Gestatten Sie mir indessen noch eine letzte Frage?«

»Ja, natürlich, Monsieur le Président.«

»Haben Sie das Geschlecht Ihres Kindes schon bestimmen lassen?«

»Ja, Monsieur le Président, es wird ein Mädchen.«

»Ah, bravo, ein Mädchen!« rief, sichtlich erleichtert, der Präsident. »Das ist doch viel, viel hübscher als ein Junge! Und auch viel ruhiger und verläßlicher! Also – ich stelle mich als Pate zur Verfügung, wenn Sie mich wollen, und wir nennen es Noëlle. Guten Abend Ihnen allen!«

Faust,
der Weise aus dem Morgenland

»Nun, wie geht es ihm?«
Furchterregend und zitternd zugleich blickte Faust I., König von Pergamon, auf den obersten Hofarzt, der gerade aus dem Gemach des Thronfolgers trat.
»Willst du endlich reden?« donnerte er den bestürzt schweigenden Arzt an.
»Ach ...!« wimmerte der schließlich.
»Du willst doch nicht etwa sagen ...«, stammelte der König, »du willst doch nicht etwa sagen, daß der Kronprinz ...«
»Doch, leider!« stöhnte der Hofarzt.
Der König stieß die Schar der Chirurgen und Apotheker, der Kräuterdoktoren und Wunderheiler, die den Zugang zu dem Gemach versperrten, zur Seite und stürzte hinein. In einem schmutzigen Gewirr von Spritzen, Phiolen, Klistieren, Skalpellen und blutbefleckter Wäsche lag, die Hände auf der Brust gefaltet, der Kronprinz, weiß und kalt wie Schnee.
»Tot«, murmelte der König, »er ist tot. Wieder einmal hat der ganze Stab von Astrologen, Alchimisten, Chiromanten, Nekromanten und Phrenologen, den ich mir halte, seine Ignoranz bewiesen. Und auch ich selbst weiß nach so vielen Jahren

des Forschens und Studierens nur, daß ich nichts weiß!«
Denn schon als Prinz von Pergamon hatte er von frühester Jugend an Eltern und Lehrer durch seinen glühenden Lerneifer in Erstaunen versetzt. Kein altes Gekritzel, das ihm unentzifferbar, keine fremde Sprache, die ihm zu barbarisch, keine Rechenaufgabe, die ihm zu verzwickt, kein Gedankengang, der ihm zu fein gesponnen war. Es war, als reize gerade das Schwierige die unstillbare Neugierde seines Geistes, und seine Eltern fürchteten unablässig, daß dieser Heißhunger des Verstandes in einem Fieberwahn ende. Er war kaum ein Jüngling, da niemand anderes als er selbst für seinen persönlichen Gebrauch die Kunst der Pergamentherstellung entwickelte, die Pergamons Ruhm begründete. Diese leidenschaftliche Wißbegier war nicht unbekannt geblieben, und so sah man im Palast Tag für Tag seltsame Abenteurer vorsprechen, die angeblicher Geheimnisse kundig, in Zauberkünsten erfahren oder in okkulten Wissenschaften bewandert waren, Propheten, über und über mit Amuletten behangen, schmierig und aufdringlich, die für eine Handvoll Goldstücke das Blaue vom Himmel versprachen. Faust I. empfing sie alle, behielt sie oft sogar in seiner Nähe.
Das Zimmer des Kronprinzen öffnete sich zu einer großen Terrasse in beherrschender Lage hoch über der Stadt. Der König trat hinaus und blickte zum sternfunkelnden Himmel empor. Wie oft hatte er sich nicht schon, nach verqualmten Diskussionen über Entelechien und Lebensgeister, Gesicht und Herz reingewaschen im großen blauen Schweigen der Nacht!

Plötzlich blieb sein Blick an einem hellen Fleck hängen, der zuckend zwischen Beteigeuze und dem Großen Bären stand. Das unstet-wechselhafte Licht wirkte seltsam lebendig inmitten der ungeheuren, regungslosen Arena des Himmels. Und während er langsam gen Süden davonzog, war es, als ob er Botschaften herabsende, als ob er ihm winke – ihm, dem König von Pergamon mit seinem blutenden Herzen. Da entsann er sich einer alten Legende, die er in seiner Kindheit gehört hatte.
»Das ist mein Sohn!« sprach er in hellem Staunen. »Das ist die Seele meines innig geliebten Sohnes, die mit raschem Flügelschlag enteilt. Er sendet mir sein letztes Lebewohl, er wirft mir seine letzten Küsse zu, der Junge, er möchte mir etwas sagen, er beschwört mich, es zu verstehen. Aber was, mein Gott! Vielleicht will er, daß ich ihm folge? Vielleicht soll ich ihn begleiten auf dieser langen Wanderschaft gen Süden? Weshalb auch nicht? Ist gegen die Kümmernisse des Lebens das Reisen nicht die beste Arznei?«
Zwei Stunden später stand eine kleine Karawane bereit, und der König von Pergamon, von einer Handvoll Getreuer begleitet, begann – nicht wissend, zu welchem Ziel – die seltsamste seiner Entdeckungsreisen. Er begnügte sich damit, dem Kometen zu folgen, der langsam gen Süden schwebte.
Tage und Wochen währte die Reise. Die kleine Schar erreichte die Küste und stieg an Bord einer Trireme. Man landete in Zypern, und da der Komet nun einen Bogen südostwärts schlug, nahmen sie Kurs auf Cäsarea. Es war das erste Mal, daß Faust seinen Fuß nach Palästina setzte. Unwillkür-

lich wandte er sich gen Jerusalem; dort regierte Herodes der Große, ein Mann mit dem Ruf blutrünstiger Grausamkeit, vor dem das ganze östliche Mittelmeer zitterte.
Herodes, wie um gegen den sinistren Ruf anzugehen, den er mit seinem Namen verknüpft wußte, empfing seinen königlichen Besucher herzlich und mit großem Gepränge. Dennoch trat seine eingewurzelte Bosheit mit einer Art Naivität offen zutage, als er sich zu den Zweifeln und Ängsten äußerte, die der König von Pergamon ihm darlegte. Wahrheit? Er, Herodes der Große, kenne nur eine Wahrheit, und an der habe es ihm nie gefehlt: die richtige Mischung von Gewalt und List. Was Gelehrte betreffe, Alchimisten, Astrologen und sonstige Medikaster, deren habe er in seinem Palast zur Genüge, und er nutze sie zum Vorteil seiner Politik. Er führte seinen Gast in die geheimen Räume des Palastes, wo er ein ganzes Arsenal teuflischer Waffen verborgen hielt. Er zeigte ihm Phiolen, deren Inhalt wie ein Blitzschlag ein ganzes Heer töten konnte, Salben, die lähmend wirkten, Gifte, die Frauen für immer unfruchtbar werden ließen. Ein schlichter Flacon enthielt eine Flüssigkeit, die das Wasser einer ganzen Stadt vergiften konnte. Ein Gas, in einer Ampulle verschlossen, konnte eine furchtbare Epidemie verbreiten. Schließlich enthüllte er ihm mit Bewegungen, die von liebevollem Respekt geprägt waren, einen Adler aus Glas mit ausgebreiteten Flügeln: von einem Turm herab auf Häuser abgeworfen, berste und explodiere er und säe Zerstörung um sich wie ein Erdbeben . . .
König Faust I., mit seiner kleinen Schar wieder allein unterwegs, versank in einen abgrundtiefen

Brunnen von Ratlosigkeit. Das also war die Wissenschaft? Die Wahrheit, nach der das Denken, das Experimentieren und Forschen strebten – war sie nichts anderes als dieses Inferno von Leiden und Tod? Herodes war um so fürchterlicher, je mehr er davon verstand . . .

Er schaute zum Himmel empor, um aufs neue die Sterne zu befragen. Der Komet, tanzend und lachend, zog weiter seine Bahn nach Süden, und es war, als lüde er ihn ein, ihm noch weiter zu folgen. Und so brach er mit seinen Gefährten von neuem auf.

Geheimnisvoll schlängelte sich ihr Weg über Berg und Tal. »Wohin ziehen wir?« fragte der Großkämmerer den König. Statt jeglicher Antwort wies der König mit einer Bewegung seines Kinns auf den seltsamen Kometen, der vor ihnen funkelte. Er schien nun langsamer zu werden, schien stehenzubleiben, sich sogar herabzusenken auf die dunkle Masse eines Dorfes. Sein zerzauster Schweif reichte zur Erde herab, gleich einer feurigen Hand mit hundert Fingern.

»Was für ein Marktflecken ist das?« fragte der König.

»Bethlehem«, antwortete ihm sein Führer. »Die Legende will, daß vor tausend Jahren König David hier geboren sein soll.«

Sie gingen weiter. Der Komet hing wie ein Lüster über den Häusern, und sein längster Strahl zerfloß als silberhelle Fläche auf dem Dach eines Schafstalls. Eine Menge Hirten und Bauern drängte sich am Eingang. Welch überraschender Anblick bot sich drinnen! In einem hölzernen Futtertrog, der mit Stroh als Wiege hergerichtet war, strampelte ein neugeborenes Kindlein in seinen Windeln. Bei ihm wachten ein schon leicht ergrauter Mann und eine blutjunge Frau, und um sie her standen ganz unbefangen ein Ochs, ein Esel, Geißen und Schafe. Nur ein Pferd war nicht da, denn das ist ein Tier für die Reichen.

Das alles hätte ganz alltäglich sein können, wäre da nicht noch, aus dem Dunkel der geschwärzten Balken herabschwebend, eine Säule lebendigen Lichts gewesen: ein strahlender Engel, der, so schien es, den Ablauf dieser Nacht leitete – einer Nacht, die innig und zugleich voller Größe war, ganz das Gegenteil des Empfangs bei Herodes dem Großen. Es war Gabriel, der große Arrangeur dieses frohen Festgepränges.

Faust I., König von Pergamon, sank vor der Krippe auf die Knie. Er legte seine Gabe nieder: eine jener Pergamentrollen, wie sie der Stolz der Handwerker von Pergamon waren.

»Ein unbeschriebenes Buch«, erklärte er, »lauter weiße Seiten, das lächerliche Symbol meines Lebens. Es war ganz und gar dem Suchen nach der Wahrheit geweiht. Und am Ende dieser Suche, vor dem Leichnam meines Kindes, mußte ich erkennen, daß ich nichts wußte als das eine: Ich weiß, daß ich nichts weiß. Da bin ich dem wunderlichen Stern nachgegangen, in dem ich die Seele meines Sohnes sehen wollte. Und ich frage dich, Herr: Wo ist die Wahrheit?«

Natürlich antwortete das Kind auf diese ungeheure Frage nicht mit Worten. Ein Neugeborenes hält keine Reden. Doch ließ es König Faust eine Antwort anderer Art zuteil werden, eine, die viel, viel überzeugender war. Des Kindes zartes Gesicht blickte ihn an, seine blauen Augen wurden groß und weit, und ein leichtes Lächeln verklärte seinen Mund. Und in diesem kindlichen Gesicht lag soviel einfaches Vertrauen, dieser Blick war ein Spiegel solch reiner Unschuld, daß Faust mit einemmal alle Düsternis des Zweifels und der Angst aus seinem Herzen schwinden fühlte. Ihm war plötzlich, als stürzte er in den klaren Blick des Kindes hinab wie in einen Abgrund von Licht.

Angus

Spät und gefährdet, wie er ist, hat der Frühling im schottischen Hochland für die Menschen dort einen ungemein sanften, betörenden Reiz. Gespannt und mit kindlicher Ungeduld warten sie auf die Wiederkehr der Kiebitze am sturmzerwühlten Himmel, auf den Liebesschrei der Schneehühner im Moor und die ersten malvenen Farbflecke der Krokus auf dem schütteren Gras der Hügel. Jedes Anzeichen für das neue Leben nach der langen winterlichen Nacht wird aufgenommen wie eine frohe Nachricht, die zwar erwartet wurde, aber in der Kraft ihres frischen Grüns dann doch überraschend ist. Und die Knospen, die jäh ihre Hülle sprengen, das besternte Rosa der Hagedornbüsche, die Brise vom Meer her, durch Wolken von Blütenstaub zu einem leisen, sanften Wehen geworden – all das rührt die Herzen von Alt und Jung schier bis zu Tränen.

Nirgends ist der Gegensatz zwischen dem endlosen Heulen der Mittwinterstürme und dem Klageruf der Waldkäuzchen in den ersten Mainächten erregender als in den Landen des Grafen von Strathaël. Die granitene Burg, wo der alte König Angus wacht, liegt mit ihrer schwarzen Masse hoch über grünenden Schluchten voller Quellengemurmel und über einem Espenwald, so fein, so hell in seinem jungen Laub, als wäre er von Gärtnerhand eigens gepflanzt, um junge Brautleute bei ihren Spaziergängen mit einem lichten Schleier zu umgeben.

In diesem sanftwelligen Wiesental ritten an jenem Morgen Colombella, des Herrn Angus Tochter, und ihr Verlobter Ottmar, Graf der Orkneys, ihres Weges. Seite an Seite schritten die beiden Zelter dahin, teilten mit ihrer weißen Brust das hohe, von Mohn, Margeriten und Butterblumen bunt getupfte Gras, und die beiden jungen Leute schwatzten und plauderten zärtlich miteinander. Ottmar hatte im Lande der Langue d'oc studiert, wo der Graf von Toulouse ihn freundlich aufgenommen und als Kammerpagen an seinen Hof gezogen hatte. Er hatte die Blumenspiele zu Toulouse miterlebt und konnte die vom Consistorium der sieben Bewahrer der Fröhlichen Wissenschaft verfaßten *Leys d'amors* auswendig. Colombella, die ihr Hochland noch nie verlassen hatte, hörte mit etwas ängstlichem Entzücken, wie er das Loblied auf eine neue, in jenen sonnegesegneten Gauen entstandene Lebenskunst sang: auf die edle Minne oder Kunst der höfischen Liebe und des ritterlichen Dienstes bei der Dame seines Herzens.

Das Allerwichtigste sei es, so erklärte er ihr, Liebesbeziehungen von allem Schmutzig-Materiellen zu befreien. Fast immer würden ja die Ehen, unter Mithilfe von Schreibkundigen, durch die Eltern gestiftet, und zwar abhängig von den beiden Vermögen, die da zusammenkämen und vereinigt werden sollten. Einen solchen Kuhhandel überstehe kein wahres Gefühl. Das Ideal wäre wohl, daß

beide Verlobte gleichermaßen arm wären, völlig arm – doch wie könne man diesem Ideal nahekommen, außer durch das mönchische Leben, das Männer und Frauen streng voneinander trenne?
Zwei Sperlinge flatterten wirbelnd und schilpend den Pferden vor die Füße und stoben sogleich davon, um sich nicht weit davon wieder zu vereinen.
»Seht die Vögel in Feld und Flur«, sagte das junge Mädchen. »Kann man armseliger leben? Und doch bilden sie Paare, die das ganze Jahr und oft noch weit darüber hinaus beisammenbleiben.«
»Gewiß«, erwiderte Ottmar, »aber sie vereinigen sich nur, um der Fortpflanzung Genüge zu tun. Nestbau, Eierlegen, Brüten, das Füttern der jungen Brut – all diese Dinge gebieten, daß beide da sind, Männchen und Weibchen. Die edle Minne jedoch steht himmelhoch über den Erfordernissen der Fortpflanzung. Liebe ist nur dann rein, wenn sie entleiblicht, vergeistigt und nutzlos ist wie der blaue Himmel oder der makellos-unberührte Schnee, der im Winter den Gipfel des Ben Nevis deckt.«
»Wollt Ihr damit sagen, der Leib habe nicht teil an Eurer edlen Minne?« fragte Colombella bekümmert. »Muß man ein reiner Geist sein, um überm gewöhnlichen Menschendasein zu schweben, wie Ihr es empfehlt?«
»Das nicht, aber der Leib ist liebenswert nur wegen der Seele, die ihn durchstrahlt, wie die Flamme eine Laterne durchstrahlt. Laßt die Flamme erlöschen – und schon ist die Laterne nur noch ein grauer, trübseliger kleiner Käfig.«
»Aber wie dringt denn dieser Lichtschein der Seele

durch den Körper und die Kleider, die ihn verhüllen?«

»Durch die Hände, das Gesicht, besonders durch die Augen, die zum Liebenden offenen Fenster der Seele, die ihm Licht und Wärme spenden. Habt Ihr einmal die kalte Verfinsterung gespürt, die das Antlitz von Blinden entstellt?«

Colombella lächelte bei Ottmars Worten strahlend aus ihren quellfrischen, klaren Augen.

»Doch vor allem«, fuhr der junge Mann fort, »vor allem sind es die Worte, die dazu taugen. Die Liebe hat eine Sprache, die nur ihr eigen ist: die Poesie. Der Dichter ist derjenige, der die Sprache der Liebe spricht.«

Sie hatten jetzt die frischgrünen Wiesen verlassen und waren ins Halbdunkel eines dichten Waldes vorgedrungen. Hundertjährige Eichen standen zwischen riesenhaften Buchen und bildeten ein kühles, regungsloses Gewölbe. Die beiden jungen Reiter hatten innegehalten, und unter dem Eindruck der großen Stille des Waldes schwiegen auch sie. Die Pferde schwenkten heftig die Hälse auf und nieder. Mit gellendem Warnruf flog ein Häher auf und suchte das Weite. Es tat sich irgend etwas. Und wirklich war gleich danach das hastige Klappern leichter Hufe auf den Steinen des Weges zu hören. Dann brach eine Hirschkuh aus dem Dikkicht, verhielt jäh vor den beiden Reitern, schlug einen Haken nach links und verschwand im Unterholz. Wieder kehrte Stille ein, doch die beiden Verlobten, mit Jagd und Wald wohlvertraut, wußten, daß ein Häher mit seinem Warnruf und eine Hinde, die blindlings dahinstürmt, die Nähe des Jägers anzeigen.

Plötzlich das Knacken brechender Zweige, ein gewaltiges Lachen, dann taucht die hohe Silhouette eines schwarzen Reiters auf. Es ist Tiphan, der mächtige Herr der benachbarten Lande. Sein Zwerg Lukan, auf einem Esel hockend, folgt ihm. Tiphan jagt also auf dem Grund und Boden des Grafen Strathaël. Die Höflichkeit hätte verlangt, daß er sich dafür entschuldigte. Doch um Höflichkeit schert Tiphan sich nicht. Er besitzt drei Burgen, und seine Ländereien dehnen sich bis ans Kap Wrath. Er lebt allein mit seinem Zwerg im finstersten seiner Türme, nachdem seine letzte Frau über einem seiner endlosen Kriegszüge an Vereinsamung gestorben ist. Seine Untertanen nehmen Reißaus, wenn er kommt. Seine Nachbarn meiden ihn. Zu sehr riecht sein Riesenvermögen nach Gewalttat und Blut.
»Mir entkam eine Hirschkuh«, sagt er, »und ich find' eine Frau. Artig, frisch und jung, auf mein Wort! Wahrlich, kein übler Tausch!«
Und wieder lacht er. Ein Lachen, das angst macht. Ottmar greift ein.
»Edler Herr Tiphan, Ihr habt das Fräulein Colombella vor Euch, Eures Nachbarn, des Herrn Angus, leibliche Tochter«, sagt er, um jedes Mißverständnis zu beseitigen.
Doch da ist gar kein Mißverständnis. Tiphan schert sich offenbar keinen Deut um Herrn Angus. Er läßt Ottmar einfach stehen und spricht Colombella mit beleidigenden Worten an.
»Holde Hinde, bringt die Milde des Frühlings Euch nicht auf galante Gedanken? Findet ein alter Hirsch, der an der Waldecke auftaucht, vor Euren Samtaugen Gnade? Er hat zwar nicht mehr die

Frische der Jugend, doch auf seine Kraft und seine Erfahrung könnt Ihr Euch verlassen!«
Und prustend vor Lachen nähert er sich dem jungen Paar.
»Herr Tiphan, Ihr vergeßt Euch. Ich bitte Euch zum letztenmal, habt geziemende Achtung vor diesem Mädchen!«
Tiphan sieht nicht aus, als hörte er, was Ottmar sagt. Er steigt vom Pferd. Läßt die Jagdhandschuhe, das Wehrgehänge samt Hirschfänger auf dem Sattel liegen. Zieht sogar sein grobsamtenes Wams aus. Und schon geht er, mit weitem, besticktem Hemd, auf Colombella zu und streckt ihr galant eine knorrige, mit Ringen und Armbändern überladene Hand entgegen. Das ist zuviel für Ottmar. »Herr Tiphan«, ruft er, »ich warne Euch: Wenn Ihr meiner Braut noch einen Schritt näherkommt, hau' ich Euch die Ohren ab!«
Er zieht sein Schwert, liegt aber sogleich am Boden. Lukan, der ins Geäst des nächsten Baumes geklettert war, hatte sich auf ihn herabfallen lassen. Die beiden wälzen sich auf der Erde. Doch plötzlich springt der Zwerg auf. Eine Schnur, an seinem linken Fuß befestigt, schlingt sich um Ottmars Hals, und der Zwerg zieht mit beiden Händen am anderen Ende. Tiphan sieht dem Geschehen lächelnd zu. Colombella, totenbleich, wird ohnmächtig vor Grauen. Eine lange Stille folgt – solange der Todeskampf des jungen Mannes währt. Dann packt Tiphan Colombella am Handgelenk. Er lacht nicht mehr. Er reißt sie vom Sattel.
»Auf, hübsche Hinde«, sagt er. »Tu deine Pflicht als Weibchen. Jetzt ist Brunftzeit.«

Je höher die Sonne am Himmel steigt, desto mehr senkt sich dem alten Lord Angus die Angst ins Herz. Vier Stunden ist es nun schon her, daß seine Tochter und sein künftiger Schwiegersohn allein auf ihren Zeltern ausgeritten sind. Sie hätten längst zurück sein müssen. Zu Ottmar hat Angus unbedingtes Vertrauen. Räubern, Marodeuren oder versprengten Soldaten ist man im Lande und in den Wäldern ringsum noch nie begegnet. Warum also bangen? Aber es hilft nichts. Für ihn verbirgt der glanzvoll erstrahlende Himmel unterm azurblauen, goldenen Zelt die furchtbarste Finsternis.

Plötzlich zuckt Angus zusammen. Hufschlag erklingt auf dem Pflaster im Schloßhof. Sie sind wieder da! Aber weshalb ist bloß *ein* Pferd zu hören? Angus tritt ans Fenster. Er sieht den Stallknecht einem Pferd entgegenlaufen, das ohne Reiter daherkommt. Er erkennt Colombellas fromme Stute. Mit ihr hält das Unglück Einzug in Strathaël.

Geschrei, Rufe, Befehle. Angus schart einige Gefolgsleute um sich und macht sich eilends auf die Suche nach den Vermißten. Sie ziehen davon, weit hinüber nach Osten in die Wälder, wo die Strathaëlschen Lande im Gemenge liegen mit der riesigen Herrschaft Lord Tiphans. Niemand spricht den gefürchteten Namen aus, doch der Gedanke an ihn ist da – sowohl bei Angus als auch bei seinen Begleitern. Es bedarf keinen langen Suchens in Dickicht und Hochwald, um den Ort des zweifachen Verbrechens zu finden. Am Rand eines glokkenblumenumblühten Waldwegs unter einer Eiche liegt Ottmar, eine rote Strangfurche rings um den Hals. Nicht weit davon liegt, nackt, blutüberströmt, verstört, das junge Mädchen. Wortlos läßt sie sich wegführen. Ist sie stumm oder gar wahnsinnig geworden? Angus begreift, daß es zwecklos ist, sie ausfragen zu wollen. Ihr Antlitz trägt eine starre, welke Maske, die Schweigen gebietet. Bertram, der Hofjägermeister von Strahaël, untersucht die Pferdespuren, die auf dem weichen Boden kreuz und quer durcheinandergehen. Eine davon kommt unzweifelhaft von Osten her, wo Tiphans Schloß liegt. Deutlicher noch sind die in derselben Richtung verlaufenden kleinen Hufe eines Esels. Und jedermann weiß ja, daß Tiphan sich häufig von einem Zwerg begleiten läßt, der rittlings auf einem Esel sitzt.

All das weiß Angus, aber niemand wagt ihn zu fragen, was er vorhat. Er ist allein, alt und krank. Er kann nicht daran denken, Tiphan zum Kampf zu fordern, wie er es dreißig Jahre früher getan hätte. Und um Tiphan für seine grausige Untat vor das Gericht seiner Standesgenossen zu bringen, wäre Colombellas Zeugenschaft vonnöten. Sie aber ist nicht in der Lage, als Zeugin auszusagen. Wird sie je dazu fähig sein? Und falls sie die Kraft dazu wiedererlangte - nähme sie dann die entsetzliche Demütigung auf sich, Auge in Auge dem Manne gegenüberzustehen, der ihr Gewalt angetan hat? Dem Vergewaltiger hilft fast immer die Scham seines Opfers, glimpflich davonzukommen.

Am nächsten Morgen kam ein Mann zum Schloß, der ein Pferd am Zügel führte. Es war ein Diener Tiphans. Dieses Pferd sei in der Nähe seines Besitzes herumgestrichen. Ob es von Strathaël komme? Angus' Bediente erkannten Ottmars Pferd. Angus empfand diese Rückgabe als zusätzliche Beleidigung. Aber gleichviel! Er war so tief verletzt, daß seine Rache erst reifen mußte. Er wußte noch nicht, wie sie aussehen würde, diese Rache, doch Tiphan konnte sich darauf gefaßt machen: Je mehr Zeit bis dahin vergehen würde, desto furchtbarer würde er büßen müssen!

Colombella fand die Sprache wieder, eine leise gemurmelte, karge Sprache. Aber niemand – nicht einmal ihr Vater – wagte in ihrer Gegenwart auch nur eine Andeutung auf das zweifache Verbrechen. Ob sie selbst sich wohl noch daran erinnerte? Alles an ihrem Verhalten schien darauf hinzudeuten, das Bild jenes schönen Frühlingsmorgens, da sie mit ihrem Verlobten so sorglos von der edlen Minne gesprochen, sei ihrem Gedächtnis entschwunden.

Aus dem Gedächtnis vielleicht, nicht aber aus Fleisch und Blut, denn Ende des Sommers zeigte sich, daß sie ein Kind erwartete. Das war ein zweites Unheil, schlimmer noch als das erste, denn nun war auch ihre Zukunft darein verstrickt. Die Frucht, die in ihr wuchs, sie war wie eine unheilbare, bösartige Geschwulst, wie eine an ihr Stunde für Stunde aufs neue verübte Gewalt. Sie verließ ihre Gemächer nicht mehr. Sie nahm kaum mehr Nahrung zu sich. Und je abgezehrter sie war, desto ungeheuerlicher wirkte ihre Schwangerschaft. Man verbreitete von Amts wegen das Märchen – durch das sich niemand im Schloß täuschen ließ –, Ottmar sei insgeheim schon mit ihr verheiratet gewesen, bevor er von marodierenden Soldaten ermordet worden sei. Kurz vor Weihnachten kam sie mit einem Knaben nieder.

»Er ist unschuldig«, murmelte sie ihrem Vater zu, der sich zu ihr neigte. »Vergebt ihm, daß er da ist!«

Tags darauf starb sie.

Angus wünschte, daß das Kind am Tage der Beisetzung seiner Mutter getauft werde, um damit deutlich zu machen, welch ein Fluch auf dem Knaben laste. Er befahl, ihn Jakob zu nennen, gab ihn bei Bauern in Pflege und nahm sich vor, ihn niemals wiederzusehen.

Doch im Lauf der Jahre konnte er an seiner Absicht nicht festhalten. Dieses Kind war ja sein Enkel, sein einziger Erbe. Immer häufiger führten ihn seine Ausritte, allein oder mit Bertram, zu dem Gehöft, wo Jakob aufwuchs. Er ließ ihn sich inmitten der Kinderschar zeigen, die sich schmutzstarrend und kraftstrotzend auf dem Hof tummelte. Er beobachtete ihn mit Grauen. Das war Tiphans Sohn, der lebendige Beweis für die zweifache Untat an jenem verfluchten Frühlingstag! Und doch: Er war unschuldig. »Vergebt ihm, daß er da ist!« hatte Colombella auf dem Totenbett gefleht.

Eines Tages – der Knabe mochte sechs Jahre alt sein – ließ Angus ihn zu sich kommen, um ihn besser sehen zu können. Obwohl er sich ganz wie ein Bauernkind benahm, war etwas an ihm, das ihn von dem Bastardvolk auf dem Hof unterschied. Angus blickte ihm ins Gesicht. Durch die blonden Strähnen hindurch, die ihm über die Augen fielen, hielt der Knabe seinem Blick gelassen stand. Angus konnte ein Schluchzen nicht unterdrücken: Was ihn da ansah, waren, klar wie Quellwasser, Colombellas Augen! An diesem Tag nahm er den Knaben mit ins Schloß.

Die Erziehung des künftigen Ritters vertraute er Bertram an. Ein Shetlandpony wurde geholt, damit er reiten lernte. Über dem faßrunden Leib des Pferdchens mußte er seine kurzen Beinchen weit spreizen, doch er jauchzte vor Freude, wenn er ihm die Sporen gab und es dann im Galopp mit ihm davonsprengte. Er lernte sein Reittier auch striegeln, füttern und aufzäumen.
Als Angus einmal beobachtete, wie ungestüm der Knabe sich mit dem Knüppel gegen einen viel älteren Jungen wehrte und wie tapfer er dabei Hiebe einsteckte, da kam ihm zum ersten Mal in den Sinn, wie die Rache an Tiphan aussehen könnte, an die zu denken er nicht aufgehört hatte. Jakob selbst würde es sein, der den Täter, seinen Vater, für die Vergewaltigung bestrafen und so seine Mutter rächen würde. Bei der Schlichtheit und Strenge dieser Lösung empfand der alte Lord eine nicht nachlassende Genugtuung. Gegen diesen Unhold ein Kind in den Kampf zu schicken, das er abgöttisch liebte und zugleich verabscheute, das hieß, sich ganz auf Gott, auf das Urteil Gottes zu verlassen, um den Knoten zu zerschneiden, in dem er schier erstickte. Zwar würde es ein furchtbar ungleicher Kampf sein, selbst wenn man wartete, bis Jakob das Alter erreicht hätte, um zum Ritter geschlagen zu werden. Gerade diese Ungleichheit aber mußte ja die göttliche Gerechtigkeit zwingen, sich kundzutun, und wär's mit einem Wunder! Und Angus' hochfahrender Sinn war hingerissen von der Vorstellung, in welchen Zwiespalt er Gott bringen werde: entweder Tiphan eine dritte Freveltat begehen zu lassen, und zwar nunmehr gegen den eigenen Sohn, oder aber die natürliche Ordnung

umzustoßen und das Kind über den Riesen triumphieren zu lassen.
Sein Alter und sein Gesundheitszustand ließen ihm keine Hoffnung, bei dem Entscheidungskampf zugegen zu sein. Er meinte, wenigstens noch so lange zu leben, bis Jakob alt genug wäre, das furchtbare Geheimnis seiner Herkunft zu erfahren und zu hören, welch heldische Tat die Ehre von ihm verlangte. Doch damit war es nichts. Jakob war noch nicht älter als sieben Jahre, da fühlte Angus, daß die Kräfte ihn verließen und der Tod nahte. Nachdem er all seine Angelegenheiten geordnet, gebot er, ihn mit seinem einzigen Erben allein zu lassen. Und da, ohne ihn mit weiteren Erklärungen zu belasten, ließ er ihn auf das Kruzifix schwören, sobald er dereinst zum Ritter geschlagen sei, den Herrn Tiphan, ihren Nachbarn, zu fordern und ihn im Zweikampf zu töten. Dieser Gedanke dürfe nie aus seinem Herzen weichen, doch sein Mund dürfe davon niemals vor der Zeit auch nur ein einziges Wort verraten. Der Knabe, in einer Atmosphäre von Geheimnis und Heldentum aufgewachsen, leistete den Schwur, ohne Überraschung zu zeigen.
Lord Angus starb, und seinem Willen gemäß führte Bertram die Vormundschaft uber Jakob und die Verwaltung der Grafschaft. Und so war Bertram dem Knaben fortan Vater und Freund. Dennoch ließ Jakob sich auch im Vertrauen nie das geringste Wort entschlüpfen; er trug sein schweres Geheimnis ganz allein. Mitten im Spiel oder im Tanz, an dem er mit den Jungen und Mädchen seines Standes teilnahm, wurde er mitunter plötzlich ernst, schwieg und wirkte abwesend. Wenn man

ihn fragte: »Was habt Ihr, Herr? Welch trüber Gedanke umfängt Euch mit einemmal?«, so schüttelte er den Kopf, lachte und stürzte sich wieder ins bunte Treiben. Doch die, welche ihn kannten, machten sich Sorgen, denn sie wußten, von Natur aus sei er sorglos und unbeschwert, und nur eine düstere Ahnung könne sein heiteres Wesen manchmal derart in Trauer hüllen.
Er setzte seinen ganzen Eifer darein, sich im Waffenhandwerk zu stählen; offenbar war es vor allem sein Wunsch, sich zum Zweikampf Mann gegen Mann zu rüsten. Bei derlei Waffengängen kämpfte er so erbittert, daß seine Kameraden – die darin zunächst nur ein Spiel gesehen hatten – sich dem bald entzogen, aus Furcht, einmal einen bösen Hieb einstecken oder austeilen zu müssen. Bertrams Vorhaltungen fruchteten nichts. Wenn Jakob sein Helmvisier lüftete, schien er seinem fassungslos erstaunten Gesicht nach entschlossen, sein Ungestüm zu mäßigen, doch kaum war das Visier wieder zu, da war es, als wäre er ein anderer Mensch, mordgierig und gewalttätig. Und Bertram konnte sich eines düsteren Vorgefühls nicht erwehren.
Es kam der Tag, den jeder Junker sehnlichst erwartet: der Tag, da er zum Ritter geschlagen wird. Dem Brauch entsprechend sollte Jakob nicht als einzelner das Ritterschwert empfangen. Zwei andere Junker sollten zusammen mit ihm die Waffe erhalten, und zwar Prinz David von Stirling und Herzog Argyll von Inveraray. Die feierliche Handlung und das ihr folgende Fest mußten ja um so schöner werden, wenn sich dabei drei benachbarte und befreundete Häuser zusammenfanden.

Am Vorabend des festlichen Tages, nach Sonnenuntergang, hatten die drei jungen Leute gebeichtet, die Nacht hatten sie dann bei Gebet und stiller Betrachtung in der Burgkapelle zugebracht. Die drei Schwerter und die sechs Sporen lagen schon auf dem Altar. Am Morgen hatten sie die Kommunion in beiderlei Gestalt empfangen, dann hatten sie sich ein wenig ausgeruht. Mittags empfingen sie mit großem Gepränge den Grafen von Aberdeen und den Bischof von der Sankt-Machars-Kathedrale, die eigens gekommen waren, um die Feier des Ritterschlags zu leiten. Heller Sonnenschein ließ alles gleißen und glänzen: die Waffen, die Kriegstrachten und die Festgarderoben der im Ehrenhof des Schlosses versammelten Schar von Verwandten und Freunden. Der Bischof segnete die Schwerter und die Sporen. Dann traten die drei Junker der Reihe nach vor Aberdeen, der sie, von zwei Waffenknechten unterstützt, mit dem Wehrgehänge gürtete, ihnen die Sporen anlegte und ihnen alsdann den Schwertstreich auf den Nacken gab. Danach sprach er ein kurzes Gebet und flehte zu Gott, der die Anwendung des Schwertes gutgeheißen habe, um der Arglist der Bösen zu steuern, er möge den neugekürten Rittern helfen, niemals ungerechterweise davon Gebrauch zu machen. Schließlich wandte er sich an David und ermahnte ihn, nie aus Rachsucht zu kämpfen. Dem zweiten, Argyll, gebot er, stets großmütig und ohne Berechnung zu handeln. Und den dritten, Jakob, erinnerte er daran, daß ein Ritter sich unbedingt an einen Eid gebunden fühlen und das gegebene Wort allzeit in Ehren halten müsse.

Da der Zufall eine Erfindung des Unglaubens ist,

ließ sich diese Ermahnung nur der göttlichen Vorsehung zuschreiben, denn es war nicht anzunehmen, daß Aberdeen von Jakobs Abkunft und von seinem Geheimnis wußte. In den acht Tagen, die nun folgten, sollte dieses Geheimnis offenbar werden, und der erste, der es erfahren sollte, war Bertram. Jakob rief ihn zu sich und las ihm mit lauter Stimme – einer festen, gebieterischen Stimme – ein kurzes Schriftstück vor, das er gerade erst verfaßt hatte:

»Edler Herr Tiphan, nachdem ich nun zum Ritter geschlagen, darf ich endlich einen Eid einlösen, den ich als Kind meinem Großvater, Lord Angus, geschworen, da er im Sterben lag. Ich schwor, Euch zu erschlagen. Ich fordere Euch daher zum Zweikampf heraus, an einem Ort und unter den Bedingungen, die Ihr im Einvernehmen mit dem Überbringer dieser Botschaft festlegen möget. Je eher, desto besser! Unterzeichnet: Jakob von Angus, Graf von Strathaël.«

Bertram war wie vom Donner gerührt. Das also war es! Das war Jakobs schreckliches Geheimnis, das über seiner ganzen Kindheit geschwebt hatte, wie ein Geier, und das sich nun auf ihn stürzte! Denn er hatte keinerlei Aussicht, ganz und gar keine, Tiphan im Zweikampf zu besiegen. Tiphan war ein Hüne. Seine Kraft, seine Gewandtheit und Wildheit ließen das Abendland erzittern. Jakob mit seinen sechzehn Jahren, seinen blonden Locken, seinen Mädchenarmen und seiner kaum erst gebrochenen Stimme ging dem sicheren Tod entgegen. Seine jugendliche Tollkühnheit wollte es mit einem Gebirge, einem Sturm, einem Vulkan aufnehmen! Bertram konnte die Tränen nicht zurückhalten.

»Weshalb weinst du?« fragte ihn Jakob.
»Da müßte schon ein Wunder geschehen«, erwiderte Bertram.
»Es *wird* ein Wunder geschehen!« versicherte Jakob.
Denn solcherart ist der Glaube eines christlichen Ritters, daß er auf vertrautem Fuße lebt mit Gott, der Heiligen Jungfrau, mit Jesus und allen Heiligen.

Tiphan läuft in seinem granitenen Turm im Kreis umher wie ein Raubtier in seinem Käfig. Mit den Jahren erscheint ihm alles, was seinem Leben früher eine herbe, brennende Würze gab, schal und grau. Den in die Enge getriebenen Hirsch erlegen, einem in der Feldflur betroffenen Mädchen Gewalt antun, einen beim Wildern ertappten Bauernflegel hängen, einen reichen Durchreisenden ausrauben, einem unleidlichen Nachbarn die Wohnstatt verwüsten, einen hexereiverdächtigen Kleriker verbrennen – nichts mehr macht ihm wirklich Spaß. Sogar die fernen Kriegszüge scheinen ihm langweilig. Weder die entfesselte See noch der glühende Sand der Wüsten noch das Eis des hohen Nordens können den Überdruß eindämmen, der über ihm zusammenschlägt. Er, der schon vor so langer Zeit seine erste Frau begraben hatte und dessen Tage und Nächte vom Lachen und Schwatzen einer Kumpanei von Galgenvögeln erfüllt gewesen waren – er entdeckt nun plötzlich das Alleinsein. Niemand, kein Mensch ist mehr bei ihm. Nur Lukan hat er noch, seinen buckligen Zwerg, seine verdammte Seele, den Komplizen all seiner Verbrechen und Zeugen all seiner Triumphe.

Im Augenblick steht Lukan vor ihm, ein schwer versiegeltes Schriftstück in der Hand.

»Was gibt's denn noch?« grollt Tiphan.

»Euer Nachbar schreibt Euch, edler Herr Tiphan.«

»Was will er von mir?«

»Euch umbringen. Im Zweikampf.«

»Endlich!« brüllt Tiphan. »Einer, der mir etwas Gutes tun will! Ich bin ja schier eingegangen vor Tatenlosigkeit! Ich hatte mich schon gefragt, ob ich, um mich zu raufen, nach China oder nach Arabien gehen muß. Und nun wird mir just vor meiner Tür eine solch erlesene Zerstreuung geboten! Zuvorkommender geht es nicht! Wie heißt er denn, dieser Nachbar, der sich so beeilt, mich zu unterhalten?«

»Angus, Graf von Strathaël.«

»Jakob!«

»Jakob«, bestätigt Lukan und betrachtet prüfend das von Runzeln und Schmissen zerfurchte Gesicht seines Herrn, das er so gut kennt.

»Jakob«, wiederholt Tiphan stumpf. »Das ist die Rache des alten Angus, dieses Teufels. Seit Jahren schon hab' ich mich gefragt, was er sich wohl ausdenken mag. Ich kann sein Hohnlachen drunten im Grab bis hierher hören!«

Lukan wartet mit angehaltenem Atem. Denn auf Befehl Tiphans läßt er seit zehn Jahren Jakobs Tun und Treiben ausspionieren. Jakob ist ja sein Sohn, sein einziges Kind, sein alleiniger Erbe.

»Und der will mich umbringen!« grollt Tiphan. »Doch letztlich ist es in Ordnung so. Gutes Blut kann nicht lügen. Auch ich hätte gern meinen Vater umgebracht. Nur bringt man einen Tiphan nicht bloß einfach so um. Wir sind alles andere als blökende Lämmlein. Und ich habe nicht die mindeste Lust zu sterben.«

»Er ist sechzehn. Er sieht aus wie vierzehn«, versichert Lukan. »Den freßt Ihr mit einem Bissen!«

»Fressen? Wer sagt dir denn, daß ich sein Verderben will?« brüllt Tiphan. »Nein, nein und nochmals nein. Er fordert einen Zweikampf. Er soll ihn haben. Aber er soll lernen, daß man sich mit einem Tiphan nicht ungestraft anlegt. Ich werde ihm eine Lektion erteilen, die ihn sattsam schmerzen wird. Vor der ganzen Grafschaft werde ich ihm die Pickelhaube herunterreißen und ihm die Ohren langziehen. Eine Tracht Prügel hinten drauf, eine kräftige Tracht Prügel soll er haben, der freche Bankert! Um ihn so recht zum Gespött zu machen, werd' ich überdies barhäuptig in den Kampf ziehen!«

»Barhäuptig?«

»Ja, barhäuptig. Dann wird er meine Löwenmähne und meinen Prophetenbart sehen. Und wird sich, der Grünschnabel, unter meinen buschigen Brauen hervor von meinem Adlerblick festgenagelt fühlen. Hahaha!«

Und die Leute vom Schloß, die das ungeheuerliche Lachen ihres Herrn hörten, fragten sich zitternd, welch neuen teuflischen Streich er mit seinem Zwerg nun wohl wieder aushecke.

Zwölf Hornisten in roten Dalmatiken hatten in Weilern, Dörfern und Marktflecken kundgetan, die beiden Lords beabsichtigten, sich am Sonntag zur elften Stunde auf einem umfriedeten, im küstennahen Heideland hergerichteten Gelände zum Zweikampf zu treffen. Und so war der Zustrom ungemein stark, und da der Tag schön zu werden versprach, hatten die Familien vor, zu frühstücken und danach unter freiem Himmel zu tanzen.

Jakobs Leichtsinn schockierte Bertram. Es war, als hätte die Nähe der Entscheidung über sein Lebensschicksal – wie immer sie ausfallen mochte – ihn aller Sorgen enthoben. Er hatte eine ganze Schar gleichaltriger Jungen und Mädchen eingeladen, und die Tage vor dem Zweikampf waren eine einzige Folge von Spielen und Lustbarkeiten gewesen. Ob er sich so auf die furchtbare Probe vorbereiten wolle, die ihm bevorstehe? Bertram, der ihn nur mit großer Mühe hatte allein sprechen können, hatte ihm die Frage zornig gestellt. Auf einmal ernst werdend, hatte Jakob ihm erwidert: »Ich habe mein Schicksal in Gottes Hände gelegt. Kann Gott einen Ritter im Stich lassen, der nur getreulich sein Wort hält?« Durch seinen schrankenlosen Glauben war er so, ohne es zu wissen, zur selben Anschauung wie sein Großvater gelangt. Bertram hatte schweigend das Haupt gesenkt. Gleichwohl hatte er seinen Unwillen nicht bezähmen können, als Jakob am Sonntag, nachdem er die Messe gehört und die Kommunion empfangen, die Schildknappen zurückwies, die ihm helfen wollten, die Rüstung anzulegen und den Helm aufzusetzen.

»Nein«, sprach Jakob, »ich habe gehört, Herr Tiphan wolle barhäuptig mit mir kämpfen, um mich zu demütigen. Ich kann's noch besser: Ich gehe nicht nur bloßen Hauptes, sondern auch mit nackten Beinen in den Kampf: Ich trage nur den Kilt in den Farben meiner Sippe.«

Niemand konnte ihn von seinem Entschluß abbringen. Auch Bertram mußte sich schließlich damit abfinden. Ihm war, als sähe er ohnmächtig dem Walten eines Geheimnisses zu, dessen majestätische Fügung hoch über aller Weltklugheit und Vernunft stand. Und Jakob, von Licht umflossen, gehorchte nicht mehr, hörte nichts mehr, wie mitgerissen von der unwiderstehlichen Gewalt seines Schicksals.

So erblickte ihn auch die Volksmenge, als er, begrüßt vom goldenen Schmettern der Trompeten, in die Schranken des Kampfplatzes einritt. Auf seinem kleinen Apfelschimmel, der in einem Sonnenstrahl tänzelte, hatte der Jüngling, blond, blau und rosenrot, in Seide und Tartan gekleidet, den unwirklichen Glanz einer himmlischen Erscheinung. Lag es daran, daß er dem Tod geweiht war, oder daran, daß Engel ihn umgaben? Vielleicht am einen wie am anderen.

Das dumpfe Gedröhn einer Gruppe von Trommeln verkündete, daß Tiphan nun am gegenüberliegenden Ende in die Kampfbahn einzog. Er war wirklich ungeheuer groß, in Eisen gekleidet, und ritt ein Streitroß, schwarz wie die Nacht. Aber er hatte Wort gehalten, und über der Halsberge seiner Rüstung war sein Haupt zu sehen, ein grauer Busch aus Haar und Bart, in dem tief innen zwei gelbbraune Augen funkelten. Der Kontrast zwischen den beiden Gegnern war dermaßen auffallend, daß ein empörtes Murren durch die Menge ging. Hatte man je einen so ungerecht-ungleichen Kampf gesehen? Es waren sogar Stimmen zu hören, die riefen: »Genug! Haltet ein! Das ist ein Verbrechen!« Dann trat Stille ein, denn der Herzog

von Elgin, der bei dem Turnier den Vorsitz führte, hatte seinen Stab in die Kampfbahn geworfen, um dem Zweikampf nun seinen Lauf zu lassen.
Tiphan ritt auch weiter im Schritt einher, die Lanze hochauf. Jakob hielt die seine gesenkt und stürmte in gestrecktem Galopp auf ihn los. Da, ein erster Stoß, gemildert freilich, weil die Spitze der Lanze auf dem rechten Schulterblech Tiphans abgeglitten war. Schon nach diesem ersten Zusammenstoß war es klar, daß Jakob nicht nach dem ungeschützten Haupt seines Gegners zielte, ein Akt tollkühner Ritterlichkeit, der ihn seiner einzigen Siegesaussicht beraubte. Die beiden Reiter machten kehrt, doch diesmal spornte Tiphan sein Schlachtroß zu kurzem Galopp und legte die Lanze ein. Er hielt sie sogar so tief, daß es plötzlich schien, als hätte er es auf Jakobs Pferd abgesehen. Die Zuschauer murrten. Nach den Regeln ritterlichen Kampfes ist es ein schändlicher Frevel, absichtlich das Roß des Gegners zu verletzen. Immer schneller ward der Galopp des Rappen. Jakob kam mit verhängtem Zügel angeritten. Ein dumpfer Aufprall. Der Apfelschimmel wankte, und schon flog der Sattel durch die Luft, und Jakob wälzte sich im Staub. Tiphan hatte, wie jeder erkannte, mit solcher Gewalt den Sattelknopf getroffen, daß der Gurt gerissen war. Der Brauch hätte nun verlangt, daß Tiphan abgesessen und der Kampf mit dem Schwert weitergegangen wäre. Nichts dergleichen geschah. Regungslos wartete Tiphan, bis die Knappen Jakobs Pferd wieder gebändigt und ihm einen neuen Sattel aufgelegt hatten. Jakob hingegen, dem durfte niemand zu Hilfe kommen, solange das Turnier nicht vom Schiedsrichter ge-

schlossen worden war. Rasch war er wieder aufgestanden und eilte zu seinem Reittier. Jeder konnte freilich sehen, daß an seinem linken Arm Blut auf die Hand hinunterrann – eine Verletzung, die wohl eher lästig als schwer war. Tiphan wappnete sich für einen neuen Angriff Jakobs, und in der Tat stürmte der, die Lanze voran, auf ihn los. Doch seine Lanze glitt an der Tiphans ab, und Jakob, im vollen Schwung, sah sich alsbald durch die Abschrankung des Turnierplatzes zum Stehen gebracht. Sogleich machte er kehrt. Wie lange mochte dieser ungleiche Kampf dauern? Ein weiteres Mal noch ritt Jakob an, um den Hünen zu attakkieren, doch sein Pferdchen, nun nervös zuckend und stoßend, rannte schon nicht mehr so stürmisch drauflos. Hatte Tiphan es auf die Erschöpfung von Roß und Reiter angelegt? Die Lanze traf Tiphans Brustharnisch dennoch mit so ungestümer Wucht, daß sie in mehrere Stücke zersplitterte. Tiphan hatte sich nicht gerührt. Jakob sah sich nach seinen Waffenknechten um, die mit einer anderen Lanze angerannt kamen. Doch als er wieder zu der Abschrankung kam, sah er, daß Tiphan nach vorn auf den Hals seines Pferdes sank. Ein Raunen höchster Verwunderung ging durch die Zuschauer. Wirklich, der Hüne sank vornüber. Gleich mußte seine Stirn die Mähne des Pferdes berühren – da glitt er seitlich ab und stürzte laut eisenklirrend zu Boden. Seine Bedienten eilten ihm zu Hilfe, indes Jakob vom Pferd stieg. Er beugte sich über den wie eine Grabskulptur daliegenden, mächtigen Leib – um dabei festzustellen, daß ein Splitter seiner Lanze – vielleicht die Spitze – tief in Tiphans rechte Augenhöhle gedrungen war. Ungeheurer Jubel begrüßte

Jakob, als er nun wieder sein Roß bestieg. Die Begeisterung war so groß, wie zuvor die Angst um ihn gewesen war. Hüte flogen, Kinder mit Blumengebinden liefen ihm auf die Kampfbahn entgegen. Fast wurde er im Triumph vom Platz getragen, während sechs Männer Mühe hatten, Tiphan auf eine Tragbahre zu legen. Jakob kam es vor, als wäre auf einmal ein grauer Schleier zerrissen, der über allem gelegen hatte. Jetzt gewahrte er die teppichbehangenen Wände der Häuser, die wappengeschmückten Fenster, die hoch auf den Masten wehenden Banner, und vor allem diese Menge von Menschen, von festlich gekleideten, laut jubelnden Männern und Frauen. Seine Freunde bildeten einen jugendlich begeisterten Hofstaat um ihn. Glück und Sieg – wie gut paßte beides zur Jugend! Wie schön war er auf seinem kleinen Apfelschimmel, mit seinen aufgeschürften Knien und mit dem blutenden Arm! Er leuchtete wahrhaftig wie eine Figur in einem farbigen Glasfenster. Vom nahen Kirchturm scholl mächtiges Glockengeläut. Jakob hielt inne; lächelnd reckte er die Hand empor und sprach:

»Es ist Sonntag, es ist Mittag, und ich habe Tiphan besiegt!«

Und jeder begriff, daß sich in diesem Augenblick das sonntägliche Fest, die mittägliche Stunde und sein Triumph zu einem unübersteiglichen Höhepunkt vereinigt hatten. Fortan konnte es mit ihm nur wieder abwärtsgehen.

Den ganzen Abend und noch spät in der Nacht erglänzte Schloß Strathaël von all den Lichtern eines Festes ohnegleichen. Die Tische barsten von Wildbret, Obst und Naschwerk. Die Mundschenken sparten nicht mit Wein aus Frankreich und Italien. Man hatte fahrende Spielleute, Gaukler und Seiltänzer kommen lassen. Sogar ein Tierbändiger war da und erzielte unverkennbaren Erfolg dadurch, daß er einen Bären und einen Affen zusammen vorführte. Jakob stand wie in einem Traum an der Spitze dieser Festlichkeiten. Er fühlte seine Müdigkeit nicht, oder aber sie verband sich, um ihn vollends zu berauschen, mit der Musik, den Getränken, den lodernen Kaminen und den lächelnden Gesichtern, die unter seinem Blick erblühten.

Mitternacht war nicht mehr weit, als ein Bedienter ihm etwas zuflüsterte. Ein Fremder sei da und verlange, auf der Stelle angehört zu werden. Woher er komme? Von Herrn Tiphans Schloß. Offenbar habe er eine Botschaft zu überbringen. Eine Botschaft von Tiphan – das war eine aufsehenerregende Überraschung! Jakob stand auf. Im Saal ward es still. Die Tanzenden wurden gebeten, an ihre Plätze zurückzukehren.

»Er trete ein!« befahl Jakob.

Ein angstvoller Augenblick folgte. Insgeheim erwarteten alle den hünenhaften Ritter in Person eintreten zu sehen, in seiner Rüstung, das Antlitz mit dem geborstenen Auge blutüberströmt. Es erschien jedoch der Zwerg Lukan, und der war so häßlich, daß das eher noch schlimmer war. Er hatte für die Gäste am Tisch keinen Blick übrig und ging stracks auf Jakob zu.

»Graf Strathaël, Herr von Angus«, sprach er, »ich habe Euch eine bedeutsame und traurige Nachricht zu vermelden: Herr Tiphan ist seiner Verletzung erlegen. Gleichwohl sendet er mich zu Euch, denn trotz der grausamen Qual seiner letzten Stun-

den hat er mir einen Brief an Euch diktiert, den ich Euch vorlesen soll.«
Er entrollte ein Manuskript, das er mitgebracht hatte, und hob mit seiner mißtönenden Stimme an, ein Schriftstück vorzulesen, das eine Beichte, ein Testament und zugleich ein Akt trotzigen Stolzes war.

»Jakob von Strathaël, ich fühle, wie mir durch die Wunde, die Du mir beigebracht hast, das Leben entweicht. Es ist gut so. Ich hatte schon Angst, in Altersschwäche zu verfallen und zu verfaulen. Das wäre die schlimmste Strafe für ein Leben gewesen, das stets voll von Hauen und Stechen war. Eine verdiente Strafe freilich, wenn ich dem Schloßkaplan glauben darf, dem ich vorhin gebeichtet habe. Der brave Mann war ganz durcheinander von dem, was ich ihm da an Taten, Heldentaten und Untaten, erzählte. Und dabei, potzdonner, hab' ich ihm noch nicht einmal den Bruchteil eines Zehntels erzählt, sonst wären wir jetzt noch dabei, und obendrein hat man ja auch seine Scham, nicht? Aber um mit den Frömmeleien gleich zu Ende zu kommen, noch soviel: Als er schon daran war, mich von all den Schandtaten, gebeichtet oder nicht, loszusprechen, hat er mich gebeten, ausdrücklich meine Schuld zu bereuen. Das war wohl das mindeste. Nur ist von jeglichem Tun eben Bereuen gerade das, wozu ich am allerwenigsten fähig bin. Ich und bereuen? Zum Kuckuck, ich hatte das Leben, das ich nun mal hatte. Punktum, Schluß! Gott nimmt mich so, wie ich bin, oder er verstößt mich in die äußerste Finsternis. Er hat sich wohl sehr gewundert, mein Kapuziner, als ich ihm gestand, daß von all dem Blut, das ich ein halbes Jahrhundert lang in Strömen vergossen habe, mir nichts leid getan hat bis auf das Blut, das ich an Deinem Arm sah, als Du vorhin nach Deinem Sturz wieder aufstandest. Ich mußte Dich doch aus dem Sattel werfen, nicht? Aber wie sollte ich es anstellen, Dir keinesfalls weh zu tun, nachdem Du in Deiner hirnverbrannten Großtuerei weder Küraß noch Panzerhemd noch Beinschienen trugst, nichts als Wolle und Seide? Ich hab' mein Bestes getan, und doch groll' ich mir ob dieses Blutes. Denn weißt Du, ich habe zwar nichts dagegen, daß ein Sohn seinen Vater umbringt – das ist in Ordnung, und ich schwör' Dir: Hätte sich mir die Gelegenheit geboten, den meinen umzubringen, dann hätt' ich sie nicht versäumt –, aber das kleine Quentchen Moral, das ich habe, duldet es nicht, daß ein Vater den Sohn umbringt. Denn Du bist mein Sohn, Jakob, ich darf nicht mehr säumen, es Dir kundzutun. Es ist eine sehr einfache, sehr traurige Geschichte, die niemandem Ehre macht. Dein Großvater mochte mich nicht. Der fromme Mann hatte zuviel über mich gehört. Trotzdem hab ich ihn glimpflich behandelt. Jahrelang konnte er mir in unseren nachbarlichen Beziehungen nicht den kleinsten Verstoß nachsagen. Ich dachte mir etwas dabei. Als seine Tochter Colombella fünfzehn war, bat ich ihn um ihre Hand. Empört wies er mich ab. Der Altersunterschied, sagte er, meine vorherigen Frauen, deren Hinscheiden schlimme Gerüchte nährte, meine – wie ich zugebe – oftmals nicht sehr kirchenfrommen Eskapaden. Wir schieden voneinander, um uns nie wiederzusehen. Er hatte für Colombella andere Aussichten: einen jungen Prinzen der Orkneys, der, den Kopf vollgestopft mit Flausen, vom Hof zu Toulouse zurückkam. Ich war wütend, doch Gott ist mein Zeuge, daß ich gegen meine Nachbarn nichts Bestimmtes im Schilde führte. Bis ich eines Frühlingsmorgens bei der Jagd durch einen Zufall plötzlich auf Nasenlänge vor den beiden Verlobten stand. Da tat ich, wie meine Galle und mein Blut mir's befahlen. War es schlimm, was ich tat? Das war es wohl. Aber was geschehen ist, ist geschehen, und das Ergebnis war ein Bastard, warst Du, Jakob, und das ist doch, weiß Gott, nicht so übel. Ich habe Bastard gesagt. Vor einem Augenblick stimmte das noch. Jetzt stimmt es nicht mehr, denn mit dem vorliegenden Schriftstück erkenne ich Dich als meinen Sohn an und mache Dich zum Alleinerben all meiner Titel, Güter und Besitztümer. Ich sterbe zufrieden, da ich mein Erbe in Deinen jungen Händen weiß. Wir haben uns all die Zeit nicht gesehen, nur solange wir ein paar Lanzenstiche tauschten, deren letzter mir den Tod gebracht hat. Ich wünsche Dir ein bißchen mehr Glück mit Deiner Nachkommenschaft. Ich sterbe nicht nur zufrieden, sondern auch meiner Sünden ledig, denn ich habe Dir die Geschichte meiner letzten und einzigen Beichte noch nicht zu Ende erzählt. Mein braver Kapuziner war tief betrübt, mir mangels jeglicher Reue die Absolution nicht erteilen zu können. Und ich ebenfalls, denn er tat mir leid, und ich wollte doch zu einem Ende kommen. Da hat er mir erklärt, es gebe auch eine Art Absolution ohne Bekundung von Reue, die Absolution *in articulo mortis*. Das ist die Absolution für die Sterbenden, deren Bewußtsein schon halb getrübt ist. Es galt für mich also nur, ordentlich im

Sterben zu liegen, was ich denn auch unverzüglich tat, solange er seine Paternoster murmelte. Danach bin ich wieder zu Sinnen gekommen, denn ich hatte Dir viel zu sagen, nunmehr aber fühl' ich mich am Ende meiner Kräfte angelangt, und ich glaube, ich bin nicht mehr weit davon, nun wirklich im Sterben zu liegen. Der Nagel, den Du mir ins Auge gerammt hast – weißt Du, daß er noch immer drin ist? Kein Chirurgus hat sich getraut, den Splitter herauszuziehen, denn er geht bis hinein ins Gehirn. Es sei Gottes Finger, hat mein Beichtvater, ebenderselbe, gesagt. Man muß zugeben, die Vorsehung hat mitunter recht spaßige Allüren. Aber sag' mir, mein Junge, die Lanzenspitze, die Du in die Luft geschleudert hast, damit sie im Fallen genau meine Augenhöhle traf, die hast Du wohl – gib's nur zu! – vorher im Feuer glühend gemacht? Weißt Du, die versengt mir nämlich den ganzen Kopf. Sie sprüht Funkengarben in meinen ganzen Schädel. Sie ist kein Nagel, kein Splitter, auch kein spitzer Pfahl, sie ist eine Rakete, ist ein griechisches Feuer, ist die Hölle. Jakob Tiphan, ich will Dich . . . ich will . . .«

Lukan verstummte und sah Jakob an, während er das Manuskript sorgsam zusammenrollte. Tiphans Sohn war bleich wie eine Wachskerze. Der goldene Nebel seiner Trunkenheit war verflogen und hatte einer bitter-trostlosen Klarheit Platz gemacht. Im Mund spürte er den herben Geschmack des Wirklichen. Er blickte hinab auf die verwüstete, mit den Resten des Festmahls bedeckte Tafel, und ihm war, als sei dieses Durcheinander von welken Blumen, zerdrücktem Gebäck, umgestürzten Bechern und beschmutzten Servietten auf schäbige Weise ein Gleichnis seiner in Trümmern liegenden Jugend. Die Worte, die der Zwerg überbrachte, hatten ihm seine schönen Trugbilder geraubt. So hatte sein Vater also seine Mutter vergewaltigt. Er selber war nur der Bastard, der diesem Vergehen entstammte. Sein Kampf mit Tiphan war ein Scheinkampf gewesen, und sein schöner Sieg war nur ein Scheinsieg. Und er hatte ruhmlos seinen eigenen Vater umgebracht. Doch zugleich hatte er auch erfahren, daß er als Sohn anerkannt und nun als alleiniger Erbe der mächtigste Herr auf dem schottischen Hochland war. Tausende von Bauern, Handwerkern, Bürgern und Kriegsknechten harrten seiner Hilfe, seines Schutzes, seiner Befehle. Seine helle Jugend voller Lieder und Träumereien war plötzlich zu Ende. In wenigen Minuten, durch ein paar Worte, war er ein Mann geworden.

Bemerkung

Am 22. Mai 1985 wurde Victor Hugos hundertster Todestag feierlich begangen. Aufnahmebereit hatte ich mich in seine Werke vertieft und las mit größerer Bewunderung denn je *L'aigle du casque* (Der Helmadler), eine Dichtung mit rund vierhundert Versen, die ein Teil der *Légende des siècles* (Legende der Jahrhunderte) ist. Es ist der Kampf Davids mit Goliath, aber ohne das Wunderbare, mit dem die Bibel ihn umgibt. Da wird der Riese nicht von seinem schmächtigen Gegner niederge-

streckt. Die Logik der vorhandenen Kräfte wirkt sich erbarmungslos aus: Der Knabe wird von dem Riesen in die Flucht geschlagen, eingeholt und umgebracht.
Indessen fesselte schon von den ersten Versen an ein »weißer Fleck« meine Aufmerksamkeit, den der Autor absichtlich frei gelassen hatte: Warum verlangt der alte König Angus auf seinem Totenbett, sein sechsjähriger Enkel solle schwören, den benachbarten Grundherrn, Tiphan, zu töten?

Den Grund, den weiß kein Mensch.
Dunkle Vergangenheit
hält vor den Späteren die Ursprünge verschwiegen
vom Hader Ninives und von Äginas Kriegen.

Trotzdem – der Leser stellt sich Fragen und stellt sie auch ihr, dieser »dunklen Vergangenheit«. Um so mehr, als ein zweites Geheimnis das erste noch undurchdringlicher macht: Der kleine Jakob wächst bei seinem Großvater Angus auf. Er ist Waise. Was ist aus seinen Eltern geworden? Und wenn – so fragt sich der Leser – diese beiden Fragen nur ein und dieselbe wären? Wenn diese Geheimnisse sich nicht gegenseitig verdunkelten, sondern erhellten? Man braucht sich ja nur vorzustellen, Tiphan müsse von Jakob getötet werden, weil er durch den Tod der Eltern Jakobs schwerste Schuld auf sich geladen hat.
Von dieser Annahme bin ich ausgegangen. Doch bald habe ich festgestellt, daß die Fortsetzung der Geschichte einen ganz anderen Verlauf nahm als der, den Victor Hugo erzählt. Das erste Opfer der Veränderung ist der Helmadler selber, der nicht

erst am Ende der Geschichte davonfliegt, sondern wohl schon bevor sie beginnt. Ich flehe zu Victor Hugos Manen, mir meine Freiheit zu vergeben und dieses Märchen als eine Huldigung zu betrachten – eine demütige Huldigung an den größten der französischen Dichter.

Pierrot
oder Die Geheimnisse der Nacht

In dem Dorf Pouldreuzic, einander genau gegenüber, standen zwei kleine weiße Häuser. Das eine war die Weißwäscherei. An den richtigen Namen der Wäscherin konnte sich kein Mensch mehr erinnern; alle nannten sie Colombine, denn in ihrem schneeweißen Kleid sah sie aus wie eine Taube, und die heißt auf französisch *colombe*.

Das andere Haus war die Bäckerei. Die gehörte Pierrot.

Pierrot und Colombine hatten in der Dorfschule gemeinsam die Schulbank gedrückt und waren miteinander aufgewachsen. Sie steckten so viel beisammen, daß alle Welt dachte, die beiden würden einander dereinst heiraten. Doch als Pierrot ein weißbemützter Bäckersmann und Colombine Weißwäscherin wurde, da trennte das Leben die beiden. Ein Bäcker muß ja schließlich nachts arbeiten, damit das ganze Dorf frühmorgens frisches Brot und ofenwarme Hörnchen kriegt. Eine Wäscherin, die arbeitet tagsüber, um die Wäsche in der Sonne ausbreiten zu können. In der Dämmerung freilich hätten die beiden sich trotzdem treffen können: am Abend, wenn Colombine sich anschickte, schlafen zu gehen, und Pierrot aufstand – oder auch morgens, wenn

Colombines Tag begann und für Pierrot die Nacht um war.

Aber Colombine ging Pierrot aus dem Weg, und an dem armen Bäckersmann nagte der Kummer. Weshalb ging Colombine Pierrot aus dem Weg? Weil ihr früherer Freund sie an lauter unerfreuliche Dinge erinnerte. Colombine mochte nur die Sonne, die Vögel und die Blumen. Nur im Sommer, wenn es warm war, blühte sie so richtig auf. Doch der Bäckersmann, wie gesagt, lebte hauptsächlich bei Nacht, und für Colombine war die Nacht nichts als Finsternis, bevölkert von grauslichen Tieren wie Wölfen oder Fledermäusen. Nachts sperrte sie lieber Tür und Fensterläden zu, kuschelte sich unter die Bettdecke und schlief! Und das war noch nicht einmal alles, denn in Pierrots Leben gähnte an zwei Stellen noch unheimlicheres Dunkel: im Keller und im Backofen. Wer weiß, ob's in seinem Keller nicht Ratten hatte? Und sagt man nicht auch: »schwarz wie ein Ofenloch«?

Pierrot sah übrigens, das muß man zugeben, ganz seinem Beruf entsprechend aus. Er hatte – vielleicht weil er nachts arbeitete und tagsüber schlief – ein bleiches, rundes Gesicht und glich so dem Vollmond. Seine wachsam und erstaunt dreinblikkenden großen Augen wie auch seine weiten, wallenden, mehlweißen Kleider gaben ihm das Aussehen eines Waldkäuzchens. Wie der Mond, wie das Käuzchen war Pierrot scheu, still, treu und verschwiegen. Er mochte den Winter lieber als den Sommer, Alleinsein lieber als Geselligkeit. Und viel lieber als das Reden – das ihm schwerfiel und das ihm nur schlecht gelingen wollte – mochte er das Schreiben. Und schreiben, das tat er denn

auch: bei Kerzenschein, mit einer riesengroßen Feder schrieb er Colombine lange Briefe, die er niemals absandte, denn er war überzeugt, Colombine läse sie doch nicht.
Was schrieb Pierrot in seinen Briefen? Er gab sich alle Mühe, Colombine eines Besseren zu belehren. Er setzte ihr des langen und breiten auseinander, die Nacht sei gar nicht so, wie sie glaube.
Pierrot kennt die Nacht. Er weiß, sie ist kein schwarzes Loch, ebensowenig wie sein Keller oder sein Backofen eines ist. Nachts rauscht der Bach lauter und heller, und er funkelt von tausend und abertausend silbernen Schuppen. Vor dem dunklen Himmel wiegen die großen Bäume bebend ihr Laub, und es sprüht von Sternen. Tiefer als der mit Menschenarbeit getränkte Hauch des Tages atmet der Nachtwind den Duft des Meeres, des Waldes und der Berge.
Pierrot kennt den Mond. Er weiß, wie man ihn anschauen muß. Und so kann er sehen, daß der Mond keine tellerflache weiße Scheibe ist. Er betrachtet ihn so aufmerksam und freundschaftlich, daß er schon mit bloßem Auge sieht: Der Mond hat eine gewisse Dicke, er ist in Wahrheit eine Kugel – wie ein Apfel, wie ein Kürbis, und er ist obendrein nicht glatt, sondern recht uneben, bucklig und wellig – wie eine Landschaft mit ihren Tälern und Hügeln, wie ein Gesicht mit seinen Runzeln und Lachfältchen.
Ja, all das weiß Pierrot, weil sein Teig, wenn er ihn lange geknetet und ihn insgeheim mit Hefe geschwängert hat, zwei Stunden braucht, um zu ruhen und zu gehen. Pierrot verläßt dann seine Backstube. Alles schläft. Er ist das wache Bewußtsein

des Dorfes. Er läuft durch die Straßen und Gassen, er blickt mit seinen weit offenen, großen, runden Augen auf den Schlaf der anderen, der Männer, der Frauen, der Kinder, die erst aufwachen, wenn sie die ofenfrischen, warmen Hörnchen essen können, die er ihnen bis dahin fertig gebacken hat. Er geht unter Colombines Fenstern vorbei; sie sind zu. Pierrot wird zum Nachtwächter des Dorfes, zu Colombines Türhüter. Er sieht es im Geist vor sich, das junge Mädchen, traumverloren seufzend im schlafwarmen Weiß des breiten Bettes, und wenn er sein bleiches Gesicht erhebt und zum Mond aufschaut, weiß er nicht recht, ob das sanfte Rund, das da in einem Dunstschleier über den Bäumen schwebt, das Rund einer Wange, einer Brust oder gar eines Gesäßes ist.

Alles hätte wohl noch lange so weitergehen können, hätte nicht eines schönen Sommermorgens ein sonderbares Gefährt, von einem Mann gezogen und über und über mit Blumen und Vögeln bemalt, im Dorf Einzug gehalten. Es hatte etwas von einem Zigeunerwagen und von einer Jahrmarktsbude, denn einerseits war es offensichtlich, daß man darin unterkriechen und darin schlafen konnte, zum anderen prangte es in lebhaften Farben, und reich bemalte Vorhänge flatterten wie Fahnen rings um die kleine Behausung her. Ein lackglänzendes Schild krönte das Gefährt:

HARLEKIN
Häusermaler

Der Mann, flink und behend, mit frischen roten Wangen und mit fuchsrotem Kraushaar, trug eine

Art Trikot aus einem Mosaik von buntscheckigen kleinen Rauten. Alle Farben des Regenbogens kamen darin vor, und etliche andere noch dazu, aber keine einzige Raute war schwarz oder weiß. Er hielt seinen Karren vor Pierrots Bäckerei an und musterte, mißfällig das Gesicht verziehend, deren nackte, triste Fassade, auf der nur die zwei Worte standen:

PIERROT
Bäcker

Entschlossen dreinschauend, rieb er sich die Hände, ging hin und klopfte an die Tür. Es war, wie gesagt, hellichter Tag, und Pierrot schlief wie ein Murmeltier. Harlekin mußte lange gegen die Tür trommeln, bis sie schließlich aufging und, bleicher denn je, ein Pierrot zum Vorschein kam, der sich vor Müdigkeit kaum auf den Beinen halten konnte. Armer Pierrot! Man hätte ihn wirklich für ein Käuzchen halten mögen, wie er so dastand: Ganz weiß, struppig und verstört blinzelte er ins unbarmherzige Mittagslicht. Und obendrein brach hinter Harlekin, bevor der auch nur den Mund auftun konnte, ein schallendes Gelächter los. Es war Colombine, die, in der Hand ein dickes Bügeleisen, von ihrem Fenster aus alles mit angesehen hatte. Harlekin wandte sich um, erblickte Colombine und brach gleichfalls in lautes Lachen aus. Und Pierrot in seiner Mondscheinkutte sah sich allein und traurig diesen beiden Sonnenkindern gegenüber, die einander in ihrer gemeinsamen Fröhlichkeit ganz nah waren. Da wurde er böse und schlug, das Herz wund vor Eifersucht, Harlekin

die Tür vor der Nase zu. Dann legte er sich wieder zu Bett, aber daß er so schnell wieder Schlaf finden konnte, ist wenig wahrscheinlich.
Harlekin geht mittlerweile hinüber zu der Wäscherei, in der Colombine verschwunden ist. Er sucht sie. Sie erscheint auch wieder, aber an einem anderen Fenster, und entschwindet von neuem, bevor Harlekin Zeit hat, in ihre Nähe zu kommen. Es ist, als triebe sie ein Versteckspiel mit ihm. Endlich geht die Tür auf, und Colombine, mit einem riesigen Korb sauberer Wäsche, tritt heraus. Sie geht, gefolgt von Harlekin, hinüber zu ihrem Garten und beginnt ihre Wäsche auf die Leine zu hängen, daß sie trocknen kann. Es ist ausschließlich weiße Wäsche. So weiß wie Colombines Kleid. Weiß wie die Kleider Pierrots. Aber diese weiße Wäsche, die breitet sie nicht im Mondlicht aus, sondern im Sonnenschein, und dieser Sonnenschein läßt alle Farben leuchten, ganz besonders die an Harlekins Kleidern.
Harlekin, der Schönredner, hält Colombine Vorträge. Colombine antwortet ihm. Was reden die bloß miteinander? Vielerlei Zeug. Colombine redet Weißzeug. Harlekin Buntzeug. Bei der Weißwäscherin ist das Weiß ja selbstverständlich. Harlekin gibt sich alle Mühe, ihr Buntes in den Kopf zu setzen. Es gelingt ihm sogar ein bißchen. Seit dieser berühmten Begegnung in Pouldreuzic ist der Weißzeugmarkt überschwemmt mit malvenfarbenen Servietten, blauen Kopfkissenbezügen, grünen Tischtüchern und rosa Bettlaken.
Colombine hat die Wäsche im Sonnenschein ausgebreitet und geht zur Wäscherei zurück. Harlekin trägt ihr den leeren Korb und macht ihr den Vor-

schlag, die Fassade ihres Hauses frisch zu streichen. Colombine geht darauf ein. Harlekin macht sich sogleich an die Arbeit. Er nimmt seinen Karren auseinander und baut aus dessen Teilen und Stücken ein Gerüst an die Vorderseite der Wäscherei. Es ist, als nähme der zerlegte Karren Colombines Haus in Besitz. Gewandt schwingt sich Harlekin auf sein Gerüst. Mit seinem bunten Trikot und seinem roten Schopf gleicht er einem exotischen Vogel auf seiner Sitzstange. Und als wollte er die Ähnlichkeit noch betonen, singt und pfeift er eifrig drauflos. Von Zeit zu Zeit lugt Colombines Kopf aus einem Fenster, und ein Scherzwort, ein Lächeln, ein Lied fliegen hinüber und herüber.

Harlekins Arbeit nimmt sehr rasch Gestalt an. Die weiße Fassade des Hauses verschwindet unter einer bunten Farbenpalette. Alle Farben des Regenbogens sind darin, und etliche andere noch dazu, aber kein Schwarz, kein Weiß und kein Grau. Vor allem aber sind da auch zwei Einfälle Harlekins zu sehen, die, wenn nötig, der Beweis wären, daß Harlekin von allen Häusermalern der unternehmungslustigste und frechste ist. Zum einen hat er eine Colombine in Lebensgröße, den Wäschekorb auf dem Kopf, an die Hauswand gemalt. Aber das ist noch nicht alles: Anstatt diese Colombine in den gewohnten weißen Kleidern darzustellen, hat er ihr ein Kleid aus lauter kleinen bunten Rauten gemalt, ganz ähnlich wie sein eigenes Trikot. Und noch etwas hat er getan: Er hat zwar das Wort WEISSWÄSCHEREI in schwarzen Lettern auf weißem Grund wieder nachgezogen, doch hat er mit Buchstaben in allen Farben noch das Wort FÄRBEREI! dahintergesetzt. Er hat so schnell gearbeitet,

daß alles schon fertig ist, bis die Sonne untergeht, obschon das frisch Gemalte da bei weitem noch nicht trocken ist.
Die Sonne geht unter, und Pierrot steht auf. Im Kellerloch an der Bäckerei glimmt Licht, und es rötet sich vom warmen Flammenschein. Ein riesengroßer Mond schwebt wie ein milchiger Ballon am sanft leuchtenden Himmel. Nicht lange, und Pierrot tritt aus seiner Backstube. Zuerst sieht er nur den Mond und ist darob voller Glück. Er läuft ihm entgegen und huldigt ihm mit großen Gebärden. Er lächelt ihm zu, und der Mond erwidert sein Lächeln. Sie sind wirklich wie Brüder, die beiden, mit ihrem runden Gesicht und ihrer wolkigen Gewandung. Doch vor lauter fröhlichem Herumtanzen gerät Pierrot mit den Füßen in die Farbtöpfe, die überall herumstehen. Er stößt gegen das Gerüst an Colombines Haus. Das reißt ihn aus seinen Träumen. Was ist denn da los? Was ist mit der Weißwäscherei geschehen? Pierrot erkennt sie nicht wieder, diese knallbunte Fassade, und erst recht nicht diese Colombine im Harlekinskostüm. Und auch nicht, was da hinter dem Wort Weißwäscherei steht, das barbarische Wort FÄRBEREI! Pierrot tanzt nicht mehr, er ist ganz starr vor Erstaunen. Der Mond droben am Himmel zieht eine schmerzliche Grimasse. So hat sich Colombine also von Harlekins Farben verführen lassen! Künftig zieht sie sich immer an wie Harlekin, und wo sie bisher frische weiße Wäsche eingeseift und gebügelt hat, legt sie jetzt schäbige alte Klamotten in Zuber mit chemischen Farben, die ekelhaft riechen und einen bekleckern!
Pierrot steht nun ganz dicht bei dem Gerüst. Ange-

widert fährt er mit den Fingern darüber. Oben ist ein Fenster hell erleuchtet. Solch ein Gerüst ist was Schreckliches: Von ihm aus läßt sich's sogar im oberen Stock durchs Fenster schauen und nachsehen, was in den Zimmern geschieht! Pierrot klettert auf ein Gerüstbrett, dann auf ein anderes, zu dem hellen Fenster hinauf. Wirft einen Blick hinein. Was hat er da gesehen? Wir werden es nie erfahren! Er macht einen Satz rückwärts. Hat vergessen, daß er drei Meter überm Boden auf einem Gerüst steht. Er fällt hinunter. Ein böser Sturz! Ist er tot? Nein. Mühsam rappelt er sich auf. Humpelt zurück in seine Bäckerei. Er zündet eine Kerze an, tunkt seine große Feder ins Tintenfaß. Schreibt einen Brief an Colombine. Einen Brief? Nein, bloß eine kurze Nachricht. Schon kommt er wieder heraus, den Umschlag in der Hand. Immer noch hinkend, zögert und sucht er ein Weilchen, dann beschließt er, seine Nachricht an einen Pfosten des Gerüsts zu hängen. Und geht wieder zurück in sein Haus. Das Kellerloch wird dunkel. Eine dicke Wolke kommt und verhüllt das traurige Antlitz des Mondes.

Mit herrlichem Sonnenschein beginnt ein neuer Tag. In lustigen Sprüngen, sich an den Händen haltend, kommen Harlekin und Colombine aus der Wäscher- und Färberei ins Freie gelaufen. Colombine hat nicht mehr ihr gewohntes weißes Kleid an, sondern ein Kleid aus lauter kleinen bunten Rauten in allen Farben, aber ohne Schwarz und Weiß. Sie ist so gekleidet wie die Colombine, die Harlekin auf ihre Hauswand gemalt hat. Sie ist ein Harlekinweibchen geworden. Wie glücklich die beiden sind! Sie tanzen miteinander um das Haus herum.

Dann, immer noch tanzend, wendet sich Harlekin einer seltsamen Arbeit zu. Er baut das Gerüst an Colombines Haus ab. Und baut gleichzeitig sein komisches Gefährt wieder zusammen. Der Zigeunerkarren nimmt wieder Gestalt an. Colombine probiert ihn aus. Für Harlekin ist die gemeinsame Abreise offenbar selbstverständlich. Denn der Maler zählt eben zum fahrenden Volk. Er lebt auf seinem Gerüst sitzend wie der Vogel auf dem Zweig. Länger zu verweilen kommt ihm gar nicht in den Sinn. Überdies gibt es in Pouldreuzic für ihn nichts mehr zu tun, und das Land glänzt in all seiner zauberischen Pracht.

Colombine scheint einverstanden, mit ihm fortzugehen. Sie trägt ein leichtes Bündel in den Karren. Sie macht am Haus die Läden zu. Schon sitzt sie bei Harlekin im Karren. Gleich werden sie losfahren. Nein, noch nicht. Harlekin steigt noch einmal aus. Er hat etwas vergessen. Ein Pappschild, auf das er in großen Zügen etwas draufmalt und das er dann an die Haustür hängt:

»Wegen Hochzeitsreise geschlossen«

Jetzt können sie wirklich abfahren. Harlekin spannt sich vor den Karren und zieht ihn hinter sich her, immer der Straße nach. Bald umfängt sie das offene Land und bereitet ihnen ein Fest. Es hat ja so viele Blumen und Schmetterlinge – gerade als hätte die Landschaft ein Harlekinskleid angelegt!

Die Nacht senkt sich auf das Dorf. Pierrot wagt sich aus der Bäckerei hinaus ins Freie. Immer noch humpelnd, geht er zu Colombines Haus hinüber.

Alles ist fest zu. Plötzlich gewahrt er das Pappschild. Es ist dermaßen grauenhaft, dieses Schild, daß er gar nicht dazu kommt, es zu lesen. Er reibt sich die Augen. Dennoch muß er schließlich der Wahrheit ins Gesicht sehen. Da geht er, immer noch als Hinkebein, zurück in seine Backstube. Bald kommt er wieder heraus. Und hat ebenfalls ein Pappschild bei sich. Das hängt er an seine Tür, bevor er sie krachend zuschlägt. Auf dem Schild steht zu lesen:

»Wegen Liebeskummer geschlossen«

Die Tage vergehen. Der Sommer neigt sich dem Ende zu. Harlekin und Colombine fahren immer noch durchs Land. Aber ihr Glück ist nicht mehr so wie einst. Immer häufiger zieht jetzt Colombine den Karren, indes Harlekin sich drinnen ausruht. Und dann wird das Wetter schlecht. Die ersten Herbstregen prasseln ihnen auf den Kopf. An ihren schönen knallbunten Kleidern fangen die Farben an auszulaufen. Die Bäume werden rostrot, dann verlieren sie ihre Blätter. Harlekin und Colombine ziehen durch kahle, dürre Wälder, über frisch gepflügte, braunschwarze Felder.

Und eines Morgens – welch tolle Überraschung! Taumelnde Flocken hatten die ganze Nacht den Himmel erfüllt. Nun, da der Tag anbricht, bedeckt Schnee das ganze Land, die Straße und selbst den Zigeunerkarren. Es ist der große Triumph für das Weiß, der Triumph Pierrots. Und wie um diese Rache des Bäckers zu krönen, schwebt an diesem Abend ein riesiger silberner Mond über dem eisstarrenden Land.

Colombine denkt immer häufiger an Pouldreuzic und auch an Pierrot, vor allem wenn sie den Mond anschaut. Eines Tages, sie weiß gar nicht, wie, hat sie einen Zettel in der Hand. Sie rätselt, ob etwa vor kurzem Pierrot vorbeigekommen ist und diese Nachricht hinterlassen hat. In Wirklichkeit hat er den Zettel einst für Colombine geschrieben und ihn an einen der Gerüstpfosten gehängt, der dann zu einem Teil des Zigeunerkarrens wurde. Sie liest:

»Colombine!
Verlaß mich nicht! Laß Dich von Harlekins oberflächlichen Chemiefarben nicht verführen! Es sind giftige, übelriechende Farben, und sie blättern bald ab. Auch ich hab' meine Farben. Nur sind das echte, tiefe Farben.
Höre denn meine wundersamen Geheimnisse:
Meine Nacht ist nicht schwarz, sie ist blau! Und es ist ein Blau, das man atmen kann.
Mein Ofen ist nicht schwarz, er ist golden! Und es ist ein Gold, das man essen kann.
Die Farbe, die von mir kommt, erfreut das Auge. Doch obendrein ist sie auch fest, kräftig, nahrhaft, sie duftet, sie ist warm, sie macht satt.
Ich liebe Dich und warte auf Dich.

Pierrot«

Eine Nacht, die blau, ein Backofen, der golden ist, echte Farben, die Atem sind und Nahrung – das also war Pierrots Geheimnis? Colombine, in dem eiskalten Land, das des Bäckers Gewandung gleicht, überlegt und zögert. Harlekin schläft irgendwo hinten im Karren. Er denkt nicht an sie. Gleich muß sie, um das Gefährt auf der vereisten

Straße ziehen zu können, wieder den Zugriemen anlegen, der ihr Schulter und Brust wundscheuert. Weshalb? Wenn sie wieder nach Hause will – was hält sie dann noch bei Harlekin, da doch die schönen sonnenbunten Farben, die sie betört hatten, verblichen sind? Mit einem Satz springt sie aus dem Karren. Sie rafft ihr Bündel zusammen, und schon hat sie sich leichten Schrittes davongemacht, ihrem Heimatdorf zu.

Sie geht, geht, geht, die kleine Colombine, das Harlekinweibchen, und ihr Kleid hat seine leuchtenden Farben verloren, ohne darum wieder weiß geworden zu sein. Flink flieht sie, fort und fort durch den Schnee, und der Schnee knirscht fein und frisch unter ihren Füßen und fegt ihr über die Ohren: Flieh-flink-flieh-flink-flieh-flink ... Und bald sieht sie in ihrem Kopf eine ganze Menge Worte mit F, böse Worte, die sammeln sich zu einem dunkel drohenden Heer: Frost, Feind, Furcht, Falle, Fremde, Finsternis. Gleich fällt sie hin, die arme Colombine, aber zum Glück kommt ihr, wie von Pierrot gesandt, ein Schwarm Worte zu Hilfe, brüderliche Worte, alle gleichfalls mit F: Freude, Flamme, Freund, Frühling, Festtag, Feenglanz ...

Endlich langt sie im Dorf an. Es ist tiefe Nacht. Alles liegt unterm Schnee und schläft. Ist der Schnee weiß? Ist die Nacht schwarz? Nein. Weil Colombine mit Pierrot nun enger verbunden ist, hat sie jetzt Augen dafür und sieht: Blau ist die Nacht, blau ist der Schnee, das ist gar nicht zu leugnen! Aber es ist nicht das schreiende, giftige Preußischblau, von dem Harlekin einen ganzen Topf besitzt. Es ist das lichte, lebendige Blau der

Seen, der Gletscher und des Himmels, und dieses Blau duftet, und Colombine atmet es in vollen Zügen ein.
Da ist auch der Brunnen, im Frost befangen, da ist die alte Kirche, und die zwei kleinen Häuser sind da, einander genau gegenüber: Colombines Weißwäscherei und Pierrots Bäckerei. Die Wäscherei liegt glanzlos und wie tot da, doch aus der Bäckerei kommen Lebenszeichen. Der Kamin raucht, und das Kellerloch an der Backstube wirft einen flakkernden, goldhellen Schein auf den verschneiten Gehweg. So hat Pierrot also nicht gelogen, als er schrieb, sein Backofen sei nicht schwarz, sondern golden!
Wie gebannt bleibt Colombine an dem Kellerloch stehen. Am liebsten möchte sie sich auf den Boden hocken vor diesem lichtspeienden Schlund, aus dem Wärme und ein berauschender Duft von Brot ihr bis unters Kleid wehen, doch getraut sie sich nicht. Mit einemmal aber geht die Tür auf, und Pierrot tritt heraus. Ist es nur Zufall? Hat er das Kommen seiner Liebsten geahnt? Oder hat er ganz einfach durchs Kellerloch ihre Füße gesehen? Er breitet die Arme nach ihr aus, aber gerade als sie ihm in die Arme stürzen will, weicht er, von Angst gepackt, zurück und zieht sie mit sich in die Backstube. Colombine ist zumute, als steige sie in ein Bad von Zärtlichkeit. Wie wohl das tut! Die Backofentüren sind zu, doch das Feuer drinnen ist so stark, daß es durch sämtliche Löcher und Ritzen dringt.
Pierrot, in eine Ecke gekauert, trinkt mit seinen großen runden Augen das phantastische Traumbild in sich hinein: Colombine in seiner Backstube!

Colombine, gänzlich im Bann des Feuers, betrachtet ihn aus einem Augenwinkel und findet, er sei wirklich ein rechter Nachtvogel, der gute Pierrot, wie er da hinten so im Schatten hockt mit den großen weißen Falten in seinem Kittel und mit seinem Mondgesicht. Eigentlich müßte er ihr jetzt etwas sagen, doch er kann nicht, die Worte bleiben ihm im Halse stecken.
Die Zeit vergeht. Pierrot schaut auf den Backtrog vor ihm, in dem als großer, rundlicher Laib der blonde Teig ruht. Blond und fein wie Colombine . . . Zwei Stunden ruht der Teig schon in dem hölzernen Trog. Die Hefe hat ihr belebendes Werk getan. Der Ofen ist heiß, gleich ist es Zeit, den Teig einzuschießen. Pierrot schaut zu Colombine hinüber. Was tut Colombine? Erschöpft von dem weiten Weg, den sie hinter sich hat, und von des Backofens milder Wärme eingelullt, ist sie in reizend-selbstvergessener Haltung auf der Mehltruhe eingeschlafen. Und es rührt Pierrot zu Tränen, so seine Liebste zu sehen, die vor der Bitternis des Winters und vor einer erstorbenen Liebe zu ihm geflüchtet ist.
Harlekin hatte Colombines Bild im buntscheckigen Kostüm des Harlekinweibchens an die Wand der Wäscherei gemalt. Pierrot kommt ein Gedanke: Er will eine Colombine, eine kleine Pierrotfrau auf seine Weise formen: aus Butterkuchenteig. Er macht sich an die Arbeit. Unaufhörlich wandern seine Augen von dem schlafenden Mädchen herüber zum rundlichen Teig im Backtrog. Seine Hände möchten ja am liebsten die Schlafende streicheln und liebkosen, das ist klar, aber eine Colombine aus Teig zu kneten ist fast ebenso vergnüglich.

Sobald er meint, daß sein Werk fertig sei, vergleicht er es mit dem lebendigen Vorbild. Unverkennbar ist die Teig-Colombine noch ein bißchen bleich. Rasch in den Ofen mit ihr!
Das Feuer bullert. In Pierrots Backstube sind jetzt zwei Colombinen. Da, auf einmal klopft es schüchtern an die Tür; die echte Colombine erwacht davon. Wer ist da? Eine Stimme, die singt, ist die ganze Antwort, eine Stimme, schwach und traurig geworden von Nacht und Kälte. Doch Pierrot und Colombine erkennen die Stimme wieder, sie, die einst droben auf den Brettern sang, die Stimme Harlekins, auch wenn sie nicht mehr – längst nicht mehr! – so triumphierend klingt wie im Sommer. Was singt er denn, der Harlekin, durchgefroren, wie er ist? Er singt ein Lied, das inzwischen berühmt geworden ist, dessen Text man aber nur versteht, wenn man die Geschichte kennt, die ich gerade erzähle:

»Gib im Mondenscheine,
Mein Freund Pierrot, mir
Für ein Weilchen deine
Feder und Papier.

Tot ist meine Kerze
Und mein Feuer aus.
Hab ein gutes Herze,
Tu mir auf dein Haus!«

Denn der arme Harlekin hatte zwischen seinen Farbtöpfen den von Colombine weggeworfenen Zettel gefunden, mit dem Pierrot sie bewogen hatte, zu ihm zurückzukehren. Daran hatte der

Schönredner gemerkt, welche Macht manchmal die haben, die schreiben, und auch die, die im Winter einen warmen Ofen besitzen. Und so bat er denn Pierrot ganz treuherzig, ihm seine Feder und sein Feuer zu leihen. Glaubte er wirklich, er hätte Aussicht, dadurch Colombine zurückzugewinnen?
Pierrot hat Mitleid mit seinem unglücklichen Rivalen. Er öffnet ihm die Tür. Ein jämmerlicher, ganz farblos gewordener Harlekin stürzt herein, stracks zum Backofen hin, aus dessen Türritzen immerzu Wärme, Farbe und Duft dringen. Wie gut ist's, bei Pierrot zu sein!
Der Bäckersmann ist von seinem Sieg ganz verklärt. Er ergeht sich in großartigen Gebärden, die durch seine langen, wallenden Ärmel noch ausladender wirken. Mit theatralischer Geste reißt er am Ofen beide Türen auf. Eine Flut goldenen Lichtes, mütterlicher Wärme und köstlichen Backwerkdufts umfängt die drei Freunde. Und jetzt holt Pierrot mit seiner langen hölzernen Schaufel etwas aus dem Ofen. Etwas? Jemanden, besser gesagt! Ein Mädchen mit goldbrauner, dampfender, knuspriger Rinde, das Colombine gleicht, als wär's ihre Schwester. Es ist nicht mehr das Harlekinmädchen, die flache, chemiefarbenbunte Colombine, wie sie auf die Wand der Wäscherei gemalt war – es ist ein Pierrotschätzchen, ganz aus Butterkuchen geformt, wie es leibt und lebt, mit allem Drum und Dran, mit den runden Wangen, der keck vorspringenden Brust und den so schön äpfelig-festen Hinterbäckchen. Colombine hat, selbst auf die Gefahr hin, sich daran zu verbrennen, Colombine in die Arme genommen.

»Bin ich aber schön! Dufte ich aber gut!« sagt sie. Hingerissen beobachten Pierrot und Harlekin, was da vor ihnen Erstaunliches geschieht. Colombine legt Colombine längelang auf den Tisch, drückt mit beiden Händen genießerisch-sacht Colombines butterkuchenbraune Brüste auseinander. Senkt eine begierige Nase, eine naschhaft-flinke Zunge in das goldene Mark dazwischen. Und sagt mit vollem Mund:
»Schmeck' ich aber herrlich! Kommt her, meine Lieben, probiert sie, eßt sie, die gute Colombine! Eßt mich!«
Und sie probieren und essen sie, die heiße Colombine, und jeder Krümel zergeht ihnen im Munde. Sie schauen einander an. Sie sind glücklich. Sie möchten gern herzhaft lachen – aber wie? Wo ihnen doch die Backen schier platzen von Butterkuchen!

Die Legende vom Brot

Es waren einmal ganz am Ende von Frankreich, dort, wo das Land aufhört, dort, wo der Ozean beginnt, genau gesagt also im Finistère, zwei kleine Dörfer, die lebten im Zustand ständigen Wettstreits. Das eine hieß Plouhinec, das andere Pouldreuzic. Ihre Bewohner versäumten keine Gelegenheit, sich miteinander anzulegen. Die Leute von Plouhinec zum Beispiel spielten Biniou, den bretonischen Dudelsack, so gut, wie man ihn nirgend sonst im Bretonenland spielte. Für die von Pouldreuzic war das Grund genug, sichtlich so zu tun, als gäbe es dieses Instrument gar nicht, und mit Vorliebe Bombarde zu spielen, eine Art Flageolett, das auch mit der Oboe und der Klarinette verwandt ist. Und so war es auf allen Gebieten: Zogen die einen Artischocken, bauten die anderen Kartoffeln an; mästete man hier Schweine, so nudelte man dort Gänse; trugen die Frauen des einen Dorfes schlichte Hauben in Ofenrohrform, so gestalteten die im anderen Dorf die ihren zu kunstvollen kleinen Gebäuden aus Spitzen. Ganz zu schweigen vom Apfelwein, bei dem Plouhinec Abstinenz übte, weil der von Pouldreuzic berühmt war. Sicher sagen Sie jetzt: Was trank man dann in Plouhinec? Nun, da trank man ein originelles Getränk, das nicht aus Äpfeln, sondern aus Birnen gemacht wurde, und das darum *Poiré* hieß.

Natürlich aß man in Plouhinec und in Pouldreuzic nicht das gleiche Brot. Plouhinec hatte ein Brot zu seiner Spezialität erkoren, das hart war, ganz Kruste, und das die Seeleute mitnahmen, wenn sie auf große Fahrt gingen, denn es hielt sich unbegrenzt lange. Diesem Biskuit von Plouhinec setzten die Bäcker von Pouldreuzic ein anderes Brot entgegen, das ganz weiche Krume war und auf der Zunge zerging, ein Brot, das man, um es recht zu genießen, ofenwarm essen mußte und das man *Brioche* nannte.

Die Dinge gerieten durcheinander, als sich eines Tages der Sohn des Bäckers von Pouldreuzic in die Tochter des Bäckers von Plouhinec verliebte. Die Familien, aufs höchste bestürzt, versuchten mit aller Gewalt, die zwei jungen Leute von einer so widernatürlichen, in jeder Weise problemträchtigen Verbindung abzubringen. Es half alles nichts: Gaël wollte Guénaële, Guénaële wollte Gaël.

Zum Glück sind Plouhinec und Pouldreuzic nicht unmittelbar benachbart. Wenn Sie auf der Karte des Finistère nachschauen, dann sehen Sie, daß auf halbem Weg zwischen beiden noch ein Dorf liegt, nämlich Plozévet. Und weil Plozévet keine Bäckerei hatte, beschlossen Gaëls und Guénaëles Eltern, ihre Kinder sollten sich dort niederlassen. Und auch verheiraten würden sie die beiden in Plozévet. So könnten sich weder Pouldreuzic noch Plouhinec gedemütigt fühlen. Beim Hochzeitsmahl würde es Artischocken und Kartoffeln, Gans und Schwein geben; begossen werden solle das Ganze gleichermaßen mit Apfel- wie mit Birnenwein.

Nicht so leicht zu lösen war die Frage nach dem Brot bei Tisch. Die Eltern gedachten zunächst, zu gleichen Teilen Biskuits und Brioches zu reichen. Doch ihre Kinder wandten ein, das sei eine Hochzeit, und zwar eine Bäckerhochzeit, und folglich gelte es Mittel und Wege zu finden, um auch Biskuit und Brioche zu vermählen. Kurzum, die neue Bäckerei sei es sich schuldig, ein neues Brot zu schaffen, gleichermaßen verwandt mit dem hartkrustigen Brot von Plouhinec und dem weichkrumigen Brot von Pouldreuzic. Aber wie? Wie konnte man ein Brot backen, das Kruste und zugleich auch Krume besaß?

Möglich schienen zwei Lösungen. Gaël brachte Guénaële darauf, sich Hummer und Krabben zum Vorbild zu nehmen. Bei diesen Tieren ist das Harte außen, das Weiche innen. Guénaële verwies als Gegenbeispiel auf Kaninchen, Katzen, Fische und Kinder: Da ist das Weiche – das Fleisch – außen, das Harte – Knochen oder Gräte – innen. Sie wußte sogar noch die gelehrten Worte, die diesen Unterschied bezeichnen: Hummer sind »Krustentiere«, Kaninchen »Wirbeltiere«.

Sie hatten also die Wahl zwischen zwei hart-weichen Brotsorten: dem Krustentierbrot, dessen Kruste sozusagen einen Panzer um die Krume herum bildete, und dem Wirbeltierbrot, dessen Kruste tief in der Krume verborgen war.

Die beiden machten sich ans Werk, ein jedes nach seiner Vorstellung. Sehr rasch wurde klar, daß sich das Krustentierbrot viel leichter backen ließ als das Wirbeltierbrot. Denn was tut ein Klumpen Teig im Backofen? Seine Oberfläche dörrt aus, wird golden, wird hart. Innendrin bleibt die Krume weiß

und weich. Aber wie bäckt man ein Wirbeltierbrot? Wie erhält man innen in der Krume eine harte Kruste?
Gaël mit seinem Krustentierbrot triumphierte, doch die Mißerfolge seiner Braut schmerzten ihn. Aber die wußte sich zu helfen, die kleine Bäckerin Guénaële! Sie hatte begriffen, daß die Hitze beim Backen die Kruste erzeugt. Das Wirbeltierbrot mußte also von innen her gebacken werden – und nicht von außen, wie das in einem Ofen der Fall ist. So war sie auf die Idee verfallen, einen brandheißen Eisenstab, ein Ding wie einen Schürhaken, in den Teig zu stecken. Ha, man mußte sie einmal sehen, wenn sie ihr heißes Backeisen schwang gleich einer dampfenden Waffe! Sie biß die Zähne zusammen und reckte das Kinn vor, während sie die rundlichen Laibe mit ihrem feurigen Schwert durchbohrte. Gaël, der ihr zusah, lief es kalt über den Rücken, denn er fragte sich, wie es wohl im Kopf und im Herzen seiner Braut aussähe, wenn sie vor diesem seltsamen Kampf stand und sich mit solchem Ungestüm hineinstürzte. Ob das, was sie so mit glühendem Eisen durchbohrte, immer nur Brotlaibe waren?
Aber was tat das schon! Es wurde nichts Rechtes daraus. Nur das Krustentierbrot war fertig, als der Zeitpunkt der Hochzeit kam, und an diesem Tag gab es in Plozévet zum ersten Mal wirklich das Brot, das wir kennen, bei dem eine goldbraune Kruste die zarte, kernige Masse der Krume umschließt.
Hieß das, daß damit das Wirbeltierbrot endgültig vergessen war? Ganz und gar nicht! Es sollte im Gegenteil in den Jahren danach eine glanzvolle

Wiederkehr erleben, eine Wiederkehr voller Zärtlichkeit und Poesie. Gaël und Guénaële bekamen ein kleines Bübchen. Sie nannten es Anicet in der Hoffnung, dieser duftige Vorname werde ihm helfen, sich in ihrer Zunft einen guten Platz zu sichern. Sie wurden nicht enttäuscht, denn er war es, der – mit fünf Jahren – seiner Mutter den Gedanken eingab, der das Wirbeltierbrot unwiderstehlich machen sollte. Dazu genügte es, daß er einmal um vier Uhr eine Brioche mit einem Stück Schokolade aß. Seine Mutter, die ihm zusah, wie er mit einer Hand die Brioche, mit der anderen die Schokolade hielt, schlug sich an die Stirn und rannte hinüber zur Bäckerei, in die Backstube. Ihr war gerade der Gedanke gekommen, der Knochen, das Rückgrat, das Harte des Wirbeltierbrotes, könnte ein Riegel Schokolade sein.
Am gleichen Abend noch lagen bei der Bäckerei zu Plozévet die ersten Schokoladenbrötchen der Geschichte im Schaufenster. Und sie eroberten alsbald die Welt und wurden die Freude aller Kinder.

Die Legende von der Musik und vom Tanz

Am Anfang schuf Gott Himmel und Erde. Finsternis bedeckte die Erde, und Schweigen erfüllte den Himmel. Und so schuf Gott die Gestirne, die Himmelsleuchten und die Planeten.
Und es ward Licht.
Doch es ward nicht nur Licht, denn die Gestirne, die Himmelsleuchten und die Planeten, wenn sie ihre Parabeln und Umlaufbahnen durch den Himmel zogen, brachten Töne hervor. Und so war ohne Unterlaß eine Art himmlischen Konzerts zu hören, süß, tief und voll Zauber: die Musik der Sphären.
Sodann erschuf Gott den Menschen. Und er schuf ihn als Mann und Weib, das heißt dergestalt, daß er zugleich die Brüste eines Weibes und das Glied eines Jünglings besaß. Und Gott verzog sich hinter einer Wolke, um zu sehen, was Adam tun würde.
Was mochte Adam tun? Er spitzte die Ohren und lauschte dem flötensanften Lied, das vom Himmel her erklang. Dann setzte er einen Fuß vor den anderen, streckte die Arme waagrecht zur Seite aus und drehte sich langsam um sich selbst. Er drehte, drehte, drehte sich so lange, bis er, von Schwindel erfaßt, zu Boden fiel und einen Augenblick ganz

benommen dasaß. Schließlich schüttelte er sich und rief unwirsch nach seinem Vater.
»He, Gott im Himmel!«
Gott, der nur auf diesen Ruf gewartet hatte, erschien sogleich.
»Was ist los, mein Sohn?«
»Los ist«, sprach Adam, »daß ich diese Musik nicht hören kann, ohne zu tanzen. Doch der Sphären sind viele, und ihre Musik ist ein wahres Ballett. Und ich bin allein. Tanzen die Füße vorwärts, so wissen sie nicht, worauf zu; strecken die Arme sich aus, so wissen sie nicht, wonach.«
»Das ist wahr«, sprach Gott. »Soll der Mensch tanzen, so ist es nicht gut, daß er allein sei.«
Und so ließ er Adam in tiefen Schlaf sinken. Dann teilte er dessen Leib in zwei Hälften, die eine Hälfte männlich und die andere weiblich, und aus dem Doppelwesen, das nun entstanden war, machte er einen Mann und eine Frau. Als die beiden die Augen öffneten, sprach Gott zu dem einen:
»Das ist deine Tanzgefährtin.«
Und er sprach zur anderen:
»Das ist dein Tanzgefährte.«
Dann verzog er sich hinter seine Wolke, um zu sehen, was sie tun würden. Was taten nun Adam und Eva, als sie entdeckten, wie wundersam verschieden sie waren und doch einander ergänzten? Sie spitzten die Ohren und lauschten der Sphärenmusik.
»Ist, was wir da hören, nicht ein Pas de deux?« fragte Eva.
Und sie tanzten den ersten Pas de deux.
»Ist das nicht ein Menuett?« fragte Adam später.

Und sie tanzten das erste Menuett.
»Ist das nicht ein Walzer?« fragte nun Eva.
Und sie tanzten den ersten Walzer.
Schließlich, aufmerksam lauschend, fragte Adam:
»Ist das nicht eine Quadrille?«
»Mag schon sein«, gab Eva zurück, »das ist wohl eine Quadrille. Doch für *den* Tanz muß man mindestens zu vieren sein. Laß uns doch einen Augenblick innehalten und auf einen Kain und einen Abel sinnen!«
Und so geschah es dem Tanz zuliebe, daß die Menschheit sich vermehrte.
Es war aber eine Vielzahl Bäume im Paradies, und ein jeder verlieh dem, der seine Früchte aß, ein besonderes Wissen. Der eine erschloß ihm die Mathematik, der andere die Chemie, ein dritter die orientalischen Sprachen.
Gott sprach zu Adam und Eva:
»Ihr dürft Früchte von allen Bäumen essen und euch jegliches Wissen erwerben. Doch hütet euch, die Frucht vom Baum der Musik zu essen, denn mit der Kenntnis der Noten hört ihr sogleich auf, die große Symphonie der himmlischen Sphären zu vernehmen, und nichts ist so trist wie die ewige Stille des Unendlichen.«*
Adam und Eva waren sprachlos. Die Schlange sprach zu ihnen:
»Eßt nur die Frucht vom Baum der Musik. Wenn ihr erst die Noten kennt, werdet ihr euch eure eigene Musik schaffen, und die wird der Musik der Sphären nicht nachstehen.«
Am Ende erlagen sie der Versuchung. Doch kaum

* Womit bewiesen ist: Gott hatte Pascal gelesen.

hatten sie hineingebissen in die Frucht vom Baum der Musik, als ihre Ohren sich schlossen. Sie hörten nicht mehr länger die Musik der Sphären, und Grabesstille senkte sich auf sie herab.
So endete das irdische Paradies. Die Geschichte der Musik begann. Adam und Eva und später ihre Nachkommen gingen her und spannten Tierhäute über Flaschenkürbisse und rieben Därme mit Bögen. Sie bohrten Löcher in Schilfstengel, und sie bogen Kupferstangen zurecht und machten Stimmgabeln daraus. Jahrtausende ging das so, und es kam Orpheus, und es kamen Monteverdi, Bach, Mozart, Beethoven. Es kamen Ravel, Debussy, Benjamin Britten und Pierre Boulez.
Doch der Himmel blieb fortan stumm, und nie mehr vernahm der Mensch die Musik der Sphären.

Die Legende von den Düften

Gemäß der Schrift – daran muß man sich vorweg erinnern – hat Gott Adam aus dem Sand der Wüste geformt, und um ihm Leben zu geben, hat er ihm Luft in die Nüstern geblasen. Dadurch berief er ihn von Anbeginn zu einem Dasein, das vom Geruchsempfinden beherrscht war. Man muß zugeben, daß das ein widersinniges Unterfangen war. Ein ganz und gar dem Geruchssinn geweihtes Wesen allein in eine Sandwüste zu setzen – mußte das nicht sein Unglück bedeuten? Viele Jahrtausende danach findet sich zwar eine volkstümliche französische Sängerin*, die behauptet, ihr Legionär dufte nach heißem Sand. Doch alle Erfahrungen haben bislang bewiesen, daß dies pure dichterische Freiheit ist, denn eines steht fest: Sand – sei er kalt oder heiß – riecht überhaupt nicht.

Als nun Gott eines Tages über den Dünen der öden Erde schwebte, überraschte er Adam in seltsamer Stellung: Er strich mit der Nase an einem seiner Arme entlang und bemühte sich vergeblich, in die Achselhöhle zu gelangen, um dort weiterzuschnuppern.

»Nanu, mein Sohn, was machst du denn?«

* Edith Piaf

»Ich rieche«, antwortete Adam, »oder vielmehr, ich versuche zu riechen, denn ich rieche vor allem, daß ich nichts rieche . . .«

Und er zuckte traurig die Achseln und wandte Gott den Rücken.

Gott überlegte. Wenn Adam ein geruchsfrohes Leben leben soll, dachte er, dann ist es nicht gut, daß er allein sei. Aber nicht genug damit: Er braucht auch eine Umgebung, die duftet.

Und so machte er sich an die Arbeit und schuf das Paradies.

Das Paradies aber war nichts anderes als ein von Sandelholz-, Kampesche- und Amarantwäldern gesäumter Blütengarten. Und jede dieser Blüten verströmte ihren Duft gleich einem Weihrauchbecken, wie der Dichter geschrieben hat. Auch der Erdboden im Paradies glich nicht dem dürren, unfruchtbaren, geruchlosen Sand, aus dem Adam geformt worden war. Es war fetter, schwerer, üppiger Humus, und den nahm Gott und knetete daraus Eva.

Eva öffnete die Augen, sah Adam, atmete tief und streckte die Arme nach ihm aus.

»Komm, *bel ami*!« sprach sie zu ihm.*

Adam näherte sich ihr und erspürte die zarten Duftwogen, die ihren nackten Körper umwehten.

»Jolie Madame!« murmelte er entzückt.

Sie faßten sich bei der Hand, und die Atmosphäre, in der sie dahinschritten, war seltsam rein, noch unberührt von jeder Spur eines Menschen, und es

* Wie alle Franzosen hält es der Autor für selbstverständlich, daß im Paradies französisch gesprochen wird: »Komm, schöner Freund.« »Liebliche Madame.« (Anmerkung des Übersetzers)

mischten sich darin nur Blume, Wald und das Haarkleid der Tiere.
»Atme tief, Liebster«, sagte Eva. »Das ist die Natur, wie sie vor dem Menschen war, und sie nimmt uns freundlich auf. Ihr Duft hat die drei Noten der Unschuld: der Pflanzen, des Waldes und der Tiere.«
»Der Hauch des fünften Schöpfungstages«, setzte Adam erklärend hinzu, »denn wir sind ja am sechsten Tag erschaffen worden.«
So entspann sich das glückliche Leben im Paradies, ganz im Rhythmus der Düfte, die allein die Stunden und die Abenteuer jedes Tages prägten. Ein Abenteuer, wenn Adam auf dem Strand eine schwarz-goldene Kugel auflas, die er Eva schenkte. Eine herrliche Stunde, wenn nach Sonnenuntergang die blaue Nacht auf sie herniedersank. Ein Abenteuer auch der Tag, da Eva eine wunderschöne Schlange entdeckte, die sich im Gras ringelte und deren Schuppen aussahen, als wären es allesamt Edelsteine. Sie streckte die Hand nach diesem lebenden Juwel aus, da erscholl vom hohen Himmel herab Gottes Stimme: *»Poison!«* sprach diese Stimme. Gift! Entsetzt wichen Adam und Eva zurück. Doch die Schlange richtete sich hoch auf und hauchte die beiden, um sie zu verführen, mit einem Atem an, der heiß war und bebend, funkelnd und rätselvoll. Sie flohen, doch von Stund an wußten sie, daß sie mit der Schlange nicht das letzte Mal zu tun gehabt hatten.
Im Paradies stand eine Vielzahl von Bäumen, und jeder verlieh dem, der seine Früchte aß, sein ganz besonderes Wissen. Der eine tat ihm die Mathematik kund, der andere die Chemie, ein dritter die

orientalischen Sprachen. Gott sprach zu Adam und Eva: »Ihr könnt Früchte von allen Bäumen essen und jegliches Wissen erwerben. Hütet euch jedoch, von der Frucht des Baumes der Düfte zu essen; sobald ihr nämlich die Kunst kennt, selbst Düfte zu schaffen, werdet ihr sogleich aufhören, von der Natur ihre Düfte gratis zu erhalten. Sie wird euch dann keinen Duft mehr, sondern nur noch Gerüche senden, und glaubt mir, nichts ödet mehr an als ein Geruch!«

Adam und Eva waren sprachlos. Die Schlange hüllte sie in ihren giftigen, einschmeichelnden Dunst.

»Eßt nur vom Baum der Erkenntnis der Düfte«, sprach sie zu ihnen. »Wenn ihr die Kunst und die Chemie der Duftherstellung kennt, werdet ihr euch eure eigenen Düfte schaffen, und sie werden denen des Paradieses nicht nachstehen.«

Am Ende erlagen sie der Versuchung. Doch kaum hatten sie hineingebissen in die Frucht vom Baum der Erkenntnis der Düfte, da schlossen sich vor Entsetzen und Gram krampfhaft ihre Nüstern. Alle Düfte des Paradieses waren mit einemmal verflogen, und nur banale Gerüche erreichten noch ihre Nase. Humus, frischgemähtes Gras, welkes Laub, das nasse Fell des Spaniels, brennendes Holz und der Ruß, der daraus aufsteigt – freilich ist das für uns arme Teufel der nachparadiesischen Zeit der Ruch der Kindheit und rührt uns ans Herz. Für Adam und Eva, da war all dies ein und derselbe üble Geruch: der ihres neuen Elends. Und das war noch nicht das Schlimmste. Als sie näher zusammenrückten und wie vordem ihre Seelen einatmen wollten, stieg beiden miteinander nur *ein* Geruch in die Nase: der ihres Schweißes. Denn im Schweiße seines Angesichts sein Brot essen – das geht nicht ohne Tagelöhnergeruch. Da sprachen sie wie aus einem Munde das Wort aus, das häßlichste, verderblichste, anstößigste im internationalen Kauderwelsch: »Ein Deodorant müßten wir haben!« brach es aus ihnen hervor.

Die Versprechungen der Schlange waren vielleicht nicht völlig erlogen, doch der Mensch brauchte Jahrtausende an tastenden Versuchen und Forschungen, um die großen Düfte des Paradieses nach und nach wiederzufinden. Als Gott dem Moses befiehlt, auf den Sinai zu steigen, geschieht das nicht nur, um ihm die Gesetzestafeln zu geben. Gott diktiert ihm auch das Rezept des ersten Parfums der Menschheitsgeschichte (edelste Myrrhe, aromatischer Zimt, wohlriechender Kalmus, Kassia, Olivenöl). Der Umsturz der Welt durch das Christentum wurde schon bis ins Uferlose kommentiert. Sein wahrer Sinn liegt in den Geschenken der Drei Weisen an das göttliche Kind: Gold, Weihrauch und Myrrhe. Also zwei mächtige Duftsubstanzen und Gold, das Metall, aus dem ihr Gefäß bestand, denn Kristallflacons gab es damals noch nicht. Und Jesus, erwachsen geworden, zeigt, daß er diese Lehre aus frühester Kindheit nicht vergessen hat: Als Maria Magdalena ihm ein unmäßig teures Parfum aufs Haupt gießt, entrüsten sich seine Jünger ob solcher Verschwendung. Damit kommen sie bei Jesus übel an. Gebührt sie ihm denn nicht mit vollem Recht, diese Huldigung?

Aber noch heißt es warten, und zwar auf das Frankreich des 20. Jahrhunderts – um dort dank einer

Plejade genialer Parfümeure geradezu eine Explosion bei der Erfindung von Riechgenüssen zu erleben.

Alles begann 1912, als Guerlain *Heure Bleue* herausbrachte. Wer immer diesen schwellenden Duft von Iris, Heliotrop, Jasmin und bulgarischer Rose in sich aufnahm, fühlte sich in die erste Morgenfrühe der Welt versetzt, als die ersten Sterne über dem ersten, engumschlungenen Menschenpaar funkelten. Und jeder weinte im Herzen um dieses Aroma voll verzehrender Anmut. Wieder anders war es, als Chanel sein *Numero 5* kreierte. Das war eigentlich ein Datum, der 5. Mai (des fünften Monats im Jahr). Aber es weckte auch ein uralt ahnendes Erinnern an den fünften Schöpfungstag, als es auf Erden Wald, Meer und Tiere, aber noch keine Menschen gab. Dann, im Jahre 1927, ließ Lanvin uns eine schwarz-goldene Kugel vor die Füße kullern: dieselbe, die Adam auf dem Strand aufgelesen hatte; sie nennt sich *Arpège*. Es dauerte noch lange Jahre, bis zum einen Balmain mit *Jolie Madame*, zum anderen Hermès mit *Bel Ami* den Gruß wiederfand, den unsere Voreltern einst getauscht, als sie den Schlaf ihres Werdens hinter sich gelassen und einander erblickt hatten, wundersam verschieden und sich gegenseitig ergänzend. Und *Poison*, den starken, verführerischen Hauch der Schlange – den nachzuerschaffen gelang schließlich Christian Dior.

So ist jedes große Parfum eine Pforte, die sich öffnet und uns zurückschauen läßt in unsere paradiesische Vergangenheit. Marcel Proust hat den Geschmack der Madeleine berühmt gemacht, der ihm seine Jugend zurückgab. Der Duft, der Riesenfittiche hat, bringt ihn uns wieder, den zauberischen Garten, wo das erste Menschenpaar sich in Unschuld liebte unterm behütenden Auge des großen göttlichen Parfümeurs.

Die Legende von der Malerei

Wir beide, Pierre und ich, sind im selben Jahr, im selben Dorf geboren. Wir haben in derselben Schule lesen und schreiben gelernt. Aber dort begannen sich unsere Lebenswege auch schon zu trennen. Während Pierre in Mathematik glänzte, sich leidenschaftlich für Chemie interessierte und in Physik alle Preise errang, zählten für mich lediglich Literatur und Dichtung und später Philosophie. Mit zwanzig verließ Pierre die Heimat. Ich lebte weiterhin im Dorf, in dem uralten Haus meiner Ahnen. Den Freund aus der Kinderzeit sah ich nicht mehr, doch über seine Eltern, die nach wie vor meine Nachbarn waren, hörte ich immer wieder von ihm. Er war in den USA. Er hatte Elektrotechnik, Elektronik und Informatik studiert. Es hieß, er habe eine beachtliche Stellung bei einer Computerfirma. Je mehr er beruflich vorankam, desto mehr fühlte ich, wie er sich von mir entfernte. Ich schrieb Erzählungen und Legenden, die aus den Quellen volkstümlicher Überlieferung schöpften. Mir schien, nur die Nähe der Wälder und Felder meiner Jugend könne meine Inspiration als Erzähler speisen. Je fruchtbarer ich im Künstlerischen wurde, desto tiefere Wurzeln schlug ich in der Erde meiner Heimat.

Eines Tages tauchte Pierre plötzlich wieder auf. Er läutete an meiner Tür und fiel mir um den Hals. Er hatte sich kaum verändert. Trotz der Entfernung hatte er meine literarischen Arbeiten verfolgt. Kein Buch von mir, das er nicht gelesen und wieder gelesen hatte. Und er brachte mir einen phantastischen Vorschlag mit. Seine Firma hatte ein internationales Codiersystem entwickelt. Jedes beliebige Programm ließ sich auf kleinstem Raum speichern und in einer Vielzahl verschiedener Sprachen decodieren. Er bot mir an, der erste Schriftsteller auf der Welt zu sein, dem dieses System zugute käme. Wenn ich einverstanden sei, werde mein ganzes Werk auf Computer übernommen und könne dann in den hundertdreißig Ländern gelesen werden, die derzeit mit entsprechenden Terminals ausgerüstet seien. Meine Bücher würden damit eine ungeheure, nur der Bibel und dem Koran vergleichbare Verbreitung erfahren. Pierres Projekt begeisterte mich.

»Ich bin ein Mensch, dessen Aufgabe kommunikativ ist«, gab er mir zur Antwort. »Du bist ein Mensch, dessen Tun kreativ ist. Kommunikation erhält ihren Sinn nur aus der Botschaft, die sie übermittelt. Ohne dich wäre ich nichts.«

»Sei nicht zu bescheiden!« sagte ich darauf zu ihm. »Das Schöpferische kann auf Ausstrahlung nicht verzichten. Ich bin weder auf Ruhm noch auf Geld aus. Aber ich brauche Menschen, die mich lesen. Was ist ein Komponist, der nicht gespielt wird, ein Dramatiker ohne Bühne? Kommunikation ergänzt das schöpferische Werk durch ein unzählbar vermehrtes, ungeahnt vielfältiges Leben, ohne das es nur ein reizloses, wirkungsloses Etwas ist.«

Und da ich mich nur als Erzähler gut auszudrücken weiß, erzählte ich ihm eine Parabel des weisen Derwisch Algazel, richtiger Rhazali oder Ghazali genannt, eine Parabel, die ich ein wenig auf meine Art aufgezäumt hatte, wie man das bei mündlichem Nacherzählen ja tun darf:

»Es war einmal ein Kalif zu Bagdad, der wollte die zwei Längswände des Ehrensaales in seinem Palast ausschmücken lassen. Er ließ zwei Künstler kommen, den einen aus dem Morgenland, den anderen aus dem Abendland. Der erste war ein berühmter chinesischer Maler, der seinen Heimatgau vorher noch nie verlassen hatte. Der zweite, ein Grieche, war schon bei allen Völkern gewesen und sprach anscheinend alle Sprachen. Er war nicht nur Maler. Er war auch in der Astronomie, der Physik, der Chemie, der Baukunst bewandert. Der Kalif erklärte ihnen sein Vorhaben und überließ jedem eine der beiden Wände des Ehrensaals.

›Wenn ihr dann fertig seid‹, sprach er, ›wird der Hof sich mit großem Gepränge versammeln. Er wird eure Arbeiten besichtigen und vergleichen, und dem Schöpfer derjenigen, die für die beste befunden wird, winkt eine überreiche Belohnung.‹

Und sich an den Griechen wendend, fragte er ihn, wie lange er brauche, bis er mit seinem Wandbild fertig sei. Und rätselhafterweise gab der Grieche zur Antwort:

›Wenn mein chinesischer Mitbruder fertig ist, werde auch ich fertig sein.‹

Dann fragte der Kalif den Chinesen, und der bat um eine Frist von drei Monaten.

›Schön‹, sprach der Kalif. ›Ich werde den Raum durch einen Vorhang in zwei Hälften teilen lassen,

damit ihr einander nicht stört, und in drei Monaten sehen wir uns wieder.‹
Die drei Monate vergingen, dann ließ der Kalif die beiden Maler kommen. Sich an den Griechen wendend, fragte er ihn: ›Bist du fertig?‹
Und rätselhafterweise gab ihm der Grieche zur Antwort: ›Wenn mein chinesischer Mitbruder fertig ist, bin auch ich fertig‹. Dann fragte der Kalif den Chinesen; dieser antwortete: ›Ich bin fertig.‹
Zwei Tage danach versammelte sich der Hof und begab sich mit großem Gepränge zum Ehrensaal, um die Arbeit der beiden zu beurteilen und zu vergleichen. Es war ein prachtvoller Zug, nichts als gestickte Gewänder, bunte Federbüsche, goldenes Geschmeide, ziselierte Waffen. Zuerst verfügte sich alles zu der von dem Chinesen bemalten Wandseite. Ein einziger Schrei der Bewunderung erscholl. Das Fresko stellte nämlich einen Traumgarten dar, mit blühenden Bäumen bestanden und von kleinen, bohnenförmigen Seen durchzogen, über die sich zierliche Stege schwangen. Eine paradiesisch schöne Vision, an der man sich nicht satt sehen konnte. Die Begeisterung war so groß, daß einige schon den Chinesen zum Sieger des Wettstreits erklärt sehen wollten, ohne auch nur einen Blick auf die Arbeit des Griechen zu werfen.
Doch alsbald ließ der Kalif den Vorhang wegziehen, der den Raum teilte. Und die Menge drehte sich um, und sogleich entrang sich ihr ein Aufschrei erstaunter Bewunderung.
Was hatte der Grieche getan? Er hatte gar nichts gemalt. Er hatte sich damit begnügt, einen riesigen Spiegel anzubringen, der vom Fußboden bis zur Decke ging. Und natürlich spiegelte der bis ins

kleinste den von dem Chinesen gemalten Garten wider. Aber worin, so wirst du nun sagen, weshalb war dieses Bild denn schöner und bewegender als sein Vorbild? Weil der Garten des Chinesen öde und unbewohnt dalag, während man im Garten des Griechen eine prächtige Menge sah, mit gestickten Gewändern, bunten Federbüschen, goldenem Geschmeide und ziselierten Waffen. Und all diese Leute bewegten sich, gestikulierten und erkannten entzückt in dem Bilde sich selbst.
Einstimmig ward der Grieche zum Sieger des Wettstreits erklärt.«

Das zweifache Festmahl oder Die Gedenkfeier

Es war einmal ein Kalif zu Isfahan, der hatte seinen Koch verloren. Er befahl darum seinem Haushofmeister, sich auf die Suche nach einem neuen Chefkoch zu machen, der würdig wäre, die Pflichten des obersten Chefs der Küchen des Palastes zu erfüllen.

Die Tage vergingen. Der Kalif ward ungeduldig und berief den Haushofmeister zu sich.

»Nun? Hast du den Mann gefunden, den wir brauchen?«

»Herr, ich bin ziemlich ratlos«, erwiderte der Haushofmeister. »Ich habe nämlich nicht einen Koch, sondern deren zwei gefunden, beide ganz und gar würdig, diese hohen Pflichten zu erfüllen, und ich weiß nicht, wie ich einem von ihnen den Vorzug geben soll.«

»Daran soll es nicht liegen«, sprach der Kalif. »Das laß nur meine Sorge sein. Nächsten Sonntag soll einer von diesen zwei Männern, den das Los bestimmen mag, uns – also dem Hof und mir selbst – einen köstlichen Festschmaus bereiten. Am Sonntag darauf ist der andere an der Reihe. Am Ende des zweiten Festmahls werde ich dann selbst den Sieger dieses heiteren Wettstreits bestimmen.«

So geschah es. Am ersten Sonntag bereitete der

durch das Los bestimmte Koch das Mittagsmahl für den Hof. Alles wartete mit genießerischer Neugierde, was da wohl aufgetragen würde. Und doch – der köstliche Reiz, die Eigenart, die Vielseitigkeit und der Wohlgeschmack der Gerichte, die da nacheinander auf den Tisch kamen, übertrafen jegliche Erwartung. Die Begeisterung der Tischgäste war so groß, daß sie den Kalifen bestürmten, den Schöpfer dieses unvergleichlichen Festmahls ohne weiteres Zuwarten zum obersten Chef der Küchen des Palastes zu ernennen. Was bedurfte es da noch eines zweiten Versuchs? Doch der Kalif blieb unerschütterlich. »Warten wir den Sonntag ab«, sprach er, »und lassen wir auch dem Mitbewerber seine Chance!«

Eine Woche verging, und der ganze Hof fand sich wieder an der Tafel versammelt, um das Meisterwerk des zweiten Kochs zu verkosten. Die Spannung war groß, doch die angenehme Erinnerung an das vorangegangene Festmahl schuf eine Voreingenommenheit zuungunsten des zweiten Kochs.

Groß war denn die allgemeine Überraschung, als der erste Gang aufgetragen wurde: Es war der gleiche erste Gang wie beim vorhergehenden Festmahl. Ebenso fein, eigenartig, vielseitig und wohlschmeckend, aber vollkommen gleich. Gelächter und Gemurmel erhoben sich, als auch der zweite Gang sich als getreue Nachschöpfung des zweiten Ganges aus dem früheren Mahl erwies. Betroffenes Schweigen indes überkam die Tischgenossen, als deutlich wurde, daß alle folgenden Gänge ebenfalls die gleichen waren wie am Sonntag zuvor. Man mußte der Tatsache ins Gesicht sehen: Der zweite Koch hatte seinen Mitbewerber Punkt für Punkt kopiert. Und jeder wußte, der Kalif sei ein reizbarer Despot und dulde nicht, daß irgend jemand sich über ihn lustig machte, ein Koch noch weniger als sonst jemand, und verstohlen zu ihm hinblickend, wartete der ganze Hof angstvoll auf den Zornesblitz, der den Urheber dieser elenden Posse augenblicklich zerschmettern würde. Doch der Kalif aß seelenruhig weiter und wechselte nur dann und wann mit seinen Nachbarn flüchtige Worte, wie sie bei solcher Gelegenheit üblich sind. Man hätte glauben mögen, er habe die unglaubliche Mystifikation, deren Opfer er war, gar nicht bemerkt.

Endlich wurden die Desserts und Nachspeisen aufgetragen, auch sie den Desserts und Nachspeisen des ersten Festmahls vollkommen gleich. Danach räumten die Bedienten eilends die Tafel ab.

Nun befahl der Kalif, die beiden Köche hereinzurufen, und als die beiden vor ihm standen, wandte er sich an den Hof und sprach:

»Ihr habt, meine Freunde, bei zwei festlichen Mahlzeiten Gelegenheit gehabt, die Kunst und Erfindungsgabe der beiden hier anwesenden Köche kennen- und schätzenzulernen. Uns kommt es nun zu, jedem das Seine zuteil werden zu lassen und zu entscheiden, welcher von ihnen das hohe Amt des obersten Chefs der Küchen des Palastes bekleiden soll. Ich denke, ihr werdet alle mit mir übereinstimmen, wenn ich anerkenne und öffentlich kundtue, daß der zweite dem ersten himmelweit überlegen ist. Mag auch das Mahl, das wir letzten Sonntag verkosten durften, ganz genauso fein, eigenartig, vielseitig und wohlschmeckend gewesen sein wie das, welches uns heute aufgetischt wurde, so war es doch letztlich nichts anderes als ein fürstliches Mahl. Das zweite hingegen, weil es die genaue Wiederholung der ersten war, wuchs empor zu einer höheren Dimension. Das erste war ein Ereignis, doch das zweite war eine Gedenkfeier, und wenn schon das erste Festmahl denkwürdig ist, so allein darum, weil das zweite ihm rückwirkend seine Denkwürdigkeit verliehen hat. Ebenso lösen sich die Großtaten der Geschichte aus dem unreinen, tauben Gestein, dem sie entstammen, ausschließlich durch das Gedenken, das sie fortleben läßt bis weit in die fernsten Geschlechter. Obschon ich es denn bei meinen Freunden und auf der Reise schätze, wenn man mir fürstliche Mahlzeiten vorsetzt – hier in meinem Palast wünsche ich, daß ein jedes Mahl heilig sei. Heilig, ja, denn einzig in der Wiederholung hat das Heilige Bestand, und mit jeder Wiederholung gewinnt es an Erhabenheit. Küchenmeister eins und Küchenmeister zwei, ich nehme euch beide in meinen Dienst. Du, Küchenmeister eins, wirst mich auf meinen Jagden und Kriegszügen begleiten. Du wirst meine Tafel öffnen für neue Genüsse, für exotische Gerichte, für die erstaunlichsten Erfindungen gastronomischer Kunst. Du aber, Küchenmeister zwei, wirst hier im Hause wachen über die unwandelbare Ordnung des täglichen Essens und Trinkens. Du wirst der Hohepriester meiner Küchen sein, der beim Bereiten, Austeilen und Verzehren der Speisen die Riten bewahrt – die Riten, die dem Mahl seine geistige Dimension verleihen.«

Inhalt

Péchés innombrables

Du même auteur

Une saison ardente
Éditions de l'Olivier, 1991
Le Seuil, « Points » n° R571

Le Bout du rouleau
Éditions de l'Olivier, 1992
Le Seuil, « Points » n° R681

Ma mère
Éditions de l'Olivier, 1994

Indépendance
Éditions de l'Olivier, 1996
Le Seuil, « Points » n° 429

Une situation difficile
Éditions de l'Olivier, 1998

Rock Springs
Éditions de l'Olivier, réédition 1999

Un week-end dans le Michigan
Éditions de l'Olivier, réédition 1999
Le Seuil, « Points » n°96

Une mort secrète
Éditions de l'Olivier, réédition 1999

RICHARD FORD

Péchés innombrables

traduit de l'anglais (États-Unis)
par Suzanne V. Mayoux

ÉDITIONS DE L'OLIVIER

L'édition originale de cet ouvrage est parue
chez Alfred A. Knopf en 2002,
sous le titre : *A Multitude of Sins.*

ISBN 2.87929.328.6

Kristina

PÉCHÉS INNOMBRABLES

Intimité

À l'époque, nous formions encore un couple heureux.

Nous vivions dans une grande ville du Nord-Est. C'était l'hiver. Février. Le mois le plus froid. Bien entendu, j'essayais toujours d'écrire, et ma femme était traductrice pour une petite maison d'édition spécialisée dans les publications scientifiques tchèques. Mariés depuis dix ans, nous gardions l'illusion étrange, exaltante, d'avoir survécu aux plus dures épreuves que nous réservait l'existence.

Notre appartement en location, dans l'ancienne zone industrielle au sud de la ville, n'était en fait qu'une vaste salle à peu près vide, avec de hautes fenêtres des deux côtés et un minimum de lumière électrique. On se contentait de l'éclairage naturel. Le locataire précédent, un célèbre metteur en scène de théâtre d'avant-garde, avait présenté en ce lieu ses pièces mal équarries, nihilistes, de sorte que de la peinture noire recouvrait tous les murs, dont l'un restait bordé d'une rangée de sièges à abattants destinés à sa poignée de spectateurs maussades. Notre lit conjugal occupait un coin noyé d'ombre autour duquel nous avions suspendu quelques-unes des grandes toiles de fond en drap noir, afin de préserver notre intimité. Même si, naturellement, il n'y avait là personne qui la mît en péril.

Tous les soirs, lorsque ma femme revenait de chez son employeur, nous sortions dans les rues gelées et luisantes, pour dîner au restaurant. Ensuite nous allions prendre un café ou un cognac dans un bar, où nous passions une heure à parler intensément des traductions auxquelles ma femme était attelée, mais jamais (Dieu merci) du travail dans lequel, à ce moment-là déjà, je me heurtais à l'échec.

Il s'agissait pour nous, cela va sans dire, de regagner le plus tard possible notre logement. Car non seulement nous n'avions pratiquement pas de lumière, mais chaque soir à sept heures le propriétaire de l'immeuble coupait le chauffage, si bien que, dès dix heures, au dernier étage qui était le nôtre, il faisait trop froid pour être ailleurs qu'au lit sous un tas de couvertures, sans guère pouvoir bouger. Après ses longues journées au bureau, ma femme était toujours épuisée et, même s'il nous arrivait de rentrer un peu ivres et de faire l'amour dans notre recoin obscur sous les couvertures, le plus souvent elle filait tout droit se coucher, à bout de forces, et ronflait avant que j'aie eu le temps de la rejoindre.

Voilà comment bien des soirs de cet hiver-là, dans la grande salle glaciale et presque vide, je restais éveillé, parfois d'autant plus éveillé que nous avions bu du café fort. Et fréquemment je me mettais à déambuler d'une fenêtre à l'autre, regardant la nuit au-dehors, les yeux baissés sur la rue déserte ou levés sur le ciel fantomatique, embrasé de la luminescence chatoyante des bâtiments de la ville, des bâtiments que je ne voyais même pas. Je m'enveloppais souvent d'une couverture ou deux, et je portais les grosses chaussettes en laine rêche que j'avais gardées de quand j'étais adolescent.

C'est par une de ces froides nuits que, de l'une des fenêtres de derrière – lesquelles donnaient d'abord sur une ruelle, puis, par-delà le terrain vague laissé par la démolition d'une fabrique de fils électriques, sur les immeubles de la rue parallèle à la nôtre –, j'ai aperçu, dans un long appartement éclairé d'une lumière ambrée, la silhouette d'une femme qui se déshabillait avec lenteur, apparemment indifférente au monde extérieur derrière ses vitres.

À cause de l'éloignement, je ne pouvais pas bien la distinguer, je voyais seulement qu'elle était de petite taille et toute menue, semblait-il, avec des cheveux bruns coupés très court. La lumière flamboyante de la pièce où elle se trouvait lui colorait la peau d'un bronze lustré, et ses mouvements, perçus à travers les fenêtres, étaient empreints d'une stylisation un peu irréelle, tels ceux d'une forme découpée ou d'un personnage de film muet.

Quant à moi, tout seul dans la pénombre glaciale, drapé dans les couvertures qui me couvraient la tête comme un châle, avec ma femme anéantie dans son sommeil à quelques pas de moi, j'étais fasciné par cette vision. Je me suis d'abord approché de la vitre, assez près pour sentir le froid sur mes joues. Mais, craignant d'être repéré, même à cette distance, je n'ai pas tardé à me reculer. Ensuite je suis allé éteindre la petite lampe que mon épouse gardait à côté du lit, de façon à devenir complètement invisible dans le noir. Quelques minutes après, étant retourné prendre dans un tiroir les jumelles de théâtre en argent oubliées par le metteur en scène, je me suis posté à la fenêtre pour observer cette femme par-delà l'espace d'obscurité, de mon propre espace d'obscurité.

Je ne sais pas tout de ce qui se passait dans ma tête. Sans aucun doute, j'étais excité. Sans aucun doute, être là à mater dans le noir m'émoustillait. Sans aucun doute, je savourais le caractère illicite de la situation, ma femme endormie tout près de moi ne sachant rien de ce qui m'occupait. Il n'est même pas exclu que j'aie aimé le froid dans lequel je baignais, d'une densité égale à celle de la nuit, ni que la vision de cette femme – jeune, à mes yeux, et imprudente ou impudique – m'ait donné, d'une certaine manière, la sensation d'y être englobé, isolé de mon contexte, au point que le monde ainsi figé pouvait parfaitement s'exprimer sous la forme de deux pôles reliés par ma ligne de mire. Je suis sûr aujourd'hui que tout cela n'était pas sans rapport avec mes échecs imminents.

Il ne s'est rien passé de plus. Pourtant, les nuits suivantes, je suis resté éveillé pour observer la femme, laissant mon épouse fourbue sombrer dans le sommeil. Soir après soir, toute la semaine, la femme apparaissait à sa fenêtre et se déshabillait lentement dans sa chambre (une chambre que je n'ai jamais cherché à imaginer, quoiqu'il m'ait semblé discerner sur le mur derrière elle un dessin de cerf bondissant). Une fois dépouillée de ses vêtements, révélant des épaules maigres, de petits seins, des jambes et une cage thoracique osseuses ainsi qu'un ventre modestement bombé, elle se déplaçait pendant un moment à travers la pièce dans la lumière ambrée, d'une fenêtre à l'autre, se livrant à ce qui me faisait l'effet d'une sorte de danse languide, rituelle, ou d'un enchaînement de mouvements théâtraux, se dressant, se courbant, tendant les bras, arquant le cou, et tout au long ses mains accomplissaient des gestes gracieux, cadencés dont le sens m'échappait et que je n'essayais pas de comprendre, étant fasciné par sa nudité et par la vision intermittente de la sombre touffe de poils entre ses cuisses. Il n'y avait que l'excitation, le secret, la situation illicite et réellement rien d'autre.

Cela s'est donc répété toute une semaine, comme je le disais, puis j'ai arrêté. Un soir, simplement, de nouveau drapé dans mes couvertures, je me suis posté à la fenêtre avec les jumelles de théâtre, j'ai vu la lumière briller de l'autre côté du terrain vague. Un moment s'est écoulé sans que personne ne se montre. Et là, sans motif particulier, j'ai tourné les talons pour aller me coucher auprès de mon épouse toute chaude, sentant le cognac, la sueur et le sommeil sous le tas de couvertures, je me suis endormi à mon tour et jamais plus l'idée ne m'est venue de regarder par la fenêtre.

Un après-midi, pourtant, huit jours après que j'avais cessé de monter le guet, j'ai abandonné ma table de travail dans un moment de frustration et de vain désespoir, je suis sorti dans la lumière hivernale et j'ai longé à grands pas la rangée de vitrines à la mode, les vieilles bâtisses converties en boutiques de fringues et galeries d'art prospères. J'ai marché jusqu'au fleuve, encombré de grandes plaques de glace grisâtre. J'ai poursuivi mon chemin jusqu'à l'université, presque jusqu'à l'endroit où ma femme était à cette heure-là en train de travailler. Puis, comme la nuit tombait, j'ai fait demi-tour en direction de ma rue, le visage durci par le froid, les épaules contractées, les mains nues toutes glacées et rouges. En tournant le coin pour prendre un raccourci, je me suis aperçu que je passais inopinément au pied de l'immeuble que j'avais épié durant une semaine. Quelque chose a fait que j'ai pu l'identifier, tout en n'ayant jamais auparavant eu conscience de passer devant, ni même de le voir en plein jour. Or, à cet instant précis, une femme s'apprêtait à pénétrer dans l'immeuble par la haute porte principale, la femme que j'avais observée soir après soir, qui m'avait procuré du plaisir et sûrement une secrète consolation. J'ai reconnu son visage, bien entendu – un petit visage rond et qui m'est apparu impassible. À ma vive surprise, sinon à ma déception, elle était âgée. Elle pouvait avoir soixante-dix ans ou davantage. Une Chinoise toute vêtue de noir, une veste et un pantalon légers dans lesquels elle devait grelotter autant que moi. Elle devait même être transie. Elle charriait des sacs en plastique pleins de provisions, suspendus à ses bras ou tenus dans ses mains. Lorsque je me suis arrêté pour la regarder, elle a tourné la tête et m'a rendu mon regard du haut des marches avec une expression dont je pense seulement à présent qu'elle exprimait l'indifférence, mêlée à l'ombre d'une idée de danger. C'était une vieille dame, après tout. J'aurais pu avoir une envie soudaine de lui faire du mal, et ç'aurait été facile. Mais, naturellement, je n'y songeais pas. Elle s'est retournée vers la porte et a paru se hâter d'enfoncer sa clé dans la serrure. Elle a jeté un nouveau coup d'œil de mon côté, tandis que j'entendais jouer le gros verrou. Je n'ai rien dit, j'ai même cessé de la dévisager. Je ne voulais pas qu'elle puisse soupçonner les pensées que j'avais en tête ni celles que je n'avais pas. Et je me suis remis à marcher, avec le sentiment bizarre mais peu étonnant d'avoir été trompé, j'ai simplement poursuivi mon chemin vers chez moi, vers ma propre porte, au moment où ma vie amorçait son long premier cycle de soumission à la force des choses.

Moment privilégié

En s'arrêtant au feu rouge dans les encombrements de Sheridan Road, Wales vit une femme faire une chute dans la neige. Un brusque dérapage sur la plaque durcie, piétinée que le chasse-neige avait laissée au bord du passage clouté. Elle doit être vieille, se dit Wales, malgré l'obscurité qui l'empêchait de distinguer son visage, il la vit seulement tomber à la renverse. Elle portait un pardessus d'homme, long et gris, des bottes et un bonnet tricoté tiré sur les oreilles. Ou alors elle avait bu, évidemment, pensa-t-il en l'observant à travers les traces de sel sur son pare-brise. Elle pouvait être plus jeune. Plus jeune et soûle.

Wales se rendait au Drake pour passer la nuit avec une femme nommée Jena, dont le mari avait fait fortune dans l'immobilier. Jena avait pris une suite à l'hôtel pour toute une semaine, dans le but de peindre. Elle avait quarante ans. Son mari était d'accord. Cela faisait cinq soirs d'affilée qu'ils se retrouvaient tous les deux (elle et Wales). Il avait envie que ça continue.

Wales travaillait à l'étranger depuis quatorze ans, à Barcelone, à Stockholm, à Berlin, donnant ses articles à divers journaux. Toujours en anglais. Récemment, il avait pris conscience d'être resté au loin trop longtemps, d'avoir perdu le contact avec les particularités de la vie américaine. Mais un ami de longue date, un journaliste qu'il avait connu à Londres, l'avait appelé pour lui dire : reviens, reviens chez nous, viens à Chicago faire un séminaire sur ce que ça signifie au juste d'être James Wales. Rien que deux jours par semaine, deux ou trois mois, et après tu retournes à Berlin. « La littérature de l'actualité », avait conclu en riant son ami, qui était devenu professeur. Et, de fait, c'était drôle. Comme Hegel pouvait être drôle. Aucun des étudiants ne prenait cela très au sérieux.

La femme qui avait fait une chute – vieille ou jeune, soûle ou non, il ne savait pas trop – s'était à présent relevée et, pour une raison mystérieuse, elle avait plaqué la main sur sa tête, comme s'il y avait du vent. Le flot de voitures s'engouffrait devant elle dans Sheridan Road, accélérait dans la lumière des phares. Les tours construites dans les années 60, une longue rangée, tous les appartements jouissant d'une jolie vue, se dressaient entre la rue et le lac. On était début mars. Un temps hivernal.

Le feu restait au rouge pour la file de Wales, tandis que les voitures d'en face commençaient à virer devant lui à la queue leu leu dans Ardmore Street. Mais la femme qui était tombée et qui tenait la main posée sur sa tête choisit ce moment précis pour s'avancer sur la chaussée. Et, par chance, sur la première file, la plus proche du trottoir, l'automobiliste qui arrivait ralentit et s'arrêta afin de la laisser passer. La femme ne s'en aperçut même pas, elle ne se rendit pas compte que ses deux ou trois pas irréfléchis l'avaient mise en danger. Qui sait ce qui peut être en train de bourdonner dans cette tête, songea Wales en la regardant. Quelques instants plus tôt, elle gisait dans la neige. Et juste avant, tout allait bien.

Les voitures d'en face continuaient de virer à fond de train dans Ardmore Street. Les conducteurs de cette file-là – la file médiane – ne voyaient pas cette femme qui traversait la rue, avec sa démarche hésitante. Elle, pourtant, semblait les voir, car elle tendit la main, cette même main qu'elle avait tenue posée sur sa tête, en tournant la paume vers l'extérieur, comme si elle comptait arrêter les voitures qui surgissaient tandis qu'elle s'avançait en travers de leur chemin. Et ce fut l'un de ces véhicules, une fourgonnette de teinte foncée, ressemblant à un petit vaisseau spatial (et, pensa Wales, roulant trop vite, beaucoup plus vite qu'il n'était raisonnable dans ces circonstances), l'un de ces véhicules pressés qui heurta la femme de plein fouet, lui entra dans le flanc telle l'étrave d'un bateau, sans songer un instant à freiner, et ce faisant l'expédia non pas dans les airs, ni sous les roues, ni sur son capot inexistant, mais de côté, sur la chaussée, métamorphosant instantanément une personne vieille ou jeune, soûle ou non, vêtue d'un pardessus gris, en un tas de vestiges composites sur le macadam glacé.

Morte, pensa Wales, morte, à moins de trois mètres de là où lui et toute sa file s'ébranlaient avec assurance, le feu étant enfin passé au vert et les klaxons commençant à retentir derrière. Dans son rétroviseur latéral, il distingua sur le sol le corps inanimé de la femme (il avait déjà parcouru une trentaine de mètres). La rue était engorgée dans les deux sens, le concert de klaxons redoublait. Il repéra les feux arrière rouge vif de la fourgonnette, qui s'était arrêtée, et quelqu'un fonçait sur la chaussée en gesticulant comme un fou. Des gens affluaient de la station d'autobus, des immeubles. La circulation s'immobilisait de ce côté-là.

Il avait songé à s'arrêter, mais ça n'aurait servi à rien, se dit-il en jetant un nouveau coup d'œil dans le rétroviseur vingt mètres plus loin. Sur le trottoir, un groupe de silhouettes indistinctes regardait par terre. Wales ne voyait plus la femme. Mais personne ne s'agenouillait pour lui venir en aide, ce qui était significatif. Il sentit son cœur se mettre à battre la chamade. Une sueur froide lui mouilla le cou dans la chaleur de la voiture. Il était saisi d'anxiété, tout d'un coup. *C'est trop con de mourir quand on n'en a pas envie.* Ç'avait été le refrain d'un certain Peter Swayzee qu'il avait connu en Espagne, un photographe, un idiot qui était mort à présent, déchiqueté par les balles en couvrant une échauffourée en Afrique orientale, à un endroit où les journalistes se croyaient protégés. Lui, Wales, il n'avait jamais rien fait de tel, couvrir une guerre, une échauffourée, un conflit frontalier ou une fusillade. Cela ne le tentait pas. C'était un manque de prudence élémentaire. Il préférait le terrain qui n'était pas celui de la guerre. La culture. Et il était maintenant à Chicago.

§

En s'engageant sur l'Outer Drive le long du lac vers le sud, Wales se mit à récapituler les éléments les plus frappants du décès auquel il venait d'assister. Ce qu'il éprouvait en ce moment semblait avoir besoin d'être élucidé, évacué. C'était toujours bénéfique de clarifier ses réactions.

Premier point : le fait qu'elle était morte ; qu'il en avait eu la certitude ; que toute autre hypothèse paraissait exclue. Aucun enjeu moral dans l'affaire. D'autres personnes étaient là pour secourir la victime, au cas où elle ne serait pas morte. Il lui était déjà arrivé de secourir des gens – une fois, dans l'UBahn, lorsque les Kurdes avaient fait sauter une charge d'explosif à l'heure d'affluence. On n'y voyait rien à cause de la fumée qui avait envahi la station de métro, et il avait guidé les passagers vers la sortie, en les tenant par la main jusque dans la rue ensoleillée.

Deuxième point, bien sûr – et là, peut-être y avait-il un problème moral –, il avait été ému par cette femme dès l'instant où il l'avait vue tomber dans la neige presque en douceur, puis se relever et se ressaisir, la main plaquée sur sa tête. Pour tout remettre en place. À cet instant, elle adhérait pleinement à sa vie, elle en maîtrisait la complexité. Et sur ce – alors qu'il l'observait –, trois pas, peut-être quatre, et tout était fini. Mentalement, il décomposa la chose : d'abord, comme si rien de ce qui s'était passé n'avait été inévitable. Et ensuite, comme si *le tout* était inévitable, un enchaînement logique. Dans le travail qu'il faisait, personne n'était client de ce genre d'interrogation. Dans le travail qu'il faisait, seule comptait l'actualité.

Le lac s'étendait sur sa gauche, sombre comme le pétrole et invisible derrière les files aveuglantes du flot de véhicules filant au nord pour rentrer. Le vendredi soir. Devant, le centre-ville éclairait les nuages bas qui ensevelissaient les gratte-ciel, dont les cimes les plus hautes avaient disparu, embrasant le ciel du dedans. Sa crise d'anxiété n'avait pas duré trop longtemps, constata-t-il. Mais il en restait simplement une sensation désordonnée – assez familière –, comme si, en déclarant morte une personne qu'il ne connaissait même pas, il avait voulu à tout prix établir quelque chose sans pour autant y parvenir. Certes, il n'avait peut-être fait qu'anticiper.

§

Le Drake était bondé à six heures du soir, même la galerie du rez-de-chaussée, où se trouvaient des boutiques de luxe et un restaurant du style cap Cod dans lequel Jena et lui avaient dîné le premier jour, lorsqu'ils se félicitaient du plaisir nouveau d'être ensemble. Il entrait chaque soir par là – l'entrée de derrière – et ressortait par là chaque matin. Si le mari de Jena avait embauché un détective pour le surveiller, le détective planquerait devant l'hôtel, avait décidé Wales. Il n'était guère doué pour la tromperie, il le savait. La tromperie était un art très américain.

Le hall d'en bas grouillait d'hommes en costard et de leurs femmes en robe à fleurs, se hâtant en tous sens, avec leur nom sur un badge marqué *BIG TEN* [1]. Wales était pressé de s'extraire de là. Mais, tandis qu'il se frayait un chemin en direction des ascenseurs, il tomba sur quelqu'un qui, apparemment, le connaissait.

« Hé ! Wales ! » s'écria le type en fendant la cohue, un grand costaud souriant, au cou massif, vêtu d'un costume bleu fluo. Un ancien athlète, de toute évidence. Sur son badge en plastique blanc, on lisait *Jim* et, au-dessous, *President.* « Vous venez à notre cocktail ?

– Je ne sais pas. Non. » Wales lui rendit son sourire. La foule trop bruyante les cernait. Des couples pénétraient dans une vaste

1. *Big Ten* : les dix meilleures équipes universitaires de football américain. *(N.d.l.T.)*

salle de banquet, inondée de lumière, où résonnaient les rires et la musique d'un piano.

Il avait rencontré ce Jim quelque part. Mais c'était tout ce qu'il se rappelait sans vraiment s'en souvenir. Peut-être à un dîner de l'université. Aujourd'hui, en tout cas, cet individu resurgissait en travers de son chemin. Chicago était une grande ville, mais pas assez grande. Petitement grande.

« Bon, mais vous voilà invité, dit le nommé Jim d'un ton jovial, en se rapprochant.

– Merci, répondit Wales. Bon. Oui. » Ils ne s'étaient pas serré la main. Aucun des deux ne voulait retenir l'autre trop longtemps.

« Hein, Wales, qu'est-ce que vous pouvez avoir de mieux comme proposition ? » insista le nommé Jim. Il avait la peau trop blanche, trop épaisse sur son large maxillaire.

« Eh bien, je me le demande. » Wales avait failli dire : « Ça dépend », mais il s'en abstint. Il se sentait excessivement visible dans ces parages.

« Vous avez reçu les billets que je vous ai envoyés ? reprit Jim d'une voix sonore.

– Bien sûr. » Il n'avait aucune idée de ce dont parlait ce Jim. Mais il ajouta : « Mais oui. Merci.

– Alors, je suis un homme de parole, hein ? » Le type vociférait pour couvrir le bruit croissant de la foule.

Wales jeta un coup d'œil vers les ascenseurs un peu plus loin. Les grilles de laiton luisant qui s'ouvraient lentement, se refermaient lentement. Les triangles vert clair, pointés vers le haut. Les triangles rouge clair, pointés vers le bas. Le carillon léger, séducteur. « Merci pour les billets. » Il songeait à serrer la main de son interlocuteur pour s'en débarrasser.

« Donnez le bonjour de ma part à Franklin », dit le nommé Jim avec une apparente intention de sarcasme. Le sourire faisait ressembler sa mâchoire anormalement développée à celle de Mussolini. Franklin ? se demanda Wales. Qui était Franklin ? Il ne voyait pas qui pouvait s'appeler Franklin à l'université. Il avait l'impression d'être ivre, sans avoir rien bu. Une heure plus tôt, il tenait son séminaire. Coincé entre les boiseries d'une salle peuplée d'étudiants.

Ding… ding… ding. Les ascenseurs montaient.

« Ah ! oui. Je n'y manquerai pas, dit Wales en souriant pour la troisième fois.

– Bon, conclut Jim. Soyez sage. » Toutes ses dents de devant étaient fausses.

Jim s'éloigna dans la foule qui commençait à accélérer le mouvement vers la salle de banquet. À ce moment précis, Wales sentit l'odeur d'un cigare, dense et pénétrante. Cela lui rappela le Paris Bar à Berlin. Quelque chose dans cette galerie, la fumée de tabac plus les lumières aux reflets cuivrés, paraissait presque identique à son souvenir de cet endroit. Il y était entré un soir avec une amie pour boire un verre et acheter des préservatifs. Dans les toilettes des messieurs, le distributeur se trouvait à côté des urinoirs, très fréquentés. Or il avait trouvé moyen – par nervosité, peut-être, encore un coup de l'anticipation – de laisser tomber sa pièce d'un Deutsche Mark. Et parce que ce jour-là il avait bu, et qu'il tenait à avoir ses préservatifs, qu'il y tenait très fort, il s'accroupit auprès d'un homme occupé à pisser, pour récupérer la pièce fugitive sur le carrelage entre les jambes de l'inconnu. Lequel lui sourit de son haut, sans se formaliser, comme si ce genre de chose arrivait couramment. « Mes doigts font de l'incontinence ce soir », lança Wales en palpant son petit mark argenté, lequel n'était même pas humide. Sur quoi il éclata de rire, un accès de rire tonitruant. Personne dans ces toilettes allemandes ne pouvait avoir compris la plaisanterie, qu'il trouvait follement drôle. Un problème de communication caractéristique.

« *Viel Glück, mein Freund*, dit l'inconnu qui refermait sa braguette en regardant béatement autour de lui.

– Oui, bon. *Der beste Glück. Natürlich* », répondit Wales en glissant sa pièce dans le distributeur.

« Du coup, tout le monde va être au courant », observa son amie lorsqu'ils sortirent du bar de la Kantstrasse, dans la douce soirée estivale. L'aventure la faisait rire. Elle connaissait tous ces gens.

« Ça ne doit pas les déranger, dit Wales.

– Mais non, bien sûr. Ils s'en fichent pas mal. Tout ça est complètement idiot. »

§

Jena lui avait donné la clé, une carte blanche rigide qui, insérée dans la fente, allumait une petite lumière verte accompagnée d'un déclic, après quoi la porte s'ouvrait. La chambre 839.

« Ah, je grillais d'impatience que tu sois là », dit Jena d'une voix chaude, plus gutturale que d'habitude. Il ne la distinguait pas bien. La chambre était plongée dans l'obscurité, hormis la lueur d'une bougie que Jena avait allumée devant son chevalet, dans l'ombre à côté d'une fenêtre. C'était une longue suite en forme de L, au bout de laquelle une sorte d'estrade précédait les hautes fenêtres donnant sur le lac. La vue au nord, objet de tous les désirs. La vue coûteuse. Le lit était à l'autre extrémité, où il n'y avait aucune lumière, rien que le radio-réveil qui affichait 18:05. Une belle chambre spacieuse, américaine, pensa Wales. Tellement mieux qu'en Europe. On pouvait passer toute sa vie dans une pièce pareille, et ce serait une vie très agréable.

Jena occupait l'un des deux fauteuils qu'elle avait approchés de la fenêtre. Avant l'arrivée de Wales, elle regardait les voitures sur le Lake Shore Drive. Elle tendit le bras en arrière pour lui prendre la main. Elle était adorable. La plus attirante des femmes. « Ne serais-tu pas en retard ? dit-elle. J'ai l'impression que tu viens très tard.

– Ça roulait mal », répondit Wales.

Elle tourna la tête vers lui. En se penchant pour l'embrasser sur la joue, il sentit son haleine au léger parfum d'agrumes.

Jena avait mis le chauffage à fond. Elle avait toujours froid. Elle était trop maigre, pensa-t-il, plus maigre qu'on n'aurait cru en la voyant habillée, une brune aux bras frêles, pas précisément jolie sous tous les éclairages, mais jolie quand même, le visage un peu pointu, les lèvres douces, souriantes, à peine trop minces. Et pourtant tellement émouvante, avec cette sensation d'imprudence qu'elle donnait. Elle avait l'esprit vif, des réactions imprévisibles, elle paraissait constamment préoccupée d'elle-même et riait à contretemps. Riche, mariée et mère de famille, elle n'avait peut-être guère eu l'occasion, se disait Wales, d'acquérir de l'expérience, pas assez pour savoir ce qu'il fallait éviter de faire, si bien qu'elle était simplement elle-même, encore une particularité qu'il trouvait émouvante.

Wales avait été invité à donner une conférence pour compléter ses prestations à l'université. Et il avait choisi comme thème la mort de Lady Diana en tant qu'événement dans la presse anglaise. Il avait intitulé sa conférence : « Un cas d'actualité défaillante ». Les cas de ce genre, avait-il dit, étaient les plus faciles à couvrir : il suffisait de broder sur les émotions, de broder sur leurs conséquences, d'inventer ce qu'il y avait d'important. C'était coutumier en Angleterre. Il avait cité Henry James : « Écrire crée l'importance. » Ce n'était pas exactement du journalisme, admettait-il.

Venue en voiture de sa banlieue sur la rive du lac, Jena avait assisté à la conférence à titre de « membre de la communauté ». Après, elle l'avait emmené prendre un verre. Dans le bar, ils avaient parlé jusqu'à une heure tardive du fait que l'Amérique perdait prise sur le monde ; du besoin mondialisé de s'émouvoir davantage ; d'un sentiment de deuil mondialisé qui se généralisait ; de la coïncidence amusante du nom qu'il portait : Wales [2]. Elle était menue, directe, provocante, changeait sans cesse de

2. *Wales* : pays de Galles (Lady Diana était princesse de Galles). *(N.d.l.T.)*

sujet et riait trop, le rire, avait-il pensé, d'une femme habituée à inspirer la défiance. Simultanément, il se demandait : d'où viens-tu, où puis-je te retrouver ? Au début, elle s'était comportée comme si elle doutait d'elle-même, mais sans timidité, elle n'avait pas trace de timidité, elle était protégée, libre, insouciante, ce qui lui permettait de *sembler* peu sûre d'elle et, du même coup, audacieuse. Ce qui plaisait aussi à Wales. C'était excitant. Il savait, bien entendu, que les femmes se rendant à des conférences recherchaient quelque chose, éventuellement quelque chose d'innocent, mais quelque chose, toujours. Cette rencontre datait de quinze jours. En quittant le bar, Jena l'avait pris par le bras et lui avait dit : « Il va falloir nous dépêcher si nous voulons faire quoi que ce soit ensemble. Vous partez bientôt. » Ils n'avaient pas vraiment parlé de faire quoi que ce soit ensemble. Mais, en effet, il allait bientôt partir.

« Alors, dépêchons-nous », avait-il acquiescé. Et ils s'étaient dépêchés.

« Tu as les mains glacées. » Jena lui saisit les mains. Il l'aimait beaucoup.

Il s'agenouilla, l'entoura de ses bras et l'étreignit, la joue dans ses cheveux. Elle portait une petite robe noire de chez Chanel qui lui mettait le cou en valeur, et il y posa un baiser, puis un autre sur les cheveux, tout secs contre sa bouche. Il sentait sa propre odeur. Un peu âcre. Il ferait bien de s'offrir un bain, pensa-t-il. Un bain le détendrait.

« J'ai croisé dans le hall un type qui m'a reconnu, dit-il. Il m'a parlé d'un certain Franklin. Je ne sais pas qui c'était.

– Il a dû te prendre pour quelqu'un d'autre, murmura Jena, le visage tout près du sien.

– Peut-être. » Ça se pouvait, sauf que ce type l'avait appelé Wales. Mais, bon sang, songea-t-il, c'était là le genre d'information morne qu'on donnait à sa femme faute d'avoir autre chose à dire. Une information sans intérêt. Il n'était pas marié.

Les cinq nuits qu'ils venaient de passer ensemble au Drake, Jena avait chaque fois voulu faire l'amour dès son arrivée, comme si cet acte leur apportait une confirmation à tous deux, et que tout le reste fût à éliminer ; le temps dont ils disposaient était primordial, pressant, fugace. Wales en avait maintenant très envie, il se sentait excité, quoique vaguement abattu. Après tout, il avait vu ce soir la mort de quelqu'un. La mort a de quoi abattre n'importe qui.

Seulement, ce que Jena n'aimait pas, c'était la faiblesse. Toute espèce de faiblesse. Il ne voulait donc pas avoir l'air abattu. Cette femme se plaisait à maîtriser la situation, mais aussi à être déstabilisée, intriguée, comme si le mystère était une sorte d'intelligence captivante. Elle avait donc besoin qu'il semble lui-même maître de lui, et même insaisissable, réservé, mystérieux peut-être, tout sauf faible. C'était son univers de rêve.

Et pourtant, la réserve constituait un vrai fardeau. Au bout du compte, se dévoiler, qui s'en préoccupait ? On se dévoilait, qu'on le souhaite ou non. Il se dit qu'il lui laissait le rôle intéressant dans l'histoire. Une forme de générosité de sa part. Ce qu'il y avait de plus vrai pour elle, finalement, c'était ce qu'elle voulait.

« J'aimerais que nous causions, dit Jena. Pouvons-nous d'abord causer un peu ?

– J'espérais que ce serait possible », dit Wales. Une réponse suffisamment opaque. Il lui parlerait peut-être de la femme qu'il avait vue se faire tuer au coin d'Ardmore Street.

« Viens t'asseoir dans ce fauteuil près de moi. » Elle leva les yeux et lui sourit. « Nous pourrons regarder les lumières en parlant, tous les deux. Tu m'as manqué. »

Peu importait à Wales ce qu'ils faisaient pour commencer ; une bonne soirée pouvait s'articuler de différentes façons. À un moment ou un autre, ils feraient l'amour. Plus tard, ils sortiraient dans le froid et le vent sur la large avenue illuminée, pour aller dîner quelque part. Ce serait très bien.

Il s'assit entre Jena et la table couverte de son matériel, pinceaux, gobelets contenant de l'eau ou de la térébenthine, tubes de pigment, crayons, gommes, lames de rasoir, morceaux de feutrine, autour d'un bouquet de trois jacinthes. Il avait déjà vu certains de ses tableaux : des agrandissements de photos en noir et blanc d'un homme et d'une femme, des photos des années 50. Le couple était habillé avec goût, debout dans le jardinet d'une petite maison en bois entourée de ce qui paraissait être un champ. C'étaient ses parents. Jena peignait sur ces photographies, cernant le corps de l'homme et de la femme d'une ombre rouge, bleue ou verte, leur barbouillant le visage, le déformant, les faisant paraître laids mais pas comiques. Ces tableaux composeraient une série. Wales les trouvait déprimants, sans nécessité. « Bien sûr, Bacon a employé ce genre de procédé avant moi, lui avait dit Jena confidentiellement. Il n'a pas exposé les siens. Mais moi, je vais le faire. »

Elle prit le long pull en cachemire rouge posé sur le dossier de son fauteuil et l'enfila par-dessus sa robe. L'air se refroidissait au contact des vitres. Il y avait quelque chose de grisant à être là, comme s'ils se tenaient tout au bord, prêts à sauter dans le vide.

Huit étages plus bas, le flot de voitures – phares et feux arrière – sillonnait le Drive, et plus loin scintillaient les lumières des appartements de la Gold Coast, luxueux mais peu engageants, dénués de vie. L'enseigne de l'hôtel teintait d'une lueur rosée le ciel nocturne, insondable. Le lac lui-même ressemblait à un précipice ténébreux. Les lacs étaient ennuyeux, songea Wales. Plats. Il avait grandi près de l'océan, jamais décevant, sans compromis.

« Le lac a quelque chose de merveilleux, non ? » dit Jena en se penchant tout contre la vitre. Des particules d'humidité flottaient dans l'air coloré derrière la fenêtre.

« Pour moi, c'est une déception permanente.

– Oh ! non, protesta doucement Jena en se retournant pour lui sourire. J'adore le lac. Il est tellement réconfortant. Il est modéré. J'adore Chicago, aussi. » Elle colla de nouveau son nez à la vitre. Elle était heureuse.

« De quoi voulais-tu que nous parlions ? demanda Wales.

– De ma famille. Ça ne t'ennuie pas ?

– Je ferai une exception.

– Mes parents, je veux dire, pas mon mari ni mes enfants », précisa-t-elle. Jena était mariée depuis vingt ans, mais ses filles étaient encore petites. L'une âgée de dix ans, se rappelait Wales, l'autre de six ou sept. Elle éprouvait de l'attachement envers son riche mari, qui l'encourageait à faire tout ce dont elle avait envie. Prendre des cours de pilotage. Passer l'été à Ibiza toute seule. Ne jamais envisager de travailler. Rencontrer des hommes. Pourvu qu'elle reste mariée avec lui, selon leur pacte. Il était plus vieux qu'elle : il avait l'âge de Wales. C'était satisfaisant. Sinon parfait.

Elle posa le bout de ses dix doigts contre la vitre froide et les tint ainsi comme sur un clavier, puis elle regarda Wales avec un sourire. « Tes parents à toi, où sont-ils ? » demanda-t-elle. Elle lui avait déjà posé deux fois la question et avait oublié la réponse.

« Dans le Rhode Island, dit Wales. Mon père a quatre-vingt-quatre ans. Ma mère, eh bien, elle est… » Même si ça ne le gênait pas de le dire, il hésitait. « Elle est atteinte de la maladie d'Alzheimer.

– Elle te reconnaîtrait ?

– Si elle me reconnaîtrait ? Dans la mesure où elle le pourrait, je suppose.

– Est-ce qu'elle le peut ?

– Non.

– Et tu as des collatéraux ? » Cette question-là, elle ne l'avait pas encore posée. Elle choisissait souvent des mots déplaisants. Collatéraux. Interaction. Réseau. Caution. Des mots qu'employaient ses amis.

« Une sœur aînée. Elle vit en Arizona. Nous ne sommes pas très proches. Je ne l'aime pas beaucoup.

– Hmm… » Jena souleva les doigts, à peine, puis elle les reposa sur la vitre. Ses genoux étaient croisés. Elle avait les jambes et les pieds nus, et sûrement froid. Elle l'interrogeait par pure politesse. « Mes parents étaient fondamentalement mutiques, reprit-elle avec un soupir de lassitude. Ils avaient grandi dans une telle pauvreté en Ohio – où de toute façon personne n'avait rien à raconter – qu'ils ignoraient tout ce qu'il faut être capable de dire pour que la société fonctionne. » Elle hocha la tête, en accord avec sa propre affirmation. « Ma mère, par exemple. Jamais elle ne s'avançait vers quelqu'un en disant simplement : "Bonjour, je m'appelle Mary Burns." Elle se mettait tout de suite à parler, à déballer ce qu'elle avait besoin de faire savoir. Après quoi elle te dévisageait. Et si tu avais l'air étonné, elle t'en voulait. »

Le regard de Jena parut se fixer en bas sur le flot incandescent de voitures. C'était là son histoire à elle, pensa Wales ; le morceau de son passé qu'elle ne pouvait digérer, l'histoire absolument insignifiante qui, selon elle, expliquait tous ses insuccès majeurs : pourquoi elle avait épousé l'homme qu'elle avait épousé. Pourquoi elle n'était pas allée dans une meilleure université. Pourquoi elle ne réussissait pas mieux en tant qu'artiste. Lui-même, il avait sa petite histoire qui remontait à bien longtemps : en 1958, un jour de grisaille dans la baie de Narragansett, avec son père à bord d'un doris. Une partie de pêche. Son père lui avait avoué qu'il aimait une femme à moitié portugaise, qu'il allait la voir là-bas à Westerly, une femme dont sa mère et sa sœur ignoraient l'existence. Cette histoire était restée de longues années gravée dans son esprit, même si elle lui revenait seulement aujourd'hui à la mémoire.

Pourtant, ces choses n'avaient pas de véritable importance. On ne se souvient pas du passé, on l'imagine. On pourrait l'imaginer autrement. C'était ce qu'il allait dire à Jena, il allait lui dire qu'elle était une femme merveilleuse. Rien d'autre ne comptait.

« Ça va ? » s'enquit Jena en retroussant au-dessus des coudes les manches de son pull. Ses cheveux bruns brillaient à la lueur de la bougie. La haute fenêtre renvoyait un reflet distordu de la chambre. « Je ne supporterais pas de te barber.

– Mais non, dit Wales. Pas du tout.

– Bon, alors, mon père, enchaîna-t-elle. Quand ils entraient dans un restaurant, il était incapable de demander une table. Il restait planté là. Puis ils s'avançaient petit à petit, croyant que la personne qualifiée comprendrait les désirs de mon père, comme si sa seule présence suffisait à exprimer ce qu'il avait besoin qu'elle exprime. » Jena secoua la tête, souffla sur la vitre et contempla rêveusement la buée créée par son haleine. « C'est tellement bizarre. Ils se comportaient comme des immigrés. Qu'ils n'étaient pas. Une forme d'arrogance, je suppose.

– C'est tout ? demanda Wales.

– Oui. » Elle le regarda en battant des paupières.

« Ça ne me paraît pas très grave.

– C'est simplement la raison pour laquelle ces êtres humains n'ont pas réussi, répliqua Jena d'un ton calme. Voilà.

– Mais est-ce que ça compte beaucoup pour toi ? » Il s'étonnait que ce soit de cela qu'elle ait voulu parler. Un thème qui semblait tellement intime et hors de propos.

« Il s'agit de mes parents, dit-elle.

– Ont-ils de l'affection pour toi ?

– Bien sûr. Je suis riche. Ils me traitent comme une reine. C'est pourquoi je peins des tableaux. Ils n'ont pas accompli leur devoir d'organiser la vie d'une manière responsable. Il me faut donc exprimer les choses au travers de ma peinture, parce qu'ils ne l'ont pas fait. »

Peut-être tout le temps passé avec des enfants, à créer quelque chose à partir de rien, faussait-il le point de vue, pensa Wales. « Mais ça te tracasse ? demanda-t-il.

– Non, dit Jena. Je voudrais aussi les mettre dans un roman. Crois-tu qu'ils seraient plausibles, dans un roman ? » Elle espérait écrire un roman. Tous les moyens d'expression lui plaisaient.

« Je n'en doute pas. » Il pensa : quelle peut être la difficulté d'écrire un roman ? Tant de gens s'y risquaient. Il aimait les romans parce qu'ils abordaient l'incommensurable, ce qui ne pouvait se dire d'aucune autre façon. Complètement à l'opposé de ce qu'il faisait, lui. Il écrivait sur les choses qui se produisaient. L'emballage du Reichstag. Les funérailles d'une princesse bidon. L'actualité défaillante, avec ses propres réactions pour compenser la défaillance.

Quelqu'un frappa fort à la porte au fond de la petite antichambre obscure, et l'ouvrit sans attendre la réponse. Wales avait oublié de verrouiller derrière lui.

« Sêêêr-*vice* ? » lança une voix sonore de jeune femme. Un rectangle de lumière jaune se projeta du couloir à l'intérieur.

« Non ! » s'exclama Jena en sursautant, le visage crispé, enlaidi, vu de si près. Sa bouche pouvait donner une impression de cruauté surprenante, même si elle n'était pas particulièrement cruelle, autant qu'il ait pu en juger. « Pas de service.

– Sêêêr-*vice ?* répéta la voix joviale. Vous voulez que je vous fais la couverture ?

– Non ! cria Jena. Vous ne faites pas la couverture.

– O.K. ! Merci. » La porte se referma.

Jena resta un moment immobile sur son fauteuil dans la lueur de la bougie, comme si elle était vivement contrariée. Elle tenait ses doigts croisés, pinçait les lèvres. Il devinait les battements violents de son cœur. Assez naturellement, il avait cru que c'était son mari. Elle aussi, sans doute. Et ça finirait par arriver, quand ça n'aurait plus d'importance. « Vous voulez que je vous *fais* la couverture », dit-elle d'un ton morose.

Il parcourut du regard la chambre noyée d'ombre. Une haute horloge en bois orné de bronze, au pendule inerte, se dressait contre un mur. Il y avait une jolie cheminée, purement décorative. Une reproduction dans un cadre doré. Caravage. *La Vocation de saint Michel.* Wales avait vu la toile au musée du Louvre. Il boirait volontiers un verre de vin, maintenant, pensa-t-il. Il chercha des yeux une bouteille sur une table, en vain. Les vêtements de Jena étaient tous rangés hors de vue, comme si elle vivait là depuis des mois, un état de choses à son goût : des surfaces nettes, une atmosphère de permanence, donnant l'impression que tout reposait sur un long passé, y compris elle-même. C'était sa forme de bonté : faire en sorte que la situation paraisse solide, fiable.

« As-tu jamais tué quelqu'un ? demanda-t-elle.

– Non », dit Wales. Elle se plaisait à voir en lui non pas un journaliste, mais un espion. Une manière de l'opacifier, afin de rester déstabilisée. Elle l'avait très peu interrogé sur son travail. Le premier jour, lorsqu'ils étaient allés prendre un verre, elle avait manifesté de l'intérêt. Un intérêt de courte durée.

« Serais-tu prêt à le faire ?

– Non. Tu as une cible en tête ? » Il s'aperçut qu'il avait encore sa veste et sa cravate.

« Non. » Jena sourit en ouvrant de grands yeux, comme s'il s'agissait d'une plaisanterie.

Pour la deuxième fois en une heure, il songea à cette mort d'une femme dont il avait été témoin dans Ardmore Street, au déroulement des faits jusqu'à leur terme. Ce lent enchaînement avait recelé tant de possibilités, tant de chances d'une meilleure issue. On devrait être capable de discerner les conséquences avant qu'elles surviennent, d'anticiper les issues funestes. Cela pouvait s'appliquer aux aventures amoureuses.

« Je trouve ça surprenant, reprit Jena. Mais c'est parce que tu es journaliste. Si tu étais un véritable écrivain tu serais différent. »

Elle lui sourit de nouveau, et il sentit pointer l'impression qu'il pourrait l'aimer, qu'il pourrait ainsi pénétrer le mystère, même si l'occasion risquait d'être fugace. Mais cette tendance qu'elle avait à dire ce qu'il ne fallait pas, à fanfaronner, cela lui plaisait bien. Au lieu d'être blasée à force d'expérience, en manquer la libérait.

« Que fais-tu en Europe ? demanda-t-elle.

– Je vais voir les choses qui se passent et ensuite j'écris des papiers là-dessus. C'est tout.

– Tu es célèbre ?

– Un journaliste n'atteint pas à la célébrité. Nous rendons célèbres d'autres gens. » Elle ne savait rien des journalistes. Cela aussi lui plaisait.

« Il faudra que tu me racontes un jour quelle est la chose la plus étrange que tu aies vue et sur laquelle tu aies écrit. Je voudrais savoir ça.

– Oui, un jour, je te raconterai, dit Wales. Promis. »

§

Ils faisaient l'amour de façon mouvementée. Au début, elle badinait presque, tout en se montrant sélective, vaguement théâtrale, experte. Et ensuite – mais très vite, en fait –, elle devenait absorbée, déterminée, prodigue, comme si tout était à découvrir, un parcours inexploré, quoi qu'ils fassent. Elle avait la capacité d'innover avec beaucoup de naturel, et il était ému de sentir que quelque chose de nouveau pouvait vous arriver : que la conscience de soi en éveil pouvait vous procurer l'immersion et s'éterniser. Il n'opposait aucune résistance, ne renonçait à rien, ne perdait jamais le contact avec elle dans toute cette exploration. C'était ce qu'il désirait.

Lorsque ce fut fini, il resta muet un long moment. Elle avait allumé la lampe de chevet et s'était endormie, les yeux abrités sous sa main. Et il pensa : où cela avait-il disparu dans ma vie ? Comment le conserver ? Puis il se dit : mais non. Cela ne se conserve pas. Tu le prends quand c'est offert.

Le réveil sous la lampe affichait 21:19. Wales sentait l'odeur du solvant et des jacinthes sur la table près du chevalet, des arômes pénétrants, ténébreux dont s'imprégnait la chaleur de la chambre. On entendait parler dehors dans le couloir. Le téléphone sonna deux fois. Wales prit une douche, puis il alla à la fenêtre pendant que Jena dormait, et il regarda la photo repeinte, les parents du Middle West, leurs traits déformés. Elle devait les haïr. Puis il se souvint des toiles de Bacon à la Tate. Les grands singes torturés.

Il choisit alors de se remémorer le jour des funérailles à Londres. C'était un soulagement d'y repenser. La douceur de ce samedi d'été prolongé. Il avait débarqué du train qui l'amenait de chez des amis près d'Oxford. La gare – Paddington – était déserte, ses longs quais habités par l'écho, noyés de silence dans la lumière aqueuse, comme les rues au-dehors. Mais les tabloïds arboraient leurs gros titres de pierre tombale. *NOTRE DEUIL ! NOTRE DOULEUR ! LEURS LARMES ! ADIEU.*

À l'hôtel Russell, il était resté dans sa chambre et il avait tout regardé à la télé. D'ailleurs, cet événement était l'affaire de la télévision, la substance écrite viendrait de ses propres réactions. Sur l'écran passaient le cortège, la mer d'offrandes funèbres, les soldats, le cercueil, la reine, le prince. L'horrible frère. Les fils avec leurs grandes dents parfaites et le blanc des yeux trop blanc. Par la fenêtre ouverte, il avait entendu, portée par la brise, la voix d'une femme peut-être dans la chambre voisine et regardant la télé comme lui : « Ça n'arrivera jamais plus, hein ? disait-elle. C'est pas souvent qu'on peut en dire autant, pas vrai ? *Complètement* exceptionnel, tu vois ? Enfin, pas elle, bien sûr. Elle n'avait rien d'exceptionnel. C'était une putain. Bon, d'accord, peut-être pas une putain. Mais tu me comprends. »

En Amérique il était cinq heures du matin. Il se demanda si quiconque était réveillé pour regarder la transmission.

Et voici quelles étaient ses réactions à l'événement : *Comme c'est étrange d'appartenir à une famille royale. Elle n'a jamais été une beauté. Combien tout cela a-t-il coûté ? Mourir dans un accident d'automobile est toujours un peu dérisoire. Les gens ont applaudi le corbillard. Qu'écrit-on sur un registre de condoléances ? En réalité, c'est sur eux-mêmes qu'ils s'apitoient. Qu'éprouveront-ils d'ici un mois ? D'ici un an ? Nous magnifions tout pour savoir si nous avons raison. Quelqu'un* – et c'est finalement ce qu'il avait écrit, le point essentiel, la littérature de l'actualité défaillante – *quelqu'un doit nous dire ce qui est important, car nous ne le savons plus.*

Le lendemain, il avait appris que la femme de son ami venait de mourir à Oxford. Une rupture d'anévrisme. Une mort très brusque. Très rapide et sans souffrance. Seulement, personne ne pouvait envoyer de fleurs. Toutes les fleurs étaient déjà prises, ce qui semblait souligner l'absurdité des choses. « Nous, les Anglais... On en apprend toujours plus long sur son propre compte, qu'en penses-tu, James ? » avait dit amèrement son ami, dans la voiture garée devant la gare d'Oxford en attendant l'arrivée d'autres amis. Pour l'autre enterrement. Celui qui avait plus de réalité.

« Qu'as-tu appris ? avait demandé Wales.

– Que nous sommes aussi stupides que les autres. Aussi stupides que vous. Pour nous, c'est une révélation, vois-tu. Nous ne le savions pas vraiment, jusqu'à maintenant. »

Pourquoi tous ces souvenirs lui revenaient, il n'aurait su le dire. D'habitude, ce n'était pas le cas pour ses articles. Même si par la suite il lui avait été facile d'écrire le texte d'une conférence ayant pour thème : « L'actualité défaillante : comment nous découvrons le sens des choses que nous voyons ». Il y racontait l'histoire de son ami qui venait de perdre sa femme, pour faire jouer le contraste. C'est là que Jena était entrée en scène, et qu'ils s'étaient mis à se dépêcher.

De la fenêtre, il regardait le petit jardin public entre l'entrée de derrière du Drake et le Lake Shore Drive, où la circulation restait compacte malgré l'heure tardive. Des taxis passaient, « libres » à en croire le signal jaune sur le toit. Un jogger vêtu d'orange fluo courait tout seul sur la plage bétonnée dont la courbe rejoignait Lincoln Park. Un homme accompagné de deux braques de Weimar avait fait halte pour répandre des miettes de pain sur les bancs du jardin. Tous exhalaient au creux de la nuit leur souffle inaudible.

§

Dans l'avenue glacée, ils partirent à pied vers le restaurant qu'elle préférait. C'était tout près, dans Walton Street. Elle aimait aller plusieurs fois de suite au même endroit, jusqu'à ce qu'elle s'en lasse et n'y retourne plus. Le vent soufflait par rafales. Les lumières scintillaient au loin sur la rive du lac Michigan. La rumeur des voitures s'était atténuée. Le canyon de buildings avait un air de fête, avec la pâle toile de fond de lumière nocturne et une demi-lune saisissante, presque perdue dans le lointain brumeux. Le vent avait amoncelé la neige dans les caniveaux. Un gros manteau n'était pas de trop. Wales se sentait bien, en bons termes avec le monde. Rasséréné. Plus du tout abattu.

Dans le hall de l'hôtel, ils avaient vu les invités d'une noce autour de la mariée, mais ce Jim détenteur de billets s'était évaporé. Pas trace d'un détective lorsqu'ils avaient franchi la porte principale.

Tandis qu'ils marchaient d'un pas vif, Jena semblait se laisser aller mentalement après avoir fait l'amour, comme si elle ne parvenait pas à ajuster ses idées. Elle parla de son mari et de la thérapie qu'ils suivaient tous les deux – une suggestion venue de lui, précisa-t-elle, le visage enfoui dans la parka de zibeline payée sans aucun doute par son mari. Pour sa part, elle s'était très bien accommodée de leur arrangement, dit-elle. Mais lui, il aspirait à quelque chose de plus, quelque chose qu'il ne savait pas bien définir mais dont il ressentait le manque. Il leur manquait – selon ses termes – le sens d'une appartenance, auquel elle aurait dû trouver moyen de contribuer. « Je croyais qu'un thérapeute me donnerait au moins un conseil intéressant, non ? dit Jena. "Renoncez à la vie conjugale." Ou alors : "Voilà une meilleure façon de faire." Sinon, pourquoi le consulter ? Mais ce n'est pas au programme. Et le programme commence à coûter cher. »

Wales songea au mari de Jena, à la conversation qu'il pourrait avoir avec lui. Peut-être éprouveraient-ils de la sympathie l'un pour l'autre. Le mari devait penser que Jena déraillait, en étant simplement comme elle était, si loin de l'immobilier, à ses yeux. Mais c'était une bonne chose que Jena eût quelqu'un sur qui compter ; quelqu'un de disposé à être le complice de la tromperie qu'il subissait ; et puis elle avait les enfants. L'affection qui l'entourait. S'entourer d'affection, n'était-ce pas le sens même du mariage ?

« Ça paraît vraiment sans espoir, non ? » Elle se mit à rire, trop fort.

« Peut-être que personne ne… » Il faillit énoncer une grosse banalité mais s'interrompit. Il esquissa un signe de dénégation.

Cela la fit sourire. Son visage s'était adouci, tellement attirant jusque dans ce froid bestial, les lèvres un peu meurtries. Elle lui saisit la main, qui tremblait, s'aperçut-il. Encore la vigueur de leurs ébats. L'impulsion le saisit, avec force dans l'immédiat, de lui dire qu'il l'aimait, là en pleine rue. Mais en laissant sa phrase en suspens il évita une fois de plus de se dévoiler. Elle préférait. Une déclaration d'amour était déplacée, même s'il en avait éprouvé le besoin.

Il aurait pourtant voulu que ses mains cessent de trembler, car c'était le meilleur moment, après avoir fait l'amour, le moment où tout semblait possible, facile, où ils pouvaient d'un simple regard se surprendre l'un l'autre, presque tout changer par une remarque désinvolte. Sans qu'il soit question de se dévoiler.

« Après Chicago, où est-ce que tu vas ? » demanda Jena. Elle le prit par le bras comme elle l'avait fait le premier soir, et ils s'engagèrent dans Michigan Avenue au feu rouge. Le vent était plus cinglant sur cette large artère. Un groupe de jeunes religieuses les croisa, se dirigeant en hâte vers le Drake dans leur tenue bleu vif. Elles riaient d'avoir si froid. Jena leur sourit.

« À Londres », répondit Wales, qui sentait un courant d'air s'infiltrer sous son col. Londres lui était revenu en tête, il avait repensé à son ami endeuillé. Pour regagner l'Europe, il préférait passer par l'Angleterre. L'accès le plus commode.

« Tu as gardé ton appartement à Berlin ? » Elle continuait simplement de parler, sans l'écouter, grisée d'avoir été avec lui. Ils marchaient dans une rue de Chicago, en plein hiver, allant dîner tardivement. Les mots « gardé ton appartement » devaient procurer une sensation agréable. Une sensation qu'il connaissait. C'était comme de dire : « Nous habitons sur la Sixième Avenue. » Ou bien : « C'est au coin de King's Road. » Ou encore : « Nos chambres donnaient derrière le Prado. » Des phrases simples et inoffensives.

« Oui. Dans Uhlandstrasse, dit-il.

– Est-ce à Berlin-Est ?

– Non. C'est dans le quartier cossu. Près du zoo et du Paris Bar. Ku-damm. Savignyplatz. » Tous ces noms ne signifiaient rien pour elle, et peu importait. Elle entendait leur sonorité.

Ils arrivaient en vue du restaurant. Des clients sortaient en enfilant précipitamment leur manteau. Dès qu'ils laissèrent l'avenue derrière eux, le vent tomba, créant presque un effet d'air printanier. Ils passèrent devant la vitrine d'une grande librairie illuminée. Des gens bavardaient en buvant du café autour de hauts guéridons. Tous ces livres, songea Wales. Ce serait bien – il le sentit soudain – de prendre le train à Gatwick pour gagner le centre de Londres, d'avoir une matinée à soi, de lire un livre. Quelle pureté dans cette pensée.

« Si je te demandais quelque chose de grave, dit Jena, ne serais-tu pas choqué ? » Sans lui lâcher le bras, elle ralentit le pas sur le trottoir, avant d'avoir dépassé la librairie.

« Je m'efforcerais de ne pas l'être », répondit Wales en lui jetant un regard affectueux. Cela ne ressemblait pas à Jena de solliciter une faveur. Mais c'était charmant. Nouveau.

« Si je te demandais de tuer mon mari, tu le ferais ? » Jena leva la tête vers lui et battit des paupières. Ses yeux noisette s'ouvraient tout grands, liquides et secs à la fois. Deux disques sombres sur du blanc qui parut s'élargir. Tous les traits de son visage se rivaient sur lui. « Pour moi ? Si j'étais prête à t'aimer ? À partir avec toi ? Au moins quelque temps ? »

L'ombre d'un instant, Wales songea à l'image qu'ils donnaient. Un grand type plutôt beau, vêtu d'un gros pardessus en poil de chameau. Tête nue, les cheveux grisonnants. Des chaussures noires cirées, de marque allemande. Et Jena, en parka de zibeline et pantalon de lainage, luxueux, des gants chauds. Des bottes coûteuses. Ils avaient belle allure ensemble, même sur ce trottoir hivernal. Ils formaient un couple. Peut-être un couple amoureux.

« Non, je ne crois pas que j'accepterais », dit Wales.

Jena se détourna et jeta un bref coup d'œil en direction de l'avenue, où un automobiliste avait freiné trop fort et dérapé sur la chaussée verglacée. Deux policiers, dans un véhicule de patrouille blanc et bleu garé sur le bord, observaient la voiture immobilisée en travers de l'intersection. Peut-être Jena avait-elle l'impression d'être suivie. « Nous faisons exactement ce qui nous convient, en ce moment, non ? dit-elle, distraite par l'incident.

– Oui, pour ma part », répondit Wales.

Elle le regarda avec un sourire impénétrable. Il ne savait jamais ce qu'elle pensait. Elle ressemblait peut-être davantage à ses parents qu'elle ne s'en doutait. « Je disais ça en l'air, reprit-elle en se raclant la gorge. Tu ne devrais pas me prendre tellement au sérieux.

– Épatant. » Wales sourit.

« Alors, crois-moi, poursuivit Jena d'un ton contracté. Chacun passe avant quelqu'un. Quelqu'un passe toujours après. » Elle marqua une pause comme si elle voulait développer ce théorème, mais elle ne le fit pas. « Allons dîner », lança-t-elle, et elle se remit à marcher vers le restaurant dont, au même instant, la porte vitrée s'ouvrait à nouveau sur la rue.

§

À table, elle parla de tout ce qui lui venait à l'esprit. Elle dit qu'ils devraient aller danser ce soir, qu'elle connaissait une boîte à quelques minutes de là en taxi. Un quartier noir. Elle demanda à Wales s'il aimait danser. Mais oui, répondit-il. S'il aimait le blues, et il dit que oui, ce qui n'était pas tout à fait exact. Elle paraissait pâle à présent avec son col roulé noir et son rang de perles. Elle portait aux doigts son alliance et une grosse émeraude carrée qu'il voyait pour la première fois. Ils buvaient du vin rouge pour accompagner le pigeonneau et se prenaient la main comme des amoureux à travers la petite table près de la vitre. Quelqu'un pouvait la reconnaître dans cet endroit, mais elle s'en fichait. Elle envoyait promener toute prudence. À quoi cela pouvait-il nuire ?

Elle parla d'un roman qu'elle était en train de lire et trouvait intéressant. Il s'agissait d'une Anglaise qui avait joué des rôles d'ingénue. Elle avait tourné en France dans un film très remarqué, et elle avait connu la notoriété. Puis les déboires s'étaient succédé. Elle finissait par aller vivre à Prague, toute seule, vieillie, sortie de la toxicomanie. Jena dit qu'elle s'identifiait à cette femme, elle trouvait que son histoire pouvait se transposer en Amérique. Que d'une certaine façon ses parents auraient pu en faire partie.

Ensuite elle parla de son amour pour ses filles, puis à nouveau de ce mari qu'elle lui avait demandé de tuer et qui, dit-elle, était dans le meilleur des cas un amant faiblard mais attentionné. Elle raconta sa blessure de la cornée survenue à Munich, ce qu'elle avait enduré, la difficulté de trouver un ophtalmo formé en Amérique et parlant l'anglais, qui stériliserait suffisamment ses instruments, et dont les assistants ne seraient pas héroïnomanes ou hémophiles. Wales avait conscience que rien de ce qu'il pouvait dire ou faire n'aurait le moindre effet sur elle en ce moment. Mais quel genre de personne aurait-elle été s'il avait pu l'atteindre aussi aisément ? Et c'était un tel plaisir de se trouver en sa compagnie. Une merveilleuse sensation d'isolement. Il avait envie de la revoir. La semaine prochaine. Il fallait organiser ça.

Seulement il se rendit compte qu'elle était en train de s'éloigner par la parole des dernières traces de l'intérêt qu'il lui avait inspiré. Sans doute avait-elle décelé une faiblesse. Se refuser à tuer quelqu'un, ou du moins à dire qu'il le ferait. Elle avait peu à peu monté la barre, improvisant jusqu'à ce qu'il craque.

« Raconte-moi quelque chose qui te soit arrivé à toi, Jimmy, dit-elle. Tu n'as guère ouvert la bouche ce soir. Tu m'as laissée bavarder. » Jamais encore elle ne l'avait appelé « Jimmy ». Elle était pâle, mais ses yeux sombres étincelaient.

« Je me suis fait dépouiller tout à l'heure, dit Wales. En allant prendre ma voiture, à l'université. Un Noir m'a abordé sur le parking en me demandant de lui prêter un dollar, et quand j'ai sorti mon portefeuille il s'en est emparé. Il me l'a arraché des mains. Les billets se sont répandus de tous les côtés.

– Mon Dieu ! Après, que s'est-il passé ?

– On s'est empoignés. Il a tenté de ramasser l'argent, mais je l'ai frappé et il a détalé. Il a pris quelques dollars. Pas grand-chose. » Il la dévisageait par-dessus la table et les assiettes vides.

« Et tu ne m'en as pas parlé plus tôt ?

– Non, dit Wales. J'étais content d'être auprès de toi et de ne plus y penser.

– Mais il ne t'a pas fait de mal ? » Elle allongea le bras pour lui toucher doucement la main.

« Non. Rien du tout.

– Tu as eu peur ? » demanda-t-elle. L'intérêt se ranimait dans son regard. Cela lui plaisait qu'il soit capable de se taire, capable de faire l'amour, de dîner et d'envisager d'aller danser en gardant pour lui sa mésaventure. Cela lui plaisait qu'il se batte contre un autre. Qu'il n'hésite pas à frapper.

« Si, j'ai eu peur, répondit Wales. Mais ce dont je me souviens très nettement, tandis que dans l'ensemble mon souvenir est confus, c'est le contact de sa main lorsqu'elle a heurté la mienne.

Il y avait là une force terrible. Jamais je n'avais rien senti de pareil. Le besoin et le désespoir tout à la fois. C'était fascinant. Je suis sûr que je ne pourrai pas l'oublier. »

Wales but une gorgée de vin et regarda Jena. L'incident datait de deux mois auparavant, à son retour en Amérique. Et non de cet après-midi. Il ne s'était pas du tout battu contre son voleur, mais celui-ci l'avait bel et bien frappé comme il venait de le raconter et c'était ce qu'il avait éprouvé. Mais pas aujourd'hui. Il souhaita un instant pouvoir sentir cette force à nouveau. Une véritable jouissance. L'évidence. Cette histoire plaisait à Jena. Il avait peut-être réparé quelque chose.

« Tu n'as rien, tu es sûr ? demanda-t-elle en pliant sa serviette, les yeux baissés.

– Mais non. Je n'ai rien. Je vais très bien.

– Tu as de la chance d'être encore en vie, voilà la vérité. » En cherchant des yeux le serveur, elle effleura Wales du regard.

« Oui, je sais, dit-il. Je vais ajouter ça à ma liste de coups de veine. »

§

Arrivés devant le Drake, ils s'arrêtèrent peu après le coin de Michigan Avenue où les taxis tournaient et passaient au ralenti. Il était minuit passé, et l'air paraissait plus doux. Le vent s'était calmé. Dans les caniveaux, la glace se transformait en eau glauque. Les lumières dorées de l'hôtel irradiaient la nuit au-dessus d'eux.

Ils restaient plantés là. Wales scrutait la rue adjacente en direction du lac comme s'il s'apprêtait à héler un taxi.

« Je vais rentrer à la maison dans la matinée, annonça Jena, et elle lui sourit, releva ses cheveux d'un côté et les maintint en arrière.

– À la maison… Alors, je m'en vais, moi aussi », dit Wales. Il regretta de ne pouvoir rester plus longtemps. Il sentait encore dans sa poche la carte électromagnétique de la chambre d'hôtel. C'était fini.

Tout près d'eux, un homme parlait au téléphone dans une cabine. Il portait un smoking et des souliers vernis élégants. Il venait de festoyer au Drake, mais quelque chose semblait maintenant le mettre au désespoir.

Wales avait compté parler à Jena de la femme qu'il avait vue se faire tuer, de ce que cette mort avait de stupéfiant, il avait pensé la récapituler en détail, le temps au ralenti, le poids des faits, la sensation que le pire pouvait être évité, l'à-venir amélioré par un déroulement plus graduel. Mais à présent il ne désirait plus révéler les réflexions auxquelles il pouvait être conduit, comment fonctionnait son esprit, ni ce qu'il pouvait ressentir face aux événements. Mieux valait jouer les espions, être proche de Jena dans l'instant, jouir d'elle, songer exclusivement à elle. Il savait qu'il n'y voyait pas encore très clair, qu'il n'était pas sûr de discerner quels étaient ses vrais sentiments, ni de ce qu'il penserait plus tard de cette histoire. Ce n'était peut-être pas si facile de se dévoiler.

« Es-tu content de ces derniers jours ? » entendit-il. Jena lui souriait dans le froid, sur ce trottoir. « C'étaient des jours merveilleux, tu ne trouves pas ? Ce serait bien, non, de pouvoir s'en offrir un millier ?

– Je regrette qu'ils s'achèvent », dit Wales. Le type en smoking raccrocha violemment et s'éloigna à grands pas, vers la marquise illuminée de l'hôtel. « Puis-je te poser une question ? » reprit-il. Il eut l'impression de crier.

« Oui. Je t'en prie.

– Est-ce que ça t'a apporté quelque chose ? demanda-t-il. Est-ce que moi, je t'ai apporté quelque chose qui ait compté pour toi ? Tu semblais espérer un aboutissement.

– Quelle drôle de question ! » dit Jena, les yeux brillants, à nouveau grands ouverts. Elle parut sur le point d'éclater de rire, au lieu de quoi elle s'approcha soudain de lui, se dressa sur la pointe des pieds pour l'embrasser sur la bouche, très fort, colla sa joue froide contre la sienne et lui répondit : « Oui. Tu m'as beaucoup apporté. Tu m'as apporté tout ce qui était possible, non ? C'est ce que je voulais.

– Oui, je l'ai fait. Tu as raison. » Il lui sourit.

« Tant mieux, conclut-elle. Tant mieux. » Puis elle tourna les talons pour se diriger d'un pas rapide vers la porte à tambour, comme le type en smoking, et elle disparut à l'intérieur. Pourtant, Wales resta un moment à attendre devant la marquise jaune, un homme debout là tout seul dans un manteau beige ; à attendre d'avoir pleinement ressenti les impressions désordonnées que lui laissait leur séparation, à attendre qu'elles refluent et cessent de former un barrage. Il n'y avait pas d'amertume, l'instant n'avait rien de déroutant, il n'ouvrait pas sur la désolation. C'était simplement l'issue. Et d'ici peu, même peut-être au volant pendant qu'il longerait le lac en sens inverse, il éprouverait une espèce de délivrance, un allégement, la sensation d'une histoire bouclée, si bien qu'avec le temps il y penserait de moins en moins jusqu'à ce que tout cela, en somme, semble presque parfait.

Appel

Un an après que mon père fut parti vivre à St. Louis en nous laissant à La Nouvelle-Orléans, maman et moi, nous débrouiller tout seuls comme nous pouvions, il téléphona un après-midi et demanda à me parler. C'était juste avant Noël, en 1961. J'étais rentré pour les vacances du prytanée où j'étais pensionnaire en Floride. Maman avait entrepris sa nouvelle carrière de chanteuse, c'est-à-dire qu'elle prenait des cours de chant dans un conservatoire local, et aussi qu'elle avait laissé son accompagnateur, un grand Noir, s'installer chez nous et dans sa chambre, en se faisant passer dans le voisinage pour notre homme à tout faire. Il s'appelait William Dubinion. Ma mère et lui buvaient beaucoup trop, ils remplissaient les cendriers, passaient des disques de jazz à pleins tubes et faisaient du tapage tard dans la nuit, ce qui n'avait pas été dans les habitudes de la maison quand mon père était là. Mais ça arrivait justement parce qu'il n'était plus là, parce qu'il était parti à St. Louis avec un autre homme – un ophtalmologiste nommé Francis Carter –, pour ne plus revenir. Je crois que face à cette réalité maman se disait que peu importaient ses agissements ou sa manière de vivre, et que, en fin de compte, il n'y avait pas une grande différence entre faire ce qu'il y avait de pire ou ce qu'il y avait de mieux.

Ils sont tous morts à présent. Mon père. Ma mère. Le Dr Carter. Dubinion, l'accompagnateur noir. Pourtant, il m'arrive encore de voir dans St. Charles Avenue, dans le quartier des affaires, un homme entrer dans l'un de ces nouveaux immeubles de bureaux qu'on a construits, un bel homme, grand avec de longues jambes, des cheveux de lin, un air juvénile et vaguement ironique, portant un costume en seersucker, un nœud papillon et des chaussures blanches, qui va me rappeler mon père, ou du moins l'allure qu'il avait à l'époque de son départ. En fait, il a dû conserver cette allure jusqu'à la fin de ses jours, passé la soixantaine. La Nouvelle-Orléans produit des hommes du genre de mon père, enfin c'était le cas autrefois : ils sont membres d'un club, jouent au tennis, ont le pied marin par beau temps ; ce sont des protestants modérés aux idées progressistes, de bonne éducation, spontanément courtois, mais avec leurs secrets. Lorsqu'on les rencontre sur un trottoir ou dans un dîner en ville, on se dit qu'ils sont les types les plus formidables qu'on puisse avoir la chance de connaître. On a envie de les appeler dès le lendemain pour mettre des projets en branle. Comme si on avait toujours connu leur existence, ils étaient là sans qu'on ait eu l'occasion de les fréquenter, on les avait seulement entrevus. Ils ont quelque chose d'exotique, et on sent son cœur s'épanouir à la pensée de la longue amitié qui s'amorce et de la tournure nouvelle et meilleure que la vie va prendre. Donc, on appelle, et on se revoit. On va pêcher au gros au large de Pointe-à-la-Hache. On organise un dîner, on fait la connaissance de leurs jolies épouses. On s'offre avec eux un long déjeuner au Commander ou Chez Antoine, et on décide de faire ça chaque semaine tant que la terre tournera. Pourtant, à un moment donné, vers la fin du repas, il y a un temps mort. Un ange passe, et vos regards se croisent d'une façon qui pourrait indiquer une entente profonde au point que tout commentaire serait superflu. Or on perçoit subitement – oui, c'est subit et fugace –, on perçoit que cet homme est très, très loin, tellement loin qu'il ne s'en rend même pas compte. Il se peut qu'un sourire flotte sur ses lèvres. Il vient peut-être de faire une remarque charmante, ou spirituelle, ou flatteuse à votre égard. Mais la conscience de l'infiniment loin s'éveille, et vous comprenez que vous n'êtes rien pour lui et ne le reverrez sans doute jamais, que ça n'en vaut pas la peine. Si vous l'apercevez par hasard, vous traverserez précipitamment la rue, vous ferez volte-face dans un restaurant bondé, vous attendrez, avant de descendre de voiture, qu'il ait tourné le coin ou pénétré dans cet immeuble de bureaux dont je parlais. Vous l'éviterez. Et ça ne signifie pas qu'il y ait vraiment quoi que ce soit à lui reprocher, quoi que ce soit de déplaisant ou de pervers. Rien de sexuel. Vous savez simplement qu'il n'est pas fait pour vous. Il n'y a plus qu'à tirer un trait. C'est tout simple, en réalité. Mais un peu plus compliqué, bien sûr, lorsque l'homme en question est votre père.

§

Quand mon père appela et que j'allai prendre le téléphone – c'était maman qui avait décroché, et ils avaient échangé quelques propos tendus –, il commença de but en blanc : « Alors, voyons voir, c'est Van Cliburn[1] ou Mickey Mantle[2] ? » C'étaient les deux héros auxquels je rêvais alternativement de ressembler et dont je parlais sans arrêt, du temps que mon père était encore avec nous. Je les avais déjà oubliés.

« Ni l'un ni l'autre », répondis-je. J'étais dans le vestibule, où se trouvait la niche du téléphone. Par la porte vitrée, j'apercevais William Dubinion à genoux dans la bordure de scrofulaires devant les camélias de maman. Fichue situation, pensai-je, d'être là les yeux fixés sur l'ami noir de ma mère en parlant avec mon père dans la ville lointaine où il menait sa drôle de vie. « Ah, oui, évidemment, lança-t-il. C'étaient nos idoles de l'an dernier. »

1. Van Cliburn : pianiste texan, vedette populaire et vainqueur à Moscou du concours Tchaïkovski, il incarna en pleine guerre froide l'utopie pacifiste de l'entente entre les peuples. *(N.d.l.T.)*

2. Mickey Mantle : champion de base-ball, membre de l'équipe des NY Yankees. *(N.d.l.T.)*

Je répliquai : « Ça fait plus longtemps que ça. » Maman ricana dans la pièce voisine. Je sentais la fumée de sa cigarette, j'entendais se froisser son journal. Elle écoutait tout ce que je disais, et je ne voulais pas avoir l'air de parler à mon père avec affection, d'autant que je n'en éprouvais pas. Pour moi, c'était un salaud.

« Bon, écoute un peu, mon vieux Buck Rogers, poursuivit-il. J'appelle au sujet d'une affaire décisive pour l'avenir de l'humanité. Je voudrais savoir si ça te plairait d'aller chasser le canard dans le légendaire marais de Grand Lake. En ma compagnie, je précise. Je dois faire un saut à La Nouvelle-Orléans d'ici deux jours pour régler des questions juridiques. Mon vénérable papa avait un serviteur fidèle qui répondait au nom de Renard Theriot, un vieux filou de *yat*. Mais Renard savait comme personne souffler dans un appeau à canards. Je me suis donc arrangé avec son fils, Mr. Renard junior, afin qu'il nous installe tous les deux dans un affût et qu'il attire des milliers de canards pour notre plaisir. » Mon père se racla la gorge ostensiblement, selon son habitude quand il prenait ce ton pompeux. « Je veux dire, si tu n'es pas trop débordé, bien entendu, ajouta-t-il, puis il s'éclaircit de nouveau la gorge.

– Ça se pourrait », rétorquai-je. Rien que de parler avec lui me faisait un drôle d'effet. Il me téléphonait de temps à autre au prytanée, où il fallait que je prenne son appel dans la salle de rapport. Naturellement, il prenait en charge tous mes frais scolaires, il versait une pension alimentaire et couvrait les dépenses de ma mère. Sans aucun doute, il payait également les services de William Dubinion, et ne se serait pas formalisé s'il avait su en quoi ils consistaient. De plus, il nous avait laissé la villa blanche de style néoclassique dans McKendall Street, le quartier chic. (McKendall est notre nom de famille, celui que je porte. C'est dire de quel genre de famille il s'agit.) Mais c'était quand même bizarre d'avoir un père qui vivait au loin avec un autre homme et qui appelait son fils pour l'inviter à aller chasser le canard. Et de savoir que ma mère écoutait, assise dans la pièce voisine à fumer en lisant le *States Item* et en pensant ce qu'elle devait penser. Ça faisait un peu trop.

Pourtant, j'avais vraiment envie d'aller à la chasse au canard, de sortir en bateau dans le vaste marais saumâtre qui s'étend au sud et à l'est de notre ville. Je m'étais toujours imaginé que j'y accompagnerais mon père quand je serais assez grand. Et voilà, maintenant j'étais assez grand, et au prytanée j'avais appris à tirer au fusil, sinon au fusil de chasse. De plus, au téléphone ce jour-là, il ne me donnait pas l'impression d'un homme vivant avec un autre homme à St. Louis. Il ressemblait au souvenir que j'en avais du temps où nous menions une vie normale, où j'allais au collège St. Augustin, où il exerçait son métier d'avocat dans l'immeuble de la Hibernia Bank, où nous formions une famille. Je me dis une chose à propos de mon père – qui s'appelait Boatwright McKendall et n'avait que quarante et un ans à l'époque –, je me dis qu'il devait quelque part rêver que tout soit comme avant, avant qu'il ait découvert le grand amour avec le Dr Carter. Mais on peut aussi penser qu'il ne voulait pas qu'on lui dénie le droit d'agir à sa guise ; qu'il refusait d'admettre qu'on puisse condamner sa manière de se conduire, ni qu'elle soit la cause de ressentiments, d'un divorce ou d'un horrible scandale du genre qui vous fait renvoyer du cabinet juridique fondé cent ans auparavant par votre propre famille dont il porte le nom ; ni que vous avez peut-être provoqué la mort prématurée de votre mère, sous le coup de la déception. En réalité, si sa conduite avait créé des problèmes aux autres, détruit une existence, ou poussé quelqu'un sur la mauvaise pente, eh bien, en gros il ne voulait pas le savoir, il payait pour compenser, après quoi il s'efforçait de faire comme si le monde était génial pour tout un chacun et que rien ne s'opposait à ce que nous soyons tous de grands amis. C'était cette forme d'absence que j'ai décrite : l'art de ne pas être là où il se trouvait précisément, mais de donner l'impression contraire à quiconque sauf l'observateur le plus averti. Un fils, par exemple.

« Bon, alors écoute bien, Mr. Buck-a-roo[3] », reprit mon père au bout du fil à St. Louis, supposais-je. On m'appelait Buck – et on m'appelle encore ainsi – pour me distinguer de lui (nous portions le même prénom). Et je me souviens de m'être senti mal à l'aise, comme si en acceptant de l'accompagner, et de le revoir pour la première fois depuis le jour de la fête du nouvel an au Boston Club qu'il avait quittée pour partir au loin avec le Dr Carter, comme si, en faisant cette chose assez naturelle (aller à la chasse), je violais un tabou, je prenais un risque. Non pas le risque qu'on pourrait penser, lié aux bas instincts, mais celui dont on ne soupçonne pas l'existence avant de le sentir dans son ventre, la sensation qu'on aurait en dévalant une pente raide coupée net par un profond torrent ou par un canyon, et en s'apercevant qu'on ne peut pas s'arrêter. Le risque auquel je m'exposais, c'était d'être déçu, je le sais à présent. Seulement j'avais envie de ce dont j'avais envie et je n'allais pas me laisser arrêter par une sensation de ce genre.

« Il faut que tu le saches, dit mon père, j'ai réglé tout ça avec ta mère. Elle trouve que c'est une merveilleuse idée. »

Je me le représentais avec ses cheveux blonds, sa belle figure juvénile, sans rides, discourant au téléphone dans un salon élégant, lumineux, haut de plafond, à côté d'une table française coûteuse sur laquelle seraient posés des objets d'art qu'il prendrait en main et examinerait tout en parlant. Dans l'image que je voyais, il portait une veste d'intérieur violette et il était tout content de son initiative. « Est-ce que tu amèneras quelqu'un d'autre ? demandai-je.

– Oh, Seigneur ! Mais non, dit mon père avant de se mettre à rire. À qui penses-tu ? Francis est trop raffiné pour chasser le canard. Il craindrait pour ses beaux yeux bleus. N'est-ce pas, Francis ? »

Je fus choqué à l'idée que le Dr Carter était là dans la pièce

3. *Buck-a-roo :* cow-boy, dérivé de *vaquero.* (*N.d.l.T.*)

avec lui, et qu'il écoutait. Maman aussi, bien sûr, continuait de m'écouter.

« Il n'y aura que nous deux et Renard junior », poursuivit mon père, dont la voix s'éloigna du combiné. J'entendis alors une autre voix, douce et cultivée, dire quelque chose là où ils étaient ensemble, peut-être une remarque ironique sur notre projet. « Oh bon sang ! s'exclama mon père d'un ton irrité, aussi inconnu de moi que la voix du Dr Carter. Ne dis pas ça, je t'en prie. Ce n'est pas ce genre de conversation. C'est avec Buck que je parle. » L'autre voix me parvint à nouveau, et dans mon esprit le Dr Carter apparut soudain sous un jour très déplaisant, que je ne veux même pas décrire. « Alors, il ne te reste qu'à sauter du lit à quatre heures du matin ce jeudi, commandant Rogers, dit mon père, reprenant son style pompeux. Les canards se lèvent tôt. Je passerai te chercher chez toi. Mets tes bottes, ton survêtement et surtout pas de couleur vive. Je me charge de l'artillerie. »

Ça semblait bizarre que mon père appelle « chez moi » la grande maison où nous avions vécu en famille, où son propre père et son grand-père avaient vécu depuis un temps qui remontait à la guerre de Sécession. Ce n'était pas chez moi, à mes yeux. C'était tout au plus chez ma mère, dans la mesure où elle s'était mariée avec lui à cet endroit et l'avait gardé après leur divorce précipité.

« Au fait, comment ça va en classe ? demanda distraitement mon père.

– Où ça ? » La question m'avais pris au dépourvu. Mon père parut interloqué, on aurait dit qu'il lisait un texte écrit et avait perdu la page.

« En classe. Tu sais ? Les notes ? Tu as récolté des vingt sur vingt partout ? Tu devrais. Tu es malin. En tout cas tu n'as pas la langue dans ta poche.

– Je déteste l'école. » Je m'étais bien plu au collège St. Augustin, où j'avais des amis. Mais maman m'avait envoyé au prytanée de Sandhearst à cause du chambardement provoqué par le départ de mon père. Là-bas, je portais un uniforme kaki avec une bande bleue le long de la jambe du pantalon, et un képi bleu de portier. Je me faisais tout le temps l'effet d'un crétin.

« Enfin, ce n'est pas grave, dit mon père. Tu décrocheras ta place à Harvard par le même biais que moi.

– Quel biais ? demandai-je, car à quinze ans je rêvais déjà d'aller à Harvard.

– Grâce à l'allure. C'est ce qui permet aux Sudistes de faire leur chemin. C'est la grande astuce. Une fois qu'on l'a compris, le reste vient tout seul. La société aime à fonctionner sur l'allure. Elle s'adresse au cerveau seulement faute d'allure. Demande donc à ta mère. C'est pour ça qu'elle a commis l'erreur de m'épouser. Elle l'admettra, aujourd'hui.

– Je crois qu'elle le regrette. » Je pensais à maman qui écoutait ce que je disais.

« Eh oui. J'en suis convaincu, Buck. Nous avons tous des regrets à présent. Je suis prêt à l'attester. » L'autre voix intervint derrière lui, toujours d'un ton ironique. « Oh ! Toi, arrête, lança mon père. Arrête ces commentaires et ne te mêle pas de ça. Bon, à jeudi matin, mon fils. » Il raccrocha sans me laisser le temps de répondre.

§

Cette conversation avec mon père avait eu lieu le lundi 18 décembre, trois jours avant la date prévue pour notre partie de chasse au canard. Et durant tout le temps qui nous séparait de ce jeudi, ma mère m'évita plus ou moins, elle restait dans sa chambre au premier étage, porte close, souvent en compagnie de William Dubinion, ou bien elle allait à ses cours de chant avec lui dans le rôle du chauffeur (elle s'asseyait tout de même à l'avant). Le racisme régnait encore à cette époque, les gens de couleur se faisaient lyncher, piétiner et incendier partout dans les États du Sud. Et pourtant, une Blanche respectable qui se montrait en public avec un Noir ne provoquait pas forcément un tollé dans notre ville. Il n'y avait en la matière ni règle ni logique. C'était La Nouvelle-Orléans, et si vous vous en sortiez bien on vous fichait la paix. En outre, ça ne gênait pas Dubinion de jardiner dans les massifs de camélias devant la maison, pour la forme. À la vérité, je pense qu'à peu près rien ne le gênait. Il avait grandi au milieu des champs de coton de Pointe-Coupée-Parish, entre le Mississippi et l'Atchafalaya, trouvé moyen d'entrer à l'école de musique de Wilberforce, en Ohio, il avait fait la Corée et joué dans l'orchestre de l'armée. Ensuite, il avait vivoté en jouant dans les clubs et les bistrots de la ville pendant une dizaine d'années, avant de rencontrer ma mère à l'occasion d'une soirée mondaine où il avait été embauché comme pianiste, et où elle s'affichait aux yeux de tous afin de proclamer que, lorsque votre mari vous plaque pour un homo plein aux as, la vie continue.

Mr. Dubinion ne m'a jamais beaucoup parlé. Entré dans la vie de ma mère après mon départ pour le prytanée, il était simplement devenu un fait accompli quand je rentrai passer la fête de Thanksgiving chez nous. C'était un Noir de haute taille, efflanqué, au long visage bistre et solennel, avec des yeux cireux, humides, un léger zézaiement et des mains immenses, osseuses, aux ongles roses, qui couvraient tout le clavier d'un piano. Je ne crois pas que maman ait pu le trouver beau, mais ça n'avait peut-être pas d'importance. Il s'installait souvent dans notre salon, buvant du scotch, grillant des cigarettes et jouant des airs de son cru, là, sur le piano de concert, le Steinway de mon grand-père. Il était enclin à fredonner tout bas, à pousser des grognements et à se balancer d'avant en arrière comme le jazzman Erroll Garner. En général, il ne me regardait que du coin de son œil jaunâtre à l'air oriental, comme si nous n'étions ni l'un ni l'autre vraiment à notre place dans un lieu aussi digne que l'était cette demeure de famille. Sachant sans doute qu'il n'y resterait pas éternellement, il devait être content de ce répit dans son existence habituelle, et d'avoir ma mère pour maîtresse temporaire. Par ailleurs, il semblait penser que moi non plus je n'y resterais pas longtemps, et que nous avions ça en commun.

La seule chose qu'il m'ait dite et dont je me souvienne date de ces deux jours précédant mon expédition avec mon père dans le marais, ce Noël-là, le seul Noël que Dubinion passerait chez nous. J'entrai dans le vaste salon plein d'ombre où le piano trônait près de la fenêtre en façade. Maman avait décoré un grand sapin avec des guirlandes lumineuses et une étoile dorée, tout en haut. Je tenais à la main un exemplaire de *L'Enfer* de Dante, que j'avais décidé de lire pendant les vacances parce que j'espérais quitter Sandhearst l'année suivante et être admis à Lawrenceville, où mon père était allé avant ses études supérieures à Harvard. William Dubinion occupait sa place au piano, fumant et buvant. Maman venait d'interpréter « You've Changed » de sa jolie voix fluette de soprano, et elle était partie se reposer car chanter la fatiguait. Lorsqu'il vit la jaquette rouge de mon livre, il fronça les sourcils, se tourna de côté sur le siège et croisa ses jambes longues et maigres, de sorte que sa peau claire et glabre apparut au-dessus des chaussures en vernis noir. Il portait un pantalon noir avec une chemise blanche mais pas de chaussettes, sa tenue coutumière dans la maison.

« Tu as là un fameux livre, dit-il avec son doux zézaiement, en rivant sur moi un regard qui semblait presque accusateur.

– Il est écrit en italien, répondis-je. C'est un poème sur la descente en enfer.

– Tu t'attends donc à y aller ?

– Non, pas du tout.

– *Per me si va ne la città dolente. Per me si va ne l'etterno dolore.* C'est tout ce que je me rappelle », ajouta-t-il, et il plaqua un accord en clé de *fa*, un accord sombre à donner le frisson, comme dans les moments de terreur au cinéma.

Je crus qu'il inventait, ce qui bien sûr n'était pas le cas. « Qu'est-ce c'est censé vouloir dire ?

– Toujours pareil, fit-il, sa cigarette collée au coin de sa bouche. Attention où tu mets les pieds si tu fais la visite guidée de l'enfer. Rien de neuf.

– Quand avez-vous lu ce livre ? » demandai-je, debout dans le sas de la double porte entrouverte. Ce type était l'amant de ma mère, son mauvais génie, son imprésario et son corrupteur (avéré par la suite). Il possédait un pouvoir étrange, une expérience de la vie que je n'aurais jamais. Et comme j'avais sûrement à la fois peur de lui et peur qu'il ne le devine, je devais prendre des airs supérieurs, insolents, qui me rendaient détestable à ses yeux.

Dubinion regarda le bouquet de pyracanthas rouges placé sur le piano par ma mère. « Ma foi, je pourrais te répondre méchamment. Mais je ne le ferai pas. » Il aspira une bouffée d'air et souffla fort. « Allez, remets-toi à tes lectures. Moi je vais me remettre à jouer. » Il hocha la tête et ne tourna plus les yeux vers moi. Après ça, on n'eut guère l'occasion de se parler. Ma mère le mit dehors cet hiver-là. Il revint une ou deux fois mais finit par disparaître. Quant à elle, si à l'époque sa vie avait pris une mauvaise direction, c'était probablement inévitable.

§

Je me souviens d'un seul moment où ma mère m'ait vraiment parlé durant ces deux jours, hormis pour m'informer que le dîner était prêt ou qu'elle passerait la soirée dehors pour une prestation négociée par Dubinion, un service évidemment rétribué (elle rétribuait aussi l'occasion de chanter). Ça se passait le mercredi après-midi, j'étais assis dans la véranda derrière la maison et j'examinais la documentation que j'avais reçue de Lawrenceville sur les conditions d'admission à l'école préparatoire. Je n'avais jamais vu Lawrenceville, jamais mis les pieds dans le New Jersey, jamais quitté La Nouvelle-Orléans pour aller plus loin qu'en Floride, à Yankeetown, où mon prytanée occupait les bâtiments d'un ancien hôpital catholique destiné aux prêtres malades ou détraqués. Mais je pensais que Lawrenceville – rien que le nom en soi – pouvait me sauver de l'horrible situation dans laquelle j'estimais me trouver. Aller à Lawrenceville, faire le long voyage en train, débarquer dans cette région étonnante, complexe, que devait être le New Jersey – sans compter le fait que mon père avait été là-bas, que mon nom et mon ascendance signifiaient quelque chose –, tout cela semblait offrir l'évasion, le soulagement et un avenir meilleur que chez nous à La Nouvelle-Orléans.

Maman m'avait rejoint dans la véranda vitrée qui surplombait le jardin. Sur la pelouse tondue de près étaient disposés quatre fauteuils de bois à haut dossier et une table, uniformément peints en rose. Le jardin était clos de murs et personne d'autre que nos voisins – s'ils en avaient envie – ne pouvait voir William Dubinion étendu sur la table rose, torse nu, cigarette au bec, contempler sombrement le ciel radieux.

Elle resta un moment immobile à l'observer. Elle portait un pyjama d'homme en soie blanche, et elle avait la voix rauque. Je suis sûr qu'elle prenait déjà les drogues qui finiraient par lui déranger le cerveau. Elle tenait un verre de lait, probablement pas du lait pur mais mélangé avec du gin ou autre chose pour noyer le tourment dont elle souffrait.

« Quelle idée formidable d'aller à la chasse avec ton père », dit-elle d'un ton sarcastique, comme si nous reprenions une conversation entamée auparavant, alors qu'en réalité nous n'en avions pas soufflé mot, malgré mon désir d'en parler, car je pensais que je n'aurais pas dû accepter et j'espérais qu'elle ne m'accorderait pas sa permission. « As-tu seulement un fusil ? » demanda-t-elle, sachant parfaitement ce qu'il en était. Elle savait ce que je possédais et ce que je ne possédais pas. J'avais quinze ans.

« Il va m'en donner un. »

Elle me jeta un coup d'œil, sans changer d'expression. « Je me demandais comment c'est de se mettre en ménage avec un autre homme du même rang social que soi », dit maman en passant la main dans ses cheveux, teints depuis peu en blond cendré avec une coupe courte au carré suggérée par Dubinion. Le père de maman était un pharmacien de Prytania Street, qui avait connu la prospérité en répondant aux besoins de riches familles comme les McKendall. Elle avait fait ses études à la Tulane University, épousé un homme d'une classe supérieure à la sienne et elle était parvenue à se sentir à l'aise dans le monde dont son mari lui avait ouvert les portes (même si je n'ai jamais pensé que la bonne société de La Nouvelle-Orléans lui importait d'une façon ou d'une autre, à la différence de mon père, à qui elle importait suffisamment pour qu'il lui crache à la figure).

« Je suppose, reprit-elle, que ces escapades ont toujours besoin de s'appuyer sur quelqu'un de niveau inférieur. Un manœuvre, ou le garçon de bain du club. » Elle regardait Dubinion. Dans son esprit, il devait entrer dans la catégorie de niveau inférieur. Mon père et elle étaient restés mariés pendant deux décennies, et à l'âge de trente-neuf ans elle avait introduit Dubinion dans son existence pour effacer toute trace de la manière dont elle l'avait menée jusque-là. Il me vient maintenant à l'esprit, en racontant cette histoire, qu'elle et Dubinion venaient de partager leur sieste et qu'il savourait l'état rêveur d'après l'amour en se prélassant à moitié nu sur notre table de jardin pendant qu'elle errait seule en pyjama dans la maison, et se trouvait réduite à me parler. C'est triste de se dire qu'à peine plus d'un an après, tandis que je m'adapterais à Lawrenceville, elle ne serait plus là. Penser à elle maintenant, c'est comme d'entendre parler les morts.

« Mais je ne le reprocherai pas à ton père. Il joue le rôle de *l'homme*, de toute façon. Évidemment, j'ai d'autres reproches en réserve. » Elle se retourna, puis vint s'asseoir à côté de moi dans le fauteuil d'osier à coussins rayés. Elle posa son verre de lait, me prit la main entre ses mains fraîches et la retint sur ses genoux, au contact de sa jambe soyeuse. « Et si je devenais une très bonne chanteuse, s'il me fallait partir en tournée, me produire à Chicago, à New York et peut-être à Paris ? Qu'est-ce que tu dirais de ça ? Tu pourrais venir m'écouter. Tu pourrais mettre ton uniforme de l'école. » Elle fronça les lèvres et regarda de nouveau le jardin, où William Dubinion gisait sur la table tel un pharaon.

Je lui répondis : « Ce ne serait pas un plaisir pour moi. » Je ne voulais pas lui mentir. Elle ne faisait que sortir le soir, s'humilier, provoquer mon embarras et mes craintes. Je n'allais pas prétendre que je trouvais tout ça très bien. C'était un désastre, qui ne tarderait pas à se confirmer.

« Non ? dit-elle. Tu ne voudrais pas venir me voir chanter au Quartier latin ?

– Non. Jamais je n'irais.

– Bon. » Elle me lâcha la main, croisa les jambes et appuya le menton sur son poing. « Je n'ai qu'à m'y résigner. Tu as peut-être raison. » Elle chercha des yeux son verre de lait comme si elle ne se rappelait plus où elle l'avait posé.

« Qu'est-ce que tu as d'autre à lui reprocher ? » demandai-je, ramenant la conversation sur mon père. Le rôle de *l'homme* me paraissait suffisant.

« Oh ! Tu tiens à revenir là-dessus ? Eh bien, disons que je lui reproche d'être tout ce qu'il est. Et ce n'est pas pour moi que je dis ça, je t'assure, mais pour toi. Il aurait pu éviter de tout ficher par terre ici. Certains y parviennent. Un homme peut très bien avoir une liaison, peu importe de quel genre. Il n'est donc pas pire que des tas d'autres. Voilà ce que j'ai à lui reprocher. Je n'y avais pas vraiment réfléchi avant. Il ne vaut pas mieux que la plupart des hommes. Quand on est marié, c'est un péché capital. Il te faudra grandir encore un peu avant de le comprendre. Mais ça viendra. »

Elle saisit son verre de lait, se leva, remonta sur sa taille mince son pyjama blanc flottant et rentra dans la maison. Un moment après, j'entendis une porte claquer, puis la voix de maman et celle de Dubinion, et je me remis à préparer mon départ pour Lawrenceville et mon salut. Je crois pourtant avoir su ce qu'elle voulait dire. Elle voulait dire que mon père faisait seulement ce qui lui plaisait, et se figurait que ce comportement laissait aux autres une égale liberté de faire ce dont ils avaient envie. Mais le monde ne fonctionne pas ainsi, la vie de ma mère et la mienne en étaient la preuve vivante. On est atteint par ce que font les autres. Ce n'est pas plus compliqué que ça.

§

Mon père était tassé sur lui-même à l'avant du canot vide, au bout du ponton. C'était juste avant le lever du jour. Il se tenait face à la surface silencieuse, presque immobile du bayou Baptiste, au-delà duquel se trouvait (même si je ne le voyais pas) le marais désert qui s'étendait jusqu'au Mississippi, à des kilomètres de nous vers l'ouest. Mon père était nu-tête et il portait, semblait-il, un imperméable de couleur ocre. Ça faisait un an que je ne l'avais pas vu.

Cet endroit, le bassin de Reggio, n'était qu'un petit campement à bateaux d'où les pêcheurs partaient avec leurs cargaisons de touristes durant les mois d'été ; les chasseurs de canards tels que nous gagnaient le marais par le bayou, et quelques crevettiers y parquaient en fin de saison leurs gros chalutiers. C'était la première fois que j'y allais, mais j'en avais entendu parler à St. Augustin par des garçons qui venaient là avec leurs pères, lesquels détenaient un bail sur une portion de marais et s'étaient construit des affûts en bois, logeaient dans des cabanes ou des maisons sur pilotis branlantes le long de la route étroite menant à Violet, petite ville de Louisiane. À mes yeux, c'était un lieu fameux comme les campements de chasseurs peuvent être mystérieusement fameux, empreints d'une atmosphère de danger, et représenter à la fois les bonnes choses et l'inconnu, qui vont si rarement ensemble dans la vie.

Contrairement à ce qu'il avait promis, mon père n'était pas passé me chercher. À sa place, un taxi jaune avec une lumière sur le toit s'était arrêté devant chez nous, le chauffeur avait sonné à la porte et il m'avait dit qu'il était chargé par Mr. McKendall de me conduire à Reggio, dans St. Bernard Parish, qui n'était, malgré son aspect sauvage, pas très loin en réalité du Garden District.

« Alors, c'est vraiment toi ? » lança mon père en se retournant dans le canot, alors que j'attendais depuis une bonne minute qu'il s'aperçoive de ma présence. Un petit homme rabougri à la grosse tête carrée, aux cheveux noirs ondulés, vêtu d'une salopette, était occupé à charger sur l'embarcation des sacs en toile remplis d'appelants. Le campement s'animait. Des voitures surgissaient hors des ténèbres, leurs feux arrière luisaient. On entendait des rires masculins. Quelqu'un avait amené un chien qui aboyait. Et il ne faisait pas froid, pour la semaine d'avant Noël. L'air du petit matin avait une lourdeur veloutée, et une brume montait du bayou, qui exhalait une odeur de mazout ou d'essence. La brume me collait aux mains et au visage, et me donnait la sensation d'avoir les cheveux sales sous mon chapeau. « Désolé pour le voyage en taxi », dit mon père sans quitter l'avant du canot en aluminium. Il arborait un sourire exagéré. Il avait les dents très blanches, mais paraissait amaigri. Ses cheveux clairs et fins étaient coupés plus court et semblaient d'un blond plus prononcé que dans mon souvenir, avec une raie de côté plus large. C'était bizarre, mais je me rappelle avoir pensé – planté là, les yeux baissés sur mon père – que s'il avait eu un frère aîné, ce frère aurait été comme ça. Pas bien. Pas heureux, un peu malsain. Et je me rendis compte qu'il buvait, évidemment, qu'il avait déjà commencé à cette heure matinale. L'homme en salopette descendit dans l'embarcation trois fusils de chasse dans leur fourreau. « Ce petit vaurien de yat est Mr. Rey-nard Theriot junior, dit mon père en le montrant du doigt. Il y a des gens, à La Nouvelle-Orléans, qui l'appellent Fabrice, ou Goupi. Ou encore Fabrî-tché. Fais ton choix. »

Je ne comprenais rien à tout ça. Mais Renard junior marqua un temps d'arrêt après avoir posé les fusils au fond du bateau et il jeta un regard hostile à mon père. Il avait le front bas, plissé, et en dépit de la pénombre sa peau brune faisait ressortir ses petits yeux pénétrants. Sous la salopette, il portait une chemise rouge parsemée de minuscules étoiles dorées.

« Fabrî-tché sait souffler dans un appeau à canards avec une étonnante subtilité, poursuivit mon père d'une voix trop sonore. Sans négliger, bien entendu, ses autres talents. N'ai-je pas raison, Mr. Fabrice ? As-tu salué mon fils Buck, qui est un garçon remarquable ? » Mon père m'adressa son sourire « dents blanches », et je compris qu'il jouait à provoquer Renard junior, lequel continua de charger le canot sans me parler. Je me demandai ce qu'il savait de mon père, et ce qu'il en pensait s'il savait tout.

« Je n'ai pas pu récupérer ma tenue de chasse », dit mon père en baissant les yeux sur son imperméable déboutonné. Lorsqu'il en écarta les pans, je vis qu'il était en smoking, avec une chemise rose, un nœud papillon rouge vif et un œillet rose. Il portait aussi des souliers de cuir bicolores, blanc et noir, inadaptés à la saison hivernale et qui de toute façon ne survivraient pas à l'expédition dans le marais. « Je l'avais rangée dans le garage chez ma mère, ajouta-t-il comme pour lui-même. Je me suis aperçu très tôt ce matin que j'avais perdu la clé. » Il me regarda, toujours avec son sourire. « C'est parfait, ce que tu as sur le dos. » J'avais simplement mis mon pantalon et ma chemise kaki d'uniforme – moins les insignes en laiton –, des tennis noires ainsi qu'une vieille veste et un chapeau en grosse toile que j'avais trouvés dans un placard. Ce qui se passait là ne ressemblait pas précisément à la chasse au canard telle que je l'avais entendu décrire par mes copains de classe. Mon père ne s'était même pas couché, il avait passé la nuit à boire et à faire la bringue. Il aurait sans doute préféré rester là où il était, avec ses nouveaux amis.

« Quels livres importants as-tu lus ces temps-ci ? » me demanda-t-il inopinément, d'en bas dans le bateau. Il tourna la tête pour suivre des yeux une embarcation pleine de chasseurs, avec le gros labrador noir que j'avais entendu aboyer, lentement propulsée par son moteur dans le bayou Baptiste. Leur guide dirigeait le faisceau de lumière de sa torche sur la brume au ras de l'eau. Ils partaient chasser le canard. Mais je ne voyais pas où, puisque l'autre rive ne présentait qu'une étendue plate et dénudée qui se perdait dans l'obscurité. Je ne voyais pas où on pourrait trouver des canards, ni de quel côté était la ville, ni même la direction de l'est.

« Je suis en train de lire *L'Enfer* de Dante, répondis-je, gêné de m'en vanter sur un embarcadère.

– Ah oui ? dit mon père. C'est sûrement l'ouvrage favori de Mr. Fabrice. *Canto V* : ceux qui soumettent la raison aux appétits. Je crois quand même que tu ferais bien de lire l'autobiographie de Yeats. Je me suis plongé là-dedans à St. Louis. Dans une lettre à son ami le grand John Synge, Yeats dit que nous devrions combiner le stoïcisme, l'ascétisme et l'extase. Ce serait bien, tu ne trouves pas ? » Mon père m'interpellait d'un ton assuré, comme s'il s'attendait à ce que je sache de quoi il parlait, qui étaient Yeats et Synge. Mais je l'ignorais. Et je ne tenais pas à faire semblant de le savoir face à un ivrogne en smoking orné d'un œillet rose, assis dans un canot.

« Je ne les connais pas. Je ne connais pas le sens de ces mots. » J'étais humilié d'avoir à l'admettre.

« Ils définissent l'équilibre parfait de la vie. Toutefois, j'ai seulement réussi à atteindre deux de ces objectifs. Peut-être un et demi. Et comment va ta mère ? » Il entreprit de boutonner son imperméable.

Je mentis : « Elle va très bien.

– Si j'ai bien compris, elle a embauché un homme à tout faire ? » Mon père ne leva pas les yeux, il continua de tripoter ses boutonnières.

« Elle prend des cours de chant, dis-je, passant sous silence le rôle de Dubinion.

– Ah ! bon. » Mon père ferma le dernier bouton et épousseta le devant de son manteau. « Elle a toujours eu un joli filet de voix.

Une voix à chanter les cantiques. » Il me regarda et sourit, l'air de savoir que sa remarque me choquait, et de n'en avoir rien à cirer.

« Elle se porte beaucoup mieux maintenant. » J'envisageais de rentrer tout droit à la maison, sauf que je n'avais aucun moyen de le faire.

« Je n'en doute pas. Alors, Fabrî-tché, lança soudain mon père, il serait temps d'y aller. »

Renard était derrière moi sur l'embarcadère. D'autres bateaux pleins de chasseurs avaient déjà pris le départ. Je voyais leurs lumières clignoter en se balançant sur l'eau, s'éloignant de là où nous étions encore amarrés, le teuf-teuf de leur moteur hors-bord étouffé par la brume. Je descendis dans le canot et m'assis au milieu sur le banc de nage. Mais lorsque Renard sauta à l'arrière, l'embarcation pencha dangereusement d'un côté au moment précis où mon père buvait une longue goulée à la bouteille qu'il avait tenue hors de vue entre ses pieds.

« Tombe pas à l'eau, mon chou », dit Renard à mon père, de la poupe où il tirait vigoureusement sur le lanceur du moteur. Il avait une voix grave et mélodieuse, teintée d'ironie. « Je crois qu'y a personne qui te repêchera. »

Mon père ne l'entendit pas, je pense. Mais moi si. Et je songeai qu'il avait certainement raison.

§

J'aurais du mal à raconter notre départ dans le canot de Renard junior ce matin-là, sinon qu'il nous amena dans le sombre marais appelé Grand Lake qui est dans Plaquemines Parish et donne l'impression d'être au bout du monde. Plus tard, lorsque le soleil se leva et que la brume se dissipa, je découvris une vaste surface d'eau brunâtre rompue par des îles basses, couvertes d'herbes jaunes ; ça sentait le goudron et la pourriture végétale, et la boue était d'un noir irisé, collante et puante. Pourtant, on distinguait à l'horizon, illuminés par la lumière matinale, les immeubles de La Nouvelle-Orléans – dont celui de la Hibernia Bank où mon père avait eu son bureau – qui dépassaient juste de la courbe terrestre. C'était insolite de se sentir tellement loin de la civilisation, tout en la voyant si clairement.

Au début, bien sûr, il faisait encore presque nuit. Renard junior, grâce à sa petite taille, pouvait se tenir debout à l'arrière du canot rasant l'eau, et braquer sa lampe sur moi assis au milieu et sur mon père tassé à l'avant. Ses cheveux blonds luisaient dans l'ombre, rabattus en arrière par la brise. Nous avons suivi le bayou un bout de temps, puis tourné pour passer lentement sous un pont de bois et ensuite déboucher dans un large chenal, bordé de tertres sur lesquels se perchaient des hérons blancs, où les premiers de ces canards que nous espérions abattre s'écartèrent du canot et de sa lumière en barbotant, puis soudain s'envolèrent et disparurent. Mon père montra du doigt ces canards effarouchés et mima le geste de faire feu, pan-pan-pan, tandis que l'embarcation filait à travers le marais.

Naturellement, j'étais ravi d'être là, même dans cet uniforme du prytanée que je détestais, avec mon père en smoking, imbibé d'alcool, et l'espèce de petit singe qu'était Renard aux commandes du bateau. Je pensais que c'était forcément une variante de l'aventure en vrai – aller à la chasse au canard avec son père et un guide – et qu'à chaque coup, même dans des circonstances idéales, il y aurait toujours quelque chose qui clocherait et empêcherait qu'on se sente absolument bien. Mieux valait s'y habituer, sous peine de rater la bribe de bonheur qu'on pouvait quand même glaner.

À un moment donné, alors que nous fendions la surface sombre et lisse du lac, Renard coupa brusquement le moteur qu'il tourna sur le côté, il éteignit sa lampe et laissa le canot emporté par son élan s'enfoncer dans un îlot de végétation du marais que je n'avais pas repéré. Je vis tout de suite que ce n'était pas simplement un îlot mais, masqué par un tablier de joncs, un affût fait de lattes de bois plantées dans la vase, avec à l'intérieur une rangée de caisses sur lesquelles les chasseurs pouvaient se poster sans être vus par les canards en vol. Tandis que l'embarcation butait du nez dans les herbes, Renard, ayant enfilé une paire de cuissardes et sauté à l'eau, nous tira plus haut sur la boue de la rive. « C'est le paradis des canards par ici », dit mon père, puis une forte toux lui coupa le souffle et crispa son visage juvénile, au point qu'il dut secouer la tête et se détourner.

« Il veut dire que c'est l'endroit où les canards vont au paradis », lança Renard. C'était la première fois qu'il s'adressait à moi, et je remarquai que sa voix ne sonnait guère comme celle des yats que j'avais eu l'occasion d'entendre, avec l'accent attribué au peuple mélangé de New York ou de Boston, les villes du Nord. Renard avait une voix cultivée, mélodieuse, des inflexions de directeur des pompes funèbres dans un quartier chic, pensai-je, ou de fleuriste. Une voix qui aurait été mieux assortie à un corps différent plutôt qu'à cet homme courtaud, noueux, tout en muscles, pour le moment plongé jusqu'aux cuisses dans l'eau irisée exhalant une forte odeur, et dont les cheveux longs ondulés évoquaient le petit Blanc pauvre.

Histoire de lui retourner la politesse, je demandai : « Quand est-ce qu'ils viennent, les canards ? » Mon père se remettait de sa quinte de toux en crachant dans l'eau et en buvant à nouveau au goulot de sa bouteille.

Renard lâcha un rire bref teinté de sous-entendus qu'il devait destiner aux oreilles de mon père. « Quand ça leur plaît. Tout comme vous et moi », répliqua-t-il, puis il se mit à tirer du canot les gros sacs d'appelants et cessa complètement de me prêter attention.

§

Renard avait une pirogue en bois cachée dans les herbes drues et, après avoir camouflé notre canot sous un tapis de paille tressée, il se servit de la pirogue pour placer les appelants pendant que le ciel s'éclairait, alors que nous étions encore plongés dans la pénombre. Mon père et moi, assis côte à côte sur les caisses, nous le regardions balancer dans l'eau les faux canards lestés, de façon à former devant notre affût deux groupes séparés par un espace libre. Je commençais maintenant à voir que le marais n'était pas comme je l'avais imaginé. D'abord, l'étendue d'eau autour de nous était plus petite qu'il ne m'avait semblé. Je distinguais peu à peu d'autres îlots d'herbes à moins de cinq cents mètres, et une rangée d'arbres verts se dessinait au loin, mais moins loin que je n'aurais cru. J'ai entendu une sirène, puis de la musique qui devait provenir d'une voiture au bassin de Reggio, et le soleil s'est enfin montré, un disque d'un blanc incandescent à travers la brume, émergeant du marais à l'opposé de là où je l'attendais. Pourtant, à la vérité, toutes ces choses – ces éléments troublants, déboussolants et imprévus – avaient un effet positif, car elles me donnaient l'impression de savoir où j'étais, si bien que j'ai fini par oublier ce que j'avais ressenti au sujet de cette journée, de la vie et de mon avenir, lesquels n'avaient pas paru très engageants.

À l'intérieur de la hutte, qui ne mesurait guère plus d'un mètre sur trois et dont le plancher était jonché de douilles, de papiers de bonbons et de mégots, mon père a sorti sa bouteille de whisky aux trois quarts vide. Une fois que nous avons été installés sur nos caisses, il est resté un moment sans bouger ni me parler, pas plus qu'à Renard quand celui-ci a eu fini de disposer les appelants et qu'il est venu nous rejoindre dans l'affût pour attendre les canards. On aurait dit que quelque chose s'était emparé de mon père, une grande lassitude, une rancœur ou une pensée préoccupante qui le coupait de l'instant présent et de ce que nous étions censément venus faire. Renard tira les fusils du fourreau. Le mien était le vieux AH Fox, un calibre 20 à canons juxtaposés, lourd comme du plomb, que j'avais souvent vu chez ma grand-mère et suffisamment manipulé pour en connaître les caractéristiques sans avoir jamais tiré avec. Ma grand-mère l'appelait son

« fusil de dame », elle s'en était servie dans sa jeunesse quand elle allait à la chasse avec le père de mon père. Renard m'a donné six cartouches, je l'ai chargé et calé entre mes genoux, pointé en l'air, tandis que nous observions le ciel argenté et guettions les canards qui s'intéresseraient de près à nos appelants.

Mon père n'a pas chargé son arme, il restait affaissé contre les lattes de bois, le fusil appuyé sur le sol devant la hutte. Après avoir ainsi passé un bout de temps à observer le ciel sans rien voir de plus qu'un couple de canards évoluant largement hors de notre portée, nous avons entendu les autres chasseurs sur le marais commencer à faire feu, parfois en une terrible pétarade de plusieurs coups rapprochés. J'ai repéré alors deux autres affûts au bord de l'étang où nous étions, à trois cents mètres de nous, mais visibles lorsque mes yeux se sont adaptés à la lumière et au tracé de plus en plus précis de l'horizon. Un canard dont j'avais suivi du regard le vol solitaire a d'abord fusé dans le ciel quand les autres chasseurs ont tiré, mais ensuite il s'est brusquement affaissé, il est tombé comme une pierre, j'ai entendu un chien aboyer et une voix masculine, haut perchée et rigolarde dans l'air doux du matin. « Hou, hou, hou, bon Dieu de bon Dieu, disait la voix très distinctement malgré la distance. Ce petit galapiat se croyait déjà à Terre-Bonne-Parish quand je lui ai fait sa fête. » Un autre chasseur a éclaté de rire. Tout cela semblait très proche de nous, même si nous n'avions pas tiré et ne faisions que scruter le ciel laiteux.

« Bande de sales tarés, a dit mon père. Ils tirent avant l'heure. Peuvent pas s'en empêcher. C'est génétique. » Il parlait à la cantonade, toujours tassé contre la paroi de l'affût, en attente.

« L'heure, elle a déjà sonné », a riposté Renard junior, le regard rivé en l'air. Il avait deux appeaux à canards pendus à son cou sur des lanières de cuir. Il ne s'en était pas encore servi, mais j'avais envie qu'il le fasse, j'avais envie de voir le V d'un vol de canards virer sur l'aile pour venir vers notre dispositif d'appelants, comme il me semblait que ça devait se passer.

« Tu m'en diras tant, Mr. Fabrillantine, Mr. Fabrî-tché. » Mon père s'essuya le nez d'un revers de main puis la passa dans ses cheveux blonds, il ferma les yeux et les rouvrit tout grands, comme s'il s'efforçait de fixer son attention sur ce que nous étions en train de faire, mais avait du mal à y parvenir. La hutte sentait la pourriture, le whisky, et le produit dont Renard junior enduisait ses cheveux épais. Les souliers bicolores de mon père étaient déjà tout boueux et éraflés, et il avait des traînées de vase sur son pantalon de smoking, sur sa chemise rose et même sur son front. Il avait une drôle de dégaine pour être là où il se trouvait. On aurait dit qu'en se rendant à une réception il était tombé de l'avion.

Renard junior n'a rien répliqué en s'entendant appeler « Fabrillantine », mais ça ne pouvait pas lui faire plaisir. Je me suis demandé pourquoi il était venu là si mon père devait lui parler sur ce ton. Pourtant, il y avait forcément une raison. Les vrais mystères sont rares sur la terre. Même derrière les phénomènes les plus étranges à première vue, une explication décevante se cache en général quelque part.

Au bout d'un moment, Renard a sorti un paquet de cigarettes, il en a mis une dans sa bouche mais ne l'a pas allumée, il l'a seulement tenue entre ses lèvres humides, des lèvres épaisses et sensuelles. C'était déjà un type d'aspect bizarre, avec sa chemise étoilée, sa tête trop volumineuse pour son corps, un type d'une bonne quarantaine d'années qui à peu de chose près avait failli être un nain.

« Voilà le signe immanquable du yat », a lancé mon père. Appuyé sur son fusil, il dévisageait Renard junior. « Note bien, mon fils, la cigarette éteinte pointée hors de la bouche excessivement expressive. Si tu parcours au volant les rues de Chalmette, en Louisiane, tu verras des hommes, des femmes, des enfants qui sont du même sang que Mr. Fabrice, plantés dans leur jardinet grand comme un timbre-poste, avec des boots dernier cri et, au bec, un picayune éteint, tout comme ce que tu as sous les yeux. *Ecce Homo.* »

Inopinément, Renard junior a ouvert la bouche, où la cigarette est restée collée sur sa vilaine grosse langue violacée. Il a jeté un coup d'œil à mon père, s'est penché en avant sur son fusil avec un rictus, puis il a fait rentrer la cigarette dans sa bouche et l'a avalée sans broncher. Ensuite il m'a regardé, assis entre mon père et lui, et il a souri. Il avait de grandes dents jaunies. C'était un acte obscène. Je ne savais pas en quoi il était obscène, mais j'en avais la certitude.

« Ne fais pas attention à lui, a dit mon père. Ce sont des gens à qui nous ne pouvons éviter d'avoir affaire. Des brutes de foire aux gestes lubriques. Maintenant, je veux que tu me parles de toi, Buck. Es-tu confronté ces temps-ci à des situations impossibles ? Je suis devenu un expert en matière de situations impossibles. » Mon père a déplacé ses souliers bicolores sur le plancher boueux, si bien que soudain son fusil de chasse, un superbe Beretta à canons superposés et incrustations d'argent, a glissé, tombant bruyamment en travers de mes pieds pour se retrouver pointé droit sur les chevilles de Renard. Mon père n'a même pas essayé de le retenir dans sa chute.

« Ramasse ça tout de suite », m'a-t-il dit d'une voix fâchée, comme si c'était moi qui l'avais fait tomber. J'ai obéi. Ramassant le fusil, je le lui ai tendu, et il l'a coincé avec le genou contre la paroi de l'affût. Cette façon presque violente de mettre son fusil là où il voulait qu'il soit m'a rappelé mon père tel qu'il était avant. Il avait été enclin aux mouvements et changements d'attitude abrupts, aux éclats de rire et fortes émotions imprévus. Ça ne me plaisait pas toujours, mais j'avais décidé que les hommes se comportaient ainsi et je l'acceptais.

« Espères-tu voyager un jour ? » reprit mon père, négligeant sa question précédente et levant les yeux vers le ciel comme s'il venait de s'apercevoir qu'il se trouvait dans un affût à canards et, pendant au moins une seconde, s'impliquait dans ce que nous étions censés faire. Les pans de son imperméable s'étaient à nouveau écartés sur son smoking, taché de vase. « Tu devrais », a-t-il ajouté sans me laisser le temps de répondre.

Au même moment, Renard junior s'est mis à souffler dans son appeau et s'est accroupi devant sa caisse. Du coup, j'en ai fait autant, et mon père l'ayant remarqué s'est accroupi à son tour en détournant la tête. Après quelques appels lancés par Renard, j'ai regardé par-dessus le tablier de jonc tressé et vu deux canards striés de noir voler juste devant notre affût, très bas sur nos appelants. Changeant le son de ses appels, Renard junior a émis un caquet saccadé, et là-dessus les canards ont marqué une embardée et se sont éloignés à tire-d'aile, presque comme s'ils pouvaient voler à reculons.

« Tu t'es fait voir, a chuchoté Renard d'une voix rauque. Ils ont repéré cette figure blanche. »

Tapi à côté de lui, je sentais son haleine, une odeur de tabac et de viande pourrie qui devait avoir un goût horrible dans sa bouche.

« Appelle, sacré bon Dieu, Fabrice », a dit alors mon père, ou plutôt a-t-il crié. Je me suis tordu sur moi-même pour le voir, il était debout sur ses pieds, le fusil épaulé, son imperméable gisant par terre si bien qu'il n'avait plus que son smoking. J'ai tourné le regard vers nos appelants et vu quatre petits canards replier les ailes pour descendre vers la surface de l'eau, là où Renard avait laissé un espace libre. Leurs ailes produisaient un crissement métallique.

Renard junior a aussitôt recommencé son caquet, restant accroupi devant sa caisse, tête baissée. « Tire, Buck, tire-les ! » a crié mon père, sur quoi je me suis levé, j'ai levé mon lourd fusil et, sans le vouloir, fait feu des deux canons, pressé les deux détentes à la fois, au moment même où mon père (ayant fini par charger son arme) faisait feu lui aussi, de l'un des canons puis de l'autre, sur les canards qui avaient effleuré l'eau mais repartaient déjà, fusant en plein ciel comme l'avaient fait les autres, s'éloignant de nous, le cou tendu, les yeux – c'est du moins ce qu'il m'a semblé, à moi qui n'avais jamais tiré sur un canard – écarquillés, apeurés.

Le tir simultané de mes canons avait touché et fracassé l'un des appelants de Renard. Les deux cartouches tirées par mon père n'avaient apparemment rien touché du tout, mais la bourre de papier gris est retombée en voletant vers l'eau tandis que les canards rapetissaient au loin, jusqu'à ce qu'ils soient visés par les autres chasseurs d'en face et que deux d'entre eux s'abattent.

« C'était absolument lamentable », a dit mon père, debout contre la paroi de l'affût dans son smoking, ses cheveux blonds plaqués sur sa tête d'une façon qui le faisait ressembler à un enfant. Il a tout de suite cassé son fusil pour remplacer les étuis vides par de nouvelles cartouches qu'il a prises dans la poche de son smoking. Il n'avait plus l'air ivre, mais au contraire très concentré et l'esprit en éveil, sauf qu'il avait tout raté.

« Vous avez tiré tous les deux comme des vieilles mamies, a renchéri Renard en secouant la tête, dégoûté.

– Va te faire foutre », a calmement riposté mon pèrc, et il a refermé le beau fusil italien d'un geste menaçant. Ses yeux blcus se sont agrandis puis rétrécis, et je n'aurais pas été surpris qu'il braque son arme sur Renard junior. Il avait de la salive blanche aux commissures des lèvres, et son visage était passé en un instant de la concentration à une pâleur humide, une expression offensée. « Si j'ai besoin de tes services pour autre chose que l'usage de l'appeau, je m'adresserai à ton maître, a-t-il dit.

– Adresse-toi à ton maître à toi, ringard », a répondu Renard junior, et il m'a regardé avec un haussement de sourcils et un sourire qui projetait en avant sa grosse bouche en une espèce de moue cruelle, simiesque.

« Ça suffit, s'est exclamé mon père. Ça suffit comme ça. » J'ai cru qu'il allait allonger le bras devant moi pour taper sur cette bouche grimaçante de Renard. Mais il ne l'a pas fait. Il s'est laissé retomber sur sa caisse, tourné vers l'étang, son fusil rcchargé entre les genoux. Ses souliers bicolores, irrécupérables, piétinaient son manteau. Son petit œillet rose, souillé, gisait dans la boue grasse.

J'entendais la respiration haletante de mon père. Il s'était passé quelque chose de mauvais, mais je ne savais pas quoi. Quelque chose s'était emparé de lui, un élan de brusque rébellion, mais elle avait été vaincue avant de pouvoir s'exprimer, agir. C'était l'impression que j'avais. Bien sûr, des interférences silencieuses se produisent toujours entre nos impulsions et nos actes. Mais je ne savais pas ce qui s'était produit, seulement qu'il y avait eu quelque chose, je le sentais. Mon père paraissait maintenant fatigué, et plongé dans ses réflexions. Renard junior n'appelait plus les canards, il restait simplement assis de son côté de la hutte à contempler le ciel embrumé, qui s'embrasait d'un rouge dense et lumineux à l'horizon, comme s'il y avait un incendie à l'autre bout du marais. Les coups de feu tirés des autres affûts s'étaient arrêtés. Un petit avion passait dans le ciel. Un chien aboyait. J'ai vu un poisson frétiller dans l'eau devant la hutte. Il m'a semblé voir un alligator. Des moustiques sont apparus, ce qui n'a rien d'inhabituel en Louisiane.

« Qu'est-ce que tu fais à St. Louis ? » ai-je demandé à mon père. C'était une question qui me travaillait.

« Eh bien…, a-t-il répondu d'un ton pensif, avec un reniflement. Du golf. Je joue pas mal au golf. Francis a une grande baraque en face d'un parc merveilleux. Je m'y suis mis. » Il s'est palpé le front, où un moustique s'était posé sur une tache de boue noire. Il s'est frotté et a regardé le bout de ses doigts.

« Tu comptes reprendre ton métier d'avocat là-bas ?

– Oh ! Non, grand Dieu ! » Il a secoué la tête et reniflé de nouveau. « Ils m'ont prié ici de quitter le cabinet. Comme tu sais.

– Oui », ai-je dit. Il respirait mieux. Son visage avait l'air calme. Il était beau et rajeuni. Ce quelque chose qui s'était produit en silence avait cessé de peser sur lui, et c'était apparemment réglé. J'ai pensé que je pouvais lui parler de mon projet d'aller à Lawrenceville. Un affût à canards se prêtait à ce genre d'entretien. Même s'il aurait mieux valu que nous soyons seuls, sans Renard junior pour nous écouter. « Je voudrais te demander… », ai-je commencé.

Mon père m'a interrompu. « Raconte-moi où tu en es avec tes petites amies. Raconte-moi tout. »

Je voyais bien où il voulait en venir, mais je n'avais rien à raconter. J'étais dans un prytanée, réservé aux garçons, voilà tout. Si j'allais à Lawrenceville, je savais que je pourrais avoir une petite amie. Il y aurait des filles dans le voisinage. « Je n'ai pas de…, ai-je articulé avant qu'il me coupe encore.

– Permets-moi de te donner un conseil. » Il caressait de l'index la gueule des canons de son fusil italien. « Essaie toujours d'imaginer ce que tu éprouveras *après* avoir baisé, *avant* de baiser avec quelqu'un. *Comprendes*? C'est la clé de tout. L'histoire. La moralité. La philosophie. Tu t'épargneras beaucoup de souffrance. » Il a hoché la tête comme si cette sagesse venait de lui revenir dans toute son aveuglante évidence. « Peut-être l'as-tu déjà compris », a-t-il ajouté. Il a regardé par-dessus le tablier de l'affût le ciel incendié, puis il m'a dévisagé d'une façon qui semblait exprimer sincèrement (ai-je pensé) son affection pour moi. « T'arrive-t-il, dans une conversation, de te surprendre à dire des choses auxquelles tu ne crois pas du tout ? » Il a tendu le bras pour saisir entre le pouce et l'index un moustique posé sur ma joue. « Hein ? a-t-il fait distraitement. Ça t'arrive ? Ça t'arrive ? »

J'ai songé à certaines conversations que j'avais eues avec Dubinion, ou parfois avec ma mère. C'était ce genre-là de conversations – mémorables au moins pour ce que j'avais tu. Mais, à mon père, j'ai répondu : « Non.

– Alors, c'est que la commodité ne doit guère compter pour toi, a-t-il dit avec gentillesse.

– Je n'en sais rien. » En fait, je ne comprenais pas ce qu'il entendait par là.

« Eh bien, pour moi, elle compte beaucoup. Trop, je crois. » J'ai naturellement pensé au jugement porté sur lui par maman, selon qui il ne valait pas mieux que la plupart des hommes. J'ai supposé que c'était la conséquence d'un trop grand prix attaché à la commodité, et que j'aurais peut-être les mêmes torts quand je serais grand parce que j'étais son fils. Mais je me suis promis sur-le-champ de veiller à ce que mes torts ne reproduisent pas les siens.

« Voilà un joli petit canard, a lancé mon père, observant le ciel d'un air stupéfait. Fabrice, voudrais-tu accepter mes excuses pour m'être mal comporté envers toi, et souffler dans ton appeau ? Ce serait extrêmement généreux de ta part. Gracieux. » Mon père a souri bizarrement à Renard junior, qui avait l'air de broyer du noir.

Et Renard junior a bel et bien soufflé dans son appeau. Je ne distinguais aucun canard, mais, lorsque mon père s'est accroupi sur le plancher sale où gisaient son manteau taché et nos douilles éjectées, j'ai fait comme lui, en baissant la tête. J'entendais le souffle de mon père, je humais son haleine parfumée de whisky, je voyais la peau pâle et humide de ses poings qui soutenaient son équilibre précaire, je sentais même l'odeur chaude, un peu aigre, de ses cheveux. J'étais aussi proche de lui que je le serais jamais. Et j'ai compris qu'il faudrait m'en contenter, peut-être était-ce même ce qu'il pouvait se passer de mieux.

« Attends, maintenant, laisse-le venir », dit mon père, tapi sur les planches mouillées, mais les yeux tournés vers le haut. Il a posé les doigts sur ma main pour me faire tenir tranquille. Je n'avais toujours rien repéré. Renard junior lançait le cri prolongé, aigu et grinçant, suivi de brefs gloussements qui lui raclaient la gorge, et à nouveau le long appel. « Pas tout de suite encore, a murmuré mon père. Pas encore. Laisse-le venir. » J'ai tordu le cou pour regarder en l'air, les yeux en coin, m'efforçant de distinguer *quelque chose.* « Non, a fait mon père au creux de mon oreille. Ne lève pas la tête. » J'ai respiré profondément, inhalé à nouveau les odeurs qui émanaient de lui. Soudain, Renard s'est exclamé : « Allez-y, bon sang ! Allez-y ! Tirez ! Tirez vite ! Qu'est-ce que vous attendez ? »

Je me suis levé d'un coup, sans savoir ce que j'allais voir, et j'ai épaulé mon fusil avant de vraiment regarder. Et ce que j'ai vu, approchant très bas au-dessus des appelants, tournant la tête sur le côté pour scruter l'eau brunâtre, c'était un canard solitaire. Je discernais sa tête verte et les petites billes sombres de ses yeux dans la lumière matinale embuée, je percevais le son métallique de ses ailes. Je ne pensais pas qu'il me voyait, je n'entendais pas mon père et Renard crier : « Tire, tire, oh ! bon sang, tire-le, Buck ! » Car l'apparition de ma figure et du canon de mon fusil au-dessus du tablier de l'affût ne l'avait pas fait changer de trajectoire, n'avait pas provoqué la manœuvre de recul et de prise d'altitude que j'avais vue auparavant, ce qui était sa manière à lui de sauver sa peau. Il continuait simplement de regarder vers le bas en volant lentement et produisant son bruissement dans l'air cuivré au-dessus de l'eau et de nous tous.

Au moment où j'ai trouvé le canard au bout de mon fusil, j'ai écarquillé les yeux comme je savais qu'il fallait faire pour tirer avec cette arme, et pourtant j'ai pensé : ce n'est qu'un unique canard. Il n'y en a peut-être pas d'autres. Quel intérêt d'abattre un unique canard ? Dans mes rêves, il y avait eu des canards par centaines et nous les tirions, mon père et moi, si bien qu'ils pleuvaient du ciel, et peu importait leur nombre parce que nous le faisions ensemble. Tandis que là je me trouvais seul à tirer, et un canard unique ça ne semblait pas bien, d'ailleurs une centaine n'aurait pas suffi non plus, si c'était moi qui tirais tout seul. Alors, au lieu d'appuyer sur la détente j'ai abaissé mon fusil.

« Qu'est-ce qui cloche ? » a dit mon père à mes pieds, encore à quatre pattes dans son smoking fichu, la tête baissée dans l'attente d'une détonation. Le canard nous avait à présent dépassés, il était hors de portée.

J'ai regardé Renard junior, assis sur sa caisse, assez petit pour ne pas avoir besoin de se planquer. Il m'a rendu mon regard et a fait une drôle de mimique, une mimique que je voyais pour la première fois mais n'oublierai jamais. Il a souri et s'est mis à battre des paupières à toute vitesse, puis il a levé les deux mains, paumes vers le haut à la hauteur de ses yeux, comme si quelque chose allait tomber dedans. J'ignore ce que ce geste signifiait, bien que j'y aie souvent repensé, parfois au beau milieu de la nuit quand je dors mal. Il s'agissait d'un geste de dérision, je suppose ; ou bien ça voulait dire simplement qu'il ne voyait pas pourquoi je n'avais pas tiré et qu'il attendait ma réponse. Ou c'était peut-être autre chose, un signe dont je ne connaîtrais jamais le sens. Fabrice était quelqu'un de bizarre. Personne n'en aurait douté.

Entre-temps, mon père s'était mis debout sur ses pieds boueux, non sans difficulté. Il avait épaulé et tiré une cartouche sur le canard qui n'était plus qu'une tache noire dans le ciel. Sans l'atteindre, évidemment. Il est resté un moment le regard fixe, le fusil levé, jusqu'à ce que la tache ailée disparaisse.

« Que diable est-il arrivé ? a-t-il demandé, tout rouge de s'être tenu accroupi et courbé. Pourquoi n'as-tu pas tiré ce canard ? » Il ouvrait une bouche grimaçante. Je voyais ses dents blanches, et sa main agrippée à la paroi de la hutte. Il semblait en danger de tomber. Après tout, il était encore ivre. Ses cheveux blonds luisaient dans la lumière vaporeuse.

« Je n'étais pas assez près », ai-je dit.

Mon père a jeté un nouveau coup d'œil aux appelants comme s'ils pouvaient fournir une preuve. « Pas assez près ? J'ai entendu les ailes de ce foutu volatile. Et il te le faut plus près que ça ? À quoi il te sert, ton fusil ?

– Tu n'as pas pu l'entendre, ai-je riposté.

– Pas pu l'entendre ? » Son regard a dérivé de mon visage sur Renard junior, derrière moi. Sa bouche a pris une drôle d'expression. La grimace a disparu et il a soudain eu l'air amusé, les commissures mouillées de ses lèvres ont frémi sur un petit sourire qui selon moi était sûrement railleur, exprimant son point de vue : j'avais calé au moment crucial, commis une faute, et ne méritais donc pas d'être pris au sérieux. Tout ça de la part d'un homme qui nous avait laissés nous débrouiller tout seuls, ma mère et moi, pour aller folâtrer sans vergogne ni dignité hors de vue de ceux qui le connaissaient.

« Tu ne sais rien du tout, ai-je dit soudain. Tu n'es qu'un… » J'ignore ce que j'allais dire au juste. Quelque chose de terrible et d'offensant. Destiné à le blesser, et que j'aurais regretté toute ma vie. Alors je n'ai pas fini ma phrase, je me suis tu. Mais je crois à présent que je l'ai fait pour moi, non pour lui, et pour ne pas ajouter un regret supplémentaire à ceux que j'avais déjà. À vrai dire, je me fichais un peu du mal qui pouvait lui arriver. Je m'en fichais comme je m'en fiche à présent.

Avec le sourire insinuant qui flottait encore sur sa belle bouche, mon père a lancé : « Allez, mon garçon. Tu as encore besoin de grandir un peu, je vois. » Il a tendu la main pour la poser sur ma nuque, laquelle était raidie de colère et de dégoût. Sans paraître s'en apercevoir, il m'a attiré à lui, m'a embrassé sur le front, m'a entouré de ses bras et serré, jusqu'à ce qui lui passait par la tête se soit envolé et que vienne le moment de rentrer.

§

Mon père vécut encore trente ans après ce matin de décembre 1961 à Grand Lake. D'après ce qu'on en sait, le temps pour lui d'accomplir tout un cycle de vie. Et je ne tiens pas à démêler le pourquoi et le comment de ce qu'il a fait ou qu'il n'a pas fait, ni à donner l'impression que ce jour-là a changé le cours de mon existence, car ce serait faux. L'existence avait déjà changé. Cette matinée m'a seulement amené à réfléchir pour la première fois sur des caractéristiques que je n'allais plus cesser d'observer. Comme mon père, je suis avocat. Et le droit est un métier qui vous enseigne que la vie est essentiellement une question d'ajustements, les multiples mises en perspective auxquelles nous nous livrons pour affronter des faits sur lesquels nous n'avons eu aucun pouvoir, et n'aurions sans doute pas cherché en premier lieu à exercer notre pouvoir. Par conséquent, quand survient la tentation, comme je l'ai eue un instant dans l'affût à canards, ou tout au long de ces trente années, de me laisser aller à la colère contre mon père, ou même lorsque je vois entrer dans un immeuble un type en costume de seersucker et nœud papillon éclatant qui me fait penser à lui, j'essaie de me rappeler que mieux vaut me calmer, que je suis seul avec ma colère et qu'il n'existe pas de réparation. On voudrait l'obtenir. La vie donne parfois l'impression qu'il ne s'agit de rien d'autre que de notre désir d'obtenir réparation. En tant qu'avocat, fils d'avocat et petit-fils d'avocat, je suis bien placé pour le savoir. Et je sais aussi ne pas y compter.

Pour mémoire – car je ne l'ai jamais revu –, mon père retourna à St. Louis et sous la tutelle du Dr Carter, lequel possédait, je crois, toute la force de caractère dont mon père manquait. Ils habitèrent là-bas un certain temps, jusqu'à ce que (m'a-t-on dit) le Dr Carter abandonne complètement l'exercice de la médecine. Ils quittèrent alors l'Amérique pour aller d'abord à Paris, puis s'installer près d'Antibes dans une resplendissante villa de stuc blanc, que j'ai eue une fois sous les yeux, en fait, par pur hasard, lors d'une excursion en marge d'un voyage professionnel, et que j'ai instantanément identifiée, comme si je l'avais vue en rêve, mais sans pouvoir lui tourner le dos assez vite, même s'ils étaient alors tous deux morts et enterrés.

Un jour, vers le début des années 70, j'ai découvert dans notre journal, à la rubrique mondaine, une photo de mon père au milieu d'un groupe d'hommes souriants, coiffés en brosse, là aussi en smoking avec de ridicules ceintures rouges drapées, et un verre de champagne à la main. Ils avaient la cinquantaine et, d'après leur sourire, semblaient tous souhaiter très fort être plus jeunes.

À la vue de cette photo, je me suis rappelé que, durant les jours qui suivirent cette expédition dans le marais avec mon père qui ne s'était pas trop bien terminée, j'avais prié, l'une des rares fois de ma vie mais aussi la dernière. En dépit de tout, je priais avec ferveur pour qu'il revienne chez nous et que notre vie recommence comme avant. Puis j'avais prié pour qu'il meure, qu'il meure d'une façon dont je ne saurais jamais rien, que le souvenir de lui disparaisse de ma mémoire et que tout soit effacé. Maman mourut peu après d'une mort assez brutale, absurde et désolante, et beaucoup de gens – dont moi – en rendirent mon père responsable. Au bout de quelque temps, on le vit faire des incursions épisodiques à La Nouvelle-Orléans, comme si nous étions parfaitement étrangers l'un à l'autre.

Le souvenir ne s'effaça donc pas. Pourtant, puisque je suis maintenant capable de raconter cette histoire, je pense être parvenu à le dépasser, et à me construire une vie meilleure qu'on ne l'aurait escompté. Bien entendu, je perçois l'existence, la mienne, comme inscrite dans le sillage de la leur, dans le résidu de tout ce qu'ils ont compromis, négligé, gâché. La sensation d'un tel lien indissoluble surgit parfois, et ce à certains endroits plutôt qu'à d'autres. Mais on s'en remet. J'en donne la preuve, dans la mesure où, depuis cette époque, je n'ai jamais imaginé pour moi une vie différente de ce qu'elle est.

Retrouvailles

Lorsque j'ai aperçu Mack Bolger, il se trouvait au pied de l'escalier de marbre qu'empruntent les voyageurs et les passants entre le balcon et le hall principal de Grand Central. C'était à l'approche de Noël, l'an dernier, où le temps était resté si doux et pluvieux que l'humeur de saison en semblait désamorcée.

Je traversais la gare, un raccourci que je prends souvent pour rentrer chez moi des bureaux de la maison d'édition dans la 41e Rue. En réalité, j'avais rendez-vous au Billy's avec une nouvelle amie. C'était un vendredi à quatre heures de l'après-midi, et l'immense gare grouillait de gens chargés de bagages et de précieux paquets, criant au revoir ou bonjour, agitant le bras, s'étreignant, s'agrippant de plaisir l'un à l'autre. Mais d'autres se tenaient simplement plantés là, tel Mack Bolger quand je l'ai vu, à fixer la foule d'un regard un peu perdu, comme si la personne qu'il attendait n'était pas venue. Mack est un bel homme, grand, bien bâti, qui donne l'impression de tout regarder de haut. Il portait une gabardine vert olive, longue et bien taillée, un manteau luxueux, ai-je pensé, de marque italienne. Ses souliers marron étaient cirés à mort ; les revers du pantalon les touchaient juste comme il faut. Et, du fait qu'il n'avait pas de chapeau, il semblait encore plus grand qu'il ne l'était, un bon mètre quatre-vingt-dix. Les mains dans les poches de sa gabardine, il haussait son menton glabre à la façon d'un homme d'âge mûr, l'air de se sentir exposé à tous les regards. Ses cheveux étaient légèrement clairsemés sur le devant, mais habilement coupés, et il était bronzé, ce qui prêtait à son visage carré et à son front saillant un contour alourdi presque artificiel, comme si, bizarrement, je n'avais pas eu sous les yeux Mack Bolger mais une belle effigie placée là à seule fin d'attirer mon attention.

Pendant quelque temps, un an et demi auparavant, j'avais eu une liaison avec Beth Bolger, la femme de Mack. Chose singulière – uniquement parce que tout ce qui se passe hors de New York paraît aux New-Yorkais singulier et teinté d'irréalité –, notre liaison s'était déroulée dans la ville de St. Louis, cette abstraction de brique rouge, aisément oubliable, qui n'est ni dans l'Ouest ni dans le Middle West, ni dans le Sud ni dans le Nord ; la ville perdue au milieu, comme je la nomme mentalement. J'ai toujours trouvé intéressant qu'elle ait été à la fois l'endroit où T. S. Eliot passa son enfance et, quatre-vingt-cinq ans seulement auparavant, le point de départ de la ruée vers l'Ouest. C'est un lieu, je suppose, dont le monde a hâte de s'éloigner.

Ce qui se passa entre Beth Bolger et moi ne vaut guère les lignes qu'il faudrait pour en rendre compte. À tous points de vue, hormis mon propre point de vue rapproché, il s'agissait d'un adultère banal, ardent, excitant puis, à brève échéance – après que nous eûmes traversé le continent à plusieurs reprises et provoqué inquiétude, embarras et douleur chez autant de gens que possible –, cela devint décevant, ignoble et finalement presque désastreux pour ces mêmes personnes. Parce que c'est la vérité, et que cela complique le désagréable dilemme de Mack Bolger tout en le présentant sous un jour plus sympathique, je dirai simplement qu'à un moment donné il fut obligé de m'affronter (ainsi que Beth) dans une chambre d'hôtel à St. Louis – le Mayfair, une charmante vieille bâtisse –, avec pour résultat que j'encaissai quelques coups pas trop méchants et me retrouvai jeté sur le pavé des rues désertes, par un tiède et humide dimanche après-midi d'automne, sans la moindre idée de ce que je pouvais faire, réduit au bout du compte à attendre des heures à l'aéroport de St. Louis le vol de nuit qui me ramènerait à

New York. À part ma dignité, j'abandonnais à jamais derrière moi une écharpe Hermès en soie marron à pompons que ma mère m'avait donnée pour Noël en 1971, cadeau qui était à ses yeux la plus belle chose du monde, idéal pour un homme entamant sa carrière d'éditeur. Je suis content de n'avoir jamais eu à lui avouer que je l'avais perdue, ni dans quelles circonstances.

Jamais non plus je n'ai revu Beth Bolger, sauf à l'occasion d'un apéritif triste et amer pris ensemble dans le quartier des théâtres au printemps dernier, un rendez-vous inconfortable qui nous semblait s'imposer, à la suite de quoi je descendis la 47e Rue avec le sentiment que la vie tout entière était un lamentable gâchis, pendant que Beth allait voir la pièce d'O'Neill *Le Marchand de glace est passé*, qui se jouait à l'époque. Nous n'avons plus eu l'occasion de nous rencontrer après ces adieux et, je le répète, en dire davantage serait sans intérêt.

Pourtant, lorsque j'ai vu Mack Bolger debout dans la foule de vacanciers festifs, dans la salle des pas perdus de Grand Central, la tête un peu ailleurs mais indéniablement la sienne, si loin du milieu des États-Unis, j'ai été saisi d'une bizarre impulsion : fendre les flots de voyageurs pour aller lui parler, comme on parlerait avec n'importe quelle vague connaissance lors d'une rencontre imprévue mais pas déplaisante. Non dans le but de lui signifier quoi que ce soit ni d'entreprendre une démarche particulière (tirer l'histoire au clair, par exemple, ou faire amende honorable), mais seulement pour créer l'événement là où il n'y en avait pas. Un événement ni désagréable, ni provocateur. Rien qu'un moment sans dimension, sans portée, un contact dénué de toute autre importance. L'existence offre peu de tels moments, elle est trop dévorée par le prévisible et l'obligatoire.

Je savais deux ou trois choses au sujet de Mack Bolger, de sa vie depuis notre affrontement semi-violent au Mayfair. Beth s'était complu à me les raconter lors de ce triste apéritif à l'Espalier Bar en avril. Notre aventure amoureuse ne représentait, naturellement, qu'un épisode du long déclin, de la dégradation du couple qu'elle avait formé avec Mack. Je l'avais compris dès le début. Ils avaient deux enfants et, pour eux, pour leur avenir, Mack tenait frénétiquement à éviter la séparation ; photographe portraitiste, Beth travaillait à domicile, mais elle avait faim d'une ouverture sur le vaste monde hors les murs d'University City[1], une faim dévorante, d'où découlait une insatisfaction foncière à l'égard de tous les aspects de sa vie. Après mon brusque départ, elle quitta le toit conjugal, loua un appartement près de Gateway Arch et prit pendant quelque temps un amant beaucoup plus jeune. Quant à Mack, pour sa part de cette secousse sismique, il ne tarda pas à lâcher son poste de cadre dans une grosse société d'agro-alimentaire, envisagea d'entreprendre des études pour devenir pasteur, puis de partir comme missionnaire au Sénégal ou en Guyane française, et prit lui aussi, brièvement, une jeune maîtresse. L'un des enfants se fit arrêter pour vol à l'étalage ; l'autre fut admis à Brown University. Des mois durant, le couple connut des nuits entières de règlements de comptes, tantôt belliqueux, tantôt tendres et sans détours, tantôt railleurs des deux côtés. Jusqu'à épuisement de tout ce qui pouvait être dit ou exprimé, des concessions aux menaces, après quoi, parvenus à un point mort, tous deux demeurèrent dans leurs maisons de banlieue respectives, organisèrent séparément leur existence, fréquentèrent de nouveaux amis, se retrouvèrent de temps à autre pour dîner, allèrent à l'opéra et même parfois couchèrent ensemble, mais sans guère d'espoir (pour Beth, en tout cas) que la situation s'améliore par rapport à ce qu'elle était devenue au moment de notre morne apéritif et de la pièce d'O'Neill. À l'époque, j'avais supposé que Beth s'y rendait avec un autre homme, qu'elle avait à New York quelqu'un qui lui inspirait de l'intérêt, et ça ne me dérangeait pas du tout.

1. University City : banlieue de St. Louis, contiguë à l'université Washington. *(N.d.l.T.)*

« C'est vraiment bizarre, hein ? avait-elle observé en passant son long doigt d'une extrême blancheur autour de son kir royal, le regard fixé non sur moi mais sur le bord du verre frôlé par la surface du liquide rosé. Nous avons été si proches pendant quelque temps. » Elle leva les yeux vers les miens et eut un sourire presque adolescent. « Toi et moi, je veux dire. À présent, j'ai l'impression de raconter tout ça à un vieil ami. Ou à mon frère. »

Beth est une grande blonde à la forte ossature, au visage cireux, aux cheveux cendrés qui lui pendent souvent devant les yeux comme ceux d'une vamp des années 40. Ce qui peut être séduisant, même si cela lui donne souvent l'air d'espionner ses propres conversations.

« Mais c'est très bien, répondis-je, d'avoir cette impression. » Je lui rendis son sourire par-dessus la petite table ronde à plateau noir de l'Espalier Bar. Oui, c'était très bien. J'avais tiré un trait. Rétrospectivement, rien de ce que nous avions fait ailleurs qu'au lit ne me rendait heureux, ni convaincu que cela avait valu la peine d'être vécu. Mais je ne pouvais plus rien y faire. Je crois que le passé est irréparable, on peut seulement avancer. « Parfois, l'amitié est tout ce que nous recherchons dans ce genre de relations », ai-je ajouté. Mais je ne le pensais pas vraiment, je l'avoue.

« Mack ressemble à un chien, tu sais », reprit Beth en écartant ses cheveux de ses yeux. Il lui restait présent à l'esprit. « Je le chasse à coups de pied, et il veut m'apporter des choses. C'est pitoyable. Il est maintenant branché sur le sexe tantrique, je ne sais même pas trop de quoi il s'agit. Tu en as une idée ?

– Ce que tu racontes là m'afflige, dis-je bêtement, même si c'était vrai. Je te trouve cruelle.

– Tu as simplement peur que j'en dise autant sur ton compte, Johnny. » Elle sourit à nouveau et le bout de son doigt humide caressa ses lèvres, des lèvres magnifiques.

« Peur ? répliquai-je. Ce n'est pas vraiment le mot qui convient, peut-être ?

– Bon, enfin, le mot que tu voudras. » Beth détourna précipitamment la tête et fit signe au garçon d'apporter l'addition. Elle ne savait pas affronter un désaccord. Cela l'effrayait toujours.

Mais ce fut tout. Je le répète, notre rendez-vous ne fut pas une réussite.

§

Les yeux gris clair de Mack Bolger m'ont repéré beaucoup plus tôt que je ne m'y attendais en allant vers lui. Nous ne nous étions vus que deux fois en tout. La première, à un cocktail donné par un écrivain à qui je voulais arracher un livre, raison pour laquelle j'étais à St. Louis. C'est là que j'avais fait la connaissance de sa femme. Et la deuxième au Mayfair Hotel, où je lui avais lancé un coup de poing plus que maladroit et où il m'avait plaqué contre le mur et cogné la figure avec le dos de la main. On n'oublie pas, sans doute, quelqu'un qu'on a malmené. C'est la case dans laquelle son souvenir se grave. Pour ma part, j'ai du mal à reconnaître les gens lorsqu'ils se trouvent hors de leur contexte, et le contexte de Mack Bolger, c'était St. Louis. Bien entendu, il constituait une exception.

Son regard s'est arrêté sur moi, puis m'a abandonné, balayant inconfortablement la foule, pour me retrouver tandis que j'approchais. Son visage large et bronzé a adopté la froide expression d'une absence de surprise, comme s'il avait su d'avance que j'étais quelque part dans la gare, si bien qu'une forme de communication aurait déjà commencé entre nous. Mais, en réalité, il avait plutôt l'air résigné, résigné à moi, résigné aux situations que la vie vous impose à votre corps défendant, résigné à lui-même. La résignation était au fond ce que nous avions en commun, même si nous ne disposions ni l'un ni l'autre d'un langage capable de l'exprimer. Ce que j'ai donc éprouvé face à lui, de façon inattendue, c'était de la compassion parce qu'il était contraint de me voir. Si j'avais pu, j'aurais tourné les talons pour m'éloigner et le laisser tranquille. Mais je ne l'ai pas fait.

« Je vous ai aperçu à l'instant », ai-je lancé dans la foule, trois bons mètres avant d'avoir prévu de parler. Comme je n'ai pas une voix forte, elle me sembla couverte par l'annonce théâtralement masculine et nasale d'un train en provenance de Poughkeepsie sur la voie 34.

« Vous aviez en tête quelque chose de particulier à me dire ? » a riposté Mack Bolger. Son regard a de nouveau fusé à travers le hall, où les passants encombrés de cadeaux de Noël et les voyageurs surchargés se bousculaient en tous sens. Il m'est soudain venu à l'esprit l'idée consternante qu'il attendait Beth, et que d'une minute à l'autre je serais là face à eux deux, presque comme à St. Louis. Mon cœur a frappé deux coups abrupts au creux de ma poitrine, puis il a paru s'arrêter de battre. « Votre figure, ça va ? a continué Mack sans trace d'émotion, scrutant toujours la cohue. Je ne vous ai pas fait trop de mal ?

– Non.

– Vous vous êtes laissé pousser la moustache. » Ses yeux ne m'ont pas effleuré.

« Oui », ai-je acquiescé. Je n'y pensais plus du tout et, je ne sais pourquoi, j'en ai eu honte, comme si cela me rendait ridicule.

« Eh bien, c'est parfait », a conclu Mack Bolger, du ton qu'on prendrait pour s'adresser à son voisin dans la file d'attente à la poste, quelqu'un qu'on ne reverra jamais. En même temps, il y avait aussi dans son élocution un soupçon de chuintement, un dépôt humide dans la joue qui mouillait ses « s » et ses « f ». C'était regrettable, car cela nuisait un peu à son autorité. Je ne l'avais pas remarqué auparavant, dans le feu des brefs instants dont nous avions disposé pour échanger quelques mots.

Mack m'a regardé de nouveau, les mains dans les poches de sa luxueuse gabardine italienne aux lourds boutons de corne sombre et aux revers longs et larges. Trop mode pour lui, ai-je pensé, pour un homme aussi massif. Nous étions à peu près de la même taille, mais il était plus corpulent et donnait l'impression d'abaisser les yeux sur moi, à cause de son menton projeté en avant. C'était presque le contraire de la façon dont Beth me regardait.

« Je vis ici, maintenant », a-t-il dit, sans vraiment s'adresser à moi. J'ai observé qu'il avait de longs cils noirs, presque féminins, et de petites oreilles à la forme parfaite, que sa nouvelle coupe de cheveux mettait en valeur. Il devait avoir la quarantaine – moins que moi – et son allure évoquait un officier. Un commandant. J'ai repensé à une lettre de lui que Beth m'avait fait lire, et qui contenait la phrase : « J'ai envie de t'embrasser partout. Oh ! oui. Je t'aime. Macklin. » Beth avait levé les yeux au ciel en me la montrant. Un autre jour, Mack lui avait téléphoné alors que nous étions au lit ensemble, nus. Là aussi elle roulait des yeux sans arrêt en l'écoutant lui parler, avais-je cru comprendre, des problèmes professionnels qui le tracassaient. Une fois, nous avons même commencé à faire l'amour pendant qu'il était au bout du fil. J'entendais sa petite voix énervée bourdonner dans le combiné. Mais cela appartenait au passé. Tout ce que nous avions fait, Beth et moi, appartenait au passé. Il n'en subsistait que cette rencontre dans la gare immense, un enchaînement d'instants qui, en dépit de tout, présentait une apparence correcte, solide, presque classique, comme si seul comptait ce dernier épisode, tandis que les moments antérieurs, brièvement passionnés, reliés mais lointains à présent, n'avaient été que des préliminaires.

« Vous avez acheté un appartement ? » ai-je demandé, et aussitôt j'ai senti un grand vide se creuser en moi. C'était quelque chose de tellement absurde à dire.

Le regard de Mack est graduellement revenu vers moi, et son expression, qui avait semblé n'avoir qu'un sens possible – la résignation – s'est mise à signifier autre chose. Une petite fente apparue sur son menton me l'a indiqué.

« Oui », a-t-il dit sans détourner les yeux.

Les gens nous bousculaient au passage. J'ai reçu en pleine figure une bouffée de parfum lourd et chaud. De la musique a commencé dans la rotonde, créant une ambiance tonitruante, suffocante : *Nous sommes trois grands rois d'Orient / Chargés d'or, de myrrhe et d'encens…*

« Oui », a répété Mack Bolger avec emphase, les lèvres étirées sur ses grandes dents d'un éclat sans défaut. Après son enfance dans une ferme du Nebraska, il avait décroché une bourse de footballeur dans une petite université du Minnesota, puis passé un doctorat de gestion à Wharton, fait une belle carrière. Toute cette expérience et cette réussite s'affichait maintenant sous forme de maîtrise de soi, de dignité. C'était bizarre qu'on puisse le comparer à un chien, il n'avait rien d'un chien. Il méritait l'admiration.

« J'ai acheté un appartement dans l'Upper East Side, a-t-il poursuivi avec un rapide battement de cils. J'ai emménagé en septembre. J'ai changé de travail. Je vis seul. Beth n'est pas là. Elle se trouve à Paris et elle y est malheureuse, du moins je l'espère. Nous divorçons. J'attends ma fille, qui revient de son internat. Ça va comme ça ? Ça vous paraît aller ? Votre curiosité est-elle satisfaite ?

– Oui, ai-je dit. Bien sûr. » Mack n'était pas en colère. Il était dans un état où la colère n'avait pas sa place, d'où elle avait du moins disparu depuis longtemps, un état cousin de l'épuisement, tel que les paroles qu'on prononce sont les seules vérités qu'on soit capable de dire. Pour ma part, je ne pensais pas l'avoir jamais éprouvé. J'avais toujours eu la liberté du choix.

« Me suis-je fait comprendre ? » Mack Bolger plissa son front épais d'athlète, comme s'il examinait une créature qu'il ne comprenait pas tout à fait, une sorte d'anomalie, ce que j'étais peut-être.

« Oui, ai-je dit encore. Excusez-moi.

– Eh bien, voilà… » Il a paru embarrassé. Il a regardé au loin, par-delà la foule de têtes en mouvement, l'air d'avoir perçu l'arrivée de quelqu'un.

J'ai suivi son regard. Mais je n'ai vu personne se diriger vers nous. Ni Beth ni sa fille. Personne. Peut-être n'étaient-ce que des mensonges, ou même avais-je un instant perdu connaissance, je ne me trouvais pas réellement face à Mack Bolger, j'étais en train de rêver tout ça.

« Vous n'auriez pas un autre endroit où aller à présent ? » a lancé Mack. Sa belle grosse tête bronzée paraissait implorante et exténuée. Beth avait dit un jour que nous nous ressemblions, lui et moi. Mais ce n'était pas vrai. Il s'agissait d'un simple fantasme chez elle. Sans vraiment me regarder, il a ajouté : « J'aurai du mal à vous présenter à ma fille. Vous l'imaginez bien, j'en suis sûr.

– Oui. » Je me suis de nouveau retourné, et cette fois j'ai vu une jolie jeune fille blonde qui nous guettait, immobile dans la cohue à quelques pas de nous. Elle tenait par les bretelles un sac à dos en nylon rouge. Quelque chose l'empêchait de s'approcher. Peut-être un signe que son père lui avait fait. « Naturellement », ai-je dit. En parlant, j'avais je ne sais pourquoi déclenché un large sourire sur le visage de l'adolescente, un sourire que j'ai reconnu.

« Il ne s'est rien passé ici », m'a dit Mack inopinément, tout en fixant sa fille. De la poche de sa gabardine, il avait tiré une petite boîte blanche nouée d'un ruban rouge.

« Pardon ? » La foule tournoyait bruyamment autour de nous. La musique semblait plus forte. Je m'en allais, mais je n'étais pas sûr de l'avoir bien compris. « Je n'ai pas entendu. » Involontairement, j'ai souri.

« Il ne s'est rien passé aujourd'hui, a dit Mack Bolger. Ne partez pas avec l'idée qu'il vient de se passer quelque chose. Entre vous et moi. Il ne s'est *rien* passé. Je voudrais que nos chemins ne se soient jamais croisés, voilà tout. Je voudrais n'avoir jamais eu à vous toucher. Vous me faites honte. » Son chuintement regrettable était toujours là.

« D'accord, ai-je répondu. Je trouve ça compréhensible.

– Oui ? Eh bien, tant mieux. » Sur quoi Mack s'est éloigné de moi et s'est adressé à la blonde adolescente qui souriait dans la cohue. Il lui a lancé : « Ouh ! là, là ! Mince alors, une fille belle comme toi, ça vaut un million de dollars ! »

Et j'ai poursuivi mon chemin vers le Billy's, vers mon nouveau rendez-vous qui se prolongerait dans la soirée. De toute évidence, je m'étais trompé quant au lien entre les instants, et quant à ce qui était préliminaire ou principal. Une erreur que je ne commettrais plus. Je n'aurais rien dû faire de tout ça. Même si dans une ville si grande, tellement plus grande que, disons, St. Louis, je savais que je ne le reverrais plus.

Le chiot

Au début du printemps, quelqu'un a déposé un chiot derrière le portillon dans notre jardin, et n'est jamais revenu le chercher. Au moment où c'est arrivé, je faisais chaque semaine des allers-retours entre La Nouvelle-Orléans et St. Louis, pendant que ma femme était plongée jusqu'au cou dans la préparation du marathon contre le sida, qui a lieu, coïncidence ironique, à l'époque des impôts et qui provoque en général beaucoup de problèmes délicats et de conflits, lesquels finissent toujours par se résoudre, naturellement, à force de bonne volonté et de dévouement à la cause.

Tout cela pour dire que c'est souvent désert chez nous pendant une bonne partie de la journée, ce qui a permis à quiconque voulait abandonner le chiot d'accomplir son forfait. Notre maison occupe un coin de rue du quartier historique en vogue. Grande et ancienne, typique du Quartier Français de La Nouvelle-Orléans, elle attire le regard, et le portillon du jardin est assez éloigné de la porte de derrière, masqué par d'épais troènes. Faire passer un chien par-dessus la grille et s'éclipser discrètement ne devrait donc pas être trop difficile, et ne l'a pas été, j'imagine.

« C'est un coup de cette bande de jeunes », a dit ma femme en croisant les bras. Plantés tous les deux derrière la porte-fenêtre, nous regardions le chiot, assis sur le dallage de brique, qui nous fixait avec une curiosité insolente, semblait-il. C'était un petit animal à poil court, dru et lisse, blanc avec quelques taches noires triangulaires sur les flancs. La façon dont sa queue se dressait quand il se mettait debout lui donnait l'air d'avoir dans les gènes une trace de chien d'arrêt. Sans raison précise, j'ai jugé qu'il avait trois mois, malgré la longueur de ses pattes et malgré ses pieds blancs plus gros qu'on ne s'y serait attendu. « Ceux qui traînent par là tout en noir, a continué Sallie. Percés de partout et ridicules, je ne sais plus comment on les appelle. Ils passent leur vie dans l'embrasure des portes. Ils ont toujours un chien au bout d'une corde. » Elle a tapoté du bout de l'ongle sur l'un des carreaux de la porte-fenêtre pour attirer l'attention du chiot. Il s'était mis à se gratter l'oreille avec application, mais il s'est arrêté, ses petits yeux noirs rivés sur la vitre. Il avait tiré de dessous l'escalier extérieur un balai en plastique rouge qui gisait au milieu du jardin. « Il faut qu'on s'en débarrasse, a dit Sallie. La pauvre créature. Ces petits merdeux en ont eu assez, voilà tout. Alors ils l'abandonnent chez nous.

– Je vais essayer de le placer », ai-je répondu. Rentré de St. Louis depuis cinq minutes, j'avais à peine eu le temps de poser ma valise dans l'entrée.

« Le placer ? » Sallie se tenait de nouveau les bras croisés. « Le placer où ça ? Par quel moyen ?

– Je vais placarder des affichettes. » J'ai posé la main sur son épaule. « Il pourrait avoir été perdu par des gens du voisinage. Ramassé par un passant qui l'a mis ici pour qu'il ne se fasse pas écraser. Quelqu'un va venir à sa recherche. »

À cet instant, le chiot a aboyé. Quelque chose (quoi ? allez savoir) lui avait fait peur. Soudain dressé sur ses pattes, il lançait des aboiements sonores et menaçants en direction de la porte-fenêtre derrière laquelle nous étions, comme s'il avait deviné nos intentions et nous en voulait. Puis, tout aussi brusquement, il s'est tu et, sans détacher de nous ses petits yeux, il s'est accroupi pour pisser sur les briques.

« C'est son autre spécialité », a observé Sallie. Ayant fini, le chiot a délicatement flairé son urine, puis l'a goûtée d'un coup de langue. « Soit il pisse sur quelque chose, soit il saute dessus, il l'attaque à coups de griffes et d'aboiements. Quand je l'ai trouvé ce matin, il m'a aboyé à la figure, puis il m'a sauté dessus, il m'a pissé sur la cheville et m'a griffé la jambe. J'essayais seulement de le cajoler, d'être gentille. » Elle a secoué la tête.

« Il était sans doute effrayé », ai-je répondu, en admirant l'allure robuste de la petite bête, ses oreilles pointues, son sobre pelage de chien d'arrêt. Du blanc et du noir sans complication. Un mâle.

« Ne commence pas à t'y attacher, Bobby, a dit Sallie. Il faut qu'on le mène à la fourrière. »

Ma femme est née à Wetumpka, dans l'Alabama. Elle vient d'une famille de Suédois luthériens, ambitieux et mélancoliques, arrivés dans le Sud des États-Unis parce que son bisaïeul avait par hasard inventé un filtre à peluches pour égreneuse de coton, lequel permit d'économiser des millions. En une génération, les Holmberg débarqués de Lund, immigrants découragés, ostracisés, devinrent de riches bourgeois à la mentalité conservatrice et hautaine, imbus de leurs droits. Il y avait une fourrière à Wetumpka, et on redoutait les chiens errants, suspects de propager la gale et des fièvres exotiques. Je le sais parce que je suis allé là-bas. Un homme chargé de la capture patrouillait dans un camion ventilé à claires-voies, équipé d'un grand filet. Dès qu'un chien non identifié venait renifler les hortensias d'un honnête citoyen, il suffisait d'un appel pour faire disparaître à jamais l'animal.

« Les fourrières n'existent plus, ai-je objecté.

– Je veux dire le refuge, a concédé Sallie. La SPA, où les animaux sont bien traités.

– Je voudrais d'abord essayer l'autre moyen. Je vais rédiger une affichette.

– Mais tu repars demain, non ?

– Seulement pour deux jours. Après, je reviens. »

Sallie a tapoté le sol du bout du pied, signe chez elle de perturbation. « Évitons de laisser ça traîner en longueur. » Le chiot a filé au petit trot vers le fond du jardin et s'est éclipsé derrière l'une des grosses jardinières de pittosporums. « Plus on le gardera longtemps, plus ce sera difficile de s'en séparer. Or c'est ce qui arrivera. Il faudra s'en débarrasser tôt ou tard.

– Nous verrons.

– Le moment venu, je te laisserai *à toi* le soin de le mener à la fourrière », a-t-elle dit.

Je lui ai adressé un sourire d'excuse. « D'accord. Si ce moment arrive, je le ferai. »

Nous en sommes restés là.

§

Je plaide de longue date devant les cours d'appel fédérales des affaires compliquées, en général, de gros procès pour négligence où mon client est une chaîne hôtelière ou de restauration à l'échelle nationale, poursuivie avec succès par un employé ou une victime de ce qui n'est souvent qu'un malheureux concours de circonstances. Dans la plupart des cas, je gagne. Sallie est avocate elle aussi, mais l'exercice de cette profession ne lui a pas plu. Elle travaille comme spécialiste des ressources, autrement dit de la collecte de fonds, au profit de causes globalement progressistes ; les SDF, les femmes battues, les enfants victimes de sévices, les risques alimentaires, etc. Bien loin de la mentalité de grands bourgeois parvenus qui caractérise sa famille en Alabama. Je viens de Vicksburg, Mississippi, j'ai grandi dans un milieu très ordinaire mais respectable. Mon père était fondé de pouvoir d'une compagnie d'assurances. Sallie et moi nous sommes connus à la fac de droit de Yale, dans les années 70. Nous avons toujours estimé avoir eu de la chance dans la vie, mais sans rien d'extraordinaire quant à nos ambitions ou nos réussites. Nous sommes simplement des Sudistes issus de familles solides et d'un grand soutien, auxquels il a été donné de faire de bonnes études dans le Nord-Est et qui sont plus ou moins revenus chez eux, prêts à s'intégrer. Il faut bien obéir à cette pulsion humaine élémentaire, pensions-nous, sous peine d'être privé des fondements d'une existence vivable.

Un jour après la fin du vieux millénaire et le début du nouveau, Sally m'a dit, alors que nous déjeunions au Périgord, sur l'Esplanade, notre endroit favori : « Te souviens-tu, par hasard (elle venait de remuer cette question dans sa tête), de cette première aquarelle que nous avions achetée à Old Saybrook ? La voile oblique d'un bateau à peine repérable sur l'étendue de ciel blanc. Dans la petite boutique près du pont ? » Évidemment, je m'en souvenais. L'aquarelle est accrochée dans mon bureau de la place St. Charles, une chère relique de notre jeunesse.

« Oui. Pourquoi ? » Nous étions attablés dans le jardin ombragé du restaurant, embaumé par je ne sais quelle variété d'héliotrope. De minuscules perruches sauvages voletaient et gazouillaient dans le feuillage des chênes de Virginie. Nous consommions une soupe froide de crabe.

« Eh bien, voilà... » Sallie a des yeux d'un bleu clair presque animal et un teint laiteux, translucide, de Scandinave. Elle ne se met jamais au soleil. Avec ses cheveux taillés tout droit, la raie au milieu, elle fait penser à un personnage d'un film de Bergman des années 60. Elle a quarante-sept ans et elle est extrêmement belle. « C'est sans importance aucune, a-t-elle continué, mais comment savions-nous à l'époque si nous avions du goût ? Ça me laisse même assez indifférente, comme tu sais. Tu as bien meilleur goût que moi dans la plupart des domaines. Mais comment pouvions-nous être sûrs que ce petit tableau que nous choisissions n'était pas une affreuse croûte ? Explique-le-moi. Et que nos amis qui le verraient ne se moqueraient pas de nous dans notre dos ? Est-ce qu'il t'arrive de t'interroger dans ce sens ?

– Non, ai-je répondu, la cuillère en suspens au-dessus de mon assiette.

– Tu veux dire que c'est dénué d'intérêt ? Ou que nous aurions fini par y voir plus clair tout seuls ?

– Un peu des deux. Peu importe. Nous avons suffisamment bon goût et ça devait déjà être vrai avant. J'ai encore ce petit bateau au mur du bureau. Il y a tout le temps des gens qui l'admirent. »

Elle a souri d'un air de contentement intérieur. « L'opinion de nos amis n'est pas la question, bien sûr. Au cas où nous aurions eu un faible pour les portraits de clowns tristes ou mis des têtières sur nos fauteuils, je me demande si notre existence actuelle serait différente, moins bonne. » Son regard s'est rivé sur ses couverts rangés côte à côte. « C'est une chose qui m'intrigue. La façon dont on perçoit sa vie est tellement fragile.

– Où veux-tu en venir ? » Je devais bientôt retourner travailler. En tout état de cause, nous avons maintenant peu d'amis. C'est normal.

Sallie a plissé le front et s'est gratté la nuque avec l'index. « Au fait qu'il suffit d'une seule petite modification pour tout changer.

– Une étoile s'égare et soudain adieu la Grande Ourse ? ai-je dit. Je ne pense pas vraiment que c'est ce que tu as en tête. Je ne pense pas vraiment que tu t'angoisses parce que ta vie aurait pu suivre un cours différent. » L'idée m'amusait, je le reconnais.

« Tu présentes ça sous un jour très futile. » Elle a baissé les yeux sur son assiette de soupe intacte, dont elle a effleuré la surface avec le bord de sa cuillère. « Mais bon, c'est en effet ce que j'ai en tête.

– Pourtant ce n'est pas vrai, ai-je rétorqué en m'essuyant la bouche. Les choses seraient quand même ce qu'elles sont. La Grande Ourse, ou ce qui a compté pour toi. Tu ne ferais pas attention à l'étoile égarée, tu verrais seulement celles qui sont à leur place. Notre vie aurait été toute pareille, en dépit de la croûte.

– C'est toi l'avocat, hein ? » Cette remarque paraissait condescendante, mais je ne crois pas qu'elle l'était dans l'esprit de Sallie. « Ce qui n'a pas sa place, tu ne t'en occupes pas. Mais ce serait différent, j'en suis sûre.

– Oui, ai-je dit. Ce serait légèrement différent. Mais à peine.

– Il n'y a qu'une seule Grande Ourse. » Elle s'est mise à rire. « Autant que nous sachions, jusqu'à présent. D'accord. »

Je ne reproduis ce dialogue que pour illustrer notre façon d'être ensemble, ce qui a de l'importance à nos yeux et ce qui n'en a pas. Et comment nous pouvons tirer le rideau sur des questions potentiellement difficiles.

§

L'après-midi de la découverte du chien, je me suis assis dans la salle de séjour devant le bureau revêtu de cuir où d'habitude je règle les factures et j'ai composé avec application une de ces affichettes manuscrites qu'on voit agrafées sur les poteaux téléphoniques, ou punaisées sur les tableaux d'annonces de laveries libre-service, parmi les publicités pour de nouvelles thérapies par le massage, des aides sanitaires aux homos et des concerts de rock locaux. CHIOT, était-il écrit au marqueur noir sur mon affichette, suivi des détails habituels, avec le numéro de téléphone de mon cabinet et la date (23 mars). J'ai reproduit le feuillet en vingt-cinq exemplaires sur la photocopieuse de Sallie. Ensuite j'ai déniché l'agrafeuse dont elle se sert pour les affiches du marathon sida, je suis monté prendre dans ma penderie une vieille ceinture en cuir tressé, puis je suis allé chercher le chiot dans le jardin. Ça me semblait une bonne idée de l'avoir avec moi pendant que je placarderais les affichettes le concernant. Quelqu'un pourrait le reconnaître, ou simplement, en le voyant, se laisser séduire et le réclamer sur-le-champ. Ce sont des choses qui arrivent, du moins en théorie.

Lorsque je l'ai trouvé, il dormait derrière les troènes tout au fond. En grattant et en creusant dans la terre brune teintée de poussière de brique, il s'était fait un trou assez profond pour y enfouir la moitié de son petit corps. Il avait aussi cassé plusieurs branches de troène, arraché les feuilles et mâchonné les extrémités si bien que la haie était dévastée.

En me sentant approcher, il s'est aplati dans son trou et a émis son petit grognement de chiot. Puis il s'est brusquement redressé pour aboyer avec une agressivité qui – s'il avait été un gros chien – m'aurait alarmé et fait reculer.

« Toutou ? ai-je dit, cherchant à paraître aimable. Viens vite. » Je portais encore mon pantalon de costume, ma chemise blanche et ma cravate, la tenue dans laquelle je plaide. Le chiot continuait de gronder puis d'aboyer contre moi, tout en reculant derrière les troènes déchiquetés pour s'enfoncer dans l'ombre au pied du mur de brique qui nous sépare de la rue. « Toutou ? » ai-je répété d'un ton patient, conciliant, en me penchant dans les feuilles épaisses et vertes. J'avais formé un collier avec ma ceinture et j'ai allongé le bras pour le lui passer autour du cou. Mais il a reculé davantage dès qu'il a senti le poids de la boucle et il a poussé un jappement inattendu, un jappement qui ressemblait à un cri humain. Après quoi il s'est retourné pour s'attaquer aux briques à coups de griffes en bondissant, raclant le mur avec ses pattes, remuant sa vilaine petite queue, et simultanément soulageant sa vessie jusqu'à ce que les briques soient toutes tachées d'une urine chaude de terreur.

Du coup, bien sûr, j'ai renoncé à mon entreprise, car cela paraissait cruel de le contraindre à me suivre même si c'était pour son bien. Manifestement, ses anciens maîtres n'avaient pas été gentils. Il ne faisait pas confiance aux humains, même s'il avait besoin de nous. Le sortir dans la rue n'aboutirait qu'à le terroriser davantage, et à dissuader quiconque de l'emmener chez soi pour lui assurer une meilleure existence. Mieux valait qu'il reste là, ai-je décidé. Dans notre jardin, il était à l'abri et pouvait jouir de quelques heures de tranquillité.

J'ai tendu la main pour tenter de lui retirer le collier fait avec ma ceinture, mais aussitôt il a montré les dents et ses petites incisives blanches ont raté de peu le bout de mon pouce. J'ai décidé de laisser tomber et je suis parti tout seul placarder mes affichettes.

§

J'ai eu vite fait d'agrafer tous les feuillets, à la laverie libre-service de Barracks Street, chez le traiteur gay, devant la pâtisserie française, dans la cafétéria et au kiosque à revues porno de Decatur Street. Pas un poteau téléphonique du quartier ne m'a échappé. Sur plusieurs poteaux et tous les panneaux d'affichage, j'ai constaté que d'autres avaient aussi perdu leur animal familier, principalement des chats. *Hiroki a disparu. Nous sommes au désespoir. L'auriez-vous vu ? Contactez Jamie ou Hiram au...* Ou : *Notre Macha nous manque. S'il vous plaît, appelez-nous ou soignez-la bien. S'il vous plaît !* À chaque étape de ma tournée, je me suis attardé un moment à lire les autres annonces pour savoir si quelqu'un ne cherchait pas son chiot. Mais, à ma surprise, personne n'en déclarait la perte.

Dans un coin mal famé face au Marché Français, où se trouve une série de commerces miteux (des sex-shops, des déballages de T-shirts et un marchand de pizzas industrielles), j'ai vu un groupe de ces jeunes que Sallie accusait d'avoir abandonné notre chiot. Comme elle l'avait dit, ils bivouaquaient dans l'embrasure de la porte d'une boutique fermée, accoutrés de lourdes nippes noires et de bottes aux semelles épaisses, avec diverses chaînes accrochées un peu partout et des bracelets cloutés, tous les quatre – deux garçons et deux filles – arborant des piercings et des tatouages, croix de Malte, lames de couteau dégoulinantes ou svastikas, tous sales et l'air paumé, mais plus que renfrognés et apparemment enclins à la violence. Ces jeunes avaient un petit chien noir attaché par un cordon de coton blanc à la lourde botte de l'un des garçons. Ils buvaient de la bière et fumaient sans échanger un mot, se bornant à contempler d'un regard hostile la rue ou le vide.

Estimant que je n'avais pas grand-chose à craindre, je me suis arrêté devant eux pour leur demander si eux ou quelqu'un qu'ils connaissaient auraient tout récemment perdu un chiot blanc taché de noir, car j'en avais trouvé un. Le garçon qui paraissait le plus vieux, costaud, pas rasé, les cheveux en brosse teints en violet et vert – celui qui avait le chien attaché à sa botte –, ce garçon a levé sur moi des yeux sans expression. Puis il s'est retourné vers l'une des grosses filles crasseuses au teint blafard tapies cigarette au bec dans la saleté au fond de l'encoignure (elle avait une croix tatouée sur le front, comme Charles Manson d'après ce qu'on raconte), et il lui a demandé à son tour : « Est-ce que tu as perdu un petit chien blanc taché de noir, Samantha ? Je ne crois pas. Hein ? Je ne me rappelle pas que tu en avais un aujourd'hui. » Sa voix étonnamment juvénile avait l'accent nasal du Middle West, l'accent que j'avais entendu cette semaine-là à St. Louis, mais dans la bouche d'hommes de loi nantis. Je connais mal les jeunes, pourtant l'idée m'est venue que ce garçon pouvait être le fils de l'un de ces avocats, faire partie de ces enfants disparus dont on voit la photo sur les cartons de lait ou sur un site web consacré aux fugueurs.

« Euh, non », a répondu la fille avant d'exploser de rire.

Le costaud aux cheveux violets m'a regardé avec un sourire dédaigneux. Il avait des yeux d'un bleu acier très sombre, impénétrables et intelligents.

Que faites-vous là, vautrés ? avais-je envie de lui dire. Je sais que vous avez abandonné votre chien dans mon jardin. Vous devriez le reprendre. Vous devriez tous rentrer chez vous.

« Désolé, monsieur, a lancé le garçon en me narguant, mais je ne crois pas que nous allons pouvoir vous aider dans votre importante recherche. » Il a partagé son rictus avec ses trois amis.

J'ai esquissé un pas pour m'en aller. Puis je me suis arrêté, je lui ai tendu une affichette et j'ai dit : « Enfin, au cas où vous entendriez parler d'un chiot perdu… »

En prenant le feuillet, il a marmonné quelque chose. Je ne sais pas quoi, ni ce qu'il a fait du papier après mon départ, car je ne me suis pas retourné.

§

Ce soir-là, Sallie est rentrée éreintée. Assis à la table où nous prenions nos repas, nous avons bu un verre de vin. Je lui ai dit que j'avais placardé toutes mes affichettes, et elle a répondu qu'elle en avait vu une et l'avait trouvée parfaite. Ensuite elle a pleuré doucement pendant un petit moment, à cause des choses perturbantes qu'elle avait vues et entendues dans l'après-midi au centre de soins du sida, et aussi à cause de diverses opinions – typiques de La Nouvelle-Orléans, à son avis – exprimées par certains des organisateurs du marathon, dont la cruauté signifiait que de mauvaises raisons présidaient à leurs bonnes actions ; il résultait de tout cela – pour elle, en tout cas – que le monde semblait voué au mal. J'ai parfois pensé qu'elle aurait été plus heureuse si nous avions choisi d'avoir des enfants ou que, faute d'en avoir, nous nous étions installés ailleurs qu'à La Nouvelle-Orléans, dans une ville qui n'ait pas cet esprit de clocher et cette société cloisonnée, St. Louis, par exemple, dans le vaste Middle West, où l'on peut se rendre utile sans être trop personnellement impliqué. La Nouvelle-Orléans est provinciale de tant de façons. Et nous ne sommes pas d'ici.

Je n'ai fait aucune allusion à l'état dans lequel le chiot avait mis les troènes, ni aux jeunes que j'avais affrontés au Marché Français, ni à la justesse absolue de la description qu'elle en avait faite. J'ai préféré parler de mon travail concernant l'affaire Brownlow-Maisonette, du fait que tous les avocats de St. Louis s'étaient révélés d'excellents confrères grâce à qui je m'étais senti chez moi dans leurs bureaux modestes, une bonne entente qui porterait ses fruits lors de notre audience à la 8e chambre. J'ai un peu commenté la définition de la négligence telle qu'elle s'applique aux entreprises de transports, et la refonte imprévue des paradigmes en matière de droit civil consécutive aux nominations sous le règne de Nixon. Puis Sallie a dit qu'elle avait besoin de faire un somme avant le dîner, et elle est montée, visiblement terrassée par sa journée et par sa crise de larmes.

Sallie souffre, depuis aussi longtemps que je la connais, de ce qu'elle appelle ses rêves de guerre, des cauchemars violents, échevelés, destructeurs, du Technicolor sans intrigue ni scénario cohérent, rien que de brusques chutes dans un sommeil profond accompagnées d'images de corps démembrés volant en tous sens, d'explosions, d'éclairs aveuglants, de soldats précipités dans le vide par des trappes, pendus ou projetés en hurlant dans l'espace à travers les brèches ouvertes par les bombes. Ce sont d'horribles visions que je supporte mal d'entendre décrire et qui terroriseraient n'importe qui. En général, elle émerge de ces rêves avec une légère lassitude, mais pas particulièrement perturbée. Et pour cette raison je crois qu'elle est très solide. Je l'ai persuadée un jour d'aller s'allonger sur le divan renommé du Dr Merle Mackey durant quelques semaines, pour qu'il tente de découvrir ce qui peut se cacher derrière un tel chaos. Elle l'a fait de bonne grâce. Mais, au bout d'un mois et demi, Merle a dit à Sallie – il me l'a confié au club de tennis – qu'elle était mentalement et moralement aussi forte qu'un cheval de course, et que certains phénomènes se produisaient sans motif précis, quoi qu'en ait pensé le Dr Freud. Dans le cas de Sallie, ses rêves (qui ont toujours été intermittents) ne constituaient qu'un fond musical baroque accompagnant sa manière d'être sur terre, sans correspondre, autant qu'il pût l'observer, à des souvenirs refoulés de mauvais traitements infligés par ses parents ni à Dieu sait quel désastre intime qu'elle se serait refusée à affronter au grand jour. « La bizarrerie est inhérente à la nature humaine, Bob, m'a dit Merle. Elle est largement répandue tout autour de nous. Tu en as sans doute ta petite part. Tu viens du Mississippi, je crois ? – Oui, ai-je acquiescé. – Alors, je préfère ne pas t'accueillir sur mon divan. Nous risquerions d'en avoir pour une éternité. » Merle a grimacé à la manière d'un majordome impertinent. « Non, ai-je dit, nous n'avons pas intérêt à nous aventurer là-dedans. – Non, monsieur, a renchéri Merle, vraiment pas. » Puis il m'a adressé un large sourire, et voilà tout.

Pendant que Sallie dormait, j'ai de nouveau regardé dehors à la porte-fenêtre. La nuit tombait, et les minuscules ampoules blanches que ma femme avait suspendues dans le laurier-cerise comme une décoration de fête, allumées par leur minuterie, donnaient au jardin une lactescence et une joliesse de carte de Noël. Il arrive que le crépuscule soit un moment magique dans le Quartier Français, avec le ciel d'un bleu intense, l'ombre qui envahit ces rues luxueuses. Revenu au milieu du jardin, le chiot s'était couché, son museau pointu posé sur ses pattes antérieures tachetées. Je ne distinguais pas ses petits yeux sauvages, mais je sentais qu'il les tenait fixés sur moi planté là à l'observer sous la lumière jaune du lustre. Il avait toujours au cou, telle une laisse, ma ceinture de cuir tressé. Il paraissait aussi paisible et insouciant qu'il pourrait jamais l'être. J'avais posé dehors des saucisses de Francfort dans une assiette en plastique et, à côté, un bol rouge en plastique rempli d'eau, là où je savais qu'il les trouverait. Sans doute avait-il mangé et s'était-il assoupi avant d'émerger maintenant, le soir venu, pour me rappeler sa présence et peut-être exprimer qu'il se sentait de plus en plus à l'aise dans son nouvel environnement. J'ai failli méditer sur le vécu étrange, imprévisible, qui était le sien, si nouvellement débarqué sur la terre, sans véritable défense, ni maîtrise de ce qui lui arrivait. Mais, pour des raisons évidentes, j'ai coupé court à cette réflexion. Et je me suis rendu compte que mes sentiments envers l'animal avaient déjà un peu évolué. C'était peut-être l'esprit coriace, à la suédoise, de Sallie qui m'influençait ; ou la nature apparemment inapprivoisable du chiot ; ou encore tous ces autres messages sur les panneaux d'affichage et les poteaux téléphoniques, qui semblaient proclamer, de façon joviale mais sans espoir, que le destin était inéluctable et que le caractère, la personnalité, la volonté et même la nature inapprivoisable ne constituaient que ses sous-produits fortuits. En contemplant dehors la petite ombre immobile dont le blanc s'éteignait contre les briques gagnées par la nuit, j'ai pensé : oui, d'accord, voilà où tu es pour le moment, et voilà ce que je fais pour te venir en aide. Selon toute probabilité, peu importe si quelqu'un appelle et vient te chercher pour que tu mènes chez lui une vie longue et heureuse. Ce qui compte, c'est simplement un choix que nous faisons, un choix gouverné par les circonstances, et par notre capacité à nous convaincre de tenir bon jusqu'à ce qu'une autre force nous rattrape. (On espère toujours que ce sera une force positive et saine, même si ce n'est pas forcément le cas.) Là encore, il s'agit sans doute d'un point de vue qu'on finit par adopter en tant qu'avocat, surtout si, comme moi, on intervient tardivement dans le processus. Toutefois, j'étais content que Sallie ne soit pas là pour partager ces pensées, car elles l'auraient seulement amenée à la conclusion fausse que le monde était un univers impitoyable.

§

Le lendemain matin, j'étais dans l'avion de la TWA volant vers St. Louis. En dépit du coup de téléphone, reçu tard dans la soirée, d'une personne voulant savoir si le chiot perdu que je signalais avait été vacciné contre diverses dangereuses maladies. J'avais avoué que je l'ignorais, puisqu'il ne portait pas de collier. Il *semblait* plutôt sain, avais-je ajouté. (Les brusques accès d'aboiements et les pipis récurrents ne devaient pas être des symptômes inquiétants.) La personne au bout du fil était manifestement une Noire d'un certain âge – elle avait un accent créole prononcé et m'a appelé *baby* une ou deux fois –, mais elle ne m'a pas donné d'autre indication sur son identité. Ce qu'elle a dit, c'est que ce chiot aurait plus de chances de trouver preneur s'il était vacciné et certifié en bonne santé par un vétérinaire. Puis elle m'a parlé d'une agence privée en ville dont la spécialité était de placer des chiens chez des gens âgés et confinés, et j'ai consciencieusement noté le nom de l'agence : « Pet Pal[1] ». La conversation n'en finissait plus, mon interlocutrice insistant sur le fait que le geste de faire examiner et vacciner contre la rage le chiot perdu témoignerait des bons soins dont il avait joui, argument important pour qu'il soit jugé adéquat. Au bout d'un moment, je me suis dit que cette vieille dame devait être complètement cinglée et passer son temps à composer les numéros qu'elle relevait sur les annonces de la laverie pour jacasser des heures durant sur les chatons perdus, les cours de macramé et les leçons de piano Suzuki, toutes choses qu'elle aurait oubliées le lendemain. C'était probablement une voisine, quoique les personnes de couleur se fassent rares dans le Quartier Français. Néanmoins, je lui ai affirmé que je suivrais ses conseils et que j'étais sensible à sa prévenance. Lorsque je lui ai innocemment demandé son nom, elle a lâché un juron d'une grossièreté surprenante et raccroché.

§

« Je vais m'en occuper, a dit Sallie le lendemain matin tandis que je mettais des chemises propres dans ma valise avant de filer à l'aéroport. J'ai un peu de temps à moi aujourd'hui. Je ne peux pas me laisser complètement dévorer par les angoisses du marathon. » Elle regardait à nouveau dans le jardin par la fenêtre du premier étage. Je ne sais pas au juste ce que je souhaitais pour le chiot. J'espérais, je suppose, que quelqu'un le réclamerait. Mais il était toujours dans le jardin. Nous n'avions pas discuté d'un plan d'action, même si j'avais parlé à Sallie de l'agence Pet Pal.

« Pauvre petit malheureux », a repris Sallie d'une voix teintée d'horreur. Elle s'est assise sur le lit à côté de ma valise, les mains pendantes entre ses genoux et le regard rivé sur le sol. « Je suis

1. *Pet pal :* copain de l'animal familier, ou animal familier copain. *(N.d.l.T.)*

sortie tout à l'heure et j'ai essayé de jouer avec lui. Je veux que tu le saches, a-t-elle poursuivi. C'était pendant que tu prenais ta douche. Seulement, il ne *sait pas* jouer. Il n'a fait qu'aboyer, pisser et pour finir me lancer un coup de dents, d'une manière assez détestable. J'imagine que ça faisait rire ceux qui avaient ce chien. C'est criminel, en réalité. » Elle en avait l'air attristé. J'ai repensé au sinistre garçon aux yeux bleus, à la veste noire, vautré dans l'embrasure fétide en face du Marché Français avec son nouveau petit chien et ses trois acolytes. Ils semblaient sortir de l'un des cauchemars de Sallie.

« Les gens de Pet Pal vont sûrement trouver une solution », ai-je dit en nouant ma cravate devant la glace de la salle de bains. À St. Louis, il faisait encore froid pour la saison et je portais mon costume en lainage, bien que l'été s'annonçât déjà à La Nouvelle-Orléans.

« S'ils ne proposent pas de solution, et si personne n'appelle, a répondu Sallie d'un ton grave, il faudra que tu le mènes au refuge à ton retour. C'est d'accord ? J'ai vu ce qu'il a fait aux plantes. On peut les remplacer. Mais franchement cet animal n'est pas notre problème. » Elle a tourné la tête pour me dévisager, à l'autre bout du lit dans lequel feu sa grand-mère suédoise avait jadis passé sa nuit de noces. Le visage ovale de Sallie avait une expression plutôt sombre mais très ferme. Elle voulait bien s'occuper du chiot parce que ça convenait à son état d'esprit ce jour-là, que je m'en allais et qu'elle savait que sa tentative me rassurerait. Il s'agit là d'un trait admirable de l'être humain, et c'est sans doute ce qui détermine la plupart des bonnes actions : l'occasion et la disponibilité. Mais le sort de cet animal ne la préoccupait pas vraiment, j'en avais conscience.

« Ça marche, lui ai-je dit avec un sourire. Tout va s'arranger pour le mieux, je l'espère. Je te suis reconnaissant de l'emmener.

– Tu te rappelles notre visite au chalet de Robert Frost ? a demandé Sallie.

– Mais oui. » Assurément, je m'en souvenais.

« Eh bien, quand tu reviendras du Missouri, je voudrais que nous y retournions tous les deux. » Elle souriait timidement.

« Je pense que c'est faisable, ai-je acquiescé en fermant ma valise. Ça me paraît une merveilleuse idée. »

Sallie s'est penchée sur le côté dans ma direction et m'a tendu son visage lisse et parfait pour que je l'embrasse en passant devant le lit avec ma valise. « C'est quelque chose que nous ne devons pas laisser tomber, a-t-elle dit.

– Jamais », ai-je répondu en me courbant pour l'embrasser sur la bouche. Puis j'ai entendu le klaxon de mon taxi devant la maison.

§

Le chalet de Robert Frost est une grande histoire entre Sallie et moi. Au printemps de notre première année de fac à New Haven, nous nous lisions à haute voix l'un à l'autre des poèmes de Robert Frost, en guise d'antidote aux heures éprouvantes passées à étudier les comptes rendus d'affaires de restitution, le décret contre la perpétuité, les notions de préméditation et de négligence, tous ces fardeaux qui pèsent sur les étudiants en droit au moment des examens. Vingt-six ans après, j'ai gardé peu de souvenirs de ces poèmes. *Mieux vaut partir avec dignité / l'amitié achetée à ses côtés / que sans rien du tout. Investir, investir.* Nous pensions comprendre où Frost voulait en venir : faire son chemin dans le monde et dans la vie – jusqu'à la fin – le mieux qu'on peut. Et donc, à la fin de l'année scolaire, libérés de nos cours dans la chaleur naissante, nous avons pris la route dans la vieille Chrysler Windsor dont mon père m'avait fait cadeau, pour aller dans le Vermont à la recherche du chalet de Frost, bâti à flanc de montagne. D'après nos informations, l'État l'avait préservé à titre de sanctuaire, même s'il fallait pour le dénicher marcher longtemps dans la forêt pleine de moustiques et s'écarter d'une piste forestière tortueuse. Nous voulions nous asseoir sur le balcon de la maison de Frost, dans le fauteuil rustique où il avait dû s'asseoir, et lire encore ensemble à haute voix ses poèmes. À nos yeux de jeunes Sudistes poursuivant leurs études dans le Nord, Frost incarnait une forme désuète mais incontestablement authentique d'américanité, de vitalité réceptive dont nous avions été coupés à cause des troubles raciaux et d'absurdes obsessions concernant le Sud lui-même, chez des gens mal avisés. Pourtant, nous avions toujours rêvé de cette réceptivité, ayant le sentiment qu'elle représentait la rectitude, une sagesse allant de soi et un sens de la beauté exprimé par un amour de l'art sans prétention. (Depuis, j'ai appris que ça ne ressemblait pas du tout à Frost, qui était mesquin, pingre et plus enclin à la haine qu'à l'amour.)

En tout cas, lorsque Sallie et moi arrivons ce jour-là au petit chalet de rondins dans la forêt printanière, il est solidement fermé, sans personne aux environs à qui s'adresser. En fait, nous avons l'impression que nul ne vient jamais là, même si, d'après la signalisation, nous semblons être au bon endroit. Sallie fait le tour du chalet en scrutant les fenêtres jusqu'à ce qu'elle en trouve une qui n'est pas verrouillée. Et quand elle m'en fait part, je dis qu'il faut nous faufiler à l'intérieur pour visiter les lieux et lire les poèmes que nous voulons lire, quitte à ce qu'on vienne nous prier de décamper.

Mais dans le chalet il fait beaucoup plus froid que dehors, comme si l'hiver et un peu de la vraie nature de Frost avaient imprégné les rondins et le mortier. Après avoir récité « Design », « Mending Wall » et « Death of the Hired Man » devant la cheminée sans feu, nous ne tardons pas à interrompre notre lecture. Et, en partie pour nous réchauffer, nous décidons de faire l'amour dans le vieux lit de Frost, qui est garni de draps et de couvertures, peut-être tel qu'il l'a laissé voilà des années. (Par la suite, l'idée nous est venue que peut-être il ne s'était jamais rien passé dans ce chalet, que nous étions même entrés par effraction dans le mauvais chalet et que nous avions fait l'amour dans le lit de quelqu'un d'autre.)

Mais voilà l'histoire. Voilà ce que Sallie voulait dire en suggérant une visite au chalet de Robert Frost : elle m'invitait, à mon retour, à lui faire l'amour, un acte que le cours de la vie quotidienne et des ans conduit parfois à délaisser. Pris de panique en croyant avoir entendu des gens parler dehors, nous nous étions précipitamment rhabillés pour décamper, oubliant notre recueil de Frost sur le plancher glacé du chalet. Bien entendu, personne n'avait surgi.

§

Ce soir-là, j'ai appelé Sallie de St. Louis, à la fin d'une rude journée de travail préparatoire avec les avocats du Missouri (dont les clients craignaient non sans raison d'être mis en faillite par une condamnation à des dommages-intérêts de deux cent cinquante millions de dollars). Mais elle n'avait que de mauvaises nouvelles à me communiquer. Des propriétaires tentaient de faire interdire le marathon du sida à cause d'un parcours modifié qui frôlait de trop près leur quartier cossu d'Audubon Place. De plus, l'un des organisateurs fondateurs du marathon se trouvait maintenant aux portes de la mort (en rien inattendue). Elle s'est encore épanchée sur les bonnes-actions-pour-de-mauvaises-raisons de ses partenaires au centre de soins, et aussi sur les actions clairement mauvaises commises par d'autres nantis ligués contre le marathon, qui voulaient que le sida aille se faire voir ailleurs. Et enfin, nos plans pour confier le chiot à l'agence Pet Pal avaient échoué.

« Je l'ai emmené se faire vacciner, a tristement raconté Sallie Et il a été très sage sur la table du vétérinaire. Mais quand on est arrivés à l'agence, la dame – une certaine Mrs. Myers – a ouvert la petite porte grillagée de la cage que j'avais achetée, pour le regarder. Et il s'est mis à bondir, à lancer des coups de dents en l'air contre elle et à aboyer. Il n'arrêtait plus d'aboyer. L'air horrifié, Mrs. Myers a dit : “Voyons, mais qu'est-ce qu'il a qui ne va pas ?" J'ai répondu : "Il a peur, ce n'est qu'un bébé chien. Son maître l'a abandonné. Il n'y comprend rien. Ça ne vous est jamais arrivé ? – Certes non, a-t-elle dit. Et de toute façon nous ne pouvons pas prendre un chien *abandonné*." Elle me dévisageait comme si je ruminais de la voler. J'ai répliqué : "Est-ce que vous n'êtes pas là pour ça ?" Et je suis sûre d'avoir haussé le ton.

– Je te comprends, ai-je dit face au ciel étrangement hivernal de St. Louis. Moi aussi, j'aurais haussé le ton.

– Je lui ai demandé : "À quoi servez-vous ? Si ce chiot n'avait pas été abandonné, qu'est-ce que je ferais là, selon vous ? – Eh bien, a-t-elle répondu, vous devriez le comprendre, nous essayons de placer des chiens plus matures dont leurs maîtres doivent se séparer pour une raison ou une autre, par exemple un déménagement." Seigneur, ce que j'ai pu la détester, Bobby ! C'était une de ces garces nordistes au gros cul, fatiguée de faire des bouquets et de jouer à la canasta au Boston Club. J'avais envie de lui coller le chien dans les bras et de me tirer, ou de lui taper dessus. J'ai dit : "Est-ce que cela signifie que vous n'en voulez pas ?" Le chiot était dans sa cage, redevenu parfaitement calme et sage. "Non, je regrette, il n'est pas dressé, a répondu la grosse connasse. – Pas dressé ! je me suis exclamée. C'est un chiot abandonné, merde !"

« Elle m'a regardée comme si j'avais soudain tiré une bombe de mon sac et que je la menaçais. "Je crois qu'il est temps que vous sortiez d'ici", a-t-elle dit. Ça devait bien faire deux minutes que j'étais dans sa boutique, et elle me mettait dehors ! J'ai lancé : "Non mais ça va pas ?" Là, je suis sûre d'avoir crié. J'étais trop contrariée. "Les animaux ne sont pas vos copains. Vous êtes leur ennemie."

– La fureur t'a saisie, voilà tout, ai-je dit, content de ne pas avoir été là.

– Et comment ! Je me suis laissée aller à la fureur parce que je voulais faire peur à cette horrible femme. Je voulais qu'elle se rende compte de sa stupidité et de la haine qu'elle m'inspirait.

De fait, elle a jeté un coup d'œil vers le téléphone comme si elle envisageait d'appeler la police. Et puis quelqu'un que je connais est entré. Mrs. Hensley, de la Ligue artistique. Alors je suis partie.

– Ce n'est pas grave. Je ne vois rien à te reprocher.

– Non. Moi non plus. » Sallie a respiré profondément et soufflé dans le combiné. « N'empêche qu'il faut s'en débarrasser. Tout de suite. » Elle s'est tue un instant. « J'ai essayé de le promener dans le quartier en le tenant par la ceinture que tu lui as attachée autour du cou. Mais il ne sait pas marcher au pied. Il se débat, il pleurniche et en plus il aboie contre tout le monde. Et dès qu'on tente de le caresser il pisse. J'ai vu un groupe de ces ados en noir assis au bord du trottoir. Ils m'ont regardée comme si j'étais une demeurée, et l'une des filles a produit avec les lèvres un petit bruit de baiser, elle a prononcé un mot doux, alors le chiot s'est couché, les yeux rivés sur elle. J'ai demandé : “Il est à vous, ce chien ?” Ils ont échangé un coup d'œil tous les quatre et ils ont souri. Je suis sûre qu'il était à eux. Ils en avaient un autre avec eux, un chien noir. En tout cas, il faut qu'on le mène à la fourrière, dès ton retour demain. Je l'ai sous les yeux en ce moment même, dehors dans le jardin. Il reste assis, le regard fixe, comme dans un film de Hitchcock.

– Nous l'emmènerons, ai-je acquiescé. Tu n'as reçu aucun appel, je suppose.

– Non. Et j'ai vu un type mettre des affichettes et enlever les tiennes. Je ne suis pas intervenue. J'étais trop à bout, avec Jerry DeFranco qui va mourir, et la menace d'interdiction.

– Sale affaire », ai-je dit, car c'était ce que je ressentais : sale affaire que personne ne se présente pour recueillir par pure bonté le chiot perdu.

« Crois-tu que son abandon chez nous pourrait être un message ? » a continué Sallie, d'un drôle de ton. Je l'imaginais dans la cuisine, avec une tasse de thé posée devant elle sur les carreaux mexicains du plan de travail. Elle a bien fait de lâcher le métier d'avocat. Elle s'implique de façon beaucoup trop émotionnelle. Garder de la distance, c'est primordial.

« Quel genre de message ? ai-je demandé.

– Je ne sais pas. » Une neige insolite commençait à tomber sur St. Louis, de secs petits flocons sur la toile de fond – à la fenêtre de ma chambre d'hôtel – du paysage urbain noyé de lumière ambrée, où dépassait juste la cime d'argent de la grande arche. C'est une ville sympathique, cordiale, même si elle n'a rien qui la caractérise. « Je n'arrive pas à discerner si quelqu'un a pensé que nous étions les gens qu'il fallait pour prendre soin d'un chiot, ou si c'était une façon d'exprimer du mépris.

– Ni l'un ni l'autre, ai-je dit. À mon avis, c'est le fait du hasard. Notre portillon se présentait commodément. Voilà tout.

– Ça t'ennuie ?

– Quoi donc ?

– Le fait du hasard.

– Non. Je trouve ça plutôt apaisant. C'est libérateur pour l'esprit.

– Moi, je ne crois pas au hasard, a répliqué Sallie. Il me semble que tout participe d'un plan.

– Demain nous réfléchirons à tout ça. Nous mènerons le chien au refuge et ensuite tout ira mieux.

– Pour nous, tu veux dire ? Avons-nous un problème ? J'ai cette mauvaise sensation ce soir.

– Non. Nous n'avons aucun problème. Mais en effet, c'est *nous* qui présentons de l'intérêt dans l'histoire. Bon, maintenant je te souhaite une bonne nuit, mon cœur.

– Bonne nuit, Bobby », a dit Sallie d'une voix résignée, et nous avons raccroché.

§

Cette nuit-là à l'hôtel Mayfair, avec les rideaux de la fenêtre ouverts sur la neige de ce début de printemps et sur l'obscurité orangée, j'ai fait à mon tour un rêve étrange. Dans mon rêve, j'étais à la chasse au canard dans le marais qui entoure notre ville. Ça se passait en hiver, le matin de bonne heure, quelqu'un m'avait amené avant le jour dans un affût. C'est une chose qu'il m'arrive encore de faire dans la réalité. Mais, une fois installé dans la hutte avec mon fusil, je découvrais à côté de moi sur le banc de bois l'un de mes associés au cabinet d'avocats, assis avec son propre fusil entre les genoux, et vêtu d'une tenue de chasse bizarrement rouge, ce que personne ne porterait pour se poster dans un affût. Et il était accompagné du chiot, celui-là même qui se trouvait en ce moment dans notre jardin, attendant son sort. Il y avait avec lui une femme, qui était l'actrice Liv Ullmann ou lui ressemblait beaucoup. Cet homme n'était autre que Paul Thompson, avec qui j'ai tout lieu de croire (en dehors de mon rêve) que Sallie a jadis eu une liaison, laquelle aurait pu entraîner notre rupture sans même qu'on n'en parle jamais, si Paul, plus âgé que moi et solidement bâti, n'avait soudain succombé à une crise cardiaque dans un affût, précisément. Ça peut arriver, sous l'emprise de la surexcitation quand on fait feu.

Dans mon rêve, Paul Thompson m'a adressé la parole : « Alors, Bobby, comment va Sallie ? » J'ai répondu : « Mais très bien, merci, Paul », car nous faisions comme s'il n'avait pas eu avec elle cette liaison dont j'avais chargé un détective privé de me fournir les preuves, qui avaient été presque complètement établies. « Liv Ullmann » se taisait, adossée à la paroi de bois de la hutte, l'air triste, avec ses cheveux blonds, longs et raides. Le petit chien blanc taché de noir, assis sur le plancher, me regardait fixement. « La façon dont on perçoit sa vie est très fragile, Bobby, a repris Paul Thompson, ou son fantôme. – C'est vrai », ai-je dit. Je supposais qu'il faisait allusion à ce qui s'était passé entre Sallie et lui. (Il y avait eu des photos assez flagrantes, même si, en toute honnêteté, je ne crois pas qu'il tenait vraiment à elle. Il avait seulement saisi la possibilité qui s'offrait.) Pendant ce temps, le chiot ne me quittait pas des yeux. Puis « Liv Ullmann » avait un sourire ironique.

« Parler de la vérité tend à l'annihiler, hein ? m'a lancé Paul Thompson.

– Oui, ai-je dit. Je suis persuadé que tu as raison. » Et là, brusquement, il m'a semblé que c'était le chiot qui avait prononcé la phrase de Paul. J'ai vu bouger ses babines juste après avoir entendu les mots. Ensuite, le rêve se dissolvait dans un autre rêve – incluant le feu d'artifice tiré pour le nouvel an du millénaire –, qui ne s'est pas gravé dans mon esprit comme celui avec Paul Thompson, jamais effacé jusqu'à ce jour.

Je ne donne pas plus de sens à ce rêve qu'aux cauchemars de Sallie, même si Merle Mackey trouverait sûrement beaucoup à dire.

§

Pour mon retour à La Nouvelle-Orléans, le lendemain après-midi, Sallie est venue me chercher à l'aéroport, au volant de sa Wagoneer rouge. « Je l'ai dans la voiture », a-t-elle dit tandis que nous nous dirigions vers le parking. Elle parlait du chiot, ai-je compris à retardement. « Je veux le conduire au refuge avant qu'on rentre à la maison. Ce sera plus facile. » Elle paraissait avoir traversé une phase d'agitation mais en être sortie. Elle avait mis un bermuda bleu-vert et une blouse rose flottante qui dénudait ses jolies épaules.

« As-tu eu le moindre appel ? » ai-je demandé. Elle marchait plus vite que moi qui portais ma valise et un carton de documents. Après une matinée de travail ardu dans une ville glaciale où je ne me sentais pas chez moi, j'étais éreinté et j'avais chaud. J'aurais préféré une vodka martini à une expédition au refuge de la SPA.

« J'ai téléphoné à Kirsten pour lui demander si elle connaissait quelqu'un qui adopterait cette pauvre petite bête », a dit Sallie. Sa sœur Kirsten vit à Andalusia, dans l'Alabama, où elle possède une boutique de fleurs avec son mari, lequel est l'avocat d'un gros consortium cotonnier. Je n'ai guère de sympathie pour l'un ni pour l'autre, principalement à cause de leurs idées politiques bornées comprenant le soutien au drapeau confédéré, la prière dans les écoles publiques et l'abolition des mesures antidiscriminatoires, autant de causes sur lesquelles je n'ai jamais caché mes opinions. Mais Sallie peut parfois oublier qu'elle est passée par Mount Holyoke et Yale, et régresser dans la peau d'une jolie Sudiste volubile lorsqu'elle est en compagnie de sa sœur et de ses cousines. « Elle a répondu qu'en effet, elle connaissait sans doute quelqu'un, a continué Sallie, alors j'ai dit que je me débrouillerais pour lui livrer le chiot sur le pas de sa porte. Aujourd'hui même. Cet après-midi. Mais là elle a dit que ça allait entraîner trop de dérangement. Je lui ai dit que ça n'entraînerait aucun dérangement du tout pour elle, puisque je m'en chargeais ou que je l'organisais. Sur quoi elle a dit qu'elle me rappellerait, et ne l'a pas fait. Ce qui est typique du sens des responsabilités dans ma famille. »

En arrivant à la voiture, j'ai suggéré : « On devrait peut-être la rappeler ? » Nous avons le téléphone dans la Wagoneer. Je ne grillais pas d'envie de visiter le refuge.

« Elle a déjà oublié toute l'affaire, a répliqué Sallie. Ça ne servirait qu'à la mettre en colère. »

Lorsque j'ai regardé à l'intérieur de la Jeep de Sallie par la vitre arrière, j'ai vu la petite cage métallique dans le coffre à bagages. Le chiot tenait son museau blanc tourné vers la direction d'où il venait. Que pouvait-il bien se passer dans sa tête ?

« D'après le vétérinaire, ce sera un très gros chien. Ça se voit à la taille des pattes. »

Sallie s'installait au volant. J'ai mis ma valise sur la banquette arrière pour ne pas alarmer le chiot. Il a poussé à deux reprises son petit aboiement aigu et désespéré. Peut-être m'avait-il reconnu. Toutefois, ce n'était pas le genre d'animal auquel on s'attache facilement, j'en avais conscience. Mon père avait l'habitude d'inverser méthodiquement les propositions afin de les mettre à l'épreuve. Si une conjoncture semblait conduire à un débouché évident, il imaginait le contraire : lorsqu'une affaire avait un bénéficiaire visible, il se demandait qui en bénéficiait sans en avoir l'air. Bien entendu, ce sont là des procédés utiles auxquels les avocats ont recours. Mais une idée m'est venue, dont je n'ai pas fait part à Sallie : alors que nous pensions agir au profit du chiot en nous efforçant de lui trouver un foyer, nous agissions à notre propre profit en jouant les honnêtes gens qui se conduisent de cette façon. Je suis du genre, par exemple, à m'arrêter sur une route nationale pour déplacer une tortue menacée par la circulation intensive, ou à capturer les papillons sur les parkings de centres commerciaux pour les relâcher dans les buissons et augmenter leurs chances de survie. Je sais bien que ce sont des gestes dérisoires de dérisoire générosité. Pourtant, chaque fois que je me comporte ainsi, j'éprouve plus d'indulgence envers moi-même quand je remonte dans ma voiture. (Ensuite, j'en viens souvent aussi à me traiter d'imposteur.) Mais sinon, je laisserais le papillon expirer sur le bitume, ou la tortue se faire écraser avant d'avoir atteint la mare ; et, ce faisant, je m'exposerais à l'accusation de cruauté ou au sentiment de perte qui s'ensuivrait. On pourra objecter que ces enjeux sont trop minimes pour y réfléchir sérieusement, dans la mesure où, qu'on ait ou non accompli le geste, on l'aura oublié cinq minutes après.

§

À part les quelques propos lourds de lassitude que nous avons échangés sur ma matinée au cabinet Ruger, Todd, Jennings, et sur la victoire remportée par Sallie pour le nouveau parcours du marathon du sida, programmé ce samedi, nous n'avons pas dit grand-chose en roulant vers le refuge de la SPA. Sallie avait manifestement repéré l'adresse sur le plan, car elle a quitté l'Interstate par une sortie que je n'avais jamais empruntée et qui nous a tout de suite amenés à un large boulevard avec de vieilles voitures parquées sur le terre-plein, et des papiers sales plein le caniveau tout le long d'un groupe d'HLM en brique brune devant lesquelles des Noirs se tenaient sur les marches ou flânaient dehors. Il y avait quelques cafés minables offrant des grillades et de la soupe au gombo, et deux ateliers de réparation de pneus où l'ouvrage se faisait dans la rue. Juché sur une caisse, un Noir rabougri coupait les cheveux des clients drapés de papier journal dans un fauteuil posé sur le trottoir. Des vieux avaient installé une table à jeu sur l'herbe du terre-plein central et tapaient le carton au soleil. Nulle part on ne voyait de Blancs. En fait, il s'agissait d'une zone de la ville où peu de Blancs osaient se hasarder. Ce n'était pourtant pas un quartier dangereux, et les Noirs qui habitaient là n'avaient sûrement pas la vision d'un monde sans espoir.

Sallie a quitté le boulevard au mauvais endroit en tournant dans une rue délabrée, bordée de bicoques aux couleurs pastel, où de jeunes Noirs en pantalon baggy et grosses tennis noires jouaient au basket sans panneau ni panier. Les garçons nous ont regardés passer sans rien dire. « J'ai dû me tromper », a-t-elle dit d'un ton anxieux, hésitant. Elle n'est pas à l'aise auprès des Noirs lorsqu'elle est la seule Blanche, vestige de son enfance privilégiée en Alabama où chacun comme chaque chose avait sa place déterminée et devait y rester.

Elle a ralenti au croisement suivant pour regarder dans les deux directions d'une rue similaire. Des Noirs, toujours, étaient dehors à laver leur voiture ou attendre le bus au soleil. J'ai remarqué que c'était Creve Cœur Steet, où des meurtres se produisaient chaque année en nombre supérieur à la moyenne, selon le *Times Picayune*. Ils avaient lieu la nuit, évidemment, et concernaient des Noirs tués par d'autres Noirs pour l'argent de la drogue. Pour le moment, il était cinq heures moins le quart de l'après-midi et je me sentais tout à fait en sécurité.

Le chiot a de nouveau aboyé dans sa cage, un petit aboiement d'appréhension, puis Sallie nous a amenés jusqu'au croisement suivant où elle a aussitôt identifié la rue qu'elle cherchait, Rousseau Street. Les maisons d'habitation cédaient la place à des bâtisses d'un ou deux étages à usage industriel : une manufacture de pipelines sous-marins, une société de fruits de mer surgelés, un centre de recyclage, fermé, où les gens avaient continué de déposer leurs détritus dans des sacs en plastique. Il y avait aussi un petit bâtiment cubique, sans fenêtres, qui abritait un dispensaire pour les marins de navires étrangers. Je l'ai reconnu parce que notre cabinet avait autrefois représenté les propriétaires dans un procès pour dommages personnels, je me rappelais avoir vu les photos granuleuses de l'édifice et m'être dit qu'heureusement je n'aurais jamais à le voir de près.

Vers la fin de cette rangée se trouvait le refuge de la SPA qui occupait une bâtisse en brique du genre entrepôt, longue et lugubre, avec une petite enseigne rouge sur la rue et un minuscule parking de gravier. On pouvait penser que les occupants ne tenaient pas à ce que leur présence soit trop facile à détecter.

L'entrée était une simple porte en fer au coin de la bâtisse. Il n'y avait ni buissons, ni accès pour handicapés, ni signalisation, rien que cette sinistre construction basse à toit plat et claires-voies d'usine face au parking et à la société de surgelés. Un vieil appentis de bois la prolongeait à l'arrière. Et j'ai fini par découvrir une inscription qui m'avait échappé car elle était fixée trop bas sur le mur : UNE LAISSE EST INDISPENSABLE. TOUS LES ANIMAUX DOIVENT ÊTRE SOUS CONTRÔLE. NETTOYEZ LES DÉJECTIONS. SI VOTRE CHIEN MORD UN MEMBRE DU PERSONNEL VOUS SEREZ TENU POUR RESPONSABLE. MERCI.

« Tu n'as qu'à l'amener dans sa cage, a lancé Sallie en se garant face au bâtiment et devenant très efficace. J'entre tout de suite pour commencer le travail de paperasses. » Elle n'a pas tourné la tête vers moi.

« Parfait », ai-je acquiescé.

En mettant pied à terre, j'ai été surpris à nouveau par la chaleur et par la densité de l'atmosphère. On aurait dit que l'été était arrivé d'un coup pendant ma journée d'absence, ce qui n'a rien d'extraordinaire à La Nouvelle-Orléans. Je sentais les très prévisibles effluves de tanière, combinés à une odeur poissonneuse et à des émanations métalliques qui me brûlaient presque les narines. Et, à peine dehors dans l'air tiède et immobile, j'ai entendu des chiens aboyer à l'intérieur du refuge. J'ai supposé que c'était en réponse à l'arrivée d'une voiture. Les animaux apprenaient sans doute tout seuls à charger d'espoir un bruit de moteur.

De l'autre côté de la rue s'alignaient d'autres bicoques que je n'avais pas remarquées. Des Noirs âgés, assis dans des fauteuils de jardin en métal sous leur petite véranda, me regardaient m'organiser. Ce devait être difficile d'habiter là, ai-je songé, de s'habituer au bruit et au défilé d'animaux entrant et sortant.

Sallie a disparu par la petite porte peu engageante, et j'ai ouvert la Wagoneer à l'arrière pour en extraire le chiot dans sa cage. Il a basculé d'un côté quand j'ai empoigné les barreaux de fer, puis il a poussé quelques aboiements agités et, s'attaquant avec les griffes au grillage et à mes doigts, il a réussi à m'égratigner les jointures au point que j'ai failli tout lâcher. La cage était très légère, même avec lui dedans, et en approchant mon visage je sentais son urine. « Tiens-toi tranquille », ai-je dit.

Je ne sais pourquoi, la cage à la main, j'ai tourné le regard vers les personnes de couleur qui m'observaient en silence de l'autre côté de la rue. Je n'avais rien à leur dire. Ces gens éprouvaient de la sympathie, j'en étais persuadé, pour ce qui se passait là et qu'ils jugeaient préférable à la cruauté. Je commençais à transpirer dans mon costume. Et je leur ai gauchement adressé un signe de main, resté sans réponse, bien sûr.

Arrivé devant la porte en fer avec la cage et jetant un coup d'œil machinal sur la gauche, dans le passage crasseux entre le refuge et le dispensaire des marins, j'ai aperçu un cylindre d'acier relié au mur de la SPA par de gros tuyaux, le tout peint en noir et l'air neuf. J'ai eu la conviction qu'il s'agissait d'un dispositif destiné à éliminer les restes d'animaux, même si j'ignorais comment. Sans doute un procédé d'incinération sans valve ni cheminée, quelque invention très ingénieuse. Cette chose était sinistre à voir et m'a rappelé ce dont nous avions tous entendu parler dans le temps, ces horribles histoires de chambres aspirantes et de gazage pour supprimer les animaux dont on ne voulait pas. Ce n'était même pas vrai, sans doute. Maintenant, bien sûr, on se borne à les piquer. Ils s'endorment en croyant qu'ils se réveilleront.

Dès l'entrée dans le refuge, il faisait frais, et Sallie avait déjà presque tout réglé. Les aboiements que j'avais entendus du dehors n'avaient pas cessé, mais les relents de tanière étaient remplacés par une odeur de désinfectant, forte et omniprésente. La zone d'accueil était une sorte de cabine équipée de deux bureaux métalliques et de tubes fluorescents au plafond, très haut, avec au mur un calendrier montrant un golden retriever dans un champ de blé, la gueule refermée sur un faisan mort. Les tables étaient occupées par deux filles d'âge à aller au lycée, dont l'une aidait Sallie à remplir les formulaires. Ces gamines devaient aimer les bêtes au point de faire ce travail après les heures de classe, dans l'espoir de devenir vétérinaires. Sur le mur derrière les bureaux, une inscription proclamait : NOTRE PREMIÈRE PRIORITÉ EST DE PLACER LES ANIMAUX. J'ai eu le sentiment qu'il s'agissait d'apaiser la mauvaise conscience éveillée chez les gens comme moi par l'abandon d'un chien. De faciliter l'oubli.

Penchée sur la table, Sallie remplissait les multiples feuillets verts d'un formulaire, et elle a tourné la tête vers moi juste au moment où une femme mûre à l'expression sévère, en blouse blanche et bottes de caoutchouc noires, entrait par une porte latérale. Sa petite figure et ses mains avaient cette texture à la fois tannée et bouffie que prend souvent la peau des femmes du Sud : un excès de soleil, d'alcool, de tabac. Sa chevelure drue, châtain roux et terne, lui écrasait le visage et semblait le rapetisser. Mais elle s'est montrée très bienveillante, souriante, même si je devinais, rien qu'à ses traits et à sa tenue, qu'elle n'était pas vétérinaire.

Je suis resté planté là, la cage à la main, jusqu'à ce que l'une des adolescentes contourne sa table pour venir regarder dans la cage et déclarer que le chiot était mignon. Il a aboyé si fort que j'ai senti les barreaux tressauter. « Comment il s'appelle ? » a-t-elle demandé avec un sourire rêveur. C'était une fille massive, très pâle, à l'œil gauche paresseux. Sous le vernis orange, ses ongles avaient un air peu soigné.

« Nous ne lui avons pas donné de nom, ai-je répondu, tandis que la cage menaçait de m'échapper.

– On va lui donner un nom », a-t-elle dit en enfonçant les doigts à travers le grillage. Le chiot l'a touchée avec sa patte, puis lui a léché le bout des doigts et, lorsqu'elle les a retirés, il a émis de petits gémissements.

« Soixante-cinq pour cent des animaux à adopter trouvent preneur », a récité Sallie, toujours courbée sur les formulaires.

La regardant terminer sa tâche, la dame en blouse blanche est intervenue d'une voix éraillée : « Dommage que ce ne soit pas les vacances. » Elle avait l'accent qu'on entendait sur l'autre rive de l'Atchafalaya, l'accent des francophones. « Ici, à Noël, c'est une ville fantôme, pas vrai ? »

La jeune auxiliaire qui avait joué avec le chiot est sortie par la porte ouvrant sur un long couloir cimenté, bordé de cages grillagées et obscures. Les aboiements ont aussitôt recommencé, et la pestilence animale s'est engouffrée dans le local d'accueil. Un drôle d'endroit où rechercher un emploi, ai-je pensé.

« Combien de temps les gardez-vous ? » ai-je demandé en posant la cage sur le ciment. Les chiens aboyaient de l'autre côté de la porte, en particulier un qui devait être très gros, à en juger par le volume du son. Un grand chat roux tigré, jouissant apparemment de la liberté de circulation, a sauté sur la table où Sallie écrivait pour venir se frotter contre son bras, et elle a froncé les sourcils.

« Cinq jours, a répondu la Cajun au visage bouffi, en souriant d'un air amusé, semblait-il. On s'efforce de les placer. Y a tout le temps des gens qui viennent voir. Les chiots, ils partent vite, sauf s'ils ont quelque chose qui cloche. » Son regard est tombé sur la cage par terre. Elle a souri de nouveau à l'adresse du chiot comme s'il pouvait comprendre ce qu'elle disait. « Toi t'es mignon, a-t-elle ajouté, puis elle a fait claquer un baiser en l'air.

– Qu'est-ce qui les disqualifie, en général ? ai-je poursuivi, m'attirant un coup d'œil de Sallie.

– Trop d'agressivité, a répondu la dame en plongeant dans la cage un regard approbateur. Une bête qui ne se laisse pas dresser, on nous la ramènera. Mieux vaut éviter.

– C'est peut-être qu'ils ont peur, tout simplement.

– Oui, des fois. Et y en a d'autres pour qui ça va tout seul. Ils sont adoptés en un rien de temps. » Elle s'est courbée, les mains appuyées à ses genoux sous la blouse, et a scruté notre chiot. « Et toi, hein ? T'es du genre pour qui ça va tout seul ? Ou t'es un petit sacripant ? Je crois bien que je vois un sacripant là-dedans. » Assis dans la cage, le chiot la dévisageait avec indifférence, comme il m'avait dévisagé. J'ai craint qu'il n'aboie, mais il ne l'a pas fait.

« J'ai fini », a lancé Sallie en se retournant et m'adressant un regard enjoué un peu forcé. Elle a rangé son stylo dans son sac. Elle me soupçonnait d'être en train de changer d'avis, mais elle avait tort.

« Alors tout est en ordre. Nous nous chargeons du reste, a dit la responsable.

– Combien vous doit-on ? ai-je demandé.

– C'est gratuit. » Elle a souri. « Rappelez-vous de moi quand vous ferez votre testament. » Elle s'est accroupie devant la cage comme si elle allait l'ouvrir. « Viens, mon toutou », a-t-elle dit, puis elle a pris la cage à deux mains par les côtés et s'est redressée en la tenant avec aisance. Elle a lâché un bref grognement, mais elle était beaucoup plus forte que je n'aurais cru. À cet instant, une autre jeune auxiliaire blonde, dont la jambe gauche portait un appareil orthopédique, est entrée en claudiquant par la porte du chenil, et la responsable est passée devant elle avec la cage dans les bras, pendant que les chiens entamaient le long du couloir obscur un concert d'aboiements extatiques.

« Nous vous faisons don de la cage », a dit Sallie. Elle était pressée de sortir de là, tout comme moi. Je suis resté encore un instant à suivre des yeux la dame en blouse blanche qui disparaissait vers le fond, emportant notre chiot. Puis la porte de métal vert s'est refermée. L'affaire était réglée. Sans autre cérémonie.

§

Dans la voiture, en retournant vers le centre, nous étions tous deux plongés dans un silence cotonneux, une morosité assez naturelle. Du haut de l'Interstate, le spectacle de la vie moderne du Sud et des ambitieuses constructions toutes neuves, là où s'étalait auparavant une vieille ville fluviale pleine de raffinement, paraissait particulièrement accablant, aux yeux de Sallie autant qu'aux miens, sans doute. Pour moi qui travaillais dans l'une de ces gigantesques tours de métal et de verre (je distinguais même, d'où j'étais, les fenêtres de mon bureau sur la place St. Charles, petits rectangles luisant tout là-haut parmi d'autres innombrables rectangles), c'était quelque chose de particulièrement contraire à l'histoire du lieu et à mon propre tempérament. Derrière le verre réfléchissant de ces fenêtres, des êtres humains écrivaient, discutaient, étudiaient des dossiers ; ailleurs, ils effectuaient des biopsies, des examens au scanner, foraient des cavités, annonçaient de bonnes ou de mauvaises nouvelles à toutes sortes d'interlocuteurs en attente, clients, patients, associés, conjoints, enfants. En fait, j'étais moi-même attendu là cet après-midi, avec mon rapport sur l'affaire Brownlow-Maisonette : où on en était, comment évoluaient nos perspectives, quelle *perception* globale avais-je de la situation et quel espoir nous était permis d'un accord à l'amiable (pour l'essentiel, ma « perception » n'était guère prometteuse). Dans un moment, je me retrouverais en cette austère compagnie et j'aurais oublié mon état présent, sur la route nationale en contemplant la ville, au bord du désespoir à cause du triste sort d'un petit chien insignifiant. À vrai dire, il y avait de quoi me sentir ridicule.

Sallie a soudain pris la parole, comme si elle avait construit sa pensée pendant que je rêvassais sombrement : « Tu te souviens de cette discussion qu'on a eue tous les deux, juste après le nouvel an, sur le fait qu'il suffit d'un seul petit changement pour rendre tout le reste différent ?

– Oui, la Grande Ourse », ai-je répondu à l'instant où nous atteignions notre sortie habituelle, qui amenait très vite à traverser un autre quartier pauvre et noir, voisin de notre coin devenu élégant. Plus nous approchions de chez nous, moins les choses semblaient difficiles à maîtriser.

« C'est ça. » On aurait cru qu'aux oreilles de Sallie ces mots, « Grande Ourse », résonnaient comme un reproche. « Mais je vais te dire, et tu vas penser que je déraille. Peut-être. Mais hier soir, au lit, je me suis mise à voir dans ce pauvre petit chiot une force maléfique qui a fait courir un risque terrible à tout ce qui compose notre existence. Nous étions en danger, je ne sais pas comment au juste. J'ai eu peur. Je ne voulais pas de ça. »

J'ai tourné la tête vers elle et vu une larme cristalline couler de sa paupière sur sa joue ronde et douce, si jolie.

« Ma chérie, ai-je dit en caressant sa main posée sur le volant. Ne t'inquiète pas. Tu te dépenses beaucoup. Et j'étais absent. Tu as simplement besoin que je sois là pour participer davantage. Il n'y a pas lieu d'avoir peur.

– Sans doute, a-t-elle acquiescé d'un ton résolu.

– Et si tout ne va pas vraiment pour le mieux en cet instant, ça ne tardera pas à s'arranger. Tu affronteras à nouveau le monde comme tu as toujours su le faire. Nous n'en sortirons que plus forts.

– Oui, je sais. Je suis désolée pour le chiot.

– Moi aussi, ai-je répondu. Mais nous avons eu raison d'agir ainsi. Il tombera probablement en de très bonnes mains.

– Et je regrette de me sentir menacée par les choses, a poursuivi Sallie. Je me dis qu'il ne faut pas, et puis c'est ce qui arrive.

– Nous nous sentons tous menacés. Personne n'est immunisé. » C'est ce que je pensais alors à propos de tout ça. Notre maison était en vue. Je voulais arrêter de remuer ces questions.

« Est-ce que tu m'aimes ? a-t-elle inopinément demandé.

– Oh ! oui. Je t'aime très fort. » Et nous nous sommes tus.

§

Il y a huit jours, dans les amusantes rubriques de remplissage servant à justifier le nombre de pages de l'un de ces journaux corporatifs que je feuillette pour me distraire, j'ai lu deux entrefilets qui m'ont réellement intéressé. Toujours choisies pour le commentaire narquois qu'elles portent sur le droit, ces brèves sont souvent hilarantes et frappent juste. La première disait : « Les scientifiques prédisent que d'ici cinq mille ans la Terre sera aspirée par le Soleil. » Elle amenait à une conclusion du genre : « Il est donc grand temps de renforcer votre assurance contre les fautes professionnelles », ou quelque chose d'aussi nunuche. Mais j'avoue que ces informations sur la planète me mettent bizarrement mal à l'aise, comme si, du fait qu'elle disparaîtra inévitablement dans un avenir lointain, j'avais quelque chose à perdre. Quoi ? Je l'ignore. Aucun de nous ne peut se projeter dans cinq millénaires. Et j'aurais cru tout aussi impossible de *ressentir* quoi que ce soit à ce propos, sinon d'une façon vaguement liée à la religion. Pourtant, c'était mon cas, or la religion n'est pas mon rayon. Ce que j'éprouvais ressemblait beaucoup à la sensation décrite par la vieille formule : « Quelqu'un vient de piétiner ta tombe. » On aurait dit que quelqu'un piétinait ma tombe dans cinq mille ans, et c'était assez désagréable. Je regrettais d'avoir à y penser.

L'autre entrefilet que j'ai trouvé dans l'une des dernières pages de la revue, après les cours de la Bourse, m'a appris que les astronomes avaient découvert la plus vieille étoile connue, à une distance estimée de cinquante millions d'années-lumière, et l'avaient baptisée l'étoile du Millénaire pour une raison évidente, même si en réalité le millénaire s'était achevé sans guère entraîner de changement, autant que je puisse en juger. Prié de décrire la composition chimique de cette étoile du Millénaire que naturellement on ne pouvait même pas voir, l'astrophysicien qui venait de la découvrir avait répondu : « Oh ! là ! là ! je n'en sais rien. C'est impossible de remonter si loin dans le temps. » Et j'ai pensé – assis dans mon bureau avec les documents de l'affaire Brownlow-Maisonette étalés tout autour de moi et le chaud soleil de La Nouvelle-Orléans dardant ses rayons par cette même fenêtre que j'avais repérée de la voiture lorsque nous revenions, Sallie et moi, du refuge où nous avions abandonné le chiot à son sort –, j'ai pensé : « *Le temps ?* Pourquoi dit-il le temps, alors qu'il s'agit de l'espace ? » Ma sensation était très similaire à la précédente, quand j'avais lu que la Terre se jetterait contre le Soleil : la sensation qu'il se passe tant de choses partout à travers le temps, et que nous en connaissons seulement une parcelle infime et dérisoire.

§

Les jours qui ont suivi notre expédition au refuge de la SPA ont été mouvementés. Jerry DeFranco, le collègue de Sallie, n'a en effet pas survécu. Il avait le sida, mais c'est de sa propre main découragée qu'il s'est donné la mort une nuit dans son petit logement mansardé de Kerelerec Street, avant le marathon, afin, j'imagine, que sa vie et sa fin apparaissent comme un triomphe de la volonté sur des circonstances implacables.

Sur un autre front, la société Brownlow s'est décidée de façon soudaine et inattendue pour un accord à l'amiable plutôt que d'avoir à payer indéfiniment des avocats aux tarifs extrêmement élevés et de courir le risque désastreux de perdre le procès en appel. C'est l'issue que j'avais espérée, et je l'ai considérée comme une victoire.

Par ailleurs, le marathon s'est déroulé comme prévu, et sur le parcours souhaité par Sallie. Malheureusement, j'étais à St. Louis et je l'ai raté. Un massacre s'est produit le même après-midi dans un fast-food non loin du refuge de la SPA, et quelqu'un que nous connaissions – un avocat noir – a été tué. Enfin, durant cette période, j'ai commencé à être pressenti pour un poste de juge fédéral que je suis certain de ne jamais obtenir. Ces choses-là font toujours l'objet de mois ou d'années de palabres, toutes sortes d'individus sont tenus en éveil pour être prêts le moment venu, puis on choisit le mauvais pour de très mauvaises raisons, après quoi il devient clair que c'était joué d'avance. La justice est une singulière vocation. Et La Nouvelle-Orléans, un endroit unique. De toute façon, je suis beaucoup trop modéré pour ceux qui tiennent actuellement les commandes.

Plusieurs personnes ont bel et bien fini par appeler au sujet du chiot, ayant lu mon annonce, et je les ai aiguillés sur le refuge. Je suis passé une ou deux fois voir ce qu'il restait de mes affichettes dont plusieurs étaient toujours en place avec celles du marathon, une certaine satisfaction, sans plus.

Chaque matin, assis dans mon lit, je m'imaginais le chiot attendant que quelqu'un parcoure le couloir bordé de cages, le découvre là tout seul, les yeux fixes, et qu'il l'emmène. Je ne sais pourquoi, dans mon esprit, il n'était jamais choisi par qui que ce soit, enfant autiste, personne âgée, solitaire et mélancolique, veuve de fraîche date, jeune couple aux enfants turbulents. Aucun d'entre eux ne voulait de lui. J'avais beau essayer diverses variantes, il restait là.

Sallie n'en a plus reparlé, bien que sa sœur ait appelé le mardi pour dire qu'elle connaissait une certaine Hester à Andalusia qui serait disposée à recueillir le chiot, mais ensuite elles se sont disputées si fort que j'ai dû prendre le téléphone et calmer le jeu.

Certains après-midi, tandis que s'écoulaient les cinq jours fatidiques, je songeais au chiot et me sentais complètement traître de l'avoir livré à la SPA. D'autres fois, je me disais que nous lui avions donné une chance de connaître un sort meilleur que celui auquel il aurait été voué, soit seul dans les rues, soit avec ses maîtres précédents. En tout cas, jamais je n'ai vu en lui une force maléfique à éliminer, ni une menace contre ce qui comptait pour nous. Selon moi, la vie n'est pas fragile à ce point. Il était tout au plus une victime des limites que nous fixons tous à notre compassion et à notre tolérance envers les ambiguïtés de l'existence. Pourtant, Sallie avait peut-être eu raison en disant que le chiot représentait un message destiné à nous faire réfléchir : quelque chose que quelqu'un pensait de nous, quelque chose que quelqu'un voulait nous faire comprendre. Qui, quoi et de quelle manière ce pouvait être vrai, je ne parviens pas tout à fait à me le figurer. Même si nous sommes tous, bien entendu, impliqués dans la vie des autres, que nous sachions ou non précisément en quoi consiste cette implication.

La nuit du jeudi, avant la dernière journée du chiot au refuge, j'ai à nouveau fait un rêve étrange. Les rêves ont toujours une signification évidente, c'est pourquoi je m'efforce d'oublier les miens. Mais cette fois je m'en suis souvenu, il s'agissait encore de mon défunt associé Paul Thompson, et de sa charmante femme Judy, une jolie blonde bien en chair qui avait fait du chant et interprété les rôles de coloratura dans plusieurs opéras produits par la ville. Dans mon rêve, Judy Thompson haranguait Paul au sujet d'une liste de noms qu'elle avait découverte, des femmes avec qui il avait eu une liaison ou même dont il avait été amoureux. Elle lui déclarait qu'il était un homme abominable qui lui avait brisé le cœur, et qu'elle le quittait (comme dans la réalité). Et sur sa liste – que soudain je pouvais lire, comme au travers d'une brume – se trouvait le nom de Sallie. Lorsque je le voyais, mon cœur se mettait à battre la chamade, au point que je me suis redressé en sursaut dans l'obscurité et que j'ai dit à haute voix :

« Savais-tu que ton nom est inscrit dans cette foutue liste ? » Dehors, dans notre rue, j'ai entendu quelqu'un jouer de la trompette, une version très lente et sentimentale de « Nearer Walk with Thee ». Et Sallie était là près de moi, profondément endormie. Je savais évidemment ce qu'elle avait fait, qu'elle méritait d'être sur la liste et que cette liste avait sans doute existé, étant donné le genre d'homme imprudent qu'était Paul Thompson. Je le répète, je n'avais jamais parlé de cette affaire avec Sallie et, jusqu'à présent, je croyais avoir tiré dessus un trait définitif. Mais je me trompais peut-être, suis-je maintenant obligé de me dire.

Ce rêve m'a poursuivi toute la journée, et il m'est revenu la nuit suivante. Comme il m'envahissait la tête, c'est seulement le samedi après le déjeuner, installé dans un fauteuil de la salle de séjour pour une petite sieste, que je me suis rendu compte que la veille je n'avais plus pensé au chiot, tandis que s'écoulaient les longues heures de ce vendredi, au terme desquelles le chiot avait forcément atteint sa destination, heureuse ou malheureuse. J'étais étonné d'avoir négligé de penser à lui au moment crucial, m'en étant si fort préoccupé auparavant. Et j'ai dû admettre à regret en avoir finalement été moins affecté que je ne l'avais cru.

Crèche

Ce n'est pas Faith qui conduit, mais Esther, sa mère.

Dans la voiture, ils sont cinq. Ils partent en famille faire du ski à Snow Mountain Highlands. Dans le nord du Michigan, depuis Sandusky, Ohio. C'est Noël, ou presque. Personne n'a envie de passer Noël tout seul.

En famille, c'est-à-dire Faith, avocate d'un studio de cinéma, arrivée de Californie ; sa mère Esther, laquelle a soixante-quatre ans et s'est laissée beaucoup trop grossir en vieillissant ; Roger, mari de Daisy, la sœur de Faith, dont il est séparé, et qui est conseiller d'orientation à Sandusky JFK ; ainsi que leurs deux filles Jane et Marjorie, âgées de huit et six ans. Tout en étant plus ou moins présente à l'esprit de chacun, Daisy ne fait pas partie du voyage. Elle suit une cure de désintoxication dans une grande ville du Middle West qui n'est ni Chicago ni Detroit.

Dehors, par-delà la longue étendue de campagne dénudée, blanchie par le givre, le lac Michigan se révèle soudain à la vue, d'un bleu pâle sous une fine nappe de brume juste au-dessus de sa surface métallique. Les petites filles bavardent sur la banquette arrière. À côté d'elles, Roger lit le magazine *Ski*.

La Floride aurait offert des vacances beaucoup plus agréables, pense Faith. Le parc d'attractions d'EPCOT, pour les petites. Le Space Center. Satellite Beach. Du pompano tout frais pêché. L'océan. C'est elle qui paie la note et elle n'aime même pas skier. Mais l'année a été dure pour tout le monde, et il faut bien que quelqu'un assure. S'ils étaient allés en Floride, elle aurait vidé son compte en banque.

Ce qui est à la base de sa force de caractère, se dit-elle en regardant approcher sur la gauche des constructions du genre centrale nucléaire, est aussi ce qui fait d'elle une avocate de premier ordre : la volonté inébranlable de croire en la possibilité d'améliorer les choses, et la passion de la minutie. Si quelqu'un du studio, par exemple un vice-président en charge du marketing, veut se dégager d'un lien totalement scellé mais singulièrement inconfortable – disons, un contrat –, Faith est la femme de la situation. L'efficace Faith. Faith, la belle blonde avec de la cervelle. L'optimiste de service. Pour un client, c'est le rêve, avec par-dessus le marché des seins magnifiques. Lesquels ne doivent rien à la chirurgie esthétique. Laissez-la simplement se pencher une journée sur votre cas.

Sa sœur Daisy est le parfait exemple à l'appui. Daisy souffrait d'un gros problème du côté des methamphétamines et a fini par le reconnaître, mais seulement après que Vince, son copain motard, a été mis à l'ombre dans l'Ohio. En quoi Faith a eu son rôle à jouer, commençant par des coups de téléphone à qui de droit, une mesure d'interdiction, puis la police et les menottes pour Vince. En manque et profondément meurtrie, Daisy s'est enfin révélée un témoin à charge crédible, une fois convaincue qu'elle ne se ferait pas assassiner.

En explorant avec leur mère l'appartement de Daisy, à la recherche d'une tenue convenable que sa sœur pourrait mettre pour entrer en cure, Faith a découvert des godemichés, une demi-douzaine en tout, dont un sous l'évier. Elle les a fourrés dans un sac en plastique Grand Union qu'elle a déposé dans une poubelle du voisinage afin que sa mère n'en sache rien. Sa mère est une femme à la page, mais pas forcément intéressée par les godemichés. Quant à la tenue de Daisy, elles ont finalement choisi une jolie robe tube en jersey de couleur sombre, avec une paire d'Adidas blanches et neuves.

Le revers de son caractère, du côté privé, Faith le perçoit dans le fait qu'elle a presque trente-sept ans et rien de solide dans la vie. Elle est très patiente (envers des connards), très secourable en coulisse (envers des connards). Son verre est toujours à moitié plein. Tenir bon et améliorer pourrait lui servir de devise. Aller au-devant du changement. Les méthodes du droit, là encore, quelque peu désynchrones par rapport aux besoins de l'existence.

La voiture dépasse maintenant sur sa gauche une haute cheminée argentée, avec au sommet des lumières blanches clignotantes et tout autour plusieurs bouches de ventilation en forme de mégaphone. De chacune s'échappe une fumée dense, crayeuse. Derrière, le lac Michigan ressemble à un désert d'un blanc bleuté. La neige est tombée pendant trois jours, mais elle a cessé pour le moment.

« Qu'est-ce que c'est, ce grand machin ? » demande Jane ou peut-être Marjorie en regardant par la vitre arrière.

Il fait trop chaud dans la Suburban couleur fraise écrasée que Faith a louée à l'aéroport de Cleveland pour cette expédition. Les deux petites filles mâchonnent du chewing-gum à l'odeur de pastèque. Ils sont tous menacés d'avoir mal au cœur.

« Une fusée spatiale prête au lancement dans le cosmos. Ça vous tente de monter à bord ? » dit à ses filles Roger, le beau-frère. Il fait penser au personnage du voisin jovial dans une sitcom, en moins drôle. De petite taille, il a une beauté fade, les cheveux en brosse et des lunettes. Et il est odieux, mais de manière subtile, comme certains acteurs de télé que Faith a fréquentés. Âgé de trente-sept ans, il a aussi un faible pour les cardigans pastel et les Hush Puppies. Daisy l'a copieusement trompé.

« *Non*, ce n'est pas une fusée spatiale, rétorque Jane, l'aînée, en collant son front à la vitre embuée puis s'écartant pour examiner l'empreinte qu'elle a laissée.

– C'est un gland, dit Marjorie.

– Tais-toi, dit Jane. C'est une vilaine expression.

– Pas du tout, dit Marjorie.

– Tu as appris ce mot de ta maman ? demande Roger avec un sourire goguenard. Je parie que oui. Voilà son héritage. Un gland. » La couverture de *Ski* s'orne d'une photo d'Hermann Maier, moulé dans une combinaison rouge fluo et slalomant sur l'Everest. En gros titre, ALLER AUX EXTRÊMES.

« J'espère bien que non », intervient la mère de Faith, qui est au volant. Elle a reculé le siège pour faire de la place à son ventre.

« Bon. Vous avez encore droit à deux réponses, reprend Roger.

– C'est une usine atomique qui produit de l'électricité », dit Faith. Elle sourit à ses nièces qui contemplent les cheminées et commencent à se désintéresser de la question. « Nous nous en servons pour chauffer nos maisons.

– Mais nous n'aimons pas ça », ajoute Esther. Elle était déjà écolo avant que ce soit à la mode.

« Pourquoi ? demande Jane.

– Parce que ça représente une menace contre notre précieux environnement, voilà pourquoi.

– C'est quoi, "notre précieux environnement" ? dit Jane par politesse.

– L'air que nous respirons, la terre sur laquelle nous marchons, l'eau que nous buvons. » Esther a enseigné les sciences naturelles dans les petites classes, il y a longtemps.

« Vous n'apprenez donc rien à l'école, les filles ? » Roger s'est mis à feuilleter les pages de sa revue. Il est mystérieusement bronzé, a remarqué Faith.

« Leur père pourrait toujours faire leur éducation, dit Esther. Il travaille dans l'enseignement.

– À l'orientation, objecte Roger. Mais d'accord, *touché** [1].

– Ça veut dire quoi, *touché* ? demande Jane en fronçant le nez.

– C'est un terme d'escrime », répond Faith. Elle se sent pleine

1. Les mots en italique suivis d'un astérisque sont en français dans le texte. (*N.d.l.T.*)

de tendresse pour les deux enfants et voudrait punir Roger de leur parler sur ce ton sarcastique.

« C'est quoi, l'escrime ? demande Marjorie.

– Une variété du crime, dit Roger.

– Mais non, voyons, proteste Faith.

– Eh bien alors, explique-leur, toi qui sais tout. C'est toi la femme de loi.

– Il s'agit d'un sport qui se pratique avec des épées, dit Faith. Sans tuer personne. C'est pour jouer. » À tous points de vue, elle méprise Roger et regrette qu'il ne soit pas resté à Sandusky. Mais elle ne pouvait pas inviter les petites filles sans leur père. Laisser tous les frais à sa charge est sa façon à lui de la remercier.

« Et voilà. Vous avez entendu, mes enfants. C'est ici que vous l'aurez appris, commente Roger d'une voix mielleuse en continuant de lire. Toute votre vie, vous vous rappellerez où et par qui le sens du mot "escrime" vous a été révélé. Quand vous serez à Harvard… »

Jane l'interrompt : « Toi, tu ne savais pas.

– Mais si. Je le savais. Bien sûr que je le savais, dit Roger. Je voulais seulement rigoler. Noël, c'est le moment de s'amuser, non ? »

§

La vie amoureuse de Faith n'est pas une réussite. Elle a toujours eu le désir de se marier et d'avoir des enfants, mais ni l'un ni l'autre n'a jamais tout à fait abouti. Soit les hommes qui lui plaisaient n'aimaient pas les enfants, soit ceux qui l'aimaient et souhaitaient lui donner tout ce dont elle rêvait ne semblaient pas faire le poids. Son activité juridique dans le cinéma l'a donc fortement absorbée. Le temps a passé. Des partenaires en majorité courtois se sont succédé, tous incapables de répondre à son attente pour une raison ou une autre : mariés, effrayés, divorcés, les trois ensemble. Dans l'ensemble, elle s'est estimée « vernie ».

Elle va tous les jours à la gym, possède une voiture chère et vit seule à Venice Beach dans la maison que lui loue une star adolescente qui est le frère d'une amie et séropositif. Un arrangement.

Vers la fin du printemps, elle a rencontré un cador de l'immobilier, propriétaire à Nantucket. Jack. Jack se déplaçait dans son avion personnel, à quarante-six ans il n'avait jamais été marié. Elle est allée plusieurs fois sur la côte Est et il l'a amenée chez lui en avion, elle a fait la connaissance de ses sœurs au visage sévère, de sa mère, jolie et mondaine. Une grande maison bleue pleine de coins et de recoins, face à la mer, avec des haies de rosiers, des allées sablonneuses menant à des dunes secrètes où on pouvait se baigner nu, ce dont elle s'est délectée malgré l'effarement des sœurs. Le père était là, mais malade et condamné à brève échéance, de sorte que la vie et les projets se trouvaient plus ou moins en suspens. Jack faisait beaucoup d'affaires à Londres. L'argent ne posait pas de problèmes. Lorsque le père s'éteindrait ils pourraient peut-être se marier, avait presque suggéré Jack. En attendant, elle voyageait avec lui chaque fois qu'elle en avait le loisir, en guise d'acompte sur ses espérances. Il voulait des enfants, parvenait souvent à faire un saut en Californie. Ça pouvait marcher.

Un soir, une femme a téléphoné. Greta, s'est-elle présentée. Greta était amoureuse de Jack. Ils s'étaient disputés, mais il l'aimait toujours, a-t-elle dit. Elle avait apparemment des photos de Faith et Jack ensemble. Qui les avait prises ? Un petit oiseau. Sur l'une, on les voyait sortir tous les deux de l'immeuble de Jack sur Beekman Place. Sur une autre, Jack aidait Faith à descendre d'un taxi jaune. Il y avait aussi Faith toute seule au Park Avenue Café, mangeant de l'espadon grillé. Jack et Faith s'embrassant à l'avant d'une voiture inidentifiable, également à New York.

Jack était porté sur des pratiques sexuelles spéciales, avec des modalités encore plus spéciales, a observé Greta au bout du fil. Faith avait dû avoir le temps de s'en apercevoir. Mais, en gros, son discours revenait à dire : « Mieux vaut renoncer aux projets à long terme. » D'autres appels ont suivi, des messages enregistrés, des envois d'épreuves photographiques livrées par FedEx.

Interrogé, Jack a concédé qu'un problème se posait. Mais il allait le résoudre, *tout de suite** (même s'il était plus que préoccupé par la mort imminente de son père, elle devait le comprendre). Jack était un bel homme de haute stature, au visage lisse sous une masse de cheveux d'un acajou lustré. Une allure de mannequin. Il lui suffisait de sourire pour que chacun se sente mieux. Après le lycée il avait fait Harvard, il jouait au squash, s'adonnait à l'aviron, participait à des débats, savait être élégant dans un costume marron et des souliers défraîchis. Il était fiable. Ça paraissait encore pouvoir marcher.

Mais Greta continuait d'appeler. Elle a envoyé des photos d'elle-même en compagnie de Jack. Des photos récentes, postérieures à l'entrée en scène de Faith. La situation était plus difficile à dénouer qu'il ne l'avait cru, a admis Jack. Il faudrait que Faith se montre patiente. Après tout, Greta était une personne « qui lui avait été très chère ». Au point qu'il aurait même pu l'épouser. Il voulait éviter de la blesser. Certes, elle déjantait un peu. Mais il n'allait pas la jeter comme ça par-dessus bord. Il n'était pas homme à se conduire ainsi, Faith serait la première à s'en féliciter plus tard. En attendant, il y avait le patriarche mal en point. Et la mère. Et les sœurs. La coupe était pleine.

§

Snow Mountain Highlands est une station de ski mineure, mais agréable. Famille plutôt que branchée. La mère de Faith l'a repérée dans l'*Erie Weekly* parmi les « Séjours de vacances ». Le forfait comprend un appartement, les remontées mécaniques du week-end et des tickets-repas donnant accès pendant trois jours au smorgasbord suédois du chalet de style bavarois. Toutefois, c'est seulement pour deux personnes. Les autres doivent payer. Faith couchera dans la « suite » avec sa mère. Roger peut partager l'autre chambre avec les filles.

Il y a deux ans, lorsque Vince le motard a retenu l'intérêt de Daisy, elle s'est simplement « écartée » de Roger. Leur vie sexuelle avait depuis longtemps perdu son effervescence, a-t-elle confié à sa sœur. Ils avaient plutôt bien démarré comme couple modèle dans la banlieue de Sandusky, mais – après un certain nombre d'années et deux enfants – le bonheur s'est enfui et Daisy a été conquise par Vince, qui prenait des amphétamines et surtout en revendait. Avec lui, la baise a été une vraie révélation, a-t-elle dit. Faith pense que sa sœur enviait ses relations dans le monde du cinéma, le mode de vie qui allait avec, la Jaguar décapotable, et qu'au fond, en détruisant sa propre vie (avant d'entreprendre la désintoxication), elle cherchait à imiter celle de Faith, mais avec un motard. Elle a fini par quitter le foyer conjugal et prendre vingt kilos, elle qui avait déjà des formes voluptueuses à défaut d'être grande. L'été dernier, à la plage de Middle Bass, Daisy furibonde est allée jusqu'à cogner sur Faith en pleine poitrine lorsque celle-ci a suggéré qu'elle devrait perdre du poids, plaquer Vince et envisager de retourner auprès de sa famille. Une suggestion qui manquait de diplomatie, s'est dit Faith par la suite. « Je ne suis pas comme toi, a hurlé Daisy au beau milieu de la plage. Je baise pour le plaisir. Pas pour les affaires. » Elle s'est éloignée en barbotant dans les vagues tièdes du lac Érié, vêtue d'un maillot une pièce rose agrémenté d'un volant en jupette. Entretemps, le tribunal avait confié la garde des filles à Roger.

§

Dans l'appartement, après avoir regardé ses feuilletons à la télé, Esther fait une double réussite en buvant un verre de vin devant la baie vitrée qui donne sur les pistes et la patinoire surpeuplées. Roger est là-bas sur la petite pente pour les enfants avec Jane et Marjorie, même s'ils sont impossibles à distinguer des autres. Du rouge. Du jaune. Des tas de papas avec leurs gosses. Une image sans le son.

Faith a pris un sauna et elle songe maintenant à appeler Jack, où qu'il soit. Nantucket. New York. Londres. Elle n'a pas spécialement de message à lui laisser. Elle projette de faire tout à l'heure la piste nordique au clair de lune. Rien que pour être une bonne participante, pour donner le bon exemple. Dans ce but, elle s'est équipée à Los Angeles : des knickers en loden, un chandail vert, brun et rouge tricoté dans l'Himalaya, des chaussettes norvégiennes. Pas question d'avoir froid.

Esther manipule à toute vitesse les soixante-quatre cartes, ses doigts boudinés les cueillent et les abattent comme si elle détestait le jeu et qu'elle était pressée d'en finir. Son regard est concentré. Elle a mis son collier cervical, de couleur crème, parce que la tension au volant a réveillé une vieille lésion contractée au travail. Et elle porte maintenant un long boubou orange imprimé de fleurs hawaiiennes. Depuis combien de temps, se demande Faith, s'enfouit-elle sous ces housses ? Au moins vingt ans. Depuis que son mari, le père de Faith, a cassé sa pipe.

« Je vais peut-être faire un voyage en Europe, déclare Esther en claquant férocement ses cartes. Ce serait bien, non ? »

À la fenêtre, Faith observe la pente pour skieurs confirmés. De vastes et lisses champs de neige, encadrés par des bouquets d'épicéas magnifiques. Plusieurs skieurs la descendent en zigzag, s'efforçant de paraître avoir du style. Voilà bien des années, elle est venue là avec son copain de classe Eddie, alias « Eddie le rapide », ce qu'il était dans certains domaines. Ni l'un ni l'autre n'aimait skier, et ils ne sortaient pas du lit pour s'y hasarder. Aujourd'hui, le ski lui rappelle le golf : un parcours de golf avec la neige en plus.

« Je pourrais retirer les filles de l'école le temps de nous offrir Venise à toutes les trois, dit Esther. Je suis sûre que Roger en serait soulagé. »

Faith a repéré Roger et les petites sur la pente des enfants. Respectivement en bleu, en vert et en jaune. Il tend le doigt, indique en détail à ses filles les règles du ski. Comme n'importe quel papa. Elle croit le voir rire. C'est difficile de percevoir en lui un parent au niveau de la moyenne.

« Elles sont trop jeunes pour apprécier Venise », répond Faith en approchant son joli petit nez de la vitre étonnamment chaude. Elle entend dehors le raclement d'une pelle sur la neige et des voix étouffées.

« Alors, c'est peut-être toi que j'emmènerai en Europe, dit Esther. Quand Daisy émergera de sa cure on pourrait faire l'Europe toutes les trois. J'ai toujours eu ce projet. »

Faith aime bien sa mère. Esther n'est pas folle mais elle cherche toujours des moyens d'exercer sa générosité. Pourtant, Faith ne parvient pas à se représenter leur trio, sa volumineuse maman, sa sœur et elle-même, sur les Champs-Élysées ou sur le Grand Canal. « C'est une idée », dit-elle. Debout près du siège de sa mère, elle contemple le sommet de son crâne, l'entend respirer. Esther a une petite tête. Ses cheveux courts sont gris foncé, clairsemés et pas vraiment propres. Elle a adopté une très large raie au milieu. Sa mère ressemble à la grosse dame du cirque, mais avec un collier cervical.

« J'ai lu quelque part ce qu'il faut faire pour devenir centenaire », reprend Esther en redressant les cartes sur la table en verre devant son ventre. Faith s'est mise à penser à Jack, ce salaud d'une espèce très particulière. Jack Matthews porte encore ses Lobb sur mesure à bout renforcé qui datent de l'université. Des souliers anglais, laids et prétentieux. « Il faut avoir une activité physique, poursuit sa mère. Et de l'optimisme, ce qui est mon cas. Il faut continuer de s'intéresser au monde extérieur, ce que je fais plus ou moins. Et il faut savoir gérer le deuil. »

Faith s'applique de son mieux à ne pas se demander comment elle se classe en fonction de ces critères. « As-tu envie de devenir centenaire ?

– Et comment, répond sa mère. Toi, tu ne peux pas l'imaginer, c'est tout. Tu es trop jeune. Et belle. Et talentueuse. » Aucune ironie. Sa mère n'est pas encline à l'ironie.

Dehors, on entend l'un des hommes occupés à déblayer la neige crier : « Coucou, c'est nous la chaîne météo ! » Il s'adresse à quelqu'un qui les regarde du haut de la fenêtre d'un autre appartement.

« Plus froid qu'une bite de puisatier, à tous les coups, lance un deuxième pelleteur. C'est le bulletin du jour. »

« La bite, la bite et encore la bite, dit Esther d'un ton léger. Le fin mot, hein ? L'attribut viril. Le mystère entier.

– Il paraît, répond Faith, qui songe à Eddie le rapide.

– C'étaient toutes des femmes, pourtant, enchaîne sa mère.

– Qui ça ?

– Les centenaires, d'après l'article. On peut toujours faire tout le reste à la perfection. Mais pour survivre il faut être une femme.

– Tant mieux pour nous.

– Oui. Les rares veinardes. »

§

Pour les petites filles, ce sera le premier Noël sans leur maman et sans le sapin décoré. Même si Faith a tenté de le remplacer en disposant les cadeaux au pied du grand ficus en plastique placé contre l'un des murs blancs et nus de la petite salle de séjour. L'arbre était déjà là. Elle a apporté dans ses bagages quelques boules de Noël, une étoile dorée et une guirlande lumineuse promettant de clignoter. Le thème pourrait être « Noël aux Philippines ».

Dehors, le jour décline. La mère de Faith fait un somme. Après la leçon de ski, Roger est allé prendre un vin chaud à L'Abreuvoir. Les petites filles sont assises côte à côte sur le canapé, dans leurs chemises de nuit en flanelle Lanz of Salzburg. Une verte et une jaune, là encore (mais imprimées de blancs cristaux de neige), avec des pantoufles à museau souriant assorties. Elles ont pris leur bain ensemble, supervisées par Faith, puis ont tenu à se mettre tout de suite en chemise de nuit pour leur sieste. Elles ont l'air sages comme des images, leurs parents ne les méritent pas. Faith a décidé qu'elle financera leurs études supérieures. Même à Harvard.

« Maintenant nous savons skier », dit Jane, posément. Elles regardent Faith garnir le ficus en plastique. D'abord la guirlande lumineuse, bien qu'il n'y ait pas de prise électrique à proximité, puis les six boules (une pour chaque membre de la famille). L'étoile d'or viendra en dernier. Faith se rend compte qu'elle veut trop en faire. Mais, pourquoi ne pas essayer ? C'est Noël. « Marjorie compte participer aux Jeux olympiques », ajoute Jane.

Jane a suivi les Jeux à la télé, mais Marjorie était trop petite. L'aînée est en position de force. Marjorie rive sur sa sœur un regard vide de toute expression, comme si personne ne pouvait l'observer.

« Je suis sûre qu'elle gagnera une médaille », répond Faith, tripotant à genoux la fragile enfilade de minuscules ampoules pointues qui refuseront de s'allumer, elle le sait déjà. « Vous voulez m'aider, toutes les deux ? » Elle leur sourit.

« Non, dit Jane.

– Non, dit Marjorie en écho.

– Bon, vous n'avez pas tout à fait tort.

Est-ce que maman va venir ? » Marjorie cligne des yeux, puis elle croise ses chevilles menues et pâles. Elle a sommeil et pourrait se mettre à pleurer.

« Non, mon ange, dit Faith. Cette année, votre maman se rend service à elle-même pour Noël. Alors elle ne peut pas le fêter avec nous.

– Et Vince ? » lance Jane d'un ton assuré. Le sujet a été abordé plusieurs fois auparavant, avec précaution. Mrs. Argenbright, la psychologue qui s'occupe des petites filles, a pris un soin particulier de ce problème. Elles se hérissent dès qu'il est question de

Mr. Vince, mais elles ont envie d'y revenir car elles le préfèrent à leur père.

« Vince est pensionnaire de l'État d'Ohio, pour le moment, répond Faith. Vous vous en souvenez ? C'est comme s'il était étudiant.

– Il n'est pas étudiant, riposte Jane.

– Est-ce qu'il a un arbre de Noël là où il est ? demande Marjorie.

– Pas vraiment, en tout cas pas pour lui tout seul comme vous. Si nous parlions de choses plus amusantes que notre ami Vince, d'accord ? » Toujours agenouillée, elle dévide la guirlande.

La pièce contient peu de meubles, lesquels reproduisent le style danois contemporain. Sur la cheminée à manteau métallique émaillé de rouge, les propriétaires ont collé un papier avertissant leurs locataires que tout dégât causé par la fumée leur coûtera le montant de la caution et les exposera à des poursuites judiciaires. D'après les informations d'Esther, ces propriétaires sont d'origine russe et résident à Grosse Pointe Farms. Bien entendu, il n'y a pas trace de bois à brûler, hormis ce qu'on pourrait tirer du mobilier danois. Guère de risque, par conséquent, de produire de la fumée. La chaleur sort des plinthes.

« Vous devriez essayer toutes les deux de deviner ce que vous allez avoir pour Noël », dit Faith en accrochant avec soin la guirlande non lumineuse sur les branches en plastique rigide du ficus. Elle se donne du mal.

« Des rollers, je le sais déjà », dit Jane en croisant les chevilles à l'instar de sa sœur. Elles forment un jury déguisé en auditoire. « Et je ne serai pas obligée de porter un casque.

– Mais en es-tu bien sûre ? » Faith leur jette un coup d'œil par-dessus son épaule et leur sourit comme elle a vu des stars sourire à des inconnus. « Tu pourrais te tromper.

– Il vaut mieux pas, réplique Jane sèchement, avec une grimace qui la fait ressembler à sa mère.

– Moi, le père Noël m'apporte un mange-disque, dit Marjorie. Il sera dans un petit carton. Je ne le reconnaîtrai même pas.

– Vous êtes trop malignes pour votre âge », dit Faith. Elle finit rapidement de suspendre les ampoules. « Mais vous ne savez pas ce que moi j'ai pour vous. » Entre autres choses, elle leur a acheté un mange-disque et une coûteuse paire de patins en ligne. Ils sont restés dans la Suburban et, de retour à Los Angeles, elle ira les rendre. Elle a aussi apporté des cassettes de films. Vingt en tout, dont *La Guerre des étoiles* et *Blanche-Neige*. Daisy leur envoie cinquante dollars à chacune.

« Vous savez, reprend Faith, je me rappelle qu'il y a très très longtemps, votre maman et moi on est allées avec papa dans la forêt couper un sapin pour Noël. Au lieu d'en acheter un, on l'a coupé à la hache. »

Jane et Marjorie la dévisagent comme si elles avaient lu cette histoire quelque part. La télé n'est pas allumée dans la pièce. Peut-être, pense Faith, ne comprennent-elles pas quelqu'un qui leur parle, la vie en direct présentant ses propres problèmes de continuité.

« Voulez-vous que je vous raconte l'histoire ?

– Oui », répond Marjorie, la cadette. Jane se tait, vigilante et immobile sur le canapé vert danois. Derrière elle, il y a au mur une reproduction encadrée du *Retour des chasseurs* de Breughel, assez adaptée à l'atmosphère de Noël, en somme.

« Alors voilà, dit Faith. Votre maman et moi – elle n'avait que neuf ans et moi dix –, on a choisi un sapin qu'on voulait absolument, mais notre papa a dit que ça n'allait pas, cet arbre était trop grand pour le mettre chez nous. Il fallait en choisir un autre. Mais on a dit toutes les deux : « Non, celui-ci est parfait. C'est le mieux. » Il était tout vert et joli, il avait une forme idéale d'arbre de Noël. Papa l'a donc coupé avec sa hache, puis on l'a tiré à travers la forêt et attaché sur le toit de la voiture pour le rapporter à Sandusky. » Les deux petites filles sont à présent somnolentes. La journée a été trop excitante, ou pas assez. Leur mère est en cure de désintoxication. Leur père est un connard. Elles débarquent dans un endroit nommé Michigan. N'y a-t-il pas de quoi somnoler ?

« Voulez-vous savoir ce qui s'est passé après ? demande Faith. Quand on a porté l'arbre dans la maison ?

– Oui, dit Marjorie, polie.

– Effectivement, il était trop grand. Il était beaucoup trop grand. On ne pouvait même pas le mettre debout dans le séjour. En plus, il tenait trop de place. Et papa a piqué une vraie colère contre nous parce qu'on avait assassiné un arbre magnifique pour un motif égoïste, et qu'on n'avait pas voulu l'écouter, qu'on croyait tout savoir sous prétexte qu'on savait ce qu'on voulait. »

Soudain, Faith ne sait plus pourquoi elle raconte cette histoire à deux innocents bouts de chou qui n'ont pas besoin d'une leçon de morale supplémentaire. Donc elle s'arrête. En réalité, son père avait saisi le sapin pour le jeter dehors dans le jardin où il resta une semaine à se dessécher. Il y eut des pleurs et des reproches. Son père partit se soûler dans un bar. Plus tard, Esther était allée acheter un petit arbre adéquat qu'elles garnirent toutes les trois, sans l'aide de son père. Lorsqu'il rentra, rond comme une queue de pelle, le sapin l'attendait, tout illuminé. L'anecdote avait toujours paru humoristique aux autres. Cette fois, l'humour semble absent.

« Voulez-vous savoir comment ça s'est terminé ? demande Faith avec un grand sourire au profit des petites filles, mais un sentiment intérieur de défaite.

– Oui », dit encore Marjorie. Jane se tait.

« Eh bien, on a dressé le grand sapin dans la cour et on l'a illuminé pour que nos voisins le partagent avec nous. Et on en a acheté un plus petit pour mettre dans la maison. C'est une histoire triste qui se termine bien.

– Je n'y crois pas, dit Jane.

– Alors tu as tort, parce que c'est la vérité. La fête de Noël, c'est spécial. Ça se termine toujours merveilleusement pourvu qu'on lui laisse une chance et qu'on se serve de son imagination. »

Jane secoue la tête tandis que Marjorie acquiesce. Marjorie a envie de croire. Jane, songe Faith, est la sœur aînée classique. Comme elle.

§

« Saviez-vous, disait l'un des charmants messages laissés par Greta sur son répondeur à Los Angeles, que Jack déteste, oui, qu'il *déteste* se faire sucer ? Il en a une horreur violente. Évidemment, vous l'ignoriez. Comment le sauriez-vous ? Il ment toujours à ce propos. C'est comme ça. Mais si vous vous demandez pourquoi il ne jouit jamais, voilà l'explication. Ça le débranche complètement. Personnellement, je pense que c'est la faute de sa mère, même si bien sûr il ne s'est jamais rien passé de tel entre eux. Au fait, elle vous allait bien, la robe de vendredi dernier. Quelle belle paire de nichons. Je comprends pourquoi vous plaisez à Jack. Faites attention. »

§

À sept heures du soir, lorsque les petites filles émergent de leur sieste et que la faim les saisit tous, la mère de Faith propose d'emmener les deux farouches Indiennes manger une pizza, puis faire un tour à la patinoire, pendant que Roger et Faith utilisent les tickets-repas pour le smorgasbord au chalet.

Très peu de dîneurs ont élu la longue salle Tyrolienne, aux lumières crues et à l'odeur un peu aigre. La plupart des touristes attendent dehors la descente aux flambeaux, des membres de la patrouille de secouristes qui, chaque soir, dévalent la pente avec des torches allumées. C'est magnifique mais long à se mettre en branle. Au sommet de la pente, un gigantesque épicéa de Norvège a été illuminé selon la tradition, tout comme dans la version falsifiée des souvenirs de Faith. Le spectacle est visible de l'intérieur de la salle Tyrolienne, par la baie panoramique.

Faith n'a aucune envie de dîner avec Roger, lequel est sorti vaseux de sa sieste après le vin chaud. Il risque d'entamer une conversation qu'elle trouvera déplaisante ; des commentaires sur la sœur de Faith, la mère des petites filles, qui est encore sa femme. Toutefois, elle s'applique à entretenir l'esprit de Noël. Comportez-vous envers autrui, etc.

Elle inspire de l'aversion à Roger, elle le sait, peut-être de l'envie, en même temps qu'il a envie d'elle. Un jour, voilà des années, il lui a confié qu'il aimerait beaucoup la tringler à mort. Il était ivre, et Daisy venait d'accoucher de Jane. Faith s'est arrangée pour faire comme si elle n'avait pas entendu. Par la suite, il lui a dit qu'à son avis elle était lesbienne. Probablement trouvait-il judicieux de le lui faire savoir. Il a la classe, Roger.

Au plafond de la salle à manger où les sons se répercutent, les poutres apparentes en croisillon sont peintes en rose, vert pâle et violet, sans doute une gamme de couleurs à la bavaroise. Il y a de longues tables vertes et des chaises pliantes en plastique rose et violet, destinées à favoriser une joyeuse décontraction et la bonne humeur familiale. Faith est persuadée que le chalet abrite une autre salle à manger plus agréable, où on ne paie pas avec des tickets-repas et où rien n'est rose ni violet.

Faith porte un body en Lycra noir luisant, par-dessus lequel elle a enfilé ses knickers en loden et des chaussettes norvégiennes. Elle pense être superbe. Avec tout autre que Roger, ce dîner serait plaisant, ou au moins marrant.

Roger s'assied face à elle, trop loin pour parler commodément. Dans un espace qui pourrait contenir cinq cents personnes, ils sont peut-être une quinzaine de clients éparpillés. Pas de tablée familiale, rien que des duos et des solitaires. Coiffées de toques en papier, les jeunes employées du chalet veillent mélancoliquement derrière la longue table chauffante du smorgasbord. Les réchauds métalliques aux radiations orange racornissent avec persévérance les côtes premières, dont Roger s'est servi une portion généreuse. Faith n'a pris que quelques feuilles de laitue, de la betterave, deux minuscules épis de maïs et pas de sauce. L'odeur aigrelette de la salle Tyrolienne lui coupe totalement l'appétit.

« Tu sais ce qui me tracasse ? » dit Roger en découpant sa viande de bœuf autour d'un triangle de graisse grisâtre, avec un couteau d'une petitesse comique. Au ton qu'il emploie, on croirait que Faith et lui mangent souvent là ensemble et qu'ils reprennent la conversation là où elle s'est interrompue ; on croirait qu'ils n'éprouvent pas l'un pour l'autre un mépris total.

« Non, répond Faith. Quoi donc ? » Roger s'est débrouillé, remarque-t-elle, pour conserver son ticket-repas en papier rouge. La règle veut qu'on le dépose dans la corbeille à côté des gressins. Toujours malin, Roger. D'où lui vient son bronzage ? se demande-t-elle.

Roger sourit comme si ce qui le tracasse avait quelque chose de lubrique. « Je crains que Daisy soit tellement bien retapée au bout de sa cure qu'elle oubliera tout ce qui s'est passé et qu'elle voudra se remarier. Avec moi, je veux dire. Tu vois un peu ? » Roger mastique tout en parlant. Il cherche à paraître sincère, affiche un sourire grave, implorant et vide. Un Roger jouant franc-jeu. Un Roger passant aux aveux.

« C'est peu probable, dit Faith. J'ai comme une intuition. » Elle ne peut plus contempler sa salade fragmentaire. Elle ne souffre d'aucun problème nutritif, jamais ça ne pourrait lui arriver.

« Peut-être. » Roger hoche la tête. « Mais quand même, je voudrais très vite laisser tomber l'orientation. Partir sur autre chose. Tourner la page. »

En réalité, Roger n'a pas un physique désagréable, seulement d'une régularité oppressante : un petit menton, un petit nez, de petites mains, des dents petites et bien alignées, rien de particulier sinon les yeux bruns à la fente trop étroite, comme s'il avait du sang ukrainien. Daisy l'a épousé – a-t-elle dit – pour son pénis d'une grosseur effarante. Cet avantage, ou surtout son absence, suffisait selon elle à expliquer bien des mariages ratés. Quand tout le reste craquait, il restait ça. Celui de Vince était encore plus gros. CQFD. C'était à cette quête spéciale que Daisy avait consacré son existence. De préférence aux études supérieures.

« Que voudrais-tu faire ensuite, au juste ? » demande Faith. Elle songe comme ce serait bien si, à l'issue de sa cure, Daisy avait effectivement tout oublié. Un retour en arrière à l'état des choses au temps où sa sœur s'en sortait plus ou moins, ce serait une solution.

« Voilà, ça paraît un peu dingue, dit Roger en mâchonnant, mais il y a une société du Tennessee qui démonte les avions de ligne pour récupérer les matériaux. Ça peut rapporter gros. C'est comme ça, j'imagine, que l'industrie du cinéma a démarré. Sur un projet de fou. » Roger pique au bout de sa fourchette les macaronis en salade. Il a encore dans son assiette une boulette de viande à la suédoise.

« Non, ça ne paraît pas si dingue », affirme Faith qui pense le contraire, puis elle jette un coup d'œil vers la table du smorgasbord. Peut-être a-t-elle faim, après tout. Mais le smorgasbord, est-ce le buffet en soi, ou la consommation des nourritures présentées ?

Elle remarque que Roger a négligemment rempoché le ticket-repas.

« Alors, penses-tu que c'est ce que tu vas entreprendre ? reprend-elle à propos du projet génial de désosser des avions de ligne pour gagner gros.

– Avec les filles à l'école, j'aurais du mal », admet Roger d'un ton posé, au mépris de l'évidence, à savoir que l'idée n'est pas géniale.

Faith détourne à nouveau le regard. Elle s'aperçoit que personne d'autre dans la grande salle ne porte de vêtements comme les siens, ce qui l'amène à se rappeler qui elle est. Elle n'a pas le genre Snow Mountain Highlands (bien qu'elle soit passée par là). Ni le genre Sandusky. Ni même le genre Ohio. Elle a sa place à Hollywood. Une forteresse.

« Je pourrais prendre les filles pendant quelque temps, dit-elle soudain. Sincèrement, ça ne me dérangerait pas. » Elle revoit la gentille Marjorie et la pauvre mignonne Jane en chemise de nuit et pantoufles à museau souriant, assises sur le canapé danois contemporain, la regardant décorer le ficus en plastique. Simultanément, elle voit Roger et Daisy tués dans un accident de voiture sur la route du retour triomphant à l'issue de la cure. On ne contrôle pas ses images mentales.

« Où c'est qu'elles iraient à l'école ? » demande Roger, soudain mis en éveil par une perspective inattendue. Laquelle ne lui déplairait pas.

« Pardon ? » dit Faith, qui adresse un deuxième sourire de star à son beau-frère, Roger gros-pénis-œil-étroit. Elle s'est laissé distraire par la pensée de son décès opportun.

« Ben oui, quoi, à quelle école elles iraient ? » Roger plisse les yeux. Il est réellement en éveil.

« Je ne sais pas. À Hollywood High, j'imagine. Il existe des écoles en Californie. J'en trouverais une. »

Roger ment à son tour : « Il faudrait que j'y réfléchisse.

– O.K., réfléchis », répond Faith. Maintenant qu'elle a formulé cette offre sans jamais y avoir songé auparavant, elle l'incorpore déjà à la réalité quotidienne. Elle deviendra bientôt la mère adoptive de Jane et de Marjorie. C'est tout simple. « Une fois installé dans le Tennessee, tu pourrais les reprendre, ajoute-t-elle sans conviction.

– Probable qu'elles ne voudraient plus revenir, dit Roger. Elles trouveraient le Tennessee trop ennuyeux.

– L'Ohio aussi, c'est ennuyeux. Ça ne les gêne pas.

– C'est vrai. »

En envisageant ces nouvelles dispositions, ni l'un ni l'autre n'a tenu compte de Daisy, la mère. Il est vrai qu'elle est occupée ailleurs pour un certain temps. Et Roger a besoin d'un nouveau départ dans la vie, de tirer un trait sur « l'orientation ». Les priorités sont les priorités.

Dehors, la descente aux flambeaux a commencé, un ruban de torches se dévidant en silence sur la piste, telle une coulée de lave humaine. À travers la baie panoramique, la vision semble irréelle. Les spectateurs se sont agglutinés en foule derrière des barrières à neige au bas de la pente, nombre d'entre eux tiennent une bougie dans un bout de papier comme à un concert des Grateful Dead. On a supprimé tout autre éclairage artificiel, sauf sur l'immense arbre de Noël tout là-haut. Les jeunes employées chargées du smorgasbord, avec leur tablier et leur toque en papier, sont allées à la fenêtre assister une fois de plus au spectacle. Il y en a qui pouffent. Quelqu'un pense à éteindre les lumières dans la salle Tyrolienne. Le dîner est interrompu.

« Est-ce que tu fais des descentes tout schuss ? » demande Roger, courbé dans la pénombre au-dessus de son assiette vide. Il s'est mis à chuchoter. Il est en train de se dire que la situation pourrait s'arranger formidablement, devine Faith : se débarrasser des filles, désarticuler un tas d'avions de ligne. Il suffit de se montrer amical et tout arrive.

« Non, jamais. » Faith regarde rêveusement les porteurs de torches zigzaguer, tracer leur parcours sinueux et serein. « Ça me fait peur.

– Question d'habitude. » D'un geste inattendu, Roger allonge le bras à travers la table, où les mains de Faith encadrent sa salade intacte. Il lui touche la main droite puis la tapote. « Et au fait, dit-il, je te remercie. Du fond du cœur. Merci infiniment. »

§

De retour à l'appartement, le calme règne. Esther et les petites filles sont encore à la patinoire. Roger est retourné à L'Abreuvoir. Il a une bonne amie à Port Clinton, ancienne conseillère pédagogique à présent divorcée. Il va l'appeler, lui annoncer ses nouveaux projets dans le Tennessee, et si seulement, ajoutera-t-il, elle pouvait être là avec lui à Snow Mountain Highlands, et toute la famille au Rwanda. Elle s'appelle Bobbie.

Le coup de téléphone à Jack est toujours au programme de Faith. Mais d'abord elle décide de pousser le ficus décoré plus près de la fenêtre, où se trouve une prise électrique. Lorsqu'elle branche la guirlande, les petites ampoules se mettent à clignoter gaiement. Trois ou quatre seulement ne s'allument pas, et il y en a de rechange dans la boîte. C'est un progrès. Plus tard, demain, on pourra fixer l'étoile à la cime, c'était le rituel préféré de son père. « Le moment de l'étoile est venu, annonçait-il. L'étoile des Rois mages. » Son père était musicien, grand connaisseur des bois. Un homme aux talents multiples, et bien sûr un ivrogne. Également grand connaisseur des femmes autres que la sienne. Pour assurer les fins de mois, il enseignait avec conviction dans un institut universitaire. Il souhaitait que Faith devienne avocate, elle avait donc fait son droit. Comme il n'avait pas de projet précis pour Daisy, elle était devenue alcoolique et, par la suite, une nymphomane assidue. Il avait fini par mourir, à la maison. Le pater familias. Après sa mort, leur mère s'était mise à grossir. « Eh oui, je prends du poids », disait-elle. Elle considérait que c'était dans l'ordre des choses, l'empâtement vu comme une conséquence naturelle du deuil.

Mais où appeler Jack, à Londres ou à New York ? (Nantucket est exclu, et Jack ne garde jamais son portable sur lui en dehors des heures de travail.) Où se trouve Jack ? À Londres il est minuit passé. À New York c'est comme ici. Huit heures et demie. Et quel message laisser ? Faith pourrait simplement dire qu'elle se sent seule ; ou qu'elle a des douleurs dans la poitrine, ou encore des résultats d'analyses préoccupants. (Il faudrait ensuite que ça se révèle mystérieusement bénin.)

Bon, Londres en premier. L'appartement de Sloane Terrace, tout près de la station de métro. Ils avaient pris le petit déjeuner à l'Oriel, puis Jack était parti travailler dans la City pendant qu'elle allait à la Tate Gallery, surtout pour voir les Bacon.

Tellement loin de Snow Mountain Highlands, c'est ce qu'elle ressent en composant le numéro, un appel à très très longue distance.

Dring-dring, dring-dring, dring-dring, dring-dring. Rien.

Il y avait un second numéro, rien que pour les messages, mais elle ne s'en souvient pas. Recommencer, elle a pu faire une erreur. Dring-dring, dring-dring…

New York, alors. La 50e Est. Loin à l'est. Une jolie vue de côté sur le fleuve. La niche qu'il possède depuis l'époque où il était étudiant. La date encadrée de sa première année de fac. 1971. Faith avait pris la peine de faire remettre la chambre à neuf. Tout en blanc. Dans un cadre de cuir rouge, une photo d'elle sur le bateau, souriante et bronzée. Une autre où ils sont tous les deux à Cabo, sur la plage. Autant de très longues distances par rapport à Snow Mountain Highlands.

La sonnerie. Un déclic. « Salut, ici Jack… » (Elle se retient de répondre : « Salut ! ») « … Je suis absent pour le moment, etc. », puis un bip.

« Joyeux Noël, c'est moi. Euh, Faith. » Elle cale, mais ne se sent pas du tout troublée. Elle pourrait tout lui raconter. Ce qui s'est passé aujourd'hui : les cheminées de la centrale nucléaire, le ficus en plastique, la descente aux flambeaux, le smorgasbord, le souvenir d'Eddie, le projet de faire venir les filles en Californie. Tout ce qui entoure Noël. « Euh, je voulais simplement te dire que je… je vais très bien, et je pense, non, je rectifie, j'espère que toi aussi, tu vas bien. Je serai de retour à la maison – c'est-à-dire à Venice – après Noël. Je voudrais, non, j'aimerais bien avoir de tes nouvelles. Je suis à Snow Mountain Highlands. Dans le Michigan. » Elle marque une pause, le temps de débattre avec elle-même s'il y a quelque autre information qui mérite d'être transmise. Non. Puis elle s'aperçoit qu'elle s'est adressée au répondeur de Jack comme si elle s'enregistrait sur son propre dictaphone. Trop tard. On ne peut pas effacer. Tant pis pour elle. « Eh bien, au revoir », conclut-elle en se rendant compte que c'est un peu abrupt, mais elle ne rectifie pas. De toute façon, tout est fini entre eux. Quelle importance ? Elle a appelé.

§

Là-haut sur la piste nordique n°1, des lumières blanches et douces, qui ressemblent un peu à celles de l'arbre de Noël dans l'appartement, ont été accrochées dans les branches d'un choix de sapins, assez lumineuses pour qu'on ne s'égare pas dans le noir, assez discrètes pour ne pas gâcher l'effet mystérieux.

En réalité, Faith n'aime pas beaucoup non plus skier de cette manière. Pas vraiment. Avec la corvée de fartage, les inconfortables chaussures de location, les skis longs et malcommodes, sans compter le risque d'attraper froid et de ne pas pouvoir reprendre le travail. Elle préfère la gym. Un solide échauffement, une douche rapide, la voiture et on est de retour au bureau. De retour au téléphone. Elle est sport, mais pas folle du sport. Enfin, l'aventure n'a quand même rien de terrifiant.

Personne pour lui tenir compagnie en nocturne sur la piste nordique n°1, les autres skieurs s'étant laissé attirer par la descente aux flambeaux. En haut du remonte-pente, deux Japonais discutaient – de petits hommes au teint mat, en Lycra chartreuse fluo, le visage lisse et sérieux, d'énormes cuisses, des bras courts aux gestes rationnels –, s'apprêtant à entamer le parcours le plus dur, *The Beast*, la piste nordique n°3. Sur leur tête cagoulée, ils portaient une lampe de mineur pour éclairer la voie devant eux. L'instant d'après, ils avaient disparu.

Ici, la neige murmure au rythme des pas glissés de Faith. Tandis qu'elle avance dans la pénombre entre les arbres cristallisés, la pleine lune chevauche des nuages en filigrane. Elle entend le vent siffler au faîte des plus grands pins et sapins, mais au niveau du sol il n'y a pas un souffle, rien que le froid réfracté par la neige métallique. Elle ne le sent vraiment que sur les oreilles, et aussi sur le front à la racine des cheveux, là où elle transpire. Ses battements de cœur s'accélèrent à peine. Elle est en forme.

Pendant un instant, elle capte une musique lointaine, une voix qui chante avec accompagnement orchestral. Elle fait halte pour écouter. Les pulsations se propagent à travers les arbres. Étrange. C'est peut-être Roger, se dit-elle entre deux profondes respirations ; Roger sur la scène du bar à karaoké, interprétant ses plus gros tubes devant d'autres solitaires assis dans le noir. « Blue Bayou », « Layla », « Tommy », « Try to Remember ». Roger à distance de sécurité. Elle se rend compte que le clair de lune luit sur ses cheveux. S'il y avait quelqu'un pour l'observer, au moins serait-elle en beauté.

Mais ce qu'elle trouverait romanesque, ce serait d'apercevoir du haut de ce sous-bois noyé d'ombre un vaste chalet déployé tout en bas, fenêtres embrasées, tel un casino exotique dans un film avec Paul Muni. Des danseurs gracieux sur une patinoire éclairée. Un remonte-pente encore en mouvement, quelques secouristes attardés planant une dernière fois, sans leurs torches, avant l'extinction des feux. Le grand arbre illuminé au sommet.

Toutefois, ce coin du Michigan n'est pas spécialement joli. Rien à contempler sinon des troncs noirs, des éboulis pétrifiés, des paquets de neige lourde dans les branchages d'épicéas.

Et la raideur la gagne. Déjà. La mise à l'épreuve de muscles qui ne travaillent pas d'habitude. Mieux vaut ne pas aller trop loin.

Daisy, sa sœur, lui vient à l'esprit. Daisy, qui sortira bientôt de la clinique avec une vision toute neuve de l'existence. À l'intérieur, le rituel en douze séances aura bien entendu accompagné le programme de privation et de regret. Et il révélera forcément que quelqu'un, quelque part, a fait subir à Daisy des actes condamnables et néfastes pour son équilibre, et ce, à un âge bien trop tendre. Non pas une seule fois, mais à maintes reprises, tout au long de terribles années de silence. Le coupable pouvant être un garçon du voisinage, plus âgé, douteux – un solitaire –, ou un trop paternel bibliothécaire du lycée. Même le pater familias sera l'objet d'une investigation posthume (l'hypothèse rétrospective étant comme toujours invérifiable, et donc indiscutable).

Et naturellement, chacun sera alors contraint à sacrifier quelque peu sa dignité, du fait de ces graves révélations concernant le passé : un univers tellement plus pernicieux qu'on ne le croyait, rien n'étant tel qu'on le percevait ; tant de choses cachées à la vue ; si seulement quiconque avait pu savoir, parler, permettre la communication, faire confiance, bla bla bla. Leur mère n'aura de toute évidence rien soupçonné, mais elle aurait dû, comment le nier. Peut-être Daisy elle-même aura-t-elle suggéré que Faith est lesbienne. L'effet boule de neige. Nul n'est à l'abri, nul n'est innocent.

Un peu plus haut, dans l'ombre, à quinze cents mètres du départ, le refuge n°1 se dresse à droite de la piste, masse obscure dans une petite clairière, une halte où souffler en attendant d'être rejoint par les autres (quand on n'est pas seul). Le point tout indiqué pour faire demi-tour.

Le refuge n°1 n'a rien de luxueux, c'est une simple cabane en rondins, ouverte sur un côté comme un abri de bus scolaire. Devant, la neige est jonchée de croûtes de sandwiches, d'un morceau de pizza, de quelques mouchoirs en papier, de trois canettes de bière, cadeaux aux créatures de la forêt ; chacun de ces débris projette sa petite ombre sur la surface blanche.

Mais dans l'ombre à l'intérieur ce ne sont pas des écoliers qui occupent le banc de bois, c'est Roger, le beau-frère, en combinaison de ski bleu pastel et chaussures montantes de randonneur. Finalement, il n'est pas en train de karaoker. Faith n'a pas remarqué de traces de pas sur la piste. Roger est plus ingénieux qu'on ne l'imaginerait.

« Il fait vachement froid à cette hauteur », lance-t-il du fond de l'abri. Il n'a pas ses lunettes à monture noire sur le nez, et bien que Faith le distingue à peine elle devine qu'un sourire rétrécit encore plus la fente de ses yeux.

« Qu'est-ce que tu fais là, Roger ? demande-t-elle.

– Oh, l'idée m'est venue comme ça de grimper jusqu'ici. » Il croise les bras et allonge les jambes, exposant ses grosses chaussures à la clarté de la neige, l'air d'un ado jouant les durs.

« Pourquoi ? » Après l'effort qu'elle vient de fournir, ses genoux sont noués, sans force. Son cœur s'est mis à cogner. La température est glaciale. En hiver, les coins les plus innocents deviennent mortels.

« Qui ne risque rien… » répond Roger. Il la nargue.

« C'est ici que je fais demi-tour, hasarde Faith. Veux-tu redescendre avec moi ? » Elle aimerait qu'on y voie plus clair. Beaucoup plus clair. Une ampoule à l'intérieur du refuge, ce serait bien. Dans l'obscurité, il arrive des choses qui seraient inconcevables en pleine lumière.

« La vie, ça vous amène à des situations vachement intéressantes, hein, Faith ? »

Elle voudrait sourire et ne pas se sentir menacée par Roger, lequel devrait être avec ses filles.

« Oui, je suppose », dit-elle. Une odeur d'alcool lui monte aux narines dans l'air sec. Il est ivre et l'initiative lui appartient. Une mauvaise conjoncture.

« Tu es très jolie. *Très* jolie. La grande avocate, reprend Roger. Pourquoi tu ne viens pas t'asseoir ?

– Non merci. » Ce type est odieux, mais de la famille, et Faith se sent paralysée de ne savoir que faire, elle n'en a pas l'habitude. Si seulement elle était plus agile sur ses skis, elle s'élancerait d'un bond, se retrouverait déjà loin.

« J'ai toujours pensé que si l'occasion se présentait, on pourrait prendre un pied d'enfer, poursuit Roger.

– Roger, ce petit jeu n'est pas une bonne idée », dit-elle, quel que soit le jeu de son beau-frère. Elle tente de le fusiller du regard, puis perçoit le tremblement de ses propres genoux. Elle se sent très grande sur ses skis, plus exposée que d'habitude.

« Mais si, c'est une bonne idée, réplique-t-il. C'est pour ça que je suis monté. Pour le pied.

– Je ne veux pas qu'il arrive ici quelque chose entre nous, Roger. D'accord ? » Voilà comment c'est d'avoir peur, se rend-elle compte, ce qu'on ressentirait au fond d'un parking souterrain la nuit, ou en faisant son jogging toute seule dans une friche industrielle, ou en fouillant son sac pour chercher sa clé devant la porte de sa maison au petit matin. Exposée. Et là, soudain, quelqu'un surgirait. À point nommé. Un homme à l'allure pesamment ordinaire cherchant à quoi s'en prendre.

« Non, non. Pas d'accord du tout. » Roger se lève mais il demeure dans l'ombre du refuge. « L'avocate, ajoute-t-il encore sans abandonner son rictus.

– Je fais demi-tour », dit Faith, sur quoi elle entreprend en chancelant de soulever son long ski gauche pour le déplacer en arc de cercle, puis, appuyée sur ses bâtons, son ski droit. Elle a la tête qui tourne, les mollets douloureux, et c'est compliqué de ne pas croiser le bout des skis. Rester debout est primordial. Une chute signifierait la reddition. Quel est le terme en ski ? Télé... Télé-quelque chose. Elle voudrait maîtriser le télé-quelque chose. S'en servir pour filer d'ici. Ses cuisses sont cuisantes. En Californie, pense-t-elle, elle est auxiliaire de justice. Assermentée devant les tribunaux pour faire respecter la loi, sinon pour l'imposer. Elle incarne une force au service du bien.

« Tu as l'air bête, plantée là », lance bêtement Roger.

Elle ne veut plus ouvrir la bouche. Il n'y a rien à dire. Parler ne va pas tout seul en ce moment, et elle se concentre très fort. Il lui semble un instant entendre à nouveau de la musique au loin. Elle doit se tromper.

« Dès que tu auras fini ton demi-tour, dit Roger, je veux te montrer un truc. » Il ne précise pas ce qu'il veut lui montrer. Mentalement – tout en pivotant de quelques centimètres à la fois sur ses skis, les chevilles lourdes –, mentalement, elle riposte : « Et après ? » mais elle se tait.

« Ta putain de famille, je la hais », continue Roger. La neige craque sous ses pas. Faith jette un coup d'œil par-dessus son épaule, mais le regarder est au-dessus de ses moyens. Il approche. Elle va tomber et des choses horribles, désastreuses, vont se produire. D'un geste qu'il croit peut-être spectaculaire – bien qu'elle ne le voie pas –, Roger abaisse le zip de sa combinaison. Il sait qu'elle entend ce bruit, il le fait exprès. Elle est maintenant aux trois quarts de sa manœuvre. Si elle voulait, elle pourrait le voir par-dessus son épaule gauche. Regarde un peu l'objet de tout ce foin. Elle transpire. Sous ses vêtements, elle est en nage.

« Ouais, la vie, ça vous amène à des situations vachement intéressantes. » Il se répète. Un autre bruit de zip. Le pied d'enfer selon les conceptions de Roger.

« C'est vrai », répond-elle. Elle a presque achevé le demi-tour.

Elle entend son beau-frère lâcher un petit gloussement, une onomatopée dénuée d'humour. Puis il dit : « Presque. » Elle entend crisser ses semelles. Elle sent sa présence physique tout près d'elle. Sans aucun doute, il compte ainsi exprimer la vigueur de sa haine envers la famille de Faith.

Des voix résonnent soudain derrière elle, salvatrices. Elle ne peut s'empêcher maintenant de regarder par-dessus son épaule gauche, du côté où la piste grimpe dans la sombre forêt. Une lumière apparaît, suivie d'une autre, telles des étoiles descendant des hauteurs. Des voix, des mots, une langue qu'elle ne comprend pas. Du japonais. Sans un coup d'œil à Roger, elle avance un ski, le gauche et laisse le droit suivre tout seul tandis qu'elle pousse sur ses bâtons. Et en ce court laps de temps, au prix de cet effort minime, la voilà déjà loin. Il lui semble entendre Roger marmonner quelque chose, encore une onomatopée, une sorte de grognement, mais elle n'en est pas sûre.

§

Dans l'appartement, tout le monde dort. Les lumières du ficus en plastique clignotent. Elles se reflètent dans la fenêtre qui fait face aux pistes de ski, sur la pente maintenant plongée dans le noir. Quelqu'un, remarque Faith (sa mère, évidemment), a trouvé le temps de remplacer les ampoules pour que la guirlande soit au complet. L'étoile d'or, celle qui guidait les Rois mages, repose sur la table basse telle une étoile de mer, attendant d'être mise en place.

Marjorie, la gentille cadette, dort sur le canapé vert au-dessous du tableau de Breughel. Pour être couchée à proximité de l'arbre de Noël, elle a quitté son lit et apporté sa couette rose.

Bien entendu, Faith laissera Roger dehors. Il n'a qu'à crever de froid tout seul dans la neige. Ou se blottir dans une embrasure, une bouche de chaleur, un recoin du complexe touristique de Snow Mountain Highlands, et expliquer sa situation aux agents de sécurité. Roger ne va pas passer cette nuit auprès de ses jolies enfants. Désormais, elle prend les choses en main. Ces petites filles sont à elle. Mais comme elle a été naïve de ne pas comprendre que son offre d'accueillir les filles serait aussitôt traduite par Roger en une invitation à coucher avec elle. Elle vit depuis trop longtemps en Californie, elle a perdu le contact avec les mœurs de l'Amérique profonde. Roger et ses « vachement ».

À la patinoire, deux équipes disputent un match de hockey dans la lumière des projecteurs. Les rouges affrontent les noirs. On a installé des filets d'en-but, des barrières délimitant sur la glace la forme et les dimensions réglementaires de l'aire de jeu. Une poignée de spectateurs debout assistent au match, des épouses, des copines. Boyne City contre Petoskey ; Cadillac contre Sheboyan, ou quelque chose comme ça. Les patins blancs des petites filles sont empilés près de la porte qu'elle a solidement verrouillée.

Ce serait bien de mettre l'étoile, se dit-elle. « Le moment de l'étoile est venu. » Qui sait ce que demain nous réserve ? L'arrivée des Rois mages ne nuirait pas.

Donc, avec la fragile étoile, laquelle est en papier métallisé, à cinq branches, de grande taille et ne pèse rien, Faith grimpe sur la chaise danoise et fixe le support fendu sur la plus haute feuille du ficus. Ça n'a rien d'idéal : faute d'une flèche à la cime de l'arbre, l'étoile au lieu de se dresser pique du nez d'une façon lamentable, comique mais en même temps victorieuse. (Cet usage n'a pas dû être prévu par les fabricants philippins d'arbres artificiels.) Demain, les autres pourront faire leurs apports à la décoration, improviser des ornements à partir de matériaux absurdes ou poétiques. Demain, Roger lui-même sera réhabilité, et dans les meilleurs termes avec tout le monde. Sauf elle.

Les yeux noisette de Marjorie se sont ouverts, sans qu'elle ait bougé sur le canapé. Pendant une seconde, une fraction de seconde, elle paraît morte. « Je me suis endormie, dit-elle doucement, et elle bat des paupières.

– Oh, je t'ai vue ! » Faith sourit. « Je t'ai prise pour un cadeau de Noël. J'ai cru que le père Noël était passé en avance et qu'il t'avait déposée là pour moi. » Elle s'assied avec précaution sur la grêle table basse, tout près de Marjorie, au cas où celle-ci aurait un tourment à exprimer, un mauvais rêve à raconter. Une frayeur. Elle caresse la chevelure chaude de la petite fille.

Marjorie respire à fond et laisse l'air s'échapper doucement de ses narines. « Jane, elle dort, observe-t-elle.

– Et que dirais-tu de retourner dans ton lit ? » chuchote Faith. Peut-être perçoit-elle un coup léger frappé à la porte, cette porte qu'elle a verrouillée. Cette porte qu'elle n'ouvrira pas. Cette porte derrière laquelle le monde et les ennuis sont embusqués. Les yeux de Marjorie dérivent en direction du bruit, puis s'embuent à nouveau de sommeil. Elle est en sécurité.

« Laisse l'arbre allumé, articule-t-elle en dormant.

– Bien sûr, O.K., bien sûr, répond Faith. L'arbre ne bouge pas. On le garde. »

Elle glisse la main sous Marjorie qui, par habitude, lève la sienne pour lui caresser le cou. En un instant, elle la tient dans ses bras, avec la couette rose, et l'emporte sans effort vers la pénombre de la chambre où sa sœur occupe l'un des lits jumeaux. Elle la couche avec soin dans le lit vacant et la couvre. À nouveau, il lui semble entendre des coups légers à la porte, mais ils s'arrêtent. Elle ne pense pas que ça se reproduira ce soir.

Jane dort tournée face au mur, son souffle est profond, audible. Jane a un sommeil sans histoire, celui de Marjorie est plus précaire. Faith reste plantée entre les lits jumeaux, au milieu de la chambre sans fenêtre, les lueurs clignotantes de Noël ponctuant la quiétude si chèrement conquise. La chambre sent l'humidité et le moisi, comme si, après avoir été fermée durant des mois, elle n'avait été rouverte qu'à cette fin, pour cette nuit, ces enfants. Il vient à Faith une brève réminiscence de Noëls qu'elle aurait autrefois pu appeler les siens. « O.K., murmure-t-elle. O.K., O.K., O.K. »

§

Faith se déshabille dans la chambre principale, trop fatiguée pour prendre une douche. Dans le lit qu'elles partagent, sa mère dort déjà de son côté. Son corps forme une petite montagne qu'on voit respirer sous les couvertures. Un verre de vin rouge à moitié bu est posé sur la table de chevet à côté de son collier cervical. L'image d'un voilier blanc sur un océan bleu et calme plane au-dessus du lit. Faith pousse un peu la porte pour se dévêtir, masquant les lumières clignotantes.

Elle portera un pyjama cette nuit, par égard pour sa mère. Il est tout neuf. Blanc, en pure soie, fluide comme de l'eau. Avec un liséré bleu.

Au revers de la porte, elle surprend son reflet dans la glace ondulée, de mauvaise qualité. Rien à redire. Sinon la pâle cicatrice au sein gauche, là où on lui a retiré un kyste, une cicatrice insignifiante que personne ne remarquerait. Mais l'effet général est bon. Des cuisses minces et fermes. Un joli petit ventre. Des hanches de garçon. Tout est bien, pas de quoi se plaindre.

Il lui faut un verre d'eau. Toujours prendre un verre d'eau en allant se coucher, jamais du vin. Lorsqu'elle passe devant la fenêtre du séjour, sur le chemin de la kitchenette, elle remarque que la partie de hockey est maintenant achevée. Il est minuit passé. Les joueurs échangent des poignées de main sur la glace, d'autres patinent en rond. Sur les pistes surplombant la patinoire, on a rallumé les lumières. Des engins équipés de phares façonnent la neige, ils penchent dangereusement.

Puis elle voit Roger. Approchant dans sa combinaison bleu pastel, il est à mi-chemin entre la patinoire et les blocs d'appartements. Il vient sûrement d'assister au match de hockey. Roger s'arrête et lève les yeux vers elle, debout en pyjama blanc à la fenêtre, avec la guirlande qui clignote dans son dos. Il s'immobilise, le regard fixe. Il a remis ses lunettes à monture noire. Ses lèvres remuent, mais il ne fait aucun geste. Pas de place pour Roger dans cette auberge.

Dans le lit, sa mère est encore plus volumineuse. Une formidable source de chaleur, vaguement humide quand Faith lui touche le dos. Elle a une chemise de nuit en vichy bleu, guère différente du boubou qu'elle porte durant la journée. Elle sent bon, à un point surprenant.

Depuis combien de temps, se demande Faith, n'a-t-elle pas partagé le lit de sa mère ? Un siècle ? Vingt ans ? Mais tant mieux que ça semble tellement normal.

Elle a laissé la porte ouverte, au cas où les filles appelleraient, au cas où elles se réveilleraient et auraient peur, au cas où leur père leur manquerait. La guirlande s'allume et s'éteint gaiement dans la pièce voisine. Faith entend la neige glisser du toit, le cliquetis d'une voiture équipée de chaînes. Elle avait l'intention d'écouter ses messages mais n'y a plus pensé.

Et à quand remonte l'époque, se demande Faith, où sa mère était mince et belle ? Les années 60 ? Ça ne fait pas si longtemps, en fait. Faith était alors une gamine. Elles paraissent toujours tellement proches, les années 60. Mais pas à sa mère, probablement.

Tic, tac, tic, les lumières clignotent.

Le mariage. Oui, comme par hasard cette pensée lui vient maintenant. Même si le mariage n'est peut-être qu'un long parcours de découverte de soi-même, au bout duquel il y a l'autre qui ne vous connaît pas très bien. C'est un message qu'elle aurait pu laisser à Jack. « Cher Jack, je sais à présent que le mariage est un long parcours au bout duquel, etc. » On a toujours ces idées-là trop tard. Quelque part, Faith entend à nouveau des bribes de musique. « Entre le bœuf et l'âne gris », joué joliment par un carillon. Une musique pour bercer le sommeil.

Et comment s'organiser demain ? Non pas le demain éternel, mais le demain promis, tangible. Bien qu'elle ressente une raideur dans ses cuisses, elle commence lentement à se détendre. Sa mère, la montagne auprès d'elle, a le dos tourné. Oui, comment s'organiser ? Roger sera réintégré, oui, oui. On jouera à des jeux de société. On se changera. On téléphonera. Elle trouvera le bon moment pour demander à sa mère si quelqu'un aurait été victime de certains actes condamnables, et apprendra que non, Dieu merci. Il y aura des échanges de regards entre les uns et les autres. Des noms, des mots seront tus, par égard pour chacun. Les filles apprendront encore à skier et à y prendre plaisir. On se racontera de bonnes blagues. On se sentira mieux, le sens de la famille retrouvera ses droits. Noël arrange tout.

Sous la surface

Dans la voiture, en allant dîner chez les Nicholson pour la première fois depuis un certain temps, Marjorie Reeves avoua à son mari Steven Reeves qu'elle avait eu l'an dernier une liaison avec George Nicholson (leur hôte), mais c'était totalement fini à présent, dit-elle, et elle espérait que Steven ne se fâcherait pas trop, que la vie continuerait comme avant.

Ils roulaient à ce moment-là dans Quaker Bridge Road, là où, passé Perkins Great Woods Road, la route commence à longer le Shenipsit Reservoir, miroir sombre et calme au crépuscule de cette fin de printemps. Sur la droite, de jeunes arbres, des hêtres et des aulnes en taillis au feuillage clair, poussaient en masse dans le sol humide et gras. Les grenouilles arboricoles lançaient leurs notes aiguës du fond des terres basses gorgées d'eau. Il restait près de deux kilomètres à parcourir avant de tourner dans Apple Orchard Lane.

Après ce qu'il venait d'apprendre, Steven manœuvra graduellement et très soigneusement leur voiture – un break Mercedes de couleur fauve équipé de phares jaunes automatiques – hors de la chaussée sur l'herbe mouillée de l'accotement, afin de s'organiser face à cette nouvelle avant d'aller plus loin.

Ils étaient extrêmement jeunes. Steven Reeves avait vingt-huit ans. Marjorie Reeves, vingt-sept. Sans être riches, ils avaient eu de la chance. Le poste de Steven chez Packard-Wells le plaçait à la tête d'un petit élément d'un élément plus grand d'une unité de préfabrication assez petite qui sous-traitait pour l'industrie automobile, et où la moindre modification subite, ou même la rumeur d'une modification dans certaines formules d'alliage des polymères, pouvait influer sur la physionomie cruciale des courbes de la demande, et par là affecter la cote et la marge de profit d'un bon nombre de clients importants. Son travail était de potasser les publications touffues et ésotériques de l'industrie pétrochimique, d'assister à des séminaires techniques et à des congrès de commerciaux, puis à rédiger des rapports détaillés sur l'état des choses, tout en surveillant constamment le marché au bénéfice de ses supérieurs. Il avait fait ses études de chimie à Bates grâce à une bourse, étant le fils unique d'une famille qui vivait petitement mais dignement du homard à Pemaquid, dans le Maine, et sa trajectoire était une réussite. À Packard-Wells, ses patrons l'aimaient bien, ils se reconnaissaient en lui et, en même temps, trouvaient dans sa personnalité des qualités qui n'avaient jamais tout à fait été les leurs : avec sa blonde sveltesse, son inexpérience le portait à la crédulité, mais sur fond de prudence, d'ingéniosité et d'un caractère extrêmement coriace. Il possédait une vive intelligence. C'était sa septième année dans cette entreprise, son premier employeur. Marjorie et lui étaient mariés depuis deux ans. Ils n'avaient pas d'enfants. La voiture lui avait été offerte en prime pour l'avant-dernier Noël.

Une fois le break immobilisé, Steven laissa pendant une minute le moteur tourner, les lumières saumon du tableau de bord lui baignant le visage. La radio, réglée très bas, venait de diffuser la fin des informations suivies d'un interlude pour cor d'harmonie. Comme en réponse à un signal inexistant, il éteignit la radio puis du même geste coupa le contact, gardant les phares braqués sur la voie déserte et campagnarde. Les vitres étaient baissées pour accueillir l'air frais du printemps et, dès que le bruit du moteur s'arrêta, les sons ambiants du soir s'y substituèrent. Les grenouilles. Un bruissement d'ailes de grives voletant dans la broussaille à quelques mètres de là. Le heurt léger sur une eau invisible de quelque chose qui ne tombait pas de très loin. Par-delà le petit bois, à travers les troncs obscurcis, la lumière du jour teintait encore de jaune clair le ciel de l'ouest, bien que la nuit fût presque tombée sur Quaker Bridge Road.

Lorsque Marjorie avait dit ce qu'elle venait de dire, elle regardait droit devant elle la trouée de lumière créée par les phares. Elle avait peut-être jeté un coup d'œil à Steven, mais, ayant dit ce qu'elle avait à dire, elle continua de regarder droit devant, les mains sur ses genoux. C'était une jolie blonde sans conviction, au visage réservé et menu – un petit nez, de petites oreilles, un petit menton –, mais au sourire étonnamment pulpeux dont elle usait avec tout un chacun. Elle aimait boire un peu trop dans les soirées, prendre une voix de gorge et s'asseoir, un verre à la main, sur le tissu à fleurs d'une causeuse ou la marqueterie d'une table basse en montrant plus que de raison ses jambes ou ses petits seins. Elle avait passé son enfance dans l'Indiana, étudié les beaux-arts à Purdue. Steven avait fait sa connaissance lors d'une réception à New York, où elle travaillait dans une boîte chargée de la publicité s'adressant aux enfants pour une grosse marque de jouets. Il avait été séduit par sa coiffure au carré, la finesse et la fragilité de ses traits, sa peau diaphane et la voix légèrement voilée qui la faisait paraître plus sophistiquée qu'elle ne l'était vraiment, mais lui donnait à elle aussi l'impression de l'être. Dans leur petite communauté, à l'est de Hartford, les dames qui connaissaient Marjorie Reeves la considéraient comme une ravissante idiote qui ne resterait pas longtemps mariée avec Steven Reeves. Il épouserait en secondes noces la femme qui lui conviendrait.

Néanmoins, Marjorie ne se percevait pas ainsi, les hommes lui plaisaient, simplement, elle se sentait à l'aise auprès d'eux et, dans son esprit, Steven n'y voyait aucun inconvénient, au contraire, cela servirait sa carrière d'avoir une épouse jolie et pleine d'entrain que personne ne pouvait cataloguer. Afin de se démarquer tout en participant à la vie communautaire, elle s'était engagée comme bénévole dans un centre d'aide aux enfants déshérités de Hartford, rien que des Noirs, autrement dit. Et c'était à Hartford qu'elle avait eu l'occasion de rencontrer George Nicholson et de coucher avec lui dans un Red Roof Inn jusqu'à ce qu'ils en soient tous les deux lassés. La chose ne se reproduirait pas, pensait-elle, puisque depuis un an ce n'était plus arrivé.

Cela faisait maintenant deux bonnes minutes ou peut-être cinq qu'ils étaient garés au bord de Quaker Bridge Road dans l'air encore doux du soir, avec l'afflux des sons printaniers par les vitres ouvertes, sans que Marjorie ni Steven aient ouvert la bouche, même s'il avait conscience de se taire parce que les mots lui manquaient. Lorsque les mots vous manquent, pensa-t-il, cela signifie que rien de ce qui vous vient à l'esprit ne paraît d'un grand intérêt à formuler après ce qui vient d'être dit. Il savait qu'il était inexpérimenté – encore un gamin sous certains aspects –, mais il n'avait rien d'un imbécile. À Bates, il avait suivi les cours du Dr Sudofsky sur l'*Ulysse* de Joyce, et il y avait puisé un sens de l'ironie et de l'humour, avec la conviction que le vrai savoir était un processus d'ordre spirituel, une quête, et non l'accumulation de données : une forme de liberté, que seule la pratique permettait de connaître pleinement. Il avait aussi joué au hockey, et n'ignorait pas que le savoir et le dynamisme constituaient une combinaison subtile et peu commune. Il avait cherché à cultiver les deux ensemble chez Packard-Wells.

Pourtant, durant un instant terrifiant dans la pénombre fraîche et feutrée, celui où il prenait conscience de ce que les mots lui manquaient, il pénétra ou du moins faillit glisser dans un état amorti semblable à une fuite, tel qu'il commença à craindre que peut-être il ne *pourrait plus* dire un mot ; que quelque chose (la fatigue du travail, le choc, la désillusion causée par l'aveu de Marjorie) l'amenait à se détacher de la réalité et du moment présent, et même à perdre la tête et devenir fou au point qu'il risquait de se mettre à pousser des cris de chimpanzé ou, simplement, de s'affaisser lentement contre la porte capitonnée et de ne plus parler avant très très longtemps – des mois –, et là, seulement avec l'aide de médicaments, d'être tout au plus capable de s'exprimer sous des formes qui paraîtraient sibyllines, de sorte qu'il lui faudrait être recueilli par la famille de sa mère à Damariscotta. Une idée atroce.

Donc, pour éviter cette dérive – pour sauver sa vie et sa santé mentale –, il prononça abruptement un mot, le premier mot venu qu'il pouvait articuler dans la pénombre parfumée de la voiture, où sa femme attendait visiblement la réponse que lui inspirerait sa triste révélation.

Et, pour Dieu sait quelle raison, le mot ou plutôt la formule qu'il prononça fut : « Basses turbulences ». Une expression qu'il avait entendue dans le bulletin météo de la télé pendant qu'ils se préparaient pour le dîner.

« Hein ? dit Marjorie. Pardon ? » Elle tourna vers lui son joli visage aux traits menus, de façon que les perles fines de ses boucles d'oreilles accrochèrent une lumière d'origine inconnue. Elle portait une petite robe verte de cocktail et des escarpins de satin vert qui mettaient en valeur ses chevilles incroyablement minces et ses mollets fuselés, nus et bruns. Elle avait dans les cheveux deux minuscules nœuds verts assortis. Elle sentait bon. « Je sais que ça ne te fait pas plaisir de l'apprendre, Steven, reprit-elle, mais il m'a semblé que je devais t'en parler avant d'arriver chez George. Chez les Nicholson, je veux dire. C'est totalement fini. Ça n'arrivera jamais plus. Je te le promets. Il n'en sera jamais plus question. J'avais simplement perdu le nord l'an dernier, avec le déménagement. Je regrette. » Marjorie avait joint devant elle le bout de ses doigts tendus, comme si elle se concentrait très fort en tenant ce discours. Mais à présent elle posa de nouveau ses mains calmement sur ses cuisses vert menthe. Elle s'était acheté cette robe tout exprès pour la soirée chez les Nicholson. Une robe qui plairait à George, avait-elle pensé, et aussi à Steven. Se détournant, elle poussa un soupir léger mais perceptible. C'est à ce moment que les phares s'éteignirent automatiquement.

George Nicholson était un avocat sorti de Yale, adepte du squash, à la forte carrure et aux bras poilus, qui naviguait sur son propre Hinckley 61 mouillé à Essex et, la cinquantaine venue, avait commencé à décrocher de son activité professionnelle hautement rétribuée par la clientèle de Hartford, pour consacrer plus de temps à la compétition, raquette à la main ou skis aux pieds, dans la catégorie vétérans. Ancien co-thurne à l'université d'un cadre dirigeant de la boîte où travaillait Steven, il avait « adopté » les Reeves lorsqu'ils s'étaient installés dans le Connecticut après leur mariage. Durant les six premiers mois, Marjorie avait fait du bénévolat le samedi avec Patsy Nicholson à la boutique de l'Église épiscopale. George avait eu l'occasion de raconter à Steven un été mémorable, riche d'enseignements, qu'il avait passé à coltiner des casiers à homards en compagnie de rudes loups de mer au large de Matinicus, dans le Maine. Plus tard il avait été dans les marines, et il arborait sur l'avant-bras le tatouage décoloré d'une ancre avec sa chaîne. Plus tard encore, il s'était envoyé la femme de Steven.

Ayant réussi à dire quelque chose, même si ces mots n'avaient aucun sens, Steven éprouva un morne soulagement, assis dans la voiture silencieuse à côté de Marjorie qui regardait toujours droit devant elle. Deux pensées se disputaient sa conscience réactivée. L'une était clairement inspirée par l'idée qu'il se faisait de George Nicholson. Un baratineur, mais aussi un homme énergique qui avait fait fortune en ne se laissant barrer le chemin par aucun obstacle. Chaque fois qu'il songeait à George, il se rappelait l'histoire de Matinicus, et il se revoyait avec son propre père, tous deux occupés à poser des casiers, quelque part du côté de Monhegan. La puanteur des appâts, la houle de l'océan en fin de printemps, la monotonie rassurante de la côte bordée d'arbres, à peine visible à travers la brume. Ce circuit mental aboutissait toujours à un sentiment de vague admiration pour George Nicholson et, bizarrement, il se dit que ce type lui plaisait bien, encore maintenant, en dépit de tout.

L'autre pensée, c'était qu'un trait du caractère de Marjorie consistait à avouer des choses perturbantes qui, en réalité, n'étaient pas véridiques, selon lui : avoir fait la pute tout un été à Saugatuck ; dansé les seins à l'air quand elle était étudiante ; tâté de l'héroïne ; participé à des vols à main armée avec son petit copain de lycée à Goshen, dans l'Indiana, où elle était née. Lorsqu'elle racontait ces histoires invraisemblables, elle prenait un air égaré et secouait la tête, comme si c'était vrai. Et ce soir, sans précisément se mettre à croire davantage à aucun de ces aveux, il se rendait compte qu'il ne connaissait pas du tout sa femme ; et que la conception même d'une connaissance de l'autre – la confiance, l'intimité, le mariage en soi –, si elle ne constituait pas à proprement parler un mensonge, puisqu'elle existait, en tout cas à titre d'idée (au moins marginalement dans la vie des parents de Steven), était pourtant tout à fait caduque, périmée, caractéristique d'un autre âge malheureusement disparu. Rencontrer une fille, en tomber amoureux, l'épouser, partir dans le Connecticut, acheter une foutue maison, entamer une vie avec elle et s'imaginer savoir quoi que ce soit à son sujet : la dernière proposition appartenant à la fiction, tout le reste n'était que de la blague. Marjorie pouvait fort bien avoir effectivement fait la pute ou braqué des caissières de supermarché et tiré dans le tas, pour ce qu'il savait vraiment d'elle. Et, qui plus est, s'il s'était tourné vers elle, assise à côté de lui à penser Dieu sait quoi, pour lui faire part de ces réflexions, soit elle n'y aurait rien compris, soit elle aurait simplement répondu : « Bon, O.K., pourquoi pas. » Quand les gens parlaient de « l'essentiel », songea Steven Reeves, même s'il s'agissait de résultat financier, ils ne parlaient pas d'argent, ils parlaient de ce que signifiait cette ignorance fatale. L'argent – en perdre, en gagner, le dépenser, l'amasser –, tout ça n'était qu'un emblème, mais un bon emblème, de ce qui se passait là.

À cet instant, des phares surgirent d'un virage, face à Steven et Marjorie assis dans leur break. La lumière tomba sur leurs deux visages muets, regardant devant eux. Elle tomba aussi sur un raton laveur qui traversait la route en venant de la rive du réservoir pour gagner le bois auprès duquel ils étaient garés. La voiture roulait plus vite qu'il n'aurait fallu. Le raton laveur marqua une halte, le temps de scruter les phares qui approchaient, puis il s'engagea sur la voie opposée où il serait à l'abri. Mais là, levant la tête, il découvrit le break au bord de la chaussée, silencieux dans les ténèbres du soir. Et, à cause de cette découverte, il décida sans doute que l'endroit d'où il venait était bien préférable à celui où il allait, et fit donc demi-tour pour retraverser Quaker Bridge Road vers les eaux fraîches du réservoir, si bien que la voiture – en fait, une vieille camionnette Ford – le heurta, l'envoyant valdinguer sur le côté où il s'affaissa, inerte, près de l'accotement. « Yaaa-haaa-youpi ! » hurla dans l'habitacle obscur de la camionnette la voix perçante d'un homme, suivie du rire d'un autre.

Puis le silence revint. Le raton laveur gisait sur la route devant le break des Reeves, à une vingtaine de mètres. Il ne se débattait pas. Simplement, il était là.

« Affreux », dit Marjorie.

Steven se taisait, même s'il n'avait plus l'impression que les mots lui manquaient. En réalité, c'était un soulagement pour son regard de se fixer sur le cadavre de l'animal.

« Allons-nous faire quelque chose ? » reprit Marjorie. Elle s'était un peu penchée en avant comme pour examiner le raton laveur à travers le pare-brise. À l'ouest, les dernières lueurs du jour s'éteignaient derrière les jeunes hêtres graciles.

« Non », dit Steven. C'était le premier mot – hormis ceux dont il ne se sentait aucunement responsable – sorti de sa bouche depuis que Marjorie avait fait son aveu quand ils roulaient encore en direction de leur dîner.

Ce fut à ce moment-là qu'il la frappa. Il la frappa avant de savoir qu'il allait le faire, mais pas avant d'en avoir eu envie. Il la frappa d'un revers de main sans même la regarder, en plein visage, sur le nez. Et il la frappa fort. En un sens, il s'agissait davantage d'un geste que d'un coup, quoique ce fût un coup, il en avait conscience. Il sentit sous les os de ses doigts la mollesse du bout du nez, puis le cartilage noueux. C'était la première fois de sa vie qu'il frappait une femme et jamais il n'avait seulement songé à frapper Marjorie, il s'en imaginait incapable lorsqu'il lisait dans un journal le récit de ce genre de choses survenant dans la triste vie d'autres gens. Il lui était arrivé de donner des coups et d'en recevoir, souvent – face à de rudes garçons du Maine sur les patinoires. Mais les filles, c'était exclu. Son père avait été très clair sur la question. Et aussi sa mère.

« Oh, Seigneur ! » s'exclama simplement Marjorie après qu'il l'eut frappée. Elle plaqua aussitôt la main sur son nez, puis resta immobile sans rien ajouter, tous deux gardant le silence dans la voiture. Les battements de cœur de Steven ne s'étaient pas accélérés. Le dos de sa main lui faisait un peu mal. Il était en territoire inconnu. Sur la joue gauche, juste au bout de la patte à la limite du rasage, il avait de naissance une petite tache de vin. La forme ressemblait à celle de l'État de Virginie-Occidentale. Cette tache de vin semblait être devenue sensible. Sa peau le picotait à cet endroit.

Et, à vrai dire, il se sentait encore plus soulagé et n'éprouvait aucun regret envers Marjorie, assise là stoïquement, formant avec sa main une petite tente pour couvrir son nez et regardant droit devant elle comme s'il ne s'était rien passé. Il croyait qu'elle se mettrait à pleurer. Les larmes lui venaient facilement, quand elle était malheureuse, quand il faisait une remarque dénuée de tact, quand elle allait avoir ses règles. Pleurer lui était naturel. Mais, de toute évidence, c'était nouveau pour elle d'être frappée. Cela appelait donc une réaction nouvelle, ou alors une force, une résistance, une maîtrise de soi normalement réservée à d'autres situations.

« À présent, je ne peux pas aller chez les Nicholson », dit Marjorie d'un ton presque patient. Elle écarta la main et contempla sa paume comme si celle-ci contenait son nez. C'était bien sûr du sang qu'elle s'attendait à voir. Il l'entendait inspirer comme à travers des narines bouchées, puis expirer par la bouche. Elle ne pleurait pas encore. Et, un instant, il douta même de l'avoir réellement frappée, d'avoir fait plus que d'y songer, un geste inachevé.

En tout cas, ce qu'il voulait maintenant, c'était passer aux choses sérieuses, ne pas s'enliser dans des détails trompeurs, superflus. Car il se foutait pas mal de George Nicholson ou de ce qu'ils avaient fait au juste tous les deux dans un motel de merde. Jamais Marjorie ne le plaquerait pour George Nicholson ni quiconque du même genre, d'autant qu'un George Nicholson et ses semblables – les cadors propriétaires de yachts – n'envoyaient pas tout balader pour les beaux yeux d'une minette comme Marjorie. Il pensa à son nez, rougi, enflé, taché de sang poisseux s'égouttant sur la robe verte. Il n'imaginait pas qu'il puisse être cassé. C'est solide, un nez. Et ils avaient évidemment le téléphone dans la voiture. Il suffisait de passer un coup de fil aux Nicholson. Il se représenta leur grande maison aux murs de bardeaux blancs, tout illuminée au bout du chemin d'accès incurvé, les ormes d'origine préservés à quel prix, les projecteurs, le court de terre battue où ils avaient tous joué, la piscine chauffée, la sculpture d'Henry Moore contre laquelle on se cognait sur la pelouse noyée d'ombre. Il s'imagina expliquant à quelqu'un – pas à George Nicholson – que Marjorie était malade, qu'elle venait de vomir sur le bord de la route.

Mais les détails importants, les détails à faire préciser par Marjorie étaient : « Regrettes-tu ce que tu as fait ? » (il oubliait qu'elle l'avait déjà dit) et : « Qu'est-ce que ça entraîne pour l'avenir ? » Voilà les détails qui comptaient.

Chose surprenante, le raton laveur qui avait été heurté par la camionnette et gisait inerte, tache sombre dans la pénombre, était revenu à la vie et tentait à présent de se traîner avec son arrière-train hors d'usage jusqu'à l'accotement, pour se réfugier dans les broussailles qui bordaient le réservoir.

« Oh, pour l'amour du ciel », dit Marjorie en posant à nouveau la main sur son nez abîmé. Voyant les efforts désespérés du raton laveur, elle détourna la tête.

« Tu n'as même pas de regrets ? demanda Steven.

– Si », répondit-elle, le nez encore couvert comme si elle l'abritait inconsciemment. La douleur devait s'être un peu apaisée, pensa-t-il. Ce n'était pas trop grave. « Ou plutôt non. »

Il eut à nouveau envie de la frapper – sur l'oreille, cette fois –, mais ne le fit pas. Il ne savait pas trop ce qui le retenait. Personne n'en aurait vent. « Décide-toi, c'est oui ou c'est non ? » dit-il, et la fureur s'empara enfin de lui. Ce qui le rendait furieux – fou de rage à chaque fois –, c'était de se trouver dans une situation où il ne pouvait que mal agir, où il n'avait plus la faculté d'agir bien. La situation présente lui faisait cet effet. « C'est oui ou c'est non ? répéta-t-il avec colère. Franchement. » Il devrait l'amener tout de suite chez les Nicholson, pensa-t-il, nez enflé, lèvres en sang, tout enchifrenée, et qu'elle se débrouille. À moins de la laisser en plan dans la voiture, ou se taper à pied les dix-neuf kilomètres pour rentrer à la maison. George viendrait peut-être la ramasser dans sa Rover. Bien sûr, ce n'étaient là que des pensées qui lui passaient par la tête. « Alors, c'est oui ou c'est non ? » demanda-t-il pour la troisième fois. Il butait sur cette interrogation, sur ce fragment de pure curiosité.

« Au moment où je te l'ai dit, je regrettais », articula très posément Marjorie. Elle enleva la main de son nez et la posa sur ses genoux. L'un des petits nœuds verts était tombé de ses cheveux sur son épaule nue. « Mais pas très fort, continua-t-elle. Je regrettais seulement parce que j'étais obligée de t'en parler. Et maintenant que je t'en ai parlé, que tu m'as frappée et probablement cassé le nez, je ne regrette plus rien, sauf ça. Quoique je regrette aussi de t'avoir épousé, et je vais y remédier le plus vite possible. » Elle ne pleurait toujours pas. « Alors voudrais-tu *à présent*, pour montrer ce qu'il peut y avoir en toi de pas trop moche, descendre de voiture et aller au secours de cette pauvre bête blessée que ces foutus péquenauds ont estropiée avec leur foutue camionnette, ce qui les a fait rigoler parce que ce sont des merdeux et de minables spécimens d'humanité dégradée ? Pourrais-tu le faire, Steven ? Est-ce dans tes moyens ? » Elle renifla violemment, puis lâcha un bref et profond gémissement de défaite. Le nez bouché donnait à sa voix une sonorité plus nasale et même, semblait-il, plus du Middle West.

« Je regrette de t'avoir frappée, dit Steven Reeves avant d'ouvrir la portière sur la route silencieuse et déserte.

– Je sais, répliqua Marjorie d'un ton neutre. Et tu n'as pas fini de le regretter. »

Lorsque, dans son costume cannelle, il arriva à l'endroit où le raton laveur avait été heurté et expédié au bord de la chaussée, il n'y avait plus rien. Seulement une tache de sang noir que Steven distinguait à peine sur la surface inégale du macadam et qui aurait pu être une coulée d'huile. Pas de raton laveur. Avec ses dernières réserves de volonté sauvage, inconsciente, le raton laveur avait trouvé la force de se traîner dans la broussaille pour mourir. Steven scruta la masse sombre de buissons et de ronces qui séparait la route du réservoir. Rien ne bougeait là-dedans. Il crut entendre un bruissement là où un animal aurait pu se blottir pour son dernier sommeil dans l'herbe douce et la terre humide. Quelque part sur le lac, il entendit très distinctement un rire d'adolescente. Puis, plus loin, le claquement d'une portière de voiture. Puis celui d'une porte à moustiquaire. Et ensuite, une voix d'homme qui disait : « Oh ! non, oh-ho-ho-ho non. » Une petite lumière blanche s'alluma tout au fond sous les arbres par-delà le réservoir, où Steven n'aurait pas imaginé qu'il y eût une maison. Il se demanda combien de temps il faudrait pour que sa colère devienne négligeable. Et aussi, brièvement, pourquoi Marjorie lui faisait aujourd'hui cet aveu. Cela paraissait tellement insolite.

Puis il entendit son propre break démarrer. Le ronflement métallique du diesel Mercedes. Les phares s'allumèrent et le débusquèrent. De la musique résonna aussitôt. Il se retourna juste à temps pour voir le joli visage de Marjorie éclairé, comme l'avait été le sien, par la lumière saumon du tableau de bord. Il vit le bout de ses doigts sur le volant, perçut la montée en puissance du moteur. Dans le bois, il remarqua une étrange lueur qui avançait sous les arbres, quelque chose de jaune, quelque chose qui se dégageait de la terre mouillée, une brume, une vapeur, comme un phénomène magique. L'air embaumait. Les grenouilles se turent. Et ce fut tout.

Dominion

Debout à la fenêtre de l'hôtel Reine Elizabeth, Madeleine Granville essayait de déterminer laquelle des minuscules voitures tout en bas dans Wellington Street était sa Saab jaune. Henry Rothman était occupé à nouer sa cravate devant la glace. Il prenait un avion dans deux heures. Madeleine resterait à Montréal, où elle habitait.

Henry et Madeleine entretenaient depuis deux ans un lien très au-dessus de l'ordinaire, le genre de lien dont personne d'autre qu'eux n'était censé connaître l'existence (dans le cas contraire, avaient-ils décidé, peu importait car nul ne pouvait *vraiment* savoir la vérité). Ils étaient des collègues en affaires. Elle était expert-comptable et lui un mandataire américain qui faisait du lobbying pour la société où travaillait Madeleine, le West-Consolidated Group, spécialisé dans les additifs agro-alimentaires et réalisant à l'étranger une grosse partie de son chiffre d'affaires. Henry avait quarante-neuf ans, Madeleine trente-trois. À titre de collaborateurs, ils avaient beaucoup voyagé de concert, souvent en Europe, savouré ensemble de nombreuses grasses matinées dans le lit de nombreuses chambres d'hôtel, partagé des dizaines de très bons repas au restaurant, sortant au grand soleil de midi et plus tard se faisant leurs adieux dans d'autres chambres ou dans des halls d'hôtel, des aéroports, sur des parkings, à des stations de taxis, des arrêts de bus. Lorsqu'ils étaient séparés, autrement dit la plupart du temps, ils se manquaient, se téléphonaient fréquemment, ne s'écrivaient jamais. Mais chaque fois qu'ils se retrouvaient en présence l'un de l'autre ils éprouvaient de l'étonnement, une gratitude soulagée, de l'euphorie, ils se sentaient comblés. Henry Rothman menait à Washington une existence confortable d'avocat divorcé. Madeleine s'était installée dans une banlieue boisée avec son enfant et son mari architecte. Naturellement, tous ceux qui travaillaient avec eux étaient au courant de leur liaison et en parlaient sans cesse dans leur dos. Selon l'opinion générale, ça ne durerait pas très longtemps ; et, du reste, mieux valait ne pas se mêler des affaires des autres. Les cancans contradictoires sur les gens qui faisaient ce qu'on aimerait faire soi-même étaient une coutume très canadienne, disait Madeleine.

Mais à présent, avaient-ils décidé, il était temps d'arrêter. Ils s'aimaient, ils le reconnaissaient tous les deux. Même s'ils n'étaient pas réellement « en amour » (une distinction établie par Madeleine). Pourtant, elle considérait qu'ils avaient vécu quelque chose d'encore mieux que l'amour, quelque chose d'intense et hors du temps, avec ses tumultes internes et ses apogées grisants. Ce dont il s'agissait au juste demeurait un peu flou. Mais ce n'était pas rien.

Comme toujours, d'autres personnes se trouvaient concernées, aucune il est vrai dans la vie de Rothman, mais deux dans celle de Madeleine. Et la stabilité familiale avait été promise à ces deux-là. Par conséquent, soit ce qui allait au-delà d'une simple liaison s'achevait tout de suite – tous deux en étaient tombés d'accord –, soit ils s'engageraient beaucoup plus loin, sur un terrain qui n'avait ni frontières ni balises, un terrain plein de risques terribles. Or ni l'un ni l'autre ne voulait cela.

L'histoire aurait tout aussi bien pu s'arrêter six mois plus tôt, à Londres, s'était dit Henry dans l'avion qui l'amenait l'avant-veille. Assis ensemble un matin de printemps à la terrasse d'un café de Sloane Square, près du flot des taxis, Madeleine et lui s'étaient soudain aperçus qu'ils n'avaient pas grand-chose à se dire en un moment précis de la journée où ils avaient toujours su de quoi parler : leur projet alléchant pour le déjeuner, le rapport qu'ils préparaient au sujet d'un client difficile, les critiques dans la presse sur un film qu'ils envisageaient d'aller voir, ou, en un langage codé, leurs ébats amoureux de la nuit, tous les détails absorbants à court terme d'une relation telle que la leur. L'amour, avait alors pensé Henry, équivalait à une longue succession de questions insignifiantes appelant des réponses dont on ne pouvait se passer. Et ils étaient à court de réponses intéressantes à ces questions. Mais ils auraient fait preuve de légèreté en s'arrêtant à ce moment-là, si loin de chez eux et de leur environnement familier. Cela aurait impliqué pour eux deux des conclusions qu'ils se seraient refusés à admettre : que cette histoire n'avait guère compté ; qu'ils étaient du genre à faire des choses qui ne comptaient guère ; et, de plus, qu'ils connaissaient ou bien qu'ils ignoraient cet aspect d'eux-mêmes. Aucune de ces conclusions ne semblait exacte.

Ils avaient donc continué. Même si, au fil des mois, leurs échanges téléphoniques s'étaient raréfiés et écourtés. À deux reprises, Henry alla à Paris tout seul. Il eut une aventure à Washington puis y mit fin sans que Madeleine paraisse s'en douter. Elle fêta ses trente-trois ans sans qu'il lui souhaite un bon anniversaire. Puis, alors qu'il préparait un petit voyage à San Francisco, Henry proposa de faire un détour par Montréal. Une visite. L'un et l'autre savaient à quoi s'en tenir.

Le soir de son arrivée, ils dînèrent près du Biodôme, dans un nouveau restaurant basque dont Madeleine avait entendu parler. Elle mit une robe en lainage noir, informe et peu flatteuse, avec un collant noir. Ils burent trop de Nonino, furent peu bavards, allèrent à pied sur la rive du Saint-Laurent, se tinrent par la main dans la froide soirée d'octobre, tout en remarquant tranquillement que, faute d'un avenir à deux dans lequel se projeter, l'existence devenait très vite assez répétitive. Ils regagnèrent quand même la chambre d'Henry au Reine Elizabeth, restèrent au lit jusque après minuit à faire l'amour avec une réelle ardeur, parlèrent une heure dans le noir, puis Madeleine rentra auprès de son mari et de son fils.

Ensuite, couché tout seul dans la chaude obscurité, Henry songea que partager l'avenir avec quelqu'un imposerait à coup sûr d'aménager plus ingénieusement les répétitions. Ou alors que partager l'avenir avec quelqu'un n'était pas une très bonne idée, et qu'il était peut-être grand temps d'en prendre conscience.

§

Madeleine avait pleuré à la fenêtre (parce qu'elle en avait envie) pendant qu'Henry continuait de s'habiller sans vraiment faire comme si elle n'était pas là, mais sans non plus vraiment lui prêter attention. Elle était revenue à dix heures du matin pour le conduire à l'aéroport. C'était leur habitude lorsqu'il séjournait à Montréal. Elle portait un pantalon ajusté de velours côtelé bleu avec une espèce de chandail rouge à col Claudine blanc. C'était drôle, se dit Henry, comme sa tenue évoquait le drapeau américain.

Dans la chambre, à présent, ni l'un ni l'autre ne se hasardait près du lit. Ils burent leur café debout, en parlant de questions professionnelles et du temps automnal – brumeux dans la matinée, ensoleillé l'après-midi –, typique du climat de Montréal, observa Madeleine. Elle feuilleta le *National Post* tandis qu'Henry finissait de se préparer dans la salle de bains.

Quand il en émergea pour nouer sa cravate, il remarqua que Madeleine ne pleurait plus et qu'elle examinait la rue douze étages plus bas.

« J'étais en train de penser, dit-elle, à toutes les choses intéressantes que tu ignores sur le Canada. » Elle avait mis des lunettes à monture transparente, peut-être pour se cacher d'avoir pleuré, et qui par ailleurs visaient à lui donner une mine sérieuse. La chevelure blond cendré de Madeleine étant épaisse et indisciplinée, elle l'attachait souvent en arrière avec une grosse barrette en argent, ce qu'elle avait fait ce matin. Son visage était pâle, comme si elle manquait de sommeil, et ses traits agréables et doux – avec des lèvres ourlées, expressives et des sourcils foncés et fournis – semblaient presque perdus sous ses cheveux.

Henry continua de nouer sa cravate. Dehors, dans le paysage urbain découpé par la fenêtre, se dressait une haute grue en forme de T, dont le long bras donnait l'impression de sortir de la tête de Madeleine des deux côtés, telle une flèche. Il distinguait la cabine verte du grutier et un être humain minuscule à l'intérieur, se découpant à contre-jour sur une lucarne.

« À commencer par tous les Canadiens célèbres dont on ne devinerait jamais qu'ils sont canadiens. » Elle regardait toujours en bas, sans tourner la tête vers lui.

« *Par exemple** ? » C'était tout ce qu'il savait dire en français. Les gens savaient l'anglais, à Montréal. Ils parlaient en anglais avec lui. « Cite-m'en un. »

Madeleine lui lança un coup d'œil condescendant. « Denny Doherty, du groupe The Mamas and the Papas. Il est de Halifax. Donald Sutherland vient de je ne sais plus où dans les provinces maritimes. L'île du Prince-Édouard, je crois. »

Madeleine avait un aspect différent de ce qu'elle était en réalité, une particularité qu'il trouvait toujours étrangement émoustillante, car cela la rendait indéchiffrable. En général, les gens avaient l'air de ce qu'ils étaient, songea Henry. Une femme collet monté avait l'air collet monté, etc. Extérieurement, Madeleine *ressemblait* à son prénom, légèrement démodée, conventionnelle, établie, encline à contrôler ses réactions, en paix avec elle-même et sa personnalité.

Mais en fait elle n'était pas du tout ainsi. Fille vigoureuse de paysans du nord de Halifax, elle avait été dans son adolescence championne de curling, elle aimait veiller tard en faisant l'amour, en rigolant et en buvant du schnaps, et il lui arrivait d'être un peu désemparée. Henry pensait que cette dissipation tenait à leurs âges respectifs (il avait déjà seize ans à la naissance de Madeleine) et que, dans son entourage, d'autres que lui n'y voyaient rien de malséant. En général, les jeunes avaient maintenant les idées plus larges, surtout les Canadiens. Cette liberté lui manquerait.

Madeleine s'était remise à contempler par la fenêtre les voitures rangées en bas au long de la cathédrale Marie-Reine-du-Monde. « Le temps est bien brumeux pour prendre l'avion, dit-elle. À ta place, je ne bougerais pas. »

Il était onze heures. Le plateau du petit déjeuner gisait sur le lit défait, par-dessus les journaux éparpillés. Henry aimait lire la presse canadienne, tous ces articles au sujet de ce qui allait de travers sans qu'il ait à s'en préoccuper.

De forte carrure, portant des lunettes, Henry Rothman avait ressemblé, lorsqu'il était jeune, à l'acteur Elliott Gould dans le film *Bob & Carol & Ted & Alice*, lui disait-on et il était d'accord, même s'il se sentait plus gai que Ted, le personnage joué par Elliott Gould. Rothman était avocat en même temps que membre actif d'un groupe de pression, et il représentait plusieurs grosses sociétés qui faisaient des affaires dans le monde entier. Comme Elliott Gould, il était juif, mais il avait passé son enfance à Roanoke, avant d'aller en Virginie puis de faire son droit à la Virginia Law School. Ses parents, médecins de province, s'étaient maintenant retirés à Boca Grande où ils connaissaient alternativement l'euphorie et l'ennui à ne rien faire dans leur appartement. Henry exerçait sa profession au sein d'un cabinet de juristes qui comprenait aussi ses frères David et Michael, arbitres des litiges. Divorcé depuis dix ans, il avait une fille professeur à Needham, dans le Massachusetts.

Madeleine Granville n'ignorait rien du prix des choses : engrais, transport ferroviaire, porte-conteneurs remplis de soja, maïs ; elle s'y connaissait en matière de prospective, de coût du travail, de rentabilité, de devises. Elle avait étudié l'économie à McGill, parlait cinq langues, avait vécu en Grèce et rêvé d'être peintre jusqu'à sa rencontre, dans le train d'Athènes à Sofia, avec un architecte jeune et beau qu'elle n'avait pas tardé à épouser. Ils s'étaient installés à Montréal où l'architecte avait sa clientèle et qui leur convenait. Aux yeux de Rothman, ce parcours paraissait juvénile et grisant mais aussi plein d'un solide bon sens, d'intelligence. Cela lui plaisait beaucoup. Pour lui, c'était très canadien. D'ailleurs, sous bien des aspects, le Canada semblait supérieur aux États-Unis. Le Canada était plus sain d'esprit, plus tolérant, plus chaleureux, moins chicanier, tout en offrant plus de sécurité. Il avait songé à s'y retirer, peut-être dans l'île du Cap-Breton, où il n'était jamais allé. Madeleine et lui avaient parlé de vivre ensemble au bord de l'océan. C'était devenu l'un de ces projets totalement excitants auxquels on se consacre pendant toute une semaine – on achète des cartes, on se renseigne auprès d'agences immobilières, on enquête sur les températures hivernales –, et puis, par la suite, on ne parvient plus à comprendre pourquoi on a pu l'envisager.

À la vérité, Rothman adorait Washington ; il aimait son mode de vie, sa grande maison derrière Capitol Hill, ses copains de fac et ses frères, le caractère sudiste légèrement saugrenu, légèrement dépenaillé de la ville, ses partenaires au poker, son appartenance au Cosmos Club. Son droit d'accès. Il dînait même de temps à autre avec Laura, son ex-femme, avocate tout comme lui et qui ne s'était pas remariée non plus. L'identité profonde et les convictions, estimait Rothman, s'expriment dans ce qu'on préserve ou ce qu'on ne peut changer. Très peu de gens le comprenaient vraiment ; dans son milieu, la plupart croyaient que tout était possible à tout moment, et persistaient donc à tenter de devenir autre chose. Pourtant, au bout d'un certain temps, ces vérités individuelles se révèlent simplement irréfutables, quoi qu'on dise ou qu'on fasse pour les repousser. Voilà tout. Voilà qui vous êtes. Henry Rothman admettait qu'il était fondamentalement fait pour vivre seul, si séduisant que puisse paraître tout autre choix raisonnable. Et c'était très bien ainsi.

En attendant qu'il ait fini de se préparer, Madeleine écrivait quelque chose du bout du doigt sur la vitre. Elle ne pleurait plus.

Personne n'en voulait à personne. Elle cherchait simplement à se distraire. La pâle lumière du jour luisait à travers la masse de ses cheveux blonds.

« Les hommes pensent que les femmes ne changeront jamais ; les femmes pensent que les hommes changeront toujours, dit-elle d'un ton concentré, comme si elle inscrivait ces mots sur la vitre. Et le plus fort c'est que les uns et les autres se trompent. » Elle tapota la vitre, puis avança sa lèvre inférieure à l'appui de sa déclaration, écarquilla les yeux et se tourna vers lui. Comme elle était compliquée, songea Henry ; sa vie commençait juste à lui paraître étouffante. D'ici un an, elle serait probablement partie au loin. Leur histoire d'amour n'était qu'un symptôme. Un symptôme indolore.

Il la rejoignit par-derrière à la fenêtre et l'entoura de ses bras en manches de chemise amidonnée, d'un geste paternel inattendu. Elle se laissa faire, puis pivota pour enfouir son nez contre sa chemise, les bras mollement noués autour de la taille enrobée d'Henry. Elle enleva ses lunettes pour qu'il l'embrasse. Une odeur de savon émanait d'elle, sa peau était lisse comme une chaude porcelaine là où il lui caressa le cou, sous l'oreille.

« Qu'est-ce qui a changé, qu'est-ce qui n'a pas changé ? demanda-t-il doucement.

– Oh…, dit-elle dans les plis de la popeline en secouant la tête. Hum. J'essayais simplement de déterminer… »

Il appuya ses grands doigts dans la forte musculature de Madeleine, serra son corps contre lui. « Raconte », murmura-t-il. Elle pouvait parler, puis il pourrait fournir une bonne réponse. Il sentait au dos de ses mains la fraîcheur de la fenêtre.

« Enfin, bon. » Elle souffla. « J'essayais de savoir ce qu'il fallait penser de tout ça. » Elle frotta négligemment la semelle de sa chaussure sur le bout du soulier ciré, noir et élégant d'Henry, qu'elle érafla. « Il y a toujours des choses qui ont plus de réalité que d'autres. Je me demandais si plus tard, d'un point de vue rétrospectif, tout ça semblerait très réel. Tu comprends ?

– N'en doute pas », répondit Henry. Leur cheminement mental n'était plus si éloigné. S'ils étaient loin l'un de l'autre, quelqu'un pourrait se sentir victime d'injustice.

« Tu respectes davantage ce qui est réel, je crois. » Madeleine déglutit, puis elle souffla de nouveau. « Ce qui est bidon disparaît. » Elle lui pianota sur le dos. « Je détesterais que tout ça disparaisse de notre mémoire.

– Cela n'arrivera pas, dit-il. Je peux te le promettre. » Il était temps de sortir de cette chambre. Trop de thèmes difficiles, propres aux adieux, surgissaient soudain. « Si nous allions déjeuner ? »

Madeleine soupira. « Ah ! Oui, bonne idée. Je déjeunerai avec plaisir. »

À cet instant, le téléphone sur la table de chevet se mit à sonner, une sonnerie perçante qui les fit sursauter tous les deux, et bizarrement Henry regarda par la fenêtre comme si le bruit provenait du dehors. Relativement près, sur un joli flanc de colline, boisé et urbanisé, il vit les derniers feuillages, des roux intenses, des verts profonds et des bruns mouillés. À Washington, l'été était à peine fini.

Henry entendit avec surprise la quatrième sonnerie. Il n'avait reçu aucun appel depuis qu'il occupait la chambre. Personne ne savait qu'il était là. Il regarda fixement le téléphone blanc à côté du lit. « Tu ne veux pas répondre ? » demanda-t-elle, fixant elle aussi le téléphone blanc.

Une cinquième sonnerie retentit, puis cela s'arrêta.

« C'était une erreur. Ou alors c'est l'hôtel qui veut s'assurer de mon départ. » Il toucha la monture de ses lunettes. Madeleine le regarda en clignant des yeux. Elle ne croyait pas à une erreur, comprit-il. Elle pensait qu'il s'agissait d'un appel gênant. Une autre femme. La prochaine, celle qui prendrait sa succession. Mais elle se trompait. La prochaine n'existait pas pour le moment.

Lorsque le téléphone se remit à sonner, Henry se hâta de décrocher et dit : « Ici Rothman.

– C'est bien *Henry* Rothman ? demanda la voix goguenarde d'un inconnu.

– Oui. » Il jeta un coup d'œil à Madeleine, laquelle rivait sur lui un regard voulant exprimer de l'intérêt, mais en fait accusateur.

« Alors, il s'agit bien de cet Henry Rothman, l'avocat américain, qui ramasse des paquets de dollars ?

– Qui est à l'appareil ? » Il contemplait le nom de l'hôtel inscrit sur le téléphone. Reine Elizabeth II.

« Qu'est-ce qui se passe, enfoiré, tu es inquiet tout à coup ? » L'inconnu gloussa, un gloussement sinistre.

« Je ne suis pas inquiet, non, dit Henry. Veuillez me dire à qui je parle. » Il jeta un nouveau coup d'œil à Madeleine. Elle l'examinait d'un air réprobateur, comme s'il jouait la comédie et qu'en réalité il n'y eût personne au bout du fil.

« Moi, c'est au roi des tarés que je parle, lança la voix anonyme. Qui est-ce que tu as là cachée avec toi dans ta planque ? Qui est-ce qui te suce la bite, espèce de cloporte ?

– Veuillez simplement me dire qui vous êtes et laisser tomber vos histoires de cloporte », articula Rothman d'un ton patient malgré sa vive envie de raccrocher. Mais l'autre coupa abruptement la communication avant lui.

La haute grue noire avec sa petite cabine verte semblait encore transpercer le crâne de Madeleine. On lisait les mots SAINT HYACINTHE le long du bras.

« Tu as l'air effaré », observa-t-elle. Puis elle s'exclama soudain : « Oh ! non, oh ! merde, merde. » Elle se tourna vers la fenêtre en se plaquant les mains sur les joues. « Tais-toi. C'était Jeff, hein ? Merde, merde, merde.

– Je n'ai rien avoué », dit Henry, saisi d'une immense irritation. On allait marteler la porte dans le couloir, supposa-t-il, puis des cris retentiraient, des coups de pied, et il s'ensuivrait une terrible empoignade qui dévasterait la chambre. Tout cela au moment même où il devrait partir pour l'aéroport. Il songea à nouveau au fait qu'il n'avait rien avoué. « Je n'ai rien avoué, répéta-t-il, et il se sentit idiot.

– Il faut que je réfléchisse », dit Madeleine. Elle était pâle et se tapotait doucement les joues, comme si cela l'aidait à mettre de l'ordre dans sa tête. Une attitude théâtrale, pensa-t-il. Elle ajouta : « Il me faut un instant de calme. »

Henry parcourut du regard la petite chambre encombrée, inodore : le lit en désordre avec l'argenterie sur le plateau du petit déjeuner, la rose rouge dans un soliflore en cristal, la coiffeuse au miroir un peu poussiéreux, le fauteuil recouvert d'un tissu imprimé d'hortensias bleus ; deux reproductions des *Nymphéas* de Monet se faisant face sur le blanc neutre des murs. Rien ici n'annonçait que tout finirait bien et qu'il réussirait à attraper son avion, ni le contraire. Un simple lieu de rencontre, un lieu muet qui ne recelait aucun apaisement. Rothman avait le souvenir de chambres plus réconfortantes. Son passage par Montréal était particulièrement absurde, une futilité, et un piège. Il pensa ce qu'il pensait souvent lorsque la situation s'aggravait, ce qui semblait le cas aujourd'hui : il voulait trop en faire. Il avait toujours voulu trop en faire. Quand on est jeune, c'est une qualité, cela signifie qu'on est ambitieux, qu'on vise haut. Mais à quarante-neuf ans ce n'est pas recommandé.

« Il faut que je réfléchisse à l'endroit où il peut se trouver. » Madeleine s'était retournée et elle fixait le téléphone comme si son mari était à l'intérieur et risquait d'en surgir. C'était l'un de ces moments où Madeleine se révélait différente de son apparence : non pas cette jeune femme conventionnelle, réservée, à la chevelure d'image 1900, mais une gosse dans de mauvais draps, tâchant d'imaginer que faire pour s'en sortir. Nettement moins énigmatique.

« Dans le hall, peut-être », répondit Henry, tandis que dans sa tête défilaient les mots : *Jeff. Un homme embusqué dans le couloir derrière ma porte, prêt à faire irruption et à déclencher un cataclysme.* Une pensée extrêmement désagréable, qui l'écrasait de fatigue.

Le téléphone se remit à sonner, et Henry décrocha.

« Passe-moi ma femme, espèce de cloporte, dit la même voix goguenarde. Tu peux t'extraire d'elle le temps que je lui parle ?

– Où voulez-vous en venir ? répliqua-t-il.

– Passe-moi Madeleine, enfoiré. »

Le prénom provoqua une petite éruption dans la cervelle d'Henry. « Madeleine n'est pas ici.

– D'accord. Tu veux dire qu'elle est occupée. J'ai compris. Peut-être convient-il que je rappelle plus tard.

– Peut-être commettez-vous une erreur. Je le répète, Madeleine n'est pas ici.

– Elle est vraiment en train de te sucer ? Sans blague ! J'attendrai le temps qu'il faudra. »

Henry continua de mentir : « Je ne l'ai pas vue. Nous avons dîné ensemble hier soir. Puis elle est rentrée chez elle.

– Ouais, ouais, ouais. » Un rire sarcastique résonna dans le téléphone. « Mais d'abord elle t'avait sucé la bite. »

Madeleine se tenait toujours face à la fenêtre, écoutant la moitié de la conversation.

« Où êtes-vous ? demanda Henry, perturbé.

– Pourquoi tu veux le savoir ? Tu crois que je suis à ta porte et que je t'appelle avec un portable ? » Henry entendit sur la ligne des grattements métalliques et la voix de Jeff devint lointaine et inintelligible, puis revint. « Eh bien, ouvre donc la porte pour voir. Tu pourrais ne pas te tromper. Et là, je te foutrai mon pied au cul.

– J'irai volontiers discuter avec vous », dit Henry, qui s'arrêta net. Pourquoi faire cette réponse imbécile ? Cela ne s'imposait pas. Il surprit à cet instant son reflet dans la glace, un homme de forte carrure en bras de chemise, cravate nouée, avec un peu de ventre. Ce reflet de lui-même l'embarrassa. Il détourna les yeux.

« Comme ça, tu veux venir discuter avec moi ? dit l'autre, puis il rit à nouveau. Tu n'as pas les couilles de le faire.

– Bien sûr que si, répondit lamentablement Henry. Dites-moi où vous êtes. Je ne vais pas me dégonfler.

– Alors je vais bel et bien te foutre mon pied au cul, dit Jeff d'un ton hautain.

– Nous verrons.

– Où est Madeleine ? » Ce type semblait détraqué.

« Je n'en ai pas l'ombre d'une idée. » Henry se rendit compte que seuls des mensonges sortaient de sa bouche. Qu'il avait contribué à créer une situation dépourvue du moindre lambeau de vérité. Comment était-ce possible ?

« C'est vrai, ce que tu me racontes là ?

– Mais oui. Allons, où êtes-vous ?

– Dans ma putain de voiture. À cent mètres de ton hôtel, enfoiré.

– Je risque d'avoir du mal à vous y dénicher », dit Henry en croisant le regard de Madeleine. Il avait repris les choses en main, ou presque. Sans plus de difficulté. Il lisait sur son pâle visage une admiration morose.

« Je serai dans cinq minutes à ton hôtel, monsieur le gros bras, répondit le mari de Madeleine.

– Je vous attends dans le hall. Je suis grand, et je porte…

– Te fatigue pas. Avec n'importe quoi sur le dos, tu auras l'air d'un enfoiré.

– O.K. », fit Henry.

Le mari raccrocha.

§

Madeleine s'était assise sur l'accoudoir du fauteuil aux hortensias bleus, les mains nouées. Il se sentait beaucoup plus vieux qu'elle et supérieur, aussi, en grande partie parce qu'elle paraissait triste, il en avait conscience. Il avait paré à tout, comme toujours.

« Il croit que tu n'es pas là, dit-il. Mieux vaut donc que tu t'en ailles. J'ai rendez-vous avec lui dans le hall. Arrange-toi pour sortir par-derrière. » Il chercha des yeux son veston.

Madeleine lui adressa un sourire presque émerveillé.

« Je te suis reconnaissante de ne pas lui avoir dit que j'étais ici.

– Oui, mais tu *es* ici. » Oubliant le veston, il se mit à chercher son portefeuille et sa monnaie, son mouchoir, son canif, la collection d'objets de première nécessité qu'il avait toujours sur lui. Il s'occuperait plus tard de régler sa note. Tout cela devenait ridicule.

« Tu n'es pas un mauvais bougre, hein ? dit-elle gentiment. Il m'arrivera d'être toute seule, ou de t'attendre, la moutarde me montera au nez et je déciderai que tu es merdeux. Mais ce n'est pas vrai. Tu es courageux, à ta manière. Tu as des principes. »

Sans qu'il sache pourquoi, ces mots – principes, courageux, merdeux, attendre – provoquèrent en lui un accès imprévu de nervosité à en avoir le cœur battant, au moment précis où il ne fallait surtout pas s'énerver. Il n'était pas censé s'énerver. Dans cette chambre avec elle, il se sentait volumineux, encombrant, exaspéré. Et non supérieur. Pour un peu, il aurait engueulé Madeleine. Qu'elle soit calme et jolie était intolérable.

« Je crois qu'il est temps que tu files, lança-t-il en repensant soudain à son veston et s'efforçant de reprendre son sang-froid.

– Oui, c'est clair. » Madeleine se pencha vers son sac à côté du fauteuil. Sans regarder, elle y chercha à tâtons sa clé de voiture et en tira un porte-clés à ressort de plastique jaune, ce qui parut la pousser à se lever. « Quand te reverrai-je ? » demanda-t-elle, et elle toucha ses cheveux massés sur sa tête. Tellement changeante, pensa Henry. « Cette séparation est un peu abrupte. Je voyais quelque chose de plus poignant.

– Tout ira bien, dit-il, avec un sourire forcé qui le calma.

– En mettant à part la question de savoir quand je te reverrai.

– En la mettant à part. » Il garda le sourire.

Elle balança entre ses doigts le porte-clés jaune et se dirigea vers la porte, passant devant Rothman figé dans l'attente. Sans un baiser. Sans une étreinte. « Jeff n'est pas violent, dit-elle. Il se pourrait que vous vous plaisiez, tous les deux. Après tout, vous m'avez en commun. » Elle sourit en ouvrant la porte.

« Ce n'est peut-être pas suffisant pour fonder une amitié.

– Je regrette que ça se termine ainsi, murmura Madeleine.

– Moi aussi », répondit Henry Rothman.

Elle sourit à nouveau de façon déconcertante et sortit, laissant la porte se refermer avec un léger déclic. Il pensa qu'elle ne l'avait pas entendu.

§

En attendant l'ascenseur sur le palier où planait une odeur de cigare, il se mit à regarder en face le fait qu'il allait rencontrer le mari furieux d'une femme dont il n'était pas amoureux, mais avec qui il couchait quand même depuis un certain temps. On aurait dit un film. Comment considérer tout cela ? Il allait rencontrer un homme qu'il ne connaissait pas mais qui avait des raisons légitimes de le haïr et peut-être de vouloir le tuer. Un homme dans la vie de qui il avait fait intrusion, piétinant ses plates-bandes, peut-être l'avait-il saccagée, cette vie dont il n'avait tenu aucun compte, mais d'où il voulait à présent sortir, au revoir et merci. N'importe qui serait d'avis qu'il méritait ce qui pourrait lui arriver de désagréable, et même que rien ne serait aussi désagréable qu'il le méritait. Aux États-Unis, on réclamait des dommages-intérêts dans des affaires de ce genre, mais probablement pas au Canada. Il songea à ce qu'en dirait son père. De forte carrure comme lui, avec le crâne déplumé et une bedaine, son père avait pris un caractère acerbe à force de soigner les cancers au poumon des petits Blancs misérables et antisémites de Virginie. « C'est au fond de la mine qu'on est le plus mal éclairé », aimait-il à dire. Ce qui décrivait à peu près la sensation qu'avait Henry d'être plongé dans le noir, sans l'ombre d'une idée du chemin à suivre. Mais il n'était plus exaspéré. Plutôt en éveil. Jamais il n'avait pu rester exaspéré.

Toutefois, ce serait certainement une erreur de foncer la tête la première comme s'il avait tout compris et de s'abandonner bon gré mal gré à la suite des événements. Il pouvait se passer d'en savoir très long au sujet de Jeff, il n'en avait jamais éprouvé le besoin. Seulement, ne rien savoir du tout ne convenait pas à un avocat. D'autre part, cette espèce de débâcle avait quelque chose de si burlesque qu'à l'instant où s'ouvrit l'ascenseur tapissé de miroirs, Henry fut pris d'une envie soudaine, voisine d'un dérangement mental, se dit-il, d'éclater de rire. Enfin, du moment que Madeleine était sortie de l'hôtel et que Jeff n'avait pas défoncé la porte de la chambre pour les surprendre dans une situation gênante – ce qui n'était pas arrivé –, quelle importance de connaître l'autre ? Pour l'avocat Henry Rothman, il s'agissait de ce que pouvait s'imaginer un homme qu'il ne connaissait pas, contre ce que lui-même n'avouerait jamais. Rien dans le dossier. Il mentirait autant qu'il le faudrait, et cela, c'était d'un avocat, manifester une fausse bonne volonté valant mieux que de ne manifester aucune volonté. La bonne volonté réelle consisterait à se donner le mal d'inventer des mensonges pour dissimuler la liaison qu'il avait eue avec Madeleine. Et puisque cette liaison était terminée, Jeff pourrait se raccrocher à la satisfaction de penser qu'elle était terminée de son fait à lui. Chacun finit par se croire le gagnant, même s'il n'y a pas de gagnant. Un vrai point de vue d'avocat.

Lorsque Henry déboucha dans le vaste hall illuminé, il lui fallut quelques instants pour que sa vue se réadapte à la lumière, et à la cohue d'une masse de clients quittant l'hôtel, qui tiraient leurs valises à roulettes en direction de la porte à tambour. Nombre d'entre eux étaient des gens âgés, souriants, se déplaçant lentement, avec une carte en plastique pendue au cou et de petits sacs bourrés de leurs objets de valeur ; la plupart parlaient un français inintelligible. Il eut la sensation d'être d'un calme absolu.

Par ailleurs, le hall offrait une ambiance festive, agréable et artificielle, avec le verre et l'or de ses grands lustres et son activité bourdonnante. On aurait dit une scène éclairée pour une comédie musicale, avant l'entrée des premiers rôles. Henry s'avança d'un pas nonchalant jusqu'au milieu, où s'alignaient du côté rue les boutiques luxueuses de vêtements et de cadeaux, et où les gens léchant les vitrines avaient l'air content et privilégié, l'air de savourer d'avance ce qui allait leur arriver d'heureux. Cela lui rappelait le Mayflower, à Washington, où des clients lui donnaient souvent rendez-vous. Et en même temps il trouvait là cette ambiance étrangère qu'avait toujours le Canada, à sa manière confortable, un peu mystérieuse ; comme si le sol penchait de trois degrés par rapport à ce dont on avait l'habitude, et que les portes s'ouvraient dans l'autre sens. Sans rien d'insurmontable. L'Amérique gérée par des Suisses, disait Madeleine.

De son poste au milieu de la foule du hall, il ne repéra personne qui pût être Jeff. Un groupe de jeunes enfants à l'accent américain passèrent en file désordonnée, tous en tenue matelassée de taekwondo et se tenant par la main. Eux aussi se dirigeaient vers la porte à tambour, suivis par des dames d'âge mûr, noires et corpulentes, huit en tout, vêtues d'épaisses robes ouatinées avec des chapeaux à plumes assortis, d'aspect coûteux. Des Sudistes, reconnut Henry, ces dames parlant beaucoup trop fort de leur départ en car pour le Maine cet après-midi, et d'un incident survenu dans la nuit, scandaleux et qui les faisait rire.

Puis il remarqua quelqu'un qui l'observait, debout près de l'entrée de la boutique de cachemires anglais. Ce ne pouvait être le mari de Madeleine, se dit Henry. Cet homme était trop jeune, guère plus de vingt-cinq ans. Il portait des jeans noirs, des baskets blanches et un blouson de cuir noir ; il avait des cheveux blonds en brosse hirsute et de grosses lunettes jaunes. Il ressemblait à un étudiant, pas à un architecte. S'il ne l'avait dévisagé avec autant d'insistance, Henry ne lui aurait jamais prêté attention.

Lorsqu'il croisa de nouveau son regard, le garçon se mit brusquement à marcher droit sur lui, les mains enfoncées dans les poches de son blouson, donnant l'impression d'y tenir quelque chose de caché, et il se rendit compte que c'était bel et bien le mari de Madeleine, ce ne pouvait être que lui, quoiqu'il parût avoir dix ans de moins qu'elle, et vingt-cinq de moins qu'Henry. Cette entrevue serait différente de ce à quoi il s'attendait. Ce serait plus facile. Le mari n'était même pas très costaud.

Arrivé à trois mètres de lui, au bord du tapis cramoisi, le garçon s'arrêta, les mains toujours au fond de ses poches, et se borna à le regarder fixement, comme s'il avait besoin de vérifier un élément incertain concernant Rothman, un élément n'ayant pas trait à son identité.

« Ce doit être moi que vous cherchez », lança Henry dans l'espace qui les séparait. Il remarqua à nouveau les gosses en tenue de taekwondo qui se dirigeaient en file vers la sortie, se tenant toujours par la main.

Le mari de Madeleine, ou le présumé mari de Madeleine, ne répondit pas mais se remit à s'avancer vers lui, plus lentement, l'air de vouloir faire croire que quelque chose avait éveillé sa curiosité. Tout cela était par trop grotesque. Encore une attitude théâtrale. Mieux vaudrait l'emmener déjeuner, il pourrait lui mentir à loisir et ensuite payer l'addition. Ce ne serait pas plus mal.

« Oui, j'ai vu ta photo », dit le jeune homme avec un rictus qui paraissait positivement méprisant. Il ne retira pas les mains de ses poches. Il était beaucoup plus petit que prévu, mais très concentré. Peut-être était-il nerveux. Ses lunettes jaunes exprimaient une nervosité concentrée, comme son blouson noir fermé jusqu'au cou pour qu'on ne puisse voir ce qu'il portait au-dessous. Le mari de Madeleine était beau garçon mais de façon réduite, fragile, vaguement abattue, comme s'il avait connu un grave échec dont il ne se serait jamais tout à fait remis. C'était bizarre, songea Henry, que Madeleine ait pu les trouver tous les deux attirants, lui, le juif volumineux, et ce petit jeune homme insignifiant qui ressemblait à un Français.

« Je suis Henry Rothman. » Il tendit sa grande main, mais l'autre l'ignora. Quelle photo avait-il pu voir ? Une photo qu'elle avait prise, supposa-t-il, et imprudemment gardée. Une erreur.

« Où est Madeleine, putain ? » demanda le mari.

C'était le langage qu'il avait eu au téléphone, et pourtant il n'avait pas l'air du genre à dire de telles choses, ces choses qu'il avait dites. Enfoiré. Te sucer la bite. Il n'avait pas l'air si vulgaire. Quelle absurdité. Henry se sentait maintenant complètement maître de la situation. « Je ne sais pas où est Madeleine », répondit-il. Et c'était vrai, ce qui acheva de le détendre. Il était prêt à lui proposer de faire un saut dans sa chambre. Mais Madeleine avait coutume d'oublier des boucles d'oreilles, des accessoires de toilette, des sous-vêtements partout où elle passait. Trop risqué.

« J'ai un fils de huit ans », dit le jeune homme concentré, et il parut se carrer les épaules dans son blouson de cuir. Il cligna des yeux face à Henry et se pencha en avant, genoux ployés, ce qui réduisit encore sa stature. Derrière les verres jaunes des lunettes, ses yeux étaient du marron le plus terne, et il avait une bouche petite et mince. Sa peau était lisse, olivâtre, avec aux joues une légère rougeur d'émotion. Il avait l'air d'un joli petit acteur, pensa Henry, rasé de près et soignant sa forme. Madeleine avait épousé un joli garçon. Pourquoi diable, en effet, avoir dans sa vie un Henry Rothman si l'on était attirée par ce type-là ? Il lui semblait soudain qu'on s'était *servi* de ses qualités les plus humaines à des fins qu'il réprouvait. Une idée désagréable.

« Oui, je sais, répondit-il à propos de l'enfant.

– Alors, plus question de déconner, dit le jeune homme rougissant. Je ne vais pas te laisser foutre en l'air mon couple et priver mon fils d'avoir ses deux parents à la maison. Tu as compris ? Je veux que tu le comprennes. » Sa bouche juvénile devint presque dure, presque féroce. Ses petites dents carrées, serrées, nuisaient à sa beauté et à son expression de colère, lui donnant quelque chose de vaguement corrompu. « Sans ça, je m'en taperais de ce que vous faites ensemble, Madeleine et toi, continua-t-il. Vous pourriez baiser dans des chambres d'hôtel de la terre entière, je m'en foutrais pas mal.

– Vous avez très bien fait valoir vos arguments, me semble-t-il.

– Ah, je fais valoir des arguments ? dit le mari de Madeleine en ouvrant des yeux ronds derrière ses lunettes ridicules. Je ne m'en doutais pas. Je croyais simplement t'expliquer les réalités de la vie, puisque tu as perdu le contact avec elles. Je n'essayais pas de te convaincre. Tu comprends ? » Les yeux du garçon ne lâchaient pas ceux d'Henry. Un relent de cuir bon marché montait du blouson noir, comme s'il venait de l'acheter. Henry songea qu'il n'avait jamais possédé un blouson de cuir noir. À Roanoke, ce n'était pas le style d'un fils de médecin prospère. Son style, c'étaient les vestes en madras et les chaussures de daim blanc. Le style country club juif.

« Oui, je comprends ce que vous voulez dire », répondit Henry d'un ton qui devait selon lui exprimer une grande lassitude.

Le mari de Madeleine le foudroya du regard, mais Henry se rendit compte que lui-même ne prenait pas la situation très au sérieux. Il était moins impliqué, voilà tout. Et il aurait parié que ce n'était pas non plus si grave que ça pour le mari de Madeleine, même s'il pensait le contraire et croyait passionnément à ces balivernes. Ni l'un ni l'autre n'avait réellement quoi que ce soit à affronter. Tout ce qu'ils faisaient était leur choix : il choisissait d'être là, et ce Jeff choisissait de prendre cette mine féroce. Mieux vaudrait à présent parler d'autre chose. Du hockey sur glace.

« J'avoue avoir peut-être pour Madeleine un penchant plus fort que je ne devrais, déclara Henry, content de sa formule. J'ai pu avoir certains comportements qui ne vont pas tout à fait dans le sens de vos intérêts. »

Les yeux marron terne du jeune homme clignèrent plus vite. « Ah bon ? C'est ça ton gros aveu ?

– Oui, je le crains. » Henry sourit pour la première fois. Il se demanda où Madeleine pouvait être au moment précis où, du moins à sa façon, il avait avoué devant son gamin de mari qu'il couchait avec elle. Il ne l'avait fait que pour donner un minimum de substance à ce qui se passait entre lui et ce jeune homme. « Quel genre d'architecture pratiquez-vous ? » demanda-t-il aimablement. Des gens parlaient français tout près d'eux. Il se retourna pour voir qui c'était. Comme ce serait agréable de se mettre maintenant à parler en français, ou en russe. Pour changer. Le mari de Madeleine dit quelque chose qu'Henry ne fut pas sûr d'avoir compris. « Pardon ? » Il eut un nouveau sourire tolérant.

« J'ai dit : va te faire foutre, dit le jeune homme en avançant d'un pas. Et si tu continues à déconner, je ferai le nécessaire pour qu'il t'arrive un sale truc. Un truc que tu préférerais éviter. Ne va pas t'imaginer que j'hésiterai à le faire. Je n'hésiterai pas.

– Ma foi, je vous crois absolument, dit Henry. Quand quelqu'un vous dit ça, il faut le croire. C'est la règle. Par conséquent, je vous crois. » En abaissant le regard sur le devant de sa chemise, il découvrit un petit dessin noir imprimé par le mascara de Madeleine lorsqu'elle s'était serrée contre lui près de la fenêtre après avoir pleuré. Sa lassitude le reprit.

Le jeune homme recula. La rougeur avait disparu de son visage, pâle et marbré. Pas un instant il n'avait sorti les mains de ses poches. Il pouvait avoir une arme sur lui. Bien qu'on fût au Canada. L'assassinat pour cause d'infidélité n'y avait pas cours.

« Bande d'enfoirés d'Américains, lança le mari de Madeleine. Vous êtes fragmentés à l'intérieur. C'est historique. Vous faites tout le temps votre choix. Je trouve ça pitoyable. Vous n'adhérez vraiment à rien. Vous êtes cyniques. La totalité de votre foutu peuple. » Il secoua la tête, l'air écœuré.

« Prenez tout votre temps. C'est le moment de vous défouler, dit Henry.

– Non, ça suffit. » Le jeune homme parut lui aussi saisi de fatigue. « Tu sais ce qu'il fallait que tu saches.

– Oui. Vous avez mis les points sur les i. »

Le mari de Madeleine tourna les talons et, sans un mot de plus, il s'éloigna à grandes enjambées dans le hall au décor festif rouge et or, franchit la porte à tambour et disparut comme les mômes en tenue de taekwondo parmi les passants. Henry consulta sa montre. Toute l'entrevue avait duré moins de cinq minutes.

§

De retour dans sa chambre, il changea de chemise et rangea dans sa valise ses vêtements et sa trousse de toilette. La chambre s'était refroidie, comme si on avait coupé le chauffage ou ouvert une fenêtre au bout d'un couloir. Deux messages glissés sous la porte gisaient sur la moquette. Ils devaient provenir de Madeleine, ou alors il s'agissait de nouvelles menaces du mari s'étant ravisé. Henry décida de les laisser là. Néanmoins, la présence insistante de ces bouts de papier suscita en lui l'impulsion subite de faire le lit, de remettre les objets en place, de sortir le plateau du petit déjeuner, une impulsion qui signifiait, se dit-il, que son existence devenait désordonnée. Cela risquait de ne pas s'améliorer avant qu'il soit dans l'avion.

Debout à l'endroit précis où se tenait tout à l'heure Madeleine, il regarda la haute grue en forme de T lever lentement un énorme seau de béton vers le sommet d'une tour en construction. Dans cette drôle de ville décousue, il se demanda de nouveau où Madeleine pouvait être maintenant. Attablée devant une tasse de café avec une amie qu'elle régalait de son récit ; attendant son fils à la sortie de l'école, ou le retour de son mari, suivi de chamailleries pénibles. Rien qui éveille l'envie d'Henry. Sur la vitre, il repéra la trace de ce qu'elle avait écrit du bout du doigt ; le froid la rendait visible. Il crut déchiffrer un nom : Denny. Qui était Denny, ou de quoi s'agissait-il ? L'inscription venait peut-être de quelqu'un d'autre, d'un client précédent de l'hôtel.

Puis, sans raison apparente, il se sentit épuisé, au point d'en être hébété. De plus, à un moment ou un autre de l'heure qui venait de s'écouler, il s'était ébréché une molaire. L'arête pointue lui accrochait le bord déjà irrité de la langue (il avait dû avaler sans s'en apercevoir le morceau cassé). La matinée avait bel et bien exercé ses petites tensions. Il enleva ses lunettes et s'étendit en travers des journaux. Il entendait dans la chambre voisine le son étouffé d'une télé, les rires d'un public de studio. Il avait le temps de somnoler cinq minutes.

Madeleine, tout de même : à une certaine époque, il l'avait aimée, il lui avait dit qu'il l'aimait, il l'avait presque complètement éprouvé. Sans toutes les bêtises autour de l'amour, du fait d'être amoureux. Il se souvenait d'une circonstance précise, sur une plage de galets en Irlande, près d'un petit village nommé Round Stone, dans le Connemara, lors d'une virée en voiture à partir de Dublin où ils avaient vu des investisseurs et négocié pour le client des avantages appréciables. Ils avaient pique-niqué sur les galets et, contemplant l'océan au crépuscule, ils avaient décrété que les lumières au loin étaient celles de l'île du Cap-Breton – où était né le père de Madeleine, et où la vie serait plus belle –, même si dans la réalité géographique ils faisaient face au nord et voyaient simplement le rivage opposé de la baie. Derrière eux dans le village, il y avait une petite fête foraine avec un manège illuminé et une rangée de baraques qui éclairaient la nuit tombante. Là-bas, à ce moment-là, il avait aimé Madeleine Granville. Et d'autres fois aussi, plusieurs fois, il avait eu conscience de l'aimer. Pourquoi le contester ?

Même à cette époque, toutefois, la question « Est-ce pour de bon ? » s'était posée. Cette pensée lui ramena son père à l'esprit. New-Yorkais de naissance, son père avait gardé des manières new-yorkaises. « Alors, Henry, c'est pour de bon selon toi ? » disait-il d'un ton railleur. Son père en voulait toujours plus, plus pour Henry, plus pour ses frères, plus qu'ils n'avaient, plus qu'ils n'acceptaient d'avoir. Accepter, ne pas viser plus haut, c'était se contenter de trop peu. Donc, du point de vue de son père, même si tout était délicieux et inégalé, comme cela pouvait le paraître, n'y aurait-il pas mieux ? La vie n'avait jamais cessé de s'améliorer. L'avenir réservait toujours un supplément. Cependant, il avait maintenant quarante-neuf ans, et des changements se produisaient sans qu'on s'en aperçoive, des changements d'ordre physique, mental, spirituel. Des pans entiers de l'existence avaient été vécus une fois pour toutes. Les plateaux de la balance avaient peut-être déjà basculé, et ce qui avait lieu *aujourd'hui*, lorsqu'il y réfléchirait rétrospectivement, *aujourd'hui* paraîtrait marquer le tournant où « les choses » avaient commencé à se dégrader, si elles ne s'étaient pas déjà dégradées, ou même la phase où « les choses » étaient à leur apogée. Et en ce temps futur on aurait forcément une échéance à affronter. On aurait à affronter son ultime destination, aucune possibilité intéressante ne se présenterait plus, rien que des choix de moins en moins tentants.

Mais pour le moment il l'ignorait ; car, s'il l'avait su, il aurait pu décider de rester là avec Madeleine, quoique, évidemment, rester ne constituait pas une véritable possibilité. Madeleine était mariée et n'avait jamais dit qu'elle souhaitait l'épouser. Le mari avait eu raison en ce qui concernait les choix, il se trompait seulement quant à leur valeur. C'étaient les choix qui donnaient de l'intérêt à la vie, qui permettaient de fonctionner. Sans choix, qu'est-ce qui ferait une différence ? On aurait un Canada généralisé. Il fallait simplement avoir le moins possible à affronter. Curieux, pensa Henry, que ce jeune homme possède certaines notions.

Dans le couloir, derrière la porte, il entendit parler très doucement en français, des voix de femmes. Les femmes de chambre, qui attendaient son départ. Ne comprenant pas ce qu'elles disaient, il se laissa bercer par la musique de leur langue étrange, inépuisable.

§

Lorsque après avoir réglé sa note il se retourna en pliant le reçu, il découvrit Madeleine Granville qui l'attendait, debout près du gros pilier rouge et des tas de bagages. Elle s'était changée et avait sévèrement tiré en arrière ses cheveux humides, une coiffure qui mettait en valeur sa bouche pulpeuse et ses yeux foncés. Avec son pantalon de tweed marron bien coupé, sa veste en pied-de-poule et ses luxueuses chaussures de marche lacées, elle avait une allure cavalière. Tout semblait contribuer à accentuer sa minceur et sa jeunesse. Elle tenait un sac à dos en cuir et donna l'impression à Henry qu'elle partait en voyage. Elle était remarquablement en beauté, comme il l'avait vue d'autres fois. Il se demanda si elle comptait partir avec lui, si le problème du mari avait évolué dans ce sens.

« Je t'ai envoyé deux messages. » Elle sourit d'un air faussement amusé. « Tu ne croyais quand même pas que je te laisserais prendre un taxi ? »

Certains de ceux qu'il avait observés auparavant étaient encore présents dans le hall. Un enfant en tenue de taekwondo, assis tout seul dans un grand fauteuil. Une Noire en tailleur de brocart, attendant le paquet-cadeau qu'on lui préparait dans la boutique de cachemires anglais. Il était midi passé. Trop tard pour le déjeuner.

« Va-t-on à la chasse au renard ? dit-il en soulevant sa valise.

– J'emmène Patrick voir les derniers feuillages de l'automne, à la sortie de l'école. » Patrick était son fils. Elle écarta le bras, avança élégamment un pied. « N'ai-je pas une allure automnale ?

– Tu te trouves à l'endroit précis où j'ai eu voilà une heure une conversation absolument ridicule », répliqua-t-il. Il tourna les yeux vers la porte à tambour. Dans la rue, on voyait les voitures circuler en silence. Il se demanda si Jeff rôdait à proximité.

« Il faudra poser une plaque commémorative. » Madeleine avait l'air de joyeuse humeur. « " Ici les forces du mal furent neutralisées par..." Par quoi ? » Elle tapota du plat de la main ses cheveux humides.

« Cela ne me dérange pas de prendre un taxi, dit Henry.

– Je t'emmerde, lança-t-elle gaiement. C'est de mon pays que tu te fais éjecter. » Elle pivota pour sortir. « Allons, viens. "... neutralisées par le pouvoir des mornes conventions". Hélas. »

§

Par la vitre de la Saab jaune de Madeleine, Henry observait les grandes grues à l'œuvre sur les chantiers, beaucoup plus de grues et d'échafaudages qu'on n'en apercevait de la fenêtre de l'hôtel. La ville grandissait, et devenait d'autant plus indifférente. Un taxi aurait été préférable. Ce pouvait être apaisant de se rendre seul en taxi à un aéroport, sans regarder à droite ni à gauche.

« Tu as l'air tout déglingué, mais je ne pense pas que ce soit vrai », dit Madeleine. Conduire trop vite la mettait toujours agressivement de bonne humeur. Toutes les fois qu'ils avaient roulé ensemble en voiture, c'était pour aller à des endroits agréables. Là, il aimait la vitesse, mais nettement moins aujourd'hui, car il craignait de ne pas arriver sain et sauf à l'aéroport.

Il n'y avait rien à répondre à ce « tout déglingué ». Il la connaissait, et pourtant, à présent, il ne la connaissait plus vraiment. Cela faisait partie du changement qui était en train de s'accomplir entre eux. Lorsqu'ils étaient en plein dans leur liaison, Madeleine ne pouvait tenir le volant sans le regarder, sourire, faire l'éloge de ses talents, plaisanter, lui montrer qu'elle appréciait ses commentaires. Aujourd'hui, son passager aurait pu être n'importe qui, elle aurait pu mener sa mère chez l'esthéticienne, un prêtre à un enterrement.

« Sais-tu ce qui se passe après-demain ? » demanda Madeleine en manœuvrant habilement à travers l'écheveau emmêlé de la circulation. Elle avait mis un parfum qui remplissait la voiture d'un arôme floral et dense dont il avait déjà assez.

« Non.

– C'est le Thanksgiving canadien. Nous le fêtons plus tôt pour vous devancer. C'est le Canada qui a inventé Thanksgiving. Le Canada a inventé Thanksgiving, *pas vrai*? » Elle aimait bien se moquer des Canadiens et détestait qu'il le fasse. Jamais il n'avait vraiment vu en elle une Canadienne. À ses yeux, c'était une

Américaine comme une autre. Il ne savait pas trop comment considérer la nationalité canadienne de quelqu'un, comment la prendre en compte.

« Est-ce que Thanksgiving a le même sens pour vous que pour nous ? » dit Henry en regardant la circulation. Il se sentait encore un peu hébété.

« On le fête, voilà tout, répondit sereinement Madeleine. Et quel sens a-t-il pour vous ?

– Nous rendons grâce à Dieu du pacte conclu entre les colons et les Indiens qui risquaient de les assassiner. C'est essentiellement une manifestation nationale de soulagement.

– L'assassinat est votre dada, aux États-Unis, non ? » Madeleine parut contente de sa formule. « Nous, on le fête simplement par plaisir. Pour le Canada, c'est suffisant. Nous éprouvons une tranquille gratitude. L'assassinat n'a guère de place là-dedans. »

Ils passaient devant les vieux bâtiments de l'université française, en contrebas sur leur gauche. Le petit univers franchouillard fantasmé. Henry se demanda quelles relations Madeleine et lui entretiendraient ensemble à l'avenir. Il n'y avait pas encore vraiment réfléchi. Évidemment, on a toujours un passé. Tous ceux qui étaient au courant de leur liaison seraient soulagés de savoir que c'était fini. En outre, cela faciliterait la vie de Madeleine qu'il en soit sorti. Elle aurait l'esprit plus libre. Une nouvelle ouverture au monde pour tous les deux.

« J'ai quelque chose à te révéler, dit Madeleine, tenant fermement des deux mains le volant gainé de cuir.

– Je crois savoir de quoi il s'agit », répondit Henry. Il tâta du bout de la langue l'arête pointue de sa molaire cassée. La chair était endolorie à force de s'y frotter. Il irait chez un dentiste à San Francisco.

« Franchement, je ne pense pas », répliqua-t-elle. Descendant lentement du ciel pâle, un gros 747 japonais de couleur blanche passa devant eux au dessus de l'autoroute. « Veux-tu que je te le dise ? Ce n'est pas obligatoire. Ça peut attendre indéfiniment.

– Ce type n'était pas ton mari », dit Henry, puis il se racla doucement la gorge. L'idée lui était venue à l'instant ; pourquoi, il l'ignorait. Une intuition d'avocat. « M'as-tu pris pour un imbécile ? Je veux dire… » Il ne se soucia pas de terminer sa phrase. Elle se complétait toute seule. On prononçait tant de paroles inutiles.

Madeleine le dévisagea, détourna les yeux, puis le dévisagea de nouveau. Elle semblait impressionnée. Elle semblait contente d'être impressionnée, comme si c'était le meilleur des dénouements. L'énorme avion sombra hors de vue dans un paysage industriel banal. Il ne s'ensuivit aucune boule de feu issue d'une explosion. Tout le monde était sauf. « C'est une supposition que tu fais, dit-elle.

– Je suis avocat. Qu'est-ce que ça change ? »

Cette réponse plut également à Madeleine, et elle sourit. Il comprit qu'elle ne pouvait s'empêcher d'avoir de l'affection pour lui. « Comment le saurais-tu ?

– Entre autres indices ? » L'autoroute s'engorgeait à l'approche de la sortie vers l'aéroport. « Il n'avait pas l'air aussi gravement concerné que son attitude ne l'indiquait. Une remarque qu'il a faite… "fragmentés à l'intérieur". Cela ne collait pas. Et il avait l'allure d'un acteur. Est-ce que tu couches avec lui, aussi ? Je retire le "aussi". Tu sais bien.

– Pas actuellement », répondit Madeleine. Elle palpa avec le petit doigt sa barrette en argent et inclina légèrement la tête sur le côté. Elle paraissait prendre conscience de quelque chose. De quoi ? Henry aurait aimé le savoir. « J'étais sûre que tu descendrais lui parler, reprit-elle. J'étais sûre que tu ne pourrais pas y résister. Tu veux toujours te montrer tellement direct et courageux. C'est ton déguisement. »

Henry regardait défiler au ralenti le morne environnement de l'autoroute – les dépôts de marchandises, les entreprises de camionnage, les loueurs de voitures, les stations-service. Partout pareil. Le panneau vert était en vue. AÉROGARE/AIRPORT. Quelle corvée de tout inscrire en double.

« Il est américain, poursuivit Madeleine. Il s'appelle Bradley. C'est effectivement un acteur. On avait peur que tu t'aperçoives qu'il n'était pas canadien.

– Rien à craindre », répondit Henry. Elle s'engagea sur la bretelle AÉROGARE/AIRPORT SORTIE/EXIT et tourna la tête vers lui. Elle avait maintenant un air un peu déconfit. Peut-être, pensa-t-il, regrettait-elle de s'être tapoté les joues lorsqu'ils étaient dans la chambre, ou d'avoir dit : *Je voyais quelque chose de plus poignant.* Cela pouvait maintenant paraître excessif.

Il allongea le bras, prit la main de Madeleine et la garda dans la sienne. Elle avait la main chaude et moite, signe de nervosité. Elle aussi avait laissé des plumes dans toute cette affaire. Ils s'étaient aimés, ils s'aimaient peut-être encore.

« Quelqu'un est-il en train de filmer tout cela ? » dit-il en jetant un coup d'œil par la vitre sur un petit camion roulant à côté d'eux. Il s'attendait à voir l'arrière du véhicule rempli de caméras, d'un matériel de prise de son, de jeunes *cinéastes** souriants. Le tout braqué sur lui.

« Non, pour une fois », dit-elle.

Devant eux, on se bousculait sur l'aire PORTES D'EMBARQUEMENT/DEPARTURES. Des autos, des limousines, des taxis, des gens qui extrayaient du coffre des sacs de golf, des berceaux pliants et des glacières scotchées. Des policiers aux manches recouvertes de blanc gesticulaient pour faire circuler. Henry n'avait qu'une valise, sa mallette et son imperméable. C'était maintenant une merveilleuse journée d'automne. Les nuages et la brume achevaient de se dissiper.

Il lui tenait toujours la main, et la pression qu'elle exerçait sur la sienne semblait exprimer quelque chose d'important. Comment serait-ce au bout du compte, se demanda-t-il, de ne plus s'intéresser aux femmes ? Dans sa façon de vivre – ses allées et venues, les décisions à prendre –, il avait toujours eu une femme présente à l'esprit. Leur présence donnait de l'animation. Sans elles, tant de choses ne seraient plus les mêmes. Finis les instants comme celui-ci, les instants de presque vérité qui vivifiaient, expliquaient, justifiaient silencieusement les choix qu'on faisait. Et qu'advenait-il de ceux pour lesquels ce n'était pas le cas ? Ceux qui ne songeaient pas aux femmes ? Sans aucun doute, ils atteignaient des objectifs. Étaient-ils supérieurs, leurs réussites étaient-elles plus pures ? Bien entendu, lorsque ces relations seraient hors d'atteinte, ce qui arriverait tôt ou tard, on ne s'en soucierait même plus.

Au bord du trottoir, parmi les porteurs, les voyageurs et les chariots de bagages poussés en travers, une famille – deux adultes et trois blonds adolescents – se livrait à une prière, debout en un petit cercle étanche, se tenant par les épaules, tête inclinée. Forcément des Américains, pensa Henry. Seuls des Américains afficheraient leur foi avec tant d'impudeur, une telle certitude qu'un rapide amen garantirait leur sécurité, se montreraient à la fois aussi orgueilleux et aussi indifférents aux autres. Des traits impropres à faire la grandeur d'un pays.

« Selon toi, est-ce qu'ils nous feraient place dans leur petit cercle, si on leur demandait ? » demanda Madeleine, rompant le silence tandis qu'elle se rangeait au long du trottoir, juste à côté des Américains en prière. Exprès pour les ennuyer.

« Nous y sommes déjà représentés, répondit Henry en observant le dos lourd des croyants. Nous incarnons les forces du mal auxquelles ils pensent si fort. Les abominables amants adultères. Nous les tourmentons.

– L'existence n'est qu'une accumulation de nos fautes, hein ? » dit-elle. Le groupe en prière empêchait Henry d'ouvrir sa portière.

« Je ne vois pas du tout les choses ainsi. » Il continuait de tenir négligemment la main chaude, douce et moite de Madeleine. Elle évacuait l'autre sujet : le mensonge, la comédie à ses dépens. Et après tout, pourquoi diable ne pas l'évacuer ?

Dans l'incapacité de descendre de voiture, il resta immobile, tourné vers l'avant. Il lança : « As-tu décidé que tu ne m'aimais pas ? » Là était le grand mystère. Sa propre version d'une prière.

« Mais non, dit Madeleine. Je n'aurais pas voulu que ça s'arrête entre nous. Seulement ce n'était plus possible. Alors, voilà. Cette mise en scène m'est apparue comme un moyen de tirer l'échelle. D'accentuer la différence entre ce qui est et ce qui n'est pas. Tu vois ? » Elle eut un pâle sourire. « Parfois, on a du mal à croire que ce qui se passe est vraiment en train de se passer, et pourtant il le faut. Je te demande pardon. C'était excessif. » Elle se pencha pour lui poser un baiser sur la joue, puis attira les deux mains d'Henry vers sa bouche et les embrassa.

Comme elle lui plaisait. Tout en elle lui plaisait. Mais ce n'était pas le moment de le lui dire. Il ne semblerait pas sincère. Il paraîtrait en faire trop. Pourtant, comment donner à un moment de la vie tout le prix qu'il pouvait avoir, si on ne faisait rien ?

Dehors, les Américains s'étreignaient avec de grands sourires chrétiens, leurs prières ayant atteint un terme satisfaisant.

« Cherches-tu quelque chose de gentil à me dire ? demanda Madeleine d'un ton léger.

– Non, répondit Henry. Au contraire, je me retenais. »

Elle sourit. « C'est tout aussi bien. Tout le monde ne s'en contenterait pas, mais, pour ma part, je comprends. C'est difficile de savoir comment mettre fin à quelque chose qui n'a jamais tout à fait commencé. »

Il ouvrit d'une poussée la lourde portière, prit sa valise à l'arrière, émergea dans la lumière fraîche de l'automne, puis se retourna vers Madeleine à l'intérieur de la Saab. Elle lui sourit encore une fois. Il n'y avait plus rien à ajouter. Les paroles étaient épuisées.

« N'es-tu pas d'accord, Henry ? lança-t-elle. Voilà une chose gentille à me dire. Simplement que tu es d'accord avec moi.

– Oui, O.K. Mais oui, je suis d'accord avec toi. Je suis d'accord avec toi sur tous les points.

– Alors, va rejoindre tes compatriotes. »

Henry referma la portière. Elle ne tourna plus la tête vers lui. Il la regarda démarrer au ralenti, puis accélérer, puis disparaître rapidement dans le flot de voitures en direction de la ville.

Charité

Partant en virée dans le Maine, ils gagnèrent Harrisburg en voiture après le travail, puis ils prirent l'avion pour Philadelphie et, de là, un autre avion pour Portland, où ils louèrent à l'aéroport une Ford Explorer, dînèrent dans un Friendly's, après quoi ils roulèrent sur la 95 jusqu'à Freeport – il faisait nuit depuis longtemps – et y trouvèrent une chambre d'hôte juste en face du magasin L. L. Bean, ouvert toute la nuit, chose surprenante.

Avant de se coucher dans le lit à baldaquin bancal et de s'abandonner à un sommeil épuisé, Nancy Marshall alla toute nue à la fenêtre contempler, de l'autre côté de la rue sombre, le grand bâtiment de Bean qui brillait de tous ses feux comme un nouvel opéra. À une heure du matin, une foule de clients entraient et sortaient, trimbalaient des paquets, traînaient du matériel de jardinage, poussaient des motos et disparaissaient dans le noir, pleins d'entrain. À côté de deux grands cars de tourisme de la compagnie canadienne Conant, garés moteur en marche, les chauffeurs en uniforme grillaient paisiblement une cigarette sur le trottoir en attendant leurs passagers japonais qui faisaient des achats à l'intérieur. L'animation régnait dans la rue à cet endroit, tandis que plus loin les autres boutiques de grandes marques étaient fermées.

Tom Marshall éteignit la lumière de la minuscule salle de bains et vint se placer derrière elle, en pantalon de pyjama bleu. Il lui caressa les épaules et la serra de plus près, jusqu'à ce qu'elle sente son excitation.

« Je comprends que le magasin soit ouvert à une heure du matin, dit Nancy, mais je me demande pourquoi tous ces gens y viennent. » Quelque chose dans la chaleur insistante de Tom la fit frissonner. Elle se couvrit les seins, presque au contact de la vitre. Elle l'imaginait souriant.

« Ils doivent adorer ça », répondit-il. Elle le sentait bander. « C'est ça, le Maine. Un tour chez Bean passé minuit. La civilisation mondialiste. Ils sont probablement en route pour Atlantic City.

– O.K. » Comme Nancy avait froid, elle le laissa l'attirer à lui. Ça ne la dérangeait pas. Elle était vannée. Il nicha sa bite entre ses cuisses, là, simplement. C'était agréable. Une sensation familière. « J'ai mal posé la question. » La vitre ne renvoyait aucun reflet, ni d'elle ni de lui derrière elle, s'enfonçant peu à peu en elle. Nancy restait totalement immobile.

« Comment faudrait-il la poser ? » Tom se poussa à fond contre elle, ployant un peu les genoux pour s'ajuster. Il souriait, en effet.

« Je ne sais pas, dit-elle. La bonne question est peut-être : qu'est-ce qu'ils savent qui nous échappe ? Que faisons-nous ici, de ce côté-ci de la rue ? Visiblement, c'est en face que ça se passe. »

Elle l'entendit relâcher sa respiration, puis il s'écarta. Elle avait été sur le point d'ouvrir l'entrejambe, de se courber légèrement en avant. « Pas ça. » Elle tourna la tête vers lui. « Je ne parle pas de ça. » Elle glissa la main entre ses cuisses rien que pour toucher, les doigts couvrant son sexe. Elle regarda de nouveau dans la rue. Les deux chauffeurs, qui, croyait-elle, ne pouvaient la voir à travers les arbres, avaient les yeux fixés droit sur elle. Elle ne bougea pas. « Je ne parlais pas de ça, dit-elle à Tom d'une voix faible.

– Demain, nous allons voir des choses qui nous plairont », lança-t-il gaiement. Il était déjà au lit. Vite fait.

« Tant mieux. » Elle se fichait pas mal que deux saligauds la voient à poil ; elle les voyait habillés, c'était pareil. Nancy avait quarante-cinq ans. Pas d'une minceur extrême, mais grande, élancée. Qu'ils se rincent l'œil. « Tant mieux, répéta-t-elle. Je suis contente qu'on soit venus.

– Pardon ? » dit Tom, somnolent. Il dormait presque, le don béni du flic de s'assoupir dès que sa tête touche l'oreiller.

« Rien, répondit-elle, debout à la fenêtre, se laissant mater. Je n'ai rien dit. »

Il se tut, elle entendait sa respiration. Les deux chauffeurs se mirent à secouer la tête, les yeux baissés à présent. L'un d'eux balança son mégot sur la chaussée. Ils jetèrent un dernier regard, puis s'éclipsèrent derrière leurs cars dont le moteur tournait toujours.

§

Tom Marshall avait été policier durant vingt-deux ans. Ils avaient vécu tout ce temps dans le Maryland, à Harlingen. À pourchasser les voleurs, il était passé inspecteur avant tout le monde. Nancy était avocate au centre d'assistance judiciaire du Potomac County et défendait les femmes, les familles, les droits des handicapés, les enfants en péril. Ils avaient fait connaissance à la fac de Macalester, dans le Minnesota. Tom avait espéré devenir avocat, lui aussi, se battre pour l'environnement ou les droits civiques, mais il s'était engagé dans la police parce que Nancy était tombée enceinte. Toutefois, le métier de policier lui plaisait, avait-il découvert. Les affaires de vol lui plaisaient. C'était biblique (bien que Tom ne fût pas porté sur la religion), mais moins grave que l'assassinat. Nancy avait commencé à faire son droit avant que leur fils Anthony ne décroche son diplôme. Elle ne voulait pas se retrouver piégée par l'oisiveté lorsque la maison se viderait. Ce renversement de leurs trajectoires respectives paraissait ironique, mais sans importance.

Seulement, au bout de vingt années de carrière, voilà deux ans et demi, Tom Marshall avait été pris dans une fusillade à l'intérieur d'un magasin d'articles de sport, où l'amenait une enquête. Le policier avec qui il faisait équipe avait été tué, et Tom blessé à la jambe. On n'avait jamais attrapé le braqueur. À l'issue de son congé de maladie, il retourna au travail avec la médaille du courage et de nouvelles fonctions d'inspecteur principal, lesquelles s'étaient révélées ne pas lui convenir. Dans les six mois, à l'ennui du travail de bureau avait succédé la désaffection, puis il avait connu des « troubles émotionnels » – principalement des sautes d'humeur – néfastes pour le moral des hommes qu'il était censé diriger. Si bien qu'à Noël il avait démissionné, touché à quarante-trois ans sa pension de retraite et entrepris à la maison un recyclage qui, après d'abondantes lectures, avait débouché sur l'idée d'inventer des jouets d'enfants et de les fabriquer lui-même dans son petit atelier, un local qu'il louait dans une ancienne usine convertie en coopérative d'artistes, à Brunswick, ville voisine au bord du Potomac.

Comme Nancy le lui avait fait remarquer, Tom Marshall n'avait jamais vraiment présenté les caractéristiques d'un flic. Il n'était ni taciturne, ni cynique, ni rigide, ni enclin à l'autojustification pas plus qu'à de redoutables explosions de violence. Avec sa belle gueule souriante, ses longs bras, ses grandes mains osseuses, ses grands pieds, sa tignasse brune, cet échalas avait un heureux tempérament. Il ressemblait plutôt à un prof de sciences dans le secondaire, le métier qu'il aurait dû faire, pensait Nancy, même s'il était content d'avoir été flic maintenant qu'il y avait renoncé. Il aimait lire des romans victoriens, marcher en forêt, observer les oiseaux, étudier les constellations. Et il était capable de réparer ou de fabriquer n'importe quoi – robots ménagers, lampes, serrures –, de confectionner des oiseaux, des maquettes de bateaux, d'inventer des meubles ingénieux. Il avait les dispositions authentiques d'un artisan, et Nancy n'avait jamais compris comment il avait pu rester si longtemps dans la police, sinon que n'ayant jamais pensé que sa vie lui appartenait, il avait donné tout jeune la priorité à ses responsabilités de père de famille. Dans l'image la plus plaisante qu'elle avait d'elle-même en épouse, elle se voyait plantée en un lieu quelconque devant un de ces travaux typiques dans lesquels Tom se lançait le samedi matin – l'assemblage d'un pupitre à dictionnaire en teck incrusté, le réglage minutieux d'un kart construit pour Anthony, l'installation d'un système à minuterie d'arrosage du jardin –, à simplement le contempler avec une admiration béate, presque mystique, comme pour dire : « Que c'est étonnant, merveilleux, quelle chance d'être mariée à un homme pareil ! » Elle estimait que son mariage avec Tom Marshall lui avait enseigné les actes ordinaires de dévouement, d'amour, d'attention et de tolérance envers autrui, des actes qu'elle n'avait jamais pratiqués dans sa jeunesse car elle était trop égoïste, jugeait-elle. Couvée par son papa.

Quand elle avait eu l'idée de faire son droit, Tom y avait adhéré instantanément et avec enthousiasme. S'arrangeant avec les horaires flexibles, il rentrait à la maison pour être auprès d'Anthony durant son année de terminale au lycée. Il remettait les vacances à plus tard afin qu'elle puisse travailler à la bibliothèque, et ne parlait jamais de ses propres aspirations à devenir avocat. Il avait organisé pour Nancy une fête de fin d'études, loué une salle, et il l'avait accompagnée à son examen au barreau dans une voiture de police, puis il avait organisé une autre fête quand elle avait été reçue. Il applaudit à sa décision de travailler au centre d'assistance judiciaire, et ne ronchonna jamais contre le salaire de misère et les horaires impossibles, qui étaient le prix à payer, disait-il, pour connaître de grandes satisfactions et contribuer au bien public.

Pendant une brève période, lorsque Tom, ayant pris sa retraite de policier, se mit à travailler dans son atelier à la coopérative, qu'Anthony fut admis à Goucher et passa l'été en internat à Washington, et que Nancy eut fait son trou à l'assistance judiciaire, leur existence sur terre parut aussi parfaite qu'ils pouvaient en rêver. Nancy commença à connaître plus de succès que de défaites dans les causes qu'elle défendait. Un poste fut proposé à Anthony dès qu'il aurait son diplôme. Et Tom conçut et réalisa deux sculptures jouets pour enfants de quatre ans, qu'à sa propre surprise il vendit en France, en Finlande et à Neiman Marcus.

L'un de ces jouets était un chien, d'une forme très simplifiée, que Tom découpait à la scie sauteuse, teintait en jaune, rouge et vert, et sur laquelle il dessinait les détails. Mais cette forme était telle que six de ces chiens s'emboîtaient l'un dans l'autre pour en composer un seul, si bien que la sculpture pouvait être indéfiniment démontée et reconstituée par l'enfant. Tom l'appela Wagner le chien, l'objet lui rapporta vingt mille dollars et les Français se dirent intéressés par ses prochaines idées. L'autre sculpture était un phare en balsa, également assemblé de façon qu'on puisse le démonter, mais qui était trop compliqué, pensait Tom. Il ne le vendit qu'en Finlande et ne fit aucun profit. Il l'avait appelé Le Phare du Maine, faute de trouver un nom plus original. Il envisageait de créer un site sur le Web.

D'autre part, quand tout alla pour le mieux, Tom Marshall eut une liaison avec une artiste en sérigraphie qui louait elle aussi un local à la coopérative, une femme beaucoup plus jeune que Nancy, nommée Crystal Blue – son affaire de sérigraphie s'appelait « Crystal Blue's Creations » –, envers laquelle Nancy avait eu des gestes aimables lorsqu'elle venait à l'atelier de Tom voir ses nouvelles inventions.

Crystal était une jolie petite écervelée sans aucune personnalité, qui imprimait avec des couleurs criardes, métalliques, des silhouettes féminines vêtues de robes diaphanes à la Maxfield Parrish. Dans un camion bleu fluo décoré de sa propre effigie, elle allait vendre ses sérigraphies, généralement à des motards et des toxicos, dans d'obscures foires d'artisanat en Virginie-Occidentale et en Pennsylvanie du sud. Nancy se rendit compte que Crystal ne pouvait qu'éprouver de l'attirance pour Tom, ce beau mec direct au regard candide, l'opposé d'elle-même. Et Tom risquait d'être attiré par l'inconsistance de Crystal, déguisée en absence d'inhibitions. Mais seulement jusqu'à un certain point, supposait-elle, autrement dit le temps pour lui de s'apercevoir que rien ne retenait son intérêt. Ce ne serait pas immédiat, bien sûr. Mais l'ennui surviendrait vite, l'agacement d'avoir à fournir des mensonges minables, et il ne tarderait sûrement pas à être irrité par l'expression idiote, immuable, de la grosse bouche trop italienne de Crystal. Sans compter le poids plus lourd de la tromperie et le risque de causer des dommages irréparables à ce qui avait du prix dans sa vie, et dans celle de Nancy.

Néanmoins, Tom trouva moyen de passer par-dessus ces inconvénients et de baiser presque chaque jour durant des mois avec Crystal dans son atelier de sérigraphie, jusqu'à ce que le petit ami de celle-ci comprenne ce qui se passait, appelle Nancy au bureau et grille le secret de Tom en disant avec l'accent nasal de la Virginie-Occidentale : « Alors, on fait quoi au sujet de nos deux artistes dans leur nid d'amour ? »

Lorsque, dînant avec Tom dans un restaurant voisin du centre d'assistance judiciaire, Nancy lui soumit les propos tenus au téléphone par le petit ami, il prit une mine très grave, baissa les yeux sur la nappe et se mit à tripoter une fourchette entre ses grands doigts osseux.

C'était vrai, avoua-t-il, et il le regrettait. Selon lui, coucher avec Crystal était une « réaction » au fait de soudain ne plus faire partie de la police après y avoir passé la moitié de sa vie, et aux séquelles dépressives de sa blessure à la jambe, qui persistait à se faire sentir quand il pleuvait. Mais c'était aussi un effet de l'euphorie suscitée par sa nouvelle existence, quelque chose qu'il avait besoin de fêter tout seul à sa manière à lui et qu'il appelait « sentiment cosmique », un état dans lequel les actes se situaient hors du périmètre des conventions, des obligations, du passé et même du bon sens (comme ce qui a lieu à l'échelle du cosmos). Cette nouvelle existence, dit-il, il voulait la vivre tout entière auprès de Nancy, qui avait écouté calmement et sans guère intervenir, quoiqu'elle ne pensât pas vraiment à Crystal, ni au petit ami de celle-ci, ni à Tom, ni même à elle. Pendant qu'il discourait indéfiniment, elle éprouvait en fait une curieuse impression d'apesanteur, presque de désincarnation, comme si elle se voyait écouter Tom du haut d'une position confortable mais un peu vertigineuse, aux abords de la moulure en couronne rouge et de style chinois décorant le plafond. Plus Tom s'épanchait, moins elle se sentait matériellement présente. Si Tom avait pu continuer à parler – à récapituler ses difficultés, ses angoisses, son sentiment d'insatisfaction lié à l'âge, la perte croissante de sa bonne opinion de lui-même depuis qu'il avait cessé de pourchasser les bandits arme au poing –, Nancy se disait qu'elle aurait fini par disparaître complètement. De sorte que le problème (s'il ne s'agissait en somme que de ça : un problème) aurait été résolu : plus de Crystal Blue ; plus de Tom lugubre et contrit ; plus de ces révélations humiliantes, minables, d'où il ressort que votre vie est encore plus pareille à toute autre vie que vous n'étiez prêt à l'admettre ; tout ça se serait effacé dans le courant d'air de sa propre évaporation.

Elle entendit Tom déclarer – en tournant et retournant comme une amulette entre ses doigts longs et poilus la laide fourchette à salade sur laquelle se rivait son regard solennel – que c'était maintenant absolument fini avec Crystal. Après avoir appelé Nancy, le petit ami avait apparemment foncé saccager à coups de pied l'atelier de Crystal, puis il l'avait un peu tabassée, et ensuite ils étaient tous les deux partis dans sa Corvette se réconcilier à Myrtle Beach. Tom dit qu'il se trouverait un autre local pour ses travaux ; que dès ce jour Crystal sortait définitivement de sa vie (non qu'elle y eût jamais occupé la moindre place), qu'il avait honte et qu'il était désolé. Mais, si Nancy voulait bien lui pardonner et ne pas le quitter, il pouvait lui jurer qu'un tel accroc ne se reproduirait jamais plus.

Tom leva enfin ses grands yeux bleus de flic pour chercher le regard de Nancy. Son visage – un visage auquel elle avait toujours trouvé une beauté anguleuse, avec ses pommettes saillantes, ses profondes orbites, son menton lourd et ses grandes dents blanches – ressemblait plutôt en cet instant à une tête de mort. Pas littéralement, bien sûr ; Nancy ne voyait pas une tête de mort comme sur un drapeau de pirate. Mais c'est la pensée qui lui vint : la figure de Tom est une tête de mort. Et sans être obsessionnelle, ce dont elle avait la certitude, ni croire aux présages ou aux symboles comme source d'illumination, elle s'était formulé mentalement cette pensée – « La figure de Tom est une tête de mort » – et s'était représenté ces mots inscrits, telle une devise, sur le linteau de la porte d'une salle de tribunal mythique sortie tout droit de *La Divine Comédie.* D'une façon ou d'une autre, cette idée d'une tête de mort venait forcément de quelque part dans ses convictions.

Une fois que Tom eut fini de présenter ses excuses, Nancy lui dit sans colère que ce ne devrait pas être nécessaire de changer d'atelier s'il pouvait se tenir à l'écart de Crystal quand elle reviendrait de Myrtle Beach. Elle avait peut-être commis des erreurs de jugement, dit-elle ; dans un couple, surtout un vieux couple, les accidents survenaient toujours du fait des deux partenaires, et ce genre d'accident n'était qu'un symptôme, pas terriblement grave en soi. Certes, elle n'aimait pas du tout ce qu'il avait fait, cet après-midi même elle avait envisagé de divorcer, simplement pour ne plus avoir à y penser, mais elle ne croyait pas que ces agissements étaient dirigés contre elle, pour la bonne raison qu'elle n'avait rien fait pour le mériter. Elle pensait, enchaîna-t-elle, que le comportement de Tom avait en effet un rapport avec les problèmes dont il venait de parler, son intention était de lui pardonner et de voir si, à eux deux, ils ne pourraient pas triompher des courants contraires grâce à une intimité plus grande que jamais.

« Et que dirais-tu de baiser avec moi, ce soir ? » lui lança-t-elle, là, dans le restaurant. Employer le verbe « baiser » était provocateur, mais aussi vaguement pitoyable, s'adressant à son mari. « Il y a un bout de temps qu'on ne l'a pas fait. » Dans son esprit, la phrase s'était complétée des mots : « Bien que tu l'aies fait tous les jours avec ta copine débile », mais elle n'aimait pas les avoir pensés.

« Oui », répondit Tom, avec une gravité excessive. Puis il rectifia : « Non. »

Il avait croisé ses grandes mains, sans la fourchette, sur la nappe blanche près de celles de Nancy. Ni l'un ni l'autre ne bougea pour opérer un contact.

« Je suis absolument désolé », dit Tom pour la troisième ou quatrième fois, et elle savait que c'était vrai. Il n'était pas du genre à se distancier de ce qu'il ressentait. À dire quelque chose puis à se demander, maintenant qu'il l'avait dit, quel sens ça pouvait avoir, pour conclure enfin que ça n'avait aucun sens. C'était un type intègre, sincère, qualités qui avaient fait de lui un inspecteur exemplaire dans les affaires de vol, l'interrogatoire des criminels. Les paroles de Tom n'étaient pas du vent. « J'espère que je n'ai pas détruit notre vie, ajouta-t-il tristement.

– Moi aussi, je l'espère. » Nancy ne voulait pas se poser la question de sa vie détruite, qui semblait ridicule. Elle voulait se focaliser sur l'image d'honnête homme de son mari. Et non celle de la tête de mort. « Je ne pense pas qu'elle soit détruite, dit-elle.

– Alors, rentrons chez nous. » Tom plia sa serviette après s'être essuyé la bouche. « Je suis prêt. »

Chez nous signifiait qu'il lui ferait l'amour, et il le ferait sûrement avec ardeur, tendresse, jusqu'à bonne fin. Il faisait ça très bien. Ce n'était pas idiot de la part de Crystal d'avoir eu envie de coucher avec Tom, pour changer de son petit ami pleurnichard. Pourtant, Nancy s'interrogea sur ce qu'elle-même en attendait ce soir ; pourquoi le lui avoir demandé ? C'était sans doute baise avec moi au lieu de va te faire foutre. Car, pour le moment, elle ne souhaitait pas la rupture, même si ça devait arriver. Dommage ; parce qu'elle avait conscience de fonctionner précisément comme Tom ne fonctionnait pas, bien qu'il eût des rapports adultères et elle non : oui, elle était du genre à dire quelque chose, puis à se demander à la réflexion pourquoi elle l'avait dit, quelles pourraient en être les conséquences, et (souvent) comment se débrouiller pour ne pas faire ce qu'elle avait dit avoir envie de faire. Jamais elle ne s'en était tout à fait rendu compte, et elle envisagea maintenant la possibilité que ce fût tout nouveau, ou que ce fût devenu vrai à cause de la trahison de Tom. Mais à quoi est-ce que ça correspondait ? se demanda-t-elle tandis qu'ils sortaient du restaurant pour rentrer chez eux se mettre au lit. À quoi correspondait sa propre façon d'être ? Chacun devrait être capable de le dire. Ça portait sûrement un nom. Elle ne parvenait pas à le trouver.

§

Le lendemain matin, le vendredi – après la nuit à Freeport –, ils prirent le petit déjeuner à Wiscasset, dans un petit café-restaurant rutilant, au bord d'un fleuve aux eaux vertes, que franchissait sur un pont de béton une circulation rapide vers le nord ou vers le sud. Le panneau bordé d'or à l'entrée de Wiscasset annonçait LA PLUS JOLIE PETITE BOURGADE DU MAINE, ce qui signifiait apparemment qu'il y avait peu de maisons, et que ces maisons étaient grandes, blanches et assez luxueuses, avec des jardins soignés et, près de la porte d'entrée, une plaque informant tous les passants de la date à laquelle cette demeure avait été construite. De l'autre côté du fleuve, qui s'appelait le Sheepscot, des bungalows blancs s'éparpillaient sur la rive boisée. Tel était le Maine, petite échelle, profusion de panoramas, une région écartée, huppée et envahie, à un point irritant. Nancy savait qu'ils se trouvaient près de l'océan, mais elle ne l'avait pas encore vu, même de l'avion, la veille. Le Sheepscot devait en fait être un estuaire ; à l'amont, des mouettes volaient dans l'air limpide du matin, de petits bateaux pour la pêche au homard et quelques voiliers étaient au mouillage.

Lorsqu'ils s'étaient garés et dirigés à pied vers le café-restaurant, Tom avait fait halte pour se pencher sur les vitrines remplies de photos en couleurs de propriétés à vendre, de petites maisons blanches à toit vert propret, toutes situées « à deux pas » de l'eau sous une forme ou une autre, vaguement visible à l'arrière-plan. Tous les noms de lieux étaient typiques du Maine.

Pemaquid Point. Stickney Corner. Passamaquoddy quelque chose. Ces maisons ressemblaient aux bungalows sur la rive d'en face : au bout d'un été, on en aurait assez et il faudrait revendre. Tom trouvait les prix trop élevés, mais Nancy ne se sentait pas en mesure de juger si c'était cher ou non. Peu importait. Elle n'habitait pas là.

Après avoir examiné sa troisième vitrine d'agence immobilière, Tom se redressa et contempla l'estuaire en contrebas, derrière le café-restaurant. L'eau scintillait dans l'atmosphère légère de septembre. Il paraissait nostalgique, mais en même temps il donnait l'impression d'envisager un projet. La brise saline lui rabattait les cheveux, révélant sa calvitie naissante.

« Serais-tu tenté par un toit “à deux pas de l'océan” ? » demanda-t-elle gentiment. Elle le prit par le bras. Tom était un enthousiaste et, lorsque la chose pour laquelle il avait envie de s'enthousiasmer se révélait hors de portée, ça le rendait souvent d'humeur sombre, comme si le monde était un lieu sans espoir.

« Je me disais simplement que dans ce patelin, toutes les trouvailles ont déjà été faites, répondit-il. Il fallait être là il y a vingt ans.

– Aimerais-tu vivre à Wiscasset, à Pissamaquoddy ou je ne sais quoi ? » Elle tourna la tête vers la rue principale, une rue en pente avec une série de magasins d'antiquités, un traiteur, une luxueuse boutique de meubles au-dessus de laquelle se trouvaient des cabinets d'avocats et d'experts-comptables. Ces édifices portaient eux aussi des plaques donnant leurs dates d'édification. Les années 1880. Rien de vraiment si vieux. À Harlingen, beaucoup de bâtiments étaient plus anciens.

« Je voudrais bien y avoir pensé à cette époque-là », dit Tom. Il portait une chemise en toile rouge de chez Bean, un short de couleur fauve, des chaussettes de laine et des baskets. Ils étaient presque habillés pareil, bien qu'elle eût un coupe-vent bleu et un pantalon kaki. Tom avait l'air d'un touriste et non d'un ex-flic, ce qui était le but recherché, supposa-t-elle. Il aimait l'idée de changer de peau.

« Les vacances ne sont pas faites pour cultiver les regrets, ni même pour réfléchir durablement. » Elle lui tira sur le bras. Elle se sentait être elle-même à son intention à lui. La route qui traversait la bourgade – la US 1 – commençait déjà à bouchonner, on roulait au ralenti sur le pont. « Le principe des vacances, c'est que ton esprit se laisse porter par la brise, qu'il largue les amarres et se libère. »

Tom la regarda comme si elle était devenue l'objet de sa nostalgie. « Très juste, répondit-il. Tu ferais une épouse formidable. » Il parut saisi de ce qu'il venait de dire et, peut-être embarrassé, se remit à marcher.

« Mais je suis déjà l'épouse de quelqu'un », lança-t-elle en le rejoignant, s'efforçant d'en faire une plaisanterie, puisque l'intention de Tom était gentille, et que sa remarque n'avait rien de blessant. Seulement, à cause de ce qui n'allait plus entre eux, le moindre incident réveillait le malaise, sans pour autant le rendre identifiable. Ils s'aimaient. Ils se connaissaient intimement. Ils étaient un couple marié plein de bonne volonté. Tout était finalement pardonnable – un lapsus, une tentative ratée de faire l'amour, une conversation qui ne menait nulle part ou qui tournait mal. Mais une question se posait : à quoi aboutissaient réellement ces réserves infinies de tendresse et de respect ? Et à quoi n'aboutissaient-elles pas ? En descendant la pente derrière son mari, Nancy ressentait la force particulière de n'avoir vécu qu'une vie. Ces trois jours devraient servir à déterminer si ça avait un sens de dépasser ce minimum. Une interrogation cruciale.

§

Dans la salle du Miss Wiscasset, Nancy feuilleta *The Down-East Pennysaver*, qui avait au dos une page de petites annonces personnelles. Homme recherche femme. Femme recherche homme. Rien d'autre n'était apparemment autorisé. Pas de Homme recherche homme. Tom étudiait la carte qu'ils avaient ramassée dans leur chambre d'hôte, et qui comportait une liste d'informations pratiques sur l'État du Maine.

Dehors, sur le fleuve, une péniche noire poussait à contre-courant une drague flottante. La drague portait une énorme benne suspendue à un câble au bout d'un bras articulé. Le tout était démesuré au point de paraître ridicule.

« À quoi c'est destiné, selon toi ? » demanda Nancy. Le café-restaurant, envahi par la clientèle matinale, était bruyant et sentait à plein nez la graisse de bacon et le pain frit.

Levant les yeux de sa carte, Tom les tourna vers la drague. Elle ne passerait pas sous le pont par lequel la route 1 franchissait le fleuve. Elle était trop haute. Il regarda Nancy et sourit comme si elle n'avait rien dit, puis se replongea dans ses informations pratiques.

« Au cas où ça t'intéresserait, reprit Nancy, oubliant sa question, toutes les femmes qui cherchent un homme sont soit "bien en chair, cinquante ans passés", soit des filles de seize ans en quête d'une "présence paternelle" d'âge mûr. Dans le Maine, il n'y en a que pour les vieux. »

Tom but une gorgée de café et fronça les sourcils. Ils avaient deux jours et demi devant eux, dimanche ils reprenaient l'avion à Bangor. Ils ignoraient tout du Maine, mais avaient parlé de pousser en voiture jusqu'à Bar Harbor et au mont Katahdin, dont ils avaient entendu dire qu'ils valaient le détour. Nancy avait projeté de visiter le parc national, une randonnée vivifiante, puis peut-être d'aller se baigner dans l'océan si l'eau n'était pas trop glacée en cette fin de saison. Ils avaient imaginé que les feuillages seraient en train de virer au roux, mais ce n'était pas encore le cas, à cause des pluies abondantes de l'été.

De plus, ils étaient incapables d'évaluer au juste les distances. Les péninsules biscornues qui s'étendaient vers le sud et le tracé tortueux des routes compliquaient la lecture de la carte. Le trajet depuis Freeport, ce matin, n'avait pas paru long, mais ce n'était pas très éloigné. Ça donnait l'impression d'être étranger dans son propre pays. D'autre part, ils avaient toujours trouvé du plaisir à rouler en voiture, déjà à l'époque de la fac, où Tom jouait de la batterie dans un groupe de rock et où elle l'accompagnait un peu partout, dormant dans l'auto et dans des motels à dix dollars la nuit. En voiture, ils s'offraient l'un à l'autre leur vrai visage. Ils baissaient la garde. Ils se sentaient libérés.

« Il y a une ville qui s'appelle Belfast, dit Tom, replongé dans sa carte. Ce n'est pas loin au nord. Du moins, je ne crois pas. » Il regarda à nouveau la drague flottante, laquelle, opérant un lent demi-tour sur l'estuaire, s'apprêtait à reprendre la direction de l'océan. « Tu as vu ça ?

– Je ne saisis pas bien ce que signifie "down-east" », dit Nancy. Dans le *Pennysaver*, il était sans cesse question de « down-east » ; le bas-est, ou en bas dans l'est ? Les petites annonces personnelles s'intitulaient « Rencontres down-east ». « Est-ce que ça signifie qu'en suivant l'une des péninsules aussi loin qu'elle plonge vers le sud, on finit par arriver à l'est ? »

Tom devait avoir la réponse. C'était lui qui avait choisi cette destination au lieu de leur coin préféré de l'Eastern Shore[1]. Subitement, le Maine s'était imposé à lui, pour des motifs nébuleux : c'était là que les États-Unis avaient commencé, l'océan occupait une place primordiale dans l'expérience humaine, il avait passé son enfance près du lac Michigan et n'y avait jamais rien trouvé de primordial.

« Oui, je pensais que c'était ça, répondit Tom.

– Et Maine, alors, qu'est-ce que ça signifie ? » demanda-t-elle. Aucune indication là-dessus dans le *Pennysaver*.

« Là, pour le coup, je sais, dit Tom en suivant des yeux le mouvement tournant de la péniche repartant vers l'aval. Ça signifie *main land*, le continent. En opposition à une île. »

Nancy parcourut des yeux la salle pleine de monde, en quête de leur serveuse. Prête à affronter le bacon gras et le pain frit, elle

1. *Eastern Shore :* agréable presqu'île chevauchant trois États : Delaware, Maryland et Virginie. (*N.d.l.T.*)

avait rangé le *Pennysaver* derrière le distributeur de serviettes en papier. « Ils ont une haute opinion d'eux-mêmes par ici, observa-t-elle. On dirait qu'ils admirent les vertus dont on n'a idée qu'en endurant les difficultés et le désarroi. Ça doit être la mentalité de la Nouvelle-Angleterre. » Les vertus de Tom appartenaient évidemment à cette catégorie. Il était parfait pour peu qu'on fût en train de mourir, de se faire cambrioler ou escroquer, trait de caractère idéal dans la police, et précieux en bien d'autres circonstances. « Le Maine, est-ce que ce n'est pas là qu'une femme a été abattue par un chasseur alors qu'elle suspendait sa lessive sur la corde à linge ? Elle portait des gants blancs, ou je ne sais quoi, et ce type l'a prise pour un chevreuil. On n'est pas obligé de plaider ça, bien sûr. »

Il lui adressa par-dessus la table son regard neutre de policier en service. C'était une expression qu'il lui arrivait de prendre, reléguant hors de vue son vrai visage, ouvert et animé. L'injustice l'atteignait personnellement.

Elle cligna des yeux, attendant qu'il dise autre chose.

« Les endroits qui n'ont rien d'étrange manquent d'intérêt, en général, déclara-t-il avec solennité.

– C'est mon premier matin ici. » Elle lui sourit.

« Je voudrais que nous visitions ce Belfast. » Il consulta encore une fois son dépliant. « D'après la description, c'est intéressant.

– Belfast... Comme la ville où on se bat ?

– Oui, mais celle-ci se trouve dans le Maine.

– Je ne doute pas qu'elle soit merveilleuse.

–Tu me connais, dit-il en lui rendant son sourire de façon imprévue. Toujours optimiste. » Il avait retrouvé son enthousiasme. Il tenait à ce que leur voyage en vaille la peine. Et il avait absolument raison : il était trop tôt pour tomber en désaccord. Ça pourrait venir plus tard.

§

Vers le début de l'hiver dernier, Tom avait quitté la maison et pris un appartement, dans un sinistre petit assemblage de rectangles aux murs blancs et nus. C'était un nouveau complexe immobilier, séparé par un large boulevard d'un centre commercial de magasins d'usines et contigu au parking d'une grosse clinique vétérinaire où, jour et nuit, on entendait les chiens aboyer et pleurer.

De façon calculée, le départ de Tom se fit sans éclats. Lui-même avait paru réticent et, une fois qu'il ne fut plus là, elle souffrit de ne pas le voir, de ne pas dormir près de lui, de ne pas l'avoir pour lui parler. Certains jours, lorsqu'elle rentrait du bureau, Tom était dans la cuisine, occupé à boire une bière ou à regarder CNN pendant qu'il se faisait réchauffer quelque chose au micro-ondes, comme si c'était normal d'habiter ailleurs et de surgir inopinément, tel un souvenir. Elle trouvait parfois la porte de la salle de bains fermée, ou tombait sur lui au moment où il remontait du sous-sol, à moins qu'il ne fût simplement planté dans le jardin à contempler les massifs d'hortensias, l'air de ruminer un désherbage.

« Tiens, tu es là, toi, disait-elle. – Ouais, c'est moi », répondait-il, donnant l'impression de ne pas savoir au juste comment ça se pouvait. Il lui arrivait de s'asseoir dans la cuisine et de raconter ce qu'il avait entrepris à l'atelier. Parfois, il lui apportait un jouet qu'il venait de fabriquer, une étoile filante colorée, montée sur un socle, ou un nouveau Wagner aux teintes plus vives. Ils parlaient d'Anthony, à Goucher. En général, Nancy lui proposait de rester dîner. Et Tom suggérait qu'ils aillent au restaurant, l'addition pour lui. Mais ce n'était jamais ce dont elle avait envie. Elle avait envie qu'il reste, un point c'est tout. Il lui manquait au lit. Jamais ils n'avaient vraiment parlé de se séparer. Il était mû par ses propres raisons. Son départ avait paru presque naturel.

Chaque fois qu'il était là, pourtant, elle s'efforçait de scruter Tom Marshall d'un autre œil, de voir en lui un inconnu ; elle tentait de discerner s'il était réellement si beau que ça, ou s'il avait l'air différent de celui qu'en vingt ans elle s'était accoutumée à avoir en face d'elle ; s'il était aussi bien intentionné ou même aussi costaud et svelte qu'elle avait pris l'habitude de le considérer. S'il avait réellement une nature d'artiste et de la douceur, ou s'il n'était qu'un salaud ou un pauvre type qu'elle avait épousé à tort, puis auquel elle avait fini par s'habituer. Elle envisageait la possibilité d'avoir une aventure, avec un collègue ou un livreur. Mais ça lui paraissait trop mécanique, trop compliqué, d'une issue trop prévisible. Il faudrait que la punition de Tom réside dans le fait qu'elle envisageait une aventure et exprimait sa liberté de choix sans le lui dire. Dans un magazine feuilleté chez le dentiste, elle lut que la plupart des femmes changeaient radicalement d'opinion sur leur mari au bout d'un certain temps de séparation. Sauf qu'étant enclines à la conciliation et au pardon, les femmes cherchaient à éviter cette séparation. En fait, elles trouvaient facile et même souhaitable de préserver leurs illusions sur bien des sujets, mais surtout sur les hommes. Selon l'auteur de l'article – une psychologue –, le cas des femmes était sans espoir.

Néanmoins, chaque fois qu'elle procédait à l'une de ces réévaluations, Nancy concluait que Tom Marshall était bel et bien tel qu'elle l'avait toujours perçu, et que tous les motifs qu'elle aurait pu fournir pour expliquer pourquoi elle l'aimait demeuraient valides. Tom était un type bien ; et leur séparation était une mauvaise chose, même s'il semblait capable de s'adapter au célibat, voire de s'y épanouir. Elle n'avait plus qu'à se sortir de là comme elle pouvait. Car elle savait une chose que Tom aussi savait probablement : ils se trouvaient tous les deux dans une drôle de situation ; ils foulaient un terrain émotionnel incertain, qui risquait de mettre à l'épreuve ce qu'ils étaient exactement en tant qu'êtres humains, d'imposer l'examen de nouvelles facettes du diamant.

Cette situation n'avait rien à voir avec celles que Nancy affrontait tous les jours à l'assistance judiciaire, et que Tom avait rencontrées dans la police, les conflits ouverts, dramatiques et irréversibles, où les choses dégénéraient très vite, si bien que les gens aboutissaient au tribunal ou entre les rudes mains de la justice, ultime recours pour résoudre les difficultés de l'existence. Si les gens n'étaient pas si portés à dramatiser, pensait Nancy, s'ils gardaient un peu de souplesse, réfléchissaient par eux-mêmes, se modéraient, leur cas pourrait s'arranger. Mais ce devait être dur pour certains.

Elle avait été assez impressionnée par ses propres réactions après que Tom eut reconnu qu'il couchait avec Crystal d'Amato (c'était son vrai nom). Dès qu'il eut dit de façon convaincante qu'il n'avait pas l'intention de continuer, cette histoire avait presque instantanément cessé de la tourmenter. Par exemple, elle n'avait pas éprouvé de terrible stress à imaginer Tom le cul à l'air sur Crystal là où ils avaient fait ça (elle visualisait un grand drap de toile blanche taché de peinture). Pas plus qu'elle n'attachait trop d'importance à la tromperie de Tom. Il ne s'agissait pas d'une vraie tromperie. Tom était un type bien ; elle était adulte ; la tromperie devait signifier quelque chose de plus grave qui n'était pas vraiment arrivé. En un sens, lorsqu'elle posait à présent sur Tom son regard bienveillant, interrogateur, il lui semblait que sa coucherie avec Crystal était l'une des choses les plus explicables qu'elle découvrait depuis peu à son sujet.

Et pourtant, se rendit-elle compte quand vint le printemps et que Tom resta dans les Larchmere Apartments – préparant ses repas mesquins, regardant son téléviseur minuscule, faisant sa lessive au sous-sol, allant bricoler dans son atelier à la coopérative –, tout l'édifice de leur vie commençait à prendre une forme plus précise et à rapetisser. Tel un coffre précieux tombé par-dessus bord dans le sillage lisse d'un paquebot. Peut-être s'agissait-il d'une crise. Peut-être s'aimaient-ils suffisamment, peut-être s'aimaient-ils tout à fait. Cependant, l'élément le plus fort qui les maintenait ensemble n'était pas cet amour, se disait-elle, c'était une égale curiosité inspirée à tous deux par le caractère inconnu de leur situation, et par une nouveauté que ni l'un ni l'autre ne percevait clairement.

Mais, à mesure que se prolongeait l'éloignement de Tom, toujours affable et à l'aise en apparence, elle avait commencé à ressentir un reflux, quelque chose qui se retirait d'elle, comme l'eau fuit d'un pichet fendu, le ramenant à son état de vide initial. Ce n'était pas vraiment bon signe, il fallait le reconnaître. En même temps, c'était peut-être la vie qui suivait son cours naturel. Elle avait une impression d'isolement, certes, mais un isolement d'une certaine grandeur, comme si le fait d'être seule et de s'en sortir était un accomplissement. Elle se sentait forte et inattaquable, même si personne ne songeait à l'attaquer ; seulement, la question demeurait : quel était le caractère de cette force, et que diable en faire toute seule ?

§

« Où est la Nouvelle-Écosse ? » demanda Nancy en regardant vers le large. Depuis une heure qu'ils avaient laissé Rockland derrière eux sur la route 1, ils entrevoyaient l'océan, dense et calme en surface, d'un bleu presque invraisemblable, où se détachaient distinctement de grandes îles boisées auxquelles, selon les informations de Tom, on n'avait accès que par des ferries, et qui étaient les bastions de propriétaires fortunés ne venant là qu'en été et se passant de chauffage.

« C'est un univers parallèle, là-bas », avait-il ajouté, manière d'exprimer sa réprobation de ce genre d'existence. Tom éprouvait plus d'attirance pour les modes de vie qu'il jugeait authentiques. C'était chez lui le seul trait d'une mentalité conventionnelle de flic. Il pensait le plus grand bien des habitants du Maine qui louaient pendant deux mois d'été leur maison en bord de mer et empochaient des sommes suffisamment colossales pour payer toutes leurs factures de l'année. Telle était sa conception de l'authenticité.

Nancy avait la Nouvelle-Écosse en tête parce qu'il lui semblait que ce serait une balade exotique d'aller là-bas, loin au-delà de ces îles vertes et bien délimitées. Même si elle ne savait pas au juste dans quelle direction elle regardait par la vitre de la voiture. Puisqu'on était sur la côte Est, en se tournant vers l'océan on aurait dû se trouver face à l'est. Mais elle n'avait pas l'impression que cette règle s'appliquait au Maine, ce qui n'était pas sans rapport avec le fait que les distances étaient plus grandes qu'elles ne le paraissaient sur la carte, avec la sensation d'être à l'écart du reste du monde, et avec la signification insaisissable du terme « down-east ». Peut-être regardait-elle vers le sud.

« La Nouvelle-Écosse, tu ne peux pas la voir d'ici. C'est très loin », répondit Tom qui jetait de rapides coups d'œil à l'océan tout en conduisant. Ils avaient traversé Camden, aux rues pleines de touristes flânant au soleil dans leurs tenues éclatantes et coûteuses, s'engouffrant dans les mêmes magasins de luxe qu'ils avaient vus à Freeport. Ils avaient cru qu'après la fête du Travail [2] les touristes seraient partis, mais au fond leur propre présence prouvait le contraire.

« J'ai simplement une espèce d'intuition qu'on trouverait plus de plaisir à faire un tour là-bas, dit-elle. Le Canada est moins envahi. »

Un grand pan de terre boisée se dressait massivement derrière l'eau bleue d'un bras de mer, la baie de Penobscot, avait proclamé Tom. Le pan de terre était Isleboro, il s'agissait aussi d'une île et là aussi les riches ne venaient que l'été et se passaient de chauffage. John Travolta y avait son terrain d'aviation personnel. La longue côte indifférenciée de l'île plongea Nancy dans la méditation. C'était drôle de penser que John Travolta se trouvait là-bas en ce moment même. Occupé à quoi ? Elle se plaisait à imaginer qu'elle voyait la Nouvelle-Écosse, comme, debout dans un pré, on regarde les nuages prendre la forme de montagnes, jusqu'à avoir la sensation d'être dans les montagnes. D'après un de ses collègues à l'assistance judiciaire, le Maine

2. Aux États-Unis, le premier lundi de septembre. *(N.d.l.T.)*

possédait une côte magnifique, mais le reste ressemblait au Michigan.

« La Nouvelle-Écosse se situe à deux cent cinquante kilomètres d'ici, de l'autre côté de la baie de Fundy, dit Tom, plein d'entrain pour une raison ou une autre.

– Au lycée, j'avais fait un exposé sur cette péninsule. On y parle encore le français, une bonne partie de la région est assez arriérée, et les habitants n'aiment pas beaucoup les Américains.

– Comme dans le reste du Canada », conclut Tom.

La route 1 suivait la côte, contournant de hautes collines couvertes d'arbres qui ménageaient de temps à autre une vue à couper le souffle sur la baie en contrebas. Quelques voiles blanches étoilaient le bleu pur de l'eau, bien que la matinée ait paru très peu venteuse.

« Ce ne serait pas mal d'habiter dans le coin », reprit Tom. Il ne s'était pas rasé, et frotta de la paume sa barbe naissante et noire. Il avait l'air plus radieux de minute en minute.

Elle le dévisagea avec curiosité. « Où ça ?

– Ici.

– Habiter dans le Maine ? Mais il y fait un froid mortel, sauf aujourd'hui. » Ils avaient tous deux grandi dans la banlieue de Chicago, elle à Glen Ellyn, et Tom dans un secteur moins cher d'Evanston. La toute première chose sur laquelle ils étaient tombés d'accord, c'était qu'ils détestaient le froid. Pour l'affectation de Tom dans la police, ils avaient choisi le Maryland parce que le climat y était d'une douceur permanente. Les penchants de Nancy n'avaient pas changé. « Où passerais-tu les deux mois pendant lesquels tu louerais la maison aux cousins des Kennedy, rien que pour avoir les moyens de te geler ici tout l'hiver ?

– J'achèterais un voilier. Je naviguerais. » Tom raidit ses bras musclés et empoigna le volant plus fermement. Il était d'une santé impressionnante. Il jouait au basket avec de jeunes Noirs sur des terrains de fortune, se rendait à l'atelier en VTT, faisait des pompes dans son appartement tous les soirs avant de se mettre au lit tout seul. Et, depuis qu'il était parti, il paraissait plus en forme, plus calme, plus optimiste, même si en principe il avait déménagé à deux kilomètres dans un logement merdeux pour son bien-être à elle. Nancy abaissa un regard critique sur les minuscules voiles d'un blanc pur sur fond d'eau bleue, devant l'île uniformément coiffée de vert où les estivants se prélassaient sur leurs terrasses immaculées et observaient au télescope le monde misérable. Rien de tellement séduisant. À l'assistance judiciaire, au cours de ce dernier mois, elle avait défendu un meurtrier, deux jolies sœurs adolescentes accusées d'avoir sodomisé leur frère, une sympathique secrétaire qui, à cause de son obésité, était devenue une tête de Turc dans des bureaux remplis d'homos, sans oublier la Japonaise âgée dont la maison abritait quatre-vingt-seize chats qu'elle nourrissait, et que ses voisins, non sans raison, jugeaient fêlée, une menace pour l'hygiène du quartier. La secrétaire obèse, originaire des Philippines, avait fini par poignarder à mort l'un des homos. Comment abandonner tout ça pour déménager dans le Maine en compagnie d'un homme qui paraissait ne pas avoir envie de vivre avec elle, puis se retrouver piégée sur un bateau durant les deux mois où il ne neigeait pas ? C'était une bizarre période de choix déterminants.

« Tu pourrais peut-être persuader Anthony d'embarquer avec toi », dit-elle, imaginant à nouveau paisiblement qu'Isleboro était la Nouvelle-Écosse, que tout le monde parlait le français et traînait les Américains dans la boue. Elle avait failli dire : « Tu pourrais peut-être persuader Crystal de venir baiser avec toi sur ton yacht. » Mais ce n'était pas son état d'esprit. Empoisonner une conversation inoffensive en lâchant une perfidie qu'on ne pensait pas, c'était ce que faisaient les gens qu'elle défendait et ce qui leur rendait l'existence infernale. Elle n'était même pas certaine qu'il l'avait entendue évoquer Anthony. Il se pouvait qu'elle ait murmuré.

« Réserve ton opinion, répliqua Tom, et il lui adressa un sourire d'encouragement.

– Impossible. Je suis avocate. J'ai quarante-cinq ans. Je crois que les riches ont volé tout ce qu'il y avait de mieux dès avant ma naissance, et non il y a seulement vingt ans à Wiscasset.

– Tu es coriace, mais il faut que tu me laisses te gagner à ma cause.

– Je te l'ai dit, c'est déjà fait, répondit-elle. Je suis ta femme. C'est ce que ça signifie. Ou ce que ça signifiait. Tu m'as conquise. »

C'était bien sûr la conviction habituelle de Tom, la conviction du policier enthousiaste vouant sa vie entière à combattre le vol : quelqu'un avait toujours besoin d'être amené à voir les choses sous un meilleur jour, l'un ayant toujours périlleusement moins bon moral que l'autre ; quelqu'un jouait toujours le rôle du lâcheur. Mais elle ne l'avait pas lâché. C'était lui qui avait couché avec Crystal. Lui qui avait décampé. Elle ne manquait pas d'enthousiasme pour autant. Même si rien de tout ça ne faisait de Tom Marshall un mauvais homme qui devait être puni. Simplement, ils avaient un point de vue différent : celui de Tom consistant à jeter un voile sentimental sur la dépossession en s'apitoyant sur lui-même ; celui de Nancy, de ne pas foncer aux extrêmes même si ça équivalait à fermer les yeux sur l'évidence. À nouveau, elle se demanda s'il l'avait seulement entendue lui dire qu'il l'avait conquise. Il poursuivait maintenant une autre idée, une idée qui lui plaisait. On ne pouvait pas le lui reprocher.

Lorsqu'elle tourna le regard vers Tom, il venait juste de lui jeter un coup d'œil, comme s'il avait fait une remarque et qu'elle n'ait pas réagi. « Quoi ? » demanda-t-elle, en écartant une mèche de cheveux de son visage. Elle le scruta. « Tu vois quelque chose qui te dérange ?

– Je pensais simplement à cette vieille formule que nous citions à l'époque de mes débuts dans la police. "La pièce devient intéressante quand le méchant dit quelque chose de vrai." Ça sortait d'un de tes cours. Je ne me rappelle pas bien.

– Est-ce que je viens de dire quelque chose de vrai ? »

Il sourit. « Je réfléchissais que pendant toutes ces années mes méchants n'ont jamais dit grand-chose de vrai ou même d'intéressant.

– Ça te manque d'avoir de nouveaux méchants tous les jours ? » C'était évidemment la question cruciale ; celle qu'elle n'avait jamais pensé à lui poser un an auparavant, quand avait surgi le problème avec Crystal. La question de la perte épique de sa vocation. Une épouse ne pouvait qu'espérer remplacer les méchants perdus.

« Absolument pas, affirma-t-il. Je suis très content de la vie que je mène maintenant.

– Tu es mieux tout seul ?

– Ce n'est pas vraiment la façon dont je vois les choses.

– Tu les vois de quelle façon ?

– En attente, répondit Tom avec sincérité. Nous laissons passer un certain temps. Avant de nous remettre ensemble.

– Comment qualifierais-tu ce temps ?

– Je ne sais pas. Un temps de réajustement, peut-être.

– De réajustement à quoi, au juste ?

– L'un à l'autre ? » dit Tom, avec une absurde intonation montante en fin de phrase.

Ils approchaient d'une ville. Belfast, Maine. Un panneau noir et blanc marquant la limite d'une zone d'entreprises apparut. FONDÉ EN 1772. UN CENTRE D'ACTIVITÉ DU MAINE. On pénétrait dans le périmètre urbanisé. La route s'était graduellement abaissée vers le niveau de l'océan. La circulation ralentit tandis que les abords se meublaient de motels, de fabriques de chaussures, d'ateliers de poterie, de petits chantiers navals vendant de luxueux canots en bois : les signes de l'activité.

« Je n'avais pas conscience de nécessiter un réajustement, observa Nancy. Je croyais trouver mon bonheur en continuant comme avant. Je n'étais pas fâchée contre toi. Je ne le suis toujours pas. Même si ton point de vue m'incite à me sentir un peu ridicule.

– Je croyais que tu le voulais.

– Que je voulais quoi ? Un motif de me sentir ridicule ? Ou un temps de réajustement ? » Dans sa bouche, le mot prit une résonance imbécile. « Serais-tu complètement minus ?

– Je croyais qu'il te fallait le temps de faire un bilan. » S'entendre traiter de minus avait l'air de rester en travers de la gorge de Tom. Entre eux, c'était le langage codé de Chicago. Un vieux terme de dégoût.

« Bon sang, mais pourquoi parles-tu comme ça ? s'exclama Nancy. Quoique je devrais le savoir, hein ?

– Pourquoi ?

– Parce que c'est de la foutaise, ce qui explique que ça sonne comme de la foutaise. La vérité, c'est que toi, tu as voulu te tirer de la maison pour des raisons personnelles, et maintenant tu essaies de décider si tu en as marre ou non de cette situation. Et de moi. Mais tu voudrais me faire porter le chapeau à moi. » Elle lui sourit avec une feinte stupéfaction. « Te rends-tu compte que tu es un homme adulte ? »

Il baissa brièvement les yeux, puis lui adressa un regard de mépris. Ils continuaient de rouler, mais là où la route 1 empruntait une rocade goudronnée de frais, Tom dévia pour pénétrer dans l'agglomération de Belfast, qui se transforma presque tout de suite en un environnement agréable, douillet, de grandes demeures victoriennes, coloniales, fédéralistes et néoclassiques occupant de vastes parcelles au long d'une vieille rue cabossée, ombragée de grands ormes survivants, avec deux ou trois clochers d'église fermement ancrés dans le ciel encore estival.

« Oui, je m'en rends compte. Assurément, je m'en rends compte », répondit Tom comme si ces mots avaient un impact dont elle ne pouvait se douter.

Nancy secoua la tête et fit face à la rue bordée d'arbres, sur le côté droit de laquelle on construisait une nouvelle annexe à l'hôpital, deux étages en brique de style colonial. Un nouveau parking. Un nouveau pavillon de cancérologie. Un héliport. Des emplois à foison. Au-delà de l'hôpital s'élevait le bâtiment moderne aux multiples fenêtres d'une école portant le nom de Margaret Chase Smith, dont les équipes s'appelaient, selon la pancarte, les SOLONS. Quelqu'un s'était amusé à recouvrir le « S » d'un « C » dégoulinant de peinture rouge sang[3]. « Ils ont baptisé cette belle école toute neuve du nom de Margaret Chase Smith », dit Nancy pour changer de sujet. Elle en avait assez des temps de réajustement et du manque de franchise. « Elle a été l'une de mes premières idoles. Elle avait fait un discours courageux contre le maccarthysme et se battait pour l'engagement et la conscience civiques. Malheureusement, elle était au parti républicain. »

Tom se taisait. Plus encore que d'être pris en flagrant délit de foutaise, il avait horreur de discuter. Une qualité rare, que Nancy admirait en lui. Seulement, il était peut-être en train de se convertir à la foutaise. Comment était-ce arrivé ?

Ils atteignirent le centre peu voyant de Belfast. Les rues en pente pavées de briques longeaient des édifices commerciaux en brique rouge, anciens et élégants. La plupart des boutiques n'avaient pas modernisé leurs façades ; certaines étaient fermées, même si les places de parking en diagonale étaient toutes occupées. On apercevait au pied de la colline un petit port, avec un embarcadère et quelques gracieux voiliers sur leurs amarres de marée basse. Une ville en pleine transition. Pour passer de quoi à quoi, Nancy n'en avait pas une idée précise.

« Je voudrais manger un morceau », articula Tom d'un ton crispé, en roulant vers le port.

Elle savait d'avance qu'une auberge allait apparaître au bas de la rue, offrant sur la mer à travers les moustiquaires à volets une vue agréable, mais peu spectaculaire, et une tambouille infecte servie dans de la vaisselle en plastique blanc sur des sets de table décorés d'un phare ou d'un macareux. Ce savoir constituait le b-a-ba de sa culture nationale. « Je t'en prie, arrête d'être en

3. *Solons* : législateurs, *colon* : côlon. *(N.d.l.T.)*

colère, dit-elle avec lassitude. Je me suis laissée aller un instant. Excuse-moi.

– Je m'efforçais de dire des choses justes, répliqua-t-il sèchement.

– Oui, je sais. » Elle faillit tendre le bras vers le volant pour lui prendre la main. Mais ils arrivaient devant le restaurant qu'elle avait prévu – des panneaux d'aggloméré peints en vert, des moustiquaires et une grande enseigne AU PÊCHEUR DU MAINE –, face à la baie de Penobscot, laquelle était pittoresque, lumineuse et virginale à un point presque pénible.

§

Ils mangèrent à une longue table couverte de toile cirée tachée, d'où on surplombait le petit port de Belfast. Tous deux choisirent le ragoût de homard. Nancy prit une bière pour se ragaillardir un peu. Des bouffées poissonneuses de tiède brise marine soufflaient à travers les moustiquaires et faisaient voler leurs serviettes et dessous d'assiette en papier. Les clients étaient clairsemés. Dans la salle – en fait, une sorte de grande véranda –, la plupart des tables et des chaises en plastique étaient empilées, et une inscription à la main près de la caisse avertissait que dans une semaine la maison fermerait pour tout l'hiver.

La discussion en voiture avait laissé Tom d'humeur maussade, et c'est avec réticence qu'il se radoucit suffisamment pour préciser que Belfast était l'une des dernières villes préservées de la côte. À Camden, et plus à l'est en direction de Bar Harbor, les riches avaient déjà tout acheté. Toute vente de propriété s'opérait de famille à famille, par l'intermédiaire de cabinets d'avocats sis à Philadelphie et à Boston. Ça ne passait jamais par des agents immobiliers. Il cita les Rockefeller, les Harriman et les Fisk. Mais ici à Belfast, dit-il, le développement s'était trouvé bloqué par certains problèmes écologiques, un élevage industriel de volailles qui avait pollué la baie durant des décennies, si bien que le gang des riches plaisanciers était resté à l'écart. Ce charmant petit port avait jadis été infesté de plumes de poulets. Difficile à croire. Au travers des moustiquaires poussiéreuses, Tom regarda, de l'autre côté de la rue en pente, un jardin public dénudé. On y avait aménagé un terrain de basket goudronné, et deux ou trois mômes joufflus, des Blancs, tiraient des paniers à deux mains et dribblaient gauchement. Il y avait à l'autre bout une cage aux écureuils où ne jouait aucun enfant.

« Là en face », reprit Tom. De sa fourchette tendue entre le pouce et l'index, il désignait la surface plantée d'herbe qui suggérait qu'une installation de grande taille avait autrefois occupé cet endroit. « C'est là qu'on produisait les poulets, en plein sur le port. L'État a fini par exiger la fermeture. » Tom fronçait ses lourds sourcils comme si l'affaire était grave.

Une allée asphaltée faisait le tour de la pelouse. Débarquant d'une fourgonnette garée plus haut, un homme en fauteuil roulant s'engageait sur cette allée. Il commença à se propulser patiemment tandis qu'une petite fille se mettait à gambader dans l'herbe, sous les yeux d'une jeune femme – certainement sa mère – debout à côté de la fourgonnette.

« Comment sais-tu tout ça ? demanda Nancy en regardant avancer l'homme au fauteuil roulant.

– Un type à la coopérative, Mick, qui est de Bangor. Il m'en a parlé. D'après lui, c'est le moment ou jamais d'acheter dans le coin. D'ici six mois, ce sera trop cher. C'est une espèce de dernière enclave. »

Pour une raison ou une autre, l'occupant du fauteuil roulant donnait à Nancy l'impression que c'était un jeune homme, malgré sa corpulence évidente même à cette distance. Il poussait sur ses roues sans hâte particulière, faisant simplement le tour du terrain à la force du poignet. Elle supposait que la petite fille et la femme étaient sa famille, passant le temps dans ce jardin public sans charme pendant qu'il prenait un peu d'exercice. C'étaient aussi des touristes, sûrement.

« Est-ce que tu trouves ça si terrible ? Que les propriétés deviennent chères ? » Elle huma les forts effluves de poisson qui montaient des renfoncements envasés du port. Le soleil s'étant déplacé, elle s'abrita le visage avec la main. « Tu n'as rien contre le progrès, quand même ?

– L'idée de transition me plaît, répondit Tom sur le ton de la confidence. Ça donne un sens des potentialités.

– Je suis convaincue que c'est ce qu'ont ressenti les Rockefeller et les Fisk. » Nancy perçut aussitôt le caractère polémique involontaire de sa remarque. « Acquérir à bas prix, revendre cher, laisser un superbe cadavre. Ce n'est pas le chemin que ça va prendre, qu'en penses-tu ? » Elle adressa à son mari un sourire qu'elle espérait contagieux.

« Si on allait faire un tour ? » Tom repoussa son écuelle en plastique d'un geste de policier accoutumé à manger dans des gargotes. À l'époque où ils étaient étudiants, il n'avait pas ces manières. Il se tenait très bien à table, mangeait posément et savourait. C'était grâce à l'influence de sa mère irlandaise. Maintenant, il avait la bougeotte, il pensait à autre chose et sa mère était morte. Mais ce comportement était autant dans sa nature que le précédent. Ça ne signifiait pas qu'il n'avait pas l'air d'être lui-même. Il l'était tout à fait.

« Oui, bonne idée », dit-elle, contente de partir de là. Elle jeta un long dernier regard au port et au jardin public où l'homme en fauteuil roulant tournait lentement en rond. « Les voyages sont faits pour découvrir les choses, hein ? » Elle chercha des yeux Tom, lequel, le dos tourné, se dirigeait déjà vers la caisse. « Très juste », répondit-elle à sa propre question en le rejoignant.

§

Ils arpentèrent Belfast en cet après-midi de début septembre, remontant depuis le restaurant la rue pavée de briques, traversant le sage quartier des commerces, passant devant une quincaillerie, un cinéma fermé, un siège de mutuelle, une banque, un bar à motards, deux agences immobilières désuètes, plusieurs cabinets d'avocats et un coiffeur pour hommes, avec un unique fauteuil et une vitrine bourrée de photos de lycéens, clients du temps jadis. Un jeune homme svelte aux cheveux noués sur la nuque et sa copine hippie déchargeaient de grands cartons d'un camion pour les entasser derrière la vitre d'une boutique. Il y avait du nouveau par ici. Le magasin de chaussures voisin était devenu une boulangerie bio, avec pour enseigne une grosse miche de pain qui avait l'air vraie. Une galerie d'art se trouvait à côté. Cet endroit n'était pas désagréable, dans sa façon de se préparer tranquillement à ce qui ne manquerait d'arriver bientôt. Nancy comprenait pourquoi il pouvait plaire à Tom.

Du haut de la ville, on voyait une plus grande partie du port, ainsi qu'un autre estuaire longeant une forêt d'un vert dense pour déboucher dans la baie de Penobscot. Un haut pont d'acier du style des années 30 franchissait l'estuaire comme à Wiscasset, mais tout ici était plus petit, moins actif, moins spectaculaire : la baie de Penobscot se déployant inerte et bleue ressemblait elle-même à un autre jardin public, stérile, sans poisson, prêt à une nouvelle exploitation juteuse. Tout évoluait dans ce sens-là, songea Nancy. La présence d'une fabrique polluante, d'une tannerie pestilentielle ou d'une usine de ciment paraissait presque chose désirable, objet de souvenirs attendris. Tom ne partageait pas cette façon de penser.

« C'est agréable, hein, cet endroit ? » dit-elle pour se montrer de bonne compagnie. Elle avait retiré son coupe-vent et se l'était noué autour de la taille, façon vacancier. La bière l'avait détendue, rassérénée. « Est-on déjà "down-east" ? »

Ils s'étaient arrêtés devant une autre agence immobilière. Tom se penchait à nouveau sur les rangées de photos. La marche avait donné chaud à Nancy, mais la brise de mer la baignait maintenant d'une fraîcheur agréable sous le grand soleil.

Là encore, un car Conant de tourisme, rouge et blanc comme ceux qui avaient la veille au soir déposé devant le magasin Bean des consommateurs japonais, arriva au feu du petit carrefour central. Lorsqu'il tourna pour aborder lourdement la montée en direction de la route 1, elle ne put voir à travers les vitres teintées si les passagers étaient asiatiques comme elle le présumait. Elle se souvint d'avoir pensé que ces gens savaient quelque chose dont elle n'avait pas idée. Mais quoi ? « T'arrive-t-il de t'interroger sur ce que pensent les passagers des cars quand ils regardent par la vitre et qu'ils te voient ? demanda-t-elle en suivant des yeux le véhicule, secoué de spasmes chaque fois qu'il rétrogradait pour grimper la pente vers l'enseigne bleue d'un concessionnaire Ford.

– Non, répondit Tom sans détacher son regard des photos de maisons à vendre.

– Moi, j'ai toujours envie de dire : "Hé là, j'ignore ce que vous pensez à mon sujet mais vous vous trompez. Je ne me sens pas plus chez moi que vous." » Les mains sur les hanches, elle savourait l'impression de parler sans que personne ne l'écoute. Elle se sentait de nouveau isolée, autonome, comme si en cette poignée de secondes elle était encore parvenue, pour un moment, à maîtriser la situation. Un sentiment d'autant plus fort qu'il n'était provoqué par aucun stimulus apparent, et ne pouvait durer longtemps. Mais il était là. Cette petite ville assiégée lui avait procuré un plaisir, au moins un. L'erreur aurait été de chercher à retenir indéfiniment cette sensation. C'était déjà bien d'en connaître la possibilité. « C'est drôle, non, de savoir qu'on te voit mais qu'on te perçoit de travers. Est-ce que ça voudrait dire… » Elle se tourna vers son mari.

« Est-ce que ça voudrait dire quoi ? » S'étant redressé, Tom la regardait comme si elle parlait sous l'effet d'un envoûtement. Il la prit par l'épaule et la scruta avec douceur.

« Est-ce que ça voudrait dire qu'on n'est pas présent dans sa vie réelle ? » Elle était simplement en train de broder autour d'une sensation intérieure, comme on le fait entre époux.

« Pas en ce qui te concerne, répondit Tom. Personne ne penserait ça de toi. »

Dommage, songea-t-elle, que le car de touristes ne soit pas passé au moment où il avait son bras autour d'elle, un vrai couple marié en promenade estivale dans une rue ensoleillée. En grande partie une image véridique.

« Moi, j'aimerais bien être plus présent dans la mienne, ajouta Tom d'un ton attristé.

– Tu fais ce que tu peux. » Elle lui tapota la main qu'il tenait posée sur son épaule, et huma son odeur chaude, avec un soupçon de sueur. Une odeur familière. Bienvenue.

« Allons voir de plus près comment sont les maisons », dit-il en regardant par-dessus la tête de Nancy le haut de la colline, où les rues résidentielles s'étiraient sous un dais ancien d'ormes et d'érables, et où les façades offraient au soleil de l'après-midi une blancheur cossue.

§

En marchant le long des rues étroites, pentues et ombragées, Tom semblait soudain avoir quelque chose en tête. Il foulait à longues enjambées d'arpenteur les dalles cassées du trottoir, comme s'il mettait en œuvre des idées qu'il aurait formulées depuis longtemps. Ses mollets, que Nancy admirait, étaient fermes et bronzés, mais la claudication consécutive à sa blessure se remarquait davantage lorsqu'il tenait les mains croisées dans son dos.

Elle trouvait du charme à ces demeures, dans l'ensemble plus belles et mieux aménagées qu'elle ne s'y attendait, plus belles que leur agréable maison aux murs de bardeaux bleus, celle où elle vivait seule pour le moment. La plupart étaient des variations sur le schéma néoclassique, mais avec des volets verts, d'élégantes galeries incurvées, reliées par deux marches au jardin, et des pelouses en pente jalonnées de noyers blancs d'Amérique à l'écorce effilochée, de vieux érables, de rhododendrons touffus et de plates-bandes de pachysandras bien tenues. Rien qui fût très différent d'un bon quartier dans l'est du Maryland. Elle était contente de se promener à pied là où on serait normalement passé en voiture, elle préférait ça aux arrivées et aux départs, qui semblaient désormais entraîner les malentendus et les frictions survenus entre eux à plusieurs reprises. Elle aimait ces moments d'un voyage où on était quelque part, où les choses arrêtaient de bouger, de changer. Elle continuait de ressentir par bouffées la plaisante impression d'isolement qui lui était venue tout à l'heure. Il ne s'agissait pas d'un isolement dans la solitude, puisque Tom était là, mais du fait d'être seul avec quelqu'un qu'on connaît et qu'on aime. L'idéal. La définition du mariage.

Tom s'était mis à parler de « vivre avec prévoyance » ; une façon de mener sa vie, disait-il, qui vous faisait réfléchir sur les erreurs qu'on avait commises sans voir que c'étaient des erreurs avant de les commettre, mais qui, rétrospectivement, apparaissaient clairement comme des erreurs. Parfois de graves erreurs. « Vivre avec prévoyance » signifiait qu'on s'efforçait de percevoir d'avance ce qu'on ressentirait après coup. « On évite les grands désastres, dit-il posément. C'est ce qu'il faut apprendre. C'est ça, j'imagine, être adulte. »

Elle comprit qu'il faisait allusion, de manière indirecte sinon très subtile, à Crystal truc-muche. Dommage, pensa-t-elle, que ça le tourmente si fort.

« Pourtant, en appliquant ce principe, ne se priverait-on pas de certaines choses auxquelles on pourrait prendre plaisir ? » Bien entendu, elle plaidait là en faveur de la coucherie de Tom avec Crystal, en faveur des grands désastres. Sauf que ça n'avait pas tant d'importance. Pour le moment, elle s'intéressait davantage à imaginer comment serait cette rue, Noyes Street, en plein hiver. Tout le paysage tapissé de blanc, balayé d'un grand vent hurlant du fond de la baie, l'activité paralysée par le gel. Inconcevable dans l'atmosphère idyllique de cette fin d'été. C'était pourtant à cette époque-ci que les gens achetaient des maisons. Ils ne tarderaient pas à le regretter.

« Mais quand tu songes à la vie des autres, dit Tom en marchant à côté d'elle, est-ce que tu n'as pas la conviction qu'ils font moins d'erreurs que toi ? Les autres ont toujours l'air de tenir la barre plus fermement.

– Voilà une drôle d'idée, de la part d'un policier. N'es-tu pas censé tenir fermement le cap du droit chemin ? » Quelle conversation idiote, pensa-t-elle en regardant le long de Noyes Street dans la direction où, selon ses calculs, elle-même vivait, à des centaines de kilomètres au sud, où elle représentait la justice, défendait les pauvres et les esseulés.

« Je n'ai jamais fait un très bon policier », déclara Tom, qui s'arrêta pour lever les yeux sur un petit manoir de pur style fédéraliste, avec des urnes grecques ornementales de part et d'autre de sa porte d'entrée, haute et blanche. La pelouse tondue de frais sentait bon. Les traces de la tondeuse en creusaient encore le tapis. Debout derrière une fenêtre à meneaux, un occupant solitaire les observait. Quelque part, dans une autre rue, une tronçonneuse rugit puis se tut, ensuite on entendit le bruit de plusieurs marteaux frappant sur des clous, et des voix d'hommes parlant et riant à hauteur de toiture. Les préparatifs battaient leur plein en prévision d'un long hiver.

« C'est seulement que tu ne ressemblais pas à tous les autres flics, dit Nancy. Tu avais plus de bonté. Mais, non, je n'ai pas la conviction que les autres font moins d'erreurs. Tout le monde est moins bien au verso qu'au recto. J'accepte les deux faces. »

L'air tiède était chargé de senteurs, comme si des vapeurs douces et languides émanaient du bois, de l'herbe et des parois d'ardoise. Elle se demanda si Tom, à sa manière laborieuse, voulait en venir à une nouvelle révélation, une autre Crystal, ou à quelque constat détestable qui imposait de gâcher un après-midi presque parfait pour accomplir son pénible devoir. Elle espérait se tromper. Mais, une fois qu'on était passé par une telle révélation, on s'attendait forcément à ce qu'elle se reproduise. En même temps, penser à quelque chose ne voulait pas dire qu'on en était affecté.

Nancy devait à son métier d'avocate cet enseignement utile, qui permettait de dormir, le soir, quand on rentrait chez soi.

Tom se remit soudain à avancer, ayant apparemment renoncé à débattre davantage de la capacité des autres à tenir le cap au verso comme au recto, et ce n'était pas plus mal.

« Tout à l'heure, à l'auberge, je pensais à Pat La Blonde », lança-t-il tout en marchant devant à grandes enjambées régulières comme si Nancy se trouvait à son côté.

Pat La Blonde était son ancien coéquipier, abattu dans la fusillade où Tom avait été blessé. Jamais auparavant il n'avait paru avoir envie d'en parler. Elle allongea le pas pour le rattraper, montrer qu'elle l'écoutait. « Je suis là, lui dit-elle en pinçant un pli de sa chemise.

– Je réfléchissais à toute la vie que Pat aura loupée. J'y pense souvent. Et chaque fois, les perspectives me paraissent sacrément bouchées. Quand Pat s'est fait tuer, tout a commencé à se mettre en travers de mon chemin. Comme si je ne pouvais pas avoir une vie normale parce qu'on n'y voyait plus clair. Je sais que tu ne trouves pas ça délirant.

– Non. » Nancy crut se rappeler avoir déjà entendu Tom formuler ces mêmes réflexions. Mais il se pouvait aussi qu'elle les ait eues à son sujet. Ça se passait comme ça dans la vie conjugale. Ils avaient peut-être tous deux éprouvé la même chose, une forme de deuil. « C'est pour cette raison que tu as quitté la police, hein ?

– Probablement. » Tom s'immobilisa, les mains sur les hanches, pour contempler une maison jaune de style colonial hollandais, loin en retrait parmi des ginkgos et des érables à l'abri d'un mur de pierre, à laquelle on avait accès par un chemin dallé, en courbe, menant à sa porte d'entrée rouge vif parfaitement centrée et encadrée de buis. « Voilà une demeure agréable », dit-il. Un gros labrador noir couché dans l'herbe se mit sur ses pattes lorsque la voix de Tom résonna, et il disparut au petit trot derrière le coin de la maison.

« Elle est magnifique. » Nancy toucha de nouveau sa chemise, au creux du dos, là où elle était humide et chaude. En sentant sous sa main les muscles fermes de son mari, elle regretta de ne pas lui avoir touché le dos récemment. À Freeport, la veille au soir.

L'air de parler à contrecœur, Tom reprit : « Je crois que depuis le jour où Pat a été tué l'existence m'a déçu. Tu le sais ? » Il tenait les yeux rivés sur la maison jaune, comme si c'était tout ce qu'il pouvait supporter. « Ou du moins que j'ai eu peur d'être déçu. La vie était belle, et puis d'un seul coup je n'ai plus trouvé le moyen de me débrouiller pour que ça reste simple. Alors j'ai tout rendu plus compliqué. » Il secoua la tête et la regarda.

Nancy lâcha avec précaution le dos de Tom et mit ses mains derrière elle d'un geste défensif. Quelque chose dans la déclaration de Tom venait à nouveau de lui faire l'effet d'un prologue à autre chose qui risquait de gâcher une journée merveilleuse, et de tout remettre en cause. Peut-être était-ce intentionnel.

« Et maintenant, tu vois un moyen de rendre ça moins compliqué ? » demanda-t-elle, les yeux baissés sur la pointe de ses chaussures de cuir et le béton du trottoir. Un carré avait été imprimé dans le ciment frais, et au milieu on avait gravé : PENOBSCOT CONCRETE – 1938. Elle cherchait à éviter le contact visuel avec Tom.

« Oui », dit-il. Il remplit d'air ses poumons et les vida.

« Dans ce cas, peux-tu me mettre au courant ? » À présent, ça l'irritait d'être là, de l'entendre déballer Dieu sait quoi.

« Eh bien, je pense que je dégoterais sans trop de mal dans une ville comme celle-ci un endroit où installer mon atelier. En me concentrant, je pourrais sans doute inventer de nouveaux jouets, peut-être embaucher quelqu'un. Donner de l'expansion à mon entreprise. Créer un site sur le Web. Je crois que je pourrais profiter du changement qui est en train de se produire ici. Et sinon, je pourrais toujours me replier dans le Maine, et trouver autre chose. Redevenir flic, pourquoi pas. » Bien qu'elle eût choisi de l'écouter tête baissée, les mains dans le dos, Nancy sentait fixés sur elle ses yeux bleus mouchetés de noir. Elle leva la tête et se força à sourire. Une chaleur délicieuse lui baignait les tempes. Sortant à cet instant de la maison jaune, un homme en short kaki, chargé d'un sac de golf, se dirigea vers le coin où le labrador avait disparu. Il remarqua leur présence et leur adressa un signe de main comme à des voisins. Nancy lui rendit son salut et transféra sur lui son sourire.

« Et moi, je suis où ? » demanda-t-elle, souriant toujours. Une voiture de police marron et blanc passa au ralenti, sans que l'homme en uniforme au volant leur prête attention.

« Dans mon esprit, tu viens avec moi, dit Tom. Ça peut être la grande aventure de notre vie. » L'expression solennelle qu'il avait eue pour parler de Pat La Blonde continuait d'imprégner son beau visage. Pas du tout celui de la mort, mais un visage qui voulait exprimer autre chose. Une invitation.

« Tu voudrais que je m'installe dans le Maine ?

– Oui. » Tom hocha le menton avec un petit sourire teinté d'espoir.

Quelle drôle de situation, pensa-t-elle. Ils étaient en balade dans une ville qui leur était encore inconnue deux heures plus tôt, et le mari dont elle était séparée suggérait qu'ils laissent tomber une existence où tous deux connaissaient un bonheur relatif, pour venir emménager ici.

« Et explique-moi encore pourquoi ? » Nancy s'aperçut que, sans avoir cessé de sourire, elle s'était mise à secouer la tête. Les gens occupés à consolider leur toiture riaient à nouveau dans l'atmosphère limpide et sereine de l'après-midi. La tronçonneuse se taisait. Les coups de marteau reprirent. L'homme au sac de golf parcourait en marche arrière son chemin d'accès, au volant d'un break Volvo du même rouge vif que sa porte d'entrée. Il téléphonait avec un portable. Le labrador trottinait derrière, mais il s'arrêta lorsque la voiture déboucha dans la rue.

« Parce que ici, ce n'est pas encore fichu, dit Tom. Et parce que j'en sais trop long sur mon propre compte là où je suis, et que j'aimerais découvrir du nouveau avant d'être trop vieux. Et parce que je crois que si je fais ça, ou si nous faisons ça tout de suite, nous ne verrons pas de notre vivant ce coin devenir pourri. Et parce que je crois que nous y serons heureux. » Tom leva soudain les yeux, l'air d'avoir une vision. Un instant, il parut perplexe, puis il ramena son regard sur elle comme s'il n'était pas certain qu'elle serait là.

« Est-ce tout à fait ce que tu appelles vivre avec prévoyance ?

– Non, dit Tom, semblant encore un peu troublé. Sans doute pas. » Il pouvait avoir la mine d'un jeune homme sincère, extrêmement attirant. En le remarquant, Nancy se sentit vieille.

« Alors, suis-je censée prendre cette décision sans délai, pendant que nous restons plantés sur le trottoir ? » Elle songea à la femme suspendant sa lessive sur la corde à linge avec des gants blancs. Inutile de l'évoquer à nouveau, pas plus que le froid cruel qui sévirait d'ici un mois.

« Non, non », bredouilla Tom. Il semblait presque prêt à retirer tout ce qu'il avait dit, confus à présent qu'il avait vidé son sac. « Non. Tu as raison. C'est important, je m'en rends compte.

– Avais-tu tout prémédité ? demanda-t-elle. Ce voyage ? Cette ville ? Ce moment ? S'agit-il d'un coup monté ? » Elle était tentée d'en rire et de ne plus y penser.

« Non. » Tom passa la main dans ses cheveux, là où les mèches grisonnaient à des degrés divers. « Ça s'est trouvé comme ça.

– Et si je disais que je ne te crois pas, hein ? » Elle eut conscience de tordre imperceptiblement une bouche réprobatrice. C'était devenu une habitude cette année, depuis Crystal.

« Tu aurais tort.

– Bon. » Nancy sourit et balaya du regard les maisons, jolies et sérieuses, la rue ombragée, pleine de réserve, les pelouses en pente qui assuraient à chacun l'espace vital. Si tu es en quête d'une ambiance apaisante, regarde autour de toi. Rien d'un Michigan-de-l'Est. Pourquoi ne pas avoir envie de s'installer ici ? se dit-elle. C'était une sorte de rêve enfantin fabuleux. En un sens, tout le monde le caressait, ce rêve, attendait qu'il se matérialise. Sauf elle, chose bizarre.

« Je commence à être fatiguée. » Elle tapota d'un doigt léger la poitrine de Tom. En réalité, elle se sentait pesante, encore plus vieille que l'instant d'avant. Rétamée. « Trouvons un endroit où passer la nuit. » Elle sourit de manière plus persuasive et pivota dans la direction d'où ils étaient venus, pour redescendre vers le centre de Belfast.

§

Au motel – un Maineliner Inn tout neuf et pimpant, au-delà du pont qu'ils avaient vu tout à l'heure, où la chambre offrait sur l'arrière une vue ample et dégagée de la baie étincelante –, Tom parut le plus épuisé des deux. Dans la voiture, il avait affiché un stoïcisme injustifié mais farouche au point de le laisser sans voix au diapason de son humeur maussade et apparemment vulnérable. Et, sitôt qu'ils eurent pris possession de la petite chambre fraîche et anonyme, tiré les rideaux et ouvert les valises, il alluma la télé sans le son, s'allongea sur le lit tout habillé, avec ses chaussures, et s'endormit après s'être borné à dire qu'il voulait manger du homard au dîner. Perspectives bouchées ou non, le sommeil de Tom était toujours profond.

Nancy resta un moment assise dans le raide fauteuil en similicuir à côté d'une lampe à abat-jour, et feuilleta les magazines que les occupants précédents avaient laissés dans le tiroir de la table de chevet : un *Sailing* contenant un grand reportage sur la course Londres-Le Cap ; un *Marie-Claire* avec plusieurs graphiques montrant la relation entre le cancer de l'ovaire et la consommation d'alcool ; un *Hustler* dans lequel un client artiste amateur avait dessiné des moustaches au feutre noir sur les filles, et de petites flèches pointées sur leur entrejambe, accompagnées de bulles où on lisait : « Le vice se planque là », « Réservé aux membres » et « Restons groupés ». Des navigateurs grivois atteints de fibromes, conclut-elle en remettant les magazines dans le tiroir.

Il y avait aussi un autre exemplaire du *Pennysaver* qu'ils avaient lu au petit déjeuner. Elle se replongea dans la lecture de la page « Rencontres down-east ». Juive cél. de Presque Isle, non fum., force de l'âge, confortable, belle nana, vous attend dans le nord. Aime danses traditionnelles et promenades nocturnes en bateau, baignades dans l'eau froide et propre de l'océan. Si affinités, ttes poss. pour juif cél., non fum., 45-55, en bonne santé. Pas sérieux s'abstenir. Ni flips-flops ni Canadiens svp. Impérativement anglophone. Touchant, pensa Nancy, cette foi en ce qui demeurait possible, un être disponible quelque part. Mais que pouvait bien faire dans le Maine une juive cél. solitaire ? Et les flips-flops, qu'est-ce que c'était, pour que cette personne les juge tellement indésirables ? « Confortable » devait signifier grosse.

Elle préférait éviter de trop réfléchir pour l'instant. Sur le trajet de Belfast au motel, elle avait été prise de colère et ne s'en était pas cachée. Elle n'avait guère ouvert la bouche. Puis, pendant que Tom payait la chambre à la réception et qu'elle l'attendait dans la voiture, toute trace de colère l'avait soudain quittée, même si Tom ne s'en était pas aperçu lorsqu'il était revenu avec la clé. Ce pourquoi il s'était endormi, comme si son sommeil était aussi celui de Nancy de sorte qu'au réveil tout irait bien. Certes, un moment de tranquillité ne faisait jamais de mal. Et mieux valait ne pas se compliquer la vie avant que ça devienne inévitable. Les coups de sonde donnés par Tom provenaient peut-être simplement d'une peur à retardement de la retraite – encore une « réaction » – et, si elle s'abstenait d'envenimer la question, il n'y penserait plus. La vie abondait en conversations sérieuses mais qui ne voulaient rien dire.

Sur le téléviseur muet, un tournoi de golf était en cours ; sur une autre chaîne, un film avec Clark Gable jeune et sans rides ; ailleurs, un documentaire africain plein de lions émaciés, vautrés dans les hautes herbes d'une savane grillée pour une sieste digestive. La télé baignait Tom d'une lumière agréablement aqueuse. La crue boueuse d'un fleuve commença bientôt à engloutir des hordes de bêtes sauvages. En silence, le spectacle était paisible malgré toutes les noyades, comme si les problèmes résidaient dans ce qu'on capte par l'oreille et non par l'œil.

Elle entendait dehors, tout près de la fenêtre, une voix rieuse d'enfant et celle plus grave d'un homme s'efforçant patiemment de lui prodiguer des encouragements. Écartant de quelques centimètres le lourd rideau en plastique, elle regarda, dans le flot de lumière du jour, la pelouse du motel où un jeune homme au corps massif dans un fauteuil roulant, vêtu d'un débardeur rouge et d'un short blanc – montrant ses grosses jambes vigoureuses, bronzées et poilues comme son dos –, essayait de faire voler un cerf-volant en papier orange au bout d'une petite canne à pêche et de son fil, tandis qu'une petite fille blonde riait aux éclats en tenant le cerf-volant au-dessus de sa tête. Le papier du cerf-volant, orné d'une figure asiatique souriante, vibrait doucement dans la brise. L'homme en fauteuil roulant répétait : « O.K., tu cours, maintenant, tu cours », si bien que la fillette, qui devait avoir sept ans, bondissait soudain d'un côté ou de l'autre avec le cerf-volant qu'elle tenait en l'air, jusqu'à ce qu'enfin il s'échappe de ses doigts, et que l'homme tente, en imprimant des saccades à la canne à pêche, d'amener la figure souriante à prendre le vent. Mais le cerf-volant retombait chaque fois et se posait sur la pente herbeuse qui descendait jusqu'au rivage. Et chaque fois l'homme disait, avec une note montante en fin de phrase : « Bon. C'est reparti. On va y arriver. Ramasse-le et essaie encore. » La petite fille riait toujours. Elle portait un minuscule short rose avec un T-shirt vert vif, elle avait les pieds nus et les jambes hâlées. Elle paraissait euphorique.

C'était l'homme du jardin public en ville, pensa Nancy en laissant le rideau se refermer. Une coïncidence amusante. Elle regarda Tom endormi tout habillé, respirant sans bruit, les mains croisées sur la poitrine comme un mort, ses jambes nues et brunes croisées à la hauteur des chevilles lui prêtant une attitude absurdement désinvolte, ses baskets bleues appuyées l'une contre l'autre. Dans son sommeil paisible, son beau visage à la barbe naissante semblait ordinaire.

Elle changea de chaîne et regarda un match de base-ball. Les Cubs opposés à une équipe dont elle n'identifia pas le maillot bleu-vert. Son père avait été un fan des Cubs. Ils se sentaient nordistes. Par de chauds après-midi d'automne comme aujourd'hui, ils faisaient le voyage jusqu'à Wrigley. Il passait la prendre à l'école sous un faux prétexte, prenait des places tout en avant et la laissait tenir le score avec un bout de crayon bleu. C'était dans les années 60. Elle fit un effort pour se rappeler les noms des joueurs, s'aidant de leur uniforme bleu et blanc et du mur de fond de terrain couvert de plantes grimpantes pour réveiller ses souvenirs vieux de trente ans. Elle revoyait le souriant Ernie Banks, un certain Ron quelque chose, un Blanc, et un grand Noir au visage triste, haut sur pattes, venu du Canada, qui était un bon lanceur mais avait eu par la suite des ennuis avec la police dont il avait parlé en pleurant à la télé. Ce fut tout ce qu'elle put se rappeler, trop peu.

Néanmoins, grâce à cet effort de mémoire, elle se sentit mieux, plus assurée, avec une impression d'autonomie efficace semblable à ce qu'elle avait éprouvé au passage du car rempli de touristes japonais qui se méprenaient sur son compte : comme si elle était particulièrement crédible lorsque perçue hors de toute indication anecdotique et des interférences de l'amour, des résidus de décisions datant de très longtemps. Plus crédible, assurément, qu'elle ne l'était ici en ce moment, piégée dans ce coin du Maine, avec un mari cabochard qui descendait la pente, et souffrait d'un encombrement mental dont ni le principe de prévoyance ni une vie conjugale authentique ne pourraient le guérir.

Toute cette virée – où Tom mettait en avant une idée loufoque dans le seul but de l'amener à la repousser, afin de pouvoir ensuite n'en faire qu'à sa tête – la hérissait contre son mari. Le faisait paraître idiot et puéril. Le faisait paraître, lui, inauthentique. Incapable d'affronter l'âge adulte. C'était mauvais signe, pensa-t-elle, de se découvrir soi-même adulte alors que l'homme de sa vie n'était soudain qu'un enfant trop exubérant se faisant passer pour un enthousiaste dont on ne peut partager le grand élan d'enthousiasme. Car ça voulait dire que, selon toute probabilité, la vie avec Tom Marshall se terminait. Et pas de la manière dont les clients de l'assistance judiciaire amenaient les histoires à leur conclusion en chargeant du message une bouteille de whisky, un manche à balai, le pare-chocs d'une voiture, une arme à feu, un instrument tranchant, un liquide inflammable, un poing musclé. Là, soudain, la nouvelle explosait sous une lumière crue et granuleuse, à plein volume, porte grande ouverte pour que tout le monde soit au courant. (Son boulot à elle consistait à recadrer la situation dans une orbite plus calme, plus raisonnable afin que ses composantes puissent être plus subtilement comprises, ressenties, endurées.)

Pour elle et Tom, des personnes convenables dans l'ensemble, le processus serait différent. Son instinct la poussait à aider. Celui de Tom, à multiplier les tentatives. L'enthousiasme était sa forme à lui de perfidie. La patience, sa forme à elle d'indifférence. Mais la patience comme l'enthousiasme finiraient par s'épuiser. Les possibilités s'amenuiseraient. Cessant d'être une plaine découverte dans laquelle on tracerait sa voie avec la compagne ou le compagnon choisi, l'existence deviendrait obstruée, impraticable. Tom l'avait dit : la vie se transformerait en une cage où toutes les perspectives seraient bouchées. Si bien qu'au bout du compte on ne chercherait plus un chemin nouveau et meilleur, mais une issue. Leur propre fils envisageait sûrement la vie de cette façon, comme une trajectoire qui devrait être facile. Maintenant qu'il se trouvait loin d'eux, c'était curieux de penser qu'ils avaient un fils. On aurait plutôt dit qu'ils étaient les parents l'un de l'autre.

Mais mieux valait à présent avancer vers ce qu'elle voulait, même si Tom n'en faisait pas partie, même si elle ne concevait pas comment vouloir ce dont Tom ne faisait pas partie. Et même si ça signifiait qu'elle était, en effet, le genre de personne qui faisait des choses, qui disait des choses, puis se ravisait, et parfois regrettait plus tard leurs conséquences. Après tout, quoi qu'il en pense, Tom ne cherchait pas à lui améliorer la vie. Il ne s'occupait que de la sienne. Et c'était inutile de discuter avec quelqu'un pour qu'il renonce à ce qui pourrait améliorer sa vie. Il avait des rêves. Il avait des peurs. Il était un type plutôt bien. L'existence ne devrait pas être une suite permanente d'efforts. On devrait en grande partie la vivre sans trop d'effort. Il serait d'accord pour trouver ça authentique.

Dans la chambre close, une lumière dorée étrange, presque surnaturelle, semblait maintenant tout irradier. Tom. Ses mains et ses bras à elle. Le lit. L'air stagnant en était imprégné, comme d'une vapeur. C'était magnifique et, un instant, elle eut envie de parler à Tom, de le réveiller, de lui dire que tout irait bien, comme il l'avait espéré ; de se montrer enthousiaste avec un optimisme pratiqué de longue date. Mais elle ne le fit pas, la vapeur dorée disparut et, brièvement, elle crut comprendre un peu mieux qui elle était, même si le terme exact lui manquait, et qu'elle sût seulement que le temps où elle aurait pu dire toutes ces choses était révolu.

Dehors, la voix enfantine criait : « Oh ! ce que j'aime ça ! J'adore ça ! » Lorsque Nancy écarta à nouveau le rideau, la lumière atténuée tomba sur le dossier de son siège, et elle vit que l'homme en fauteuil roulant avait réussi à faire planer le cerf-volant, tenant d'une main à la verticale la canne à pêche en fibre de verre, tandis qu'il se propulsait sur la pelouse en pente. La petite fille aux jambes nues sautillait d'un pied nu sur l'autre avec un sourire radieux sur son long visage d'adulte, levé vers le ciel.

Nancy se mit debout et alluma la lampe de bureau à côté de la valise ouverte de Tom. Un Wagner le chien rutilant, tout neuf, emballé sous cellophane, et un Phare du Maine immaculé étaient nichés au milieu de ses chemises et chaussettes. Il y avait aussi sa médaille dans un écrin bleu, et le petit pistolet automatique dont il avait l'habitude de se munir, en cas d'attaque. Elle prit seulement le chien Wagner, rendit la chambre à sa pénombre et sortit par-derrière sur la pelouse.

À l'extérieur, l'air était pur et frais dans la brise légère, le ciel maintenant envahi de gros nuages comme s'il allait pleuvoir. Chaque chambre disposait d'un patio miniature bétonné, avec des sièges de fil plastique. Souriant vers le bas avec ses yeux bridés, dansant, faisant des feintes, le cerf-volant gagnait de l'altitude tandis que l'homme en fauteuil roulant dévalait la pelouse en direction de la baie.

« Regardez notre cerf-volant ! cria la petite fille en s'abritant les yeux du côté de Nancy, et pointant un doigt ravi sur le losange orangé de plus en plus petit.

– C'est sensationnel », dit Nancy en s'abritant elle aussi les yeux pour regarder en l'air. Le cerf-volant amena un sourire sur ses lèvres.

L'homme en fauteuil roulant tourna la tête vers elle. Oui, il était corpulent, son débardeur rouge laissait voir des épaules massives et des bras charnus. Il avait une tête ronde, des cheveux drus tondus à ras, de petits yeux foncés et presque féroces. Elle lui sourit et secoua la tête sans raison, comme stupéfiée par le cerf-volant. Un ancien sportif, songea-t-elle. Victime d'un plongeon sans profondeur, ou d'une collision au football, et réduit à jouer au cerf-volant dans un siège à roulettes. Dur.

Sans rien dire, sans un geste, l'homme la regardait avec une expression si intense qu'il paraissait peu désireux d'être dérangé. Pourtant, elle ressentait le plaisir qu'on peut goûter à simplement observer, étant dispensé de tout commentaire. La brise fraîche, la vue étendue et harmonieuse sur Isleboro, un cerf-volant en plein ciel suffisaient bien.

Puis elle eut l'esprit assailli de réflexions prévisibles. Les chaussures de l'invalide. On ne pouvait manquer d'y penser. Noires, portées sans chaussettes, les siennes ressemblaient à des chaussures de bowling, qu'il n'userait jamais. Il finirait seulement par se fatiguer de les voir et les donnerait à quelqu'un de plus malheureux que lui. Est-ce que ça le mettait en rage ? En parlait-il ? Sa femme, où qu'elle fût, éprouvait-elle une fatigue permanente ? Se levait-elle la nuit, restait-elle à regarder dehors par la fenêtre en formulant intérieurement des souhaits très précis, avant de retourner au lit sans y être appelée ? L'invalidité s'accompagnait-elle de douleur physique ? Les douleurs fantômes existaient-elles réellement ? Faisait-il des rêves où il ne souffrait pas ? Où il se levait de son fauteuil et marchait en riant, où il n'avait même jamais été confiné dans un fauteuil roulant ? Elle se souvint d'un chien, à l'arrière-train attaché sur un petit chariot à roulettes, qui trottinait comme si de rien n'était. Est-ce que quelque chose fonctionnait en dessous de la ceinture, se demanda-t-elle. Y avait-il des arrangements, une tolérance ? Pensait-il que son infirmité était « intéressante » ? Lui avait-elle donné accès à des domaines nouveaux et importants de la conscience ? Que savait-il dont elle n'avait pas idée ?

Il se pourrait, pensa-t-elle, qu'être mariée avec lui soit préférable à bien d'autres sorts. Seulement, on ne tarderait pas à toucher du doigt la situation, à y être trop sensibilisé, et tous les regrets surgiraient. Peut-être, pendant qu'il jouait ici au cerf-volant, sa femme buvait-elle un verre au bar de l'hôtel en s'épanchant auprès du barman, évoquant son passé, son père, sa ville natale, la vision qu'autrefois elle avait eue de la vie, ce qui la faisait rire, avant, pour qui elle votait, quelle musique elle préférait, comment elle trouvait le Maine, comme cette région paraissait authentique, à quelle date ils pensaient rentrer chez eux. Combien ils auraient aimé rester indéfiniment. Ce à quoi Nancy se refusait.

« Vous voulez jouer avec notre cerf-volant ? » lui proposa l'invalide, d'une voix montant vers les aigus sur la fin, presque comme celle de Tom. Pour une raison ou une autre, il avait changé d'attitude, il était devenu souriant, ses yeux brillaient en la regardant par-dessus sa grosse épaule poilue. Elle s'aperçut qu'il portait des lunettes, étonnée de ne pas l'avoir remarqué plus tôt. Au bout du fil soyeux qui traçait en l'air une longue courbe, le cerf-volant dansait dans le vent, presque imperceptible, une moucheture sur la rétine.

« Oh ! oui, oui, s'écria la gamine. Ce sera tellement bien. » Elle levait des bras grands ouverts, comme à la mesure d'un souhait immense, inconcevable. Le sourire ne quittait pas ses lèvres.

« D'accord, répondit Nancy en allant vers eux. Volontiers.

– Tu le sens te tirer, dit l'enfant. C'est comme si tu allais t'envoler vers les étoiles. » Elle se mit alors à tournoyer sur l'herbe, tel un petit derviche. L'homme en fauteuil roulant sourit en regardant sa fille.

Nancy éprouvait de l'embarras. Désarçonnée d'être vue. La baie vaste et bleue s'étalait devant elle au bas de la pente, et la brise marine fraîchissait. Il n'était pas certain du tout qu'elle soit de force à retenir le cerf-volant. Celui-ci pouvait bien, en effet, la soulever, l'entraîner au loin, hors de vue. C'était intimidant. Elle tenait le jouet Wagner pour le donner à la petite fille. Ce geste ferait son effet. Puis, en approchant d'eux avec un sourire de convenance, elle se dit qu'elle allait prendre le cerf-volant – la canne à pêche, le fil –, oui, bien sûr, et le faire voler, courir le risque, être forte, inattaquable, faire tout ce qu'elle pouvait pour tenir bon.

ABÎME

Quinze jours avant l'ouverture à Phoenix de la convention des commerciaux, Frances Bilandic et Howard Cameron quittèrent en voiture leurs domiciles respectifs – à Willamantic et Pawtatuck – pour se retrouver à l'Olive Garden de Mystic et discuter encore une fois de la situation, en se touchant nerveusement du bout des doigts sur la table de Formica. Puis chacun alla aux toilettes donner sur son portable un coup de téléphone personnel et mensonger concernant ses occupations durant les heures suivantes. Ensuite, ils se rendirent au motel HoJo sous l'autoroute, de l'autre côté de la bretelle, prirent une chambre au nom de Mr. et Mrs. Garfield et, cinq minutes après, ayant verrouillé la porte, monté la climatisation et fermé les rideaux sur la fenêtre ensoleillée, ils s'abandonnèrent à la passion sauvage qu'ils avaient refoulée tout un mois, depuis leur rencontre au banquet de remise des récompenses, au cours duquel ils avaient été couronnés Meilleurs agents immobiliers de l'année pour le Connecticut.

Ce qui s'était produit entre eux au banquet recelait pour eux deux un certain mystère. Placés côte à côte à la table principale, ils avaient à peine parlé avant de se voir décerner le titre d'agents-de-l'année. Mais, après les hors-d'œuvre, Howard avait raconté une bonne blague sur la maladie d'Alzheimer à sa voisine de gauche, et Frances, assise à sa droite, avait ri. Lorsque Howard s'était aperçu qu'elle le trouvait drôle, leurs regards s'étaient croisés d'une façon qui avait paru choquante à Frances, mais indéniable, aussi, car à son sens ils avaient l'un et l'autre éprouvé (et pleinement reconnu) une attirance physique aussi forte qu'instinctive, le genre de pulsion que les animaux devaient constamment ressentir, et qui leur rendait la vie beaucoup plus supportable.

Dans le quart d'heure suivant, Howard Cameron et elle s'étaient mis à échanger des apartés ricaneurs sur les manières de table des autres lauréats, leurs choix vestimentaires inqualifiables et leurs probables tactiques de vente, en évitant tout au long les ennuyeuses considérations du métier concernant les frais d'agence, les rapports désastreux des experts et les incroyables discussions auxquelles s'adonnaient les clients à peine remontés en voiture.

Le temps d'arriver au dessert, ils s'étaient aventurés sur des terrains plus sensibles : le copain de Frances à la fac, Meredith, mort en juin d'une tumeur au cerveau à trente-quatre ans (l'âge de Frances) ; la tachycardie dont souffrait le père de Howard et son désir non exaucé de jouer au golf à Turnberry avant de mourir. Leur serviette abandonnée sur l'assiette vide, ils en vinrent au caractère éphémère de l'existence et à l'impératif de tirer le maximum de chaque seconde. Et lorsqu'on servit le déca ils étaient passés en douceur à la sexualité, à l'incompréhension de la société sur cette question, et au fait que c'était la faute des puritains si cela posait question, alors que ce devrait être une chose complètement naturelle et non stigmatisée. Chacun des deux parla de son conjoint avec amour, mais sans trop s'attarder.

À la longue table principale où ils trônaient parmi les collègues lauréats et les patrons, face à cette salle de banquet du Ramada Inn remplie de gens bruyants, riant aux éclats, qu'ils ne connaissaient pas mais dont les yeux dardaient sur eux de temps à autre les flèches enflammées du dépit, le sexe s'infiltra dans leur conversation à mi-voix comme un secret dense et riche mais explosif qu'ils avaient décidé de partager, strictement entre eux. Et dès lors, tous ceux qui entouraient Frances et Howard, tout ce qui les entourait, tout ce qu'ils comptaient faire plus tard dans la soirée – rentrer chez eux auprès de leurs conjoints, Ed à Willamantic, Mary à Pawcatuck, par les routes étroites du Connecticut, plongées dans la nuit noire ; s'offrir éventuellement de petits tours fortuits au bar avec des collègues allumés ; vérifier peut-être s'ils n'avaient pas sur la messagerie des appels tardifs de clients –, la moindre idée d'une soirée normale, tout cela s'effaça.

La plupart des Américains ne commencent même pas à atteindre leur maturité sexuelle avant de s'en désintéresser, observa Frances. De toute évidence, la meilleure attitude concernant le sexe appartenait aux Scandinaves, ils n'en faisaient pas tout un plat, rien qu'une fonction humaine normale (comme le sommeil) qu'on devrait respecter sans en être obsédé.

Les Américains étaient trop cramponnés à des conceptions fausses, la beauté, la jeunesse, renchérit Howard en croisant gravement ses longs bras. Il avait des mains comme des battoirs, mesurait un mètre quatre-vingt-quinze et avait fait du basket avec l'équipe universitaire de la Western Connecticut. Au lycée, son père était son entraîneur. Howard avait des yeux rapprochés, gris terne, et il continuait de se couper les cheveux en brosse rase, une coiffure démodée qui lui donnait l'air plus vieux que ses vingt-neuf ans. On attachait bien trop d'importance à l'orgasme, dit-il, par rapport à l'intimité véritable, bien trop sous-estimée.

Ils tombèrent d'accord que la perfection absolue n'existait pas dans le mariage. La vie conjugale ne devait pas devenir une prison. Pour un couple marié, l'idéal était que les deux partenaires se sentent libres de satisfaire leurs besoins personnels ; même si ni l'un ni l'autre ne vanta explicitement le concept de mariage libre.

Le mot « mariage », dit Frances, venait en fait d'un vocable du vieux norrois qui désignait la phase où une maladie incurable s'est déjà emparée de vous sans trop vous empêcher encore de vaquer à vos occupations. En citant cette plaisanterie de son père, elle ne voulait pas que ça ressemble à une plainte grincheuse. Rien qu'une bonne blague, comme celle de Howard sur l'Alzheimer. Elle découvrait qu'elle pouvait plaisanter avec Howard, qui avait ce genre d'humour entre brut et fruste dont sont capables les jeunes cadres au passé sportif, quand ils ne sont pas de parfaits crétins. Elle était impressionnée de le connaître assez bien au bout de deux heures pour se détendre. Avec Ed, elle n'avait pas fait autant de chemin en six ans.

« Je suis le benjamin d'une famille de cinq enfants. Rien que des garçons », dit Howard en regardant le personnel mexicain débarrasser les tables. Leur propre tablée s'était dispersée, et la foule quittait la salle par la porte du fond, les laissant de façon voyante seuls tous les deux derrière les jupes blanches de la table sur l'estrade. Les convives se faisaient leurs adieux, assortis de blagues foireuses à propos de la nuit qu'ils allaient passer en voiture sur l'autoroute. On avait allumé des lumières violentes pour pousser tout le monde dehors, et la salle du banquet sentait la sauce aigrie. Howard avait conscience d'être manifestement en train de s'attarder. Pourtant, il ressentait une intimité avec Frances Bilandic. « Je suis sûr que mes parents ont eu une solide vie sexuelle jusqu'au moment où mon père a été condamné aux anticoagulants, poursuivit-il non sans solennité. Mais là, bon, ça n'était plus pareil, j'imagine.

– La technologie a occupé le terrain, c'est ça ? » dit Frances avec un sourire de connivence. Elle avait un air audacieux, des yeux bleus au regard vif, une coiffure presque masculine séduisante avec ses cheveux blonds, et des incisives légèrement en avant si bien que la lèvre se retroussait sur les gencives. Fille unique d'un veuf polonais de Bridgeport, elle avait triomphé au lycée à la poutre d'équilibre et elle était aussi dure qu'un caillou. Elle avait dû en voir de toutes les couleurs. Il savait qu'il devenait sérieux trop vite, ce qui risquait de lui faire peur. Mais il fallait quand même qu'elle sache à quoi s'en tenir. C'était le jeu. « On lui a prescrit un traitement ? Ou la pompe, hein ? » Frances mima avec le pouce un mouvement de pompage, de haut en bas, en produisant une sorte de petit sifflement. « Pour les gens âgés, ça donne de meilleurs résultats, je crois.

– La maladie n'est pas son genre », dit Howard. Il songea à son père, debout tout triste sur la pelouse fraîchement tondue de leur jardin qui descendait en pente douce jusqu'aux flots scintillants de la Quinebaug River, à Pomfret. C'était le jour de cette fin de printemps où son père sortait de l'hôpital après une intervention chirurgicale pour lui ballonner les veines. Un vol d'oies sauvages dessinait un V dans le ciel. Vêtu d'un short en madras délavé, pieds nus dans l'herbe, son père regardait dans le vide. Il avait les jambes maigres et pâles. C'était désolant.

Mais désolant ou pas, pensa Howard, ça montrait bien qu'il fallait saisir l'existence pour en profiter avant de tomber entre les pattes d'un cardiologue. Le mariage, les gosses, c'était sûrement une façon d'en profiter. Celle de ses parents. (Même si peut-être ils n'en étaient plus tellement heureux.) Mais il existait d'autres options, des voies parallèles que la société ou la Weiboldt Company, leur employeur – dont les pancartes proclamant en rouge et blanc À VENDRE ou TROP TARD, C'EST VENDU jalonnaient le front de mer du cap May au cap Ann – n'approuveraient pas forcément ; et des voies dans lesquelles on ne s'engagerait certes pas tous les jours de sa vie. Sauf que, bien entendu, chaque jour elles étaient empruntées. À chaque seconde, probablement, quelque part, quelqu'un profitait de l'existence en empruntant cette voie parallèle. Ici même au Ramada où leur banquet touchait à sa fin, quelqu'un était en train d'en profiter. Pourquoi lutter contre ça ?

« J'espère ne pas avoir traité à la légère un sujet grave », dit Frances d'un air assombri, à propos des parents de Howard. Elle portait un tailleur pantalon blanc avec un chemisier vert à pois, une tenue qui ne faisait guère ressortir ses formes, elle en avait conscience. Mais pour cette soirée, le grand soir où ses talents étaient reconnus, elle avait souhaité être canon tout en ayant l'allure d'une femme d'affaires. Après tout, elle avait conclu plus de ventes immobilières que quiconque dans son secteur de l'ouest du Connecticut, et elle y était parvenue à force de se bouger le cul. Et non en listant des constructions récentes avec vue sur la mer et des manoirs de style fédéraliste à Watch Hill, mais en trouvant preneur pour des maisons attenantes aux voisines de la rangée dans des rues à Guatémaltèques, des pavillons de quatre pièces et des appartements minables à proximité du site d'enfouissement de déchets de Willamantic, des offres que n'importe quel autre agent aurait emportées dans sa tombe. Et les affaires ne connaissant pas les soirs de congé, elle le savait, il fallait se présenter dans la peau du rôle. Elle se percevait comme une belle finaude dure-à-cuire, une battante polaque, toujours sur la brèche, une rapide qui n'avait pas froid aux yeux.

Mais ça n'interdisait pas pour autant de se distraire en compagnie de quelqu'un du genre de ce Howard. Ce grand mec dégingandé, sportif, à l'œil polisson, à qui ça ne ferait pas de mal non plus de lâcher un peu la vapeur. Une conversation privée et intense avec Howard Cameron était sa récompense pour avoir foutrement bien accompli son boulot.

« À mon avis, si on se transférait dans un bar où il y aurait moins de têtes connues, on ne serait pas obligés de rester si solennels », dit Frances en se tapotant les commissures des lèvres avec sa serviette. Le son de sa voix prononçant cette phrase lui plut bien.

Howard s'empressa d'acquiescer. « Très juste. Vous avez raison, j'en suis sûr. » Il saisit le diplôme encadré de faux bois qu'il venait de recevoir pour avoir vendu de l'immobilier en quantité record et enrichi tout le monde sauf lui-même. « Je compte accrocher ça chez moi dans les chiottes », dit-il. Au-dessous de son nom, le diplôme portait un sceau doré adhésif sur lequel figuraient en relief et en lettres d'aspect gothique les mots *In Hoc Signo Vinces.* Il n'avait aucune idée de ce que ça voulait dire.

« Je compte égarer le mien quelque part », répliqua Frances. Il sentit sa petite cuisse de gymnaste, dure comme du bois, lui effleurer le genou (peut-être innocemment) quand elle se leva de la longue table sur l'estrade. « Vous nous trouvez un bar, d'accord ? Et moi je vous retrouverai. » Elle posa sa petite main sur la grande main de Howard et la pressa. « Je vais faire un tour là où vous savez. » Elle s'éloigna en direction des portes du fond, le laissant seul à leur table.

Le visage rond d'une Noire les guettait depuis un moment par le hublot de la porte des cuisines. Le personnel était impatient de rentrer à la maison. Pourtant, lorsque Howard croisa le regard de cette femme, elle lui adressa un clin d'œil lubrique qui le contraria.

C'était comme ça que ces choses-là se passaient, se dit-il en tripotant son diplôme tocard d'agent-de-l'année. Il reverrait Frances Bilandic après ce soir. Hors de question que ça n'arrive pas. Dans quelles conditions, et quels risques ils allaient courir, s'ils fileraient droit au lit ou se contenteraient de déjeuner ensemble, il l'ignorait. Mais l'attirance sexuelle avait un effet torride et pourtant curieusement familier qui rendait irréversible le contact humain le plus candide au départ, si bien que rien n'importait pour l'instant, sinon qu'ils allaient prendre un verre ensemble et, presque à coup sûr, envisager sérieusement de baiser à mort dans pas trop longtemps. Et elle aussi le savait. Sans aucun doute, elle était partante pour les conséquences qu'aurait cette rencontre, elle n'avait pas effleuré sa jambe par mégarde. Les femmes avaient bien changé, pensa-t-il, surtout celles qui travaillaient. Une pipe était devenue l'équivalent de la poignée de main d'autrefois. En roulant tout à l'heure dans le grouillement de l'I-95 encombrée par les départs en week-end, il était loin de se douter qu'il existait sur terre une certaine Frances Bilandic, qu'elle l'attendait, et que, le temps d'être proclamés agents-de-l'année, ils s'aventureraient en quête d'un petit bar aux lumières tamisées pour faire des cochonneries. Le monde était plein de merveilleuses surprises. Et il était tout à fait prêt pour celle-ci, prêt à découvrir tous les mystères et révélations qu'elle réservait.

Il regarda de nouveau le hublot où s'était encadré le visage de la Noire qui lui avait fait un clin d'œil. Il voulait lui répondre du regard, un regard qui signifierait qu'il savait ce qu'elle savait. Mais le hublot était vide. Derrière, on avait éteint la lumière.

§

À Phoenix, la convention organisée par la Weiboldt occupait un hôtel Radisson tout en verre et métal chromé, dominant une dense banlieue arizonienne, d'où la vue se déployait en direction de la ville oppressante, tentaculaire. Il y avait deux terrains de golf, quarante-cinq courts de tennis, un parc de jeux aquatiques pour les enfants, un aquarium, un casino, un cinéma multiplexe comprenant dix-huit salles, une clinique, une bibliothèque, un centre d'assistance et un monorail aérien qui filait droit dans le désert. Tout cela semblait garantir des couloirs silencieux et vides où personne ne les rencontrerait tous les deux ensemble, des escaliers secondaires tout aussi discrets, et des ascenseurs dont les portes s'ouvriraient sur des visages que ni l'un ni l'autre ne reverrait jamais. Et, en prime, des chambres climatisées aux rideaux lourds et hermétiques, au lit immense garni de draps rêches, avec téléviseur géant, minibar bien rempli, jacuzzi et *room service* anonyme vingt-quatre heures sur vingt-quatre.

Ils savaient pourtant que le moindre indice de quelque chose de louche risquait de les trahir. À la suite de quoi ils perdraient leur emploi. L'immobilier n'était plus comme avant, au temps où, lorsqu'une amourette fleurissait au bureau de l'agence, tout le monde trouvait ça charmant et détournait la tête (pour cancaner). Les amourettes de bureau, même celles qui se nouaient entre deux agences à des kilomètres de distance, vous amenaient maintenant à répondre devant le tribunal fédéral d'avoir profané le lieu de travail par des comportements personnels inconvenants qui dérangeaient les collègues foireux obsédés du désir de s'enrichir dans un marché en plein boom et cherchant une excuse à leur propre échec. « Personnel » était à présent un qualificatif dont le sens touchait au délit grave. De quoi faire régner la terreur.

Par conséquent, Howard et Frances avaient pris l'avion dans des aéroports distincts – Providence et Hartford – et demandé des chambres dans des « tours » différentes. Howard avait pris une chambre pour fumeur, alors qu'il ne fumait pas, et prié qu'on ne lui passe aucun appel téléphonique. Le premier soir, lors du pot d'ouverture au Platinum Club, ils s'étaient joints à des groupes totalement séparés : Frances, à une bande de joyeuses lesbiennes du New Jersey ; Howard, à des agents du Maine, assommants et bigots. Ensuite, chacun était allé dans un bar à daïquiris différent, puis dans un restaurant mexicain différent, où ils s'étaient appliqués à ne pas trop boire et à parler constamment de leurs conjoints respectifs, sans laisser échapper une seule allusion l'un à l'autre ni même au Connecticut.

Du coup, à onze heures et demie ce premier soir, lorsque Frances frappa doucement à la porte de Howard, disposée à prendre son pied, chacun eut d'abord un peu de mal à poser le masque public irréprochable, et ils passèrent donc toute une heure assis de part et d'autre d'une petite table à jeu dans d'inconfortables fauteuils d'hôtel, sans rien faire d'autre que détailler leur journée, bien qu'elle ait été strictement identique pour eux deux.

Frances aimait parler de l'immobilier. À sa grande surprise, elle avait pris plaisir à sa soirée avec les « *Garden State lesbos* », s'était branchée sur une nouvelle approche des stratégies de démarchage dans les secteurs de concentration ethnique à bas revenus, et avait découvert qu'elle disposait elle-même d'informations utiles sur la manière de constituer une offre sonnante et trébuchante afin que l'acquéreur, tout en s'engageant à payer le prix convenu, soit protégé jusqu'à la signature finale et s'en tire sans une égratignure s'il revenait sur sa décision. Elle raconta que son mari Ed, victime d'un accident industriel survenu voilà un certain temps, ayant contracté de ce fait une lésion dont elle ne précisa pas la nature, mais qui ne lui permettait plus de travailler (il était « plus âgé »), elle avait été forcée de se lancer à plein temps dans la carrière d'agent immobilier, alors qu'elle avait espéré devenir kinésithérapeute et, peut-être, exercer ce métier en France. C'était une veine, estimait-elle, qu'elle se soit découvert « un sacré talent pour la vente ».

Howard, pour sa part (comme il l'avait déjà expliqué dans la pénombre intime, genre tête-à-tête patron et secrétaire, du bar qu'ils avaient trouvé après le banquet de leur couronnement en août), considérait seulement l'immobilier comme « un pont » entre son premier job au sortir de la fac (surveillant de terrain de jeu) et quelque chose qui relèverait davantage de l'esprit d'entreprise, avec des voyages, des primes motivantes et une voiture de fonction pour faire le poids. Sa famille entière votait républicain de toute éternité, et deux de ses frères, ingénieurs dans les BTP à New London, envisageaient de lui fournir un poste. Le seul problème étant qu'il ne s'entendait pas trop bien avec ses frères, et que sa femme Mary ne pouvait pas les sentir. Voilà pourquoi il continuait encore à vendre des maisons.

Frances avait apporté une bouteille de Pinot Grigio, ni suffisamment frais ni très bon, qui restait à suer sur la table auprès des deux gobelets en plastique transparent dans lesquels ils buvaient. Masse colossale et obscurcie au milieu du désert, Phoenix s'étendait à l'est derrière les vitres de la fenêtre : voitures en mouvement, avions descendant vers les pistes balisées, gyrophares bleus de la police, lumières sécuritaires des quartiers bétonnés teignant en orange potiron des portions de la nuit. C'était exotique. C'était le Far West. Ni l'un ni l'autre n'y avait jamais mis les pieds auparavant, mais Howard avait lu, dit-il, que Phoenix était la ville d'Amérique où on courait le plus grand risque de se faire voler sa voiture.

Howard Cameron plaisait à Frances. Se sentant ivre, sonnée par le décalage horaire et lasse de parler, elle appréciait qu'il soit capable d'afficher cette bonne humeur, tout en témoignant d'une sensibilité attentive, consistant, en l'occurrence, à ne pas lui sauter dessus sous prétexte qu'elle était venue dans sa chambre, même si depuis le soir du banquet ils avaient déjà couché ensemble quatre fois, l'après-midi, chaque fois dans un autre motel du bord de mer. Il lui marquait de la considération (bien que, supposait-elle, il fût prêt à exploser de désir tout comme elle). De plus, il se montrait conscient de la situation précaire dans laquelle ils se trouvaient et du stress qu'elle pouvait éprouver. Certes, il n'hésitait pas à tromper sa femme qui l'attendait à Pawcatuck; mais, en même temps, il donnait l'impression d'avoir l'esprit de famille, un sens prononcé du bien et du mal, et de ne vouloir réellement faire souffrir personne. Elle se sentait à la même enseigne. C'était épineux. Il devait exister dans un manuel une catégorie correspondant à ce qu'ils faisaient tous les deux, à leurs accommodements, mais elle ne pouvait pas la définir pour le moment.

Elle laissa son regard flottant dériver au-dessus des scintillantes géométries de la ville criarde et plonger dans les ténèbres sans lune, au fond desquelles le visage de Mary, la femme de Howard qu'elle n'avait jamais vue même en photo, se matérialisa sur les nuages sombres comme dans un bac à développement. L'image était celle d'une jeune et jolie blonde, semblable à elle, dont le visage ovale et la petite bouche en forme de cœur exprimaient la désillusion, une souffrance manifeste imprégnant ses grands yeux affligés.

« C'est vrai, dit Frances Bilandic. Je comprends ça.

– Hein ? » fit Howard. Il se tourna vers la porte comme si quelqu'un venait d'entrer à qui Frances adressait la parole. Sur le téléphone, le signal rouge des messages clignotait depuis son retour après le dîner. Trop tard pour appeler chez lui, avait-il décidé, vu le décalage horaire.

Mais personne n'avait pénétré dans la chambre. La porte était fermée à clé, avec la chaîne de sûreté. « Tu me parlais ?

– Je crois que je suis vannée, dit-elle. J'ai dû m'endormir dans mon fauteuil. » Elle lui lança un sourire qu'elle savait attendrissant, probablement pitoyable. C'était le signe de sa reddition, et elle était prête à ce qu'il abandonne sa louable réserve. Voir dans le ciel le visage chargé de reproche de la femme de Howard avait été plutôt désagréable. Ce n'était pas la fin du monde, mais elle en restait un peu groggy. Ça passerait si elle pouvait faire en sorte que Howard l'entraîne au lit pour la sauter de la façon presque effrayante dont ils s'étaient envoyés en l'air les fois précédentes.

« Je me sens tellement libéré », déclara-t-il inopinément. Ses mains grandes et lisses de basketteur encerclaient son petit gobelet de vin bon marché. Il regardait Frances bien en face, avec une sorte d'émerveillement sur son visage allongé et pas particulièrement beau, un sourire crétin écartant ses lèvres sensuelles. « Réellement. Je ne peux pas l'expliquer, mais c'est la vérité.

– Tant mieux », répondit-elle. Elle espérait qu'il ne s'apprêtait pas à faire un discours.

Howard secoua la tête d'un air doucement sidéré. « Ce n'est pas que je voyais les choses autrement. Mais là, on ne vit pas une histoire en marge. Pour moi, c'est la vraie vie, tu comprends ? Il ne peut rien y avoir de mieux, de plus libre. Je veux dire, quoi, c'est pour de bon. » Il hocha sa tête tondue au lieu de la secouer. « C'est aussi réel que le mariage, et comment.

– Il y a plein de choses tout aussi réelles.

– O.K., fit Howard. Mais je me demande si je le savais.

– Il faut lire ce qui est marqué en petit », répliqua Frances. C'était une autre des maximes polonaises de son père. Tout ce qui vous embêtait ou vous surprenait signifiait qu'on avait omis de « lire ce qui était marqué en petit ». Le mariage, les enfants, le travail, le vieillissement. Ce qui était marqué en petit contenait la vérité des choses et ça ne ressemblait jamais à ce qu'on escomptait.

« Je t'aime vraiment bien, reprit Howard. Je ne suis pas certain de te l'avoir dit.

– Moi aussi je t'aime bien. Je ne coucherais pas avec toi si tu ne me plaisais pas.

– Non. Bien sûr que non. » Son sourire exhiba ses grandes dents derrière ses lèvres presque féminines. « Ça doit être vrai pour moi aussi.

– Alors, qu'est-ce que tu attends pour me sauter ? » Elle écarquilla volontairement ses jolis yeux bleus pour indiquer que ça aussi, c'était réel.

« D'accord. Tout de suite », dit Howard Cameron en allant à elle. Il lui toucha le genou, le sein, la joue, les lèvres en un assaut rapide à couper le souffle. « J'en ai envie. J'en ai eu envie toute la journée. Je ne sais pas pourquoi on a tant tardé.

– C'est le bon moment, répondit Frances. Le moment parfait. » Et elle ne faisait que dire la vérité, songea-t-elle.

§

Une chose qui lui plaisait chez Frances Bilandic, c'était la manière directe, impudique, presque dure mais pourtant passionnée dont elle entreprenait de le faire grimper aux rideaux. En matière de sexe, ses goûts l'avaient toujours porté à des ébats abondants et vociférants, de bruyantes galipettes ; Mary qualifiait de « numéro de foire » leurs amours du début, ce qui l'embarrassait. Mais Frances donnait à la baise une nouvelle signification. Ses yeux se vrillaient sur lui avec une intensité souvent intimidante, elle l'entraînait dans une autre dimension sexuelle, avec des déclarations autoritaires sur la manière exacte dont elle allait le prendre et dont il devait la prendre, de rauques défis sous forme de directives concernant la vigueur qu'il devait mettre à l'assouvir ; sans compter son endurance physique inépuisable et l'intrigante variété, l'originalité de ses orgasmes. « Non, ça n'y est pas, non, non, non. Bon sang, bon sang ! » lui criait-elle à l'oreille juste à l'instant où il croyait la faire jouir. Cette voix insistante, implacable pouvait à elle seule le rendre fou. « Je t'interdis de me lâcher, nom d'un chien, lançait-elle. Voilà. Comme ça, c'est bien. Maintenant je te vois. Tu y es. Il n'y en a pas un comme toi, Howard. Personne. Howard. Personne ! »

Elle lui donnait à penser que c'était vrai. Que, par une chance incroyable, parmi tous les hommes pas un ne valait Howard

Cameron. Oui, il était aussi sexuellement insatiable qu'elle ; oui, il possédait l'appétit, la vigueur, l'ingéniosité, et de surcroît l'outil requis pour faire ça comme il fallait. Il n'avait jamais accordé beaucoup d'importance aux dimensions de son sexe, qui lui paraissaient simplement normales, vu sa stature. Et pourtant, ce n'était pas vraiment un mystère si d'autres que lui ne raflaient pas la mise. La vie n'était pas juste. Personne n'avait jamais prétendu qu'elle le serait, ni qu'elle devrait l'être.

En tout cas, Frances était son idéal sexuel à un point indescriptible. C'était irréfutable. Il ne s'était jamais douté qu'il existait un idéal, ni qu'il rêvait, en fait, de cette version précise de l'idéal (son expérience amoureuse n'était pas tellement fournie). Mais il rencontrait ici un appétit maximum, sans retenue, et d'une arrogance qui proclamait que si tout ça n'était pas absolument fantastique elle ne s'en soucierait même pas. Or, c'était bel et bien fantastique. Et il se sentait remué par Frances, et par l'amour avec Frances, d'une façon qu'il n'avait jamais de sa vie cru avoir la chance de connaître.

Évidemment, ce n'était pas le genre d'histoire qui pouvait mener au mariage, ni avoir une importance durable. Il se rappelait la blague qu'elle avait racontée sur le vocable du vieux norrois. Elle comprenait des tas de choses. Avec son pauvre invalide de mari, elle devait avoir des rapports sexuels polis et espacés, tout comme ses parents à lui, si bien qu'elle refoulait constamment ses appétits dévorants par respect pour le piètre service dont Ed était capable. Sa propre chance, se disait Howard, était de venir jouer un rôle de complément dans leur existence routinière. Mais c'était trop bien pour ne pas en profiter, sans s'occuper de savoir où ça menait ni d'où ça venait.

Un incident l'avait étonné. Après leur première séance épique au motel HoJo en septembre – à la suite de trois semaines de rendez-vous brûlants dans des bars obscurs et des cafés en bord de route de trous perdus du Connecticut entre Willamantic et Pawcatuck –, à la sortie de la chambre, ils avaient débouché sur le parking exposé aux rayons laser du soleil, avec le grondement de l'Interstate 95 qui leur roulait presque dessus. Il avait regardé en l'air le ciel pâle, oxydé, s'était frotté les yeux, encore habitués à la pénombre de la chambre, et avait dit spontanément : « Mince alors, c'était vraiment quelque chose. » Il pensait lui faire un compliment.

« Comment ça, quelque chose ? » avait riposté Frances de sa rauque voix de blonde, une voix qui l'électrisait au lit, une voix faite pour le sexe, mais qui soudain résonnait autrement, dehors sur l'asphalte torréfié. Elle portait des lunettes de soleil à monture rouge, une courte jupe en cuir bleu qui mettait en valeur ses cuisses, et un débardeur blanc, très fripé à présent. Ses cheveux étaient tout aplatis sur les côtés et elle transpirait. Elle avait l'air malmenée et sonnée, et il se sentait dans le même état. Ils venaient de baiser à mort et ça se voyait.

Il sourit avec embarras. « Je veux dire, quoi… tu es vraiment championne là-dedans, tu sais… »

Frances le coupa : « Non, je ne suis pas championne là-dedans. Je le fais bien avec *toi*. Ce qui ne signifie pas que je suis amoureuse de toi. Ce n'est pas le cas.

– Bien sûr. Enfin, non. D'accord, bafouilla-t-il, déconfit de s'entendre rabrouer. Ces choses-là, on ne les fait pas tout seul, hein ? » Il sourit, mais pas Frances.

« Il y a des gens à qui ça arrive. » Elle fronça les sourcils derrière ses lunettes de soleil, paraissant réviser en une fraction de seconde son opinion sur lui. C'était comme s'il y avait le genre d'individu dont on fait la connaissance, qui peut vous plaire, qu'on trouve pas mal physiquement, amusant et avec qui on baise – un Howard ; mais aussi un autre Howard, qui ne vous plaît pas, qui se met tout de suite à vous comparer aux autres femmes dès qu'on a couché avec lui, et qui vous gonfle. Elle venait de rencontrer ce Howard-là. C'était son côté « dure-à-cuire », et elle ne rigolait pas.

Mais, pensa-t-il, Frances voulait peut-être simplement établir une fois pour toutes que si l'un des deux devait jouer les dursà-cuire, ce serait elle. Ce qui ne le dérangeait pas. Si on connaissait dans son existence une seule situation sans surprise désagréable et que ce soit au moins une demi-réussite – par exemple, celle qu'avait vécue ses parents durant trente ans –, on avait déjà de la chance. Son propre mariage, tout bien considéré, pouvait être l'une de ces raretés. Il n'espérait pas faire de Frances Bilandic le numéro deux. Il aurait simplement préféré qu'elle y apporte moins de sérieux. Tous les deux savaient à quoi s'en tenir.

Frances avait des mains minuscules, des mains d'enfant, mais fortes, avec des plis sur la paume comme chez une vieille personne. Et quand il les avait tenues dans les siennes, au lit dans la chambre du motel, ces mains lui avaient inspiré de la tendresse envers Frances, comme si elles la rendaient impuissante face à quelqu'un d'une taille aussi exceptionnelle. Tandis que le passage des poids lourds martelait les poutrelles sur l'I-95, il prit ces deux menottes dans ses grandes mains. Elle était si petite, un joli petit lot, dur et sexy, mais aussi un bon petit lot d'emmerdements si on n'exerçait pas sa force sur elle.

« J'aimerais que tu ne te mettes pas en rogne », dit-il en l'attirant à lui. Les fermes petits seins de Frances se plaquèrent contre son T-shirt bordeaux du Pawcatuck Parks and Recreation Department.

« Je n'ai jamais fait ça avant toi, O.K. ? » dit-elle d'une voix presque inaudible, tout en se laissant faire. Ils n'avaient pas besoin d'être amoureux, pensa-t-il, mais ils pouvaient se montrer tendres l'un envers l'autre. Sinon, à quoi bon se donner tant de mal ? (Il ne croyait pas un instant qu'elle n'avait jamais fait ça. Alors que c'était son cas à lui.)

« Je peux en dire autant », répliqua-t-il. Mais peu importait. Il tenait simplement à pouvoir recommencer bientôt.

L'un des gros-culs klaxonna sur l'autoroute au-dessus d'eux. Ils étaient enlacés dehors sur le parking torride à deux heures et demie de l'après-midi un mardi de début septembre. C'était bien gentil et touchant mais aussi complètement stupide, car l'agence

Weiboldt de Mystic se trouvait à cinq cents mètres de là. Un agent risquait de passer chercher des clients au motel. Si quelqu'un les caftait, ce serait la fin des haricots. D'un coup, pan, virés. Rien ne pourrait ravir davantage leurs collègues que le licenciement de deux agents-de-l'année dont ils récupéreraient les listings. Et à cause de quoi ? À cause d'un malentendu mineur sur le talent de Frances au lit, un talent indéniable. Cette pensée lui donna une envie pressante de la toucher ici même à découvert, si bien qu'il se figea et balaya du regard le parking. Rien. « On devrait peut-être retourner à l'intérieur, dit-il, la chambre est à nous pour toute la nuit. » Il ne le voulait pas vraiment, il avait un rendez-vous à White Rock. Mais si le destin l'exigeait il était prêt à se remettre au lit. En fait, quelque chose en lui de partiel, de très partiel, l'aurait poussé à monter dans sa voiture, à embarquer Frances Bilandic et à foncer cap au sud sur l'autoroute pour ne jamais revenir. Planter là toutes les conneries. Il en était capable. Les détails, il s'en inquiéterait plus tard. Les gens qui agissaient ainsi provoquaient son admiration, même si on n'avait jamais vraiment d'informations sur ce qu'ils devenaient après.

« Si je retournais dans cette chambre, je risquerais d'y rester toute la semaine », déclara Frances en jetant un coup d'œil vers la porte verte qu'ils avaient refermée derrière eux. Elle posa franchement sa forte petite main sur la bite encore raide de Howard, et la serra. « Ça ne te déplairait pas, sans doute ?

– Tu en as la preuve, je crois, répondit Howard avec solennité.

– Je voulais seulement vérifier où en était Mr. Garfield, dit Frances derrière ses lunettes de soleil. Je me le garde pour Phoenix. Hein, qu'en penses-tu ?

– Je ne sais pas si je vais pouvoir attendre. » Howard s'aperçut qu'il souriait comme un idiot.

« Tu as intérêt, riposta Frances. Si tu n'attends pas, je le saurai. »

Ils en restèrent là.

§

Après les festivités et la camaraderie sans entrain du premier jour sous l'effet du décalage horaire, la convention des commerciaux prit presque tout de suite un rythme de travail intensif. Frances tombait continuellement sur ces grandes gueules de lesbiennes du New Jersey, qui ressassaient la chute de la bonne blague qu'elles avaient racontée vingt fois le premier soir. « Suce-la vite ? Moi je croyais que c'était de l'alcool scandinave. » Elles braillaient cette phrase dans l'ascenseur, dans les toilettes des dames ou en attendant le démarrage d'une table ronde, puis elles explosaient d'un rire inextinguible. Comme elle avait oublié le début de l'histoire, Frances ne pouvait la raconter à Ed au téléphone.

Tous les séminaires, les conférences avec projections, les laïus de motivation et les débats avec l'équipe dirigeante de la Weiboldt étaient assommants, répétitifs et généralement insultants. Ils visaient, se disait-elle, des gens n'ayant jamais vendu d'immobilier, et non des agents de haut niveau qui avaient depuis longtemps doublé le cap des quatre millions et auraient moins perdu leur temps s'ils étaient restés chez eux à harponner en fin de saison des clients retardataires.

Howard séchait la plupart des séances et trouva des types de l'ouest du Massachusetts avec lesquels il pouvait parler de sport, dont un Letton chauve qu'il avait eu l'occasion d'affronter lors d'un tournoi de basket dans les années 80. « Ça vient du fait d'avoir quatre frères », dit-il à Frances le troisième jour, lorsque, enfreignant leur règle, ils se permirent de déjeuner ensemble au restaurant western de l'hôtel. Les serveurs étaient déguisés en desperados avec des pistolets à la ceinture et des fausses moustaches. « J'ai passé mon adolescence à écouter mes parents me répéter pour la énième fois quelque chose que je savais déjà. » D'un air satisfait, il broutait la salade mexicaine servie dans un taco géant. « Je veux dire, ça ne me dérange pas qu'on m'explique comment faire pour vendre une baraque alors que j'en ai déjà fourgué cinq cents. Mais je ne vais pas courir après, tu vois ? »

Howard Cameron présentait certains traits de caractère définitivement déplaisants, songea Frances. Il se montrait toujours disposé à prêter l'oreille à quelqu'un, au lieu de fournir lui-même sa contribution. Un côté passif, qui le faisait d'abord paraître sensible. Sauf qu'il ne s'agissait pas vraiment de passivité, mais d'agressivité : il aimait laisser l'autre dire quelque chose de faux, en restant lui-même sur le banc de touche avec son jugement critique. Le sport entraînait à ce comportement : le partenaire va foirer, et quand il foire – ce qui finit toujours par arriver – on est là pour récolter le bénéfice. Cette façon d'agir de banlieusard privilégié et cynique vous fait passer pour facile à vivre. Et il savait s'en servir. Tandis que quelqu'un comme elle était obligé de se bagarrer, de trimer et de s'acharner pour obtenir des résultats.

Bien entendu, on ne le convaincrait jamais que sa manière était blâmable. Il était génétiquement programmé pour se satisfaire de l'état des choses. « Ça va coller » était son expression favorite pour trancher la plupart des questions, par exemple s'il convenait de solliciter une offre plus élevée pour une maison alors qu'une proposition inférieure avait déjà été acceptée, ou d'indiquer à un client un taux d'intérêt plus faible que celui de la banque afin de l'accrocher. Des procédés auxquels elle n'aurait jamais recours. Mais Howard – ce Howard Cameron aux longs bras, au visage solennel et nigaud, qui bandait ferme – n'hésiterait pas à les employer ; il les avait employés à d'innombrables reprises, mais il aimait faire croire le contraire. Après ce que venaient de lui révéler deux nuits d'affilée seule avec lui, elle avait déjà décidé, à sa propre surprise, qu'elle s'en voudrait de le revoir lorsqu'ils seraient rentrés chez eux. Ce n'était pas un arnaqueur, mais il ne valait guère mieux.

À travers le restaurant bruyant, elle aperçut deux des femmes du New Jersey qui attendaient près de la grande sculpture chromée au milieu de la salle, cherchant des yeux quelqu'un avec qui déjeuner, et jacassant comme d'habitude. Le restaurant occupait un vaste atrium inondé de lumière, coiffé d'une verrière, architecturalement greffé sur le Radisson et haut de vingt étages, avec de vrais moineaux nichant dans les murs. Quinze étages au-dessus du miroir d'un bassin central, de l'eau ruisselait d'une énorme plaque chromée en saillie. Naturellement, les gens avaient jeté des centaines de pièces dans le bassin. Les agentes immobilières du New Jersey le regardaient en s'esclaffant. À leurs yeux, tout prenait une signification sexuelle prouvant la stupidité des hommes. Frances espérait qu'elles ne la repéreraient pas, redoutant de susciter leurs commentaires sur la présence de Howard Cameron en sa compagnie. Jamais ils n'auraient dû venir là ensemble.

Toutefois, elle avait une bonne idée, à laquelle elle pensait associer Howard, pourvu que leurs rapports ne se soient pas refroidis d'ici le milieu de la semaine. C'était plus amusant de faire ce genre de choses en compagnie de quelqu'un, et il lui plaisait encore suffisamment, malgré ses traits de caractère dont elle commençait à avoir ras-le-bol. « Tu sais où on devrait aller faire un tour, selon moi ? » Elle souhaitait que sa proposition paraisse spontanée, même si elle n'avait rien de très original. Elle sourit, cherchant à deviner à quoi pouvait penser Howard : le sport, le sexe, ses parents, sa femme ?

« Dans ma chambre, dit Howard. C'est ça, ton idée ?

– Non, je parlais de faire un tour au vrai sens du mot. » Elle lui tapota la main du bout du doigt pour capter son attention. « J'aimerais voir le Grand Canyon, dit-elle. J'ai apporté un guide. J'en ai toujours eu envie. Tu veux venir avec moi ? » Elle s'efforça de darder sur lui un regard radieux.

« C'est à Phoenix ? » Howard prit une mine perplexe, sa façon de réagir à l'étonnement.

« Pas tellement loin, dit Frances. Il suffit de louer une voiture. Demain, nous avons la journée à nous. On pourrait partir dans une heure et revenir demain après-midi. »

Howard repoussa les vestiges de sa *taco salad.* « Ça représente combien d'heures de route ?

– Quatre. Dans les trois cents kilomètres, un peu plus. Je ne sais pas au juste. J'ai regardé la carte qu'on nous a distribuée avec la documentation à l'accueil. C'est droit au nord. Ça nous fera une virée sympa. Toute ta vie tu as rêvé d'y aller, je le sais. C'est le moment de faire le grand saut.

– Possible », répondit Howard avec une moue sceptique sur ses grosses lèvres. Il devait ressembler à son père quand il faisait cette bouche-là, pensa-t-elle, et ça devait lui plaire.

« Je prendrai le volant, poursuivit Frances. Je louerai la voiture. Tu n'auras qu'à te laisser conduire.

– Mmm. » Howard sourit de travers, mais il ne semblait pas partager son enthousiasme. Encore un exemple, bien entendu, de son jeu égoïste : écouter les autres, par exemple sa pauvre innocente de femme, lui soumettre une bonne idée, opposer à cette suggestion des doutes constipés jusqu'à ce qu'avec réticence il se laisse convaincre, puis ne jamais sembler vraiment emballé avant que l'initiative se révèle heureuse, après quoi il s'en attribue le mérite. Elle aurait pu y aller toute seule, mais elle n'en avait pas envie. Si Ed avait été là, il aurait *résolument* refusé.

« Écoute, reprit-elle, si tu viens, je suis d'avis de partir tout de suite après la fin de la table ronde sur l'amortissement, pour voir le désert au crépuscule. On pourra passer la nuit quelque part en chemin, découvrir le Grand Canyon au lever du soleil, et être de retour pour le dîner.

– Tu as tout prévu », dit Howard avec un petit sourire narquois. L'idée commençait à le séduire. Dans son esprit, elle venait de lui à partir du moment où il était d'accord.

« J'ai le sens de l'organisation », répliqua Frances.

Le demi-sourire s'élargit, devint celui de l'inventeur. « Moi, je n'organise jamais rien. Les choses se goupillent toutes seules.

– Nous aurions du mal à faire équipe ensemble, hein ? » Elle était déjà debout à côté de la table, sur le point de se diriger vers le comptoir Avis dans le hall. Elle songeait à une grosse Lincoln ou Cadillac rouge. La jouissance pourrait venir de la voiture, sinon de la compagnie.

« Autant en profiter, j'imagine, lança Howard qui prit soudain un air aimable. On est dans le coin où ils ont fait exploser la bombe atomique, non ? » Il posa sur elle un regard niais de contentement, comme s'il avait oublié qu'elle lui plaisait mais venait subitement de se le rappeler. Il n'était peut-être pas si mauvais bougre. Elle l'avait peut-être confondu avec Ed, mettant tous les hommes dans le même sac au mépris de leurs qualités distinctives. Exactement ce que faisaient les lesbiennes.

« C'était au Nouveau-Mexique », rectifia-t-elle en adressant un signe de main à ces dames du New Jersey, lesquelles se livraient à des mimiques pour indiquer qu'elles flairaient anguille sous roche entre Frances et ce type avec qui elle déjeunait. « L'explosion de la bombe A, c'était au Nouveau-Mexique.

– Bon, peu importe. C'est le même désert, non ? Vendu ? » Il eut l'air content.

« Vendu. Oui, répondit Frances. Tu vas au fond des choses. Tu le sais déjà, sans doute.

– Ce n'est pas la première fois qu'on me le dit », déclara Howard, et il se leva pour monter dans sa chambre.

§

Dans la voiture, il n'était pas du bon côté pour voir le coucher de soleil. L'Interstate 15 direction Flagstaff n'offrait que de la broussaille aride, avec des montagnes dénudées et rébarbatives sur la gauche de la voiture, du côté où le soleil se couchait. Tout ce qu'on voyait, en gros, c'étaient de nouvelles implantations : de grandes stations-service, des centres commerciaux, des parkings de cinémas en chantier, diverses enseignes de restaurants franchisés, des cités s'étalant le long du lit à sec de cours d'eau qu'on avait endigués à côté d'immenses terrains de golf où des centaines de têtes pivotantes d'arrosage embrumaient l'atmosphère desséchée. Il n'y avait rien à voir d'intéressant, d'original ou de sauvage, rien que les nouveaux venus qui peuplaient ces endroits où personne auparavant n'avait voulu s'installer. Pour venir vivre ici, pensa-t-il, il fallait avoir vécu dans un endroit qui était pire. Ces gens étaient de malheureux exilés. La particularité la plus curieuse de cette route, c'étaient les gros lièvres écrasés qui jonchaient par douzaines la chaussée. Arrivé à soixante, il arrêta de compter. D'après Mary, certaines conditions atmosphériques auxquelles les êtres humains n'étaient pas sensibles amenaient les animaux à se jeter sous les voitures. Dans le Connecticut, il s'agissait de chevreuils, de ratons-laveurs et d'oppossums. Un jour ou l'autre, ce phénomène se mettrait à affecter les êtres humains, peut-être ces gens installés là. Ils faisaient peut-être partie d'une secte qui s'y préparait.

Frances avait loué une Town Car rouge toute récente – le top de la tire juive, comme elle l'appelait –, une grande berline de chef pompier avec des sièges de cuir blanc immaculé, des tapis rouges, des cendriers intacts et une forte odeur de voiture neuve. N'étant pas le mari de Frances, il n'avait pas le droit de conduire, ce qui l'arrangeait. Pour être à l'aise, il avait remplacé ses vêtements de congressiste par un short vert en tissu-éponge, un T-shirt blanc et une vieille paire de baskets. Une fois reculé le siège, il pouvait allonger les jambes et somnoler contre l'appuie-tête. Tout ça allait pour le mieux.

Derrière le volant de cuir blanc, Frances se sentait en grande forme. Elle s'était munie de son livre sur le Grand Canyon, de son téléphone mobile et de quelques bruyants CD de Tito Puente, pleins de bongos vigoureux. Elle avait mis un bermuda blanc moulant, une tunique bleue sans manches, en grosse toile, avec une ancre blanche peinte sur le devant, de minuscules boucles d'oreilles en saphir et des Keds roses sur de courtes socquettes à pompons. Elle avait aussi apporté une bouteille de gin bon marché, qu'ils commencèrent à boire tous les deux, sans glace, dans des gobelets en polystyrène.

Elle projetait de dîner à Flagstaff, de rouler jusqu'à la nuit tombée, puis de s'arrêter dans n'importe quel motel qui se trouverait à proximité de l'entrée du canyon, et de se lever assez tôt pour découvrir le trou gigantesque aux aurores, le moment, selon elle, où il posséderait le maximum d'impact spirituel. « Je ne me doutais même pas que j'avais envie de le voir, tu sais ? » Elle conduisait d'une main, le gobelet dans l'autre. « Et puis quand j'ai lu ce bouquin, j'ai compris qu'il fallait y aller. Pour les Indiens, c'était la porte d'accès à l'au-delà. Et Teddy Roosevelt y a tué des cougars. » Elle venait de heurter un gros lièvre. « Ouh là, désolée. Merde ! » s'exclama-t-elle, puis elle n'y pensa plus. « Les conquistadors sont venus là en quinze cent et quelque », poursuivit-elle en jetant un coup d'œil en coin à Howard, qui songeait au lièvre écrasé et contemplait d'un regard morose un grand complexe cinématographique conçu pour ressembler à un juke-box égyptien. Une étendue vaste et déserte d'asphalte noir séparait le cinéma de l'autoroute. D'ici peu, songea-t-il, ce serait bourré de voitures et de gens. Et dans dix ans il n'en resterait rien.

« Je n'y ai jamais réfléchi », répondit-il sans avoir écouté ce qu'elle disait, s'interrogeant sur le genre de films dans lequel ce cinéma se spécialiserait. Des westerns. Des aventures spatiales. Des comédies idiotes, des histoires de golfeurs. C'était la Californie qui se reproduisait ici, en pire. « Californiquer » avait été le bon mot qu'on se refilait dans l'immobilier deux ans plus tôt. Le gin était peut-être en train d'agir sur lui, pensa-t-il.

« Ne dit-on pas "grand comme le Grand Canyon" ? continuait Frances d'un ton rêveur. Mon père employait cette expression. C'était un immigré. Pour lui, le Grand Canyon représentait quelque chose d'absolu. Ça représentait toute l'importance de l'Amérique. Moi aussi, j'imagine, c'est la signification que je lui donne.

– "En un sens, il s'agit d'un grand trou creusé dans le sol par l'érosion" ». Il lisait maintenant à haute voix le texte imprimé au dos du guide du Grand Canyon. Un peu plus loin, un autre gros lièvre gris et blanc se tenait immobile sur l'accotement tandis que les voitures passaient en trombe. Le regard de Howard se riva sur l'animal. Il avait l'air sur le point de se hasarder à travers l'autoroute, mais d'attendre ce qui devait paraître le bon moment, dans sa cervelle active de lièvre. En sens opposé, les poids lourds fonçaient plein sud vers Phoenix dans la lumière déclinante. Ce lièvre a des problèmes, se dit Howard. Franchir les barrières dressées par les humains. Vaincre les périls étrangers à la nature. Éviter les détritus toxiques au bord de la route. « Attention au lièvre, lança-t-il sans vouloir paraître inquiet, buvant une nouvelle gorgée de son gin tiède.

– Reçu cinq sur cinq. À vous, Houston », dit Frances. Le bord de son gobelet en polystyrène pincé entre ses doigts, elle le laissait pendre sous la branche du volant. Elle ne fit pas le moindre effort pour écarter sa trajectoire de l'animal immobile. Elle était soûle.

Et juste au moment où la Town Car arrivait à la hauteur du gros lièvre, alors qu'une fraction de seconde plus tard il aurait été épargné et serait peut-être parvenu à traverser indemne les quatre voies pour dormir à l'aise encore une nuit sur le terre-plein médian, dans cette fraction de seconde, il bondit en avant droit sous les phares de la voiture, sans regarder à droite ni surtout à gauche. Et bang ! la Lincoln lui fonça dessus, le percuta là où il était le plus haut et l'envoya valdinguer sur la chaussée, inanimé.

« Aïe ! Putain ! Oh, merde ! Et de deux. Pardon, mon petit lapin, dit Frances. Nul, nul, nul.

– Pourquoi tu ne t'es pas écartée, bon sang ?

– Je sais. » Frances n'avait même pas regardé dans le rétroviseur. « À présent, c'est dans mon karma. Je vais le payer.

– C'est vraiment absurde. » Il darda sur elle un regard furibond, puis le reporta sur la broussaille où la nuit tombait. C'est franchement con, pensa-t-il.

« Cet endroit va m'améliorer, dit-elle.

– Trop tard pour ce lièvre.

– Ouais. Trop tard pour Jeannot Lapin. Il appartient au passé. »

Howard aurait voulu se retrouver au Radisson en train de déguster du Pinot Grigio, plutôt que ce gin quelconque et tiédasse, d'ailleurs il n'aimait pas le gin. Il aurait joui de la vue nocturne sur Phoenix toute rougeoyante, avant de téléphoner à Mary.

« Tu crois que tu pourrais trouver quelque chose qui te rende joyeux ? » Elle le regarda avec un sourire qui accentuait les angles de son visage. « Essaie de trouver au moins une petite chose. »

Elle est détestable, se dit-il. Écraser un lapin ne représentait probablement que la pointe de l'iceberg. Ce devait être sa manière de vendre des maisons : un rouleau compresseur ; inflexible, ne voyant rien d'autre que la vente ; harcelant les acquéreurs éventuels en les appelant de sa voiture ; travaillant tous les week-ends.

« Mets-nous un peu de musique, tu veux bien, monsieur Mal Luné ? » reprit Frances. Les bongos frénétiques s'étaient tus depuis des kilomètres, plongeant la voiture dans le silence. « Mets les Rolling Stones. Ça te botte, les Stones ? Moi oui.

– N'importe », dit-il en tripotant la pile de cassettes qu'elle avait casée entre eux au creux du siège de cuir. Il tenta en vain de se rappeler une seule chanson des Rolling Stones. Sûr et certain, il avait trop bu.

« Mets *Let It Bleed* [1], à la mémoire du lièvre courageux qui s'est sacrifié pour que nous puissions voir le Grand Canyon et commettre l'adultère. » Elle ne le regarda même pas.

C'était mal barré, pensa-t-il. Tout d'un coup, elle était devenue une autre. Le mieux serait de trouver la gare routière à Flag-

1. *Let It Bleed* : « Que ça saigne ». *(N.d.l.T.)*

staff et de laisser cette nana foncer toute seule dans la nuit avec son coup dans le nez pour ne jamais la revoir.

« Je blaguais, pour *Let It Bleed.* » Elle renifla. « Je ne l'ai pas. Remets du Chiquita Banana et verse-nous du gin. On ne va pas tarder à voir briller les lumières de Flagstaff. Il y aura sûrement quelque chose là-bas qui pourra te contenter. C'est un endroit connu, non ?

– Aucune idée. » À mi-voix, il ajouta : « Je l'espère.

– Moi aussi, mon mignon, dit Frances en tendant son gobelet vide. Sinon, ce sera à nous de le rendre fameux. »

§

À Flagstaff, ils trouvèrent un obscur bistrot à sushis de centre commercial, face à une large avenue encombrée par la circulation de cette fin de journée. Howard en avait assez de la bouffe mexicaine et des spaghettis, et voulait du poisson même s'il fallait le manger cru. Le Far West n'était pas fait pour lui, il s'en rendait compte ; il avait besoin de voir l'océan au moins une fois par semaine, et les fruits de mer étaient meilleurs pour la santé. Mais il s'aperçut aussi, tandis qu'ils cherchaient un restaurant, avec les feux d'intersections qui fleurissaient dans les lointains bleutés, qu'en fait il était déjà passé par Flagstaff, dans les années 80, à l'occasion d'une expédition à Disneyland de toute la famille Cameron. Il l'avait oubliée. Évidemment, rien n'était plus pareil. Les rues avaient doublé de largeur et il y avait maintenant d'innombrables motels, fast-foods et stations de lavage. Bizarre, d'être allé quelque part et de l'avoir complètement évacué de sa mémoire. L'explication était peut-être – le souvenir recommençait déjà à s'effacer – qu'il avait seulement vu Flagstaff en rêve, ou à la télé.

De leur table en faux bois de teck près de la vitre, Frances s'était mise à loucher sur la cabine téléphonique dehors sur le parking. Elle voulait appeler Ed. Il serait bientôt couché, même si le ciel, ici, était encore éclairé au-dessus des montagnes. Elle ne parvenait pas à se rappeler quand elle lui avait téléphoné pour la dernière fois. Et elle regrettait de s'être soûlée, elle regrettait d'avoir écrasé un lièvre, elle regrettait de n'avoir plus pensé à son mari. C'était tellement inusité de jouir de cette liberté, et de baiser avec quelqu'un dont elle se fichait pas mal, ou d'ailleurs simplement de baiser. De quoi se sentir désorientée et même embarrassée.

Occupé à manger son bar en tempura, Howard ne voyait pas d'inconvénient à ce qu'elle aille téléphoner. Elle sortit dans la chaleur du soir et se planta à côté de la Lincoln pour appeler Ed sur son portable. Un poste de police occupait l'une des boutiques vides du centre commercial. À travers les vitres, on voyait à l'intérieur les policiers assis à leurs bureaux passer des coups de fil et écrire sous l'éclairage au néon. Un jeune Noir était là debout avec des menottes aux poignets, semblait-il, les mains dans le dos. Les deux agents qui l'encadraient rigolaient comme s'il avait dit quelque chose de drôle.

« Salut, mon chou », dit-elle gaiement à son mari à l'autre bout du continent. Elle voulait avoir un ton serein. « Devine où je suis ? À Flagstaff.

– Ah ! bon ? répondit Ed. Où est-ce ? Dans le Texas ? » Il avait une maladie rare du sang qui entraînait la désintégration progressive des os à partir des orteils, et il souffrait beaucoup. Il prenait des stéroïdes et suivait un régime qui le rendait alternativement affamé ou nauséeux, si bien qu'il était presque toujours de mauvaise humeur. À l'époque où elle avait rencontré Ed, plus vieux qu'elle de quinze ans, il était vigoureux comme un cheval de course et gérait sa propre affaire de jet-skis. Maintenant, il ne pouvait plus travailler, il passait son temps à regarder la télé et à avaler ses médicaments.

« Non, espèce d'idiot, c'est dans l'Arizona. Mais devine quelle est ma destination. Tu ne vas pas le croire. » Elle se demanda si elle avait dit : « Devine quelle est *notre* destination. »

« La Bulgarie, dit Ed. L'Iran. Je ne sais pas. Qu'est-ce que ça peut faire ? Je n'y serai pas.

– Le Grand Canyon », lança-t-elle avec un enthousiasme factice. Elle sentit sa bouche s'étirer sur un sourire involontaire. Debout à côté d'une grande Lincoln rouge, elle souriait à Ed.

Le silence tomba à l'autre bout du fil.

« Le Grand Canyon, répéta-t-elle. C'est génial, non ? Je vais le voir demain. » Il fallait prendre garde aux détails. Elle pouvait raconter qu'elle était avec l'une des lesbiennes. Ed trouverait ça cocasse.

« Et après ? dit-il d'une voix irritée. Tu le vois, et après ?

– Je ne sais pas au juste. »

Un nouveau silence. Quelque chose dans sa chambre avait dû détourner l'attention de son mari, peut-être le match des Red Sox. Frances fut effleurée par la tentation de déclarer : « Je vais au Grand Canyon en compagnie d'un type avec lequel je baise toutes les nuits et qui a une grosse bite dure comme du bois. » Même si Howard n'était pas plus intéressant pour autant. Il aurait pu tout aussi bien ne pas posséder cet attribut.

Elle avait le regard rivé sur le poste de police aux lumières crues. Les agents en uniforme poussaient le jeune Noir menotté dans une cage grillagée au fond de la salle. On aurait dit une cage à animaux. Soudain abattue, elle craignit de fondre en larmes au téléphone. Le gin donnait aux femmes l'envie de baiser, puis de pleurer, puis de se disputer, disait toujours son père. Elle ferait mieux de ne plus toucher au gin. Ed était encore un bel homme, bien sûr, un grand costaud bourru d'Irlandais de Boston aux yeux bleus, dont la vie, hélas, n'avait pas fait le bonheur. Pourtant, il l'aimait. Elle le savait. C'était dommage. Il s'était mis récemment à cultiver des hortensias derrière la maison, ce qui semblait un bon signe. « Si seulement tu pouvais être avec moi, chéri, pour voir le Grand Canyon.

– Je vais peut-être aller te rejoindre ce soir en avion, ironisa Ed, puis il lâcha une petite toux sèche en guise de rire.

– Ce serait formidable. Je viendrais te chercher.

– Je n'aurais peut-être simplement qu'à me jeter au fond, dit-il amèrement. Ça aussi, ce serait formidable, non ?

– Non, mon chou. Vraiment pas. »

De l'autre côté du parking, elle vit Howard émerger inopinément du restaurant, un cure-dents dans la bouche. Il jeta un coup d'œil vers la rue encombrée, puis se mit à marcher le long du trottoir du centre commercial. Il passa devant le poste de police. Deux des policiers assis à leurs bureaux interrompirent leur tâche pour le regarder à travers la vitre. Howard avait une drôle de dégaine, on aurait dit un grand dadais des années 50.

Mais où pouvait-il aller ? Elle sentit son cœur tressauter. Est-ce qu'il voulait se tirer ? Trouver à la station-service Arco une voiture qui le ramènerait ? Elle eut de nouvelles palpitations en regardant Howard avancer à grands pas de sa démarche presque gracieuse, avec sa coiffure de tête de nœud (il était ridicule dans son short en tissu-éponge et son grand T-shirt, pieds nus dans ses baskets). Mais elle était prise de panique, comme si un désastre se produisait sous ses yeux sans qu'elle puisse l'empêcher. Comme au moment où elle avait écrasé le lièvre. Ba-boum, ba-boum, martelait son cœur. Ça ne lui ferait pas grand-chose s'il s'en allait, elle s'en rendait compte, et pourtant le voir s'en aller la paralysait presque.

« Oh, bon sang, ne pars pas, s'exclama-t-elle.

– Mes pieds sont en train de se désintégrer. Il me reste sans doute moins d'une année à vivre. C'est là que je vais, dit Ed.

– Qu'est-ce que tu as dit ?

– Ce que j'ai dit ? J'ai dit… »

Lorsque Howard atteignit l'aire de stationnement devant la station Arco, il entra tout droit dans la cabine téléphonique sur la gauche et se mit à composer un numéro, mais en même temps il tordit le cou vers elle pour lui sourire, d'un téléphone à l'autre, chacun appelant son conjoint pour expliquer où il était, tout en taisant le ressort essentiel de l'histoire. La vie n'aurait absolument pas dû prendre cette tournure, pensa-t-elle. Elle aurait voulu être là toute seule, sans mensonges. Comme ç'aurait été bien. Se trouver seule à Flagstaff.

« Tu ignores peut-être comment c'est d'en avoir sa claque, poursuivait Ed avec colère.

– Désolée, mon chéri, que dis-tu ? Je t'entends mal. Je suis au fin fond du Far West, ici.

– Far West mon cul », ricana Ed. Quelque chose l'avait braqué. « Y a déjà un bout de temps qu'on ne s'entend plus.

– Tu as tort de dire ça », répondit Frances. Elle s'efforçait de chasser Howard de ses pensées, de se concentrer sur Ed, son mari, furieux contre elle parce qu'elle allait au Grand Canyon, parce qu'elle prenait du plaisir ou qu'elle essayait, parce qu'elle était elle-même et qu'elle n'était pas lui. Oui, elle ignorait peut-être comment c'était d'en avoir sa claque. « Si tu avalais vite un comprimé, et je te rappellerai plus tard, chéri, d'accord ? » Elle gardait les yeux fixés sur Howard qui agitait la tête, le dos tourné. Parlant avec animation à sa femme dans le Connecticut. Lui mentant effrontément.

« Avale un comprimé toi-même, répliqua Ed. Et disparais.

– Ce n'est pas très sympa.

– Précisément ce que je pensais à l'instant.

– Je te rappelle tout à l'heure, mon chéri, dit-elle doucement.

– Tout à l'heure, je dormirai.

– Alors, dors bien », souffla-t-elle, puis elle rangea son téléphone.

§

À nouveau dans le désert nocturne, Howard baissa sa vitre pour laisser pénétrer le vent voluptueux et rafraîchissant. Frances avait mis une musique électronique, new age et dégoulinante, qui lui faisait tourner la tête. Il retira ses baskets et s'appuya contre son dossier abaissé, face au paysage derrière le rempart de la nuit.

Une distance agressive qui lui était franchement désagréable avait commencé à se creuser entre eux sur la route jusqu'à Flagstaff. C'était le genre de rapport qu'on subissait sur son lieu de travail. Mais, justement parce que c'était au travail et non dans la vie privée, on ne se trouvait pas coincé avec l'autre comme il était maintenant coincé avec cette cinglée de Frances. Ce qui expliquait pourquoi le mariage était une si bonne chose, du moins selon sa conception à lui : si on épousait la personne adéquate (or, c'était son cas), on échappait aux mauvaises surprises et aux désagréments. Avec le temps, mieux on connaissait cette personne qui vous convenait et mieux c'était, au lieu que la situation empire au point de devenir décourageante. On aimait l'autre et on aimait la vie. L'institution vous amenait à un approfondissement, on éprouvait des choses sérieuses qu'on n'aurait jamais découvertes autrement. On ne songeait même pas à se lancer dans une escapade idiote et superflue comme celle-ci. Il n'était pas marié depuis assez longtemps – à peine un an – pour en apprécier pleinement le bénéfice, mais il commençait à le faire. Bien sûr, ce n'était pas mal non plus de rouler dans une grosse voiture de luxe vers un lieu exotique inconnu, où on passerait la nuit à sauter une femme séduisante dont on ne serait pas obligé de s'occuper jusqu'à la fin de ses jours. N'empêche qu'il regrettait de ne pas avoir, à Flagstaff, pris le car pour rentrer. Frances en aurait sans doute été ravie. Il n'y avait simplement plus pensé.

De temps en temps, ils passaient en trombe une obscure localité. Des lumières éparpillées, quelques silhouettes d'hommes plantés devant un bar, un commerce minable, ou à côté d'une rangée de camionnettes, apparemment indifférents à la proximité de la grande route.

« Des Indiens », déclara Frances. Ayant relevé son siège pour se rapprocher du volant, elle ressemblait à un minuscule pilote dans un habitacle aux lueurs vertes. « Nous sommes ici dans la réserve hopie.

– Alors il vaut mieux ne pas tomber en panne, dit Howard.

– Je suis sûre qu'ils s'occuperaient très bien de nous.

– Sitôt après avoir fini de dépouiller la voiture et de nous zigouiller. C'est sans doute vrai. Ils nous offriraient des funérailles convenables, exposés sur une plate-forme. » Il plongea son regard au fond de la nuit, où une petite lumière isolée luisait comme celle d'un bateau sur l'océan. « J'ai du sang indien dans les veines, reprit-il. Mon père était un Paiute, et ma mère s'appelle Sue. » C'était une blague qu'il n'avait jamais trouvée drôle auparavant, mais qui lui paraissait soudain hilarante. « Ma mère s'appelle vraiment Sue. Sue Crosby », ajouta-t-il, réconcilié avec le monde, y compris Frances. Son agressivité semblait s'être évaporée d'un coup. Même s'il ne raffolait pas de l'allure qu'elle avait dans son bermuda blanc (trop moulant) et sa tunique bleue avec cette ancre blanche peinte à la main. Elle avait l'air d'une petite Polaque, qui vendait des maisons pas chères à d'autres Polaques et s'habillait chez Target. En plus, elle était trop musclée, elle ressemblait à une gymnaste de l'équipe de Pologne. Une nommée Magda. Son corps n'était pas formidable à toucher. Il préférait les femmes un peu molles, moins toniques, comme la sienne. Évidemment, Frances étant plus âgée, elle était obligée d'entretenir davantage sa forme, supposa-t-il.

Mû par une impulsion, il allongea le bras pour détacher du volant la petite main droite de Frances et la prendre dans la sienne. « J'en avais envie depuis un moment, affirma-t-il quoique ce ne fût pas vrai.

– O.K., fit-elle sans cesser de regarder droit devant elle le tunnel de lumière.

– Je réfléchissais à propos de ces Japonais du restaurant. Curieux, non ? Dans cette foutue ville de Flagstaff. Au milieu des Indiens. Du désert. Des serpents. On se demande comment ces gens sont arrivés là. » Pour souligner son propos, il pressa fortement la main de Frances. Il détestait la musique électronique et l'arrêta avant qu'elle le fasse vomir.

« Ils sont partout à présent, je pense, répondit Frances dans le brusque silence. Je leur ai vendu des maisons. Ils sont bien élevés. Soigneux.

– Comme les lesbiennes, dit-il. Les lesbiennes sont d'excellentes femmes d'intérieur. »

Frances rentra sa lèvre inférieure, loucha, plissa son visage vers le haut et se tourna face à Howard. C'était sa manière d'imiter les Japonais. « Un appal-te-ment en co-plo-pliété », articula-t-elle entre ses dents.

– Nous vouloir longtemps acheter appal-te-ment », enchaîna Howard, et tous deux éclatèrent de rire. Elle était marrante, un aspect qu'il découvrait. « Tu es bonne », dit-il. Puis il reprit : « Tu es sensationnelle.

– Messieurs palfois tlès difficiles à contenter, répondit-elle. Tlop difficiles.

– Ouais, mais fa faut la peine. Hein ? Fa faut la peine ? » Son seul numéro d'imitation, le bec-de-lièvre. Les gens étaient toujours pliés en deux.

« Pas savoir, dit Frances. Tlop tôt. Savoir prus tard. »

Il posa la main sur son petit sein pointu et ferme, puis hésita sur la suite à donner à ce geste, étant donné qu'elle conduisait et ne donnait aucun signe de vouloir s'arrêter pour entreprendre quelque chose. « Si tu te gares au bord de la route, je te baise immédiatement sur la banquette. » Il pressa le bouton afin de redresser son siège, comme pour prouver qu'il tiendrait parole.

« Pas bonne idée maintenant, répliqua Frances, toujours à la japonaise. Letenir dlagon déchaîné. Homme qui sait attendle a sa lécompense. Fais glosse plomesse. »

Il lui caressa le sein, se pencha plus près, sentit le parfum qu'elle avait mis à Flagstaff. « Grosse promesse, oui, j'y compte », dit-il, mais là encore il hésita. Il laissa la main sur son sein encore quelques instants, puis une sorte de gêne s'empara de lui, il abaissa de nouveau son dossier et reprit sa contemplation du paysage nocturne.

§

Ensuite, pendant un bon moment, peut-être une heure, ils gardèrent le silence, Frances les yeux fixés sur la route éclairée, Howard scrutant la lisière du désert, au-delà de laquelle, dans les replis des ténèbres, qui pouvait savoir sous quelle forme la vie se manifestait ? Il rêvassa un peu au genre de maison qu'habitait Frances. Bien entendu, il ne l'avait jamais vue, mais dans son esprit c'était une toute petite maison aux murs de bardeaux blancs, au toit vert, ornée de fausses lucarnes et sans garage, une demeure pour laquelle Frances remboursait toute seule l'emprunt. Puis il eut de sombres pensées concernant Ed, dont il avait oublié l'existence toute la journée, jusqu'à ce qu'il la voie lui téléphoner. Frances était essentiellement une femme solide ayant le sens de la famille, malgré ce qu'elle faisait avec lui, malgré cette escapade. Une femme compétente, efficace, qui veillait à tout et gagnait bien sa vie. Simplement, même si elle le voulait, tout ne pouvait pas cadrer au profit de son mari. Coucher avec Howard, par exemple, ça ne cadrait pas. Toutefois, l'exception devait garder ses droits, tout en étant marié, il fallait que ça reste possible. Même si on était obligé de mentir. Ça n'avait aucun sens de faire de la peine aux autres pour des raisons auxquelles ils ne pouvaient rien, ni vous, d'ailleurs. Sous prétexte que tout ne rentrait pas dans le cadre, on n'allait pas le brûler.

Sans avoir jamais vu Ed, il avait en tête une image assez précise de lui. Il le voyait comme un grand type mal rasé, vêtu de gris, traînant les pieds dans des chaussures aux lacets dénoués, qui avait eu jadis de la puissance physique, au point d'être intimidant, mais qui n'était plus le même, et par conséquent était devenu boudeur, capable de dire des choses cruelles et injustes aux gens innocents, tout ça parce que sa vie n'avait pas été idéale. Pas plus que pour quiconque, naturellement. L'expression « pareil à une bûche » et le visage meurtri, buriné du vieil acteur de cinéma Lon Chaney Jr. s'étaient associés dans son esprit à Ed et aux rapports sexuels inexistants entre lui et Frances, selon ce qu'elle laissait entendre.

Chaque fois qu'il pensait à Ed, ça finissait par aboutir à une confrontation imaginaire dans laquelle lui, Howard, se montrerait calme et serein tandis qu'Ed serait en rage et déboussolé. Howard s'efforcerait d'être généreux et amical, mais Ed, immanquablement, déraperait dans l'hostilité et le sarcasme. Il tenterait d'amener Ed à comprendre que Frances l'aimait vraiment, mais qu'elle avait parfois besoin d'aller voir ailleurs. Et au bout du compte il se retrouverait contraint de botter le cul au mari, en se retenant pour ne pas lui faire trop de mal. Plus tard, quand leurs couples respectifs seraient sauvés et que du temps aurait passé, Ed et lui pourraient nouer une amitié réticente, basée sur une compréhension commune de la réalité et du fait qu'ils étaient tous deux profondément attachés à la même femme. Il se voyait assister aux obsèques d'Ed, debout, solennel, au fond d'une église catholique.

Devant eux dans la lumière blême des phares, les silhouettes d'un homme et d'une femme apparurent sur l'accotement opposé, d'abord petites et indistinctes, puis hyper-réelles, s'avançant côte à côte hors de l'obscurité. Deux Indiens, pauvrement vêtus, qui marchaient en sens contraire. L'un et l'autre regardèrent passer la grosse Town Car rouge. L'homme portait une chemise turquoise éclatante et un bandeau rougeâtre autour du front, la femme une robe grise informe. Ils disparurent en un éclair.

« C'étaient nos esprits ancestraux », dit Frances. Elle avait gardé le silence, et ses mots étaient chargés d'une gravité inattendue. « C'est un signe. Mais je ne sais pas de quoi. Rien de bon, à mon avis. »

Il cessa de penser à Ed.

« S'ils avaient marché dans la même direction que nous, on aurait pu emmener en voiture nos esprits ancestraux, je suppose. Les déposer au supermarché ouvert la nuit.

– Ils revenaient de là où nous allons, observa Frances.

– Le Grand Canyon ?

– C'est un lieu complètement empreint de spiritualité. Je te l'ai déjà dit, pour les Indiens c'était la porte d'accès à l'au-delà.

– On va peut-être aussi rencontrer Teddy Roosevelt. » Il n'était pas mécontent de sa réplique. « On devrait faire demi-tour pour leur demander ce qu'il y a d'autre à voir.

– Nous ne les retrouverions pas, dit Frances. Ils ne seraient plus là.

– Où est-ce qu'ils seraient allés ? Ils se seraient volatilisés ?

– C'est possible. » Frances le dévisagea avec un sérieux accru. Il comprit qu'elle désapprouvait son ironie. « Je voudrais te demander quelque chose. » Elle ramena son regard sur la ligne blanche qui défilait.

Une enfilade de lumières surgit au loin, un motel, espéra Howard. Bientôt minuit, et il se sentait soudain vidé. Ces deux Indiens étaient peut-être une vision créée par la fatigue, même si dans ce cas c'était étrange que tous les deux les aient vus.

« S'il m'arrivait quoi que ce soit, tu sais ? continua Frances sans attendre sa réponse. Je veux dire, si j'ai une crise cardiaque au motel, ou dans la voiture, ou si je tombe raide morte d'un seul coup, tu sais ce que j'attends de toi ?

– Que je téléphone à Ed. Que je lui avoue tout.

– C'est précisément ce que je ne veux pas », répliqua-t-elle d'une voix coupante. Ses yeux le scrutèrent à nouveau dans la lueur verte du tableau de bord. « Tu m'as bien comprise. Tu te tailles, voilà tout. Tu ne t'en occupes plus. Ça exigerait trop d'explications. Tu n'auras qu'à te volatiliser comme ces Indiens. J'y tiens. De toute façon, je serai morte, hein ?

– Tu déconnes », dit Howard. Il discernait maintenant les lettres magiques : M-O-T-E-L. « N'essaie pas de me foutre les jetons. J'ignore ce qui s'est passé quand tu as parlé avec Ed, mais tu n'es pas obligée de préparer tout de suite ton enterrement. Bon Dieu. » Il n'avait envie pour le moment de parler d'aucun sujet plus grave que le sexe. L'heure était trop tardive. Il regrettait à nouveau d'être venu.

« Promets-le-moi, insista Frances, qui lui jeta encore un coup d'œil tout en conduisant.

– Je ne promets rien du tout. Sinon de te faire prendre ton pied si on peut s'extraire de ce corbillard et trouver un lit. »

De toute évidence, elle ne plaisantait pas. Seulement, il n'était pas du genre à se tailler, et sa promesse n'aurait servi à rien. Il avait hérité quelques principes de sa famille.

« Tu sais ce que je ferais si tu étais renversé par une voiture ou frappé par la foudre ? reprit Frances.

– Laisse-moi deviner.

– Pas besoin. Certaines complications ne valent pas la peine de s'y fourrer. Tu ne vois pas ce que je veux dire, hein ? »

L'enseigne du motel luisait sur la droite. À gauche – telle une petite oasis – on lisait CASINO en lettres de néon rouge vif surmontées par le signal bleu de la police, et un grand serpent à sonnettes en néon rouge se lovait au-dessous, prêt à mordre. À côté du serpent, l'inscription au néon disait : MORDEZ LA FORTUNE. Le casino lui-même n'était qu'un cube trapu, avec une porte unique au milieu, et de nombreuses voitures ou camionnettes déglinguées, plus deux véhicules de shérifs, garés face au mur. « Palfois, femmes tlès difficiles à contenter, lança Howard en japonais, histoire de ramener la bonne humeur.

– Si seulement tu pouvais faire ce que je te demande », dit Frances d'un ton déçu, en s'engageant sur le gravier du parking devant le motel. On voyait un homme au téléphone derrière son comptoir dans le bâtiment de la réception, au bord de la route. Les chambres s'alignaient derrière, une rangée de tipis en plâtre blanc avec des mâts bidon qui pointaient hors de faux orifices pour l'évacuation de la fumée. Dix tipis identiques, une petite fenêtre ronde de chaque côté de la porte d'entrée. Deux voitures étaient garées devant les chambres occupées. On voyait de la lumière aux fenêtres.

« Si tu as une crise cardiaque, répondit-il, je promets de raccompagner ta dépouille jusqu'à Willamantic. Tout comme pour je ne sais plus qui. Le président Kennedy.

– Alors tu es un imbécile, riposta Frances en s'arrêtant devant la réception, les yeux fixés droit devant elle d'un air dégoûté.

– Bon, mais ton imbécile à toi. Pour ce soir, en tout cas. »

Il mit précipitamment pied à terre, ses baskets dans le gravier, le ciel immense à en avoir le vertige soudain rempli de pâles étoiles, en dépit de la forte odeur de désinfectant planant sur le petit parking, et de la musique country sortant du casino. Frances continuait de parler à l'intérieur de la voiture – il s'agissait toujours d'abandonner son cadavre –, mais il n'entendait plus. Il leva le nez et inspira jusqu'au fond des poumons l'odeur corrosive de désinfectant. Il en éprouva un soulagement. Ils étaient allés bien trop loin. L'idée même de cette expédition était merdique. Mais il voulait simplement décrocher Frances de son histoire idiote – la crise cardiaque, la mort et ainsi de suite – et la ramener à ce pour quoi ils étaient venus. Les gens causaient, causaient, et ça ne changeait rien au tableau. C'était comme les clients saisis de regrets ; pourtant, demain serait différent, quelles que soient les questions qu'on se posait aujourd'hui. On surnageait. Il repensa fugacement à son titre d'agent-de-l'année. Pendant un instant, ça le rendit heureux.

§

De sa place au volant, Frances regardait un gros rat à longue queue harceler un serpent qui tentait de traverser l'étendue de gravier entre la rangée de tipis et la broussaille où le désert commençait. Le grésillement de l'enseigne du motel donnait l'impression que le terrain était électrifié, sous la lumière des projecteurs qui éclairaient la petite escarmouche. Elle n'aurait jamais imaginé qu'une telle chose pouvait arriver. Le serpent, croyait-elle, était le prédateur naturel du rat, auquel il était physiquement supérieur.

Le rat avait lieu de le craindre. Or, voilà quelle était l'étonnante vérité. Tandis qu'elle les observait à travers la vitre, le serpent s'arrêta plusieurs fois pour se lover et attaquer le rat, lequel se dressait sur ses petites pattes de derrière, tel un minuscule étalon, et sautillait autour du serpent. Puis le serpent, ayant manqué son coup, repartait en rampant vers la végétation et les ténèbres. Le rat le poursuivait presque négligemment, lançant un coup de dents puis reculant d'un bond avant de lancer un nouveau coup de dents, comme s'il connaissait personnellement le serpent. Au bout d'un moment, Frances baissa sa vitre pour écouter s'ils produisaient des sons, si le serpent à sonnettes sonnait, s'il y avait des sifflements ou des grognements. Mais la musique country du casino était trop bruyante. Le serpent finit par atteindre la limite du gravier et il disparut, tandis que le rat, ayant fini son travail, rebroussa chemin à toute allure et s'enfonça sous l'un des tipis inoccupés, pas celui où ils allaient passer la nuit, espéra-t-elle.

Ça lui faisait un drôle d'effet d'être là à attendre Howard. Cette situation ne lui ressemblait guère, à elle, petit agent immobilier de Trifouilly, Connecticut, « spécialiste » de la vente de logements en accession à la propriété, et d'appartements réhabilités. La fille de son père. La femme de son mari. Diplômée d'un institut accrédité. Pourtant, en un sens, ce type était exactement ce qu'il lui fallait, malgré tout ce qu'elle avait à lui reprocher. N'es-tu pas toujours toi-même ? Quelqu'un que tu désires n'est-il pas toujours ce qu'il te faut ? Oui, elle avait envie de lui, surtout après avoir autant bu. Son père l'avait bien dit. Et d'ailleurs, pourquoi pas ? Dans la vie, il s'agissait parfois de se débarrasser de telle ou telle envie, après quoi le reste devenait plus facile.

Et l'adultère – elle aimait bien quand ses réflexions s'enchaînaient ainsi –, l'adultère était l'acte qui se débarrassait, *s'effaçait*, oui, s'effaçait de lui-même, une fois consommé. Il arrivait sans doute qu'il efface autre chose aussi. Et même qu'il efface tout ce qui l'entourait. C'était un remède à des maux qu'on n'avait pas d'autre moyen de guérir, mais il représentait un danger dont mieux valait se méfier. Quoi qu'il en soit, ce soir, elle s'en félicitait. Et, du fait de toutes ces réflexions qui lui venaient, elle savait qu'elle avait forcément raison.

Howard sortit nonchalamment du bureau de la réception en balançant au bout de ses doigts la clé d'une chambre, un sourire aux lèvres. Elle se demanda combien de fois il avait pu faire ça, il paraissait tellement à l'aise, même si elle s'en foutait. Pour elle, c'était la première fois, et pourtant ça lui semblait coutumier, comme si elle le faisait depuis toujours.

« Recule jusqu'au dernier tipi de la rangée, dit Howard en se courbant vers elle à la portière, les mains appuyées sur ses genoux nus. Et si tu veux tenter ta chance au casino, le grand chef Pince-sans-rire qui trône là-dedans m'a filé deux bons donnant droit à une consommation.

– J'ai seulement envie d'être baisée, c'est tout. » Elle regarda dehors par l'autre vitre. « Je n'aime pas les machines à sous. »

Il plissa les yeux, retroussa presque imperceptiblement les commissures de ses lèvres charnues et inintelligentes. Il n'était pas beau, avec son crâne tondu, ses oreilles et sa bouche bien trop grandes. Il avait une tête de clown. Pourtant, sa petite femme en était probablement enchantée : un mari que ne guignait personne d'autre, mais capable de faire des prouesses.

Howard passa par la vitre sa paluche, en un geste arrondi, pour à nouveau lui prendre un sein par en dessous. Il ne semblait pas avoir d'objectif précis. Une simple manifestation de familiarité sans égard. « Recule-toi là-bas au fond du parking et on fera ça dans la bagnole », dit-il d'une voix rauque, théâtrale. Ses petits yeux se tournèrent vers l'autre bout du terrain. « Personne ne nous verra. » Il lâcha par le nez un petit rire sans humour.

« J'attendrai.

– Alors ça va coller, dit-il en se redressant, avec un autre reniflement.

– Tant mieux, répondit-elle, je serai ravie que quelque chose colle. » Elle tourna la clé de contact et entama sa marche arrière.

§

Elle savait exactement ce qu'il aimait. Il aimait qu'elle tienne les yeux fixés sur lui. Il aimait qu'elle lui prenne la bite dans sa bouche et, ce faisant, qu'elle lève les yeux vers les siens. Ça signifiait : « Voilà ce que je vais te faire maintenant. » Comme un ersatz de fiançailles. Par ailleurs, il aimait sa voix. Rien qu'avec sa voix, avec ce qu'elle trouvait à lui murmurer, elle pouvait le faire éjaculer. Comme ça, d'un coup. Même son souffle en était capable. Il fallait donc qu'elle y prenne garde. Pourtant, décharger n'était pas ce qu'il cherchait. Il était malin. Il voulait rester à son contact, la déplacer sur le lit là où elle en avait besoin, faire durer la chose jusqu'à ce que la jouissance soit simplement une façon d'y mettre fin, quand l'intérêt s'étiolait. Bizarre d'être si intelligent au lit, et pas du tout à d'autres moments. C'était son œuvre, se disait-elle ; elle l'avait inventé, transformé en quelqu'un dont elle avait l'usage. Sa véritable intelligence était de ne pas résister.

Seulement, dans l'air confiné de ce tipi exigu, avec le rideau de rayonne devant la porte, les cafards qui couraient par terre et l'odeur d'insecticide, il voulut la prendre trop vite et trop violemment – avec brusquerie et des vociférations –, comme si *lui*, il tenait à la débarrasser de ce qui la taraudait, tout seul. Comme si c'était son devoir. En la bourrant. Sans rien d'autre. Sans lui laisser le temps de l'exciter par le son de sa voix, ou de le caresser et de l'accueillir en elle par intermittence. Rien que de la brutalité, jusqu'à ce que ce soit fini. Et en même temps, c'était déconcertant que cet homme ait conscience d'elle, perçoive que quelque chose n'allait pas et entreprenne d'y parer de la façon dont il était capable. Une forme d'intimité. Eh oui.

Quoique, bien sûr – songea-t-elle, couchée dans l'obscurité granuleuse auprès de Howard endormi instantanément, infiniment – elle avait peut-être, dans la voiture, formulé une demande très claire, et il s'était borné à faire ce qu'elle avait dit. « J'ai seulement envie d'être baisée. » Voilà ce qu'elle avait dit. N'importe qui pouvait comprendre ce que ça signifiait. C'était donc elle qui avait orchestré la chose, et non lui. Seulement elle ne s'en était pas rendu compte. Il l'avait laissée l'*employer* – c'était le mot –, devenu l'instrument pour ce qu'elle voulait régler, vider, déblayer... En réalité, ils ne se connaissaient pas tellement bien. Elle s'était trompée quant à l'intimité.

Elle entendit sur le parking des voix d'hommes qui parlaient et riaient, puis des claquements de portière, des démarrages de moteurs et des pneus broyant le gravier. Plus loin, il y eut une explosion subite de musique country, comme si on avait ouvert une porte à toute volée. Ensuite la musique continua, étouffée, si bien que Frances s'aperçut qu'elle l'entendait depuis un bon moment sans en être consciente. Quelqu'un cria : « Et hop ! » et une voiture s'éloigna en rugissant. Ayant apporté la bouteille de gin, elle la prit sur la table de chevet et la déboucha, en but une petite gorgée, rien que pour neutraliser l'odeur de vieux papier et d'insecticide. Après quoi elle ne put s'empêcher de s'interroger, gratuitement, elle le savait : est-ce que cette histoire s'achève vraiment ce soir ? Ne pourrait-elle pas se poursuivre encore un peu, sans avoir besoin d'une destination précise ? Elle avait une petite part de positif. Tous deux comprenaient quelque chose. On se hâtait trop de mettre fin à ce qui arrivait, on manquait de patience alors que ça pouvait continuer. S'ils s'effaçaient vraiment l'un avec l'autre, ils pourraient continuer indéfiniment. Elle, en tout cas, le pourrait. Et Howard ne résisterait pas, supposa-t-elle. Elle se réjouit d'avoir cette perspective, c'était plus qu'elle n'avait escompté de cette nuit. Une surprise découverte dans le noir.

§

Sur le perron en béton de leur tipi gisaient par dizaines les petits cadavres brunâtres de cafards tués par l'insecticide que quelqu'un avait répandu autour de la porte pendant leur sommeil.

Désagréable de marcher dessus. Armée d'un balai et d'une pelle en plastique, une Indienne était occupée à les ramasser sur les marches des autres tipis. Un jeune Indien aux cheveux noués sur la nuque l'observait, debout à côté d'elle, et parlait doucement. À part la Lincoln, il n'y avait à proximité qu'une voiture de sport, une Camaro noire, cabossée, avec des flammes jaunes peintes sur le flanc et une roue de secours comme un gros doughnut à l'arrière.

Le soleil matinal était chaud, malgré une fraîche brise d'automne qui chassait la poussière à travers le parking vers le casino, devant lequel quelques véhicules étaient encore garés. Il était huit heures. Un petit rectangle de néon, invisible auparavant sur l'enseigne MORDEZ LA FORTUNE, clignotait pour annoncer : PETIT DÉJEUNER – SERVICE EN COURS. Le signal bleu de la police était éteint.

Bonne idée, le petit déjeuner, pensa Howard, torse nu sur le seuil du tipi, les yeux endoloris. Il n'avait pas pu retrouver sa chemise par terre dans la pénombre. Mais, même sans sa chemise, ça lui ferait du bien de prendre le petit déjeuner dans la salle vide du casino pendant que Frances dormait encore. Dans un casino, il en fallait plus pour les choquer. Il pourrait rapporter des cafés, payés avec les bons donnant droit à des consommations.

Au-dessus de l'enseigne, par-derrière, des montagnes brunes et dénudées se dressaient dans le ciel clair. Leur présence ne se manifestait pas lorsqu'ils étaient arrivés la veille au soir. Sûr et certain, on n'avait jamais une vue pareille dans l'Est, rien que des arbres, là-bas, des nuages et un ciel brumeux moins vaste, même au bord de l'océan. C'était donc déjà ça de positif, la longue route les avait amenés à un endroit où l'air était plus pur, plus léger ; dans un superbe désert où seuls les Indiens pouvaient supporter de vivre. Et quelque part plus loin se trouvait le Grand Canyon, ce grand trou creusé par l'érosion, englouti en ce moment dans le sommeil de Frances. Peut-être qu'elle n'y penserait plus et qu'elle voudrait regagner la convention.

Il s'avança sur le parking, torse nu, dans son short en tissu-éponge et ses baskets. De l'autre côté de la route, près du casino, une petite chapelle toute neuve aux murs de bardeaux blancs, avec un clocher et des vitraux qui avaient l'air en plastique, était entourée d'une palissade blanche qui elle aussi avait l'air en plastique. Pour les mariages expéditifs, se dit Howard, une femme qui vous tombait dessus quand la chance vous souriait au casino. Comme à Atlantic City. La chapelle appartenait également à des Indiens, il n'en doutait pas. Dans la cour sans un brin d'herbe que la palissade délimitait, une pancarte proclamait *CHRIS* EST MORT POUR VOS PÉCHÉS, ce qui lui rappela que sa famille avait été chrétienne. Les Cameron, des presbytériens, quelque part en Écosse. Ils s'étaient éloignés du christianisme. Chacun avait son dimanche à soi. Mais des gens tout à fait bien. Son père était toujours content de voir une église.

Seulement, cette chapelle miteuse l'amenait à considérer que la vie, idéalement, impliquait une petite entité, à peine perceptible et pourtant sacrément importante. Et qu'on pouvait détruire son entité sans même en avoir conscience. Et qui plus est, lui vint-il à l'esprit, ce qu'on éprouvait au moment même où on était en train de la détruire devait précisément ressembler à ce paysage calamiteux ! Un désert aride, aveuglant, froid, étranger et irrespirable. Si bien qu'en réalité c'était ici l'enfer, pensa-t-il, au lieu de la vieille version d'un enfer souterrain que lui avait donnée son père. À cet instant, un coup de vent sur son torse nu le fit frissonner. Un Greyhound passa sur la route en grondant, soulevant un nuage de poussière ; un type sortit sur le pas de la porte du casino pour le suivre des yeux. Rien que de vivre ici, pensa Howard, il y avait de quoi avoir la trouille et admettre que « Chris » intercède en votre faveur, avant que vous succombiez à quelque chose de terrible, un désespoir auquel vous n'échapperez pas *parce que* vous êtes tellement petit et insignifiant. Ou pis. Il se sentait complètement justifié de détester cet endroit. Heureusement que son père n'était pas là. Le Greyhound se transformait en une moucheture sur la route du sud. Il fallait obtenir de Frances qu'elle laisse tomber le Grand Canyon et suive le sillage de cet autocar pour regagner Phoenix. En fait, il n'était venu que pour lui tenir compagnie en voiture. Rien de tout ça n'était sa faute.

§

Lorsque Frances émergea du tipi dans la lumière éclatante et la brise fraîche, elle semblait fatiguée, sa tunique bleue ornée d'une ancre était chiffonnée, ses saphirs avaient disparu de ses oreilles, laissant à nu les trous minuscules. Pourtant, elle avait l'air heureuse. Elle s'était douchée, avait lissé en arrière ses cheveux blonds et courts, et elle tenait en main son sac et la bouteille de gin. Elle paraissait rajeunie et ne pas trop savoir où elle était, sans que ce soit déplaisant. La tournure qu'avaient prise ses ébats de la nuit ne la laissait pas frustrée, même si elle ne se rappelait pas grand-chose, sinon que ça n'avait pas duré longtemps et qu'il avait sombré dans le sommeil.

Il s'était fait servir au casino deux cafés dans leurs grands gobelets de polystyrène, et l'attendait, assis sur l'aile de la Lincoln, en feuilletant le guide du Grand Canyon. Il avait récupéré sa chemise et se sentait mieux, quoique pressé de partir.

« Tu es tout prêt à y aller ? » Frances regardait autour d'elle le parking vide et les montagnes. Elle sourit au ciel d'azur en buvant son café à petites gorgées. Elle avait la gorge bouchée et ne cessait de la racler. La tête lui tournait un peu, ses yeux étaient réduits à des fentes et son visage un peu bouffi.

« Prêt à aller quelque part, répondit-il, avec l'espoir que ce serait Phoenix, mais sans vouloir faire pression sur elle.

– N'est-ce pas magnifique, ici ? » Elle cligna des yeux, les lèvres au bord de son gobelet. « Tu es content ?

– Ça va très bien.

– Cette nuit… » Elle parut hésiter. « Tu sais ? Après que tu t'étais endormi ? Je suis sortie de mon assoupissement, et je ne savais plus où j'étais. Je ne savais même plus qui tu étais, toi. C'était angoissant. La faute du gin, je suppose. Mais je me suis mise à quatre pattes pour te dévisager sous le nez. Je sentais ton souffle sur mes yeux. Je te fixais tant que je pouvais. Une chance que tu ne te sois pas réveillé. Tu te serais cru en plein milieu d'une opération.

– Ou mort.

– Oui. Ou bien ça. » Elle remarqua tous les cadavres de cafards qu'il restait encore à balayer sur les marches des tipis. « Oh, mon Dieu, dit-elle. Tu as vu ?

– Tu pensais que j'étais qui ? demanda-t-il en se mettant debout.

– Je n'en savais rien, dit-elle, le regard rivé sur les cafards à ses pieds. Je ne pensais pas que tu étais qui que ce soit. Tu aurais pu être un animal. Tu aurais pu avoir changé de forme.

– Est-ce que tu m'as pris pour Ed ?

– Non. » Elle chercha à tâtons dans son sac les clés de la voiture et poussa quelques cafards du bout de sa chaussure rose. « Pas trace de ressemblance.

– Je ne peux pas le savoir.

– Non. Tu ne peux pas. » L'air contrarié, elle s'avança vers la voiture. « Allez, viens, lança-t-elle. On est en retard. »

§

Deux kilomètres après le motel, un panneau vert indiquait : SOUTH RIM – 135 KM. Ils tournèrent dans cette direction, et Howard mit un CD de Tito Puente, puis il se rappela quelle musique c'était et l'arrêta tandis que la route commençait tout de suite à grimper et qu'ils doublaient ou croisaient des camping-cars et d'autres autocars de tourisme. Le paysage au-dessus duquel ils s'élevaient paraissait plus plat et lisse, rosâtre comme une sculpture de sable, complètement différent de l'aspect qu'il avait, se dit Howard, quand lui-même se trouvait en bas et que ça lui avait paru inquiétant, hostile. Quand il avait pensé que c'était l'enfer.

Frances exhiba un appareil photo, l'un de ces boîtiers moulés aux lignes fluides conçus par les Japonais pour avoir l'air sérieux et pro, alors que c'était un appareil bon marché. À trois reprises dans la montée escarpée, elle arrêta la voiture et fit descendre Howard avec elle pour prendre des photos du désert. Deux fois, elle lui demanda de la photographier, posant avec raideur, le cou dans les épaules et les yeux plissés, devant le rebord en pierre du mur de soutènement. Elle fit une photo de lui, et pria un type du Michigan de les photographier ensemble sur fond de ciel vide. « Celles-ci pourraient être utilisées au tribunal en cas de divorce, dit Frances alors que le type du Michigan était encore à portée de voix. Je te donnerai les négatifs, si tu veux les détruire. Je veux seulement un tirage. »

Howard se rappelait son aversion pour les lieux touristiques, où tout ce qu'on voyait, des millions de ploucs l'avaient déjà vu, couvert de graffitis et de merde, avant qu'on y ait débarqué. Ce qu'ils étaient en train de faire n'avait aucun sens. L'objectif, ils l'avaient atteint la nuit dernière. Ils venaient là gratuitement.

Plantée à côté de la voiture, Frances examinait son appareil photo, qu'elle avait en vain tenté de déclencher à distance. L'appareil produisit son bourdonnement doux et assuré, son déclic, son soupir. « Encore une de ma main, s'exclama-t-elle.

– Je crois que je ne vais rien retirer du Grand Canyon », dit Howard. Elle était à nouveau devenue différente, concentrée. Elle changeait d'une heure à l'autre. Il aurait fallu avoir le programme. « Tu ne sais pas encore comment c'est », répliqua-t-elle en levant son appareil, pointé vers le muret et le bleu parfait du vide. Une fois de plus, le bourdonnement, le déclic, le soupir. « Il faut y croire pour le voir. Évidemment, moi non plus je ne l'ai pas encore vu. Rien qu'en photo.

– Moi pas savoir », dit-il, mais ces mots ne sonnèrent pas comme du japonais. Ça faisait plutôt indien, et semblait idiot.

Elle grimaça un sourire en tournant l'appareil à l'envers et lisant ce qui était écrit en dessous. « Eh bien, tu le sauras. » Elle secoua la tête, fourra l'appareil dans son sac à main et contourna la voiture pour repartir. « Et là, tu les voudras, ces photos. Tu me paieras pour les avoir. Tu auras été au contact de quelque chose d'incomparable à tout ce que tu as pu voir ou imaginer. Et tu me remercieras tout le long de la route jusqu'à Phoenix. »

§

Elle exultait de sentir l'air plus frais, de voir changer la végétation, les petits pins qui trouvaient moyen de pousser dans la rocaille sèche. Elle exultait de découvrir que vu d'en haut, le désert broussailleux ressemblait à une peinture de sable faite par un Indien, des rouges, des roses, des bleus, des noirs dessinant des motifs qu'on n'aurait jamais devinés quand on était au beau milieu. Tel était l'enseignement des grands espaces, songea-t-elle : tout ce qui existait de caché dans les choses qu'on voyait ; et le tort qu'on avait d'être si sûr des choses. Une révélation pleine d'espoir. Elle devrait à l'avenir aller davantage à l'extérieur. Vendre de l'immobilier, ce n'était pas vraiment aller à l'extérieur.

Elle persistait à trouver odieux, et à ne pas cesser d'y repenser, près de trois semaines après, qu'il lui ait dit qu'elle était championne au lit, comme s'il s'agissait d'un numéro d'acrobate auquel il pouvait décerner une note et peut-être applaudir. Howard était une erreur de sa part, malgré les efforts qu'elle faisait pour le percevoir autrement et le contenter. Passe encore de coucher avec lui dans un HoJo au bord de l'autoroute. Mais c'était tout autre chose – et beaucoup moins bien – de poursuivre l'aventure jusqu'à Phoenix, d'en venir à le connaître vraiment, de risquer d'être prise en flagrant délit et virée, et de croire encore que ça pouvait se révéler positif. Et c'était stupide, *stupide* de l'emmener au Grand Canyon, tel qu'il était, avec son petit ego râleur, sa façon mesquine de rester sur la touche. Ed aurait fait un meilleur compagnon. Car, même si pour la baise c'était fini, lui, au moins, il avait jadis été un chic type. En tant qu'être humain, Howard Cameron avait été douteux dès le début. Elle n'avait pas lu ce qui était marqué en tout petit.

Elle le regarda du coin de l'œil, en train de rêvasser à rien du tout, ses grandes jambes blanches et glabres allongées devant lui comme des béquilles, ses genoux pâles trop loin du bord de son short, ses énormes panards aux énormes ongles grisâtres, aussi durs que du tungstène, son visage mou, sans caractère, ses sourcils hirsutes. Et sa coiffure de basketteur. Qu'avait-elle pu se figurer ? Il n'était ni intéressant, ni spirituel, ni gentil, ni profond, ni beau. Une échasse à ressort. Et ici sur ces hauteurs, où tout était naturel, propre et vierge, ça sautait aux yeux. Les défauts sautaient aux yeux. La vraie nature révélait la vraie nature.

Pourtant, en pilotant la grosse voiture de chef pompier sur cette route sinueuse à la pente de plus en plus raide, à six mètres de l'à-pic chutant vers le désert, elle se dit qu'elle n'allait pas le laisser gâcher une journée de plus par son attitude désobligeante, maussade, insatisfaite. Aujourd'hui, elle se sentait euphorique, à un point étourdissant. La sensation se propagea jusque dans ses entrailles, et ouvrit le passage à quelque chose d'autre, un élan dont elle n'avait jamais soupçonné la présence, et encore moins qu'il se trouvait enfermé. Et dire qu'ils étaient encore sur la route, même pas encore arrivés au canyon ! Qu'est-ce que ce serait quand elle pourrait descendre, faire dix pas et découvrir l'espace immense, s'étendant à perte de vue ? Elle ne pouvait pas l'imaginer. La profonde ouverture de la terre. Les merveilles du monde avaient toutes le pouvoir de libérer en vous ce qui n'était pas libre. Les poètes en parlaient. Seulement, les détails pesants, envahissants de la vie quotidienne – la cuisine, les trajets, le téléphone, les explications requises par des inconnus comme par ceux qu'on aimait, la vente immobilière, la surveillance du compte bancaire, les cassettes vidéo à rendre –, toutes ces choses vous faisaient oublier quels potentiels la vie recelait.

Sans doute allait-elle s'évanouir d'émotion. Sûrement, elle resterait muette, puis elle pleurerait. Peut-être voudrait-elle venir vivre ici tout de suite, comprenant qu'elle avait mené sa vie de travers et qu'il était temps de réparer ses erreurs. C'était pour ça que les gens à qui elle vendait des maisons déménageaient, pour aller là où ils pourraient vivre mieux. Ils décidaient – du moins ceux qui n'y étaient pas forcés par la malchance – que le cours de leur existence dépendait d'eux et de personne d'autre.

« C'étaient des Navajos », dit Howard en contemplant le versant abrupt à droite de la route. Il avait cuvé ses réflexions. « Pas des Hopis, d'accord ? Je l'ai lu dans ton guide du Grand Canyon pendant que tu dormais ce matin.

– Possible.

– Est-ce que je te fais peur ? » demanda-t-il.

Frances freina, la circulation ralentissant devant eux sur la route à deux voies. « Si tu me fais peur ? Serais-tu un mec dangereux, ou quoi ?

– Je ne sais pas.

– Franchement, je ne vois pas en quoi tu pourrais me faire peur, pour le moment. » Ils pénétraient déjà dans la bourgade de South Rim, Arizona, qui paraissait entièrement autonome. Un millier d'habitants vivant au bord du Grand Canyon, fréquentant l'épicerie, le dentiste, regardant la télé, pratiquant le covoiturage… en ce lieu ! Au bout d'un mois ce ne serait peut-être guère différent du Connecticut, mais elle ne parvenait pas à l'imaginer.

« Tu crois que tu pourrais éventuellement te marier avec moi ? » Howard lui jeta un coup d'œil bizarre.

« Non. » Elle roulait au pas, attentive à la circulation. « Il se trouve que je suis déjà mariée. Et toi aussi. Et nous sommes mariés avec d'autres personnes.

– C'est donc une baise sans conséquence. Trois petits tours et puis s'en va. » Il racontait n'importe quoi. Du pur bavardage. Il devait s'ennuyer.

« Comme trois petits coups de crayon. Tu sais ? » Elle lisait la plaque d'immatriculation de l'Explorer devant eux. Maine. Un Trésor Naturel. Qu'y avait-il là-bas ?

« Alors, est-ce que tu te sens coupable ?

– Je me sens… » Elle se tut. Ce qu'elle s'apprêtait à dire risquait de compromettre sa première vision du Grand Canyon, simplement à cause de la réponse imbécile qu'il lui ferait. Et les premières fois devenaient si rares qu'elle n'allait pas foutre celle-ci en l'air avec des conneries. Si seulement c'était Meredith, son copain de fac mort d'une tumeur au cerveau, qui l'accompagnait à la place de cet individu. Meredith aurait adoré. « Les communications sont provisoirement interrompues, O.K. ? » Elle lui adressa un sourire inamical. « Je veux contempler le Grand Canyon, c'est tout. *No mas preguntas este mañana.*

– Ça va coller. Comme tu voudras », dit Howard en tendant le bras vers son pied déchaussé pour se pincer le gros orteil comme s'il envisageait de l'arracher.

Elle était peut-être même en train de causer sa perte en s'associant avec cet homme. Il représentait peut-être une menace, les yeux rivés sur l'ongle énorme de son orteil. Qu'avait-il en tête ? Quelque chose de sinistre. Dès qu'ils débarqueraient de la voiture, elle prétexterait un besoin pressant pour s'éloigner de lui. Elle appellerait la police et dirait qu'il la traquait. Il n'aurait qu'à se débrouiller pour retourner tout seul à Phoenix. Elle songea à l'expression peinée de sa femme, apparue dans le ciel nocturne de Phoenix trois jours auparavant. Sa femme pouvait se le garder.

« Tu aimes les complications ou la simplicité ? reprit Howard en continuant de se tripoter l'orteil.

– La simplicité.

– Mmm. Je m'en doutais, dit-il d'un ton rêveur. Moi aussi.

– Je m'en suis rendu compte.

– Ouais, conclut-il en se redressant pour regarder autour de lui. Tu as raison. »

En pénétrant dans South Rim Village, on pénétrait aussi dans le parc national. Les véhicules devaient impérativement suivre les voies indiquées, en sens unique, qui serpentaient à travers de jolies pinèdes où des bouchons ne tardèrent pas à se former. Mais tous les automobilistes faisaient preuve de patience et s'abstenaient de klaxonner ou d'essayer de faire demi-tour. C'était la seule solution possible au problème de l'affluence : flux ordonné, entrée/sortie, stationnement organisé, rester dans son véhicule. Sinon, les gens auraient roulé jusqu'au bord du canyon, ils seraient descendus en abandonnant là leur voiture pendant des heures, comme au centre commercial. Lorsqu'elle avait imaginé cet endroit, il n'y avait aucun véhicule à moteur, elle chevauchait un alezan, s'arrêtait sur le bord et contemplait sans fin le Grand Canyon, seule avec ses pensées.

« Le seul souci est d'assurer le déplacement des gens d'un bout à l'autre », dit Howard. Il avait avancé son siège, replié les genoux et observait la circulation d'un air fasciné. « Ce qu'on peut voir ou faire toi ou moi n'est pas la question. Il faut assurer le déplacement, sans quoi tout le système tombe en panne. » Il passa la main sur ses cheveux en brosse, puis tira sur le lobe de son oreille. « L'immobilier, c'est exactement pareil. Les gens arrivent quelque part, et nous leur trouvons une maison. Puis ils vont ailleurs, et nous leur trouvons une autre maison. Peu importe où ils sont pour finir, ce qui ne correspond pas, bien sûr, à ce qu'on nous a appris à l'école. En principe, là où on est, ça compte bel et bien. Mais c'est comme la vie d'un requin. Vouée au déplacement continuel. » Il hocha la tête à l'appui de cette conception.

« Moi je crois qu'ils viennent ici pour de très bonnes raisons », riposta Frances. En réalité, elle était en train de penser que les camping-cars prenaient trop de place. Ce n'était pas le déplacement qui posait problème, mais l'envahissement de l'espace. Le Grand Canyon signifiait un espace *libre*. « Les gens ne se déplacent pas pour le plaisir de se déplacer. Je ne crevais pas d'envie de faire de la route au point qu'on m'aurait soufflé le prétexte du Grand Canyon. C'est idiot.

– La civilisation, poursuivit obstinément Howard sans paraître avoir entendu, monter ici, travailler ici, vivre ici, tous ces gens, des milliers. On dirait une aérogare, pas un vrai village. Si jamais on finit par voir ce foutu Grand Canyon, s'il ne s'agit pas d'un mythe, ce sera comme d'être dans une aérogare. Ce sera comme si on regardait les pistes avec plein d'avions côte à côte. C'est pour ça que je préfère rester chez moi plutôt que de me faire pousser en troupeau d'un côté à l'autre. » Il renifla par ses larges narines.

Et voilà, il commençait à tout gâcher, précisément ainsi qu'elle l'avait craint mais s'était juré de ne pas le laisser faire. Elle tourna la tête vers lui et se sentit grimacer. Il fallait qu'elle se débarrasse de ce type. Elle l'aurait volontiers jeté hors de la Lincoln à coups de pieds. Mais ce geste aurait ressemblé à une crise d'hystérie, et il serait mort de peur. Elle devait s'efforcer encore un peu de ne pas lui prêter attention, jusqu'à ce qu'ils aient débarqué. Elle eut une désagréable image mentale de Howard la besognant à tout crin dans cet horrible petit tipi où les cafards grouillaient et où il n'y avait pas de télé. Qu'est-ce qu'elle cherchait là ? Toutes ces pensées qui lui étaient venues… À quoi jouait son cerveau ? Avait-elle un manque si désespéré ?

« Tiens, voilà l'Indien du motel. » Howard montra du doigt un jeune homme aux longs cheveux noirs noués sur la nuque, en jean et T-shirt blanc. Il traversait le parking ensoleillé vers lequel un garde du parc national, coiffé d'un chapeau à calotte pointue et debout près d'une petite cabane, aiguillait les véhicules. L'Indien était avec les touristes sortant du parking par un chemin goudronné qui menait au bord du canyon, Frances en avait la certitude. Tout se passerait bien, pensa-t-elle. Ça ne pouvait plus être gâché. « Il fait peut-être partie des esprits ancestraux. » Howard eut un sourire goguenard. « C'est peut-être notre guide spirituel pour le Grand Canyon.

– Boucle-la », dit Frances en braquant pour s'insérer dans une place disponible entre d'autres voitures et camping-cars. Des familles s'éloignaient à pied de leur véhicule, dans la direction où l'Indien avait disparu. Certains hâtaient le pas comme s'ils n'en pouvaient plus d'attendre. C'était ce qu'éprouvait Frances. « Tu pourrais aller nous prendre un sandwich. Je te rejoindrai dans un moment. » Pressée de descendre, elle accrochait à son cou l'appareil photo.

« Je ne crois pas. » Howard ouvrit la portière en la poussant avec sa basket et entreprit de déplier ses grandes jambes. « Je ne voudrais pas rater ça. Tu ne t'es jamais penchée au bord d'un chantier de construction pour regarder dans le trou ? Ce sera pareil. Sensationnel. »

Elle lui jeta un regard glacial. À travers les portières ouvertes, une brise fraîche aux senteurs de pin balaya doucement la voiture. Beaucoup d'autres venaient là pour admirer la vue prodigieuse, la portée spirituelle et la splendeur naturelle. Ce serait avec eux qu'elle vivrait l'expérience du canyon. Pas avec ce merdeux. Après, il pourrait décider que l'idée était la sienne. Mais d'ici une heure il appartiendrait au passé, en ce qui la concernait, et elle savourerait toute seule la route du retour jusqu'à Phoenix. Rien de tout ça n'allait prendre longtemps.

§

En contrebas du parking, par-delà les pins, à l'écart du passage des touristes, Howard apercevait ce qui ressemblait à des bâtiments de caserne, avec de longues fenêtres à moustiquaires, peintes en beige pour se fondre dans le paysage. C'étaient des dortoirs. Ça lui rappela le camp de basket-ball dans les Catskills. Un garçon et une fille – des adolescents – trimbalaient un matelas d'un bâtiment à un autre, et pouffaient de rire. On devait s'y habituer, pensa Howard. Les jours s'écoulaient sans même qu'on voie le Grand Canyon ou qu'on y pense. Oui, c'était exactement comme de travailler dans une aérogare.

Frances gravissait le chemin à grands pas, sans s'occuper de lui. Il y avait sûrement ici des gens de la Weiboldt, se dit-il, des gens qui les reconnaîtraient et devineraient tout sur-le-champ. Ils étaient facilement repérables, tous les deux. Aucun moyen de s'en sortir indemnes. Comme disait son père, peu importe qu'on sache ce que tu fais, seul compte ce que tu fais. Et ce qu'ils faisaient tous les deux, c'était baiser, se balader dans une bagnole de location pendant le temps de travail, un délit en soi, probablement, selon la loi fédérale. De surcroît, Frances n'avait plus l'air de l'aimer beaucoup, même s'il ne voyait pas quelle faute il avait pu commettre, sinon de s'endormir trop vite au motel. Ça lui convenait parfaitement d'être ici avec elle, de participer, pourvu qu'ils ne restent pas toute la journée. Il s'aperçut qu'il avait faim.

Quand on grimpait cette pente, rien n'indiquait vraiment qu'il y avait quelque chose à voir de là-haut, sauf une petite paroi rocheuse où des gens s'étaient arrêtés, et une vaste étendue de ciel bleu. Où passait tranquillement un avion, un petit monomoteur.

Et puis tout d'un coup, à brûle-pourpoint, il y fut ; au Grand Canyon, à côté de Frances, l'œil collé à son appareil photo. C'était vraiment exclu de ne pas ressentir un saisissement : le Grand Canyon tout entier s'offrant soudain, ouvert à perte de vue en long, en large et en profondeur devant vous, immense et sans fond, habité par un grand silence invisible, avec un souffle d'air frais qui en sortait comme d'un puits colossal. De quoi avoir un choc.

« Je ne veux pas que tu ouvres la bouche », dit Frances. Elle avait abaissé son appareil et regardait maintenant droit dans le canyon, comme si elle le humait. Le soleil baignait son visage. Elle paraissait au septième ciel.

Il avait bel et bien songé à dire quelque chose. Ça paraissait normal d'avoir envie de mettre des mots à soi sur un truc pareil. Mais, debout près de Frances, il eut instantanément la sensation qu'il se comportait déjà de travers, qu'il avait abordé le site de travers, ou qu'il se tenait de travers et regardait même de travers ce foutu canyon. Et c'était vrai qu'il y avait quelque chose, dans le fait que d'abord on ne pouvait pas le voir du tout, puis qu'on le voyait complètement, quelque chose qui semblait suggérer qu'on pouvait le rater. Rater le Grand Canyon !

Bien sûr, il fallait sans doute tout regarder en même temps, sentir l'effet total, comme Frances paraissait le faire. Seulement, c'était bien trop gigantesque pour tout percevoir. Trop gigantesque et trop compliqué. Il eut l'impression qu'il aurait dû rebrousser chemin jusqu'à la voiture et revenir. Arriver mieux préparé.

Pourtant, c'était exactement conforme, pensa-t-il en contemplant en silence le palier brun et la paroi abrupte d'en face – à quelle distance, impossible d'en juger, car la perspective était faussée –, c'était exactement conforme à ce qu'il imaginait d'après les photos de ses livres scolaires. Une attraction touristique. Un truc à voir. Sacrément grand. Mais mille milliards de gens l'avaient déjà vu, alors ça ne servait pas à grand-chose. Une image. Rien de comparable à l'océan, qui servait, lui. Personne n'avait d'usage pour le Grand Canyon. Son rôle le plus important devait être de poser un foutu problème à quelqu'un qui voudrait aller de l'autre côté. Mieux valait ne pas adresser ce commentaire à Frances, laquelle était probablement en train de s'offrir une expérience mystique. Elle aurait explosé. La meilleure chose à dire, pensa-t-il, serait de remarquer comme c'était silencieux. Jamais il n'avait ressenti un tel silence. Et ça ne ressemblait pas du tout à une aérogare. Même si du haut de ce petit avion on devait avoir une vue idéale.

Les gens qui les avaient précédés sur le chemin goudronné se dirigeaient maintenant vers des télescopes placés sur de petits affleurements rocheux pris dans le muret. Ils poussaient tous des oh ! et des ah ! et la plupart avaient des caméras vidéo pour filmer le vide. Plus loin, supposa-t-il, il y avait sûrement un gros hôtel rustique et des boutiques de souvenirs, une galerie d'art et une salle de projection panoramique qui vous montrait ce qu'on pouvait voir par soi-même en restant là où on était.

Il n'avait pas encore parlé, mais il voulait dire quelque chose afin de faire savoir à Frances qu'il trouvait que ça valait le coup. Simplement, il ne voulait pas la mettre de nouveau en colère. Elle attachait une fichue importance à cet endroit. Il leur avait coûté toute cette peine et tout ce temps. Elle avait le droit d'en profiter, même si lui il s'en fichait un peu. Pour la reconquérir, c'était sans doute râpé ; il avait pourtant pensé, sur la route en montant ici, qu'ils devraient au moins essayer de poursuivre cette liaison une fois rentrés chez eux, d'en faire quelque chose de plus permanent, d'aménager la logistique. Ce serait bien. Mais à présent, tel que ça se présentait, ils ne se parleraient peut-être même plus sur la route du retour. Alors, pourquoi se donner du mal ?

Plus loin sur l'allée dominant le panorama, où les touristes flânaient en direction des télescopes et des restaurants, Howard aperçut de nouveau l'Indien du motel. Il téléphonait sur un portable et hochait la tête tout en marchant avec les autres. C'était un guide rétribué, se dit-il, et non un guide spirituel. Le genre à vendre des colliers de perles et autres babioles à des jobards.

« Qu'en penses-tu maintenant ? » finit par demander Frances d'une voix enrouée, fervente, comme si elle était effectivement en proie à une expérience mystique. Elle lui tournait le dos, toujours perdue dans la contemplation du grand espace silencieux de ce canyon. Ils étaient seuls. Les trois derniers touristes s'éloignaient en bavardant. « Je m'attendais à pleurer, mais je n'y arrive pas.

– C'est un peu le contraire de l'immobilier, non ? dit Howard, jugeant sa remarque intéressante. C'est vaste, mais vide. »

Frances lui fit face, les sourcils froncés, les yeux rétrécis et irrités. « C'est ce que tu penses ? Vaste mais vide ? Tu penses que c'est vide ? Tu regardes le Grand Canyon et le mot "vide" te vient à l'esprit ? » Elle se retourna vers le canyon, comme s'il pouvait la comprendre. « Le paradis aussi, tu le trouverais décevant, je suppose. »

Manifestement, il s'était trompé quant à l'intérêt de sa remarque, se dit-il. Pour faire ce qu'elle devait attendre de lui, il s'approcha du muret, les genoux contre les pierres. Ce qui lui permit de voir mousser tout en bas, très loin au fond du canyon, l'écume blanche d'un cours d'eau. Puis il distingua de minuscules silhouettes qui descendaient par des sentiers à flanc de paroi.

Relativement nombreuses, une fois qu'on en avait repéré une : de petites chemises claires, se déplaçant comme des insectes. Ces gens avaient du temps à perdre. Que pouvait-on découvrir en bas qu'on ne voyait mieux d'en haut ? Il n'y aurait rien d'autre que des serpents venimeux et une remontée crevante, à moins qu'on envoie un hélicoptère vous chercher. « Comment s'appelle ce cours d'eau ? demanda-t-il.

– Qu'est-ce qu'on en a à foutre, du nom de ce cours d'eau, s'exclama Frances. C'est le Gange. Peu importe le cours d'eau. Mais bon, je comprends. Tu trouves ça vide. Pour moi, c'est plein. Nous ne sommes pas pareils, toi et moi.

– Plein de quoi ? » dit Howard. Le petit monomoteur reparut, survolant le canyon. C'était probablement la patrouille de surveillance de la police, pensa-t-il. Mais que pouvait-on faire de mal dans ce trou ?

« C'est plein d'une énergie bienfaisante, répondit Frances. Ça guérit de toutes les mauvaises pensées. Ça me donne la sensation de ne pas en avoir ma claque. » Elle regardait droit devant elle, comme si elle s'adressait au canyon, et non à lui. « Face à ça, je me sens comme quand j'étais petite, ajouta-t-elle à mi-voix. Je ne peux pas bien l'exprimer. Le canyon a son propre langage.

– Formidable. » Pour une raison ou une autre, il pensa à eux deux au lit la nuit dernière, et à la façon dont elle rivait les yeux sur lui pendant qu'il la pénétrait. Il se demanda si elle regardait maintenant le canyon de la même façon Il l'espérait.

« Je vais être obligée de faire ce qui est défendu », reprit Frances, et elle jeta un coup d'œil rapide dans la direction où les autres touristes étaient occupés à manipuler leurs caméras et attroupés au loin autour des télescopes en laiton. « Il faut que tu me photographies avec seulement le canyon derrière moi. Je ne veux pas de ce mur dans le cadre. Je veux qu'on ne voie que moi et le canyon. Ça ne te dérange pas ? » Elle lui tendait son appareil photo et se hissait déjà sur le muret en regardant derrière, juste au-dessous, le large rebord de sol rocheux. « De là où tu es, tu ne peux sans doute même pas voir le canyon, hein ? Tu es grand, mais tu es quand même trop bas. »

L'appareil à la main, il levait les yeux vers elle, attendant qu'elle ait trouvé le bon endroit où prendre la pose.

Il y avait de nombreuses pancartes en bois, avec des inscriptions gravées à la main en lettres blanches bien lisibles : VEUILLEZ NE PAS GRIMPER SUR LE MUR NI PASSER DE L'AUTRE CÔTÉ. C'EST DANGEREUX. ACCIDENTS FRÉQUENTS. Elle avait vu ces pancartes. Elle savait lire, se dit-il. Il ne voulait pas entamer une nouvelle discussion.

« Je vais être obligée d'enfreindre une règle de plus », dit Frances du haut du mur de soutènement, et elle entreprit de descendre au revers jusqu'à ce que ses chaussures roses touchent terre. Il la regardait. Des pins rabougris poussaient dans le sol aride, leurs racines affleurant à la surface. On distinguait d'autres traces de pas. Beaucoup de gens avaient marché là où elle était. Un petit emballage jaune de pellicule gisait à moitié enfoui dans la terre. Le carton rouge et blanc d'un paquet de cigarettes avait été écrasé et jeté. « Je vais encore m'éloigner de deux ou trois pas », lança Frances en levant vers lui de grands yeux souriants. Elle était contente, bien qu'elle ait sali son bermuda blanc et aussi ses chaussures roses.

Il se passa autour du cou le cordon de l'appareil photo pour ne pas risquer de le faire tomber.

« Je veux seulement le canyon et moi sur la photo. Rien d'autre. Regarde dans le viseur. Vérifie ce que tu vois autour de moi. » Elle reculait entre les buissons de conifères, rayonnante, les paupières plissées face au soleil matinal. « Ça va ?

– Fais attention, dit Howard en ajustant contre son visage l'œilleton en caoutchouc, sentant sur son nez la chaleur du boîtier.

– O.K. ? » demanda-t-elle. Il ne l'avait pas encore cadrée. « Ce sera superbe. En réalité, ce canyon est jeune, il a seulement l'air vieux. Oh là là ! »

Il amena la mire sur elle, ou du moins sur le point précis où il pensait qu'elle serait, juste au-dessous de lui, là où elle était un instant plus tôt. Mais elle n'y était plus. Dans le viseur, il la chercha à gauche, à droite, plus haut, plus bas. Il abaissa l'appareil pour voir où elle s'était déplacée. « Où es-tu passée ? » dit-il. Il souriait. Mais elle avait disparu. La portion d'espace sur laquelle il avait braqué l'objectif était là, repérable grâce à un groupe de conifères plus hauts que les autres, des *piñons*, ce nom lui revint, il avait dû le lire quelque part. Mais Frances n'occupait pas cet espace. Il ne voyait que du vide ensoleillé et, au loin, le versant opposé du canyon, rouge et violet, et la surface plate au-dessus. À une grande distance. Une distance impossible.

« Frances ? » cria-t-il, puis il attendit, tenant entre ses mains cet appareil qui ne pesait rien. Il n'avait pratiquement jamais prononcé son nom, toutes les fois qu'il avait été avec elle, toutes ces heures. Comment l'avait-il appelée ? Impossible de s'en souvenir. Ils n'avaient peut-être employé aucun nom. « Oh là là ! » Il avait entendu ces mots. Ils étaient enregistrés dans sa mémoire. Mais il n'était pas sûr de ne pas les avoir dits lui-même. Quel sens avaient-ils ?

Immobile, il scruta au-dessous de lui l'endroit où s'était trouvée Frances Bilandic, derrière lequel se déployait encore beaucoup plus d'espace vide. Elle allait reparaître. Elle allait surgir. « Frances ? » répéta-t-il, parlant presque à son insu, mais en guettant le son de sa voix à elle. Il entendit le bourdonnement lointain du monomoteur de la police. Il leva les yeux mais ne le vit pas. Ses genoux et ses cuisses s'appuyaient contre la pierre du mur. Tout paraissait parfaitement bien. Il regarda en bas à gauche, là où il avait aperçu les petits insectes humains aux chemises claires cheminant sur la paroi du canyon. L'un ou plusieurs d'entre eux, pensait-il, auraient pu regarder vers le haut. Un instant, il s'attendit à découvrir Frances à leur niveau. Mais elle n'y était pas, et personne ne levait la tête. Personne en bas ne voyait quelqu'un en haut.

Et aucun des touristes qui s'étaient éloignés sur le chemin ne revenait dans sa direction. Il était seul, nul ne l'observait. Il posa l'appareil photo au soleil sur le muret et entreprit de passer de l'autre côté, un genou nu après l'autre, se raclant le tibia mais atterrissant sans dommage sur le sol poussiéreux là où Frances aurait dû être, un peu au-delà de l'emballage de pellicule et du carton de cigarettes. Il fit un pas dans la pierraille, d'où montait une chaude et familière odeur d'urine. Mais, au bout de quatre autres pas précautionneux (par crainte des serpents), il se trouva soudain au bord d'un à-pic.

Et c'est à cet instant que son crâne se mit à cogner, son cœur à tressauter, que sa respiration devint difficile, son souffle court et bizarrement rauque, et qu'un vrombissement s'empara de ses oreilles, comme s'il avait couru en criant pour arriver à cet endroit. Et c'est là qu'il se mit à quatre pattes tel un animal, comme s'il pouvait mieux respirer dans cette position, et regarda en bas par-dessus le rebord rocailleux, loin, loin en bas. Évidemment pas tout au fond où luisait le blanc du cours d'eau. Mais loin. Au moins soixante mètres plus bas, là où la paroi rocheuse du canyon interrompait sa chute abrupte et marquait une saillie avant de replonger vers le fond du précipice. Il y avait d'autres buissons de conifères accrochés aux rochers de cette corniche, et un arbre, un cèdre déguenillé, d'aspect asiatique, poussant dans la terre maigre et la pierre, tellement penché qu'il finirait forcément par tomber. C'est là, au pied de cet arbre antique, que se trouvait Frances, plus de soixante mètres au-dessous de Howard.

Il vit d'abord son visage qui paraissait rond et éclatant sous les rayons du soleil. Elle regardait droit vers lui, les yeux apparemment ouverts, bien que le reste de sa personne – son bermuda blanc, sa tunique bleue en grosse toile avec une ancre, ses bras et ses jambes nus – bien que tout ça gise en désordre, comme si sa figure avait atterri la première, suivie par le reste. Vu d'en haut, on aurait même juré que l'un des bras était intact mais séparé du corps.

Et elle ne bougeait pas. Il crut brièvement, au moment où il la découvrait, voir changer l'expression de son visage. Mais c'était peu vraisemblable, car elle ne changea plus. Autant qu'il pût la distinguer, son expression était totalement figée.

Combien de temps resta-t-il à genoux dans la broussaille, la caillasse, les détritus et l'odeur d'urine en contrebas du mur de soutènement ? Il ne le savait pas au juste. Mais pas très longtemps. Le vrombissement dans ses oreilles s'arrêta le premier. Son cœur battit d'abord à tout rompre, puis sembla presque s'arrêter, après quoi une sueur froide perla sur sa nuque, sur son crâne et trempa son T-shirt. Il regarda de nouveau Frances et, sans quitter des yeux son visage très blanc tourné vers le haut, il essaya de trouver ce qu'il pouvait faire : l'aider, la sauver, la réconforter, la ramener, lui offrir ce dont elle avait besoin, vu l'endroit où elle était. N'importe. Tout ça. Quoi ? Le temps ne passait ni lentement ni vite. Et pourtant il lui semblait disposer de tout le temps dont il avait besoin, là tout seul, pour prendre une décision.

Seulement, il savait que ce temps ne durerait pas indéfiniment. Howard leva les yeux en direction des télescopes, où étaient allés les autres touristes. Frances ne serait pas repérée tout de suite, elle se trouvait trop près de la paroi du canyon, trop cachée par les branches du cèdre. À un endroit trop inattendu. Pendant un certain temps, on la prendrait pour quelque chose d'autre. Un de ses propres vêtements. Personne ne *voudrait voir* ce qui était arrivé. Ils voulaient contempler un spectacle entièrement différent.

Si jamais quelqu'un avait vu, pourtant, ils devaient déjà être en train d'accourir – en criant, en agitant les bras –, comme il avait eu l'impression de le faire dix minutes auparavant. D'autres gens devaient déjà se pencher par-dessus le mur pour regarder en bas. Et lui aussi, on le verrait, tapi comme une bête, son T-shirt aussi visible qu'un drapeau dans la broussaille. Ça ne tarderait pas. L'appareil photo de Frances était resté sur le muret. Il fallait se remuer, immédiatement.

Toujours à quatre pattes, il s'écarta du rebord, pivota et, grimpant à travers les racines de pins et les détritus, il rejoignit la base parfumée à l'urine du mur de soutènement. Grand comme il était, il lui suffit de se hausser pour regarder par-dessus et voir tout le chemin goudronné jusqu'au parking où Frances et lui avaient suivi la foule. Personne n'approchait par là, et personne non plus ne revenait des télescopes. Dès qu'il s'en fut assuré, il se hissa, franchit le muret et, ce faisant, expédia d'un coup de pied par terre dans l'allée le Pentax bon marché de Frances.

Il se redressa précipitamment, du bon côté du mur, le côté permis, où le reste du monde était censé se tenir. Et ce n'était pas du tout déplaisant, pensa-t-il, effleuré par la brise fraîche qui montait du vaste canyon, ce n'était pas du tout déplaisant d'être ici. Ce qui n'était pas bien était arrivé de l'autre côté. À présent il était ici. Sain et sauf.

Mais ce serait maintenant le début de toutes les autres formules de circonstance. Il aurait bientôt présente à l'esprit leur signification précise. *Accident notifié aux autorités. Appel à l'aide. Frances secourue* (bien qu'elle soit morte, évidemment). Les forces d'intervention qualifiées pour les événements graves devaient être mobilisées, sans délai.

Il regarda le Pentax là où il avait atterri, sûrement cassé, sur l'asphalte noir pailleté. Il tenta de se rappeler si elle l'avait photographié ce matin en voiture, hier soir au motel, devant le panorama une heure plus tôt. Mais il ne parvenait pas à s'en souvenir. Il n'avait pas l'esprit assez calme pour faire resurgir de tels détails, malgré son désir très fort de pouvoir se répondre que non, elle n'avait pris aucune photo de lui, et d'abandonner l'appareil où il était. (Seulement, n'y avait-il pas touché ?)

Et, bien sûr, la réponse était *oui*, son visage était sur la pellicule. Plus d'une fois. La mémoire lui revint. Et bien sûr il avait touché l'appareil photo. En dépit du fait que d'ici deux minutes tout au plus il se dirigerait en hâte vers le bureau d'accueil des touristes, le poste de garde ou tout autre service compétent et demanderait des secours d'urgence, il fallait récupérer l'appareil. Car tout ce qui se passerait – pour Frances, pour lui, pour Mary, pour Ed – pouvait dépendre de ce qu'il adviendrait de cet appareil photo et de ce qu'il contenait. C'était maintenant le moment crucial – il le savait grâce à la télé –, avec Frances en suspens face au ciel vide, et lui-même indemne ; c'était maintenant la « phase critique » qui, dans une enquête policière, devait être reconstituée, contestée, scrutée point par point, sans relâche. Ce qui s'était passé avant, pendant, et tout de suite après serait examiné et réexaminé pour déterminer s'il avait tué Frances Bilandic et pourquoi c'était soudain devenu nécessaire. (Relation amoureuse envenimée ? Dispute au petit déjeuner ? Assouvissement d'une rancœur. Acte inexplicable, provoqué par la passion ou la fureur. Simple bourde. On en viendrait presque à se croire coupable, tant les motifs possibles abondaient.)

Dommage, se dit-il, debout devant le boîtier noir de l'appareil gisant sur l'asphalte, dommage qu'il n'ait pas photographié Frances à l'instant de sa chute. Ce coup de chance aurait épargné une telle masse d'explications. « Oh là là ! » C'étaient apparemment ses dernières paroles. Lui seul les avait entendues. Nul autre ne le savait. Il était très compromis.

Il ramassa le Pentax et, pour une raison qu'il aurait eu du mal à démêler, en tournant le dos au canyon il se dirigea vers le parking et non vers le centre touristique où se trouvaient les secours. De nouveaux arrivants enthousiastes grimpaient le chemin, vêtus de shorts et de chemises aux couleurs vives, avec des sacs à dos et des caméras, plaisantant sur « le grand trou dans la terre » qu'ils allaient découvrir. Ils le verraient tenant à la main l'appareil photo de Frances. Mais il n'avait rien de suspect, à part qu'il était très grand, et tout seul. Faisait-il une drôle de tête ? Paraissait-il bouleversé ?

Il vit une cabine téléphonique sur le bord du parking aimablement paysagé, à la lisière d'une pinède. De roses fleurs sauvages poussaient encore à cet endroit. Il aurait dû passer ce coup de fil, bien sûr. Faire au moins ça. Appeler les secours d'urgence. Mais il n'existait plus d'appel anonyme. Tout s'inscrirait sur un écran quelque part : « Howard Cameron signale un décès. » La réaction serait instantanée. Et qu'arriverait-il ensuite ? Il avait besoin de réfléchir, tandis que d'autres touristes le croisaient en bavardant. Appeler pour dire quoi ? Expliquer quoi ? Avouer quoi ? (Puisqu'il n'avait commis aucune faute, sinon de ne pas prendre une photo.) Les éventualités brûlantes lui affluaient au visage comme des cendres au-dessus d'un feu, confuses et insaisissables, mais réelles, pleines de danger. Et c'était vraiment tellement bizarre, se répétait-il : ils venaient d'arriver, et puis elle était tombée. Il avait voulu ne pas venir.

Il regarda à l'autre bout du parking ensoleillé. Devant sa cabane, le garde coiffé de son chapeau à calotte pointue faisait signe aux voitures d'avancer, se penchait aux portières, échangeait des sourires et des blagues avec les passagers. Sa vue donna à Howard un sentiment de solitude, le désir d'être à des milliers de kilomètres de là, chez lui, s'éveillant dans son lit, songeant à la journée en perspective, au cours de laquelle il vendrait une maison, déjeunerait avec un copain, téléphonerait à sa mère, irait en voiture au terrain de basket où il shooterait des paniers, avant de rentrer à la nuit tombante auprès de quelqu'un qui l'aimait et le comprenait. Tout ça était réel. Tout ça restait possible s'il ne passait pas cet appel.

Pourtant, tout ça deviendrait bientôt une existence rêvée qu'il ne connaîtrait jamais plus, puisque tôt ou tard, il allait être pris au piège. Harponné. On ne s'en tirait pas à si bon compte. Il était bel et bien venu ici avec Frances, pour la baiser, tout au moins ; il avait bel et bien commis d'absurdes erreurs de jugement, les erreurs de l'excès, de l'intempérance, de la passion, de l'aveuglement, de la stupidité. Bien sûr, toutes lui avaient paru naturelles au moment où il les commettait. Mais personne ne verrait les choses ainsi. Personne ne prendrait son parti, même si on concluait de façon indiscutable qu'il n'avait pas poussé Frances Bilandic dans le vide (oui, il était sur la pellicule, et ses mains, ses pieds, les ongles de ses orteils avaient laissé des traces dans le tapis de la Lincoln, et il avait souvent été vu avec elle à la convention). Même si en fin de compte le tribunal l'acquittait, il demeurait tellement coupable qu'il aurait aussi bien pu l'avoir fait. Déterminer qui avait vraiment fait ça – Frances se l'était fait à elle-même –, ce serait couper les cheveux en quatre. C'était lui le coupable. « Quel merdier, oh, quel merdier ! » Il lâcha ces mots à haute voix tandis que des inconnus le croisaient. Une jeune femme portant un bébé sanglé sur sa poitrine lui jeta un coup d'œil et un sourire de sympathie. « Je devrais organiser les choses. Je ne comprends pas », dit-il, éperdu, car de toute évidence il n'y avait plus moyen de s'en sortir.

Il alla donc simplement jusqu'à la cabine téléphonique, qui luisait au soleil matinal, enroula autour de son poignet le cordon de l'appareil photo et mit en marche la machinerie compliquée des responsabilités.

§

Plus tard dans la journée, lorsque, accompagné de policiers du parc national, il voulut leur montrer la Lincoln de location au volant de laquelle Frances les avait amenés au Grand Canyon, elle n'était plus là. À nouveau planté en short et T-shirt sur le parking, Howard balayait du regard les feux arrière des voitures, des camping-cars et des 4 x 4. Il passa dans la rangée voisine – celle dont il savait que ce n'était pas la bonne – et se remit à chercher. Il ne reconnaissait rien de ce qu'il voyait. La grosse voiture de chef pompier avait disparu. C'était inimaginable. Sous le grand soleil, observé par deux policiers, il semblait avoir inventé l'existence de cette automobile. Dommage, pensa-t-il, que ce ne soit pas le cas.

« Je ne sais pas, dit-il, fatigué, désorienté, mais inexplicablement souriant, comme s'il mentait. Nous l'avons laissée exactement là. » Il montrait du doigt une place où quelqu'un avait garé un énorme Dodge Ram Charger de couleur blanche, et vidé par terre le contenu d'un cendrier. Il repensa bizarrement aux CD de Tito Puente, à la bouteille de gin, au sac à main de Frances, à son téléphone mobile et à son guide du Grand Canyon. Tous disparus avec la voiture.

L'un des agents de police était une jeune blonde musclée, le cou dans les épaules, non sans ressemblance physique avec Frances Bilandic, mais moulée dans un uniforme beige à taille haute, avec un T-shirt d'un blanc éclatant sous sa veste. Elle portait sur sa petite hanche rebondie un pistolet automatique à crosse noire, d'une grosseur disproportionnée. Elle s'appelait Jorgensen, d'après sa plaque en laiton. « Et vous êtes *certain* d'être venu ici dans une voiture de location ? » dit-elle en levant les yeux vers Howard, clignant ses petits yeux pervenche comme pour lire en lui, sonder son âme, localiser la source de l'aversion profonde qu'il s'était mis à lui inspirer. Sa haute taille, pensa-t-il, le desservait. Mais qui n'aurait douté de l'histoire qu'il racontait ? Il en doutait lui-même. Rien ne semblait tout à fait vrai.

« Oui, répondit-il, égaré. J'en suis certain. » Il regarda le vol d'une corneille fendre le ciel bleu au-dessus du parking. « Vous pouvez appeler l'agence où elle l'a prise. C'est elle qui l'a louée. Pas moi.

– Une agence de quelle société ? demanda l'agent Jorgensen, continuant de le jauger, les yeux plissés.

– Je n'en sais rien. » Il sourit. « Je ne sais pas grand-chose.

– Avez-vous remarqué quiconque de suspect qui vous aurait suivis ? » Elle semblait soudain presque compatissante, comme si personne n'aurait dû le suivre. Puisqu'elle se montrait disposée à compatir, il se sentit prêt à récapituler le cours de la journée. Une si longue journée, compliquée par des épisodes troubles, terribles. Et maintenant cette stupide voiture. Il pouvait à peine croire qu'une telle journée avait débuté comme il s'en souvenait, dans la brise fraîche au soleil matinal devant un tipi, regardant une Indienne balayer les cafards sur les marches pendant que Frances dormait encore. Il revit la Camaro avec les flammes peintes sur le flanc, et sa roue de secours comme un doughnut. Et la petite chapelle où « Chris » était mort pour les péchés de tous. Il songea un instant à la phrase de Frances : « C'étaient nos esprits ancestraux », la veille au soir, mais il ne se rappelait pas ce qui l'avait provoquée.

« Non, je ne crois pas que quelqu'un nous ait suivis », répondit-il en secouant la tête. Il scruta une fois de plus la rangée de véhicules. Il sentait qu'il allait forcément découvrir la Lincoln. Elle serait là, comme vos papiers sur la table de l'entrée, temporairement invisibles sous votre nez. Mais non. Elle était loin. Encore une chose difficile à imaginer.

Bien sûr, il n'avait pas fait ce que lui avait dit Frances comme si elle avait eu un pressentiment. Sa recommandation lui était revenue à l'esprit au fil de la journée : quand les soupçons étaient un moment tombés sur lui ; quand il avait été informé – alors qu'il mangeait un sandwich – par un membre de l'équipe de sauvetage, en chemise à carreaux, que le corps de Frances n'avait pas été récupéré par un hélicoptère, mais au moyen d'un panier métallique et de câbles, et qu'en effet son bras gauche était arraché ; quand il avait appris que son parent le plus proche avait pu être averti, grâce aux cartes contenues dans un petit portefeuille orné de perles trouvé sur elle, et dont il ne savait rien ; quand il avait entendu le patronyme de son mari (Ed l'Irlandais s'appelait Murphy, quelle surprise) ; quand on avait prononcé le nom de la Weiboldt Company, puis celui de sa femme à lui et de la ville où il habitait, tous ces noms paraissant tellement insolites dans la bouche de parfaits inconnus ; et ainsi de suite, tandis qu'on évoquait en détail des vies maintenant affectées, peut-être gâchées, en tout cas rendues moins bonnes ou même impossibles à cause de quelques circonstances malencontreuses, et par sa décision contestable de les assumer. Par intermittence, il se répétait – assis sur un fauteuil pliant métallique dans un bureau aux murs garnis de bois, avec une fenêtre donnant sur le bâtiment neuf mais rustique de l'office de tourisme –, il se répétait qu'il avait aggravé une première erreur par une pire erreur, qu'il aurait simplement dû se tailler, comme l'avait dit Frances ; laisser tout ce qu'il était en train d'endurer survenir peu à peu, ou peut-être jamais. Tout ce qu'il avait fait depuis deux jours aurait pu passer inaperçu. Et, au lieu de subir cette épreuve interminable, il aurait pu être de retour à Phoenix, réfléchissant à la meilleure façon de tirer un trait sur les événements du jour et d'entamer la soirée d'un bon pied. Il est vrai que ça se serait peut-être révélé plus dur. Tandis que ce qu'il avait fait – rester, relater, accepter – pouvait en réalité être moins difficile.

Au bout du compte, avant même la fin de l'après-midi, les soupçons se dissipèrent graduellement et l'idée de l'accident prit le dessus. Il avait tout raconté, remis presque avec soulagement l'appareil photo aux policiers, supporté leur réprobation, jusqu'à ce que quelque chose en lui, pensait-il, quelque chose de positivement honnête dans sa haute stature, quelque chose dans sa façon patiente de rester assis sur son siège pliant, les coudes appuyés contre ses genoux nus, les yeux rivés à ses grandes mains, lisses et vides, et d'expliquer avec une certaine émotion ce qui était arrivé – tout ceci avait commencé à paraître vrai et, fugacement, presque intéressant. Si bien que pour finir, sans même en faire état, la police admit l'exactitude de son récit. Et, après que toute une heure eut encore passé, que trois formulaires furent remplis et signés, son adresse dûment notée, son permis de conduire restitué, et qu'on lui eut donné les noms et les numéros de téléphone des policiers, on lui annonça qu'il pouvait partir. Il vit qu'il était trois heures de l'après-midi.

Mais, auparavant, il avait brièvement parlé avec Ed au téléphone. La policière lui avait demandé s'il souhaitait le faire quand elle l'aurait au bout du fil, et il avait eu l'impression qu'elle l'espérait, que c'était son devoir, en somme, vu sa situation.

« Je ne saisis pas vraiment », dit Ed, la voix lente et bourrue sous le coup de l'émotion. Howard l'imagina assis dans une pièce obscure, un homme amer, débraillé (plus ou moins celui avec lequel il avait imaginé une empoignade, type Lon Chaney Jr.) « Que faisiez-vous là-bas ?

– Je suis un ami, répondit-il, solennel. Je l'ai accompagnée.

– Ah bon ? Un ami ?

– Oui », dit Howard. Il marqua une pause. « C'est ça. Essentiellement. »

Ed lâcha un petit rire dénué de gaieté, puis, peut-être – Howard n'en était pas sûr –, un sanglot.

Il aurait voulu dire autre chose à Ed, mais ni l'un ni l'autre ne semblait avoir quoi que ce soit à ajouter, pas même « Je regrette. » Et sur ce, Ed raccrocha.

§

Pour des raisons qui lui échappèrent, un brigadier de la police de la route de l'Arizona proposa de le ramener en voiture jusqu'à l'endroit où il pourrait prendre un autocar pour Phoenix. Le car s'arrêtait devant le casino. Il serait tard quand ils y arriveraient. S'il devait attendre, il avait toujours les bons pour des consommations.

Sur la route, le brigadier paraissait avoir envie de parler de tout au monde sauf de ce qui venait d'arriver. C'était un grand brun d'une bonne cinquantaine d'années, aux épaules massives, à la figure carrée, burinée, hâlée, et dont l'uniforme beige et le chapeau à calotte pointue semblaient envahir tout le siège du conducteur. Ce nommé Fitzgerald trouvait intéressant que Howard vende de l'immobilier, et que ç'ait été aussi le métier de sa défunte « amie ». Il avait quitté Pittsburgh pour s'installer en Arizona voilà de nombreuses années, dit-il, parce que dans l'Est on manquait d'espace vital. Pour lui, l'immobilier donnait la mesure et la clé de tout. La qualité de vie de chacun se mesurait en valeur immobilière, mais en fonction inverse : plus c'était cher, pire était la vie. Seulement la triste vérité, pensait-il, c'était que d'ici peu tout ce qu'on verrait là en bas (le brigadier Fitzgerald montra du doigt, à travers le pare-brise, l'endroit où Howard avait vu se déployer ce matin le désert magnifique, multicolore, lequel paraissait maintenant d'un gris violâtre et sale), oui, on ne trouverait là que des maisons, des parkings, des centres commerciaux, des bureaux et l'assortiment complet des maux de la terre qui viennent de ce qu'on habite trop près de son voisin : la délinquance, la pauvreté, l'hostilité, la tromperie et l'air irrespirable. Ces maux s'abattraient comme un fléau, et il n'y aurait pas longtemps à attendre avant l'apocalypse. Toutes les polices du monde ne pouvaient arrêter cette invasion, dit-il. Il hocha la tête pour marquer son accord profond avec lui-même.

« Vous êtes donc très croyant, je suppose ? » demanda Howard.

Le brigadier Fitzgerald portait son chapeau enfoncé sur sa grosse tête carrée, au point de frôler la monture de ses lunettes de soleil. « Oh ! non, non, non, dit-il avec un sourire qui dénudait ses grandes dents blanches et rectilignes, mordant sa lèvre inférieure. Pas besoin d'un livre pour savoir ce qui se prépare. Il suffit de savoir lire les statistiques.

– C'est vrai, j'imagine », acquiesça Howard, et il se sentit soudain mal à l'aise d'être en short dans la présence solennelle de cet homme. Il regarda ses genoux nus et remarqua à nouveau qu'il les avait éraflés en passant par-dessus le muret après la mort de Frances. En tentant de fuir. C'était embarrassant. Il songea à Frances lui affirmant qu'il la remercierait tout le long de la route jusqu'à Phoenix. Il ne se rappelait pas pourquoi elle avait dit ça, ni quand. Puis il repensa à ce moment, la veille au soir, où en émergeant de son sommeil il l'avait trouvée à quatre pattes au-dessus de lui, en train de le dévisager dans l'obscurité. Il avait senti son haleine aigre, son halètement animal. Il avait cru qu'elle voulait lui parler, redouté qu'elle s'apprête à dire des choses terribles – sur son compte à lui –, des choses qu'il n'oublierait jamais. Mais elle s'était tue, le regard fixe comme si ses yeux grands ouverts n'y voyaient plus. Au bout de quelques instants elle s'était recouchée sur le côté et avait dit : « Je ne vous connais pas, hein ? Je ne me souviens pas de vous. » Et il avait répondu : « Non. Nous n'avons jamais été présentés. Mais ce n'est pas grave. » Elle lui avait tourné le dos et s'était endormie face au mur. Le matin, elle ne s'était presque rien rappelé de cet incident. Il n'avait pas voulu lui rafraîchir la mémoire. Par gentillesse.

Sans aucun doute, la conduite qu'on avait changeait les choses, se dit-il tandis que la puissante voiture fonçait dans la descente. Même la vue du haut de cette montagne était changée à cause de ce qui venait d'arriver ; elle semblait moins belle à présent. Il pensa à son boulot, au fait qu'il allait le perdre. On lui offrirait le choix de démissionner, mais ce serait sans équivoque : des rapports sexuels avec une collègue, une mort violente, une virée clandestine prise sur le temps de travail alors que d'autres priorités s'imposaient : sûr et certain, ça ne pourrait pas coller. Il pensa à Mary ; il ne lui raconterait rien de ce qu'il avait réellement éprouvé, il passerait sous silence la plupart des détails et le contexte, il essaierait de tirer un voile définitif sur tout ça, en espérant que ça suffirait. Il s'efforcerait de donner leur vraie place aux choses meilleures. Ses parents, aussi, tous, il leur faudrait grandir un peu.

Il n'avait pas revu Frances depuis qu'il l'avait découverte accrochée au pied du petit cèdre, les yeux levés vers lui. Ça lui flanqua un coup, ce souvenir, et de ne pas l'avoir revue. Il se sentit curieusement lésé et seul, comme si son absence lui inspirait plus de rancœur que de regret. On pouvait se réjouir, bien sûr, qu'elle ait vu le Grand Canyon avant qu'il soit gâché par les maisons, les centres commerciaux, les voies rapides et les immeubles de bureaux en verre. Même si elle s'était appliquée à lui donner l'impression qu'il était inadéquat, que les choses qui le branchaient ne faisaient pas le poids comparé à cette spiritualité dont elle se grisait, et qui maintenant lui avait malheureusement coûté la vie. L'énergie bienfaisante.

Mais ces choses ne comptaient pas. En regardant à travers le pare-brise le désert plat et gris au crépuscule, il comprit qu'en réalité très peu de ce qu'il savait avait de l'importance ; et ce qu'il aurait pu ressentir aujourd'hui – en des circonstances plus favorables –, il ne lui serait plus permis de le ressentir à présent. Ni peut-être jamais. Et ce qu'il aurait même pu aimer, en faisant appel au meilleur de lui-même pour vivre cette expérience, lui avait maintenant été retiré. De sorte que la vie, avec la même rapidité que cette voiture dévalant le flanc d'une montagne vers la nuit, semblait disparaître autour de lui. S'effacer. Et c'était désolant. Et il eut peur, très peur, même si cette sensation ne lui vint pas pour une cause précise et imprévue comme il l'avait toujours imaginé.

Table

Remerciements

Je tiens à exprimer, pour la millième fois, toute ma gratitude envers Gary L. Fisketjon, et aussi envers Bill Buford, Meghan O'Rourke, Christopher MacLehose, Margaret Stead, Ian Jack et L. Rust Hills, pour leurs suggestions généreuses afin d'améliorer ces nouvelles. Je voudrais également remercier Angela et Rea Hederman de leurs encouragements et de leur longue amitié. Merci à Sarah MacLachlan. Enfin, et à nouveau, Amanda Urban mérite ma reconnaissance infinie.

RÉALISATION : PAO ÉDITIONS DU SEUIL
IMPRESSION : S.N. FIRMIN-DIDOT AU MESNIL-SUR-L'ESTRÉE
DÉPÔT LÉGAL : OCTOBRE 2002. N° 328-3 (61853)